灵海

THE SOUL II OF THE SEA

异类入侵

钟云 著

THE INVASION
OF THE PHANTOM

辽宁人民出版社

图书在版编目（CIP）数据

灵海. 2，异类入侵 / 钟云著. —沈阳：辽宁人民
出版社，2018.7
　ISBN 978-7-205-09263-4

Ⅰ. ①灵… Ⅱ. ①钟… Ⅲ. ①科学幻想小说
—中国—当代 Ⅳ. ①I247.5

中国版本图书馆CIP数据核字（2018）第056421号

出版发行：辽宁人民出版社
　　　　　地址：沈阳市和平区十一纬路25号　邮编：110003
　　　　　电话：024-23284321（邮　购）024-23284324（发行部）
　　　　　传真：024-23284191（发行部）024-23284304（办公室）
　　　　　http://www.lnpph.com.cn
印　　刷：三河市祥达印刷包装有限公司
幅面尺寸：158mm×230mm
印　　张：27
字　　数：498千字
出版时间：2018年7月第1版
印刷时间：2018年7月第1次印刷
责任编辑：刘国阳
装帧设计：荆棘设计
责任校对：高　辉
书　　号：ISBN 978-7-205-09263-4

定　　价：49.00元

目录

序　幕

意识场震荡变故始发于傍晚时分。

深达200英尺的地下实验场，正准备启动一台粒子加速器，进行一组穿透照射实验。事故发生之前，没有丝毫的先兆。实验人员照常检查了电磁感应器、伽马射线仪、磁力存储器等装置，没发现任何安全问题，随后逐级开启了多频道超高压开关。

这台在荒漠地下纵横2.7公里的实验装置完成了9兆瓦的能源充电，启动后，直线加速器将爆发出超高能量的粒子束，在刹那间释放出电子，击中一块高强度合金板。质子穿透目标物，直到能量耗尽。

实验为研发高能粒子束武器提供理论依据。

这种新概念武器一旦被制造出来投入实战，可部署在地基和天基反导平台上，释放高能粒子束，灼穿目标物的坚硬壳体，拦截洲际弹道导弹，击落地球大气层外的卫星。在未来，它还可以运用在太空战场上，瞬间击毁敌方的宇宙飞船。四年来，这项实验完成了上百组的垂直穿透照射测试，除了发生过几次核能供电故障，至今尚未遇到大问题。实验场负责人最后查看了一遍控制台显示器，记录时间为晚7点42分，能量逐渐攀升到临界值。他通知实验人员释放粒子束。陡然间，他大脑异常，触电般麻痹，他感到一股无形的震荡袭来，入侵他的意识，紧紧压迫脑神经。

视野昏黑。

他所见场景恍惚、扭曲变形，主控大厅里的物体仿佛随着震荡全都疯狂波荡起来。他身体抽搐，站立不稳，扑倒在台上。失去意识的一瞬间，他模糊看见附近三个人先后失控倒地，犹如死神呼啸着掠过，生灵在濒死之际躯体震颤。他仰着头，挣扎着想要爬起来，但身体很快丧失了活力，口鼻流血，瞳孔疾速扩散。他彻底瘫软在地，最终死去。

震荡无声无息地蔓延整个地下实验场，水波一般向外扩散。

这天，几乎没有人察觉到这场变故对人类造成的重大影响。这场变故犹如一粒石子投入一泓寂静了亿万年的湖，打破平稳如镜的水面，激起一圈圈涟漪，地球上一切生灵的意识场在震荡中发生了一系列异常的连锁反应。

夜幕笼罩大地。

位于内华达州的375号州际公路孤独地贯穿这片旷野。行驶在路上的一部卡车突然失控，冲出路面，车灯光柱跳跃着，一头撞向野地里的岩石，引擎盖腾腾冒烟。驾车人推开变形的车门，爬了出来。他血流满面，但没检查自己的伤势，也没查看车辆受损情况。仿佛身受一股莫名力量的驱使，他弃车而走，两眼发直，行为反常地走向黝黑的旷野。

他跟跟跄跄地走了一会儿，停下，伫立着，仰面看向夜空。

广袤的夜空中浮动着一缕缕奇异的光，柔美诡异，恍如幽绿中泛紫的绸带在半空中燃烧，又似飘浮的幽灵泛出莹莹光芒。

大地震颤，地表下似乎蠢动着一头狂躁的妖兽，从远至近爆发出沉闷的异响。那人忽然失控倒地，抽搐不止，张嘴啃食地上的沙土。他一口一口不停地吞咽沙子，直至躯体丧失活动能力，僵硬至死亡。

公路加油站，灯光幽明。

一名值守人员在屋里看电视，播放的是甲壳虫乐队参加艾德·苏利文节目的录像。蓦然间，他感到座椅震颤，电视机闪烁了几下后黑屏。屋内灯光熄灭，黑暗笼罩；窗外的远方隐约传来一阵阵非比寻常的闷响。他莫名恐惧，不由得紧张起来。他摸黑从抽屉里拿出一把手枪，上膛，持枪到屋外查看。

荒野沉沉，一片漆黑，唯见夜空隐隐泛光。那是一抹奇异的绿色光芒，缥缈地流泻在天穹上。他瞪着那光芒，不由自主地抬起手臂，把枪口对准了自己的侧脸，手指颤动着扣下扳机。

火光闪现，枪弹撕裂了他的上颚骨。他抽搐着栽倒在地。

大规模的停电从荒野上的小镇蔓延至周边城市。地面上一片片灯光迅速熄灭，犹如掠过一个暗影恶魔，疯狂吞噬了灯光璀璨的城市。大地陷入黑暗。

拉斯维加斯市的一座观光酒店因停电引发一阵混乱。楼道上的安全灯似乎坏了，在断电时并未亮起。服务生拿着手电筒飞奔在各个楼层，为房客分发蜡烛。惊慌之际，传来沉闷的声响，似乎有重物坠到大厅地板上。前台服务生拿手电筒扫过去，赫然见地上趴着一男一女，血流如注。

这是一对从日本来拉斯维加斯度蜜月的新婚夫妇，不知停电时发生了什么意外，竟然坠落下来。服务生战战兢兢地走过去，看见那年轻女人躺在血泊中，脖子扭曲，斜着一只眼睛，对他展露出凝固了的微笑。

市区医院恢复供电时，产房的孕妇生下一名男婴。

医生检查了新生儿，抱给产妇。

"丹尼尔、丹尼尔……"女人初为人母，在经受了临产痛苦折磨后涌出喜悦之情，轻声呼唤儿子，"丹尼尔，这个名字好听吗？你喜不喜欢？"

小家伙看似累极了，眯着眼昏睡，样子无比可爱。

忽然，他睁开眼，扭着柔软的脖子瞪着天花板。

那样子莫名怪异。母亲不由得呼喊："医生！快来……他在看什么？"

"没什么，他还看不清东西。"医生打量了下婴儿，微笑着说，"新生儿的眼睛玻璃体还没有完全透明，这扇心灵的窗户还是蒙眬的，只对光线的反差有点敏感……"正说着，医生察觉这个男婴的反常。他露出不像是新生儿的怪异表情，大睁眼睛，森然瞪着天花板上的某一处角落。那是一种成年人才具有的凝视，眼瞳深处仿佛透着惊悸。

医生不禁随着婴儿的视线望去，天花板灰白，无任何异常。不知怎么的，医生忽然想到，据说新生儿能感应到某种无形之物。医生莫名紧张，打了个寒战，看向产妇，发现她脸上浮现惊恐之色。

一股幽暗气息迅速掠过，蔓延而去，残留让人无法抗拒的恐怖气息。

"Phantom……"婴儿突然清晰地说出这个词语，扭头看着母亲。

第1章　亡魂之画

生者皆有灵魂吗？亡后魂归何处？

31年后，旧金山。

魔术师兰迪死于揭穿灵媒骗局的当夜。

警方初步排除他杀。在兰迪的单身公寓，找不到有人入侵的痕迹。据现场推测，兰迪拆下挂浴帘的一根钢丝绳，勒住自己的脖子，把钢丝绳另一端绑在水管上，然后趴在浴缸里把水放了。如果不是他杀，那真是一种诡异的自杀方式。要知道，人被勒颈窒息而死是极其痛苦的。濒临死亡，在求生本能驱使下会拼命挣扎。通常上吊自杀的人需要一定的高度，不让脚落地，最终无法反悔地被勒死。兰迪的脖子距离水管仅有7英寸，在从生到死的那几分钟里只要他愿意放弃，随时可以爬起来终止自杀，除非他的求死之心无比坚定，以极大的毅力对抗临死前的痛苦。

那是凌晨时分，兰迪的古典留声机上放着一张黑胶唱片。

事发前，斯坦福大学的心理学教授保罗·伯恩收到兰迪的电话留言。

"我已找到它。"兰迪的语气愉悦，带着一种豁然开朗的轻松，"帕顿夫人的通灵术还真是个难解的谜题，我彻夜苦思，所幸闪现的灵感救了我，太不可思议了……我得去洗个热水澡喝杯香槟来平复心绪。保罗，我们明天见面详谈。"

"我已找到它。"是加州的座右铭，也是兰迪的口头禅。说出这句话通常意味着他发现了某个骗局隐藏的秘密。

六年前，兰迪加入"科学捍卫者（简称ASD）"——以威廉·摩根为首的一批科学家和哲学家自发成立的调查团队。他们把专门研究通灵术、遥感、预知、招魂等超感官知觉和超自然现象的"灵学"列为伪科学，通过调查揭露弄虚作假的灵学研究，誓将灵学驱除出科学殿堂。兰迪是唯一以魔术师身份加入科学捍卫者的智囊，他眼光敏锐，曾以丰富的魔术技巧和经验，多次揭穿灵媒的骗术。前段时间，灵学研究协会推崇一位来历神秘的灵媒帕顿夫人，并通过报纸向公众渲染她非凡的通灵超感能力。随后，灵学会与捍卫者约定，在ASD的实验室测试帕顿夫人的通灵术，一个月内，以各种方式反复进行测试和调查，检验真伪。如果找不出其有作弊的迹象，捍卫者必须在《科学》周刊上刊登声明，承认帕顿夫人的通灵术。

伯恩不相信兰迪是自杀。

兰迪的性格有些孤僻，不合群，但熟悉他的朋友都知道他是个热爱生命、痴迷探索新奇事物的人。伯恩更难以相信，在揭开通灵术之谜的关键一刻，兰迪会放弃自己的生命。

兰迪的葬礼上，科学捍卫者的成员前来悼念。

大家对兰迪的突然死亡深感震惊和痛惜，继而怒不可遏，聚在教堂门前愤怒地议论。调查团队主席威廉·摩根与伯恩相谈，毫不避讳地说："灵学会和帕顿夫人有重大谋杀嫌疑，我们得为他做点什么。"

这位老派哲学家神情憔悴，伯恩看得出兰迪的离去对他的打击很大。

"我提出过异议，尽力提供线索，但警方的调查结论如此，我心存疑虑却只能等待进一步的结果。"伯恩摇头叹息着说，"毕竟我们不是侦探。"

"我想请你参与对帕顿夫人的测试。"摩根看着伯恩，满眼期待，"伯恩教授，你专攻心理学，也许能发现可疑之处。"

伯恩沉吟了一会儿。摩根曾多次邀请他加入捍卫者调查团队，参与反灵学斗争，都被他婉言拒绝。近代唯灵论从1848年肇始，近一个半世纪以来，各种灵媒层出不穷，灵学研究泛滥，但至今找不出任何可重复性和累积的证据，存在难以证伪的"实验者效应"或方法论和统计学方面的漏洞。通灵术没有什么科学根据，他不想把时间浪费在这种纯属子虚乌有的事上，也不屑于与对方纠缠争论。但这次不同，兰迪是他在斯坦福大学读书时的同窗好友，他不能漠视不管。

"好吧，需要时通知我。"

"非常感谢，伯恩教授。今晚7点，我们约在ASD实验室。"摩根的声音有些低沉，"这是最后一次测试，再找不出对方的花招，我只能宣布解散捍卫者。真理输给了巫术，这将是科学史上最糟糕的时刻。"

"真理的烛火往往会烧伤那些举烛之人的手。"伯恩以哲言宽慰这位彷徨而沮丧的哲学家，"腹背受难，在感到迷惑时，我们更要坚持。"

摩根点头，脸上旋即掠过阴影，他说："这是有史以来最艰难的一次。帕顿夫人的手法非常隐蔽，远超以往任何一个灵媒。她的通灵术不仅对'绵羊（相信超感真实存在的人）'，还能对'山羊（不相信超感的人）'产生效应。我们无法分析其中的玄机。"

伯恩有些惊讶。"绵羊—山羊"效应起始于临床心理学家斯迈德勒的研究。在做超感测试时，区分两类受试者——"绵羊"和"山羊"。正所谓相信者灵验，灵媒施展通灵术，常常选择"绵羊"来进行，声称怀疑者会干扰其施术而导致通灵失效——其实这也是掩饰作假的方式之一。即使有"绵羊"认为产生了超感知觉，以心理学的角度来看很简单，对于那些虚无缥缈之事，有人相信才会存在。正因为他们真的相信，所以他们着魔了。事实上，很少有灵媒能做到对"山羊"施术有效。

这位帕顿夫人难道是个例外？伯恩不禁问："受试者是谁？"

"我和莱茵，还有兰迪。"摩根苦笑，"我们三人都亲自测试了。"

莱茵是加州大学伯克利分校的物理学教授，捍卫者调查团队的副主席，他这时就在附近，正与麦肯特、伯德等几位主要成员激烈议论着。这次惨败于帕顿夫人，他们看上去皆是满脸阴霾。

三位受试者都是理性派，属于观念和意志无比坚定的"山羊"。伯恩暗暗吃惊，盯着摩根难堪的表情问："你们都产生了超感知觉？"

"奇特的感受，像突然浮现的记忆碎片。"摩根迷惘地说，"帕顿夫人声称她把感知到的灵魂气息传递给我们，并准确说出那是什么。"

"那是什么？"伯恩不由得追问。

如果实情如此，那太令人震撼了，他研究心理学多年，从没遇到过这种现象。当然，他完全没有理由怀疑摩根、莱茵和兰迪的遭遇。

"闪现了一些古怪的、绝非我们本人的念头，仿佛不受自我控制的梦境，冒出一串数字、某种颜色、独特的意象、一些凌乱的回忆……那种感觉很难形容，除非你亲身体验。"摩根回忆时流露出来的惶恐不安越发强烈。

伯恩理解了这位科学理性者为什么会忽然变得沮丧而软弱。在对亲身经历的怪现象找不到合理解释时，人们难免怀疑自己的判断力。伯恩压住震惊，淡然地说："兰迪已找到答案，我相信他的话。"

"可惜，他死了。"摩根无奈地摊手。

"我们尽力吧，希望能再次找出真相。"

捍卫者们聚集的人群骚动起来，一阵喧哗。伯恩和摩根转头望去，只见一位身穿黑衣长袍的女士走过来。"帕顿夫人……"摩根睁大眼睛直勾勾地望着，"她竟然来参加葬礼！"

"摩根先生。"帕顿夫人在他们面前停步，注视着哲学家，发出低沉而缺少情绪波动的声音，"得知兰迪的不幸，我很难受。内心意象告诉我，这是不祥之兆，也许我们做错了，不该惊动彼此沉睡的灵魂。"

摩根没回应，脸上浮现出压抑不住的恐惧之色。

伯恩在一旁观察帕顿夫人的眼眸。那是一双漆黑如夜的眼，犹若冰层下冷静的深潭，一看就知她是孤行于世、善于克制情绪的人。

"如果你认为有必要，我们可以中止今晚的测试。"帕顿夫人做了个提议，"另行约定，或者忘了这事，各自为安。"

摩根犹疑起来，就在伯恩觉得他快要接受这个看似和解的提议时，忽然做出决断："不！兰迪如果在世，不会让你们得逞的。"

"愿逝者安息，灵魂寂静。"帕顿夫人转而看向他说，"你好，伯恩教授。"

"你好，夫人。你知道我？"伯恩注意到帕顿夫人的左耳垂上有两个小孔，但没戴耳环，她也没佩戴任何首饰，一双指甲干净的手露在黑袍外有些发白。

"我拜读过你的心理学论著。"

"夫人有何见解？"伯恩貌似不经意地问。他和兰迪曾经讨论过，有些灵媒不仅精通类似魔术手法的骗术，还娴熟心理诱导、心理暗示的各种花招，而这位帕顿夫人却熟读心理学著作。

"教授，你专业学识渊博，文风端正，善于洞悉别人的内心，很好地剖析了人性。你还是一位怀疑论者，很难相信他人的真诚，过于冷漠了。"帕顿夫人说。

"鉴于认知局限性，最高的善意是不轻易对事物做任何判断。"伯恩回应。帕顿夫人对他的解读相对准确，至少比大多数夸夸其谈的评论家高明。

"你排斥超心理学，不也是一种轻易判断？"帕顿夫人问。

超心理学以研究心灵超感为主——虽然早在1969年，超心理学便被美国科学促进会承认并接纳为正式会员，成为一门新兴的心理学科。伯恩对此却不认同，他回应说："我不反对创新式的探索，我质疑的是超心理学的实验方法和数据。事实证明，除了拥护者，其他人无法重复实验结论。我个人倾向于认为这是科学名义下的狂热与谬见。"

"你认为的科学才是真理？"

"你误解了，夫人。"伯恩回敬说，"科学从不宣称自己是真理。它指引我们探索万物规律，不仅是求真，本质在于证伪。科学使我们认识到什么东西是错误的，而非确信无疑。"

帕顿夫人微微点头，说："很荣幸你来参与今晚的检测，我乐意接受。"

伯恩看了看摩根。他没问帕顿夫人怎么获知他刚刚做出的决定，转而问："夫人，你之前说不祥之兆？"

"是的，但摩根先生拒绝了提议，我尊重捍卫者的决定。"

"你是否方便说明，什么不祥？"

"人们惧怕自己内心的隐秘。"帕顿夫人注视着他说，深黑色的瞳孔仿佛透着某种无形的吸附力，"心灵相通，往往意味着灵魂深处的丑恶会暴露在阳光下，犹如冰雪消融露出丑陋的大地。这足以摧毁一个意志坚定的人。"

伯恩的思维一迟滞，恍惚了一下问："就像兰迪？"

"晚上见，教授，你会明白的。"帕顿夫人施礼后告辞而去。

"故弄玄虚……"摩根的脸色更加难看，盯着帕顿夫人的背影，喃喃说，"邪恶滋生于上帝沉默时。"

伯恩看着那幽灵般的灰暗身影穿过草坪，进入教堂，感到莫名心惊。对帕顿夫人，他有种不安的似曾相识感：一个黑影走进教堂的场景仿佛曾在哪里浮现过。心理学上有种特殊的既视现象，也叫海马效应。伯恩心想，这只不过是大脑联想曾经类似的场景罢了。但怪异的感觉挥之不去，使他发冷，有种被迷雾笼罩的困惑。

悼念仪式即将开始，大家纷纷走进教堂入座。

兰迪的亲朋好友都到场了。放眼望去，教堂里一片深色衣服，黑压压的人头密集攒动。伯恩不由得紧张起来。不为外人所知的是，他有社交恐惧症。除了在他熟悉的校园环境里，一旦身处陌生的人群，面对不经意瞥过来的一道道目光，他就像赤裸着接受审判，那感觉让他窒息。作为心理学教授，患有这种难以启齿的隐疾，他只能克制惶恐感，隐藏真实的情绪反应，引导自己适应公众场合，逐步进行想象脱敏治疗，维持着适当的日常社交。

帕顿夫人之前那一瞥似乎看透了他的隐秘。

他环视四周，见帕顿夫人独自坐在长凳的一角，低头沉默着。

伯恩收回目光，前去告慰兰迪的父母。失去爱子的痛苦可想而知，悲伤不可避免地挂在两位老人的脸上。"请节哀！"伯恩拥抱兰迪的母亲。她身穿整洁的礼服，虽装扮过仪容，但看起来憔悴消瘦。她对伯恩说，想不到她会出席儿子的葬礼。

因为死于非命，兰迪的棺椁关闭着。

伯恩知道，尸体经过法医解剖已弄得很难看，心生悲戚。兰迪就这样告别尘世，失去喜怒哀乐，永远长眠。

"伯恩教授，感谢你过来。"家属中的一位年轻女士向伯恩伸出手自我介绍，"艾薇·兰迪。"

两人礼节性握手，目光碰了个正着。伯恩愣了一下，有些迷惑。他从没见过兰迪的妹妹，也没听兰迪说起过，但她却认识他。与兰迪的黑眼睛黑发截然不同，艾薇·兰迪的眼眸是蓝色的，如清澈湖水那样碧蓝，她的金发梳成端庄的发髻，脸色微微苍白。初看不觉得她有多靓丽，却予人一种亲切感，宛若绽放在晨风迷雾中的一朵兰花。

两人对视着，伯恩神情恍惚，握手的时间不觉有点长。

伯恩忽然感到艾薇在他手里塞了一张字条，她手指颤抖着，不自然地松开他的手。伯恩暗暗吃惊，不知她用握手的方式要跟他传递什么信息。随后，他注意到艾薇退回到亲属所站位置。他猜测她应该是兰迪的堂妹。

伯恩握着字条不动声色地找空位坐下。在没旁人注意时，他打开字条快速瞥了眼，上面写着："危险！他们的下一个目标是你。"

字迹潦草，却触目惊心。

伯恩收起字条后不由得看向艾薇，见她看着自己，眨动眼皮，然后若有若无地看向另一个地方。伯恩顺着她的目光看去，发现那方向坐着帕顿夫人。

艾薇给他的警示很明显，在兰迪之后，他成了帕顿夫人和灵学会针对的目标。艾薇发觉了什么线索？难道那些人意图谋害他？伯恩有些难以置信，但预感不妙。他又悄悄观察了一下帕顿夫人，惊觉在她附近坐着一些神色不对劲的人。且不说那些人面孔陌生，就那种在沉默中目光游离的神态来看，像在暗中监视着谁。

如有所感，帕顿夫人抬起头转眼看向他。

伯恩立刻收回目光，装出若无其事的样子。尽管看不见，却有一种如芒在背的感觉袭来，让他极度不舒服。

"兰迪去了天堂的家，但他永远活在我们心中，大家不必悲伤，走的人不希望你们不快乐……"牧师为逝者祷告，"天空留不下他的痕迹，虽然他已飞过。他现在没有病痛，也不用再挣扎……"突然间，牧师停下来，神情不自然地看向摆放着的那具棺椁。

室内寂静，大家都听到了一点异常响动。

窸窸窣窣的，像指甲在刮擦木板。从棺椁传来的轻微声音令人牙酸，不由得让人毛骨悚然。众人面面相觑，不约而同地想到了可怕的事，有些不知所措。

异声陡然增大，"啪"的炸响。

这响动异常骇人，有人惊慌失色地叫起来，教堂里顿时乱了。牧师保持镇静，画了个"十"字，然后示意教堂职员过去查看。两人移开棺椁盖子向内查看，无异常，又检查了一番四周。他们的脸色恢复了正常，解释说棺椁上有个承重部件裂开了，抱歉让大家受惊了。

悼念之后，灵车载了棺椁送往墓地安葬。

墓地就在教堂附近，人们步行随同。伯恩一直留意着艾薇，见她走在送葬队伍的一侧，与旁人拉开距离，故意似的。伯恩心里一动，慢慢走到她身旁。

"伯恩教授。"艾薇往前走着，低声说，"千万不要与帕顿夫人接触，否则你将遭遇致命危险。"她声音轻柔，隐隐透着担忧。

"你发现了什么迹象？"伯恩想到答应摩根参与测试的事，与帕顿夫人接触已无可避免，除非他改变主意。

"兰迪告诉我的。"艾薇回应，"他让我在必要时警示你。"

伯恩暗暗震惊，面部保持镇定，等待她的解释。

艾薇接着说："我是多伦多大学的脑神经研究员。我和兰迪平时各自繁忙，有一年多没见面了。两周前，他突然找到我，看上去，他有些烦躁不安。他跟我讲了与灵学会针锋相对的事，然后说，灵学会曾经派人秘密约见他，想重金收买他，要他认可帕顿夫人的通灵术，许诺事后让他成为'七圣灵'之一，在灵学会获得极高的地位。"

"什么'七圣灵'？"伯恩疑惑地问。

兰迪是科学捍卫者的重要成员，假如他反转，加入灵学会，那将是震动学术界和社会舆论的大事，必定让帕顿夫人声名大噪，获得更多拥护者。灵学会意图拉拢兰迪，倒不奇怪，但"七圣灵"这事他从未听闻，不知何意。

"兰迪说，灵学会近年来分化出一股暗势力，在内部形成一个极端组织，虔诚者众多，组织制度和等级森严，行动诡秘。那些被洗脑的信徒信奉一个莫名的'圣主'，推崇七个'圣灵'，帕顿夫人就是其中之一。"

伯恩倒吸了口气。灵学会这种黑暗内幕超出了他的认知。

尽管他知道灵学研究已有一百多年的历史，发展至今势力不小，吸纳了不乏社会名人、专家学者、科学界知名人士在内的大量会员，仅在斯坦福大学就有至少七位教授、系主任和研究员声明支持灵学研究。哈佛大学还设立了研究心灵现象的专项基金、研究实验室。每年举办一届的国际灵学研究会议声势浩大，参会者众多，会刊《心灵研究》订阅群体广泛，其成员出版的著作引发公众狂热追捧。灵学会因此获得大量捐赠支持，有来自私人基金会、教育和慈善基金会的资助，甚至还收到过政府部门的资金。灵学会实力雄厚，总部在洛杉矶，还在十多个州设有分部。虽然如此，伯恩以为灵学会毕竟还打着科学研究的幌子，与捍卫者属于学术之争。而这时，他听艾薇这样说，灵学会的性质显然变味，有向邪教发展的趋势。

如果帕顿夫人只是"七圣灵"之一，那么意味着有更多的灵媒还没露面，此外，那个所谓的圣主又是谁？伯恩不禁犹豫起来，这不是"自由学术之风劲吹"了，而是已演变成一场腥风血雨的斗争。他真要卷入这场暗涌的风暴中吗？

　　只听艾薇又说："兰迪拒绝了对方的拉拢，一直在暗中调查灵学会，但遇到很大阻力。他被人监视，嗅到了危险……"停顿了下，她的声音发颤，"他还发觉捍卫者之中有人投靠灵学会，信奉圣主。"

　　"谁?"

　　"兰迪不确定……他对摩根、莱茵有些怀疑。"

　　伯恩暗吃一惊："他的怀疑可有根据?"

　　"帕顿夫人的通灵术，"艾薇说，"他们先后测试了三次，摩根和莱茵都声称产生了效应，但兰迪没有任何反应。这就是可疑之处。"

　　伯恩深感赞同。不错! 这就是最大的疑点。

　　他本人不相信通灵术，之前听摩根说感到帕顿夫人传递来的心灵意象，不受控制地产生一些古怪的念头，他还半信半疑，差点怀疑自己的判断力。这主要是因为摩根和莱茵是捍卫者的核心人物，品行端正，是具有影响力的学术权威，况且，两人还是正统的基督徒。摩根反对灵学，他不仅捍卫科学，还捍卫信仰，认为两者都不可亵渎。伯恩从没想过摩根和莱茵在这件事上有问题。而这时，他不由得开始怀疑了。

　　帕顿夫人的通灵术有效，除非作弊，没有第二种可能。

　　假设灵学会收买了摩根和莱茵，测试时产生所谓的心灵感应也就不奇怪了。想到这里，伯恩不寒而栗。这种情况相当糟糕，实在太可怕了。兰迪很可能是被灵学会的人谋害的。他沉痛地说："兰迪还说了什么话?"

　　"一切都只是推测。"艾薇叹了口气，"兰迪甩开跟踪者，来多伦多找我诉说这些苦恼的心事，就是因为找不到确切证据，跟别人无从谈起。"

　　伯恩忽然想到兰迪给他的电话留言——"我已找到它"，这也许不仅是指通灵术的秘密，还意味着什么……他正琢磨着，听艾薇又说："兰迪感到自身安全受到威胁，另外还跟我特别提到了你。伯恩教授，兰迪认为灵学会的下一个目标是你。"

　　"为什么?"

　　"他们把你视为'七圣灵'之一。"

　　伯恩吃惊不已，正要追问，忽见有人从送葬队伍中走过来，逼近他和艾薇，就是那些在帕顿夫人身边的监视者。他沉住气，话锋一转，用轻松的语气说："你从事的脑神经学主要做些什么?"

艾薇立刻反应过来，顺着他的话说："在一个整体研究项目当中的一个环节，研发大脑成像、神经标记和神经环路示踪技术。该项目与加拿大和美国的众多实验室联合，最终目标是要建立一个国际性的脑图谱影像平台。"

"听起来，这是一项艰苦而卓越的基础研究。"

"是啊，如果能完成，由此带来的长尾效应会非常显著，利于我们对大脑疾病的探索。未来我们有望通过大脑图谱影像、相关标记物，掌握脑功能障碍疾病的发生机制。"

"可以治疗心理障碍、自闭症、抑郁症、神经衰退性疾病？"

"嗯，这些都是我们的计划中首先要攻克的目标。"

两人闲聊着，就像刚认识的人搭讪。

行至墓地，举行了简短的入葬仪式。棺椁放入墓穴，大家依次上前掩土、献花，肃穆沉思。伯恩凝视着棺椁被土渐渐掩埋，哀思片刻。他下定决心，无论遇到多么艰难的事，有多大危险，他都要对灵学会追查到底——揭露真相以告慰兰迪的在天之灵。

墓地绿草茵茵，一棵棵水松枝繁叶茂，华盖常青挺立在四周，枝条随风摇曳，仿佛带走了他寄托的默祷。

葬礼结束。伯恩与众人告别，准备开车回校舍，来到教堂的停车场时，却见一个西装革履的黑人吸着烟站在他的车旁。

"保罗·伯恩？"那健硕的黑人打量他问。

"你是谁？"伯恩警惕地问。

那人扔掉烟头，向他出示证件，说："我们有事和你谈谈。"

证件显示这位杜克军士隶属国防情报局（DIA）的科技部——据说DIA是美国所有情报机构当中最神秘的一个部门，负责为国防策划者、军队首脑提供军事战略情报。

"什么事？"伯恩有些诧异，不知军方情报人员为何突然找他。他转念想到兰迪死亡事件，但又不太确定。如果涉及重大犯罪案件应该是联邦调查局来执行，或由中情局的特工参与调查，但这事跟军方有何关系？

"请上车谈。"杜克走向附近停泊的一部黑色林肯轿车，拉开车后排座的门。伯恩坐上车后，杜克关闭车门，却是站在车外警戒。

车里坐了一位体形精悍的便衣，脸上有浓密硬朗的络腮胡，感觉他就像历经沙场磨砺的军人，但看上去却又是一副睡眼蒙眬的模样，见他坐进车，也不改慵懒而郁郁寡欢之态。

"安德森。"这位身着便装的军人嘟囔了声算是自我介绍，又慢吞吞地跟他握手，手掌软绵无力，有些敷衍，然后说出一番带有浓重得州口音的话，"伯恩教授，我们在评估一个科研项目，需要找低调的可信的专业领域的人，打算邀请你为我们工作一段时间。"

伯恩一怔。这事他想多了，DIA的人找上他只是为军方的科研项目提供服务。他问："跟心理学有关？要多久？"

"两周……评估已近尾声。"安德森拖长鼻音，缓慢打了个哈欠。

"虽然在暑假，但我有个人事务安排。"伯恩迟疑地问，"我能推辞这份工作吗？"这倒不是为推诿找的借口，他准备在暑假期间写一篇分析超心理学实验中估算统计错误的论文，查阅资料和做分析都要占用大量的时间。

"可以，你有权拒绝。"

伯恩想不到安德森干脆利落地答应了。他松了口气，只听安德森又说："请你推荐一位适合的心理学家。"

"是否方便介绍下工作内容？心理学类别挺多的。"

"超感官心理现象研究。"

伯恩哑然失笑，这位没睡醒的安德森先生恐怕误解他了，以为凡是挂心理学头衔的人做的事都一样，就像以为所有的心理医生都会催眠术。他不得不提醒说："先生，你需要的是超心理学方面的人吧？"

"不找'绵羊'，那没多少评估价值。"安德森无精打采地摇头说。

伯恩有些吃惊，安德森对超感研究并非一无所知，这句看似漫不经心的话直指核心。他想了想，谨慎地说："据我所知，目前大部分专业人士对超感的存在，都有些不同程度的相信，很少有人坚守正统的心理学。"

安德森听了这话，对他露出一个颇有意味的表情。解读其表情含义就是：所以我们才来找你。

伯恩踌躇了下，释然地说："好吧，我接受。可能多虑了，但我想事先知道评估工作要点。"安德森早有准备，抽出一份文件递给他，然后例行警告："为国家服务，保密誓言将随你至死。"

伯恩阅读了这份记录工作概要的机密文件。

DIA负责一项特种军事计划，研究利用人体超感能力实施军事行动和情报收集，计划代号"极光"。从1972年开始，国防部为极光计划投入了大量研究经费，试图训练出具有"遥感""预知"和"脑控"等超能力的士兵，组成一支能进行"意识战争"的秘密特战队。该计划被国防部列为最高机密，但实施至今，缺少证据证明它的实际价值。DIA因此做了一次深入的综合价值评估，请国家研究所做主要的评估工作，另外也聘请一些各研究领域的专家进行分组辅助评估，以确定是否继续实施极光计划。

"这项研究的价值显然不大。"伯恩看了文件，付之一笑。相比在民间和学术界折腾的灵学会，这个所谓的极光计划——国家军事级别的伪科学研究项目，竟然还搞了二十多年，其间不知浪费了多少纳税人的钱。

"为了国家安全和利益，什么都得尝试——这是那些政客们惯用的说辞。"安德森收起文件，似乎嘟囔了一句脏话，神色不悦地说，"而我们，就负责做好事后的抹布。"

这话让伯恩深以为然，对安德森略有好感，他问："什么时候开始工作？"

"明早9点，他来学校接你。"安德森瞥眼车外的杜克说。

"需要我准备些什么？"

"发挥你的专长，客观分析，如同写一篇有学术价值的论文。教授，在工作期间如果有什么要求，我尽可能地给你支持。"

"好！"伯恩答应下来。忽然灵感一闪，他联想到兰迪之死，试探地问："我遇到一件与超感有关的事，能否授权让我参与调查？"

"噢……"安德森拖长浓重的鼻音，侧脸对他看过来。

伯恩整理思路，把兰迪调查灵媒却意外身亡的前因后果讲述了一番，最后说："我认为揭穿通灵术的秘密，对评估工作有反证作用。我希望通过查找兰迪自杀的真相，充实评估论据。"

安德森瞥眼他，陡然间，原本漫不经心的目光变得无比锐利，似乎看穿了他的真实意图。伯恩被看得心惊肉跳。最终，安德森没说什么，抬手敲了敲车窗。车外的杜克立刻坐进驾驶室。"去市警局。"安德森吩咐杜克，"通知贝里克警督，我们要调查一宗案件。"

"现在就去？"伯恩对安德森雷厉风行的做事方式有些吃惊。

"教授，去开你的车，跟紧点。"安德森往后靠，又恢复了瞌睡状态。

他们来到帕拉奥图市警局。

有DIA的人出面交涉，办事高效迅捷。一个名叫科曼的探长专门负责接待他们，按要求拿来兰迪死亡案的所有卷宗，包括现场勘查、提取的物证和人证记录、法医鉴定等资料，并安排他们入座宽大的警局会议室，殷勤地提供热咖啡。

在查阅资料的过程中，科曼探长毕恭毕敬，对伯恩有问必答，貌似惶惑不安，猜测是哪里触犯了DIA。

案件的调查资料十分翔实，伯恩看了一遍，从中没发现可疑点。

从现场勘查、痕迹鉴定和邻里的证词来看，兰迪当晚独居在家，门窗完好无损，没有任何人闯入他的公寓的痕迹。

"定论为自杀，绝对没问题。"科曼探长说，"如果是他杀，谁能这样悄然无痕地入室作案？除非凶手是一个幽灵。"

伯恩听了这话无端打了个寒战，手发抖，使咖啡洒了点出来。

"兰迪喝了酒，会不会因此造成意外？"

"死者血液里的酒精浓度很低，几乎不影响人的意识。他死前有生理反应，留下身体激烈抽搐造成的痕迹。你看照片，浴缸底部，这些就是手指抓挠造成的印记……脚部皮肤擦伤，皮下充血，三根手指的指甲脱落，这些都表明他是被活生生勒死的，死前经过痛苦挣扎。"

"排除了突发疾病？"

"是的，先生。法医说死者健壮如公牛，取出的心肺十分新鲜。"

"大脑呢？"

"没发现什么……我知道你的意思，自杀动机不明，他像是发疯。"

伯恩叹口气，放下卷宗。

尸检照片上，兰迪瞪大双眼，眼珠凸出，密布玻璃裂纹般的血丝。

不得不承认，兰迪的行为实在太疯狂了，把直径0.7毫米的不锈钢钢丝绳一圈圈缠在脖子上，以182磅的体重将自己坠死，钢丝嵌入皮下，几乎勒断了喉管。他赤裸着死去，脸朝下，垂死挣扎时在浴缸底部抓出血痕。

一道道扭曲的痕迹触目惊心，犹如一堆干枯的死蛇。

兰迪为什么要以这种痛苦的方式寻死？伯恩苦思着，突然生出一种异样的触动。他把拍摄有浴缸底部痕迹的照片拿起来看，调整不同角度地打量——异感越来越强烈，这些痕迹似一个他熟悉的图案，却又无法辨识出来，只觉莫名心惊。

"发现了什么？"科曼探长绷紧神经，担忧地问。

伯恩皱眉摇头，递给他照片问："这些痕迹像什么？"

"猫抓过的一团毛线……杂乱无章，看不出规律。"科曼偏着头打量了会儿，忽然笑了，"嘿！看起来还有点像抽象艺术，杰克逊·波洛克的画作就是这种风格，线条错乱、复杂难辨。那家伙宣称燃烧生命来绘画，实际上就是把画布钉在地板上，然后随意泼洒掺和了沙子、碎玻璃和铁钉的颜料在画布上摩擦——这和水泥工有什么区别，有何意义？"探长缓解了紧张情绪，耸耸肩，"艺术家就是来自另一个世界的疯子，只要足够胆大出格，就能身价千万，举世闻名。国家美术馆里的那些名画，我看还不如这个死者用手指在浴缸里画出的这一幅亡魂之画。"

最后这句冷幽默显得有些不合时宜。科曼说出来后也意识到了，赶紧说："抱歉，我不该这样形容，对死者不敬。"

"亡魂之画？"安德森放下咖啡杯，拿过照片看了看，然后瞥眼伯恩。

"我不知道该怎么形容，感觉很糟糕。"伯恩摊手说。一种难以言说的感受，心底似乎冒出个冰冷的声音告诉他，这是不祥之兆。

"去现场看看。"安德森站起身。

伯恩一怔说："是啊，照片不如现场清晰。"

科曼探长摇着头苦笑，只得带他们前往兰迪的公寓。

兰迪独居在山景城的一栋老式公寓楼里。这里位于硅谷的心脏地带，周边科技公司云集，附近是新建的计算机历史博物馆。伯恩和安德森、科曼探长进入公寓楼的第三层。这栋房屋楼道宽阔，墙体厚实，隔音效果很好。在酷暑的午后，人在走廊上却感觉有些阴凉，仿佛走进一条遮天蔽日的林荫道。幽暗的走廊上只见一扇扇紧闭着的房门。租客大部分是硅谷的年轻雇员，他们怀着梦想，早出晚归地奋斗在科技事业上。实际上，他们中的大多数人最终沦为工业流水线上的螺丝钉。

兰迪从斯坦福大学毕业后也做过创业梦，就像多如牛毛的那些科技初创公司CEO，成天坐在咖啡店里瞎聊，琢磨着怎么说服投资人入伙，创造一个类似微软公司的商业神话。当然，兰迪没成功，甚至连构想中的公司也没能创办起来。后来，兰迪的广泛业余爱好之一的魔术将他带入意想不到的行业——兰迪用了三年时间，成为剧场舞台上小有名气的职业魔术师。

"人生就是一场交通事故。"兰迪曾经对他说，"你做的所有精心准备，往往会遭到意外而来的货车碾轧。殊不知，那混账司机还是个上帝派来的醉鬼。"

兰迪谋生不易，但很少抱怨，在伯恩的印象中，那是兰迪罕有的一次酒后发牢骚。回想着两人交往的一些生活细节，他有些恍然，感觉兰迪的亡魂仿佛游荡在不可见的某处，陪他一起穿过这条幽暗的走廊。

进入被警方封锁的公寓。

屋内一切陈设看似都没变。狭小的客厅里放置着条纹布沙发，陈旧的桌子和木柜上摆满书刊，一盆几乎不用浇水的仙人掌，各种漫威人物模型——初代恶灵骑士布雷泽坐在燃烧的摩托上，冷然注视着闯入房间的人，各式古董工艺品，一台坏了的玛米亚C330双镜头反光相机，一个工业革命时代的产物——火车头怀表……靠墙收藏着两把吉他，转角处立着一台来自意大利的古典留声机。兰迪手工改造了木柜式的音箱，加装日本东芝功放器。放上唱片，开启后，铜制喇叭发出优雅之声，音色中透着独特的岁月忧伤，悠扬地萦绕于耳畔。

客厅与卧室之间有个独立的浴室，那就是兰迪的死亡现场。

伯恩走到浴缸前，俯视那幅凝固了的亡魂之画。

一种怪异而似曾相识的意象在他脑海里涌动，却始终不浮出水面。

"体验一下死者的感受如何？"安德森从杂物柜找来一卷尼龙绳，搭在浴缸边上。伯恩被这个疯狂的建议吓到，有些不知所措。

"教授，想出成果，就得有实验精神。"安德森平淡的话暗藏激将。

伯恩犹豫着，求助似的看向科曼探长。

探长咧嘴一笑，满不在乎地说："可以试试。我们取过证了，正准备解禁公寓。你如果想深入调查，就算在这儿住上几天也没问题。"

伯恩深吸一口气，脱去外衣和鞋子，跨进浴缸。

他把尼龙绳套在脖子上绕了两圈，蹲下，调整姿势，伸头靠近浴缸边缘的水管，将绳子绑在水管上，然后双手撑着浴缸慢慢往下爬。

绳索绞紧，勒住他的脖子，喉部传来束缚感。

"放松手脚，让身体自然下坠。"安德森坐到浴缸边上指点他。

往下沉，伯恩只觉大脑嗡嗡发热，耳鸣、流出口水，却无法吞咽，粗糙的绳子让呼吸变得困难，渐渐感到窒息……他不禁用手支撑住浴缸底部。

"放手！"安德森命令似的厉声呵斥。

探长的声音随之传来："别担心，我们看着你。"

伯恩心一横，松了手，任凭绳索勒颈。难受感陡然增强，视线恍惚，浴缸底部暗黑透红的痕迹在眼前晃动……大脑缺氧，胸腔激烈地起伏，他忍不住痛苦，要抬手支撑身体，骇然发现手臂不受控制地乱颤。他惊慌地挣扎起来，只觉双腿像抽筋那样，无法做出屈腿的动作，脊背上仿佛被一块沉重的巨石压着——殊不知，安德森伸手按住他的后背，查看他的动作。

眼前一阵阵发黑，意识模糊……伯恩痛苦难耐，但叫不出声来，唯有拼命摆手求救。"咔咔……"他恍惚听到自己的喉咙发出断裂的闷响，觉得身体像被塞进绞肉机里绞碎，一条条肌肉激烈震颤。

"看到了吗？"安德森问。

"像溺水的人，两手无意识地拼命划水。"探长对安德森露出钦佩之色，"他与死者的反应完全不同……难道因为还不够接近死亡？"

"那就再看看，估计他还能撑20秒。"安德森用右手死死压住像大鱼摆尾挣扎似的伯恩，抬起左手看腕表，冷静地估算着时间。

极致的痛苦之后，伯恩的意识消失了，像坠入一个无我境界的深渊，什么都感觉不到，黑暗吞没了他。

昏死片刻。

伯恩能再次呼吸时，视线里充斥着光耀，有人扒开他的眼皮查看。安德森那密布络腮胡的脸浮现出来，鼻头近在咫尺。"呃……"伯恩呻吟着，渐渐恢复知觉，发现自己躺在地上。他摇晃着站起来，四肢酸软，一阵猛烈咳嗽。"太可怕了，我差点死了……"他手摸肿胀麻木的脖子，惊骇地说，"我居然不能自救！手脚碰到浴缸却使不上力，无法终止自杀。"

"每个人的身体素质不一样，只要角度合适，有些人蹲着吊在门把手上也会被勒死。"安德森盯着他问，"你刚才感觉到什么？"

恐怖的濒死体验，除了痛苦，还是痛苦。伯恩茫然想了会儿，摇摇头。

"亡魂之画有什么含义？"安德森追问。

"不知道。"

"狗屎！你的表情骗不了人，不想承认吗？"

"有些心理感受无法描述。"伯恩心有余悸地说，"先生，你能回忆起最近一次噩梦的内容吗？尽管你能感到梦中残留的恐惧。"

"没那种梦。"

"怎么可能？"

"我是说，世上没有让我惧怕的东西，除了日渐虚度的生活。"

伯恩哑然失笑，发现浴室里只有安德森，就问："科曼探长呢？"

"去商店为你买裤子。"安德森说，"教授，你尿湿了。"

伯恩低头看，才发觉裤子湿淋淋的。在浴缸里意识模糊那时他失禁了。

整个下午，伯恩独自一人留在兰迪的公寓。

科曼探长应他的要求把房门钥匙留下，给了他警局的电话。科曼临走前语带揶揄地说："福尔摩斯先生，这是一场心灵诡计的较量，希望你能找到线索，随时通知我，祝好运。"

安德森走时则提醒他别忘了明早之约。

两人离开公寓后，房间里安静下来，静得可怕。墙壁隔绝了外界，房屋里自成一个世界。伯恩靠在沙发上，看着阳光透窗投射到地板上渐渐移动。微尘浮游于空气中，无始无终地挣扎着，似乎传来细菌被紫外线杀死前发出的呜咽。他保持姿势不动，静心等了一阵，然而，他并未感应到兰迪的亡魂。没有异常吹过的微风，窗帘纹丝不动。

人死了形神俱灭，生命灵光不再存于世，意识只不过是身体机能的表现，它由大脑而生，随脑死亡而寂灭，死后亦不能传递任何信息给人。伯恩怔怔想着，不觉有些伤感。独自在死亡现场这一刻，他还真希望通灵术有用，让他看到逝去好友的影子。

可惜上帝沉默已久。世界真实、坚固而丑陋，犹如一座密不透风的铁屋子，令屋中人惘然而生，仓皇无助地活着，直至死神扼颈，窒息而亡。

人们惧怕死亡，不确定灵魂是否存在，那究竟是何物？我们死后魂归何方？这些都是发自每个人内心的疑问。而在科学和宗教之外的阴影处，让一些怪力乱神的人有了发挥想象的余地——这就是灵媒应运而生的缘故。

通灵术是一种最早起源于欧洲的古老巫术，流行于世界各地，经久不衰。据伯恩所知，历史上的通灵术分为两大流派：一种称为"亡灵派"，可与亡灵对话，观预兆，占卜吉凶；另外一种是罕见的"招魂派"，宣称掌握了让死尸回魂的法术，能使用符咒、阵法、一些特殊的物品让死去的人复活，还能打开地狱之门，召唤幽灵到人间。

多数灵媒属于亡灵派，毕竟招魂派的法术很难骗人——这种声称能让死人复活之术至今没见谁成功过——世间的人无论高低贵贱，最终都难逃一死，死后永不复生。

亡灵派的通灵术却不易被揭穿。灵魂即便存在也是无形无相，灵媒与之沟通制造出显灵的幻象，犹如海市蜃楼般令人难辨真假。世人一旦相信，就会被迷惑，被诱入心灵陷阱。盲听则迷信，偏见则失心。兰迪说过，要看穿灵媒的把戏很简单，就是不被其手法迷惑。

邪由心生。

撒旦三次引诱耶稣基督不遂，只得悻悻离开，去窥伺别的机会。

伯恩叹息一声，在房间里徘徊，开始仔细翻查室内物品。兰迪没有写日记的习惯，那晚发生的事不得而知——兰迪究竟想到了什么？

木柜上有大量关于通灵术的书籍、杂志、剪报和录像带资料。这六年来，兰迪投入精力研究，寻求一切可用的信息和统计案例，对灵媒进行调查。伯恩逐一查阅资料，发现兰迪收集信息最多的人是布里·贝拉。

贝拉是灵学会的精神领袖。她现在的身份是心灵导师和畅销书作家，而在1991年入狱以前，她就是一个国际知名的灵媒，以神秘的预知能力迷惑了众多世人。

布里·贝拉出生在佛罗里达州的坦帕，据说从幼年起就表现出超凡的通灵预知能力。她自称这是"上帝赐予她的天赋"，不仅让她感知亡魂，还能从"灵界"嗅到即将发生的死亡。4岁那年，贝拉预知了母亲病逝。她说感应到母亲的灵魂并未消逝，而是回到灵界——灵魂的故乡。母亲从此与她心灵相通，传递灵界信息，告知她世间将要发生的一些悲惨死亡之事。

最引人轰动的一次预知，是她宣称预言了"挑战者"号航天飞机的灾难。

兰迪对此事做过详细的调查并做出披露。

1986年1月28日，"挑战者"号在升空不久后解体，残骸散落大海，机上七名宇航员全部罹难。这是航空航天局历史上最大的事故，那悲惨的一幕烙印在整整一代人的脑海里。事故发生后，一名叫科尔的工程师对调查委员会称，他在当天早上收到贝拉亲手交给他的一封信。在信里，贝拉描述了感知到的情景：航天飞机被冰雪冻住，最终裂成碎片从天而降，发出一道道骇人的火焰后坠入大海。

科尔在航空航天局工作了24年，诚信可靠，当时他和数百万观众一起目睹了"挑战者"号空难，震惊之余，他想起贝拉的预言，非常内疚，因为他没有将这事告知航空航天局。"如果有人问起来，信息来自何处，难道我的回答是灵媒的预见？"工程师认为这件事没有科学依据，是一件荒唐的事，谁知竟然真的发生了。

警方调查了工程师和贝拉。蜂拥而来的媒体记者，把这起事件炒得沸沸扬扬。事故调查结果表明，导致价值10亿美元的航天飞机失事的是仅值900美元的合成橡胶密封圈——它被寒冷的天气冻坏了。联想到贝拉预言的精准描述，当时许多人都信以为真。贝拉很快名声大噪，接受多家报纸和电视台的采访，她声称，来自灵界的感应是过去、现在和未来交织在一起的信息。她还知道，工程师不相信她的话，这场悲剧无可避免。她能做的只有为死难者默哀。

时隔五年，兰迪经过抽丝剥茧的调查发现，贝拉的一位叔叔在莫顿·塞奥科公司的管理层工作，而该公司是制造与维护航天飞机SRB部件的承包商。发射前晚的内部会议上，有部分工程师表达了他们对密封SRB部件接缝处的O形环的担心：低温天气会导致O形环的橡胶材料失去弹性，将无法保证它能有效密封住接缝。公司决策者没听取他们的异议，忽视了危险。兰迪分析认为，贝拉可能从叔叔口中获知内幕，从而想到利用它来宣扬通灵术。

假如预言失败，那位工程师不会在意这件小事，而一旦预言成功，报道事故的媒体覆盖面会非常广，她将由此名扬天下——她确实蒙对了。

通灵术就是以这样的方式蒙人，随着时间的流逝，很少有谁记得通灵失效的事例，却往往记住了猜对的那一次。

兰迪不仅揭露了这次预言事件，还统计了历年来贝拉对爆炸、地震、罪案等各种致命事故做出的上百次预言，准确率不到12%。足以说明这个灵媒凭借的仅是巧合，而非具有超乎常人的预见能力。但贝拉却因为某些少数成功的预言而名盛世界，备受灵学会尊崇。

兰迪没有放弃，坚持不懈地追查贝拉。到1991年，调查发现贝拉在秘密收集死尸，雇人窃取那些死于流产、未受洗礼的婴儿尸体。警察接到兰迪的举报，从贝拉的住宅里搜查到一些烧焦了的死婴残骸——手指、牙齿、眼珠、肉块或骨头。贝拉被送上法庭，判入狱一年。兰迪推测，贝拉投向了"招魂派"，试图发掘号称能让死尸回魂的通灵术。据考证，在古北欧人的巫术中，这类夭折的死婴能给巫师带来异常强大的灵力，法术至高者是世界毁灭的象征，可以令死在绞架上的人复活，召唤和统领无数的地狱鬼魂。

兰迪的揭发让贝拉身败名裂，为众人唾弃，教会称她为"魔鬼的仆人"。

贝拉出狱后收敛了一段时间，随后以心灵导师的身份复出，从而避过了宗教界的指责。这个神棍摇身一变，成为灵学研究专家，在洛杉矶经营一家灵性修炼中心，从事收费的精神心理辅导。对窃尸事件，她坚称："人总是会犯错的，只有上帝才永远正确。我始终功大于过，帮助了成千上万的人解决心灵问题。"具有讽刺意味的是，几乎无人记得兰迪，狂热的民众再次接纳了贝拉。其后出版的著作《灵界之旅》曾登上《纽约时报》畅销书排行榜榜首，拥护者有上百万人。灵学会鼓动媒体推波助澜，在渲染下，贝拉继续诱人心，骗取那些意志薄弱之人的钱财，她的心灵修行生意兴隆。

随着名气日渐高涨，贝拉一呼百应，成为灵学会的精神领袖。

人们来到世间，绝少有谁的心灵不被隐秘痛苦之事缠绕，但有的人却不寻求教会或正规的心理治疗途径，偏偏迷信神棍巫术，为何这样？

伯恩掩卷沉思，作为心理学研究的一员，这个问题值得他深究。

今晚，他首先要面对的就是贝拉大力推荐的灵媒帕顿夫人。

贝拉宣扬一个终极预言：帕顿夫人将打开灵界之门，让世人回归生命轮回的源头。死亡并非黑暗，而是永恒的光明，人们的灵魂将获得完美的归宿。

万物有灵，众生归于灵界——成了灵学会的至高教义。

凡是宣称"完美"者，必有邪异之处。伯恩赫然看向浴室，仿佛在那无形的地方，兰迪在静默地注视着他。

第2章　灵魂悖论

约定测试通灵术的时间将至，伯恩离开公寓，前往 ASD 实验室。

加州大学伯克利分校毗邻旧金山湾，负责运行着全美最杰出的国家实验室之一——隶属美国能源部的劳伦斯伯克利国家实验室（LBNL）。麦肯特是生命科学高级研究员，他和莱茵在此申办并建立了 ASD 独立研究实验室。在科学界，LBNL 相当于"卓越"的同义词，而 ASD 实验室配备精密检测仪器，以严格公正闻名，专门进行灵媒测试，成为科学捍卫者的重要阵地。

伯恩在校区快餐店吃了点东西，随后来到灯光通明的 ASD 实验室。

摩根、莱茵、麦肯特和伯德这四位捍卫者核心人物提前到场，商议今晚测试的事，实验室里还有数名助理员准备着测试设备。霍姆斯·伯德是《科学家》科普杂志的副主编，坚定反对灵学，认为那些超感现象都可以做出正常解释。这时，伯德失去冷静地绞着手指，与麦肯特争论着什么。伯恩与摩根打过招呼，坐下来旁听，听出两人在为今晚谁做受试者而争执。伯德自我推荐，认为受试者需经过特殊心理训练，才能抵御灵媒使用类似催眠术的心理暗示，他为此专门研究过催眠术。

"关键问题是，作为受试者，你自信能做到不被心理诱导吗？"

"敏锐的洞察力才是测试关键。"麦肯特回应伯德，"我是门萨会员，有足够的把握察觉她暗示的内容。"

"你越想寻找某种暗示，越容易被诱导。"伯德摇头，神色焦虑地看了看摩根和莱茵问，"你们对此应该深有体会吧？"

摩根说："也许吧，逻辑思维也会诱发大脑的潜意识活动。"

莱茵皱着眉说："我更怀疑帕顿夫人施术用的蜡烛或佛罗里达香水有问题，可能含有某种致幻物质，应该做严格的样品检测。"

"那些东西可以从市场购置。对方同意，今晚由我们提供测试所需的物品。"

摩根指了指一个放置的袋子，"所有东西我都备齐了。"

莱茵思索着，忽而露出惘然之色，惶惶着迟疑说："还有那黑镜……"

什么黑镜？伯恩立刻注意到莱茵的异样。

当听到"黑镜"一词时，摩根的神情看似也有些异常，目露惊惧地说："帕顿夫人认为黑镜是特殊物件，坚持要用她的，称通过镜子能进入灵界，窥视灵魂。"

"那镜子是否有放射性？"莱茵神经质地问，然后自问自答，"低剂量的照射也会损伤人体……也可能，自发放射出的正电子、质子、中子，包括其他未知的粒子会干扰了人脑意识。"

"莱茵教授，你想复杂了。"伯德连连摇头，"这些推测做物理检测便知，但我认为，通灵术显然属于心理范畴，镜子只是一种道具，诸如昏暗的烛光、香水气息、刻意的低声细语，都是在营造一种氛围，以特殊视觉、味觉和听觉刺激，增强催眠效果。"

"世上没有神奇的催眠术。"麦肯特坚定地说，"保持大脑清醒、思路明晰，人不可能在违背自己意愿时被催眠。"

"不不，你小看了自我暗示的精神力量。"伯德说，"兰迪深谙此道，他在舞台上表演催眠术，仅三秒钟，就能隔空锁住观众的双手，使人无法动弹，还制造出失控的生理反应，让人身不由己地大哭大笑……"伯德讲述着兰迪的魔术事例，情绪似乎也有点失控了。

"那是魔术表演，事先安排好了被催眠者。"

"心理暗示是真的，兰迪经过观察，发现有些人容易被激发潜意识。"

"但兰迪也没能找出帕顿夫人的手法。"

"他发现了，可是……"伯德摇头，难抑沮丧痛惜之色。

伯恩一言不发，冷眼旁观他们。

如果艾薇所言不假，那么在场的这四位都值得怀疑，尤其是做过受试者的摩根和莱茵。越观察他们的反应，越觉得他们内心藏有不可告人的隐秘。推测全局，他甚至怀疑捍卫者邀请他今晚来参与测试，也许就是一个诱他上钩的圈套。要验证也简单，他只需等待，看谁先对他出击——无论钓鱼，还是捕鼠，总要事先抛出诱饵。

"伯恩教授。"伯德向他发问，"你怎么理解催眠术？"

"营造信任感，切入潜意识。这是催眠的要点。"伯恩回应。

伯德赞同说："对！要让人不知不觉进入催眠状态，得先获取他的信任，调动潜意识才能被催眠师植入暗示。帕顿夫人就是这样干的。"

摩根也看向他问："怀疑论者很难被催眠吧？"

"是的。从专业角度评判，最厉害的催眠术对我也没用，即便被注射了阿米妥钠镇静剂，我有心理防御能力和耐药性。"伯恩一转念，做出了个大胆的决定，他试探地问，"需要我做受试者吗？"

摩根沉吟着看了看伯德。伯德立刻说："教授，如果你愿意，当然最好。在这个领域你比我们更有心得。"麦肯特犹疑了下没反对。这事就这样定下来，大家一致同意，由他做帕顿夫人的通灵术受试者。

转折来得太快，这让主动"咬饵上钩"的伯恩有些紧张，又有点期待。

不知接下来会发生什么意外状况。人心叵测，是世间最难看透的迷宫。他对通灵术没兴趣，他只想探寻人心隐藏的秘密。

他们对兰迪做过什么？将要对他做什么？

如果帕顿夫人仅是为了扬名炒作，不需要他介入，也能利用捍卫者作假达到目的，为何还把他视为下一个目标？"七圣灵"如何确定？伯恩心存疑惑。现在还看不到事件的关联性，但可以肯定，它们一直在那儿，伏在表层下面，需要他亲手去拨开笼罩的迷雾。找出某种因果关系，揭开事情的真相。这是他主动入局的缘故。

"时间快到了，我们赶紧准备。"摩根站起身对伯恩说，"教授，你得了解一下通灵术测试的情况。"

伯恩跟随摩根和莱茵来到实验室的内里，那有一个玻璃隔断的房间，专门用作测试室。玻璃屋的面积不大，室内陈设简单，只有一张木桌和两把椅子，看上去就像警局里的一间审讯室。

实验助理放置了一排设备对着玻璃屋。莱茵向他介绍，说这些是测试通灵术所用的仪器：高速摄像机、监听器、计时器、声波振动分析传感器、红外辐射探测仪、电磁波探测器、世界上最灵敏的生物场探测仪等。

想不到做个通灵术测试这么复杂，用上了一堆他闻所未闻的高科技设备。伯恩打量着那台生物场探测仪问："这有什么用处？"

"探测生物电场。"莱茵说，"凡是生物都会发出超低频电波产生的电场，主要由心脏产生。探测仪能捕捉和区分人类与非人类的不同频率。"

"非人类？"

"诸如猫、狗、鸟兽等动物。"莱茵说，"我们装配了特殊的电波分析器，可以探测出不同动物的微弱电场。"

摩根摇头说："可这些设备从来没探测到灵魂。"

莱茵说："灵魂如果真实存在，那肯定不是物质。可以假设它几乎没有质量，也许是微效应的纯能量，温度接近绝对零度，不产生任何辐射。"

"那是什么？"伯恩问。

"虚无。"莱茵摊手一笑，"所以我们无法用现有的技术探测。"

"那就是不存在。"

"唉，谁知道！"莱茵的笑透着苦涩，"前沿科学研究表明，宇宙中存在类似这种虚无的东西，称之为'暗能量'。那是一种看不见、观测不到、难以解释的能量。这种神秘的巨大力量控制了宇宙，作用与引力相反，在它的推动下，星球与星球在不断远离，导致宇宙加速膨胀。"

"居然有这么大的作用力，为什么观测不到？"

"暗能量不吸收、反射或者辐射光，所以不被任何仪器观测，不管是电磁波、无线电，还是红外线、伽马射线、X射线，这些探测都毫无作用，只是凭借爱因斯坦的一组引力方程式预测它的存在。当然，这种预测还没得到充分的证实。"

伯恩不觉也笑了，说："听起来，确实有点像灵魂。"

"也许吧！"这位老派的物理学教授神色惆怅，长叹口气说，"现在的物理学已经不像牛顿时代的经典物理那么简洁优美，诸多的新理论越来越复杂深奥，变得不确定，怪异且相互矛盾，验证也越来越艰难，尤其是天文学和量子力学，在宏观和微观尺度下的研究理论简直是一团迷雾。"

"一团迷雾，一团让人窒息的迷雾……"教授反复强调着，又说，"我落伍了，脑神经像弹簧测重仪拉到了极限，思想跟不上时代，在课堂上有时连学生的问题都回答不了。再过几年退休回家，我就在沙发上和老婆看电视剧，修剪草坪，周末去教堂打瞌睡，然后忐忑不安地等死。"

摩根说："神是唯一的精神实体，充满智慧和意志，永恒不变，绝对统一。作为神的子民，我们遵从天主的安排就是。"

"愿上帝赐我平静，去忍受我必须忍受的事。"莱茵失神低语。

摩根带伯恩进入测试室，来到桌椅前说："受试者和灵媒独处一室，坐下来面对面交流，我们在室外观察、检测、判断测试结果。"

伯恩环视测试室。这是一个特制的密封环境，空间独立，很安静。木质的桌椅结构简单，没一点多余的装饰。室内三面墙壁布置了吸音材料。有一面深色的玻璃隔断，玻璃是单向的，从内里看不清外面的场景。他抬头看了看天花板上的顶灯问："测试时要关灯吗？"

"是啊，为了不干扰测试，只用蜡烛照明。"摩根缓解他的担忧似的解释说，"我们有红外探测仪，可以看清楚昏暗的场景。"

"黑镜是什么？"

"黑色的双向反射和透射镜。"摩根伸手在桌子上比画，"帕顿夫人带来一面黑镜放在桌子中央的位置，隔开她和受试者。"

"双向镜子？透过镜面可以看到她？"

"隐约看到对方，还可以看到自己的影像。"

"她施术都使用黑镜？"

"是的，从始至终都这样。"

伯恩沉吟了下又问："怎么验证通灵术？"

"她会让你感应到一种特殊的意象。帕顿夫人用通灵术找出答案，结束后，由我们来验证，与你感应到的意象是否一致。"

"她要在我头脑里植入一个意念？不会是通过语言暗示吧？"

"不，她称那是心灵感应。"

"作为受试者，她让你想到了什么？"伯恩暗暗观察摩根。

"呃，可怕的记忆。"摩根摇了摇头，似乎要摆脱那种可怕记忆带来的压抑感受，"我驾车碾轧了一只猫……多年前的雨夜，当时除了我再无旁人知晓。下车后我站在路边看着雨水冲刷死猫，混合了血和皮毛的内脏不断涌出，血红刺目，流淌在车灯照射的黑色沥青路面——那场景萦绕在脑海，很久都难以平静，强烈的罪恶感让我惊惶战栗。"

"那只是一个意外。"

"是啊……"摩根紧皱眉头，神情痛苦地说，"但我应该收拾好那可怜的生命，而不是驾车离开，还企图忘掉这件倒霉的事。我以为没人知道……我没跟任何人说过这事，也没向牧师忏悔，我把它遗忘在心底，直到测试那天被帕顿夫人唤醒。"

摩根从贴身衣袋里拿出一张折叠的纸递过来。伯恩打开，只见纸上画着一幅潦草的图，黑白的图案中，线条凌乱难辨，假如以"死猫"的形象来猜测，却是有些相似。那一团密集抽象的线条似乎就是被压扁了的动物，一双变形的眼睛流淌着浓重的墨迹。

"一个暗示。她迷惑了你的心灵，摩根先生。"伯恩出其不意地说，近距离盯着摩根。一瞬间，他察觉摩根的瞳光陡然波动，眼皮微微发颤。

"她……噬心的魔鬼……"摩根发出近乎梦呓的声音，脸上浮现惊恐之色。

这种细微的生理反应是真实的。伯恩确定。

"教授，你刚才对我做了什么？"摩根清醒过来，惊诧地问。

"人们在潜意识里无尽延伸内心存在的恐惧，并以此展开丰富的联想。"伯恩在摩根的惊惶注视下，撕碎了图画，扔到垃圾桶。

灵学会一行人来到ASD实验室。

帕顿夫人的装扮有些异常，除了依旧是一身黑色长袍，还蒙着一层黑色面纱，从发簪垂下来遮住了整张面孔。眼睛不能视物，她由两名随从搀扶着走进来，没与任何人说话，直接去了测试室。

她仿佛带来了某种无形变化，气温似乎降了，伯恩再次感到了那种莫名的寒意。

灵学会的精神领袖布里·贝拉也来了。这位女士年近50岁，却几乎看不出岁月在脸上留下的皱纹。她精神矍铄，仪态高雅，目光温煦而平和，棕栗色的头发梳理成一束盘结着，素色暗花的丝巾披在身后，走动间，柔顺的发丝在肩后泛着灵动的光泽。伯恩发觉这位笑容可掬的灵学领袖比报刊上的照片更显平易近人，她热情地逐一问候摩根和莱茵等人，商谈将要进行的测试，声音轻柔富有情感魅力。

灵学会来人中有几名学术界专家，当中一位长者让伯恩大感意外，竟是他大学时的心理学导师普林顿教授。不知这位老教授何时加入了灵学会。伯恩不禁暗想谋局者的意图，把他的老师请来，要给他制造心理压力吗？

"保罗，好久不见！"普林顿教授亲切地招呼他。"我一直关注着你，很高兴你取得的学术成就。年轻人，你从来不缺乏睿智冷静的头脑。"

"老师！"伯恩恭敬地说，"我的一切成就源于您的谆谆教诲。"

"哈，你东方式的谦逊风格依然没变。"普林顿爽朗地笑起来，"你现在也是有名望的教授了，但说句实在话，以科学包容的视野来看，你不该抵触超心理学，你得尽快深入这个领域，开垦这片广阔而神秘的处女地。"

伯恩心想，这话倒未必实在，他微笑着说："您应该知道，我不仅质疑超心理学，质疑灵学研究，也质疑反灵学。我怀疑一切，包括自我怀疑。"

"怀疑论者……"普林顿笑着说，"所以你才是真实的？"

"怀疑一切"是笛卡儿哲学体系的第一原则。

怀疑世界的存在，怀疑自我意识的存在，怀疑神的存在……笛卡儿认为，在怀疑一切时，尚有一样东西不容置疑——怀疑的本身是真实的——我思故我在。人们怀疑，所以存在，否则不能怀疑。

伯恩回应说："不管通灵术真实与否，我愿意亲身一试。假设能验证或证伪，这将是人类对自身、对世界认知的巨大进步。"

"这可不是你的真实想法。"普林顿收起笑容，严肃地盯着他说，"保罗，你言不由衷，敷衍我，只是为了避免尴尬，不想引起争论，是吗？"

伯恩心头一跳。老师的目光如炬，能洞悉人心，这让他有些局促不安。只听普林顿叹了口气，温和地说："戒备心太重对才华横溢的你可不是件好事。无论怀疑与否，不妨坦诚明言，这才是做学术的精神。"

"晚上好，伯恩教授。"这时，贝拉过来对他说，"感谢你的参与。测试前我们可以聊一下，促进相互了解，你有什么疑问请直言。"

"暂时没有疑问。"伯恩转头看了看测试室，"说不如做，如果都准备好了，我们就开始吧。"

"我有个忠告。"贝拉还是说，"对即将发生的事情请不要过于理智，这会排斥感知到的意象。请你敞开心扉，遵从自我灵性的知觉。"

"好，我尽力。"

"教授，我还得提醒你，灵性觉醒意味着一段痛苦之旅的起始。这是无比艰难的心灵煎熬，远甚世间任何一种极端严酷的痛苦，如同在大海里失去船帆的小船，任由狂风巨浪颠簸，经历万般磨砺，直到心如明镜、洞悉世界、拨开云雾进入光明永恒的灵界。世俗的人如果不追求灵性的觉醒，只愿在当世有个平静的心态，安享一生，这也未尝不可。伯恩教授，你愿意唤醒灵魂吗？"

伯恩点了点头。

"你准备好承受心灵的痛苦了吗？"

"可以。"他耐着性子回答。

贝拉看了他一会儿，眼神复杂，随后昂首走向测试室。

伯恩与普林顿也一起过去，他不经意地问："老师，你们认为的灵界在哪里？另一个世界吗？"

"灵界不在外，而在内。向外看是喧嚣，向内找到平静。"

"意识形态，是吧？"

"活着其实是放逐，死了以后，灵魂才是生命的形态。"普林顿教授耐心地跟他阐述，"寻找灵魂归宿是我们活在这个世界上的最高目的。躯体只是灵魂的载体，没有永恒的身体，没有永恒的物质世界，只有永恒的灵界。灵界是祥和平静的存在，每一个灵魂进入灵界之前，将审视自己在人间的作为，接受引灵人的指引，醒悟自我缺陷，从而获得解脱，永住灵界。"

"引灵人？"

"灵魂来到世间，一旦进入人体就被禁锢，在人间的短暂一生中历经艰辛。在现世中，享受物质浮华也是孤独的，苦寻精神寄托而不得摆脱空虚。保罗，不要怀疑彼岸的存在，你将在生命中遇到引灵人。"普林顿走到测试室前停下，为他拉开门，看向独自坐在室内的帕顿夫人，"去吧！她就是你的引灵人。"

伯恩看去，突然感到此刻此景无比熟悉，似曾相识却又扑朔迷离。他深吸口气，独自一人走进去，不由得想，心理学上的暗示都是试图绕开人们的理性戒备防线，诱导潜意识，探索隐秘的内心世界。

测试室的门关闭，室内安静，如处地下墓穴。

顶灯熄灭。

伯恩站在黑暗中静待接下来要发生的事。

一点光亮了。帕顿夫人掀开面纱，手持火柴点燃蜡烛。在木桌上的两边放置两列蜡烛，每列四盏，盛有佛罗里达香水的瓷盘里装着圆盒状的蜡烛。

点燃的蜡烛浮在水上，一团团柔和的光晕倒映在水中，照亮室内方寸之地。

"请坐！"帕顿夫人示意他入座。

桌上放置着一面圆形的黑色镜子。

黑镜嵌在暗红色的方形木框里，基座厚实，雕刻烦琐抽象的线条花纹，类似某种图腾，纹路对称地围绕着黑镜。镜子直径约9英寸，外加屏风似的木框横摆在桌上，挡住了伯恩的视线。他看不到坐在对面的帕顿夫人。

镜面幽邃深黑，反射出一盏盏烛火的镜像。

伯恩看手表，时间显示是：19：38：38。

这个时间看上去有点特别，在他注视的一瞬间，时针、分针和秒针在表盘上重叠，形成一条线。而后，秒针一格格跳动，离开了时针和分针。

他记住时间，然后目光平视过去。眼睛渐渐适应了昏暗的光线，伯恩在镜中隐约看到自己的影像。在同一位置，透射着帕顿夫人的影子，朦朦胧胧，她与他的影像重叠在一起，形成一种特异的形态。两人的双眼几乎也是重叠的，仿佛他的眼睛同时注视着他和她，亦被镜中人注视。

一种奇妙的光学现象摄人心魂。伯恩避开镜子里的目光，观察蜡烛。那东西没什么异常，形状像一个装了蜡的瓶盖，看似是日常用于营造宁静气氛的香熏蜡烛，蜡色淡黄，蕴含天然植物精油，散发出怡人的清香。室内平静无风，火焰没有明显波动，随着烛光弥漫，空气中传来一股淡淡的兰花香气，让人油然而生温暖的感觉，身心得以平静。

"我丈夫是一名外科医生，死于医疗事故造成的病毒感染……"烛光微弱，帕顿夫人的声音从对面轻轻传来，仿佛夜雨落在耳畔。

"事故发生在四年半前，我丈夫为一名带有三种肝炎病毒的患者做胸部手术，不慎被缝合针扎伤，患上急性爆发性肝坏死，治疗两个月后去世了。我丈夫死前很痛苦，严重的胸腹积水，每天要做穿刺引流，饱受病痛折磨。他还能说话时，曾经对我说：'人为什么这样痛苦，死都不容易''多莉，我爱你，我的灵魂会来看你的'。我丈夫说，医院里有濒死体验的病人讲述灵魂离体的感受，感觉自己穿过幽暗的隧道，抵达一个平静没有痛苦的光明之境，他说他想去那儿。临走前那晚，他从昏迷中醒来，告诉我，他做了一个奇妙的梦。在梦里，他透过一面黑色的镜子看见我，与我心灵感应，不用语言，他明白我心里的想念。"

伯恩抬眼看去，见黑镜里的那双眼睛仿佛闪烁着异样的微光。

"丈夫去世后，我请人制作了这面镜子，每天独自在家注视着它。时间久了，心里慢慢就有了不一样的感受。我感知到，世间的一切遭遇都有爱的存在，寻找着心里的爱，可以感应到灵魂世界。人终有一死，我们所爱的人终将失去躯壳，但我们灵魂之间的纽带不会因此而断。灵魂不灭，尽管生死相隔，我们依然能感知到对方。"

说完这番话，帕顿夫人沉默了片刻，然后问："你想感知什么？"

"兰迪死前所见。"伯恩回答。

"请放松心灵，让我为你引灵。"黑镜深处，帕顿夫人的影子缓缓点头，"此刻，我们排除杂念一起静下心，看着眼睛，尝试问问灵魂。透过眼睛，可以找寻到你熟悉的光，那是灵性的相认。实际上，你们早已认识，但人心相隔，滋生不信任，是沉睡的灵性把你们再次聚在一起，在世间相认相依，共度一生，最终回归灵界。"

伯恩听着这话忽然想到，对于他，这一生唯一体验到的这种所谓的灵性相认，就是在今晨初见艾薇的那一瞬间。与她相互凝视，让他有种似曾相识的奇异感受。

那种震撼的熟悉感受异乎寻常，难以言说。

心头触动，伯恩不禁转头看向玻璃隔断。那里是烛光不及的昏暗处，虽然他知道外面有观测的人，但受单向玻璃阻隔，他根本看不清室外的场景，可不知怎么的，他忽然感觉到了艾薇。

艾薇就在室外，仿佛也在注视着他。看不见，但依然能感觉到她传递来的无形的亲切感，特别熟悉的心灵感应并未因为视线被重重阻隔而消失。

"人终有一死，而灵魂不灭，我们终将归于灵界……兰迪……"帕顿夫人的声音飘浮不定，以近乎耳语的声调开始呼唤死者的名字，"丹尼尔·兰迪……丹尼尔·兰迪……"

"……兰迪……"呼唤声隐含一种催眠的力量，让人渐渐平静下来。声音微弱，时断时续，慢慢变得几不可闻。

意识似被带入深水之下，而水面平静，清晰倒映着纯净的心灵世界。伯恩不觉放松下来，寻找着空灵无物的感觉，注视镜中人的眼睛，静静等待着兰迪的亡魂出现。

无风无澜，心灵平静。他祈祷，希望聆听到内心灵魂的声音，告诉他曾经发生的一切。

似乎过了很久……

长时间注视着镜子，精神有些恍惚。他突然发觉，保持头部不动，镜子里的眼珠也不会移动，无论他看向右侧，还是看向左侧。尽管他感觉到眼珠在转动，但镜中人那双眼却丝毫不动，凝固了一般，死死凝视着他。

他赫然一惊，意识忽然无比清晰。

"马克斯，你感知到丹尼尔的灵魂了吗?"一瞬间，他蓦然听到一声诡异之声从遥远处若有若无地传来……他猛地挣醒过来，仿佛被迅速抽离梦境，那句遥远的低语，像是发自脑海深处，而后飞快地离开了他的意识，让他抓不住，一刹那就遗忘了……

灵魂……丹尼尔……他恍然若失，只觉意识深处浮现一双硕大无比的灰褐色眼珠，从夜幕天穹一般的高处俯视着他，无尽的压抑令他遍体生寒。

近在咫尺，一双灰暗失神的眼睛，怔怔不动地看着他。那是他的镜中人像。伯恩不禁深吸口气，搁在桌上的手微微颤抖。随后，他发觉一个恐怖的状况——帕顿夫人不见了。

室内只剩下他一人。

光线昏暗，最后一盏蜡烛燃尽，火苗摇曳一下，熄灭了。

黑暗迅速压下来。伯恩强忍着没发出惊叫，在极度压抑又毛骨悚然的感受中等待着，浑身僵硬，心脏激烈跳动，他听到自己发出一下下沉重的喘息声。过了一会儿，室内灯亮了。光线漂白墙壁，雪亮刺眼。他眯眼适应了片刻，猛地站起身看过去。

桌子对面空无一人，帕顿夫人果然消失不见了。

伯恩压制着震惊，立刻看向蜡烛，见每一盏蜡烛都已燃尽，只剩下枯焦的灯芯。鼻腔隐约嗅到一股尸臭味，淡淡若无，却令他恶心欲呕。

以蜡烛燃烧的状况来推测，耗时不少……他被催眠了? 回过神来，伯恩这才察觉，时间仿佛过了好久。

他惊疑地抬手看表——时间显示为: 20 : 43 : 43。

时针、分针和秒针在表盘上重叠，形成一条线。

距他进入测试室竟然过了一小时五分钟。可他只感到短促的晕眩。就在意识模糊的瞬间，时间不知不觉地被偷走了——这是被催眠的特征。

强烈的挫折感袭来，伯恩不禁摇头苦笑，转身去打开测试室的门。

"感觉怎么样?"艾薇出现在门外,急切地问。

"你怎么来了?什么时候来的?"伯恩震惊不已。事情忽而变得诡异。他转念想起之前感应到艾薇的情景,竟然是真的!他环视实验室,只见实验助理员在查看检测设备的记录。摩根、莱茵、麦肯特、伯德和贝拉·普林顿等人坐在附近的休息区一起谈论着什么。

唯独没看见帕顿夫人。她提前离开了吗?

"我有事来晚了,想不到你……唉!"艾薇轻声叹息着欲言又止。她脸色苍白,碧蓝眼眸里溢满了担忧,流露出对他的埋怨。言下之意就是,警示过你别接近帕顿夫人,可你偏偏不听,反而还来测试,真让人担心。

"我没事。"伯恩勉强一笑,以示他状态良好。

艾薇摇摇头,神色宛然凝重。

伯恩预感不妙,心一沉,不禁问:"我的意识被控制了?"

艾薇没应答。实验室助理员重放录像给他看。录像使用超高感光度拍摄和红外探测技术合成,画面虽然像素颗粒大,但明晰可辨,从平视和俯视两个拍摄角度,捕捉到了室内场景的纤毫细节。

伯恩凝神看着显示器画面,只见他走进测试室在帕顿夫人的示意下入座,打量着黑镜。随后不久,帕顿夫人讲述丈夫之死,黑色镜子的来历,这期间他没出现异常,精神状态良好,一边聆听一边仔细观察着室内的动静。直到帕顿夫人问他:"你想感知什么?"之后片刻,他的反应忽然有些诡异,蓦然转头看过来,仿佛死死盯着摄像机镜头。

"你发现什么?"艾薇问。

"你。"

"什么?"

"我好像感觉到了你……你在室外看着我。"伯恩失神说。

"理论上,你应该看不见?"

实验助理员流露惊诧之色,在本子上快速记录他的话。

"我确实没看到你。"伯恩苦笑,"一种莫名的感应。"

他说出这话后如释重负,无所谓了,心灵感应带来的感受妙不可言,常理无法解释,但确实发生了"灵性相认",就在他与艾薇之间。

看着艾薇,他嘴角荡漾的笑由苦涩化为温热。

"你笑什么?"艾薇皱眉,目光却舒软下来,似乎理解了他的笑。

"有意思。"伯恩的笑意更浓。要证伪这种感应几乎不可能,或许可以理解为第六感知觉，这在心理学研究史上有例证。

画面和计时器显示，他被催眠的场景发生在第11分钟，随着帕顿夫人呼唤兰迪的声音，他的神情越来越恍惚，最后目光呆滞地盯着黑镜，一动不动。从录像上观察，他仿佛变成了一具失去自我意识的躯壳，灵魂丧失，或像是灵魂渐渐远离他的身体去了某处。

看到自己被催眠的样子，伯恩泛起复杂怪异的滋味，恍若隔世之梦。

突然间，他见录像中帕顿夫人的双手在桌面上颤动，手指弯曲如爪，抖个不停，幅度越来越大。她坐姿挺直，身体僵硬，目光也呆滞如丧失了灵魂，她挣扎着，一下下抓挠桌面，悚然发出刺耳的指甲刮擦木板的声音，那样子犹如垂死挣扎一般。

伯恩紧紧盯着录像，头皮触电似的阵阵发麻——他瞬间明白，帕顿夫人做出了与兰迪临死前一样的挣扎举动。

"嚓嚓嚓……"抓挠声响持续不断，一声声尖锐地冲击着耳膜，令人神经随之震动。

蓦然，声响消失。帕顿夫人停住手，往前伸直手臂，手指几乎触摸到了黑镜，像要凌空抓住什么东西似的，但最终，手臂抽搐着失去了力气，软软耷拉下来，指尖颤动数下后彻底平息。

看上去，她像死去了。

烛光照耀，一股死亡的气息弥漫在四周，寒意沁入心脏。

伯恩浑身冒汗，手掌不由得攥紧，只觉呼吸困难。艾薇靠过来，握住他的手腕。他肌肤冰凉，紧紧握着才渐渐有了点温热。伯恩长出一口气，这才体验到恐惧如潮水般冲击着他。

随后，只见帕顿夫人苏醒过来似的也长出一口气，神情萎靡至极，仿佛透支了身体的全部气力，虚弱到极点。她软软地靠坐在椅子上喘息，呼吸声沉重，快要溺死的样子。歇了一会儿，帕顿夫人平静些，拉开椅子艰难地站起来，俯身低头打量了一阵桌面，伸手从桌上拿起一样东西，看似揭开了一层桌布。她从桌上拿起一块薄薄的物体，拎在手上，然后步履沉重地走出了测试室。

"她拿了什么东西？"伯恩失声问。

艾薇没应声，紧紧拉着他的手。

伯恩只觉毛骨悚然，又颤声问了一遍："她拿的什么？"

"一块木板。"实验助理员沉闷的声音传来，"帕顿夫人在木板上抓出一些痕迹，拿出来，等你去辨识。"说着看向休息区那边，摩根等人似乎低头看着什么东西在讨论。贝拉转头瞥了他一眼，脸上浮现狂热的欣喜之色。

"教授，我们检测到一个反常现象。"实验助理员说，"帕顿夫人施展通灵术时，你们身体发出的红外辐射能量中心波长为14微米，最高增至近57微米，超过人体发热极限。热像图显示，你们的波动频率和波幅一致，检测到的数值几乎一样，真不可思议……"

"还有什么？"伯恩盯着显示器中独坐的自己。他依旧木然坐着，对帕顿夫人做出的举动毫无知觉似的，在帕顿夫人离开以后也是这样，室内只剩他一人，画面静止，唯见蜡烛燃烧的火苗渐渐低矮，显示着时间在悄然流逝。

"往后都这样，到你清醒约40分钟，完全可以快进看。"助理员说，"有些遗憾，最灵敏的生物场探测仪没捕捉到异常。"

"之后你们听到反常的声音了吗？"

"没有，你没出声。"

"有点像……男人发出的一句话，很轻微。"伯恩迟疑地说。

"我们的监听拾音器很灵敏，可以肯定后来没检测到任何人声。"

伯恩不由得发怔，大脑一片空白。

艾薇等了他好一阵。待回过神时，他不禁油然地感激艾薇，在他惊慌无措之时陪着他。"我没事的，这没什么……谢谢你。"伯恩松弛下来，稳住自己的情绪，"我们去喝杯热咖啡。"

艾薇抬手理了理耳边的发丝，没来由地说了声："外面下雨了。"

到休息区坐下。

伯恩看见了摆在茶几上的那块木板，薄薄的一片，长宽各约两尺。深色的木质类似于木桌的材质，以至于他进入测试室时，没发现桌面上铺着这块木板。

木板上被帕顿夫人的指甲抓挠出一道道杂乱无章的痕迹。他立刻死死盯着这些触目惊心的扭曲线条。乍一看，痕迹不是太明显，他要从不同的角度观察深浅不一的凹痕反射光线的变化，才能看出这些杂乱无规律的线条。仔细看每一道痕迹，尽管与浴缸里的痕迹和细节完全不一样，但总体看感觉相似，两者在本质上类似。

像是一幅画——波洛克抽象主义风格的"亡魂之画"。

帕顿夫人问："你想感知什么？"

他说："兰迪死前所见。"

伯恩可以确认木板上的痕迹图案正是兰迪死前所见。难以解释这种超感现象，他不由得震惊失语了。帕顿夫人真的感知到了他心中所想的意象？或者，感应到兰迪亡魂所感……不！不可能发生这种事。他想，灵学会也许一直在暗中监视他的行踪，知道他去兰迪公寓查看过那幅"亡魂之画"。是的，绝对是这样，他怀疑这是个精心谋划的骗局，对方以这种方式让他落入通灵术的陷阱。想及这个关键点，伯恩绷紧的神经不觉放松了些。

"教授……"有人呼唤他。

伯恩抬起头，发现周围一圈人都紧张地看着他，担忧、惊疑、激动、困惑……人人目光流露出的神情各有不同，都在期待着他的解释。摩根急促地问："你看出了什么？这些痕迹和兰迪有关联吗？"

伯恩心念急转，权衡了一下，不得不点头。

摩根神色大变，与莱茵等人交换眼色，皆是沮丧地摇头、掩饰不住的惶惑不安。伯德质问他："这意味着什么？"

伯恩吸了口气，讲述了他在兰迪公寓所见之事，手指木板说："我感觉痕迹有相似之处。"

捍卫者们听了后惊疑不定，沉默地看着他。

贝拉和普林顿等灵学会的人面露喜色，激动不已，纷纷议论起来。"再次成功验证了超感。"普林顿兴奋地说，"伟大的通灵师，将成为揭开人类心灵奥秘的第一人。"

贝拉脸色微变，很快又保持着笑容说："正如我的预言，帕顿夫人必将引领世人归于灵界。"

伯恩不动声色地观察着，心里暗暗推测。

警方没对外公布兰迪死亡案的详情，但浴缸里的痕迹不是什么大秘密，即使不跟踪他，也能从某些渠道获知，从而提前设局。随即，他又想到，对方怎么知道他会问到兰迪之死？假如他询问另外的事呢？这有两种可能，他被对方彻底调查过了，熟知他的底细，无论他要感知什么，对方都有相应的准备，就算有遗漏之处也可以搪塞过去，最多就是这次的通灵术失效，还可以准备下一次，以累计概率来蒙人。其次，对方也精通心理学，善于揣测人的心理活动，预计他关注兰迪事件，询问这事的可能性很高，提前谋划好也不奇怪。

沉住气，别被表面的假象迷惑，以免落入圈套。他提醒自己。

摩根说："请再等几天，我们还需要更多的证据，做进一步调查。"

"可以。"贝拉微笑着说，"大家保持联系，欢迎提出质疑，希望最终化解各位的疑惑，让我们共同见证这伟大的时刻。"

测试结束，贝拉一行人告辞了。

"伯恩教授。"临走前，贝拉递给他一封信，"帕顿夫人给你的留言。你与其他受试者不同，她希望和你深入交流。"

伯恩收下信，送别普林顿："回头我专程拜访您，聆听老师教诲。"

"好啊！我们畅所欲言。"普林顿欣然点头，"但要说教诲，对你只有一句：人之原罪与生俱来，妄念隐于内心，越是企图控制自我言行者，越容易为恶念所乘。"

伯恩若有所感，不由得问："老师，我该怎么办？"

"坦荡于世——人生就是寻找真我的过程。保罗，祝好运！"

灵学会的人走后，摩根等人没再讨论测试的事，全过程监测数据俱全，有待做详细分析。莱茵宽慰了伯恩几句，表示感谢他的参与。

伯德悻悻地说："也许该找个无神论者做受试人。"

麦肯特看着伯恩，目光闪烁出一丝非同寻常的异样。

气氛尴尬，大家看似一副心神不属的样子，随后也辞别了。伯恩与艾薇离开实验室，来到楼下，他问："你没开车吧？我送你。"艾薇点头，神情萧索，默默走着，心事重重的样子。伯恩瞥眼她，问："你住酒店吗？"

"姑妈为我准备了房间。"艾薇看了看夜空，"我要为兰迪守灵。"

雨丝飘落，闷热的暑气清凉少许，空气湿润，沁人心脾。

"他下葬了啊！"伯恩有些诧异。亲人守护死者的灵柩通常是葬礼前在教堂举行，不知艾薇今晚为何还要守灵。

"不是习俗那样……"只听艾薇说，"我和兰迪认为生命之谜是死亡。早以前，我们约定，谁先离世，灵魂如果尚存知觉，就设法突破生死屏障，与活着的人接触。"她眼眸凄楚，看似有些魂不守舍，娇小的身躯惹人爱怜，"我想再守灵一晚，愿他会来。"

"但愿吧！"伯恩感叹。

"你之前真的有感应？"艾薇看了看他。

"不确定……"伯恩迟疑了下。

路灯照亮艾薇的发丝边缘，在朦胧灯影处，她的脸显出几分柔美。隐约可闻到暖暖的香水味道，也许不是香水，而是随着她体温飘散出的独特气息……伯恩看着艾薇，忽而一闪念，说："今晚我想去兰迪的公寓，你也去吧，我们一起等他。"

这个唐突而离奇的提议居然从自己的口中说出来？伯恩暗暗吃惊，为之怦然心跳。他忍住，没试图跟艾薇解释。警探给了他公寓钥匙，而他想在死亡现场尝试感应亡灵之类的话，听起来更像为某种目的找借口。

艾薇没应答，也没表现出惊讶，继续往前走去。路过便利店旁的电话亭，艾薇打了个电话，然后到店里买了一盒香熏蜡烛，微笑着对他说："突然发现死者房间亮着灯光，恐怕会吓坏邻居。"

"我们可以用布堵住门缝，尽量保持安静。"伯恩也笑了，"在无人的房屋搞出古怪的异响，大概就是闹鬼传闻的由来吧。"

坐上车。伯恩看见车内后视镜时心里触动，他打开车内灯，凑近后视镜，保持头部不动，左右看镜子里自己的两只眼，赫然发现，无论他怎么快速转动眼球，镜子里的眼珠都不会动，像凝固了般注视着他。

"你看见我的眼球动了吗？"伯恩惊诧地问。

"动了，很明显。"艾薇侧脸望着他。

"可我看不到。"伯恩努力转动眼球，左右上下急速地看，但镜中人的双眼却纹丝不动。

这是什么诡异现象？伯恩无比震惊。之前在测试室看不太清楚，他还以为那是一种错觉，不料在清晰的后视镜里也是如此，他可以细致入微地看清自己的眼球、眼白、瞳孔反光，但不可见眼珠转动。

艾薇凑近后视镜观察自己的眼睛说："有些奇特……也许是大脑的某种自我保护机制，让人忽略了眼球转动的瞬间。脑神经学有类似的现象，例如，大脑会自动过滤一些不必要的声音影像，而生理上，我们原本可以捕捉到更高频或更低频的声音、更广一些的光谱，那会增加大脑的运行负担，所以它做了过滤处理。"

"大脑欺骗了我们？"

"不算欺骗吧，是一种保护。假如我们感知到全部的外界信息，听到次声波、超声波在内的全频率声音，看到全部的电磁波谱，那简直太可怕了，没人能安稳地活下去。"

"以前照镜子，我从来没注意到这种现象。"

"我也是。人们很少观察自己的眼睛。"

"我们也很少怀疑大脑……"伯恩启动汽车，摇头说，"它其实不可靠。包括'怀疑'的念头都是由大脑告诉我们的，谁知道它还暗中做过什么处理？也许，它不是对客观存在的真实反应，它还对我们隐瞒了什么真相。或者，从来不存在任何的真实——正如缸中之脑。"

"何为世界真相？什么是意识？"艾薇笑起来，"我们脑袋里那几磅重的灰色组织怎么运行的？这些问题困扰了无数哲学家和科学家，谁都无法准确定义和解释。"

"从科学角度解释意识的形态，这就是你从事神经学研究的原因？"伯恩问。

"最早不是这样的……大学时我想和男友在一起，选择了他读的这门课，可就在我感兴趣并努力寻找NCC的时候，我们分开了。细节不多说了，生活中通常会出现一些无可奈何的偶然因素。"

"那我能不能问什么是NCC?"

"意识的神经相关物。"艾薇解释说，"很多神经学家认为，我们要寻找一个能够产生某种特定意识感知的最小集合的大脑区域。NCC可能处于细胞级别，也有科学家认为，这种意识单位的集合可能更微小，意识也许在量子层面——意识量子。如果真是这样，那将是神经学的噩梦。意识的困难问题更多的要交由量子物理学家去解决了，基于量子力学形成意识理论。"

"你们还可以做镜子测试。"伯恩笑说，"这不仅是心理学家的活儿。"

镜子测试是1970年由心理学家设计的一项有趣的实验，用来测试婴儿和动物的自我意识。给黑猩猩、猫、狗、海豚、章鱼等动物照镜子，测试它们是否知道镜子反射的是自己。一些大脑发达的动物通过了测试，它们不但能感知到周围的世界，还能通过镜子感知到自己——它们拥有自我意识。而人类婴儿却测试失败了，人只有成长到八个月至两岁中的某一点，才能产生自我意识。

那些没有自我意识觉醒的初级动物，生存行为是"基因设定"式的，神奇的大自然就是生物机能的设计师。

"我们做的活儿比镜子测试多。"艾薇反驳他说，"这些年研究脑神经，我发现一个有意思的现象，在我们做梦的时候，自我意识发生了扭曲和剥离，我们是从第三者的角度来感知梦境，而对这种情况并无意识。我最近在用大脑影像技术，寻找梦境对应的特定神经元。"

"梦境的NCC。"伯恩说，"听起来像在寻找离体的亡魂。"

艾薇说："很多搞意识研究的科学家到最后都坚信灵魂的存在。"

"你相信吗?"

"是的，我相信。"

"可他们在哪儿?"

这是"灵魂悖论"问题——灵魂如果真实存在的话，为什么我们感知不到，也探测不到任何迹象?

"至少有五种推测可以解释。"艾薇思索了片刻说，"一、对于离体的灵魂，被某种力量阻碍限制着不能与人沟通;二、因为某种缘故，灵魂不主动与人接触;三、与宇宙时空的宏观尺度相比，地球智慧生命出现的时间还不够长，灵魂作为高级形态尚不稳定，接触还需要一段时间;四、灵魂去了与我们无法接触的另外一个时空;五、灵魂已经与我们接触了，只是我们不知道。"

"这些解释都没法证实或证伪。"伯恩摇头，"灵魂根本不存在。"

"否定得太武断了。"艾薇说，"研究表明，很多大脑功能都是在我们无意识的时候进行的，比如细胞繁殖、体液调节、血流、心跳……"

"还有梦境。"伯恩打趣说。

"是啊！第六种解释，梦境是灵魂穿越时空与人接触的唯一途径。"艾薇忍俊不禁，"谁知道呢……"

"噢，明白了。"伯恩装作严肃地说，"这就是我们为兰迪守灵的最佳方式……在公寓里睡上一觉，梦见他的灵魂。"

艾薇的笑容消失了，似乎想到什么难过的事，神情忽然低落下去。

"抱歉！"伯恩自责拙劣的玩笑话瞬间就破坏了美好的气氛。瞥眼看过去，只见艾薇避开他的视线，转头望着车外的城市灯火缄默不语。

车内安静下来，伯恩握着方向盘注视前方。夜景潮湿，车流升腾的雨雾似乎带来静电般酥麻的感受。摆动的雨刮器摩擦车窗玻璃传来"咕叽"轻响，仿佛两个游离的灵体在暗夜缠绕而发出的羞耻之声。

他感到了压抑不住的紧蹙。

夜雨洗刷城市浮华的身躯，湿漉漉的、雾气迷蒙。

第3章　守灵之夜

燃烛发出的一丝丝暖黄色的流光充盈浴室。

"像什么呢？"艾薇在浴缸边沿坐下，看着那一幅"亡魂之画"，恍惚说，"心里有一种熟悉的感觉，以前在哪儿见过似的。"

"我也有种熟悉感，但偏偏想不起来那是什么。"伯恩思索着。

"我觉得……"艾薇顿了顿，忽然说，"像一棵树。"

"树？"

"枝干扭曲，一团团尖锐的针叶像带刺的手掌向天祈祷。"艾薇伸手比画着，梦呓般喃喃低语，"这些一道道起伏的线条像丘陵……"

"那这些痕迹看起来就像凌乱的岩石、灌木丛。"话虽然这样说，他却不以为然。抽象的线条往往给人极大的想象空间，看着似是而非，其实什么都不像。

不料艾薇却认可说："这部分痕迹确实像岩石……荒野上那些风化了的巨大岩石，褐黄色的，耸立在风沙常年吹拂的山岭上。山岭干燥荒凉，人迹罕至，山坡上只生长着耐旱植物，而这里就是一棵孤立的树。"

伯恩有些吃惊，艾薇的描述如此细腻丰富，居然从凌乱如麻的痕迹中"看出"诸多延伸细节，就像一位擅长以想象力编故事的文学家，而非严谨的脑神经学者。"你太感性了。"他只能报以赞叹，"假如真像你描述的，我可以肯定地告诉你这是什么树。"

"我只是说出了内心的意象。"艾薇抬头看着他，"不知为什么，我心里会浮现这个场景，好像在意识里埋藏了很久，忽然间就被打开了……"艾薇做出开启盒了的手势，"在我见到帕顿夫人通灵的那一瞬间。"

烛光里，艾薇的澄澈蓝眸仿佛透着惶惑的魅力，让伯恩莫名有些相信了，但理智让他不得不质疑："那时你就看到了意象中的场景？"

"不是看到，和你一样，感应到了。"

"你确定？"

"我见过兰迪留下的痕迹。"艾薇肃然说，"在警局，警探展示了照片。当时我看不出什么，可今晚……忽然就联想到了。伯恩教授，请你告诉我，这是什么树，真实存在吗？"

"约书亚树。"伯恩只觉荒谬怪诞，但还是坦诚告知，"我随口说的，要知道，在加州、内华达州的野外荒漠里随处可见这种耐旱植物，你应该熟悉……"

"啊……"艾薇蓦然发出一声惊叫，脸色剧变。

突如其来的叫声回荡在浴室，让伯恩悚然心惊："怎么了？"

没有回答，艾薇紧紧抿着嘴唇，原本健康而泛着光泽的唇色失血般变得苍白，颤抖着，看起来恐惧至极。伯恩紧张起来，艾薇一定想到了某种不好的事，不由得问："你想起了什么？"

艾薇看似被谁扼住了咽喉，身体僵硬，慢慢地转头瞪眼看着浴缸，肩膀一下下耸动，抽搐似的，脸上的惊恐之色越发明显，柔和的五官变得扭曲起来。

"我……我……"她声音发颤，说不出完整的话。

"不要怕，慢慢深呼吸，可以缓解惊悸。"伯恩见她坐在浴缸边上摇摇欲坠，想伸手去扶。"啊！"艾薇躲开他的手，蜷缩着身体，目光死死盯着他，流露出又惊恐又厌恶又哀求又绝望之情。

伯恩不禁愣住，从来没见过谁的眼眸可以传递出如此丰富的情感，但他确实切身感受到了艾薇复杂而强烈排斥的情绪反应。

"别碰我！"艾薇颤声说。

"好吧。"伯恩向后退开两步，拉开距离。他的后背贴到了洗手台。尽管不知艾薇为何惧怕他，可在这种情况下，还是得给她留出有安全感的空间。"好了，你慢慢呼吸，如果还感到不舒服，我可以离开浴室。"

艾薇眼神变化不定地看着他，迷惘地说："抱歉，我失态了……"

伯恩报以微笑。不用言语安慰，展示友好轻松的表情更好些。

"说起来难以启齿。"艾薇缓和了些，不安地说，"我以前做过可怕的噩梦……"犹豫了下，费劲地说，"约书亚树，我梦见一棵血红的约书亚树，就在荒野上，然后发生了……"陷入回忆的一刹那，她的声音又颤抖起来，"我和……我被杀死了，很残忍的……"

原来是这样。伯恩明白了。

噩梦的确会给人带来异常难受的感觉，某些梦境清晰深刻，由此产生的痛苦不弱于真实往事。实际上，有些噩梦也就是痛苦往事的意识投射，是令人不敢想象的真实厄运。心理学研究表明，人们往往会自我屏蔽痛苦的记忆，尽量淡化心灵的创伤，但潜意识中却烙印清晰，在放松状态下的睡梦中就被激活，释放出记忆来，像突然撕开结痂了的伤口那样再次刺激心灵。

曾经有过这种案例，一位惨遭暴徒施虐的女人，由于惊恐过度导致失忆，无法给警方提供破案线索，在自我意识里完全抹去了这段悲惨的记忆。而后过了六年，某天晚上做梦又梦见了那全部的可怕场景，很难承受。噩梦尽管惊醒了，人却心理崩溃，差点疯了。

艾薇的反应与案例类似，伯恩推测，艾薇也许有过某种非同寻常的心理创伤。可怜的女人，被自己的内心恐惧吓坏了。转念他还想到一点，当看见这幅"亡魂之画"时，抽象而富有想象空间的线条刺激了潜意识，从而引起可怕的联想。正如艾薇所说，荒野上的约书亚树，那意象也许不仅是一个噩梦，也许还意味着什么。

他希望艾薇接着说下去，说出隐藏于内心深处的痛苦。这并非猎奇，通常把痛苦的事说出来能释放心理压力，会变得好受一些。当然，愿意说的话，也意味着信任听者……伯恩不想想到，他难道在试图获取艾薇的信任？

心底隐隐期待，可等了会儿，艾薇却沉默不语。气氛有些沉闷，得换个轻松的环境。伯恩提议："我们去外面坐吧。"他先行离开了浴室。

艾薇拾了烛火来到客厅。她看了看四周，把烛火放在地板上，拆开从便利店买来的盒装蜡烛，全都拿出来，一盏盏地点燃，摆在地上围成一圈，然后在烛光中席地而坐，神情肃穆，像在进行某种守灵仪式。

一朵朵灵动的火苗仿佛活物一般，发出光和热，驱散黑暗，也燃烧着自己的生命。

室内明亮暖热。艾薇的身姿在烛光的映照下变得更加柔美，金发闪耀，发梢边缘丝丝缕缕地透亮，仿佛圣光透过云层缝隙在萦绕；脸庞也柔和了许多，皮肤光洁，唇色水润粼粼，但见她眉梢凝结着浓重的忧郁，眼眸低垂，在想那个噩梦吗？

"蜡烛围成圈有什么含义？"伯恩打破沉默问。

"随意放的……我不知道怎么招魂。"艾薇怔怔看着烛光，"只希望兰迪的灵魂还在，主动与我心灵感应。"

这注定要失望。伯恩安慰她说："逝者已去，也许不想被打扰。"

"兰迪不会的。"艾薇叹息，"他肯定在尝试找我，唉！"

伯恩明白艾薇的心意，灵魂驳论的推测：人与亡灵各在一方，生死相隔，再也没法像以往那样交流了。他颇有感触，其实活着的人同样如此，世人众多，而能与之交心的人却很少，不互相伤害已是难得，何求坦诚相知？这不仅是信任的问题，人与人外表可能无异，内心世界却大相径庭，有些人彼此之间简直就是异类。

"人终有一死，如能在世间相认相依，纵使时光短暂也无憾。"伯恩这话才说出口，忽然想起这是帕顿夫人之言。暗示还挺深刻的，不知不觉中植入了他的潜意识。他不由得苦笑。

"是啊，我们最终都要回归灵界。"艾薇恍然回应。

听她这话，伯恩转念想。艾薇是否也有可疑之处？在葬礼上，艾薇转述给他的警示信息就是真的吗？也许是另一种方式的心理暗示。兰迪已死，死无对证，而没有证据的话都不可靠……念头闪过之后，伯恩打住了这个离奇的猜想。他的怀疑也没什么根据，且过于冷漠。对于艾薇，他更信任感觉，那种细微的由内到外的情绪变化，绝难伪装，艾薇若是做到了欺骗如真这一步，那他也认了……

伯恩正寻思着，忽听艾薇说："我父母还没移居加拿大以前，住在拉斯维加斯市，兰迪家也在那儿。我和他一起度过了童年。"

伯恩有些诧异，不知艾薇为什么突然讲起了自己的往事。

"早在经济大萧条时期，我们的祖父应召参与修建胡佛水坝，最后和很多建设者一起留下来，在拉斯维加斯大道安家落户。我们住的地方不远处，就是那块写着'欢迎光临神话境界的拉斯维加斯'的招牌。我们两家的房屋挨在一起，中间没有院墙或栅栏。小时候，我和兰迪做什么事总喜欢在一起，很有默契，像一对有心灵感应的双胞胎。"

"你与兰迪有感应？"伯恩问。

艾薇点头，神色不容置疑地说："我和他常常发生相似的生理和情绪反应，通常一个人遇到什么事情，另一个人也会遇到。我们同时生病；在同一天晚上做同一个梦；他不小心跌倒，我也会感觉到脚疼；更奇特的是，我们的思想还会同步。许多次，兰迪想到某件事只说了个开头，我就可以把他后面的话接上，如同有一根隐形的天线连接着我和他的大脑，让我们可以相互读出对方的心念。"

"真的？太不可思议了。"

"我和兰迪尽管不是双胞胎，但实际上，我们出生在同一天，几乎同时间，我母亲和他母亲在同一家医院的产房生下我们，神奇的巧合。"

"3月27日？"伯恩惊讶问。

"是啊。那天晚上，兰迪早了我5分多钟出生。"

"看不出来，你比兰迪年轻多了。"

这事还真是巧合！伯恩诧异地想，他也是出生在那天。艾薇和兰迪，还有他，三人居然出生在同一天，还有缘相识。这意味着什么？他忽然感到命运的奇特。"兰迪出事那晚你感觉到什么？"

"不明显。"

"可你们平时都有感应，发生那种大事怎么会反而没感觉！"

"我不知道何故。当时我们实验室在做一项重要的实验，不能间断，需要人日夜轮流守着。那晚我有点不舒服，可能太累了，感到有些恶心头晕，我打了个盹儿……没做梦，也可能忘了梦见过什么。"艾薇凝神思索，忽然说，"我被嘈杂声惊醒，附近隐约传来音乐……"

"音乐，你确定?"

"噢！当时快凌晨了，怎么会有音乐声?"艾薇愣住。

几乎同时，伯恩和艾薇转头看向客厅里的那台古典留声机。蓦然间，伯恩感觉到了微妙的意象，某种意念闪现在脑海里。他走过去，看见留声机的唱盘上放着一张黑胶唱片，唱片没标注专辑名称……他忽然发现，唱头保护套搁在木箱上。难道兰迪当时在听音乐? 听什么? 一种莫名的力量驱使着他开启了留声机，犹疑了下，他将唱针缓缓搭在转动的唱片边缘。音乐奏响，一首摇滚乐赫然在室内响起。

"自从恋人远离，我离群索居，独自在街道尽头，在伤心旅馆……"夜深人静时分，一个燃烧生命般的男声苍凉唱响，"你让我寂寞，孤独一人，孤独到想要死去……"

伯恩听了会儿，听出这是一曲经典老歌，猫王的《伤心旅馆》。这首流行歌曲没什么特别的。他长出一口气，但意识深处隐隐生出一种令他难受的虚脱感，不由得打了个寒战。他抬手移开唱针，音乐戛然停止。他看着艾薇问："是这首歌?"

"记不清了……"艾薇脸色变得苍白，神情浮现异样的迷惘。

"熟悉吗?"

"不，我很少听摇滚乐。"艾薇的神情由迷惘转为恐惧，似乎感应到了什么，却又不说出来。

伯恩心慌不已，无法猜透翻腾在心里的那种意象，他强迫自己冷静下来，翻看木柜上的唱片专辑，但没找到唱片封套。哪来的这张唱片? 在他印象中，兰迪几乎不听摇滚乐，而喜欢巴赫、门德尔松那类的经典乐曲。

寻找了一阵，无果，伯恩停住手，目光不经意间落在一本书上。

下午查阅兰迪的藏书，他记得这是一本介绍17世纪法国黑魔法的书。他拿了起来，翻到记载有招魂派通灵术的那页。

"书上有招魂的方法。"伯恩阅读起来，"蜡烛摆放成象征力量的五角星符号，并冠以神圣的名字。法师在圈子的中央念咒语，召唤阴间的灵魂，如果作法成功，灵魂将从火焰中出现……"他问艾薇，"想不想试?"

艾薇紧紧抿着嘴，脸色发白，但没反对。

一盒蜡烛有十个，正好可以摆放成点状的"☆"形的圣圈符号。

伯恩感觉自己有些失控了，仿佛要发掘什么似的，按照书上的记载吟诵了黑暗诗篇《亡灵复活近身》，然后没有迟疑，开始正式的招魂仪式，念咒语命令道："以拉斐尔、拉依尔、米拉顿、泰米尔、雷克斯之圣名护佑，打开灵界之门，引灵至指定之所，于光芒中现形……"

艾薇颤抖了一下，脸色越发惨白。

伯恩抬起头，盯着烛光。一团团火焰并无异状，静静燃烧着，光晕恒定。室内寂静，外面城市的灯光隐约透过窗帘射进来，此外就是一片暗影，没见从哪里浮现幽灵。

伯恩镇静下来，又念了一遍招魂咒语，依然没发生任何异常。"可能我缺少死灵法师的权杖。"他摊手说道。

艾薇看似松弛了些，对他笑了笑说："你还缺失虔诚的信念。"

"怀疑者神鬼莫近。"伯恩把书放回了原处。

"你怀疑过自我吗?"艾薇问。

"那当然，我和兰迪在大学时曾争论过什么是客观和主观存在，自我虚实与否。我们聊得很投机，思维开阔、发散，囊括了古今哲学和宗教。"

"然后呢?"

"我那时认为不存在个体主观。假设去掉物质世界，包括去掉除自己以外的所有生命，把外界变成无边无际的虚无，没有时间、空间，'我'将不再有意识体验。"

"你是一滴水，假设大海不存在了，你也将不存在。"

"差不多是这个含义。主观建立在客观的基础上，是一个整体。"

"唯物一元论。"

"也没那么单纯。实际上，我也怀疑客观物质是否存在。有时忽然会觉得这个世界很虚幻，除我之外，他人全为虚假。我问兰迪，眼前这一切真实吗? 有没有一种被创造、被摆布，以及被转变和替换的感觉?"

"怎么这样想?"

"宇宙如果是一个封闭系统，那么以整体观来看，自始至终什么都没变，无论是宇宙大爆炸前的虚无，还是貌似多彩的现世界，都一样。"

"你觉得谁创造、变换了世界?"

"无解。"伯恩摇头说，"如同忒修斯之船这个难题，而我们置身船上。"

一艘船在海上行走，它的零件因为变得陈旧而不断被替换，当它的最后一个原零件被替换后，它还是原来的那艘船吗? 如果不是，它从什么时候开始变得不是的? 这个哲学问题近乎无解，除非引入时空连续性的概念，才能说，零部件尽管都被换掉了，但它还是原来的那艘船。

"改变"不影响它的统一性。

世界的整体和局部存在差异，却又呈现一种和谐统一的状态，宏观与微观之间仿佛有一条不可逾越的线，边界无形，让人无法捉摸。

"世界充满未知，可我们连自身的生死问题都没法解决。"艾薇说着吹熄了蜡烛，只留下一盏放在桌上照亮。

室内昏暗下来。

窗外沉睡的城市似乎消失了，只剩下投射在窗帘布上的朦胧光晕。空间仿佛收缩了，橘黄的光线笼罩着周围一圈。

艾薇斜靠着沙发布垫，随意拢着双腿，却有一种让人敏感的优雅姿态。她的金发自然地垂在身后，肢体是收敛的，可掩饰不住那别致的美感。

伯恩的目光不由得落在那一抹弧线上，只觉那么动人。

艾薇的衣装偏传统，又有点自由风格的学院派，浅色薄衬衣搭配修身牛仔裤显得别样随和，脚上一双女士棕色牛津小皮鞋，鞋跟不高，精致的皮革泛着柔和的光泽，可见裤管下露出白皙的足踝，娇小玲珑。

他再次感受到了女人独特的随着体温散出的淡淡气息，恍若海滩上扑面而来的温煦季风，沁人心脾，不知不觉浸入体内每一个细胞，抚慰着每一寸神经末梢……他有些口干舌燥。沉默间，情愫暗涌，犹如恋恋花枝的蝴蝶。

艾薇仿佛意识到了他内心的变化。室内空气闷热，艾薇却怕冷似的紧紧抱着手臂，眼眸若隐若现地透着令人心颤的惶恐。她小心翼翼地控制着呼吸，垂低目光，以掩饰自己的不安和隐藏在内心的秘密——或许，她感到了自己的秘密已经暴露，所以才惶惶不安——他约她来公寓那时动了心，而她，在答应来的那一瞬间也有了同样的心念。

心意相通，竟然默契如前世情人，举手投足间的一颦一笑、一忧一喜皆有着妙不可言的心灵感应。

一枝黑夜里绽放的罂粟花。伯恩想：我被这个女人深深吸引了。

似曾相识的意象，仿佛认识她很久很久了，仿佛她就是从少年萌动时就一直憧憬的女子，熟悉感从记忆深处浮现，无数次粉色梦境的温热感真实极了。她是个平凡的女人，对于他却完全不一样，恍若记忆中那个虚无幻想的影子活生生展现在了他眼前，温腾腾弥漫的感觉将他淹没，没有了以往那种隐藏在内心深处的空虚和孤独。

他习惯离群索居，宁愿独自一人待着，厌恶人群中那些一看就是夸夸其谈的人。心里油然生出的冷漠世故，让他有一种想逃离人群却又不得不与之周旋的狂乱烦躁感。艾薇给他的感受迥然不同，她能抚慰他的心，给予宁静。

"困了吗？"伯恩打破沉默问。他忍耐着如火灼心的冲动，不愿破坏这心灵相融一刻的宁静。

艾薇摇摇头，手搭在沙发上，换了个坐姿。

"有点奇特，我和兰迪也生在同一天。"伯恩微笑说，"当然，我和他没有心灵感应，只是谈得来的好友。我的朋友不多，算是独行于斯坦福的怪人——兰迪这样形容我，他知道我不善于社交。"

"是不喜欢吧？"

"确实，我厌恶人多的地方，尤其是肉体密集袒露的海滩。"伯恩看了下昏暗的室内说，"幽闭的环境还觉得舒服自在些。"

"可你得面对学生。"

"那时我会展现另外一面——他们认为教授应有的幽默开朗。殊不知，我看着教室里那一双双颜色深浅不同的眼睛，心里的压抑止不住蔓延，浑身不适。讲完课，我就找各种借口快速溜走。"

"你害怕别人的注视？"艾薇抬眼看他，唇角隐隐浮现笑意。

"不是这样的。"他回敬说，"每个人都有惧怕的东西，也有倍感亲切舒适的东西。"

"除了被人盯着看，你还怕什么？"

"还有一样东西令我压抑……没谁猜得到的，一种罕见的物品恐惧症事例。"

"不是蟑螂、蜘蛛、蛇虫鼠蚁之类的吧？"

"不是。"

"也不是悬崖、黑夜、深海、血腥、鬼怪这一类？"

"一件日常生活用品。"伯恩给出提示。

"镜子？"

"哈，也不是。尽管我被帕顿夫人的神秘黑镜摄魂了。"

"剪刀、针、铅笔、电话、玩偶、绳索……"

"都不是。"

"揭秘吧，我猜不到。"艾薇说，"生活中有太多东西了。"

"肥皂。"伯恩露出痛苦的表情，"我对滑腻腻的肥皂感到恶心、恐惧，一接触就遍体发凉。我从来只用洗手液。"

"还真让人意想不到，一块肥皂居然会吓坏教授！"艾薇失笑说，"你没从心理行为学追溯缘由？"

"没法解释的反常现象。"伯恩摊手说，"有些莫名恐惧与生俱来。"

艾薇对他这话似乎深有同感，想起让自己恐惧的事，不觉皱起眉来。她迟疑了下说："我害怕公共卫生间。"

"噢？"

"学校那种很多人一起使用的卫生间，我进去就感觉喘不过气来。"

"曾经有过不愉快的经历？"

艾薇摇头说："正如你说的，有些恐惧与生俱来。"

令人爱怜的惶恐不安，伯恩向艾薇伸过手去。艾薇缩了一下，目光落在伯恩的左手上——那儿戴着一枚订婚戒指。

"她叫什么？"艾薇轻声地问。

"克丽丝。"伯恩不由得沮丧，感觉极度不舒服。

"你们打算什么时候举行婚礼？"艾薇的声音冷淡下来。

"没确定。"伯恩保持着风度说，"克丽丝在好莱坞处在事业上升期，恐怕得等一阵子。"

"她是个演员？"

"嗯，毕业于国家戏剧艺术学院。"

艾薇没应声，伯恩解释说："我父亲也曾就读于那所学校，进入电影界后，他先当剪辑师，后任编剧和导演，现在是米高梅的行政管理，地位相当于制片人。克丽丝是我父亲介绍的，主要拍小众文艺片，尚不出名。"

艾薇没再说话，抿着嘴唇。

气氛冷下来，一时间相对无言。伯恩渐渐烦躁起来，一种莫名的情绪反应悄然滋生，如同种子萌芽，在漆黑湿润的土壤里生出一条条根须，向心灵深处滋长。欲望破土而出，迸发出坚不可摧的初始力量。

他再也忍不住了，迅速向艾薇靠拢过去，双手紧紧缠绕住她。

艾薇挣扎起来，没呼叫，手脚默默抵抗着他，行动异常坚决。

伯恩不放弃，一点点地撕扯着怀里的女人，撕她的衣服，吻她，灼热的疯狂……咬衬衣下的果实，贪婪吸吮记忆中那温热湿润的气息……星芒坠落，罂粟花随风摇曳。伯恩迷乱地想，灵魂是孤独的，尤其像他这样的人。

烛火颤动起来。

光热盈盈，融化的蜡液顺着烛芯流向高温中心，持续迸发出灼热的火焰，直至燃烧殆尽，熄火，冷却。

他在黑暗中摸索，亲吻女人的眼睛。他看不清，只感到怀里的女人颤抖着睁大眼，似乎看着某处，她脸颊潮湿，不知是泪还是汗。他问："在想什么？"

"你听……浴室那儿。"

他屏息聆听，四周寂静无声，这一刻听不到任何响动。

"声音空洞，像在挖土，'嘭……嘭嘭……'"

窗帘低垂，窗外蒙蒙亮着一圈光晕，看不清室内的物体。他紧张起来，试图感知那种声响，却什么都没发现。也许幻听了。

女人没再说话，过了会儿好像睡着了。困乏袭来，他渐渐入睡。

梦境浮现。

他的梦起初很凌乱，混沌迷蒙，仿佛跌落至黑暗深渊的最底处，虚空飘浮着一种脱离身体的失重感；很冷，是彻骨的凛冽，如沉入冰海一般；寒冷的液体侵入他的意识，冻住他的知觉，麻木了；又依稀嗅到一股尸臭味，隐隐约约缠绕着意识，令他感觉无比深刻……

不知过了多久，又像是一刹那，他蓦然听到一个沉闷的声音传来："马克斯……你感知到丹尼尔的灵魂了吗？"

随着声音想起，梦境里一双灰褐色的眼珠在黑暗中浮现，如嵌在夜幕中的星芒那样俯视着他，让他心灵战栗。遥远处亮着一盏灯，散发出无穷无尽波动的光的海洋。梦境清晰起来，在无数细密尖锐的光线交织中浮现，天地显出朦胧形态。

"马克斯……马克斯……"那遥远的声音召唤着他，他飘浮在空中，飞速掠过白茫茫起伏的大地。他从夜空中往下看到一列火车。

肮脏的雪在飘，四周雾气茫茫，列车穿行在浓雾中。地面建筑物上耸立的烟囱冒出滚滚浓烟。刹那间，尸臭味强烈起来。

列车冲破寒雾驶入车站停住，车门打开，涌出密密麻麻的人，嘈杂的声音响彻站台，一盏盏灯光晃动，他悚然听到了德语发出的命令。

意识深处，他感知到这是1944年秋那个阴冷的场景。

恐惧至极，他想拼命逃离，却无能为力，失去实体般飘向那片建筑物。在恐惧和绝望中，他被巨大的力量无情地拖着穿过那道黝黑的铁门。

铁门上写着：劳动使人自由。

他置于寒冷的车站那一片黑压压密集攒动的人头之上，人群里的那些人全都显露惊恐麻木之色。他在虚无处旁观，在密集的人堆里看见了自己，他意识到那就是他——马克斯。瘦小的身影晃动在烟雾中，马克斯稚嫩的脸惨白，眼睛瞪大，死死盯着前方，他的父母和姐姐被党卫军拉走了。

母亲的背影消失，他和双胞胎弟弟丹尼尔抱在一起发抖着哭泣。

纳粹医生霍尔曼挑选了他和他弟弟。霍尔曼的头发梳理得一丝不苟，深绿色纳粹制服笔挺，军靴锃亮，眯眼盯着猎物——他忽然意识到这里是纳粹集中营，列车带来一批批人，然后进行挑选，有人被押送去劳动，有人被驱赶进毒气室，有人被医生选中送进实验室——医生称他们为兔子。

霍尔曼医生把猎物分成两列，皮肤上有斑点和疤痕的排在左边，右边的一列留下做活体实验。"马克斯……丹尼尔……"霍尔曼医生挑选出他和他弟弟，还有另外两对双胞胎。他看见自己幼小的身体激烈颤抖着，被剪掉头发、脱衣、消毒处理，手臂刺上编号……他们被带进10号楼实验室。

他依稀感到这是个噩梦，想从梦境中醒来，但无法动弹。

恐惧，恐惧，无尽的恐惧……幽灵般飘荡在这死亡之地，他看到了集中营里那耸立的烟囱冒出的滚滚浓烟……无数白花花的人体堆成一堆堆肉山，然后消失在焚烧的烈火中，尸臭味烙印在他的意识深处，无数的灵魂在痛苦挣扎、嘶吼……

他看着赤裸的妇女涌进伪装成浴室的毒气室，铁门关闭，灯光熄灭，毒剂弥漫在黑暗中，拥挤的人们挣扎、惊恐大叫。惨叫声渐渐停息，她们的喉咙被死神扼住。

他的母亲面孔狰狞，皮肤青紫，窒息的痛苦使她与她们相互撕扯，缠成藤蔓般密集的肉坨。一具具尸体凝固，堆成纹丝不动的金字塔形肉体雕塑。杂役们戴着防毒面具，用水龙头冲洗血迹和粪便，用斧头砍断纠缠的手臂和手指，用绳套分开尸体……他飘荡在巨大的加工车间，看着一条条处理尸体的流水线，金牙被拔出熔化成金锭，头发被织成袜子，肌体被利刃割开，取出脂肪，加入适量的水和苛性钠，煮沸，冷却，形成一块块人脂肥皂……一具具处理后的尸体被提升机运到焚尸炉火化，磨碎机把没有烧化的骨头碾成粉末，抛撒或埋掉。

他走进那个棚舍的院子，看见一个个年轻女人倒在血泊中，乳房被割去，身上的皮肤被剥离了，露出血红之躯。他走在黏稠的血水里，寻找姐姐和丹尼尔。齐踝深的血黏着他，沉重下坠，坠入黑暗……他感到丹尼尔的喘息声，却什么都看不见。

"丹尼尔，丹尼尔……"他绝望至极，一遍遍呼唤弟弟的名字。

灯光亮了。霍尔曼医生的房间里亮着一盏精美的台灯，灯光柔和，灯罩色泽细腻，透着精致的皮革纹理。

医生扒开他的眼皮，观察他的眼瞳。"马克斯。"医生注视着他，"你感知到丹尼尔的灵魂了吗？"

他麻木不语。他明白医生在进行一项实验：挑选一对双胞胎，折磨死一个，观察另外一个的反应，以验证双胞胎之间是否存在心灵感应，研究意识与物质世界的联系。

他清晰地感到丹尼尔在放射室遭受X射线的持续灼伤、身体痉挛、双手抓挠地面、指甲脱落……丹尼尔被活体解剖、截肢、摘除内脏器官、眼球泡在福尔马林瓶里陈列。他看到样品陈列里一个个贴着标签编号的玻璃瓶,瓶子里泡着一颗颗不同颜色的眼球,暗黑色、淡黄色、淡蓝色、绿色、紫罗兰色……

"你感知到丹尼尔的灵魂了吗?"

"你感知到丹尼尔的灵魂了吗?……"医生的声音一遍遍响起,绞肉机般撕碎他的意识。

伯恩终于从梦中醒来。

没发出惊叫,他咬着牙齿僵硬地躺着,那缠绕在脑海里的声音渐渐减弱,隐藏在意识深处的某个角落。

极度难受的虚脱感,热汗浸湿了全身……他在黑夜中瞪大眼睛。

梦境真实至极,意识深处的场景历历在目,如同真实的往事。醒来的一瞬间,他不知自己身在何处,他是何人。不知是他梦见了马克斯,还是马克斯梦见了他。

他是否还在梦中?还会不会再次醒来?

一条无形的绞索紧紧勒住他的脖子,窒息般透不过气。天花板模糊昏黑,他瞪着眼,直到蒙眬地看见室内阴影的深浅变化,才渐渐反应过来,他做了一个可怕的噩梦,他身在兰迪的公寓,确认自己已经从噩梦中醒来。

恐怖、诡异的梦境。

他闭上眼专注回想梦中的场景。以往经验告诉他,想要记住在梦里发生的事,必须在醒来的第一时间追忆,毫无杂念地一遍遍回想,强行记下来,否则思路一旦岔开,梦境就会快速消失。

但今晚的梦非同寻常,诡异而清晰,他毫不费力地回忆起梦中的每一个场景、发生的每一件事,记得在梦中看到的人和事物的任何细节。那一幕幕发生在纳粹集中营的可怕梦境冲击着他,潮水般将他推向崩溃的边缘,他想忘记都不可能。

尸臭、人堆、金字塔形凝固的肉体雕塑、烈火焚烧、双胞胎活体实验、痉挛的丹尼尔、纳粹医生霍尔曼灰褐色的眼睛、福尔马林瓶里一颗颗颜色各异的眼球、皮革灯罩、剥离的皮肤、一块块人脂肥皂……无数场景的影像在他的意识中晃动,尖锐刺激着他的神经。他睁大眼睛,痛苦大叫……

梦境感应生成记忆,仿佛超自然力量,穿透灵魂,让他无法抗拒。

黑夜笼罩客厅，窗帘如一块裹尸布般蒙住外面的世界。他猛地跳起来，跌跌撞撞扑到墙壁那里，摸索着打开了灯。

灯光雪亮刺目，他忍痛睁着不闭眼，生怕看不见房间里的实在物体。

室内安静如斯，仿佛没发生任何变化，除了内心无边无际蔓延的恐惧。

幸亏是个梦，一个噩梦。他下意识抬手看表：3：16：16。

一瞬间，时针、分针和秒针在表盘上重叠成一条线。而后，在他的注视下，秒针一格格悄然跳动：3：16：17、3：16：18、3：16：19……尖锐的秒针仿佛灵魂脱壳般渐渐远离时针和分针，指向虚无之处。

凌晨时分的城市依然在沉睡。

镇定！镇定！镇定！没什么可怕的……他深呼吸，强迫自己冷静下来，自我催眠似的不停地想：这只是一场噩梦，一场噩梦，一场噩梦而已。

他只觉浑身酸痛乏力，在桌子前坐下，想做点什么事驱散内心的恐惧。梦里所见纳粹集中营的场景残忍至极，同类相残，无数人像牲口一样被驱赶至屠宰场，屠宰后被分类处理，在人体实验的痛苦折磨中死去……他下意识抓起钢笔，拿过信笺纸，试图记录梦境所见之事。

人们在潜意识里无尽延伸内心存在的恐惧，并以此展开丰富的联想。他推测，今晚他遭遇一连串心理暗示，导致在梦中构建出可怕的场景。

他要写下文字，画出梦境图案，从中寻找那些事物之间的某种联系……蓦然间，刺痛袭来，他发觉手指僵硬、剧痛，握不住笔。

钢笔滚落，在纸上印出一点点斑驳血迹。笔杆上沾染着血。

他抬起颤抖的两只手，翻转过来，见掌心上各有一道血槽。血色煞目。伤口红肿着横过手掌，局部皮肤挫伤，不断渗出鲜血。他的喉咙被无形的绞绳死死勒住，一时间无法呼吸。

我的手怎么了？哪来的伤口？怎么弄伤的？

大脑麻木空白，怎么都想不起来。他苦思着，意识到一件更可怕的事。他惊惶转头，环视室内，赫然见沙发上搭着浅色的女式衬衣，一条衣袖撕裂，宛如凋零在枝头的白色花瓣。

他浑身僵硬，吃力地抬着呆滞的视线一点点移动。他看到了断裂的皮带、一条牛仔裤、胸衣……地板上孑然落了一只女式皮鞋，另一只鞋遗落在浴室门口。

"嘭……嘭嘭……"诡异声响传来。

他死死盯着浴室。沉闷的声响若有若无，在寂静的夜，像肢体挣扎时脚后跟磕碰浴缸发出的声音，又像谁在洞穴深处挖土。"嘭……嘭嘭……"挖掘声断断续续，渐渐消失了。他木然地想：我过度紧张导致了幻听。

思维麻木，恐惧到极致反而变得不觉恐惧。他站起来，走向浴室，弯腰从地上捡起那只鞋，偏头打量着。他见精致的皮革泛着柔和的光泽，闻了闻，似乎残留一丝温热的罂粟花汁液的气息。

熟悉的女人气味……她在哪儿？

他拎着鞋走进浴室，打开灯。灯光照亮狭小的空间。浴室地板上趴着一条尼龙绳，绳索扭曲如蛇，沾染斑斑血迹。

"啪！"鞋子跌落，他抬手看了看掌心上的伤口。这是绳索勒紧皮肤摩擦造成的挫伤，他想，用力紧握绳子拉拽就会产生这种外伤……奇怪！我还能有条理地思考？我为什么要用力拉绳索？视线顺着绳索延伸至浴缸，他走过去，看见了耷在浴缸边上的金发。

绳索如毒蛇缠身，穿过蓬松凌乱的金发，勒在女人白皙的脖颈上。脖子被勒处青肿瘀血。女人吐着舌尖，仰面躺着，肢体僵直不动，头颅扭转弯曲成一种怪诞的角度，眼珠凸出，眼神涣散，失去光泽，眼球密布玻璃裂纹般的血丝，曾经清澈的湖蓝色凝固成混浊的暗蓝，空洞地折射着尖锐的灯光，看着他。

他俯视浴缸里的女人。饱满的果实僵硬挺立，犹如冷库里白净的猪肉，看不到丝毫生命的起伏。

他恍惚了，又举起手掌疑惑地看了看。这双手握着绳索勒死了女人？什么时候？为什么，为什么……为什么我不知道？

我在梦中勒死了女人？他一遍遍质问自己，苦思冥想却找不到答案。死寂的脑海凝结成绝望的虚无。他失去意识，就这样麻木站着，站了很久，直到猛然清醒，他神经质地看了下表：3：49：49。

外面的城市将要苏醒，他嗅到自己面临极端危险的状态。

3：49：50、3：49：51、3：49：52……

我杀了人，我得做些什么，不！他摇头，不是我杀了女人，绝对不是，我绝不会做出这种残忍的事……没人相信，谁都不信。我将被送进监狱和那些粗俗肮脏的囚犯关在铁笼子里干苦力活儿，永无出头之日。如果我不做点什么……有目击者吗？他拼命回忆守灵之夜。希望没有，离开实验室以后女人独自走了，我一个人驾车来公寓……该死！女人在便利店打过电话，和家人说过什么话？提到我了吗？不管了，我什么都不承认，在警察找来前，我得赶紧处理这具尸体。

如何处理尸体？

首先清理现场，然后转移尸体，不留任何痕迹。他很快作出决定。这才是明智的选择，不是吗？行动吧，别犹豫了，立刻行动，在天亮以前解决麻烦。他驱使自己麻木的脚移动起来，在房间里搜寻能装运尸体的物品。很幸运！他在储物柜找到一个大号行李包，估计容量足够，像魔鬼早就为他专门准备好的。他返回浴室，把行李包搁在地板上敞开，从浴缸里拖出女人，用力折叠僵硬的肢体，折腾了好一阵，终于塞了进去。

沉甸甸的包重一百多磅，双手使劲能提起来。很好！就这么干，快一点，还有机会的，他鼓励自己，下意识看表：4：21：21、4：21：22……

该死！耗时太久了。快！快！我得加快速度。

他快速收拾尼龙绳、女人手袋、鞋子、衣物、沙发和地板上的一缕缕金色毛发，全部都塞进行李包。他仔细清理浴缸，检查房间，擦拭每一处血迹，抹去指纹，处理一切可疑痕迹。

4：54：54、4：54：55、4：54：56、4：54：57……

秒针一格格悄然跳动，仿佛越来越快。天快亮了吗？他掀开窗帘一角，但见城市灯火幽明，天幕沉沉，被灯光染得泛黄。

该走了，快，快走，迅速离开，离开死亡现场。

5：27：27、5：27：28……

城市路灯照耀，一条条明晃晃的公路犹如通往灵界的光之隧道。他驾车急速飞驰，大脑麻木，双手颤抖得几乎握不住方向盘。

感觉不到恐惧，唯有绝望，绝望，麻木至极的绝望。

为什么杀她？怎么杀她？这些疑问仿佛被诡异的力量撕扯而在大脑中变得透明不可见。她死了，装在车后备厢里的行李袋中。人生前无论哭笑爱恨，死后只是一具无知觉的冰冷尸体。而他，还要开车去抛尸。

城市夜景清冷如冰，空寂可怕。

他全身流汗，憋闷燥热，却驱不散凝结在骨髓里的寒意。恐怖的寂静让他快要发疯了，他打开车载收音机想打破寂静，随即传来一阵嘶嘶啦啦的频道声响，电台音乐赫然唱响：独自在街道尽头……你让我寂寞，孤独一人，孤独到想要死去……

见鬼！见鬼！天哪！他关掉收音机，恍然疑惑腐蚀灵魂的摇滚乐又是一个心理暗示！

他恍恍惚惚握着方向盘，瞪大眼睛，努力辨认前方路上的标识牌。路边加油站灯光通明，加油机旁站着一个黑衣男人，冷漠地盯着他。

世界虚幻。我还在噩梦里吧？恐惧的尽头是什么？我何时才能醒来？他的意识徘徊在崩溃的边缘，莫名想到波德莱尔的一句名言：人间是一座医院，每个病人都日思夜想着要调换床位。

邪由心生。他是一个癫狂的病人，魔鬼诱惑了他的灵魂。

5：59：59、6：00：00……

他开车抵达墓地，关闭车灯，熄火。

夜黑如墨，笼罩枝叶狰狞的松树林，天幕透出点点星光，仿佛一袭精美的黑绒上滚动的一粒粒水银泛着微光。灰褐的眼珠俯视着大地万物。

他窥视墓地四周的状况，依稀记得，穿过草地步行约两百米的地方有一座仓库，库房里有挖土机、铲车，还有处理墓穴的各类工具。去那儿吧，可以找到掘墓用的铁铲、手推车、十字镐和铁锹。他想，我要做的事很简单，从库房拿来工具移开墓穴草坪，往下挖四五英尺深的坑，把行李包放入坑底，回填掩埋，重新平整草坪，然后就可以顺利地开车回去了。天亮以后，昨夜之事都不曾发生过，只不过一场噩梦而已……去吧！你能做到。他鼓励自己。

他盯着手表，看秒针转动了两圈，等沸腾的恐惧平静了些，他推开车门准备潜去库房。

"嘭……嘭嘭……"若有若无的声响从后备厢里传来。他侧耳凝听，不确定是不是自己幻听了。

天地安静异常，草地潮湿，昨夜的雨仿佛洗刷掉所有的生命体。

"嘭……嘭嘭……"女人还活着，尚存一息，挣扎着隔着行李包敲击后备厢，希望我去救她……不！愚蠢的念头，她死透了，被我勒死扔在浴缸里，我亲手勒死了最爱的女人……响动是幻觉，幻觉。但他忍不住又想，我忘了检查她的脉搏，万一她还活着呢？见鬼！这肮脏的念头太顽固了。他战栗着，仿佛沉甸甸的行李包压在胸腔，渐渐难以承受负荷，无形的巨大力量撕扯他的心脏下坠，拖着他坠入地狱。

他打定主意，去看一眼，否则该死的幻觉永远不会消失。掀开后备厢，他点亮车内的灯。

橘黄的灯光照耀，行李包的深棕色皮纹清晰可见，泛着诡异的光泽，拉链扣锃亮，触手可及。该死的懦夫！快拉下拉链，检查一下，只看一眼。他摸着鼓鼓囊囊的包，汗水滴滴落下。

"唰……"他拉开拉链。金发凌乱地遮掩脸部，一只暗蓝眼睛注视着他。

了无生机，世间再没了那种心灵感应。女人死了。

刺痛让头脑渐渐清晰。他决然前往库房，用手推车运来工具，准备挖掘兰迪的墓穴。昨天下葬后移植的草皮还有拼接痕迹，他点亮从库房拿来的手提灯，趴在地上寻找接缝，一块矩形的草皮宽约两英尺、长4英尺，他估计至少要移开两块草皮才足够放入行李包。

他脱掉全身的衣服，赤裸着抄起铁铲干活儿。

移开草皮，像揭起大地躯体上的一块皮肤，卷到一旁，露出灰褐色土层。他换了铁锹挖土，再把土铲进手推车。有些吃力，这个活儿要是可以使用机械装备就容易多了，但不能开动挖土车，他想，那会制造大麻烦。他只能像辛勤耕作的农夫那样挥锹挖土、铲土，忍耐手臂肌肉制造的剧烈疼痛。他咬牙硬撑着保持意识清醒，不让自己昏倒，尽快干完这肮脏的活儿。

土坑渐渐变深。在手提灯幽亮的照射下，坑洞像野兽张大的嘴，露着利齿伺机吞噬他。"你吞掉了兰迪，还要吃掉我？"他在灯光的阴影中笑了，狠狠一锹砸下去。

6：32：32、6：32：33、6：32：34……秒针疯狂跳动。

土坑挖掘而成，他闻到了泥土中弥漫的生石灰味。这个深度差不多接近埋葬的棺椁。他停住手，筋疲力尽。尽管戴着手套，手掌依然磨起了血泡，掌心伤口渗出的血浸湿手套，黏糊糊的结成硬块。他疲惫不堪，两条手臂抖得像飓风中的桅杆，腰椎和后背僵硬疼痛，脑袋也剧痛起来，眼前阵阵发黑，他快要站不住了。

撑住！快完事了，他拖着腿去车上拿包。

墓地安静无人，唯见阴影处飘浮的亡灵。

霍尔曼医生灰褐色的眼瞳在夜空高处注视着他，不！不是眼瞳，那只是个噩梦，世界上没有鬼魂，一切都是幻觉，幻觉……晨露的水汽袭来，他不停打着寒战，双臂发麻，竟然拎不动行李包，手完全使不上劲。包里像塞满铁块，顽固地坠在后备厢里纹丝不动。耳膜嗡嗡作响，他咬着牙拼命往外拉拽。

"还差一点，坚持住……"他在心底发狂怒吼，疯狂地把行李包用力拽出来。包砸在地上，女人发出呻吟，她也感到疼痛难当。"没时间了，我不能再看你。"他辩解着，拖着包带她去墓穴。

天际压着厚厚云层，黑沉沉的，黎明迟迟未至。

但时间不多了，死神在他身后徘徊，看着他跟跄而行，每走一步都沉重无比，随时有可能倒毙。黑夜无止境，草地变成广袤的天穹，仿佛永远走不到尽头。

"嘭！"行李包被扔进坑底，发出闷响。

兰迪似乎被响声惊醒，隔着棺椁冲他大喊："保罗！你强暴她。"

"没有……我爱她。"

"你勒死了她。"

"我不知道。"

"她那么美丽，与你心心相印，你却杀了她。"

"别说了，闭嘴！"他移过手推车，倾斜，抄起铲子铲土入坑。泥土击打在行李包上，"嘭嘭嘭嘭……"沉闷之声不绝于耳。

"你要埋葬我们?"兰迪叫起来质问。

这事显然没什么可说的，他咬紧牙。藏尸于墓穴，尸体不会在别的地方被人发现。墓穴是灵魂的归宿。你们安息吧!

"嘭! 嘭! 嘭……"随着兰迪的一声声诅咒，他挥铲掩土。

"该死的，跳下来吧。"兰迪在地下狰狞地咒骂。

他充耳不闻，又铲了一铲土，扔进坑里，疯狂填埋着泥土。全身骨头和肌肉像要炸裂，汗水急流，手掌血淋淋的，体力抽离一空。他像地震中颤抖的屋舍——快要散架了。

"你感知到她的灵魂了吗?"兰迪阴险地问。

"她看着你。"

"肮脏东西……"

"闭嘴! 闭嘴! 不是我的错。"他嘶吼着扔掉铁铲，瘫软在地上。

脸贴着冰凉的泥土，几乎休克。

站起来，干完最后的活儿，他告诉自己，土坑填平，最后覆盖上草皮就完事了。但办不到，他瘫在地上没了一丝力气，浑身剧痛，痛楚程度超过他能承受的极限。脑神经轰鸣，像无形的绞绳死死扼住他，绝望，绝望。

黑暗中，霍尔曼医生和兰迪发出"嘎嘎"的嘲笑声，声音透过腥臭的泥土钻进他的大脑，蹿入脑神经回路深处疯狂震荡。他绝望地想，这一定是魔鬼设下的圈套，我无法反抗，要死了，我躺在这里得了，和兰迪埋葬在一起。

恍惚间，灯光蓦然消失，手提灯的电池耗尽。天地瞬间一片昏黑。

他瞪大眼睛，注视着兰迪的墓。朦朦胧胧，那阴沉之处似乎有东西浮起来，向他飘过来。传来"嘭嘭嘭"声，令人毛骨悚然的沉重压迫感。他冒出恐怖念头: 女人的幽灵从地下渗出来，逼近他，白皙的足踝娇小玲珑，脚上套着女式棕色牛津皮鞋，一步步走到他身旁，蹲下来看着他，金发灿灿，发丝长长，波浪般浮动。

手掌哆嗦，他从地上摸到铁铲，紧握着，一瞬间，他冲动地想将手里的铁铲横扫过去，打破窒息的死寂，驱散幽灵。但无论他怎么下决心，手臂都不能移动半分，手掌上的血粘住了铁铲的把柄。

时间仿佛凝滞，女人轻抚他的脸，在他耳畔呢喃……

昏昏然，天光透亮，黝黑的空间渐渐显出层次，他发觉身旁什么东西都没有。猛地一抬头，见东方透出曙光，云层再也遮不住黎明的到来。

天亮了，快走! 快! 他奋力爬起来，平整土坑，将草皮覆盖，有条不紊地清理现场痕迹。天越来越亮，墓地周围的阴影变淡了，幽灵消散，他总算干完了活儿。

墓穴恢复原状，外观看上去比他想象中的还要好，就像没被动过。

他趴在草皮上贴耳倾听，没听到一丝声响。"兰迪！"他轻声呼唤。没有回答。"丹尼尔，丹尼尔……"他又叫了几声。

没应答。

兰迪沉默了，地下很安静。

很好！这样很好！你和她生前能心灵感应，死后待在一起，灵魂相融。

晨风习习。体表的汗水干了，像覆了一层硬硬的盔甲在皮肤上。他快速收拾工具，擦净沾满血迹和污泥的手掌，用布条勒紧伤口，穿上衣服。他亡命似的逃离墓地，跑到车子那儿，拉开驾驶室的门。

艾薇坐在车里，拢着腿，摆出一种令人敏感的优雅姿态。

他呆住了。

晨光中，女人栩栩如生，焕发出异常别致的美。"保罗，带我走吧！"女人眼眸含笑，轻轻踢荡着玲珑的足踝。

尸臭味弥漫。

他痛哭流涕，视线模糊，唯见那白皙刺眼的足踝荡漾在脑海深处。

7：05：05。

他挣扎着爬上驾驶座，头痛欲裂，几乎看不清时间，表针尖锐地穿透了他的心脏。发动引擎，他昏沉沉握着方向盘驾车驶离墓地。

开车盘旋下山，路过桥梁时停下，他把沾有血迹的工具扔进水里，水花溅起一抹血红……他开车来到海湾公路上，融入车流中行驶着，麻痹感蔓延，痛苦一点一点消失，他不再那么难受了，反而有一种怪异的轻飘飘的愉悦感。结束了，还算不错，他解决了最艰难的事，还可以苟延残喘下去，往后就看运气了。他想，绝不能再糟糕了，活着就好。

旧金山湾区开阔的海面倒映着天际的曙光，海浪泛出青涩的光亮。

来到服务区停车，他软软地靠在座椅上，注目一轮红日跳出云层。阳光照耀城市，光线一缕缕斜射进汽车，烧灼他的眼瞳。

"不是梦……肮脏的真实世界。"他咒骂，明白自己永远不再醒来。

他到药店买了止痛药、消炎药、止血纱布和绷带，处理手掌。从麦当劳买了热红茶和双层汉堡，他强迫自己吃下食物，然后开车去自助洗车场，彻底清洗了他这部肮脏的克莱斯勒汽车。

8：10：10。

他回到兰迪公寓，仔细清查室内，反复搜索每处地方。一根金发，一根金发！他在沙发上找到一根女人的金发。该死的，见鬼！他拿了金发冲到浴室，点燃烧掉。他又检查了两遍，再没找到任何痕迹。

公寓里一切如旧，艾薇彻底消失了，仿佛从没到过这里。

浑身剧烈疼痛起来，像吞了枚冒烟的手雷，一块块僵硬的肌肉扭曲炸裂。他从木柜里拿来一瓶博林格香槟酒，然后拧开水龙头，放出热水注入浴缸。

水声哗哗响着，热气腾腾。

他站在洗手台前，面对镜子，心里默念："昨晚离开实验室，我一个人开车来到兰迪公寓，彻夜守灵。"他控制呼吸的节奏，让气息缓慢下来，凝视镜子里的眼睛，催眠镜中人，"我一个人点燃蜡烛，一个人看书，一个人听唱片，一个人沐浴，一个人……"

热气弥漫浴室，黏着赤裸的皮肤。镜子凝雾，渐渐模糊，镜中人的狰狞面孔随之朦胧，唯见一对眼珠血红。

蓦然，镜中人挣脱催眠状态，冲他阴险地笑起来，尖声说："你深爱她，却勒死了她，你爱她，勒死她，勒死她，哈哈哈……"镜中人尖锐的笑声越来越放肆，歇斯底里地尖声嘶叫，最后发狂大笑，"你爱她，你爱她，你爱她，哈哈哈哈哈哈……"

笑声久久在浴室回荡。

他不由自主地随着镜中人笑了，笑声从骨髓里渗透出来变成崩溃的嘶吼，迸发出一连串痛苦的呻吟……血水渗出紧握的手掌，他不得不笑着重新处理伤口。

酒精疯狂在血液里流窜，醉意浓重压下来，头脑晕眩。

"昨晚什么事都没发生，我一个人在公寓，一个人，一个人……"他一声声默念，直至声音化为坚硬的意念潜入大脑深处。

意识模糊，他极度迷惑，感到大脑某个区域麻痹了，一段记忆被深深埋葬。他恍恍惚惚爬进浴缸，躺下，浸泡在热水中。温暖的舒适感淹没了他，身体渐渐麻痹，肩膀腰背大腿手臂不再痛楚，脑袋昏沉沉，他打起了盹儿。光亮茫茫，朦胧中，他仿佛荡漾在母体暖暖的子宫羊水里。

一个声音在远方回荡："忘了吧，忘记昨夜的事，你将获得新生。"

另一个低沉悲凉的声音隐隐回应："我们在梦中相见，我梦见她，梦见一对湖蓝眼眸。在梦境世界，没有任何女人能取代她在我心中的位置，永远不能……"

但他没做梦，什么梦都没有。意识深处一片荒芜，悲怆浸心，他将陷落在孤立无助的世间日夜痛苦，带着罪恶，直到死去。

第4章　神的启示

"嘭嘭嘭……"一阵急促的声响轰然传来。

强烈的头晕目眩感。

伯恩惊醒过来，耳膜震动，只听到持续不断传来的"嘭嘭嘭……"敲门声。他听着，直到感觉浑身剧痛，肩膀和肩胛骨部位疼痛无比，忍不住让人痛呼出声。他仓皇四顾，赫然发现自己置身于浴室，躺在浴缸里。水已经凉了，冰凉浸体。

我在浴缸睡着了，怎么回事？伯恩愣住。

敲门声蓦然消失。"伯恩教授……"室外传来呼喊声。

谁？伯恩悚然心惊，只听那人喊："你在屋里吧，教授？请开门！"

声音依稀熟悉，伯恩极力回忆，想起这人是安德森的下属——杜克军士。这并非幻听，可以确定是真实的声音。他挣扎着从浴缸里爬起来，感到臂膀麻木，肩背僵硬，疼痛难耐，差点跌倒在地。

"稍等……"他冲室外喊。

他失约了，竟然睡过了头。军士怎么知道他在兰迪的公寓？伯恩莫名惊慌，有一会儿他就这么赤身怔怔站着，见自己的衣裤浸在洗手盆里被漂洗过，一堆个人物品放在洗手台上，一旁搁着擦得锃亮的皮鞋。他冷得直打哆嗦，而后才想起扯一块浴巾披上。

"实在抱歉，我刚醒来，请等会儿。"他腿脚麻木，踉跄走出浴室。

"好吧，反正已经晚了。"隔着门，杜克的声音回应他。

伯恩匆忙从卧室拿了一套兰迪的衣服穿上。

手臂颤抖令他的穿衣动作变得艰难。难道躺在浴缸里的睡姿不对，导致肌肉严重拉伤？他疑惑地想着，忽然想起昨晚做的恐怖噩梦，不由得一阵心悸，他竟然梦见自己深陷德国纳粹集中营，梦境清晰，简直就像前世的记忆。

在梦里，他名叫马克斯，是个年仅11岁的小男孩。

他还记得那是1944年寒秋的深夜，可怜的马克斯一家被死亡列车送进集中营，他父母倒毙在毒气室，姐姐惨遭纳粹……伯恩打了个寒战，恶心欲呕，不敢再往下深想。

一幕幕场景实在恐怖，血腥残忍至极，如同人间地狱。

伯恩匆匆洗脸，收拾个人物品。他把钱夹、车钥匙、一个未拆的信封等物一股脑儿地全都塞进衣袋。戴上手表，他发现快上午10点了，秒针跳动，令他莫名地心惊。

无意间，他瞥眼看向镜子，陡然呆住。一种诡异的恐惧感受在他身体里蔓延，紧紧攥住他的心脏。脑海深处仿佛浮现出了点什么意象，却又模模糊糊，让他心惊，竟不敢再看镜中人。

打开房门，伯恩急促地喘息，浑身冒虚汗。

"怎么了，教授?"杜克惊讶地打量他，然后瞥眼室内。

伯恩慌忙锁上门，快步往前走去。

"你的脸色很糟。"杜克追上来问，"发生了什么事?"

"没什么……我做了个噩梦。"伯恩保持镇定，"杜克先生，你怎么来这儿?"

"在斯坦福没找到你，中校告诉我，你也许会在兰迪公寓。"

"中校?"

"安德森中校。"

"嗯! 我看起来很糟?"

"脸色吓人，教授，你就像从坟墓里爬出来的幽灵。"

伯恩莫名战栗，勉强笑着说："居然被噩梦吓坏，太丢人了。"

"那梦一定非常可怕。教授，你见鬼了。"杜克笑起来。

"比见鬼还恐怖。"惶惑不安的情绪平复了些，伯恩说，"昨晚我几乎彻夜未眠，一个人守灵。兰迪是我好友，我想在死亡现场感应他的亡灵。"

"噢，幽灵出现了?"

"当然没有，快天亮时我睡着了，然后噩梦袭来。谢谢你及时赶到叫醒我，否则，我肯定被活活吓死。"

"哈! 教授，你可真幽默……"

说话间，两人来到楼下，坐上那部黑色林肯车。

"说到噩梦，我深有体会。那年海湾战争'沙漠风暴'行动结束，我和其他海军陆战队员乘机回国，从塔赫兰空军基地起飞后我做了个梦，至今难忘。我梦见自己成了罗马角斗士，身穿青铜铠甲，手持武器，被迫在竞技场里与对手疯狂决斗，遍体鳞伤……"

伯恩看过去，见杜克黝黑的脸上浮现惊恐之色。

"天哪！梦中的场景真实得就像刻在我脑袋里，我清晰记得我手举的盾牌，那是一块桦木制成的沉重盾牌，用毛毡衬里。我一手持盾，一手持剑，在角斗场上拼命反击，杀了一个又一个对手。我把长剑插入他们的咽喉，血浆像发酵的葡萄那样膨胀四溅，那血腥味刺鼻，热辣辣地流淌在我手上。最后我筋疲力尽，被人用锁链勒住脖子拉倒在地，一柄大铁锤落下，砸碎了我的头颅。"

"你在梦中被杀死了？"

"很奇怪，是吧？"杜克吁口气，神情迷惘，"所有的绝望和痛苦突然消失了，我死后飘浮在竞技场，恍惚感到全场爆发的狂热的欢呼声，然后是一片寂静的光亮。感觉太奇特了，很多梦醒来我都忘了，但永远忘不掉这个。"

伯恩想起自己的噩梦，昨夜之梦他也无法忘掉，深刻地烙印在记忆中。

"教授，这是什么心理现象？我讨厌历史书，印象中没看过关于角斗士的历史记载，怎么会产生那么真实的梦境？"

"你也许曾经在哪里看过，小说、影视、新闻报道之类的，但忘了。"

"我发誓，绝对没有。"

"你怎么知道梦境是真实的？人的想象力很丰富，想象超越所见。"

杜克奇怪地笑了笑，忽然说："我是个喜欢较劲的人。这事让我迷惑不安，后来我到图书馆详细查阅了古罗马角斗士的资料……"吸了口气，杜克打住话头。这是引人追问的小花招。

伯恩顺着他问："怎么样？"

"结论有两点：我在梦里所见是真实的，竞技场、武器、物件，包括决斗的所有细节都栩栩如生，我找到了对应梦境的史料。其次，梦中的我不存在。"

"你是说，没在史料中找到你梦见的那名角斗士？"

"不！我找到了，我记得梦中的自己的名字。只是……有些不对劲。"杜克拖长声音再次故弄玄虚地打住。

"角斗士叫什么？"伯恩只得追问。

"我清楚地记得，我是巴尔干半岛东北部的色雷斯人，在反抗罗马征服希腊的战争中受伤被俘，沦为卡普亚城角斗士训练学校的角斗奴……"杜克神秘地一笑，"我的名字是，斯巴达克。"

伯恩愕然一怔，随后也笑起来。

斯巴达克是历史上赫赫有名的英雄人物。2000年前，这位英雄率领罗马角斗士起义，英勇战斗，沉重打击了残暴的奴隶主统治者。斯巴达克起义举世闻名，在为争取自由和尊严的人类斗争史上留下了光辉灿烂的一页。斯巴达克当然没死在角斗场上，也不是被对手用大锤砸碎头颅。

公元前72年秋，起义军在阿普里亚与罗马军决战，斯巴达克和六万名战士浴血奋战，直至壮烈牺牲。"不是胜利就是死亡"。最后，罗马军残忍地把起义军战士全都钉死在罗马至卡普阿沿途的十字架上。

杜克梦见自己是斯巴达克，如果不是玩笑话，那就是梦中虚构。

"怪诞的念头。"杜克感叹，"唉！我有时会突发奇想，也许真有轮回转世，只是每次投胎做人就遗忘了前世，只在梦里偶尔想起。"

伯恩说："前世之言并不符合历史。"

杜克恍然一笑："也许，这是神对我的启示。"

伯恩听到"神的启示"，陡然间，一个莫名其妙的念头从意识深处冒出来，"梦境是灵魂穿越时空与人接触的唯一途径……"不知听谁说的这话，他惶惑不解，而后仿佛有一股顽固的意念力量阻止了他，让他没往下深思，转念去想另外一事：我出现超感，就像梦见了真实的前世，竟然感知到二战时期发生的事，太诡异了，是通灵术测试导致的吗？"神的启示"意味着什么？

伯恩心头一动，从衣袋里拿出帕顿夫人给他的信。信封皱巴巴的，有些污渍，看似被他随手揣在兜里给弄脏了。伯恩拆开信，见信封里并无信笺纸，只装了一张小卡片。他拿出卡片，见上面写着地址和电话号码——帕顿夫人留给他的联系方式。心底若有所感，他翻过卡片，侧光打量，见卡片背面隐约划着细微痕迹，像没了墨水的笔尖写的字，看似两个单词：Yucca brevifolia。

伯恩辨识出词义：短叶丝兰。这生僻的词语表示什么？他怔怔思索着，不得其解。

四周笼罩的迷雾越来越浓重，隐隐透着诡秘。

帕顿夫人及暗藏幕后的灵学会组织对他有何意图？接下来还会发生什么更可怕的事？忽然间，伯恩心惊肉跳，发现自己居然会冒出"更可怕"这种念头，之前发生的事还有什么可怕的？那些只不过是心理暗示的小花招，做了一个噩梦罢了。伯恩皱眉想，沉住气，我得深入追寻真相，为了兰迪，一定要追查灵学会到底。

一路上，他坐在车里思潮起伏，心绪难以平静。

林肯车没走多久，就驶离海湾101号高速公路，转入墨菲特大街，然后停在一道设有岗亭的门前。DIA驻地这么快就到了？伯恩看向车窗外，却见岗亭一侧的指示牌上写着：航天局埃姆斯研究中心。

附近一座椭圆形帐篷似的白色建筑，上面印着"NASA"标识。

伯恩以前来参观过，知道那是"埃姆斯探索中心"，一座科学博物馆，免费对游客开放，以科普形式展示航天技术、国家太空探索项目。

这片区域是世界一流的科研基地，以国家航空咨询委员会的创始主席约瑟夫·埃姆斯的名字命名。二战时期，埃姆斯承担军用飞机气动研究的重任，战后成为美国国家航空航天局下属的一个重要的研究机构，研发航天飞行和信息技术。除了航天局，这里还驻有加州空军国民警卫队、洛克希德·马丁空间系统部、多家高科技研发机构。在早期，这里还是海军航空港——奇特的混合体，囊括了人类科技发展的历史轨迹，孕育着未来的高新科技。

安保人员把守岗亭，检查入内车辆。

杜克出示证件，获准通行。车行到岔路口处，就看到展示着的一架航天飞机的原型机模型。

埃姆斯有许多别具特色的建筑物和新奇技术，见证了人类对宇宙探索的历史和在前沿技术上取得的卓越突破。园区里有全球顶级的研究设施，上千名科研人员从事着空气动力学、超高速飞行测试、天体生物学、月球探测机器人、搜索可居住行星的开普勒任务、超级计算系统、先进热保护、机载天文学、纳米学等研究项目。埃姆斯有足够的资格成为未来世界科技的发源地之一。

在这里，一座座博物馆、大型仓库堆满了过去几十年的军事和科研设备。车间里有庞然大物般的原始计算机；停车场放着退役的核弹；国际空间站的原型露天放置，盖着防水布——人类对太空探索的见证物正遭到时间的侵蚀；月球研究办公室的旁边摆放着大力神1号火箭，在火箭的弹头部分露出一些零散的线缆。

"那是货真价实的洲际弹道导弹。"杜克说，"曾用来连接核弹头。"

往里走，伯恩见到了世界上最大的风洞建筑。阿波罗飞船曾在这里做风力测试。在过去的40年中，几乎每一种美国军用飞机都在此通过风洞测试，还进行制导导弹、卫星、飞行器的组件研制与测试。

一些退役的战斗机、侦察机、攻击直升机停放在机场，旁边耸立着国家历史遗迹"一号机库"。伯恩探头看了看这座庞然大物。机库建于60年前，用于停靠"兴登堡"号飞艇。机库外壳由铅、多氯联苯和石棉制成，因材料老化散发出有毒物质，严重污染环境。几年前，它的外壳被拆除了，只剩下裸露的钢结构。残骸般的钢铁骨架屹立在地面上，占地8英亩，高约200英尺，看上去像一头凶猛的钢铁巨兽。

汽车经过岗亭检查，进入一道由铁丝网封锁的军事管理区。

这地方驻扎着军队，停着成排的悍马军车，四周设有雷达、瞭望塔、指挥台……杜克把车开到控制中心外停下。伯恩下车，随即看到了墨菲特联邦机场。

他惊讶地问："我们要去哪里？"

"DIA的洛杉矶分部。"杜克走向机场的待飞区，"这里安全可靠，总统每次来访旧金山湾区，'空军一号'就在此起降。"

"那看着不像总统座机。"伯恩跟随杜克走近一架待飞的商务客机。为DIA工作竟然派专机为他飞一趟洛杉矶，过于奢侈了。

"我们顺道搭机。"杜克说，"一位大人物正好要去洛杉矶分部，参与国防安全会晤。喏，他的私人波音飞机。这东西挺贵，每年得支付上百万美元租用墨菲特机场……教授，请快点登机，别让他久等了。"

伯恩见这架飞机上果然没有航空公司的标识，只涂着三个鲜红色的字母：YHJ。估计是那位大人物的私人徽记。

客机舱梯处，机长、副机长和空乘人员鞠躬笑脸相迎。优雅的空乘身着标有"YHJ"徽记的定制裙装，领他们登机入内。伯恩见整架客机的座椅由银灰色的皮革包裹，配棕红色木质装饰，舱内铺着顶级地毯，往里走，只见橱柜、沙发、电视机、办公室和休息室等一应俱全。

两人来到特等舱。这地方宽阔舒适，堪比豪华酒店的总统套房。

一位老人安然坐在舱内。

伯恩看过去，见这位老先生须发霜白，衣着朴素，貌似普通，70余岁的模样，亚裔面孔，端坐在特等舱一隅的沙发上看书。不知是什么身份的大人物。

"易先生，您好！"杜克上前对老人恭敬地微笑，说着流利的粤语，"抱歉，我们来晚了……"

伯恩听不懂他们的交谈，站在一旁看着有些惊诧。老人坐在那里，言谈从容不迫，专注倾听杜克说话，自有一种与众不同的气度，令人感觉其内敛稳重而值得信赖。不容置疑，这是一位经历岁月长河洗礼而内蕴深厚的不凡人物。

杜克言谈间提及他的名字。老人对他看过来，微微颔首。伯恩点头回敬。老人目光温和，如祖父般亲切，让他觉得能与之同行甚是荣幸。

"请随意，教授。"杜克示意他入座，"我去休息室打个盹儿，昨晚我也熬夜了。我租了一堆录像带，《X档案》，还有《海岸救生队》，那些洛杉矶女救生员实在太有魅力了，火辣辣的让人欲罢不能。"杜克嘿嘿笑着，去了前舱的小型休息室。

美丽的空乘端来咖啡和果汁放在桌上，半跪着为伯恩脱掉皮鞋，换上一双舒适的软底拖鞋，轻柔地说："先生，请问您还需要什么？"

"谢谢……"伯恩说，"有纸和笔吗？"

空乘拿来笔和一个记事本给他说："用后您可以带走。"

记事本质地不错，柔软的皮革封套上烫印着"YHJ"字样的徽记。

舱门关闭。飞机滑行，随后仰起来飞向天空。

伯恩摊开记事本放在桌上，执笔思索。他打算在飞行途中把昨晚的事做一次梳理，充分分析，以决定调查灵学会的具体行动步骤。

飞机平稳地翱翔在云端，舱内安静。易先生并未打扰他，依旧安然地坐着看书。老人专注地阅读，与环境融为一体，仿佛扎根在山崖上的松树岿然不动。尽管同处一室，却丝毫没给他带来陌生人之间常有的那种局促感。两人隔着桌子和沙发各坐一方，距离几步远，不说话也感觉很自然。

伯恩回忆着，在记事本写下昨晚通灵术测试的经过。他用笔圈出一些重点词语：亡魂之画、引灵人、黑镜、灵魂、眼睛、灵性相认、精神异常、催眠……试图找出这些意象之间的关联。

下意识地，他写出一行字：马克斯，你感知到丹尼尔的灵魂了吗？

他蓦然一惊，想起就在被帕顿夫人催眠的一刻，他恍惚感到一个诡异的声音隐约传来，清醒以后他就忘了，而在昨晚的噩梦里又出现了这句话。犹如勾起前世的记忆，他终于知道，这句话源自梦中的纳粹医生霍尔曼。霍尔曼有一双令他胆寒的灰褐色眼珠，即使梦醒之后，记忆依然深刻无比——恐怖的纳粹人体实验。

帕顿夫人怎么做到的？不仅感应到了兰迪的亡魂之画，还提前预知他的噩梦？

以心理学任何一种理论都难以解释这种怪异现象。伯恩思索着，拿出那张卡片端详，"短叶丝兰"意味着什么？

各种错综复杂的线索让他找不到头绪，只好先暂时放下。他转念想：需要查阅相关资料，还得找专业的人来协助。这事不能依赖科学捍卫者，那不可靠，要另外找可信赖的合适人选。

他稍作休息，喝了杯咖啡，接着记录。

梦境时间：1944年深秋的某一天，黎明前。

场景：某个纳粹集中营。

他回忆着写下：劳动使人自由——梦里集中营铁门上的标语。

梦境人物：他，11岁的马克斯；丹尼尔，他的双胞胎弟弟（与兰迪同名）；他的姐姐和父母；霍尔曼，纳粹医生。

他在纸页上勾勒出霍尔曼医生的模样，印象深刻，他感觉画出的人脸草图有七八分相似，那一双冷锐的眼睛在纸上注视着他。辨识了下，他确信在生活中从来没见过这人，此人形象竟然如此逼真。

人物有名，有肖像，查阅二战历史资料也许能找到梦中人。

毒气室、焚尸炉、处理尸体的车间——人体脂肪炼制的肥皂。写到这里，伯恩打了个寒战，赫然明白自己为什么会有"肥皂恐物症"。简直不可思议，难道噩梦很早就藏在他的意识深处，让他恐惧肥皂？他思索了会儿，记录下这个重要信息。

10号楼实验室——集中营里专门实施人体实验的地方。

凭着梦境的记忆，他清晰地知道那一间间可怕的实验场所，甚至能感知到那地方散发着的混合人体和药物的特殊气息，一件件器具、化学药剂、各类物理仪器……丹尼尔倒在放射室的水泥地上痛苦挣扎，又被抬到一间挂着蓝色帘布的手术室。钢制的解剖台上血迹斑斑，纳粹医生剖开丹尼尔皮肤焦黑溃烂的瘦弱躯体，切出新鲜的内脏器官，摘下眼球，浸泡在福尔马林瓶里……10号楼有间狭长如通道的陈列室，摆放着一排福尔马林瓶，全都浸泡着一颗颗不同颜色的眼球，眼球色彩鲜亮，呈现出暗黑色、淡黄色、淡蓝色、绿色、紫罗兰色……仿佛眼瞳被色素浸染。

恐惧和强烈的厌恶感袭来，伯恩不得不中止回忆那些血腥的细节，转念去想主要的线索：纳粹医生霍尔曼实施残忍的活体实验——研究双胞胎之间的心灵感应，寻找意识超感——他飞快记录着，重重画上横线，惊觉这是整个噩梦的重点。

梦中所见的"心灵感应研究"与现实里的通灵术联系在了一起。一阵冥思苦想导致了头脑发晕，伯恩神思恍惚，不得不暂停回忆。他搁下笔，深吸口气，悚然感到刺骨的寒意。

他凭窗远眺，见机舱外云雾缭绕，天光耀眼。

突然间，云层远方浮动着异样的光芒。伯恩定睛看过去，见茫茫的天际间浮现一轮圆圈状的光晕环绕着太阳。只见那光晕左右上下还排列着四道强光，光芒呈弧线状，仿佛四个变形的"小太阳"，围绕着光晕中心的一个大太阳。"小太阳"的面积约为大太阳的三分之一，与光晕形成异常奇特的景观——五日凌空。

东方云海漫漫，那一轮神秘光晕耀眼夺目，无比壮观。

他心神巨震。太阳周围出现光晕并不奇特，但在光晕中竟然还同时出现具有对称态的四个虚幻的"太阳"，它们环绕着一个真实的太阳。这是他前所未见的奇异天象。

光晕神秘莫测，如巨大的眼睛凝视着人间。

一阵云雾飘过舷窗。光芒四射的"幻日"逐渐变暗，隐隐化为一道彩虹。片刻后，只见那道绚丽的光芒消失在云层深处。

伯恩怅然若失。凝视强光，他感到眼睛刺痛，便收回了目光。他缓过神来想，这也许是一种罕见的大气光学现象。阳光照射高空云雾，像无形的镜子，折射光在太阳周围产生了虚幻的光环。

易先生放下手中的书，望着舷窗外。老人应该也看到了那一幕奇景，但神情淡然依旧，未显惊奇。

伯恩心悸不止，不禁说："神奇的幻日，我还是第一次遇见。"

老人看向他，原本平静的神情闪现诧异之色，一闪即逝。

伯恩忍不住又说："实际上那是太阳的虚像。对吧？"

老人说："你以你的方式理解它，所以做出了选择。"

"什么选择？"

"你认为那是自然现象，阳光制造的幻象欺骗了你的视觉。"

"是啊！"伯恩不解地问，"可这和选择有什么关系？"

"人之选择各不同。"老人说，"1461年，英国玫瑰战争期间，在莫提梅路口战役的前夕，爱德华·约克伯爵和他的士兵们也看到了同样的一幕天象。伯爵相信，那是命运的征兆，神助的力量将让他取得英国王位，因此他把幻日当作神圣的象征。这就是人们的差异所在，面对同样的天象，伯爵以他的信仰，做出了与你不同的选择。"

"确实如此。"伯恩笑了笑说，"500年前的人们更相信神话。"

老人从贴身衣袋里掏出一块老式怀表，擦拭了下黄铜色的表盖，打开看了看，然后收起怀表，淡然地说："在这世界上，万物适得其所，一切皆有它存在的意义，包括虚无的时间。"

伯恩的笑容僵住。老人的话隐有深意，却又让他琢磨不透。沉默了一会儿，他陡然意识到不对劲，转头看向舷窗外，看着机翼上闪烁的金属反射光，一时间震撼至极。

他赫然抬起手，看表：10：54：54。

一瞬间，时针、分针和秒针在表盘上重叠成一条直线，指向虚无之处。

时近正午，太阳此刻应该高悬天顶，从舷窗看出去根本看不到。

他真的看到了天象？光晕中那一个真实的太阳——他认为的真实，实际上也是虚幻的？

幻觉……命运征兆……神的启示……伯恩死死盯着表盘上的秒针一格格跳动，只觉灵魂仿佛被神秘力量撕扯着，一丝丝抽离了躯体。

恍惚了好一阵，伯恩回过神来，见老人神态自如地看着书，仿佛什么事都没发生过，外界一切与他无关。伯恩惶惑不安，走过去说："恕我冒昧……能和您聊会儿吗？"

"伯恩教授，请坐！"老人合上书放在茶几上。那是一本美籍黎巴嫩作家纪伯伦的散文诗集《沙与沫》。

伯恩在老人对面坐下，踌躇着不知从何说起。他心乱如麻，无所适从，心底有种莫名的恐惧让他想找人说话，以排遣内心的压抑。老人给他的感觉亲近随和，是合适的倾诉对象。他困惑地问："您怎么看刚才的幻日现象，不觉得奇怪吗？"

"为何奇怪？"

"我觉得……那也许是幻觉。"

"也许，你还认为那是一种神迹。"老人似乎看透了他内心激荡的惊悸，直言不讳地说，"神的启示，震撼了你。"

"确实如此！"伯恩承认，"我感到迷惑。"

"上帝的呼气。"老人微笑着说，"希腊语原文'上帝用圣灵启示'的那个词的字面意思是'上帝的呼气'，意味着神以一种超然的力量将启示传达给人们，引导人们的思想……"老人抬手指了指头，"正如当你躺在床上做梦时看见的异象，上帝也会让人目睹超自然的异象，并让这个人把异象记录下来。教授，你要为此做笔记吗，以待将来某一天顿悟神的启示？"

伯恩惘然摇头："您不认为真的是这样吧？"

"人之选择各不同。"老人说，"东方哲学认为天象莫测，不可见、不可闻、不可描述。对我们头顶深邃的天空，凡超出我们认知局限的，不必惊异，怀有敬畏之心即可。"沉吟了一下，老人抬眼注视着他，"要说它的奇怪之处，是为什么使你和我产生了同样的幻觉。"

伯恩一怔，随即醒悟过来。是啊！假如那是幻觉，怎么可能导致两个人同时看到同一个幻象？除非两人的意识是彼此相连的。这样一想，伯恩释然了。

"谢谢您解惑……"他踌躇着转而问，"我想，像您这样的年纪必定通达世事，冒昧地请问，您是否信仰神？"

"祈求神灵护佑，就如风中燃灯。"老人坦然告知，"我们讲究明心见性，心明，油灯自亮。个人拙见，这世间从来就没有什么救世主，我只做自己内心的主人。"

"您是无神论者？"

"无神论者！"老人笑起来，"教授，你用了相对文明一点的表达方式。其实不妨直接说，我没有信仰。"

"非常抱歉！"伯恩立刻说，"我对此没有偏见，亦无轻视之意。"

"教授，这是对你的由衷的赞赏。"老人不介怀地笑着，但看得出来，老人明朗的笑容之中有着难掩的苦涩之意，微笑褪去，老人叹喟，"毕竟社会每天都在进步，要知道，在《排华法案》时期，我可不敢这样说。那时候，没有宗教信仰的人，往往意味着没有道德底线，会被你们视为异类。"

1882年颁布的《排华法案》针对华人移民做出了最为严厉的限制，禁止那些被雇用为矿工的华人劳工进入美国，否则将遭到监禁或者驱逐。

那是美国历史上唯一的一部针对特定族群制定的歧视性法律。如同打开巨大的潘多拉盒子，在美华人被视为低等种族和下贱人。法案生效后，反华暴力事件增多，许多华人仅仅因为他们的种族身份而遭到残酷殴打，甚至惨遭杀害。艰难幸存下来的在美华人，因此失去了回祖国与家人重聚的机会，被迫割裂亲缘纽带，陷入长久孤立的困境。《排华法案》于1943年废除，但在美国民间，排华风潮在之后依然持续了很长时间。

"一场人为的政治灾难。"伯恩歉然说，"那《法案》严重违背了我们自由平等的立国原则。所幸过去了，黑暗的那一页终究成为历史记录。信仰自由、有无信仰，这是公民的基本权利。一切生命不仅有价值，而且是神圣的，我们得相互尊重包容。"

"这话不错。"老人微微一笑，"但说到信仰，年轻人，我可以告诉你，人没有信仰是不可能生存的。"

"噢？愿闻其详。"伯恩有些诧异。

"信仰能够拯救陷于困境中的人，使其心灵宁静，免于堕落，使其复生，使其坚定，使其无惧痛苦彷徨、恐怖邪恶的侵蚀。"

"那您信仰什么？"

"我的信仰来自我的祖先。"老人声如晨钟暮鼓，娓娓道来。

"我的曾祖父是广东新宁县人，清朝同治元年来到美利坚，落脚旧金山。那时淘金热兴盛伊始，他作为苦力'猪仔'被贩卖至此挖金矿，修铁路，以超乎常人的勤劳和忍耐在这里安家落户，劳碌一辈子。我曾祖父生前饱尝艰辛而一无所有，死后，尸骨埋在太平洋铁路的枕木下。我作为移民家庭的后代，还算不错，上过学，有机会学习英文。我们的信仰就是遵从祖训，勤俭守礼，耕读传家。信仰的是家国天下，祈望天下太平、家宅平安。这是一种对世俗生活的信仰，比起任何虔诚的教徒都毫不逊色，甚至比那坚韧百倍。

"信仰是生存的力量。我们活着，心灵总要有所寄托，面对世间万般苦难时才不会毁灭自己。这种信仰的力量不一定源于神灵，也可以是一种信念、一个处世准则、一件物品。是我们的亲人、家园……那种使我们心怀希望、想要去守护的精神寄托，让自己由内而外变得强大起来，为此可以承受痛苦，忘记悲伤。勇敢地去努力，去前进，去奋斗。这种精神力量足以让一代代人在险恶之地存活，生生不息地延续。"

"谢谢指点，受教了！"伯恩致敬老人。这也是一种人为自身立法的朴素信仰。很久以后，他总会不时想起老人的这番话，想到老人说这话时的那种坚韧非凡的气度。

飞机舷窗外，云雾散去，蓝天如明镜倒映着大海。

两人一见如故，无所不谈。

老人见识多广，饱览群书而博闻强记，洞悉世事，对万事万物莫不有独到的真知灼见，语言风趣，谈笑间让伯恩心生遐想，暗暗敬佩。

压抑的心情放松了，噩梦的暗影悄然褪去。

一小时的飞行时间不知不觉就过去了，飞机降落在洛杉矶棕榈谷机场。

临行前，伯恩收好记事本，与老人握手告别。老人的手掌布满老茧，粗糙，手指骨节粗大，那是从小从事苦力劳动导致的指骨变形。"送给你了，闲来不妨一看。"老人把散文诗集《沙与沫》给他，微笑着说，"相比政治、哲学和宗教，文学是更好的心灵沟通的桥梁。"

DIA洛杉矶分部已派专车等候在机场，老人乘车离开。

伯恩和杜克坐上另外一部车，不禁问："那老人是谁？"

"瑞斯塔尔医疗公司的创始人，集团大股东。老先生为人低调，平日里深居简出。"杜克说，"他的中文名为易鸿钧。"

伯恩不由得吃惊。瑞斯塔尔公司赫赫有名，那是全美最大的以研发为基础的生物制药企业之一，位居全球百强企业之列，其卓越的医药研发和生产能力处于世界领先地位。此外，瑞斯塔尔在全美各州还拥有连锁的医疗机构。他想不到这家著名公司的创始人居然是一位华裔巨商。

"我从小在中国城长大，易先生是我的精神教父。"杜克神色颇为自豪地说，"那地方当年是一个多种族混居的社区，我就是你们认为的那种贫民窟'素质低下的黑小子'。易先生教我读书识字，资助我上学。我考进了国防大学。在我们那儿，易先生可是了不起的人物，他经历非凡，年轻时曾应征加入陆军，开赴欧洲战场，隶属美军第28步兵师，那是1944年登陆诺曼底的先遣部队。战争结束后，易先生在医院打杂，做过医药产品推销员，后来创办瑞斯塔尔，奋斗至今才有了现在的地位。"

"确实不简单。"伯恩又问，"易先生是企业家，怎么参与国防会晤？"

"瑞斯塔尔的研究机构与军方有战略合作，国防高层和易先生的关系自然密切。"杜克答了一句话，看似不想过多透露军事机密。

DIA 洛杉矶分部位于棕榈谷地区。门口可见 DIA 的蓝地圆形标识，中央是一个火炬穿过地球的图案。

这片军事区域占地颇广，绿化很好，不像外面的荒漠那样裸露着黄褐色土层。内里开阔，坐落着几栋厚实的建筑。杜克带伯恩进入一栋楼房，楼层上下随处可见身穿制服的军事人员，佩戴的军衔都不低。

"往后我都在这里工作吗？"伯恩打量四周环境问。

"评估组的人全都集中在这儿。"杜克说，"准备好吧，教授，就当来体验一次部队集训，大约两个礼拜的时间。其间，工作生活住宿都安排在一块儿，挺方便的，事后的报酬还不低。"

"评估需要全封闭？"

"对你们专家组的限制没那么严格，工作之余请自便，周末休息。"杜克转向一处标有"技术服务"指示牌的办公区，一边走一边喋喋不休地抱怨，"我们就不那么自在了。这儿的工作大部分都是技术支持、分析和支援性岗位，管理刻板。感觉糟透了，必须闷在自己的隔间里，小学生一样乖乖坐在办公桌前，整理文件、处理各种沉闷的分配工作、参加无聊的这会议那会议。上司总喜欢唠叨，我们所面临的国家安全威胁是复杂的、多重的和不可预知的，各种危机处理、军事活动、科技情报，包括共产主义国家的战略力量、大规模杀伤性武器的威胁……噢！无休止的威胁。我宁愿干点真刀真枪的活儿，所以选择到特别行动小组。"

"安德森中校就是你的上司吧？"伯恩问。

"他可不一样，他是个真正有魄力的军人。"杜克说，"只不过无论多么锋利的刀离开战场也没用。我觉得吧，中校先生比我还郁闷。"

进入办公室，杜克招呼一位女士："伊芙琳少尉，伯恩教授到了。"

"午安，教授！"伊芙琳放下手中的文件，迎过来。

伊芙琳一头棕红色的卷发，紧身衣束腰，丰腴的身体快要撑开尺码看似小了些的制服。握手时，伯恩明显察觉到她眼眸中闪烁好奇的光泽——像是枯燥烦闷的工作忽然得到了释放，不觉流露出欣喜。

"看起来，你比我想象中的还要年轻。"女少尉笑容明媚，也在打量着他，"31岁就成为斯坦福的教授，真不赖！"

"谢谢赞赏，美丽的女士。"伯恩松开她的手，有节制地保持礼仪。

"我去忙别的事了。"杜克告辞说，"教授，以后的工作就交给她安排。祝你们合作愉快！"

伊芙琳拿来表格给伯恩签到，让他签署了 DIA 临时聘用合同和一份限制涉密信息外泄的相关法律文件。随后，给了他工作证件、住宿房间钥匙、一份工作和入住须知。资料详细注明工作的日程安排、注意事项、办公内部联系电话，还有宿舍、会议室、餐厅、咖啡吧、健身房等活动场所的示意图。

"除了一些办公、技术、档案和管理区域，你在这里可以畅通无阻地活动。"伊芙琳提醒他，"记得佩戴证件，出入岗亭要接受哨兵检查。如果遇到什么问题，请随时通知我。"

"你也住在这里？"伯恩戴上工作牌问。

"评估期间是的，我为你们服务、提供一切技术支持。"伊芙琳眼眸含笑地看着他，"顶楼有网球场，你工作累了，想打球，我可以陪你。"

"我不擅长运动，安静地看书听音乐还可以。"伯恩阻断了这位女士对他释放的暧昧信号。伊芙琳属于阳光开朗型的女人，有魅力，但不是吸引他的那种类型，且有些过分热情主动了，难道没看见他手上戴着的订婚戒指？要不就是明知他有婚约也无所顾忌……伯恩这样想着，手下意识去摸戒指。忽然，他发现指尖没有摸到任何东西，抬手一看，左手指上空荡荡的，并无那一枚自从戴上就没脱下过的订婚戒指。

心头一凉，伯恩瞪着光溜溜的手指，惘然不知戒指是何时不见的，掉在哪里了……难道遗落在兰迪的公寓，搁在洗手台上了？他转念否定了，他没有丝毫取下戒指的印象，早上收拾物品时也没发现当中有戒指。

"怎么了？"伊芙琳见他神色古怪地盯着自己的手掌，便问。

伯恩皱眉说："突然想起来，我掉了一样东西……不是在这里丢失的，只等回头有空儿再去找了。"

"要不要紧？"伊芙琳关切地问。

"没事，身外之物而已。"伯恩摇头。

这个订婚信物当然至关重要，对他有着非比寻常的纪念意义，他只是不想跟这位才见面的女士说起这事。更关键的是，他忽然有种莫名的惶恐不安，潜意识里仿佛知道戒指遗落在哪里，却又隔着一层什么东西似的阻碍着他深入去想，仿佛大脑某个角落横着一道深不可测的裂缝，再往前一步，他就要失足坠入裂缝下的恐怖深渊。一种无法抗拒的遍体发寒的感觉袭来，硬生生阻止他想下去。

"接下来做什么？"伯恩压住心悸，找话问。

"午饭时间到了，我们先去餐厅。"伊芙琳领着他离开办公室，婀娜多姿地往前走去，"今天没具体工作，饭后休息，下午有个会议……"

伯恩失魂落魄地走着，两耳嗡鸣，几乎没留意伊芙琳说的话。他心里盘旋着一个念头：竟然记不清戒指遗落在何处，我昨晚还做过些什么事？

诡异的是，他仅仅是在不停地自问，而非真正深入思考问题的答案。意识深处那一层坚韧的隔膜束缚着他，仿佛被玻璃瓶罩住的苍蝇，他隔着玻璃看见光明，但被困住，左冲右突却始终找不到出口……脑神经隐隐作痛，他一阵阵难受。

餐厅环境整洁，不锈钢餐台擦得闪亮，秩序井然地来往着 DIA 的军职人员。食物由制式陆军厨房烹调，自助服务，大家领取铝制托盘到服务台点取自己喜欢的饭菜。有烤牛排、蘑菇牛肉、烤鸡胸、无骨猪肉，还有沙拉、水果、甜点和热饮等。两人取了食物，坐下就餐。

"教授，我请教个心理学问题。"伊芙琳大口吃着牛肉，凑近他说。

"嗯?"伯恩往后靠，拉开一点距离。

"我有止不住的购买欲。"伊芙琳说，"买了一件好看的衣服就想要配上一条裤子，买了裤子就要买腰带，然后还想买挎包、鞋子、首饰……明知浪费，可就是忍不住疯狂购买，不买就难受，真要命，可怕的缺失感。"

"鸟笼效应——当人们看到空的鸟笼，总会联想到笼子里缺少鸟儿。大家看见笼子，心里却想着笼子里的缺失之物。"

"那怎么才能改变?"

"没办法，缺失的东西永远比得到的更令人深刻。这是人类难以摆脱的心理困境之一，你不必过于烦恼。购物让你感到愉悦，何乐而不为?"

"唉! 就是太费钱。"

"这也是好事，你因此就有了积极的人生目标——努力挣钱。"

"挺有道理! 说得我心里舒服多了。谢谢你的指点。"伊芙琳瞥眼他，粼粼眼波流动，唇上油光可鉴。

一番漫长的闲聊——午餐终于结束了。伯恩暗暗透了口气。

伊芙琳随后带他去住所，一间军官集训的宿舍。室内全都配备了军用物品。"你还需要什么，尽管跟我说。"女少尉挺着胸看似要坐下来。

"不用了，谢谢!"伯恩立刻说，"我有点累，想休息会儿。"

"唔，那下午见!"伊芙琳慢腾腾往外走去，忽然听到伯恩说:"请稍等……"她欣喜地转身快步返回，却见伯恩翻开记事本，手指指着一个词组给她看，"能否带我查一下这种植物有什么特殊含义?"

"短叶丝兰。"伊芙琳说，"约书亚树的植物学名称。"

"约书亚树?!"伯恩顿时泛起强烈的似曾相识感。

"外面荒野上到处都是这种耐旱植物。"伊芙琳补充说，"要说特殊，可能因为它的名字来自旧约人物约书亚。这位先知曾经带领犹太人渡过约旦河，打败迦南七族，被人们称为英雄。多年前，拓荒者途经内华达州炎热的沙漠，在困顿绝望时，看到了这种树不屈的姿态，似乎在向天祈祷，仿佛神启般召领着他们继续前行，人们就把这种树称为约书亚树。"

"约书亚树!"伯恩写在记事本上，重点圈起来。

伊芙琳走后，室内静悄悄的。他冲了一杯咖啡喝着，然后在本子上勾勒出一幅草图——他在飞机上见到的那个"幻日"图景。凝神看了会儿，他画了两条十字交叉的线，将五个虚幻的太阳连起来。

这样看上去，天象奇观形成了一个特殊符号，更像神迹。

他所遭遇的种种迹象有何意义？它们背后的缺失之物是什么？沉住气！不必惊疑。伯恩告诫自己，真相自然存在，这些所谓的诡异迹象在没有合理的解释之前，勿用多虑，不能被其迷惑了心智，失去理性客观的洞察力。想要找出背后隐藏的答案，还得追溯源头——帕顿夫人。

伯恩拿出那张卡片琢磨着，打定主意要摸清灵学会的底细、调查帕顿夫人的背景。或者，他亲自去一趟，以他的方式试探这位神秘的灵媒。看卡片上的地址，帕顿夫人正好在洛杉矶市区，不妨周末时过去探个究竟。

喝了杯浓咖啡，伯恩反而感觉困乏起来，他看了看房间里的床，却没有睡午觉的欲望。他忽然有些害怕入睡……也许是昨晚的噩梦让他恐惧。如果睡着了，还会不会再梦见那些恐怖的场景？

伯恩不由得泛起寒意。梦境也会重复出现，他实在不愿再梦见集中营里的那些血腥场面，即便只是在梦里，那也是一种痛不欲生的精神折磨。

伯恩察觉到自己被一阵阵的焦虑压抑得浑身难受。要想缓解这种不良情绪，最好的方式就是转移注意力。他收起记事本，清空纷乱的思绪，拿了易先生的赠书静心阅读起来。

《沙与沫》是纪伯伦著名的作品之一，以自然景物"沙子"和"泡沫"作为比喻，寓意人在社会中犹如沙之微小，事物如泡沫一般虚幻。在诗人的笔下，四季流转，云朵变幻，"一花一世界，一沙一天国"，莫不蕴藏着诗人对生命之源的追溯，揭示了对生与死的哲思，以寂寞的灵魂观想广袤深邃的宇宙。

翻开书页，一行行寓意隽永的诗意文字映入眼帘：

> 我永远徘徊于海岸，在沙子和泡沫之间。
> 潮水将抹去我的脚印，风也会吹走这些泡沫。
> 但是，大海与海岸将永存。
>
> 有一次我抓住满满的一把雾。
> 我松开手，咦，雾变成了一只虫。

我握起手然后再伸开，掌上却是一只鸟。

我再次握起手又伸开，手上却出现了一个忧郁深沉仰面望天的人。

我重新将手握起又伸开，结果空空荡荡只有雾。

但是，我听到了一支极甜柔的歌。

就在昨天，我还以为我只不过是生命苍穹中无序颤动的一片碎屑。

今天我已然明白，原来我就是那苍穹，一切生命皆有序而富有韵律地在我的心灵中跃动。

他们清醒时对我说："你和你生活的全世界，只是无边大海那无垠海岸上的一粒沙子。"我在梦里对他们说："我就是那无边的大海，大千世界不过是我岸边上的一颗颗沙粒。"

唯有通过黑夜之路，人们才能抵达黎明。

一个人有两个我，一个在黑暗中醒着，一个在光明中沉睡……

伯恩在不知不觉中靠着座椅睡着了。书本滑落。

恍然入梦。他飘浮在无尽黑暗的深渊中，意识沉浸在虚无之处，失去时间体验，凝固似的茫然无觉。之后，脑海深处忽而微微波动，仿佛一粒小石子落入水中，平静的湖面上荡起一圈圈涟漪，一念闪现，刹那间幻象万生。

仿佛另一个自我意识悄然浮现。他感到自己紧闭双眼，躺在帐篷里，四野寂静，只听见风吹过的声音，"呜……呜呜……"那是帐篷外隐约传来的风声。从茫茫荒漠里吹来的风沙掠过山崖，一阵阵发出野兽磨牙般的呼啸。

他咬紧牙，像一头落入陷阱的困兽，心里充满了无尽的恨意，刻骨铭心的仇恨！

丹尼尔和他的姐姐、父母死在集中营。他的家人全都死了，他却活着——被仇恨之火焚心的一个幸存者。他发誓追杀纳粹医生霍尔曼，用世间最残酷的方式。

恶魔医生至今仍然逍遥法外。在战争末期，苏联红军逼近奥斯维辛集中营前，霍尔曼医生逃往柏林，两年后，用假名伪造意大利证件，带着情妇流窜到瑞士和挪威。之后离开，开始了"老鼠线路"的逃亡之途，换了个身份潜伏在阿根廷。恶魔伪装成凡人。

战后，他加入特殊使命局，跨国追捕隐藏的纳粹战犯，多次参与行动，捉拿和暗杀了12名罪大恶极的纳粹余党。他从未放弃追查霍尔曼，搜寻着断断续续的线索，在快要失去希望时，终于查到了医生的踪影。原来这恶魔早已悄悄离开阿根廷，在巴西隐居6年，最后来到美国，躲在内华达州的这个偏僻村镇，与外界隔离，又藏匿了10年。

医生逃亡了整整18年，终结之日到了——今天，医生是他的猎物。

他此刻在内华达州荒漠之中的山岭上，睡在野外帐篷里。这一带人迹罕至，沙漠和群山环绕。两周前，他和安雅来到内华达州小镇，暗中调查，经过核对资料后确认无疑，那个看上去像垦荒农夫的孤寡老头儿正是恶魔医生霍尔曼。不为外人所知的是，霍尔曼形迹诡秘，每隔两三天就离开村镇，独自驾车进山，沿着山谷来到这里，停车，爬上石崖，随后消失不见。前两次，他跟踪丢了。山上有许多自然风化形成的洞穴，山洞繁如迷宫，不知医生藏身在何处，待大半天才现身并返回村镇，让他难以猜测其在山洞里做些什么事。

今天绝不能再失手。他做足了准备，只待医生到来，落入他布下的陷阱，在这荒郊野外任由他处置。

他缓慢呼吸着以平复心绪，越接近复仇一刻越要保持冷静。

多年了，逝去亲人的容貌变得有些模糊，在梦里，他看不清丹尼尔的样子，但胸中燃烧的复仇之火从未熄灭过，他记得医生那鹰隼般的眼，那一双褐色的眼睛清晰浮现在黑夜里，侵入梦中，灼灼注视着他。

"丹尼尔！"他默念胞弟的名字。复仇的时刻即将来临，丹尼尔的灵魂如果尚存于世，希望他能感知并见证。

四野寂静，帐篷外传来的风声忽轻忽重，仿佛苍凉大地发出的哀鸣。他睁开眼睛坐起来，环视四周，发现安雅没在帐篷里。

安雅这时应该守在隐蔽位监视山谷方向。那地方视野开阔，一览山路。

他推测，如无意外，今天午时过后，霍尔曼的那辆深绿色的福特皮卡车将出现在蜿蜒的路上，越过布满土坑的路面，颠簸着进入望远镜的观察范围。安雅跟他提议，他们可以等在坡道上，当皮卡车缓慢经过时对着驾驶室开枪，枪弹穿透玻璃和医生的银灰色头发，打爆那颗肮脏的头颅。但他不想这样做，枪弹根本不能复仇，他有更好的计划。

霍尔曼是个恶魔，纵然将其生切捣碎做成罐头喂狗也不解恨，他准备了更特别的方式，要让这恶魔后悔从地狱来到人间。

他钻出帐篷，只见阳光耀眼。天空晴朗，微凉的风带着沙尘泥土的腥味。

隐蔽的监视位上空荡荡的，搁着望远镜和枪械。他巡视一圈，在附近的山坡上发现了安雅的身影。那里有一棵树，孤零零屹立在黄褐色的沙土地上，树枝形状奇特，扭曲成团，远看仿佛一蓬带刺的手掌向天祈祷。

安雅伫立不动，仰头望着树，身姿与树凝固在一起，唯见她的一缕金黄头发随风微微飘动。

他收回目光，拿起望远镜察看山下。荒漠山谷很安静，像极了无人的史前世界。

他有些恍惚，焦虑不安起来，怀疑自己的判断，不确定霍尔曼是否会出现，要等到什么时候。焦灼的情绪无处宣泄，他忍不住啜嘴吹了声口哨。哨声随风传过去，安雅听到了，转身走过来，像课堂上被老师逮到的走神女孩那样带着慌乱的笑。

"约书亚树。一种沙漠植物，有着强悍的生命力。"安雅抬手指了指山坡，"我看到它开花了，美丽的奶油色花朵，有点像剑兰花。"

"我们在执行任务。"他回应。

"对不起。我只走开了一会儿，最多10分钟。"

"一分钟足够敌人拿了我们的枪射杀我们。"

"马克斯。"安雅搂着他撒娇，"你生气了，要怎么处罚我？"

他把安雅转了个身，伸手穿过她的腋下，抓住那饱满的果实，手掌收紧，仿佛迷失的灵魂徘徊在荒野上寻找救赎。安雅在他怀里哧哧发笑，回敬他说："我们在执行任务。"

"什么任务？"他问。

"惩罚霍尔曼医生，将恶魔打入地狱。"安雅喘息着，轻灵柔软的手指往后伸过来撩他。体内野兽萌动，他撕扯着牛仔裤。安雅短促叫了声，趴在岩石上活像落水的松狮犬摆动一头金发。女人美丽高贵的脸流露出享受的表情，一浪浪激起他的快意。

漫天风沙掠过，阳光斑驳，世界恍恍惚惚。山谷中的阴影暗红如血，浮现出一双双不同颜色的眼睛。

"你感知到丹尼尔的灵魂了吗？"医生问。那褐色的眼珠硕大无比，从高处俯视着他。

他无以应对，愤恨之火爆发，他伸手像拉起马缰那样揪住安雅的金发。

平静下来，安雅蜷在他怀里，忽然说："马克斯，从你从孤儿院收养我的那天起，就想着以后像这样对我？"

"是的。"

"我不信，那时我才11岁。"

"你从小就迷人。"他笑了笑。

安雅扑闪碧蓝眼眸，抬起手摩挲他的下颌问："你爱我，是吧？"

"不。"他意味深长地笑着俯视女人。他觉得这样说很痛快。

"再这样说，我杀了你。"安雅抿着嘴唇，用指甲捻了他的胡须突然拔下来一根，"我是认真的，答应我，这次任务结束，如你所愿，我们宰了医生，你就陪我去挪威。我们找个安静的小镇定居，我希望以后的日子别再这样奔波，我们换个工作，正常一点的，你有医学证，或许可以去挪威的医学院应聘教书，可惜你不怎么爱讲话，不知道习不习惯……"

听着安雅絮絮叨叨的话，他的思维有些游离，看向山坡上那一棵树。

绵延不绝的丘陵上，那惊悚扭曲的树枝让他想到《圣经》中约书亚举起双手向天祈祷的形象，心灵深处莫名颤动了一下。

安雅以为自己是挪威的孤儿，父母死于战火，她是纳粹的受害者。实情并非如此。

他追踪霍尔曼医生，在德国的普拉齐情报总部查阅纳粹秘密档案，找到一条线索。霍尔曼到奥斯维辛集中营以前，曾经参与纳粹"生命之源"计划，在占领区——挪威的首都奥斯陆北部建立了一个秘密产院实施人种繁殖。

生命之源计划出自纳粹党卫军的首脑希姆莱之手。

希姆莱编造了一个亚特兰蒂斯神话，称远古时期存在一个雅利安民族，是神的后代，有着碧蓝的眼睛、金黄的头发，是世界上最优等的民族，德国日耳曼民族就是雅利安民族的后裔。希姆莱鼓动党卫军精英与金发碧眼的女人结合，为"元首"希特勒创造符合标准的优秀人种，妄想打造一个由优等种族组成的统治世界的德意志帝国。纳粹在欧洲占领区各地秘密建立了众多的生命之源产院，将一批批金发碧眼的女人送到产院，作为生育机器，专门用于繁殖纯种的雅利安婴儿。

在第三帝国12年的历史中，那些产院的房间里密密麻麻摆着用白布包裹着的婴儿，纳粹医生和护士穿梭其间。约有上万名婴儿以这种"生育农场"流水线的方式诞生。

档案显示，1942年3月，霍尔曼与情妇生下一个女儿，养育在条件优越的挪威奥斯陆生命之源产院。女婴金发碧眼，有"优秀而纯正的血统"，她由护士精心抚养，生活舒适。直到3岁时，霍尔曼将她从产院秘密转移，并伪造出生记录，让情妇送到红十字会管理的孤儿院。

他顺着线索追查下去，在孤儿院找到了那女孩。11岁的女孩就是安雅。安雅是霍尔曼的亲生女儿，幽灵般隐藏在人间的新一代纳粹崽子。

他销毁了全部的档案记录，这个秘密除他之外无人知晓。他收养安雅长大，推荐她加入特工组织，培训她，带在身边执行清除纳粹的任务。当然不仅是随时随地可以用她来媾和泄愤，最终目的，他要完成对霍尔曼的复仇——当着恶魔的面，宰割恶魔崽子，然后问：你感知到你女儿的灵魂了吗？

忍耐多年，他要复仇，用世间最残酷的方式。他的手指攥紧滚烫的沙粒。

"马克斯……"安雅在他怀里呼唤，"你在听我说话吗？"

"嗯。"

"你喜欢男孩，还是女孩？"碧蓝的眼眸近在咫尺，睫毛卷曲着，宛若水岸迷雾遮住了那汪湖蓝。

"嗯？"他凝滞了下。记忆深处的福尔马林瓶里的七彩眼珠让他晕眩。

"你又走神了，在想什么？"安雅嗔声说，"真不希望以后我们的儿女像你一样沉默寡言，那也太没生活乐趣了。噢，我跟你说，我看到约书亚树那圣洁的花，不知怎么的忽然想到，如果将来我们有了女儿，就叫她茉伊拉。"

"茉伊拉？"

"茉伊拉是希腊神话里的命运女神。战争摧毁了我们的家园，而命运让我们走到一起，我想用这个名字作为纪念。"女人仰望着他，澄澈的眼眸闪着憧憬，恍若大海折射的粼粼阳光，碧蓝的光芒中倒映着他的暗影。

仿佛不祥之兆。一种恐惧的情绪颤动他的心弦。安雅没有将来，以后也不会有什么孩子，该死的女人痴心妄想，他心底发出一个尖锐的声音在咒骂……随即，又一个微弱的声音忽然冒出来，告诉他，安雅是无辜的，对自己有个恶魔父亲毫不知情。也许，你应该选择另一种方式，惩治霍尔曼后，带着安雅去挪威定居，与她生儿育女过平淡的日子，把秘密永远埋藏于心……不！混账！另一个声音发出怒骂，击碎了之前那个荒谬鬼祟的声音。你忘记丹尼尔了吗？忘记惨死的亲人，还有那些死在纳粹集中营里的无辜受难者了吗？你竟然想和恶魔崽子在一起生活、生儿育女，养一堆金发碧眼的纳粹崽子，你疯了吗？

挥之不去的强烈的憎恨恶心感翻腾，鞭子般一下下抽打他的胃。他必须杀了安雅。

只有这样做，他才能摧毁恶魔的意志，才能让冷血医生品尝到失去亲人的痛苦。仁慈一点，动手时尽量不让安雅感到痛苦，杀她，只是折磨霍尔曼的残酷方式之一。当她被霍尔曼医生带到这个世界上的时候，就注定了无法逃脱的宿命。

"我不喜欢茉伊拉。"他说，"世上没有命运女神。"

女人的眼眸轻轻颤动一下，蓝色光芒暗淡了。天空中的太阳随之暗淡，天光迅速消失，黑暗蓦然袭来……

朦朦昏暗间，恐惧潮水般蔓延，刹那间，夜黑如墨，淹没了他。

"嘭……嘭嘭……"若有若无的声响从黑暗的深渊传来。

天地安静异常，草地潮湿，雨水仿佛洗刷掉所有的生命体。他看不到其他的东西，只见鼓鼓囊囊的行李包里凌乱的金发，一只暗蓝眼瞳注视着他。

"啊……"伯恩大叫，从睡梦中挣扎着醒来。

梦境逝去。他浑身一震，意识恢复，再次感觉到了身体的存在。恶心感如在身体里的火山爆发，伯恩跌跌撞撞冲进沐浴间，掀开马桶盖，瘫在地上抱着马桶呕吐不止，像被疯狂运转的真空泵抽空了他胃里的全部食物残渣，吐出辛辣的胃液，压榨出苦胆汁，却仍然止不住狂呕，口水鼻涕淋漓哽噎……他感觉自己快要死了，虚弱地跪在地上，抱着脑袋瑟瑟发抖，天旋地转，只觉无数尖锐的虚幻碎片割裂了现实，血液喷溅的世界在疾速土崩瓦解。

13：38：38、13：38：39、13：38：40……

他扬起头颅，瞪着狭小的沐浴间，他看到一个个时间凝聚在室内的每一件物体上，清晰刻在每一处角落。

14：10：10……

时刻真实无比，仿佛无数个表盘环绕在他的四面八方，他像是缩在世界角落里的时间囚徒。

8：10：10、5：27：27、19：38：38、20：43：43、6：00：00、7：05：05、3：16：16、4：54：54……

时针、分针、秒针形成一条条虚无之线，尖刻地指着他，穿过他的大脑，透出一条条颤动的脑神经，恍若一张巨大无边的网罩住了他。一个个时间、一根根指针朝他跳动过来，如蜘蛛捕食网中之物般吸食他畏缩在躯体里的残魂。

意识虚幻，世界虚幻疯狂，自我灵魂不存在。

他如同漂浮在灵魂之海中的一片残渣上的一点碎屑，而在这微乎其微的灵魂碎片里，腐臭的残渣中还混杂着无数个莫名的灵魂碎末。没有自由的灵魂，从来都没有，也不存在自由意志。他无比渺小，只不过是海岸边一粒沙上的一点肮脏泡沫，甚至连泡沫都不算，仅是泡沫上泛起的那瞬间即逝的一丝微光。

他的意识里还隐藏着什么？灵魂深处寄居着谁？为什么要在他入睡时醒过来？伯恩感到剧痛的脑袋快要爆炸了。他惶惶四顾，目光所及之处的物体仿佛在扭曲变形，马桶嘲讽地注视着他，墙壁如蠕动的肠胃在吞噬他，顶灯投射下惨白的光线戳穿他的躯体，照耀着洗手台上放置的一块肥皂，那肥皂浸泡在刺目的血水中，融化了，流淌着人体脂肪，一切东西如活物般在蠕动变形，唯见墙上一面镜子恒定不动。

镜面上凝固着一个恐怖时刻：6：32：32。

他失神的目光被牢牢吸附，看见暗黑的镜子里隐隐透出人影。

黑镜里那人是谁？

他从地上爬起来，扑到洗手台上死死盯着镜子，想看清镜子里的场景。他极力分辨着，渐渐感到了镜中世界的意象，那昏暗的人影向他传递一个他遗忘了的信息：他在疯狂掘墓，不停歇地挥锹挖土、铲土……他挖出一个深坑，深渊般的大坑在伺机吞噬他。他闻到了泥土中弥漫的生石灰味。

"你勒死了她。"兰迪的声音轰然响起来，回荡在他大脑中。"嘭嘭嘭嘭"之声不绝于耳。

"你要埋葬我们。"那声音冷然质问，"你感知到她的灵魂了吗？"

从亡魂的声音中，伯恩感受到了那诡异一幕的存在。那不是梦——我得忘记，忘记那邪恶的一幕。伯恩盯着镜子，看着那双狰狞的眼睛，颤抖地说："一切都不存在，那是恶魔制造出的幻境，幻境，幻境……"他念咒语般不停默念，直到镜子里的场景消失，人影消失，亡魂消失，意识从大脑抽离。

四周安静下来，镜面恢复了明亮。

意识深处空白，伯恩感到自己又变成了一个纯净的人。手表上的秒针正常跳动着往前走了，一切如常。心灵平静，无波无澜，他只是感觉有些疲惫。脱了衣服，他打开淋浴水龙头，洗了个澡。他还用了肥皂，那滑腻腻的像脂肪一样的东西粘在他皮肤上，然后被热水冲走，流入阴暗的下水道。

不适感消失，他不知道在他心底某处藏匿着一个人影在悄然哭泣，无声无泪，以至于他没感觉——那人在黑暗中醒着，而他在光明中沉睡。

第5章　极光计划

下午的会议时间到了，伯恩根据资料上的示意图前去会场。

这一层楼约有三分之二的空间是评估组的临时办公区域，设有独立的小型办公室，一间能观看录像和打印资料的技术室，还有档案查阅管理处、公共讨论区及休闲活动区、咖啡吧、吸烟室等场所。办公设施完善，配备了专职人员全程服务评估工作。

"伯恩教授。"伊芙琳挥手招呼他过去，笑容可掬地说，"我还担心你找不到地儿……喔！你看起来精神不佳，没睡好啊？"

"睡不着，我看书。"伯恩见会场来了些评估人员，在场的还有三名DIA职员，一位军官的衬衣肩章上佩戴少校军衔。

"莫雷尔少校，评估组负责人。"伊芙琳介绍说，"我们这组共有12位专家，来自各地研究机构和著名大学，是物理、计算机、哲学、宗教和文学领域的学者。"伊芙琳笑吟吟看着他，"当然还有心理学。"

"还有文学？"

"来自缅因州的畅销书作家，埃德温·肯。"伊芙琳指了指人群中一位额头宽大的中年男人。伯恩这才发现那人看起来面熟，果然是全美家喻户晓的畅销书作家。埃德温·肯出版过多部风靡世界的灵异惊悚小说，大部分作品以"毁灭、死亡和鬼魂"为故事主题，描写异化了的具有不可思议的超自然能力的人物，故事黑暗神秘、惊悚吓人，淋漓地展现出人类灵魂深处孤立幽暗邪恶的另一面。他的每部作品都成为好莱坞制片商的抢手货，深受大众欢迎，可谓当今世界无可争议的惊悚小说大师。

这位作家善于剖析人性的灵魂，也许因此被邀请参与极光计划的评估。

伊芙琳说："其间我们还将邀请一位著名的物理学家，以科学顾问的身份前来协助评估工作。"

"谁？"

"惠勒教授。"

"参与研制原子弹的惠勒教授？"

"是啊！惠勒周四过来，大家有科学方面的疑问尽可咨询他。"

伯恩有些惊诧。这位世界级的物理学家更是鼎鼎有名，在学术界的知名度不亚于爱因斯坦。普通人就算不知其人，也听过他创造的"黑洞"一词。惠勒还是一位以瑰丽想象力著称的思想家、教育家，培养了众多著名的物理学家，可谓是屹立世界科学之巅的巨人。

熟悉了评估组的全部成员，伯恩察觉这次的评估非同寻常，参与者都是在各领域有所成就的知名人物，相比较，就他最年轻，资历尚浅。为何选他来参与极光计划的评估？这是困惑他的问题之一。

人都到齐后，莫雷尔少校作了简短发言："欢迎各位到来，给予专业的学术支持！极光计划是根据国防战略需要，在特定时期建立的一种非正规作战系统。我们国家面临的某些危险是意想不到的，所以需要对各领域，包括对特殊领域的研究、实验和技术开发，为国防安全提供预警情报和新战术运用。期望大家以严谨的学术见解，最终做出客观公正的分析和评估。"

DIA职员给大家每人发了一套装订整齐的文件，看似厚重的工具书。

"这是极光计划的索引手册，便于各位查阅相关资料。"少校说，"原始档案非常庞大，全部的实验数据和技术报告，塞满了三间档案室，如果以重量计，足有20吨。请各位力尽所能，选择你们擅长的部分，根据评估需要取档查阅。你们被授予高级别的涉密权限，请各位合理善用，谨记为国家守密，违者将受司法的追责。"

最后这句话成功激起大家的兴趣。人人都有窥探他人隐私的欲望，况且这还是国家绝密文件，当中也许藏着某些不为外界所知的匪夷所思的超能实验、奇闻逸事、秘而不宣的军事行动……有人甚至联想到是否有超人或地外智慧生命的记录。这可是难得挖掘宝藏的机会，大家拿到索引手册，迫不及待地翻阅起来。

伯恩浏览了一下手册，发现这个国家军事级的人体超感研究项目远比他想象中的庞杂，体系完整，研究更专业，不仅涵盖了他所知的超感和超自然现象研究，还有诸多他闻所未闻的特殊内容。

极光计划最早始于1964年。从记录来看，军方那时就开始使用侦察卫星Vela系列探测全球范围内异常发生的"核闪光"，及调查各地频频出现的疑似"不明飞行物""外星人报告""深海光耀物""未知的精神干扰信息"等超自然现象。

到了1967年，为此正式成立了特殊的军事科研机构，专门研究人类的大脑意识与宇宙伽马射线暴的某种神秘联系，调查多宗异常的精神失控事件、意识超时空传递事件、生物集体自杀事件、人体自燃事件等一系列怪异的神秘现象。随后，这些特殊的研究项目还细分出了蓝皮书计划、水瓶座计划、西格玛计划、红光计划和绝地计划等多种类别。

在近30年时间里，国防部为这些秘密计划投入了超过7亿美元，但最终没获得实质性的进展，这些计划先后都已终止，档案被密封。

至今尚存的极光计划，侧重于研究人体特异功能，主要内容包括脑控、预感、意识遥距观测、隐形术、悬浮术、精神力攻击等项目。这项研究发掘出一些似是而非的人体超感现象，国防部因此建立了一支由60名超能力士兵和23名通灵师组成的特种战队，历史上曾参与过的部分军事行动有：

1976年，意念"潜入"苏联军方计算机，试图破坏核武器系统；

1979年，遥感印度洋布维岛附近爆发的船帆座事件；

1981年，以心灵感应寻找一名被"红色旅"绑架的人质；

1983年，遥感搜索一架坠毁的军用飞机；

1986年，在利比亚空袭前夕，用意念锁定卡扎菲的位置；

1991年，遥感亚洲某国家的钚库存储地；

……

"一名超能战士用意念杀死了山羊。"在座的一位翻看手册的评估专家笑起来，"竟然成功了，嘿！真的吗？"

莫雷尔少校说："这有录像资料，你可以去看。"

那人立刻起身，兴致勃勃地前去档案管理处查证这事，另外几人也好奇地随之过去看录像。由此可见，大家都心知肚明，评估工作的主要部分由国家研究所完成，他们做的事仅是辅助，大可不必认真，不如猎奇有意思。

伯恩后来也看过"意念杀羊"的录像。

这项研究被称为"对活物实施直接精神交感的计划（DMILS）"，最终目的是为了验证能否在战场上使用"意念杀人"的战术。假如特工不用动刀动枪，通过意念就能杀死敌人，那么他也将成为世界上最完美的刺客。

特战队为此专门运来了一些山羊，把它们关在混凝土房间里，让超能战士隔着栅栏与山羊对视。录像上可见，房内还有两名警卫和一位将军观察着这项匪夷所思的实验。那些山羊开始毫无反应，安然地咀嚼着干草。随着时间的推移，将军有些失望了，皱眉频频摇头。忽然间，羊群中一头标记为"17号"的山羊颤动了一下，倒地抽搐着死掉了。

"见鬼……成功了?!"将军发出惊呼，满脸难以置信的神色。

经医生解剖检验，山羊的心脏莫名停止了跳动，血管破裂，血混着白沫流出山羊的鼻子。羊眼浑浊，透着令人恐惧的死亡气息。

这项DMILS实验很难说成功，因为在随后的多次实验中再也没能出现这种惊人的效果，包括那名叫迈克尔·查尔斯顿的超能战士也不能再做到用意念杀羊。这唯一的成功仿佛惊鸿一瞥，只留下了这份诡异的录像资料。那名超能战士事后付出了代价，意识恍惚了好一阵，身体受损，心脏出现反常的供血功能障碍，似乎因为意念杀羊感应也受了同样的伤。

人体超能力犹如海市蜃楼，也许它折射的是某处真实的绿洲，但无人知晓那地方到底在何处，也没人能创造出那种绚丽夺目的幻境。

首次会议过程简单。只是让评估人员相互认识，熟悉工作情况。大家闲坐在咖啡吧，畅所欲言，气氛轻松愉快。作家埃德温·肯说他准备写部新书，故事讲述一个杀人犯被投进监狱后发生的超自然事件，问少校，可否采用一些超能力研究资料作为小说的创作素材。

"做艺术化处理后问题不大，先生，期待你的新作。"少校说，"只不过，等你看了那些资料肯定会失望，那没多少值得写的东西，最有意思的也就是用意念杀死那头山羊，另外证实了人脑拥有3.14秒的预感能力。"

"还真有预感能力？"

"我们做过大量实验，在某些人身上确实发现了这种潜能。"

"3.14秒的预感能做些什么？"

"我个人认为……没屁用。"少校笑说，"这种超能力时有时无，结论模棱两可。啊哈！它也许能在赌桌上增加胜率，或避免示爱被拒的尴尬。"

大家被少校的坦率逗乐。听起来这还真是个笑话——预感超能力如果管用，军方早就如获至宝地藏起来作为秘密武器，哪轮得到大家在此谈笑。

"事件发生之前，大脑先做出反应，这说明什么……"在座一位年长的物理学家沉吟说，"意识和宇宙结构有着至为重要的联系。当事物被我们意识到了，才会成为一种实在的现象。"

"艾维特博士。"有人不以为然地说，"境由心生，这是哲学范畴。"

"量子力学理论也是这样认为，现实由观察者创造。"艾维特博士说，"大量验证实验可推测——宇宙的形成有赖于观察者的意识。"

"噢！这意味着什么？"

"在有生命之前，世界可能是以一种不确定的状态存在。而且，有生命之前的宇宙可能只存在于对以往的追溯中。"

这个理论听起来颇有些玄奥，在座大部分人都笑而摇头。伯恩想起莱茵的话，物理学的新理论简直不可理喻，完全颠覆了正常人的世界观。由此看来，这所谓的量子力学还真发展到了奇谈怪论的地步。

有人问："你是说，我们如果不去看世界，这个世界就不存在？"

"不是不存在，而是包含了所有可能发生的概率的存在。"艾维特解释说，"世界就像一团混沌的迷雾，雾里什么都有，却又什么都不实在，只有当被观察和记录时，世界才会变为某一种实在。"

"谁是我们世界的观察者，上帝？"

"也许吧，也可能是因为我们在这里。"

大家再次笑起来。这位物理学家语出惊人，好似癫狂的妄想症患者。

有人质疑："我们不去看天空，天上的日月星辰难道就是一团模糊不清的迷雾？这简直就是唯心论了。"

艾维特说："先生们，以量子结构的法则来观察现实，的确很奇怪。爱因斯坦也曾经为之深感困惑，问过我的导师，'如果人们都不去看月亮的话，那月亮还会不会在天上？'爱因斯坦这样睿智的伟人都很难理解量子力学这种'不确定现象'，何况普通人！"

大家听得吃惊，有人好奇地问："你的导师是谁？"

"惠勒教授。"伊芙琳替艾维特做了回答，她介绍说，"艾维特博士是普林斯顿大学的研究员，同样是著名的量子物理学家，他是'多世界'概念的创造者。"

"了不起！"有学者赞叹，"这可真是令人震惊的想象力。"

艾维特提出的多世界概念，以量子力学原理来阐释无限分支和裂分的平行宇宙——假定存在无数个平行世界，并以此来解释微观世界量子的各种奇特现象。这位物理学天才在十几岁时就与爱因斯坦通信，争辩宇宙到底是和谐统一的衍生物，还是随机的产物。他所著《多世界理论》一书，曾激发诸多剧作家的灵感，创作出以平行世界为主题的大量科幻小说和电影。

"这都源于惠勒老师的指导。"艾维特谦逊地说，"老师说过，茫茫宇宙中发生的奇迹，胜过人们在最狂野的梦里所能想象出来的最灿烂的焰火。"

大家对此也就无可非议了。如果闻名于世的科学巨人也认为宇宙的"不确定"性，在没被"生命体"观测时就是一团神秘不可测的迷雾，还经过了物理实验的验证，那就姑且相信吧。

只不过这会让人忍不住想，这个世界到底怎么了？科学竟然变得如此怪异，荒谬到了让人们无法接受的程度。

埃德温·肯说："听起来，物理学的这种现象还挺像小说的创作。"

"是吗？"艾维特有些诧异。

作家侃侃而谈："在我构思之前，故事同样是模糊、不确定的，故事人物、场景、情节包含了任何可能性。我可以把杀人犯写成男人、女人、白人或黑人，体形硕大或瘦小，凶残或善良，是恶魔的化身，或是一位代世人受过的天使……诸如此类，一切因素都不确定。只有当我动笔写了以后，小说才真正确定下来，成为实际存在的一个故事世界。"

"不错！比喻十分贴切。"艾维特说，"以量子理论来看，我们的世界正如你笔下的故事，一切皆有可能发生，而由创造者确定。世界万物由心而生，所见即所得。"

"如此说来，那又是谁书写了我们的世界？"有人斜了眼天花板问。

"某无名作者。隐于不可测的黑夜某处，无以名状……"畅销书作家以调侃的口吻说，"拜那家伙所赐，从无形中创造了我们，让我们得以聚在一起谈天说地。大家许个愿，拜托故事写好一点，结局别弄得太凄惨。"

在座的人听了哈哈大笑起来，只觉甚为有趣。伯恩随众笑着，可他的内心却被惶恐的情绪占据。

身处人群中的此刻，他更加体会到一直存在的这种心灵折磨——孤独并非源自身边无人，而是因为他无法与任何人交流自己的切身感受。恐惧犹如一块冰冷的石头，拖着他沉沦于茫茫人海中，他无助地仰望着人间一张张笑脸远离他，独自落入黑暗的深渊。

"先生……"伯恩艰难地呼唤那位睿智的作家。他感觉再不说点什么话，就快要被深渊吞噬了。

"年轻人，你有何见解？"作家留意到伯恩欲言又止的惶惑。

"我想请教，您书写了那么多的惊悚故事，是怎么看待人的恐惧的？"

"生命本身就是一场灾难。"埃德温·肯说，"恐惧于生活中无处不在，它由心而生，潜伏在我们的枕边，与我们同桌共餐，白天它游荡在城市里的每一处角落窥视着我们，夜晚随着夜幕降临而入梦。假如无忧的快乐是高挂在夜空中的一颗颗闪烁的星星，恐惧就如那广袤无尽的黑暗。"

"您认为它是怎么由心而生的？"

埃德温·肯沉吟了会儿说："恐惧与邪恶往往紧密相连。它看似冷酷坚硬，无孔不入地占据着人心。实际上它只是表层之物，就像覆盖在心灵之河上的阴暗冰层，它源于心灵深处的邪恶。人的恶念使'冰层'变厚，恶念越重，'冰层'越发坚不可摧，直至恶念被它'冻'死。反之，假如你有一颗火热的心，任何凝结在心灵上的恐惧坚冰都终将消融。"

"精辟！"在座的一位哲学家赞同说，"地狱悬于一线，而那根线就是人的心灵。"

"火热的心？"伯恩不由得皱眉。这话也太抽象了。

埃德温·肯注视着他，似乎看到了困扰他的某种东西，说："恐惧其实没那么可怕，我们有很多种对付它的武器，信仰、怜悯、善良、一双善于发现美好的眼睛、高贵的品德、对自我和他人的宽恕……我认为，最关键的第一步就是，你得理解自身的邪恶，理解恐惧之源，才有可能战胜它。"

"谢谢解答。"伯恩似有所悟。

"年轻人，不妨多点微笑。"作家爽朗地说，"生活比故事有趣多了。"

伯恩随后对伊芙琳说："我需要查阅一些资料。请帮我找找。"

"应该的，你要哪方面的？"伊芙琳带他去档案中心管理处。

伯恩说："这儿是否有二战时期纳粹集中营的历史记录？"

"噢！这挺特别啊。你怎么要看这个？"

"德国纳粹在集中营曾做过人体实验，研究超感。我想了解一下。"

"是吗？我都不知道。"

"1944年前后，奥斯维辛集中营，纳粹医生对关押者做过大量活体实验。"伯恩说，"如果还能找到纳粹医生实验的相关资料，我想具体查阅其中的一项，双胞胎心灵感应的研究实验。"

"好啊，没问题的，只不过你得稍等一阵。这种历史档案要去别的部门查找，只是费点时间，在我们这里什么记录都能找到。"伊芙琳领着伯恩进入办公室，"你坐会儿，我这就去为你调档。"

这是一间独立的小型办公室。伯恩在办公桌前坐下，翻开记事本。他要记录今天午后发生的梦境。

梦境是连续的，今天的梦是昨夜之梦的延伸。在梦里，他依然化身为马克斯，一名纳粹集中营的幸存者。

"一个人有两个我，一个在黑暗中醒着，一个在光明中睡着。"这是《沙与沫》诗集里的哲言，于他仿佛有着某种特殊的隐喻。在他的身体中，在他的灵魂深处，存在着两个"我"。清醒时，他属于自己，当他入梦时，他的另一个"自我"马克斯就醒过来。

他这次梦中的场景，即马克斯醒来后身处的地方，是内华达州荒漠中的某一处山岭上。伯恩凭借对梦境的记忆，在纸页上很快画出草图：一座帐篷、荒漠中绵延不绝的丘陵、山谷、扎根在山坡砂岩上的一棵约书亚树……他梦见了约书亚树——帕顿夫人在卡片上写下了这种植物的学名，而他对这个意象早就有着强烈的似曾相识感。

无论是巧合，还是让他震撼的心灵感应，约书亚树肯定是至关重要的线索，他得重点留意。

梦境发生的时间是集中营事件的多年以后……伯恩回忆着，在记事本写下：从1944年往后两年，霍尔曼医生开始逃离柏林，逃亡了18年。以此推算，他这次梦见的应该是整整20年后的事——1964年。

1964年，这是个关键点，由这个时间判断，马克斯从在集中营时的11岁，成长到31岁。在1952年，马克斯加入了"特殊使命局"，成为特工，是专业的纳粹捕手，追捕和暗杀了12名纳粹余党。而在梦中的1964年，马克斯追查霍尔曼医生的踪迹，找到其藏匿之地——内华达州的某个小镇。他持枪守候在野外的荒岭上，准备用最残酷的方式，对杀害他家人的恶魔医生复仇。

马克斯的内心充满仇恨，如被烈火焚化了理智。

梦中还出现了另外一个人物——安雅。

伯恩写下这个女孩的名字，手指不由得颤抖。

安雅在孤儿院长大，11岁时，被马克斯领养。马克斯把她带在身边，将她训练成一名特工。她也成了纳粹捕手。到1964年，这时安雅约22岁，是个金发碧眼的年轻女孩。

伯恩泛起彻骨寒意，窒息般的恐惧扼住他的心脏，他需要极大的毅力才能迫使自己冷静下来，继续往下追忆。他在记事本上勾勒出安雅的肖像——他明白了自己为何惊恐，安雅神似艾薇。

安雅更年轻一些，她与艾薇有着同样的金黄头发，一双碧蓝眼眸澄澈如梦幻般的湖水。她是来自挪威的"雅利安人"的后裔，是纳粹"新人种"计划的产物，更可怕的是，安雅竟然是霍尔曼医生的女儿。

马克斯要杀了安雅，只为复仇。他收养安雅，带在身边，用安雅来宣泄复仇的快意，最终还要当着霍尔曼医生的面杀了她。安雅对他的意图毫不知情，这个年轻美丽的女孩爱着他，依恋他，憧憬着在完成捕杀霍尔曼的任务后与他归隐挪威，生儿育女，期盼着和他过上平凡的幸福生活。

残酷的宿命。

对霍尔曼刻骨铭心的恨让马克斯迷失在复仇的黑暗森林里，失去了人性，变成凶残的野兽。

安雅爱他，他却要杀死安雅。仿佛命运女神"莱伊拉"的安排——让世人无法逃脱宿命。安雅的湖蓝色眼眸失去了清澈，仿佛失去生命般在他的梦里暗淡了，最终化为浑浊的淤泥。在梦中，那暗蓝眼瞳注视着他。

伯恩浑身战栗，心灵痛苦扭曲。梦境与现实交织，纠缠成一条恶毒的绞绳，紧紧套住他的脖子，发出"嘎吱嘎吱"的死亡之声。无论是过去、还是现在；无论在梦中，还是在现实，他终将走向毁灭，他卑鄙肮脏的灵魂将遭受命运的审判。

伯恩嗅到了一股尸臭味。

不曾想起，却无处不在——艾薇恍然出现在他的身后，盯着他的脊背，散发出血肉腐烂的气味。

伯恩恍惚听到从他身后传来那可怕的响动。

为什么是我？他绝望地听着"嘭嘭嘭嘭"的掘墓之声不绝于耳。

不祥的预感侵袭他的全身，背后那诡异的气息近在咫尺。尸臭味浮动在空气中，浓重地包围着他，钻进他的毛孔，融入血液，流窜全身，占据了他的意识……伯恩木然感受着那沉重的压迫感……艾薇站在我背后，看着我，止不住这个可怕的念头，他想回头去看，但身体僵硬，只能任由恐惧攥住他，一点点绞碎他的灵魂。

我背后没有人，什么都没有，艾薇死了，埋在墓穴……他试图告诉自己忘掉这段可怕的记忆。但根本没用，潜伏的记忆从心灵深处蓦然涌来，如惊涛骇浪般袭击他的脑海。

伯恩颤抖着攥住笔，在记事本上一笔一画地写上：我杀了艾薇，勒死她，抛尸在兰迪的墓穴。

无可逃避——自我催眠根本没用。他可以遗忘记忆，但灵魂深处血淋淋地烙印着：我杀死了她。那场景，清晰可见，触目惊心：我杀死了她，我杀死了她……我是罪人。伯恩的嘴角挂着冷笑，冷眼审视自己身体阴暗处藏匿着的那可怜可耻、卑鄙肮脏的灵魂。

"停歇了吧，你！"他冷冷对自己说，"我要把你送上绞刑架。"

身后诡异的声响蓦然消失了。在虚无之处，艾薇仿佛听到了他的承诺。

伯恩大汗淋淋，尽管室内有空调吹着冷气，他却像落水后徘徊在死亡边缘，用尽全力挣扎着爬上岸的幸存者——爬上海里的一座孤岛。他在这荒芜之地存活不了多久，终将步入死亡。但此刻，筋疲力尽的他却有一种如释重负的松懈感。他正视自身的阴暗邪恶，最终理解了内心的恐惧之源。接下来，他要做的就是如何对付这种恐惧。

他在绝望中渐渐平静下来，提笔在记事本上写下一句话：我到底是谁？另一个我从何而来？为什么会这样？什么是真相？

除了死亡，他最后能做的还有审视自己的灵魂。

伊芙琳抱了满满一大摞资料堆在办公桌上。"你今天先看着这些。"她脸颊绯红，抹了抹汗，歉然说，"想不到历史文档还蛮多的，这些还不到全部资料的十分之一，往后需要什么的话，我再为你去找。"

"辛苦你了。"伯恩道谢。

"应该的，先忙吧，不打扰你了。"伊芙琳说，"我在办公区，有事就叫我……噢！咖啡吧免费提供下午茶点，三明治的味道还不错。"

伯恩对她点头致谢，然后开始专注翻阅档案。

一段尘封了的人类悲怆历史在他面前徐徐展开。他看到了真实的奥斯维辛集中营的照片，那笼罩着带刺铁丝网的恐怖地带，那道锈迹斑斑的大铁门。

"死亡之门"上写着：劳动使人自由。

从1941年起，先后有超过130万人被纳粹分子押上死亡列车，经过这道大铁门，投入奥斯维辛集中营这座总面积达15.5平方公里、世界史上最大的杀人工厂。最终，这些无辜的人再也没能活着走出来。纳粹分子将一部分人按男人、女人和孩子分为三类，除去衣服后列队走向毒气室，一批批被毒死，然后运到焚尸炉，在熊熊燃烧的炉膛里烧成灰。其余的人在集中营里或是死于长时间的饥饿、强迫劳动、疾病，或在残忍的活体医疗实验过程中痛苦死去。到1945年1月27日，获得苏联红军解放时，集中营里堆放着一个个已经空了的"齐克隆B"毒气罐，还有7000公斤的头发、近1.4万条人发毛毯、35万件女装、4万双男鞋、上万副眼镜……肮脏的囚牢只剩下7600名"囚犯"，这些目光呆滞、奄奄一息的人是集中营里最后的幸存者。

档案里的一张张历史照片，将人间最惨不忍睹的景象呈现在他面前：毒气室里的那些密集的人仿佛被抽去了全部的生气，尸体一具紧贴着一具站立着，所有的尸体都浑身肿胀、伤痕累累、面目狰狞可怕。窒息的痛苦和本能的相互撕扯使死者缠成一堆拉扯不开的肉坨。

尸体叠成金字塔形。那是由于临死的人们想挤上唯一的通风口，呼吸一口新鲜空气而形成的塔形尸堆——正如他在噩梦中所见的恐怖场景。

在翻阅档案的过程中，伯恩几近虚脱，不得不数次停下来舒缓绷紧的神经，强忍着才能继续看下去。

他记录了一些要点，着重查看集中营的纳粹医生实施人体实验的内容：

1942年秋，奥斯维辛集中营的10号楼被改建成了"实验楼"。

从此，10号楼与外界的联系被全部切断。那里面配备了各种齐全的医用器具，设有放射室和几间手术室，摆着产妇用床和其他实验仪器。第一层有几间化验室和配有床的病房；第二层是一间打通了墙壁的大厅，里面有几张为实验对象摆放的三层床，还有放置着钢制解剖台的人体解剖室。

医生队伍中有不少人是教授、博士，在法西斯的死亡集中营里却成了冷血的刽子手，是一台精密的、毫无人性情感的"死亡机器"。他们坦然地做着各种残酷的活人"医学实验"，其行为比恶魔的杀人手段更恐怖，更变态，致使大批无辜的囚犯惨死在实验室。

实验多种多样，"囚犯"有的被用于人类学测量、压力实验、耐高温实验、冷冻实验、药物实验、生存能力实验……直至他们在痛苦中停止呼吸。有的人被注射致命的斑疹伤寒和黄疸病毒；有的人被浸在冰水中，或被脱光衣服在户外雪地里冻死；还有的人被用来进行毒药弹和糜烂性毒气的实验。

在专门囚禁妇女的拉文斯勒鲁克集中营，成百名被称为"兔子姑娘"的波兰"女犯"受到毒气坏疽病的伤害，其余的女犯则被进行"接骨"实验。在达豪和布瓦乐德，吉卜赛人被挑选出来用于"喝盐水究竟能活多长时间"的实验等各种骇人听闻的纳粹式"医学实验"。

战争开始后，德国医生对占领区的犹太妇女实施强制性绝育——这是希特勒实施种族灭绝政策的一个部分，目的是"使囚禁在德国的劣等人绝育，这样既可使他们做工、而又不繁衍，消除给帝国增添的无谓的负担"。为此，集中营向实验室提供了难以计数的犹太犯人。

灭绝生殖能力的手术是这样进行的：将"犯人"放在X光机的圆锥形灯泡之间持续照射，使她们丧失生育能力。为取得最佳效果，X光照射的时间和强度不断变化，这种做法致使实验的受害者痛苦至极，她们常常喊叫，疯狂摆头，翻着白眼，两手乱抓自己胸部，最后痉挛着死去。

假如活下来，则通过注射酚醛树脂或用毒气将她们杀死。

纳粹医生挑选年轻的少女做绝育手术，主要用荷兰和希腊犹太人。先用X光照射女人的卵巢部位，然后做切除卵巢的手术。数周后，当刀口愈合时，她们又得再做一次手术，切除另一边的卵巢。

档案记录显示，参加绝育手术的纳粹医生德林格和另一名党卫队医生曾经打赌，说他半天之内能给10名妇女做手术，结果，他打赌赢了。而这些妇女在手术完被带走后就倒下了，死因是德林格在手术时为了争输赢，草率行事，导致大多数妇女内出血死亡。

在数个集中营里，建起了30多间专门用X射线做绝育实验的实验室。

死亡列车从欧洲各地源源不断地把新的"囚犯"押送过来。在奥斯维辛集中营，纳粹医生为了确定X射线的照射效果，把经照射过的器官在这里做手术切除后拿去化验，每个星期都从10号楼实验室拉出许多已经解剖了的尸体送去焚尸炉。

1943年4月，纳粹医生在10号楼实验室又开始了一种恢复绝育妇女生育能力的新实验。其间，党卫军头子希姆莱曾询问："用1000名做了绝育手术的犹太妇女进行实验，估计多长时间可以看到效果？"

纳粹医生克劳贝格报告如下：

"从我进行的实验情况看，按照目前这样的进展，这一时刻到来的时间不会很久。我可以说，把一位技术相当熟练的医生安排到适合他的工作位置上，再配上10名助手，每天最快能做几百例手术。"

根据奥斯维辛集中营在给上级的报告中提到的该集中营曾参加绝育实验的"囚犯"的统计材料显示，从1943年开始，奥斯维辛集中营的女性"囚犯"分为"供绝育实验用囚犯"和"绝育囚犯护理员"，被送进了10号楼实验室。一份重大文件备忘上的记录称："现在只有387名供绝育实验用囚犯和67名绝育囚犯护理员，其中325名受试者和35名护理员已经死亡。"

在纳粹党卫队突击队小队长佩利·布阿德的一份回忆录中，他称："纳粹党卫队的医生们没谁意识到，他们在10号楼实验室进行的是一种野兽般的犯罪。他们实验的对象是被剥夺了公民权利和没有生存权利的犹太人。"

另一个罪大恶极的德国医生是奥古斯特·希尔特。

其人曾任斯特拉斯堡大学解剖学研究所的所长。希尔特对研究犹太族布尔什维克的头盖骨产生兴趣。1941年，他在写给希姆莱的副官鲁道夫·勃兰特的信中说："我们搜集了大量的各个民族和种族的头盖骨，但犹太人种的头盖骨标本很少……现在在东方进行的战争给我们提供了克服这个缺点的机会。由于获得了劣等民族的头盖骨标本，现在我们有机会得到科学材料了……把这些犹太人弄死，不要损坏他们的头颅，应由医生割下他们的头，装入密封的白铁罐送来。"

医生的请求得到了希姆莱的支持，他指示手下："提供他研究工作所需要的一切东西。"由此，纳粹医生在奥斯维辛搜集到79名犹太男子、30名犹太女子、4名亚洲人和2名波兰人，总共115人。这些人都被杀死，尸体按照要求标上"军用物品"的字样，从奥斯维辛运到斯特拉斯堡附近的纳茨维勒集中营做特别处理，以供希尔特进行人类学研究。他用这些头颅，在课堂上传授学生如何识别犹太人的"研究成果"。

纳粹空军军医西格蒙·拉希尔是另一个残忍至极的医学实验负责人。

拉希尔所进行的高空实验对"囚犯"的残害达到了登峰造极的程度。他亲自观察，亲自解剖，用200多名囚犯进行了这种实验。

档案里有一份相关实验的报告记录：

受试者是一名37岁的健康犹太人。他被固定在一个压力舱里，然后减低气压，模拟相当于在29400英尺的高空缺氧时的反应。4分钟后，受试者开始出汗，扭动头颈；5分钟后，出现了痉挛状态；从第6分钟到第10分钟，呼吸急促，受试者失去了知觉；从第11分钟到第30分钟，呼吸完全停止；大约半个钟头后开始解剖尸体——这种实验总是以受试者的死去而告终。

拉希尔实施的冷冻实验有两种：观察人体最大限度能忍受多冷的气温，超过这个极限才会被冻死；找寻经受了极端寒冷而尚未被冻死的人重新回暖的最好的办法。

资料记录：两个被俘的苏联军官被赤身浸入冰水桶中。3个小时过去了，苏联人还可以说话相互鼓励；5个小时过去了，其中一个苏联军官向另一个说："请你跟那个看守说，开枪打死我们吧！"另一个回答说："别期望这个法西斯豺狼会发善心。"然后，两人就彼此道别，说了一句："再见，同志！"

据统计，拉希尔使用了300多人做冷冻实验，进行了约400次，直接被冻死的有八九十人，有的人被折磨至发疯，有少数人因被担心泄露实验内容而被杀死。

"人和狗一样都有谱系，有人在实验室里培养出了良种犬，我也能在里面培养出优良人种。"——这是另一名医生约瑟夫·门格尔的理论。

门格尔是这群纳粹医生当中最臭名昭著的恶魔，其获得过法兰克福大学和慕尼黑大学的两个博士学位，智力超人，30岁时担任奥斯维辛集中营的主任医师，爱好就是骑着自行车在集中营里闲逛、寻找实验对象。他曾亲自冲到毒气室抢出几个犹太侏儒，拔下侏儒的牙齿与正常人的牙齿进行比较，给他们打各种针剂，看能不能快速长高。

门格尔的一项重点实验是研究孕育双胞胎的奥秘，目的是让每个雅利安母亲都生下品种优良的双胞胎。

这个恶魔医生每天要杀死一些双胞胎，必要时还对双胞胎的母亲做活体解剖，观察她们的子宫构造，然后将器官处理好送到柏林做进一步研究。门格尔对1500多组双胞胎和三胞胎进行了实验，最后只有不到200名孩子活了下来。

这些无辜孩子被叫作"门格尔双胞胎"。

在进行惨绝人寰的实验时，门格尔喜欢用食物引诱孩子们叫他"好叔叔"，以获得孩子们的配合。他让双胞胎脱光衣服，站到一个房间里，长时间地研究他们身体的每一部分，比较每一对双胞胎的不同之处。

门格尔做的一项恐怖实验是用颜料将人的眼珠染成雅利安的蓝色。

给孩子们糖果和面包、笑容可掬的"门格尔叔叔"将颜料注射到孩子们没有麻醉过的眼球。撕心裂肺的疼痛折磨之后，孩子们的眼睛大多因此失明。

档案资料记录：1943年9月，一对孪生姐妹成了门格尔的实验品，当时她们年仅5岁。双胞胎的父亲抵达奥斯维辛时被送进了毒气室，母亲被留下来，因为门格尔想弄清楚为什么她女儿的眼睛是褐色的，而她本人的却是蓝色的。两个孩子被医生放在一只用草盖着的篮子里达十天之久，其间，门格尔多次向她们的眼珠注射彩色药水，试图把她们的眼睛变成蓝色。

10号楼实验室里有一间陈列室，桌上摆满了福尔马林瓶，瓶子里泡着几百双各种颜色的眼球。这些眼球被贴上标签，编上号码。眼球的颜色有淡黄色、淡蓝色、绿色和紫罗兰色……

伯恩推开资料，大口大口地喘息不止，大脑麻木，一片空白，他爆发出强烈的恶心感。过了好一阵渐渐缓和过来，才有了思考的能力。

类似的档案还有很多，法西斯集中营里的邪恶罪行罄竹难书。

医生原本是世界上最崇高而人道的职业，然而在集中营里，医生变成了恶魔，打着医学研究的幌子，进行虐待与极端变态的邪恶实验。

让伯恩震撼的还有另外一个情况：没找到关于霍尔曼医生的任何历史记录。

梦中的霍尔曼和历史上真实存在的那个恶魔医生——约瑟夫·门格尔有些相似。两者的恶行有相似之处，却又不尽相同。另外，伯恩在档案中也没发现关于马克斯和丹尼尔的记录，以及那项"双胞胎心灵感应"的实验。

他的梦境亦真亦幻，变得更加难辨虚实。

一种强烈的感触，让他不能安慰自己，认为他感知到的那些事仅仅属于潜意识构建的梦境，与真实的历史无关。他感到那些潜伏在他大脑里的东西并非个人因素，似乎与世界重大事件有着特别意味的联系。

仿佛梦中虚幻的那些人物也是一种世界实体，在类似"多世界"中的某一个世界里真实存在。在某种特殊情况下，他感知到了那世界发生的事。

神思恍惚中，伯恩下意识地抬起了手，拉开衣袖。刹那间，他赫然看到文在他胳膊上的"囚犯"编号：172987。编号的下方，刺在皮肤上的还有个三角形符号，表示奥斯维辛集中营。

他猛然心惊，待定神再一看，手臂上光滑无痕，并没有什么编号。"172987"这组数字是虚幻的，凭空出现在他大脑中，但印在了他的意识深处，自从想起来就再也无法忘记，仿佛是黑暗中的马克斯传递给他的意识信息。

伯恩再次陷入虚幻与现实交错的割裂之中，精神分裂般地无法自拔。

感受着荒谬与虚妄的世界，他的思维混乱不堪，头脑涨鼓鼓的，忽冷忽热。有那么一刻，他甚至冒出癫狂的念头：眼前的一切事物都是虚假的，那该多好啊！昨夜的杀戮和抛尸只是一场噩梦，艾薇没死，他是无罪之人，那多美好啊！

他还有将来，还有希望，他的人生路还能走下去……这样幻想着，他抬着手，慢慢地把手掌翻转过来。他看到了掌心上的一串血泡，磨破皮的伤痕宛然刺目。

没有意外。无论他怎么看，看多久，手心里的这些伤疤仍然顽固地存在着，没有丝毫消逝的迹象。

一个个青紫暗红的血泡仿佛一颗颗变异了的眼珠，凄然注视着他。如坠冰窟，他的希望被冻结成了冰晶般的泡影，撞击心底，砰然碎裂，无奈、无助、无用的悲伤蔓延全身。一片片冰碴泛滥着懊悔至极的悲伤，冰寒刺痛，让他清醒地意识到一切都悔之晚矣——正是他的这双肮脏的手紧握铁锹，无情地埋葬了艾薇，就在黑夜里，他也亲手埋葬了自己。

邪由心生。从他对艾薇冒出恶念的那一刻起，就注定将走上一条不归路，他已然没有了选择的余地，必将坠入煎熬心灵的地狱。

他长久地审视着自己丑陋的灵魂，万念俱灰，直至恐惧的寒潮消退，裸露出坚硬如礁石的心。

在接下来的两天时间里，伯恩评估着极光计划的各种研究项目，抽空查阅了更多的二战历史资料，但翻遍了档案，依然没能发现跟霍尔曼医生与马克斯有关的丝毫线索。

伊芙琳为他找来了在奥斯维辛集中营里幸存的双胞胎名单。他逐一查看，马克斯和丹尼尔的名字也没在这份幸存者名单里。另外的档案，在共计200多个纳粹医生的名录中，也没有霍尔曼的名字。

马克斯成年后加入的"特殊使命局"是一个真实存在的情报机构，建立于二战结束后的1948年，其行动大胆而激进，曾多次秘密追杀逃亡的纳粹余党。

但在绝密档案里，伯恩同样没找到"马克斯"的身份记录。

这种情况似乎理所当然，他梦境中的人物怎么可能与历史符合？

马克斯、安雅、丹尼尔和霍尔曼仅是他大脑无意识形成的虚幻产物——不是的！伯恩否定了这种轻率的结论。

他强烈感到这事绝非如此简单，现在他所感知的事物还仅是迷雾里显露的一角，他孤行在茫茫黑雾中，渐渐走近了藏匿在暗黑深处的庞然大物。那怪物如幽灵一样恐怖无形，他只摸到了一条触手状的东西，这还不是幽灵的真面目，他还得往前走去。也许直到被幽灵吞噬，才能有更多的感知。

来吧！尽管冲我来吧，还有什么更可怕的鬼东西！伯恩深陷绝望的泥沼中无力挣扎，索性横下心来，瞪着那虚无之处发出愤懑的心声。他战栗着，往后还将遭遇什么恐怖的事，他拭目以待。他再也没有了退路，他杀害了艾薇，罪孽深重，死不足惜！

这两天晚上，他没再做那种噩梦。准确地说，他无法入睡，躺在床上辗转反侧。困极了，他最多打个盹儿就猛然惊醒。如同脑神经紊乱的病人，他不确定自己属于心理还是生理性失眠，只知道自己害怕入睡，闭上眼睛稍有恍惚，他就感到黑暗中一双双不同颜色的眼球注视着他，迫使他睁大双眼瞪着明亮的天花板。他不能关灯，他害怕黑夜。

精神疲乏至极，伯恩感到自己的意识徘徊在崩溃的边缘。幻觉丛生，他有时看见了安雅。

女人悄然浮现在他的视线里，无声无息，身姿宛若月色那么静美，湖蓝的眼眸楚楚地凝视着他，神色淡然安详，并无半点怨恨他的样子，仿佛下一刻，就会走过来，像小猫那样蜷在他怀里。

眼眸泛起憧憬之光，安雅幽幽地跟他说："马克斯，带我走吧！我们远离尘世，去挪威隐居，生儿育女，我们平淡地生活，好吗？"

"好。"伯恩默然回应。

"你爱我，是吧？"

"是的。我爱你，永远……"

"命运让我们走到一起，我想把女儿的名字叫作茉伊拉。"

伯恩点头，泪水不觉滑落。

安雅消失了。在泪眼蒙眬中他只见惨白的墙壁，一屋子的孤寂。

第6章　境由心生

伯恩无念无想地专注于工作，全情投入极光计划的评估工作。

资料真实、详尽、庞杂，囊括了心灵感应、透视力、思维传递、念力、预知未来、通灵及转世等研究领域。各项研究过程都有着充分的数据、表格和图文记录，一个人在有限的时间内根本无法完全处理。

伯恩考虑后，根据索引手册，着手对这些"超感能力"研究做了基础归类，以便进行系统化分析。

所谓超感能力是由人体产生的特异功能，超越人类的视觉、听觉、触觉、味觉和嗅觉这五种生理器官对外界的感知局限而另外具有的某种"潜在"的特殊感知能力，从而具有超越常人、难以用目前的科学原理来解释的特异功能。

以性质来分，伯恩把全部记录的人体特异功能分为三种不同的类型：

第一种类型是以"超感官知觉"的能力从外界获知信息。这是超心理学的称谓（Extra Sensory Perception，简称ESP）。这类研究统称为"赛现象"，"赛"是希腊字母Ψ（psi）的发音，代表未知之物，范围包括心灵感应、思维传递、透视力、预知未来、感知过去已发生的历史事件的能力。

第二种类型是通过"操控外界事物"的能力向外界发送信息。这类异能又称为心灵传输、意念投射、思维传感。具体表现为用意识传输信息、对他人植入意念，以思维隔空取物、使物体移动、以意识遥控物体、改变物体的常规物理属性，让物体"突破空间障碍"，即穿过封闭的容器，或远隔千里改变物质的特性等。

第三种类型是用超能与"灵魂世界"交流信息。这种类型包括濒死体验、招魂、通灵及轮回转生等各种人类灵魂层次的特殊现象。

上述三种类型的人体特异功能有一个共同点：人的超感与"信息"有关，并与之相互作用。

这种信息源和信息途径是如何产生的？这是个巨大的未知，也是极光计划研究的重点。伯恩基本认可这种研究方式，任何有科学态度的研究都不能只停留在对研究对象的观察和事例的收集上，而要深入探索它的机理、发生的原理，最终找到接近事物真相的理论。

当然，极光计划实施至今，仍然没找到人体异能的发生原理，因此也没形成有说服力的理论。这大概就是DIA决定评估，考虑终止计划的缘故。伯恩推测，事例和实验其实足够多了，该计划如果要继续的话，研究方向应该是系统分析和构建理论，这样不必耗费大量人力物力财力，用更科学的方式来客观研究。

伯恩把他对异能研究的分类和建议逐一写在评估表上。这份表格栏目十分详尽，供评估人员填写对极光计划提出的各种意见。

以类型划分来看具体的事例就比较简洁了。他放弃查阅大量的失败事例，而重点归纳分析某些成功的。

档案里的绝大部分异能研究的结果都是含混不清的，非常空泛，缺乏可靠的参考价值。而在这海量的资料当中，有少部分实验"成功"了，结果可以验证。他要分析整理的就是这些"成功"的例子。

"意念杀羊"就是其中之一。这是有精准的实验记录，可以进行系统分析的一个人体异能"命中"了的事例。这项实验属于第二种类型的异能，以意念操控外界事物，凭空让山羊的心脏跳停。这项实验先后做了上百次，仅成功一次，仅有0.87%的成功率。

此外还有一些可验证为成功的事例：

1972年，先锋10号探测器发射后进入太空，飞向木星进行探测。DIA随即让超能战士进行了多次远程遥感木星的实验，记录下各种奇特的实验结果。其中有一份文档显示，一位战士描述了他用意念"看到"木星上围绕着一个环状结构，并画出了这个暗淡的木星环的示意图。

在21个月后，先锋10号探测器抵达木星邻近区域，发来近视图像，首次证实了木星环的存在。木星环的形状像个薄圆盘，环绕着木星每7个小时公转一圈。它由大量的尘埃和黑色的碎石组成，不反射太阳光，因而一直没被天文学家观测到。通过意念遥感发现木星环实属不易，很难用巧合来说，可以列为"成功"的事例之一。统计数据显示，该项实验约为1.4%的成功率。

1978年，一架装备齐全的TU-22侦察机在扎伊尔共和国失踪。事关重大，卡特总统下令国防部设法找到这架携带大量军事情报的苏联飞机。该搜索任务除了采取常规方式，同时还秘密由超能战士进行遥感搜索。这些战士被安排坐在一间密室里，戴着隔音耳塞，盯着墙壁上挂着的非洲地图，进行冥想遥感。不久后，一位由空军入选特战队名叫约书亚·史密斯的士兵感知到信息，指出了坠机所在位置。事后搜查那片区域，果然找到了那架侦察机的残骸。他遥感成功了。飞机发生故障后向地面俯冲，落地后被茂密的丛林完全覆盖，使用常规的搜索方式几乎不可能找到。

1969年，一组超能战士被派遣到战场上进行"超感侦察"。当时美军深陷游击战的泥潭，每天都有大量士兵遭伏击身亡，那些潜行在丛林里不时冒出来放冷枪的伏兵致使美军死伤惨重，约翰逊总统因此饱受国内舆论的谴责。超能战士临危受命，聚集在战场上一个与外界隔绝的安全屋里苦想，以超感预知能力绘制出一份份标有特殊标记的作战地图，随即交到指挥部。据此，迅速动用战机和大炮对标记区域实施密集的火力覆盖。据统计，这些超能战士的"预知"准确率在1.8%~3.4%之间。

此外，伯恩注意到档案上的一个特殊记录：在战场上，这组超能战士的另一个重要任务是与阵亡者进行"灵魂交流"。他们出入各个战地医院，与那些濒死或刚刚阵亡不久的士兵单独相处，试图从亡灵那里获取情报。

与亡灵交流的这项任务属于第三类异能，但该记录并没有给出明确的结果，不知成功率是多少。

另外还有个特殊情况，这组参与实战任务的超能战士回国以后，在几年内，都因身体器官衰竭先后离开了人世。经统计，他们的平均寿命为45岁。

DIA的专家分析认为，这或许与他们进行超负荷的脑活动有关。

医疗组出具的调查材料表明，超能战士在执行完任务后都大汗淋漓，几近虚脱，精神状态极差，急需补充水分、脂肪和蛋白质。每个人在病重入院时都出现了意识恍惚的状况，还有不同程度的幻觉、行为失常。以此推测，他们在战场上透支了"精神念力"，导致身体机能严重受损。

这次实战震撼了国防部，异能研究因此受到重视和大力支持。DIA随后从数万名军队士兵和国防部工作人员中精挑细选，训练出一批意识敏锐的"通灵者"加入特战队，形成了一支可以进行"意识战争"的秘密部队，并建立了超越想象力与灵性界限的间谍情报机构。

当时，该机构的保密工作极为严格，作为国防情报局的一部分，仅有极少数高层要员知道它的存在和各种秘密的实验，它在军中的绝密代号正式确定为"极光"。此后的70年代，是极光计划最辉煌的时期。

极光计划的所有开支都属于暗箱操作，拥有特别权限，预算不对外公开，不受国会监控，为保密，敏感内容豁免于向国会提交报告。

1972年至1986年期间，DIA对这支特战队下达的最重大的绝密任务，是用异能来获知苏联的军事动向，遥感搜索任何针对美国的，尤其是关于战略核武器、核潜艇、核设施基地及生化武器等方面的情报。特战队先后进行了大量实验，遥感目标的具体位置和细节。事后与实际侦察搜集到的情报核对，平均有0.45%～1.2%的成功率。

这些事例都属于第一种异能类型：以超感从外界获知信息。

伯恩通过归纳分析，发现可验证的超能现象基本都是第一种类型；属于第二种类型的"操控外界事物"的异能，仅有"意念杀羊"那一例；而几乎没有能与"灵魂世界"交流信息的第三种类型。档案里记录了很多第三类的事例，但缺失数据、无法验证，或结论模棱两可，不能列为成功事例。

他写下这个结论，随即想到了帕顿夫人，不由得悚然惊惶，感觉这位灵媒对他做的事情也许可以归为第三类异能。他作为受试者，到这时已深陷其中，切身感受到"灵魂之旅"的恐怖，心灵备受煎熬。

至此，他还隐约感到，如果梦境中的记忆也算是一种来自灵界的信息，他是否也产生了第三类异能？

神思恍然想了一阵，伯恩只觉头脑闷痛，身心疲惫不堪，没法再过多思考自身的事。唯有埋头继续整理资料，让这些东西塞满大脑，他才能感觉稍微好受一些，至少让他没空儿去想艾薇和安雅的事。意识麻木了，才不会那么痛苦。

他不停歇地忙碌着，在纸上绘制出一幅归纳事例图表。

看着图表，伯恩忽然发觉时间线呈现出一条看似有规律的曲线。随着年代由远至近，成功率在逐渐减少。经过70年代的高峰期，到80年代少了些，进入90年代变得更少，至今几乎全无。

他换了个制表方式，只统计成功事例的时间。这种变化立刻清晰。几乎没有上下摆动的幅度，时间曲线就是一条往下跌落的线。

这意味着什么？伯恩盯着图表，想到了一种奇特的可能性。

"嗨！你该休息了。"伊芙琳走进办公室，拿来果汁和苹果派，"你的脸色好差，别是累坏了吧？"

"谢谢！"伯恩松弛下来，只觉心力交瘁。他一身虚汗，喉咙干渴，喝了果汁也不解渴，身体似乎脱水了。

"你得停止工作。"伊芙琳边收拾摆满桌子的资料边说，"这些事其实没那么重要，你不必过于投入，这样废寝忘食的，超人都顶不住。"

"我习惯了。"伯恩揉着酸痛的眼窝说，"有点强迫症，不处理完手上的事不自在。"

"这可不行！如果你病倒了，我们还得负担医疗费。"伊芙琳说笑着，切开苹果派递给他，"尝尝，为你定制的，加了酸奶油。"

伯恩没什么食欲，勉强吃了点，只觉浓重的睡意袭来，眼睛干涩，视线有些模糊，大脑深处仿佛有某种东西蠢蠢欲动，要强行占据他的意识——不能松懈！他告诫自己保持清醒，一旦睡着，马克斯就会醒来。

他瞪着眼睛，站起身在室内踱步。

有种不祥的预感，假如他入梦，将感知到马克斯杀死安雅的场景。那太可怕了，他万分不想目睹那残忍的一幕。坚持住！别睡着……现实已经够残酷，梦境就别再重复了。他绝望地祈祷着，假如上帝能听到他的祷告，他愿意不惜一切代价。

"我想来杯咖啡，浓一点的。"伯恩摇着头，像要摆脱睡魔的侵袭。

"咖啡吧在办公室外100英尺的地方，步行只需20秒。"伊芙琳担忧地看着他说，"你应该去那里坐坐。自从开始工作，你就没离开过这儿，也没参与大家的轻松闲聊。伯恩，你为什么要这样对待自己？"

"好吧！"伯恩摊了摊手，"遵照你的提议，我这就离开'山洞'。"

"惠勒教授来了半天了，他想见你。"伊芙琳和他走出房间。

"噢？"

"教授很好奇，评估组居然有隐士对他的到来不感兴趣！"

"抱歉！我不知情。"伯恩歉然说。

"日程表有注明，另外我今早还专门提醒过你，你不会是忘了吧？"

"啊，还真是健忘。"伯恩抬手敲打昏涨的头脑，"该死的记忆。"

两人来到咖啡吧，伯恩见评估组的其他人都欢声笑语地围坐在一起，当中一位精神矍铄的八旬老人笑声爽朗，在跟大家交谈着什么有趣的话题。这位老者正是当今科学伟人惠勒教授。

伯恩以前看过《科学》杂志对惠勒教授的专访。

这是一位与传统刻板的科学家迥然不同的"科学界搞怪派""睿智的老顽童"、乐观、幽默风趣、特立独行……他的非凡的科学造诣和富有人格魅力的做派同样令人印象深刻。

在广义相对论还被视为数学的一个分支的早期，惠勒把它引入了物理学。作为卓越超群的物理学家，惠勒教授毕生最重要的工作是与玻尔合作，在1942年共同揭示了核裂变机制，成为第一位从事原子弹理论研究的美国人。而后，惠勒加入了著名的"曼哈顿计划"——制造原子弹。

二战时期，白宫参阅了爱因斯坦建议制造原子弹的来信，决定不惜代价尽快制造原子弹，赋予该计划"高于一切行动的特别优先权"，汇集了以罗伯特·奥本海默为首的，包括费米、贝特、玻尔、费曼、冯·诺依曼、尤里、吴健雄、劳伦斯等一大批来自世界各国的顶级科学家，共同参与了这一庞大的绝密计划。

1945年，原子弹成功研制出来，终结了战火遍布全球的第二次世界大战，盼望已久的和平终于降临，这让饱受战争磨难的世人振奋不已。但因为致使平民死伤众多，许多参与研发原子弹的科学家们在短暂的欣喜过后陷入了忧虑，像亲手打开了潘多拉魔盒，爱因斯坦、费曼、玻尔等人深感自责，反思有着毁灭性破坏力的核武给人类带来的巨大危害，为世界的前景惶恐不安。惠勒却与众不同，并不为此难受。他唯一感到遗憾的是，自己没能让原子弹更早一些问世，否则就可以尽早改变欧洲战场的情况——他的兄弟乔或许就不会死于战场。

伯恩看报道时就很认同惠勒教授的观点，时至今日，他更进一步地有了切身体会，假如战争能早点结束，马克斯的家人就不会惨死在纳粹集中营——潜意识里，他把马克斯当成了一个真实的自我。

惠勒教授在量子理论和相对论研究上成就巨大，他一贯主张将理论尽快推到极限，使它出错，产生实在的裂缝。他创造的"黑洞"这个简洁贴切的词汇和黑洞相关理论就是一个绝好的例子。他还以奇妙的想象力创造了诸如"虫洞""量子泡沫"和"多重宇宙"等诸多新词汇，这些都成了物理学中的重要术语，广为世人所知。

在获得巨大名声之后，惠勒甘愿去教大学一年级。他认为年轻人的想法是最重要的，一再表示和年轻人合作的重要性，他的所有著作几乎都是与学生合著的。无论在普林顿大学，还是在得克萨斯大学，惠勒作为一位出色的教育家，就是一个传说般的存在。其幽默生动、不拘一格的授课风格，让每一堂课都座无虚席，每个来人都能从中获得非常有益的东西——无论是关于物理学，还是对人生的哲思。

惠勒教授在后期的工作中，越来越多地涉及哲学方法论的层面。他最感兴趣的问题是："对于宇宙结构来说，生命和意识是毫不相关的，还是至为重要的？"

科学理论来了又去，世界每时每刻都有更新更好的理论产生。他认为，我们能够抓住的只有研究科学的方法，学者应该时刻保持如初生婴儿般的好奇，看待这个奇妙多彩的世界，用一生的探索行动告诉世人——我来过这个世界，且不虚此行。

"教授，您好！"伯恩恭敬地问候惠勒，"非常荣幸见到您。"

在座的所有人都抬头向伯恩看过来，忽然爆发出哄堂大笑，人人都是乐不可支的样子。伯恩莫名其妙地尴尬站着，不知他哪里引起了大家的哄笑。

"看到你，我们终于确定了……"作家埃德温·肯笑着说，"伯恩先生，你是实在的。"

"什么实在？"伯恩疑惑地问，"怎么回事？"

"年轻人坐下说。"惠勒教授热情洋溢地招呼他，"很高兴你从不确定状态现身了，正巧，我在拿你举例，谈到了你……来杯咖啡？"

"谢谢！"

"艾维特，给他调制一杯'量子力学'咖啡。"惠勒教授对他的门生——物理学家艾维特说，"这位迟到的年轻学子需要补课。"

艾维特坐到伯恩身旁，随后，在品尝一杯咖啡的时间里为他讲了下大家之前在谈论的话题——量子力学里的"不确定"原则。

量子力学很深奥，其中让人们最难懂的核心理论就是，它证明了意识不能被排除在客观世界之外。一定要把观察者的意识考虑进去，才能够理解微观世界里诡异的量子现象。

人的主观意识是客观物质世界的基础——这种全新的认识颠覆了常人的世界观。一般人都认为物体要有一个确定的空间位置，物体的存在，不以人的意志改变，是客观实在的。比如说，一个人不可能同时出现两种不同的状态："既在办公室，又不在办公室。"两者必居其一。

但量子力学不这么认为，量子现象需要考虑观察者的因素，当没有谁去观察的时候，万物就处于叠加态，所有的可能性都同时存在，状态不确定；一旦有意识地进行了观察，状态才会确定下来。"当我们去观察了，伯恩的状态才会被确定，他要么在办公室，要么不在办公室。"惠勒教授刚才就是用他来举例，解释这种量子力学的怪异现象——意识和物质世界密不可分，观察者的意识促成了物质世界的转变，从不确定状态变成确定状态。

伯恩皱眉说："难道我们的念头一下就能改变物质？"

"在量子微观世界确实如此。"艾维特说，"这种现象经过了严谨的实验验证。意识是种量子力学现象，这是物理学的一个重大研究成就。几十年来，它都很实用，许多科技发展都跟量子力学有关。"

伯恩不禁问："我们的宏观世界是否也如此？"

艾维特肯定地说："是的，可以这样推测，世界万物和观察者结伴共存。宇宙的形成，有赖于观察者的意识。"

伯恩为之哑然。

自然科学原本是最客观、最不能容忍主观意识的，可现在这种量子力学的理论推测，居然发现人类的主观意识是客观物质世界的基础。我们是万物的创造者？我们眼中看到的这个世界，竟是因为被我们"看到"了，所以才确定下来，才成了实体存在？

境由心生，一念一世界……这种科学概念与哲学、神学有何区别？

"觉得超出了理解范围？"艾维特看他满脸迷惘的样子，笑说，"这完全违背了我们日常生活中得到的客观经验，就像当年的人们第一次听到日心说，第一反应就是，'天哪！地球竟然绕着太阳转？可我们明明看到大地纹丝不动，太阳划过天空，东升西落，这怎么回事啊？'"

伯恩无奈地苦笑："好吧！如果科学家们这样认为，再惊世骇俗的结论，我都可以接受，尝试去想象……世界万物因为生命而存在，哈！"

"一个自洽的宇宙理论绝不会忽略观察者的意识。不妨大胆猜想，假如你是创世者，想要创造生命，你就得需要重元素。为了用氢制造出重元素，你需要热核燃烧；为了有热核燃烧，你要在一颗几十亿年的恒星内部进行长时间的加工；为了在时间维度上延伸几十亿年，按照广义相对论，宇宙必须在空间维度上跨越几十亿光年；为了容纳更多的星系，那就必须得超过百亿光年，广袤无际。"艾维特展开双臂，神情激扬地说，"所以，宇宙为什么是现在这么大？因为我们在这里！"

"你是说，我们的宇宙被精心调整，使生命的出现成为可能？"

"对！包括我们目前所了解的一切科学定律，都是为了我们的出现而量身定做的。"

"那还真值得庆贺！量子力学证明了上帝的存在。"

"生命和意识是认识宇宙的关键。年轻人……"惠勒教授听到伯恩略带反讽的话，转过头来，微笑着说，"早在1939年玻尔来到美国时，他就告知我纳粹科学家成功分离出了铀原子。随后几周内，我和他画出了核爆理论的草图。当时，玻尔一直在与爱因斯坦争论量子理论，不过，他和我讨论的时间还是比和爱因斯坦的多。我们探讨了许多宗教人物，耶稣、菩萨、佛祖……在和玻尔的对话中，我相信他们真的存在。"

伯恩说："教授，我尊重您的观点。"

惠勒教授并不介意伯恩故作的谦逊姿态，和蔼地说："我近年来在思考一个问题：量子不确定原则不仅是一种微观现象，它是否能用于整个宇宙和历史？这是否是认识所有物质存在的关键？我们不能满足于仅仅观察粒子。今天我对物理学的要求就是，要了解存在的本身，何为存在？

"物理法则在将来可以发展到违背法则，达到'无物理'的境界，宇宙完全也有可能发展到无物质的存在。'黑洞'让我们知道，空间可以像纸一样被揉捏成一个无穷小的点，时间会像一个吹爆了的肥皂泡那样消失；而在宇宙奇点，所有物理定律将不再适用。所有的定律，那些曾经被我们尊为神圣的、看似恒定不变的物理定律都将不存在，一切归于虚无。"

在座大部分人犹如听天书，不觉流露出惊奇之色。

"那是什么境界？世界像神话故事一样？"有人感叹。

惠勒坦然说："这没什么可惊奇、可匪夷所思想不通的。科学之路从来都是这样走过的，在探索这个未知世界的过程中，科学家们不断抛出一个又一个颠覆世界观的理论。在量子力学上，爱因斯坦错了。当今的物理实验可以证明，在那场著名的学术争论中，玻尔才是对的。"

艾维特随后说："1979年，在纪念爱因斯坦一百周年诞辰的学术研讨会上，老师曾提出一个颠覆时间次序的结论，那叫'延迟选择实验'。简单来说，就是我们现在所做的决定，可能对已经发生了的事件产生影响。"

"现在能影响过去？人的意识吗？"埃德温·肯惊诧地问。

"毋庸置疑，这个设计绝妙的实验不但具有可操作性，还可以在宇宙尺度上操作。最绝的是，我们此时此刻的决定，影响了，甚至决定了光子的过去。"

"可否请你详细解释一下？"伯恩心头蓦然一动。

"当然没问题。"艾维特看了看惠勒教授，笑着说，"我乐意将老师亲手烹饪的这一席思想盛宴与众位分享。这个实验的奥妙之处在于，它把量子理论从空间拓展到了时间。没有一个基本量子现象是一个现象，并没有一个过去预先存在着，除非它被现在观察和记录，才会确定存在。这样一来，我们所看到的实在图景，几乎完全是由我们共同建构的。"

"我们在大脑中构建了这个世界？还可以改变世界的历史？"

"概念就是这样的，宇宙是一个自激回路，我们现在的观察，参与改变了过去的世界，创造了宇宙。任何观察者必然成为事件的参与者。我们现在看到的宇宙，看到的实在事物，正是来自于古往今来无数观察者的参与行为。"

大家面面相觑，对艾维特的已经做了简化的解释，仍然感到一头雾水，难以理解。世界的历史不是已经既定了吗？怎么还能去参与创造？

伯恩问："观察者如何创造过去？"

艾维特说："利用变易性，时间、量子和连续性可能的方式。每一条物理定律，都可以在某种极端条件下被突破，被超越。依此类推，一切事物都有变易性，都不可能恒定不朽，而宇宙本身也有生有灭、有轮回和重塑的可能。"

有人摇头，这种物理学思想，说着说着就到了荒谬的程度。

"我厌恶传播枯燥理论。"惠勒教授说，"我们不如来玩个游戏。"

"什么游戏?"作家埃德温·肯对此饶有兴趣。

"'20问答'。谁想来做猜谜者?"

这是一种有意思的智力猜谜游戏,规则是:游戏一方作为设谜者,选定某个事物写下来,然后由另一方不知情的猜谜者,提出20个以内的问题,设谜者只回答"是"或"不是",猜谜者根据这些"是"或"不是"的回答最终猜出这个词。

埃德温·肯见老教授一副童真般跃跃欲试的神态,便说:"当然是您最有资格做猜谜者……来,我们商量下谜底。"作家招呼大家到一旁商议如何给这位睿智的教授出一个最难的谜题。

"我们想个抽象点的。"富有经验的作家说,"抽象之物最难猜中。"

"类似彗星、细菌、恐龙这类的怎么样?"有人问。

"还是太具体了,难度不大。"作家摇头。

大家又想了些事物,但感觉都还不够困难。

"梦境。"伯恩提议。

"这个不赖。"大伙不约而同称好。"梦境"一词足够抽象了。

返回原位,大家格外兴奋地期待,仿佛浑身的每个细胞都在颤抖。要是能在"20问答"里猜出"梦境"这种神秘抽象的东西,那真是神了。

"看来你们想到了一个最佳谜底。"惠勒搓了搓手,激起了挑战的欲望。

"开始吧!"作家的嘴角浮出狡黠的微笑。

惠勒急迫地问:"是物质吗?"

"不是。"作家否定。

"和人类有关吗?"

"是。"

"每天都发生在我们身上的事?"

"是。"

"这是对当下生活的一种映射?"

"是。"埃德温·肯不禁暗暗吃惊,心想这才四个问题,就接近答案了,惠勒教授的逻辑思维、推理和想象力果然名不虚传。

"作为一种非物质但存在之物,它会消失吧?"

"是。"

"它代表了人类文明的轨迹?"

作家迟疑了下,有些不确定梦境算不算是人类文明的产物,但见在座其他几位学者点了点头,随后就说:"是的。"

惠勒教授露出自信的笑容:"它是我们文化的传承?"

"是。"

"它可以被记录下来，但又与事实不一定符合，对吧？"

"是。"

惠勒微微惊讶，思索了会儿，又问："它是一门学科？"

"不是。"埃德温·肯笑而摇头。在座一位哲学家皱了皱眉。

"这就奇怪了……"惠勒自言自语，开始了更长时间的思索，然后谨慎地问："是指过去发生的事件，不一定同人类社会发生联系？"

"是。"

"将来也会发生吗？"

"是。"

"它没被研究和记录之前，只存在于我们的大脑里，是吧？"

"是。"

"它是人们思想的产物，记录着人类的变化？"

"是。"

"哈哈，我猜到它了。"惠勒确信无疑，兴奋说出答案，"它就是'历史'。谜底是历史，对不对？"

大家摇了摇头，为之诧异。

"噢！"惠勒沮丧地摊手，"没有逻辑错误啊，怎么会猜错了？"

"只差一点了。"艾维特宽慰老师说，"答案是'梦境'，其实也符合上述问题的逻辑。"

"除了不是一门学科，梦境与历史还挺像的。"埃德温·肯说。

"梦的研究实际上也算是一种学问。"哲学家提出异议。

"好吧！两者确实相同，像有某种内在的联系，这还挺奇妙的。"

"也许确有联系。"伯恩不禁说，"我有种荒谬的感觉……梦境像是发生在另外一个世界的历史，也是一种真实记录。"

"这种想法并不荒谬。"艾维特说，"以多世界理论来看就一点都不奇怪了。无数个世界包含了无数条分叉的历史线，存在任何一个可能发生的事件。有些与我们相似，有些或有差异，所有不同的状态，处在不同的时间点，包含了过去、现在和将来发生的一切事件分支。当然，也就包含了我们做的各种稀奇古怪的梦。"

"但梦境怎么与另一个世界发生联系？"

"量子力学有个特殊现象'量子态纠缠'，多世界会在量子层面上互相影响，而人的意识如果是一种亚原子级别的量子态现象，在多世界里，每个世界的人就会因此相互影响。"

伯恩听得震惊，喃喃说："我梦见了……另一个世界的事?!"

艾维特说："不一定是全部的梦，也许只有那么一些可能是。"

"哈！今天的讨论太有意思了。"惠勒教授笑起来，"我本来想用这个游戏做个比喻，观察者参与的宇宙是建立在量子的概率论、不确定性原理、互补原理之上。你们瞧，'梦境和历史'产生联系的这个结果，其实是设谜者和猜谜者共同建立起来的，我们创造了它。就像玩骰子一样，随机决定了这个结果——现实中没有哪一个基本现象可成为现实，直到它被观察到为止。"

"教授，我请教您一个问题。"伯恩意识到了什么，紧张起来。

"尽管大胆说。"

"人的意识真的能改变过去发生的事?"

"哈！先说说看，年轻人，你想改变什么?"

伯恩迟疑了下说："过去我所做的一个错误决定。"

"可以这样认为，如果那个决定已经被观察、被记录了，在我们这个世界就确定了，但是……"教授眨了眨眼睛，嘴角显露出顽皮的笑意，"你现在的想法可以改变另一个世界的你将要做出的决定。"

伯恩听了这话顿时如雷轰顶，转念间，他立刻想到"多世界"理论的逻辑严密性。因为时间线不同，在这个世界发生了的事，假如在另一个世界还没发生，而意识又相互"纠缠"发生联系的话，他的决定确实能影响到另一个"他"的决定，从而改变事件的结果。

什么是真实存在? 何为事物真相? 一切都可以由心而生，一念而定?

假如我们和宇宙的关系就像这个游戏，我们不单在创造现在，创造未来，我们还参与了对世界过去的创造，而这种创造还包含了我们自身。

世界原本没有一个确定的答案，它处在混沌的叠加态，是个虚幻的幽灵，直到某个观察者做出了决定。

这意味着什么? 伯恩随即想到……我还可以选择改变马克斯的决定?

"世界真奇妙！"埃德温·肯感叹，"这让我不得不重新审视极光计划的超感现象。也许士兵们感知到了另一个世界发生的事，尽管在我们这里还没发生，但在那个世界早就发生了，因此可以通过意念提前获知信息。"

"多世界的人的意识相互影响，那也太复杂了。"有人说。

"是啊，什么都糅合在一起，那成什么了，一团迷雾?"

"梦境就是这样啊，稀奇古怪的，我昨晚还梦见我在水底骑着一条章鱼遨游大海。"有人说。

"也许还真有神话世界、魔法世界，它们就在另外的时空。"

"在别的世界里，我们可能不是现在这样的，谁都没在这里出现过，或许根本没有我们这群人，要不就是我们还没有出生，或已老至垂暮。"

"这样说来，人死后，其实还活在另一个世界。"

"所以啊，假如有人能证明存在灵魂世界，也别觉得惊奇，那可是充满戏剧性、人类命运转折的伟大一刻。"

在座众人被激发了想象力，纷纷畅谈起来。

伯恩坐不住了，他起身对惠勒教授说："非常感谢您，让我对世界有了全新的认识。抱歉，我有点事，得离开了。"

"我是个乐观派。"惠勒微笑着说，"也希望别人处在充满希望和信心的氛围中，保持对这个世界的好奇心。年轻人，去吧，我相信你会弄清楚如何找到答案。"

伯恩再次致谢。这位长辈热情而富有感染力，让人在不知不觉中有所领悟，是一位值得敬仰的导师。

"去哪儿？"伊芙琳追随伯恩过来问，"你又要工作？"

"有些不舒服，头痛。"伯恩揉着额头回应，"我去休息下。"

"严不严重？"伊芙琳关切地说，"我陪你去医疗部做个身体检查。"

"不用了。我最近夜里失眠，现在感到困了，睡一觉就好。"

"如果还难受，随时给我打电话。"伊芙琳若有所思地看着他。

回到宿舍，伯恩将房门紧闭，迫不及待地进入沐浴间对镜而站，直视镜子中的自己。他的心跳剧烈，血流涌动导致一种失真的眩晕感。镜中人脸色苍白、面颊、额头和鼻尖上密布细麻麻的汗水，整个面孔晦暗无光，隐隐笼罩着死气沉沉的气息。

他凑近镜子，看着镜中人的眼睛。

几天以来，他第一次对镜正视自己。那双眼浮动着细微分叉的血丝、眼球凸出，深暗的瞳孔折射出一圈光亮，仿佛通往幽冥之处的隧道。他久久凝视着幽暗的尽头，那虚无之处似乎振动了一下，荡漾起无形的微澜，渐渐扩散，蔓延至心灵深处。

那些看似外在客体的东西，从没实际存在过。它就像一个面孔在镜中的反射，只是一种虚幻的显现，是意义根本的体现。可以通过意识创造它，让它发展或演变……

境由心生——我还可以做出选择，去改变。伯恩凝视镜中人，心中默念：马克斯，马克斯，马克斯……你感知到了吗？

他发出震动灵魂般的心声，一遍遍呼唤："马克斯，你感知到我了吗？"呼唤声蕴含神秘的力量，荡漾在心灵深处，召唤着沉睡者的名字，马克斯、马克斯……呼唤声恍如穿透无尽遥远的时空微弱而坚定地传递出去，纠缠着另一个心灵之我。

　　意识渐渐恍惚，他沉入寂静之境，无波无澜，明洁如镜般映照着内心万物……这一刻，镜中世界清晰无比，灵台澄澈通透，明见真性。

　　天光明亮。

　　他听到一阵风呼呼吹过，风声空灵，苍凉无际。

　　蓦然间，他看见了天高地阔的场景：黄褐色绵延起伏的丘陵，安静屹立的约书亚树、幽明蜿蜒的山谷，恒定的砂岩……他感到了手中攥着滚烫的沙粒。松开手指，沙粒从他的指缝间流泻而下，飘扬在带着土腥味的风中，落在女人金黄色的发丝上。

　　一缕缕随风摇曳的金发宛若太阳光芒映入眼帘，显出安雅明洁的脸庞。

　　安雅依偎着他，双手紧紧缠着他，生怕失去他的样子。

　　眼眸低垂，看不到那一抹令人心颤的湖蓝，唯见沙地上斑斑点点的潮湿。她落泪了，泪湿干燥的沙子。

　　他抱紧安雅，把她搂在怀里，久久不动。即将失落珍贵之物的绝望感蔓延全身，侵蚀着他心里的每一处角落。

　　时光仿佛静止，只听到一阵阵风发出的呜咽之声。

　　"除了你，我看不到任何人……"歌声忽然随风飘来，时断时续，"亲爱的，月亮高挂夜空，但我看不到，因为我的眼里只有你……"

　　有人来了。

　　他的心陡然收紧，推开怀里的安雅，抄起望远镜看向山谷方向。

　　一辆吉普车从远方驶来，车体漆面是红色的。只见那车子穿行在山谷中崎岖前行，在沙岩的遮掩下时隐时现，像一朵跳跃的火苗。

　　距离尚远，他从望远镜里还看不清驾车人，第一感觉那人不像霍尔曼，看车身图案和那鲜艳的漆面，猜测开车人很可能是从拉斯维加斯租车自驾，前来领略荒漠风情的游客。在监视期间，他见到过这样的自驾客。

　　"是谁?"安雅紧张地问，快速持枪瞄准吉普车。

　　"可能是游客。"他保持着高度警惕。

　　在等待中，吉普车渐渐靠近。车子转弯的一瞬间，他终于看清了驾车人。镜头内可见那是一个大男孩，十七八岁、稚气未脱的样子，留着时髦的猫王发型，一头油亮的黑发朝后梳着。男孩一手驾车，一手夹着烟搭在车窗外，随着音乐的节拍敲击着。

他松口气，做出安全的手势。安雅关上了狙击步枪的保险。

从车内传出来的歌声随风飘摇，荡开原本弥漫的杀戮气息，阳光似乎也明媚起来，灿烂地照耀在丘陵、山谷间。这是"火烈鸟"专辑里的一首歌，流行于电台，深得年轻人喜欢。他下意识看向安雅，见她如有所感地转头看着他，湖蓝的眼眸波光粼粼。

"拥挤之路，也许经过了数百万的人，但他们都消失了，我的眼里只有你。"安雅微笑着随着音乐节奏无声地开阖嘴唇，在心里对他歌唱。

他蓦然触动，心灵激荡起波澜。对于世界而言，他只是一个人，但对于安雅来说，他却是她的整个世界。

一个似乎消失了的微弱心念又忽然冒出来，瞬间变得强烈，海浪般冲击着他坚固的复仇堤坝。意志动摇起来，他悚然想：我这是怎么了？难道我受了恶魔的诅咒？这女人只是一具精美的血肉皮囊，却在不知不觉中魅惑了我？可耻！我竟然想要抛弃仇恨，和纳粹崽子厮混终身！

安雅微笑着，亲吻他颤抖的手，侧脸对他眨了眨眼睛。

他不由得懊悔至极，内心痛苦地呻吟，强烈地自责：我应该在找到她时杀了她，而不是留她在身边，这是邪恶的报应。难以对11岁的小女孩下手，那只是虚伪的道德借口，骨子里的我就是贪恋女色的懦夫，无耻之徒。不，我决不能动摇，我得杀了她，就在今天。

他看清自己丑陋的内心，认为一旦错过时机，往后他更没有勇气动手。他也不能放走安雅，他无法忍受安雅在被他抛弃后的某天躺在别的男人怀里。仅此一想，就感觉撕心裂肺。

只有两个选择，杀了她，或屈服欲望与她一起堕落世间至老死方休。怎么办？该如何决策？不能再犹疑了……

他内心纠结至极，头脑忽冷忽热，两个念头在他脑中缠成死结，犹如被绞刑架上的绳索套住脖子，让他窒息。

他绝望地想：总不能抛硬币以正反面来决定命运！

忽然，他冒出个怪诞的念头：吉普车上也许不止一个人，假如车里的总人数是单数，他就放过安雅，如果是双数，他就杀了安雅。

既然是命运，那就让命运为他做出选择。他握紧望远镜，等待着吉普车从山谷里的一处岩石后面开出来。他手心沁出汗，空气中波动着的热气让他视线恍惚。

片刻后吉普车重现，停在坡道上。驾车男孩下车溜达到路边撒尿。

从望远镜里清楚可见车上没别的人。是单数。刹那间，他浑身冒汗，不由得看向安雅，莫名一笑，只觉心惊肉跳。

"乔治……"陡然传来一个女孩的声音。

他的血液凝住，不可置信地转过头，见吉普车内又出现一人。那是个年轻的女孩，之前躺在车后排的座位上，这时爬了起来，推门下车，走向路边的男孩，抱怨说："我们到哪儿了？你说的梦境还有多远？"

那名叫乔治的男孩拿出地图展开看了后回答："快到了，翻过山岭前面就是。你别睡了，我独自开车，无聊透顶。"

"你太坏了，故意放音乐吵醒我。"女孩搭手眺望荒凉的丘陵，"来这儿才无聊。我们应该去大峡谷公园，还有羚羊谷，那才是野营的好地方。"

"和你在一起，去哪儿都好。"乔治抱住女孩亲吻。

女孩在乔治的怀里扭动，嬉笑着咬了他一下。

乔治被咬疼，松开女孩，捂着嘴转身上了车。女孩跟过去，坐进副驾驶位问："生气了？让我看看，疼不疼？"乔治没说话，启动车子往前驶去。

吉普车扬起腾腾灰雾，音乐声再次响起，传来另一首歌，猫王的一曲摇滚乐《伤心旅馆》："自从恋人远离，我离群索居，独自在街道的尽头，在伤心旅馆。你让我寂寞，孤独一人，孤独到想要死去……"

车子渐渐走远，歌声消逝。

"怎么了？你脸色很糟，看起来像睡眠不足。"安雅问。

他没回应，背靠岩石，慢慢坐在地上，绝望透顶。该死！该死的命运！他从心底爆发出咒骂。

蓦然间，不知怎么的，他突然转念想到：我为什么要听从命运的安排？我就是个堕落的人，我就想和安雅厮混，狗屎的复仇，见鬼去吧！

就在电光石火间，他断然下定决心：干脆利落地清除医生，然后带着安雅远走高飞，永远埋葬那个秘密。无论去哪里都好，一辈子与安雅在一起。

心念既定，卸下压在心底已久的重石，他感到无比轻松，抑制不住地激动，他大声对安雅说："我决定了，这样做更好。"

"做什么？"安雅吃惊地问。

"霍尔曼罪大恶极，我们不能带他回去受审，那样惩治不了他，就像纽伦堡审判，那些灭绝人性的刽子手医生最后竟然被判无罪。但我也不能以残暴的方式复仇，你说得对，我们就地枪决霍尔曼，送他下地狱就可以了。"

"马克斯。"安雅宛然一笑，"你犹豫好久没动手，就是考虑这事？"

"是的！这两天我想了很多，很多……上帝！有些念头真可怕。"

"有多可怕？"安雅眼眸明亮，洋溢的笑容灿烂极了。

"该死的！心理扭曲变态，我差点就变成了恶魔医生。"他的心脏鼓鼓跳动，震动着劫后余生的后怕。他搂住安雅——就差一点，他将失去安雅，失去了最美的希望。

安雅仰起头看着他的眼睛，似乎感应到了他内心曾经痛苦的挣扎。柔美的笑容隐去，安雅怔怔地一直凝视着他，抬手抚摸他的脸，轻声说："你失去了亲人，在集中营里受尽折磨，不管你变成什么样，我都不在意。"

他颤抖一下，避开安雅的目光，看向寂静丘陵上那一棵约书亚树，恍然说："有些等不及了，任务结束，我们就离开这儿。"

"好啊……"他听到安雅欢愉的声音。

他的心随之舒畅起来，世界明亮了，似乎远远看到了挪威小镇那优美恬静的风光。"我想，我该休息了，忘记以前的事，开始崭新的生活。这是命运女神，我们的女儿茉伊拉给我的启示。"

空气啾鸣，突然传来一声特异的微响，声音尖细，震动了他的耳膜。

天地陡然震动变形，黑暗迅速压下来，吞噬了一切景象。

他的意识被猛地抽离，一刹那跃迁到极远的地方，被抛弃在无际黑暗中，恒定，无知无觉无感。

不知过了多久，伯恩恍然惊醒。

他听到自己发出一下下沉重的喘息声。光线渐渐亮起来，充盈着沐浴间，镜中人清晰明亮的双眼注视着他。

马克斯消失了，他的意识苏醒。

伯恩浑身大汗淋淋，虚弱无力，靠着洗手台坐在地上。有那么一会儿他感觉后脑剧痛，慢慢好了，思维逐渐恢复正常，随后感到身体疲乏至极。

室内安静。伯恩抬手看表，秒针悄然跳动着，没什么异常。

劫后余生的后怕感涌上心头——安雅还活着，还有将来。他做出了选择，他的决定改变了马克斯和安雅的命运。

无比庆幸！伯恩不禁低头泪流。

累极了！他歇了会儿，吃力地站起来，走出沐浴间，一头倒在床上一动不动，就此睡着了。

他酣畅而睡，心灵平静得仿佛死去，又像新生儿那样安然，一夜无梦。

第7章　灵性觉醒

睡醒已是第二天早晨。阳光明媚，酷暑依旧。

保罗·伯恩喝了近半公升的水，还吃了分量惊人的食物。他洗过热水澡，冲了杯速溶咖啡，动作迟缓地在桌前坐下，犹如大病初愈的人。

摊开记事本，他记录昨天感知到的梦境。在马克斯的世界里，新出现两个人物，乔治和一个不知名的女孩。这对年轻的恋人是驾车到内华达州荒漠准备野外露营的游客，他们正值花样年华，蓬勃的青春朝气仿佛象征着一种纯真和美好，给原本晦暗的噩梦带来了一抹鲜亮光彩。马克斯历经艰难痛苦的选择，最终战胜心魔，改变了复仇计划，决定在处决霍尔曼医生之后，带着安雅远走高飞，避世隐居。

这是个完美结局，马克斯的人生到此可以圆满地画上一个句号。

猫王的那一曲摇滚乐《伤心旅馆》也有了由来。但不知道是因为他先听了兰迪的黑胶唱片才产生的梦境记忆，还是先有意识再发现的唱片。他无法确定虚幻与现实交织的时空界限在哪里，对意识影响过去的方式也不得而知。尽管这事在他身上确实发生了。

伯恩从头翻阅记事本，看着他亲手写下的一页页记录，恍然如梦，一幕幕过往的经历陌生而又熟悉，仿佛无名者书写的一个诡异荒诞的故事。不觉中，他抬头看了看天花板。在另一个世界里，不知那位无名者是什么样的人，有着什么样的生活经历和心理状态。怎么会想到书写这样一个关于他的故事，为什么要给他安排如此惨痛的人生经历，还混杂二战历史，为他虚构了另一个自我——纳粹捕手马克斯。

书写有何目的？这样描写变态扭曲、罪恶黑暗又有何意义？

或许，我还能改变我的过去！伯恩突然意识到，正如故事能被修改重写，某些记录者会篡改历史，虚构事件，他也可以用意识去改变他曾经做过的错事……

"啪！"伯恩抬手狠狠抽了自己一耳光。混账！他咒骂自己的卑劣无耻。任何妄想回到过去改变事实的行为，与自我催眠、清理犯罪现场试图抹去罪恶的行径有何区别？历史真相不容玷污篡改，罪恶不可这样清洗，他做的恶事必定要为之承担罪责。赎罪才是他唯一该有的行动。

脸颊刺痛，温热的血流出鼻腔，一滴滴落在记事本上。鲜红刺目，在纸上渐渐凝固，宛如艾薇那枯萎的生命之花。

伯恩久坐不动，任由内疚一下下鞭打他的心，直到心底血肉模糊。

这天，伊芙琳没为伯恩安排工作，不再让他查阅档案，怕累坏了他。

伯恩咨询了艾维特博士，在他的推荐下，从图书室借阅了两本入门级的量子力学科普读物。他的时间剩余不多，但总得做点什么事，他实在不愿去看报纸新闻，也不想看电视，不是缺乏面对凶杀案报道的勇气，而是有种难以言说的复杂情绪让他回避这件事。就算下一刻警探突然出现，带走他，他也情愿接受。如果还来得及，在这之前，他有点事要处理一下，为他的人生画上一个句号。而在这仅有的空闲时间里，他得找点东西填充脑袋。了解一下量子理论，这也是未尝不可的事，就像在目睹天崩地裂之时也可以先把手中尚温的咖啡喝完。

静心看科普读物其实也不是很难，关键是如何转变观念。

量子力学诞生近一个世纪，是现代物理学最重要的基础理论之一，主要研究物质世界微观粒子的运动规律。在实际运用中，为物理学、化学、核能、工业和人类的生活带来了翻天覆地的变化，半导体工业、激光、原子钟、核磁共振等广泛的科技应用都来源于量子力学。

量子力学非常实用，然而，它的理论却诡异、违背直觉，以至于科学家只能用数学语言才能准确地描述它，而常人要想尝试去理解，除非彻底改变对物质世界的固有观念。

在以前，物理学家认为，世界万物是独立于我们之外客观存在的，其构成元素主要有两类：原子、亚原子、光子、电子等粒子；遍布宇宙空间里的场，比如电磁场、引力场等。

到后来才发现，一直以来那些被当作构成物质的一个个粒子，竟然也有波的性质，它们就像声波，或像大海里振动的水波，也会相互干涉、纠缠、叠加，荡漾着不同的状态，呈现出神秘莫测的概率波。它们不只存在于一个位置，而是一片跳跃的迷雾状的神出鬼没的概率云——物质因此变得不确定了，就像上帝随手掷出的骰子，量子态诡异难测。

而最诡异的是，当科学家们试图去观测粒子的某种现象时，粒子会发生反应，由模糊的概率波变成了实在的个体。而在没被观测前，就是混沌的量子态，包含了一切变化的可能性。

量子态仿佛是一种神秘的超自然现象——粒子因为观测而做出改变。意识和物质世界密不可分，观察者的意识促成了物质世界的转变，从不确定的状态变成某一种确定的状态。

主观意识是客观物质世界存在的基础——这就是量子力学的理论核心，只有接受了这一观点，才能理解最难懂的量子现象。

爱因斯坦曾为此深感困惑，难以接受量子力学，最终摒弃了这个理论。这成了这位科学伟人一生中最大的错误。在后来精确的实验里，所有的实验数据均无法推翻量子力学。而在大量的实际运用中，同样一次次证明了量子力学。虽然它依然存在着概念上的缺陷，但它可以算作是被验证的最严密的物理理论之一，几乎在所有情况下，都可正确地描述能量和物质的物理性质，它是迄今为止最接近宇宙真相的理论。

宇宙间充斥着复杂难测的力场扰动和量子涨落，我们的世界犹如波动变化的大海一般，意识荡漾在其间，与世界万物融为一体，也成了一种变幻莫测的现象。

物质影响意识，反之亦然，意识也影响着物质。二者密不可分，共同构建了这个波澜壮阔而又隐藏着虚实交错的奥秘的宇宙。

深入研究量子力学，我们就会发现世界的一个终极疑问：这种变幻莫测的量子现象是怎么造成的？

科学家们众说纷纭，至今流行的论点中有两种有意思的推测：这世界存在一个主体意识场，它创造世界，纵观全宇宙，影响操控着这个世界。

另外的推测就是"多世界"理论。存在无数分支的宇宙，包含了任何事件发生的概率，人在某一个世界中看到的仅是无数事件里的其中一个现象，如同无尽大海里的一滴水，无际海岸上的一粒沙。

无穷多的沙粒与沙粒之间，发生着超空间距离的纠缠干扰，相互影响，相互作用，叠加了过去、现在和未来的时间线，共振永无休止。

阅读至此，伯恩不由得转变了观念，他明白了惠勒教授相信存在造物主的原因，而且认为未来会影响过去，人们的意识可以影响过去。上述两种推测确实都有可能发生，我们的世界不是有个超然于外的造物者，就是我们生存在多世界里的某一个世界。

或许，两者可能同时在不确定的虚幻中存在。

灵魂是一种量子态信息现象吗？

伯恩放下书，陷入长时间的思索。从本质来看，人的大脑也是由粒子构成，也许存在量子力学现象，而且不分内部和外部——在微观粒子世界中没有个体一说，世界是呈整体的。那么，人的意识就不仅有可能脱离身体而存在，还有可能与众生的意识纠缠，成为集体意识场，与多世界的无数个意识场纠缠叠加，成为一个整体的意识海洋。

世界的真相也许是这样：意识与物质不分彼此，构成了无穷无尽的时空之海。

宇宙初始，在无穷尽的时空海洋之中荡漾着无数个分裂的世界碎片，犹如海上的一座座孤立的岛屿，岛屿和岛屿之间隔着漫无边际的海水。海浪好比振动的意识场，一朵朵意识浪花振荡，激发生命的涟漪，传递意识信息，连接碎裂的多世界，沙与沫流转，光华万变。

他不禁感慨，不是因为灵学，而是因为现代物理学动摇了他以前固有的观念，产生了倾向于相信世上确有非人格化造物主的存在，相信意识对物质的影响。尽管还不知道其中的奥妙，也不知日常生活中为什么很难发现灵魂出窍的现象，也很难验证心灵感应现象，但对于这种诡异的结论他也不得不认可了。假如往后还有时间，他愿意正视心灵传感现象，付出精力去研究，以心理学和科学的严谨态度来探索世界的真相。

他隐约预感到，意识研究将会是未来科学至关重要的支柱，甚至是引爆人类智慧，开启世界终极奥秘之盒的一把金钥匙。

意识量子——他为这把钥匙命名，写在记事本上。

"阅读有收获吗？"艾维特问他。

伯恩说："以量子力学来看世界，果然奇妙！"

"有多奇妙？"艾维特微笑着，好似考问学生一样。

"在有观察者的世界里，历史只是一种经验和直觉，不是必然存在的。"伯恩说，"这预示着，只要我们能想到，什么都有可能发生，包括创造过去和未来的一切。"

"不错啊！你接受新观念的能力很强。"艾维特称赞，转而问，"宇宙为什么会孕育出了观察者？"

"观察者也许才是创世的初始条件，宇宙万物因智慧体的意识而生，包括创造出过去和将来……"伯恩看着艾维特的神色反应，顿了顿。

"继续说，把能想到的理论尽快推到极致。"艾维特给予他鼓励。

"宇宙必然存在一个智慧奇点……"伯恩在一块可供讨论的白板上提笔画了一个点，"这个点代表了原初意识，它是智慧的奇点，也是世界的起源。在这个点出现之前，世界万物处于混沌状态，无任何可供描述的物理意义。随着智慧奇点的出现，万物失去了其他各种可能性的叠加，产生唯一的结果：我们的宇宙和历史。"他在智慧奇点之外画了一个圆圈，表示我们这个可观测的宇宙的模型。

艾维特有些惊讶，盯着这个点和圆圈构成的图案，好一阵没说话。

"怎么样？"伯恩问。

"噢！"艾维特回过神来说，"这是我见过的最简化的宇宙模型。"

"过于荒谬了？"

"恰恰相反。"艾维特说，"它体现了量子力学的精髓——世界是观测者的总和。万物的过去与未来都只是由这个初始条件构建的……"艾维特指着那一点，"我非常喜欢你给它的命名'智慧奇点'，很有创意！太美妙了，一个简朴至极的宇宙云图。"

伯恩有种奇异的荒谬感。他原本只是展开想象信口开河罢了，没想到这位物理学家还当真了。

"只不过，这像是隔离出来的一个不受干扰的宏观系统。"艾维特思索着，手指圆圈说，"孤立的力学系统有局限性，它并不遵循量子理论的规律。"

伯恩听得发蒙，不解其意。

艾维特解释说："这个模型缺失概率的演变。实际上，我们的宇宙并不是均衡的，随时处于演变的过程中。而按照这个封闭孤立的系统，波函数只会坍缩为零，没有任何变化，只是个恒定的虚无。"

"那就再加上一个虚无的世界。"伯恩想了想，在旁边又画了同样的由一个点和一个圆圈构成的图形，"左边的图形表示'实在'，右边的表示'虚无'，二者相互作用，打破了平衡。"他在两个点之间画上一条连线，连接两个图形，"通过观测者的意识，'实在'与'虚无'相互影响，世界因此生生不息，永远在演变。"

"噢噢噢噢……"艾维特看得瞠目结舌，发出一连串惊叹。

"怎么样？"伯恩瞧着博士震惊的神情问，看似这次有点意思了。

殊不知，这岂止有点意思，简直大有意思。艾维特被一种突然而至的灵感冲激，顾不上回答他，提笔在白板上演算起来。

不一会儿，艾维特在板子上写满了数学和物理公式，复杂深奥，旁人不知他到底在计算什么，只见博士目光发直，嘴里还念念有词："显然，概率必须是正数，而且概率的总和应该是百分之百……"他不停地在白板上写了又擦，擦了又写，完全沉浸在一种忘我的癫狂状态中。

伯恩旁观了一阵，看不明白，就悄然离开，不打扰博士的即兴推算。

下午。这一周的评估工作暂告结束。

评估组有些人返程与家人共度周末，有人前往洛杉矶市区观光。伯恩给父母家里打了个电话。才接通问了声好，就听到母亲说："保罗！很高兴接到你两周一次的例行问候电话，让我知道你平安无事，还生活在地球上的某个角落而不是去了月亮上。"

"抱歉！玛利亚，我该早点给你打电话。"伯恩愧疚地说，"我在洛杉矶，想和你一起吃晚餐……或许可以住上两天。"

"哇噢！这可是意外惊喜。"玛利亚掩饰不住高兴，打趣地说，"欢迎随时入住，家里为你留着免费客房，提供24小时的亲情陪护。"

临行前，伊芙琳告诉伯恩，DIA有通勤车直达市区，方便转乘的士。

伯恩到通勤车站点候车。等了会儿，听到车喇叭鸣响，一部雪佛兰轿车停在他身旁。车窗摇下来，安德森坐在驾驶室，嘴里叼着烟斗含混不清地问："教授，搭顺风车吗？"

"谢谢。"伯恩坐上车，"一周没见，想不到你也在这里。"

"随遇而安呗！"安德森依旧一副慵懒无神的样子，发动汽车，嘟囔说，"就像追逐骨头的猎狗，我成天围着各种破事瞎转，不管那垃圾骨头有没有肉……你去哪儿？"

"我父母家。"

"噢，穆赫兰大道，那地方还挺远的。"安德森瞥眼他，不待他质疑就接着说，"常规调查。凡是为DIA工作的人，我们都得摸底，所以我知道你的家庭地址。"

"还知道什么？"伯恩不由得皱眉。

"你有个是好莱坞知名制片人的父亲，一位金发碧眼的美丽未婚妻，她是个崭露头角的演员。"安德森咧嘴一笑，"别觉得不舒服，国家安全监控无处不在，所谓个人隐私都是狗屁。当然，只要你不触犯某些红线，你的社会活动还是自由的，啊哈！"这位中校先生满嘴讽刺，嘴里咬着的烟斗晃动不停，但烟斗里没装烟丝。

汽车冲上通往市区的高速路，中校把油门踩到底，车子以惊人的速度狂野前行。

"你如果想抽烟，我不介意。"伯恩见安德森双眼迷离，不时打着哈欠，忍不住说，"抽烟提一下神也好。"

"戒12天了，度日如年。"安德森咬着空烟斗，使劲撑着耷拉的眼皮子，"早知道这么难受，我宁愿发誓吃狗屎。"

"干吗要发誓戒烟，健康问题？"

"说来话长……嗯，其实也简单，离婚憋了口气。"

"那还真不幸。"

"教授，我们之间别搞这种虚伪的同情口吻，所谓不幸只有当局者品尝得到。"安德森牢骚满腹、不吐不快的样子，"该死的婆娘，抢走我女儿的监护权，这种憋屈的滋味唯有戒烟的难受才能勉强掩盖住，否则，我只能亮出M9手枪，压满9毫米巴拉贝鲁姆弹，轰烂她一脸鄙夷冷笑的脸。"

伯恩哑然，心想，这位中校先生言辞粗俗，但话糙理真，我们对别人的喜怒哀乐确实很难心生同感，如人饮水，冷暖自知。

"最可悲的是，她认为我是这烂摊子的肇事者。"安德森说，"我被上头派驻柬埔寨维和，那地方局势动荡，地雷、蚂蟥遍地，到处都是随时放冷枪要你命的游击队。在那种地方待上两年，是个男人都会忍不住抽空找点乐子，在那种夜场酒后不羁放纵一下。因为这个，回到家屁股还没坐热，她就翻脸了。好吧！离婚无所谓，可她用巧舌如簧的政客臭嘴搞定法庭，夺走我女儿，该死的！让我逮到她藏着什么猫腻，别怪我手辣。"

伯恩说："你认为你前妻找借口摆脱你？"

安德森闷哼了声，双眼喷火，说："两年时间足够那臭婆娘勾搭上100英里范围内的所有公狗。"

"中校先生，我劝你还是冷静一下，一味地猜测只会徒增烦恼。"伯恩敷衍说着，有些后悔坐上这趟口水淋漓的顺风车。

"等着瞧吧！"安德森发狠地咬着烟斗，"找证据的活儿我最擅长。等到要回女儿的那天，我就抽上这口烟。"

伯恩对此无话可说，随后忽听中校问："你怎么样？"

"我……还好。"

"我是问，你朋友的死，调查出点什么名堂了？"

"暂时还没头绪。"

"灵学会呢？"

"我打算去找帕顿夫人。"伯恩踌躇地说，"见面后做进一步了解再看。"

"要做就快点。"安德森看似平淡地说，"莱茵教授昨晚死了。"

这话如奇峰突起，伯恩听得震惊。"什么？怎么回事？"

"我收到消息，这位老教授泡在木质浴桶里无声无息地死去了，就在家里。睡前，他跟老婆说感到不舒服，想泡个热水澡，进入浴室不到半小时，人就不行了。"

伯恩遍体发寒，颤声地问："不是谋杀？"

"见鬼了！"安德森摇头，"尸检报告称其肺部充血，心脏衰竭。恐怕受了什么意外刺激。状况诡异，让人不由得猜测，你们触犯了地狱邪灵？兰迪、莱茵先后都突然死亡，下一个人该轮到谁了？摩根，还是你？"

伯恩攥紧手掌，任由冰寒入心，问："摩根的情况怎么样？"

"还好。"安德森意味深长地回答，"只是精神有些恍惚，脸色煞白，霉气和你差不多。我昨天见到了摩根，老头儿还挺倔，什么都不肯透露。伯恩教授，你们这伙人与灵学会到底有什么纠葛？"

伯恩抿着嘴，失神地摇头。

"别紧张，又不是警探审问你。"安德森不满地哼了声。似乎提醒他，之前因为他的要求才关注这桩事。

伯恩心乱如麻，沉默了会儿说："人们惧怕自己内心的隐秘。"

"这话什么意思？"

伯恩的脑海里浮现出帕顿夫人漆黑如夜的眼瞳，他恍然说："仿佛有某种神秘力量，她能看透人的灵魂，犹如冰雪消融后露出丑陋的大地，足以摧毁一个意志坚定的人。"

"听起来蛮神奇，是很有威慑力的精神核弹。"安德森嘲讽地问，"教授，你有什么事被那神婆看透了？"

伯恩异样地笑了笑，说："一些困顿不堪的个人隐私罢了。"

"闲着也是闲着，不妨说来听听。"

"我不喜欢倾诉……至少现在不是时候。"

"随便你，哈！"安德森满不在乎地咧了咧嘴。

之后两人无话，一路沉闷地来到洛杉矶市区。"我到地儿了，你打车吧。"安德森在道奇体育场外停车对他说，"我女儿是道奇队的铁杆球迷，现在我还能做的就是陪她看一场球。"

"周末愉快，中校先生。"伯恩下了车说，"祝你有个好心情。"

"你也是，有些事别想不开……"安德森冲他挥挥手，眼神就像医生看垂死的病人，隐有深意地说，"人要有在困顿中活下去的力量。"

伯恩伫立在街头。

置身车水马龙的繁华城市，惘然四顾，一时间他竟不知该何去何从。归家之心冷了下来，就在他听到莱茵死讯的那一刻。

为什么往昔鲜活的生命就这样突然消失了？他不敢想象，如果轮到他遭遇不测，在他死后，亲人会怎么样？玛利亚肯定会悲痛欲绝，如兰迪母亲那样憔悴，对前来悼念的宾客重复说着那一句话：想不到她会出席儿子的葬礼。

邪灵附体，我将一步步走向死亡。这就是我的归宿。

伯恩心里悲凉至极，在街上漫无目的地走着，看着自己身边熙熙攘攘过往的人群，心神不属，仿佛高楼大厦间的行尸走肉。

走了一阵，他忽而有种异样的感觉，便收住脚，转身环视周围，只见一群人不知何时尾随在他身后，一道道目光不经意地冲他瞥过来，像在暗中监视着他。

那些跟踪者的面孔陌生，目光冷漠，就在他转过身的一瞬间避开了他，随后各自匆匆行走，纷纷与他擦肩而过。就在这瞬间，伯恩蓦然察觉这些人的脸上浮动迷惘之色，仿佛对跟踪他的这种异常行为感到迷惑不解，或茫然不知，好似不经意间走神了一样，他们摇头思索着恢复了正常，在街头四下散开。

眼前的世界看似恢复了正常，每个路人都没什么可疑之处——除了他。

观察者——伯恩蓦地冒出一个念头。

他继续往前走去，一边走一边留意察看，越来越觉得不对劲。街上的陌生人从四面八方向他投来的目光中似乎带着一种莫名异状，貌似无意识的，却让他感觉不像是陌生人之间的那种注视。那一双双眼睛仿佛被某种无形的东西操控着，扫视过来，将他的一举一动收在眼底。

他惊觉这些人的眼睛就像一个个监控摄像头，镜头的背后连接着某个监控者，正通过监控画面注视着他。

监控者才是真正的观察者。

为什么监视我？为什么选择我？伯恩孤立在街头，沉沦在潮水般包围着他的人群中。头脑剧痛起来，他跌跌撞撞地拦住一辆的士，钻进车里，仓皇逃离。

仿佛丢了魂，他一路昏沉沉的，乘车来到北郊的穆赫兰大道高地。

下了的士，伯恩没走进家门，他站在坡道边的树荫处，失魂落魄地望着夕阳笼罩下的城市。

山坡上可见好莱坞露天剧场，在金色阳光的照耀下，贝形圆拱闪闪璀璨。在那儿，他从小到大观看了不知多少次的焰火晚会和各种流行音乐、爵士音乐的演出。那些大众艺人如雪儿、法兰克·辛纳屈、茱蒂·葛兰、甲壳虫乐队、平克·弗洛伊德在舞台上的一幕幕精彩表演，于记忆中清晰浮现，见证着他的过往时光。在那下方远处，可见繁华的好莱坞大道和日落大道。世界演艺娱乐中心的这片区域是他从小再熟悉不过的地方，而这时，看起来却是那么陌生。

如果天穹高远处有监视者观察着我们这个世界，不知他会认为朝暮忙碌着的红尘中人可怜可悲，还是会完全漠视。

既然未来已知，我还有什么可畏惧的？伯恩索然心想，转身返回家。

"舅舅！" 4岁的外甥最先发现了伯恩，笑着朝他扑过来。好久没见，小家伙又蹿高了一头，这会儿由外婆和妈妈陪伴着，正在前庭花园里嬉闹。伯恩抱起小外甥荡了一圈，然后走向母亲。

"妈妈！"他强颜欢笑地拥吻玛利亚。

"保罗，你瘦了，暑假里忙些什么？"玛利亚打量着他。

"写篇论文。"伯恩和姐姐露西打过招呼后问，"罗伯特在家吗？"

"他前天去了巴黎，参加电影人聚会，下礼拜回。"玛利亚抱怨说，"你们父子俩难得都待在家，总是缺席一人。"

伯恩心下倒没觉得遗憾。他与父亲关系疏远，以往让他心烦的就是，罗伯特和他一见面就要谈及生意场上的事，贬讽教育行业，试图说服他，将他拉回到"继承公司产权，共创大业"的所谓上流社会生活的正轨上。如果这次见了面，他能回答父亲什么？难道坦白说他是个即将入狱的杀人犯，抱歉无法承担他委托的重任？

"保罗，我不能留你在家吃饭。"玛利亚说，"克丽丝得知你要回来，约你共进晚餐，她在比华利山饭店的法国餐厅等着你。"

"现在？"

"是啊，帅小伙，你赶紧梳洗打扮一下，马上过去。"玛利亚拉着他进屋，边走边絮叨，"你的西装我让露西拿去熨烫过了，你就穿那套两年前你们在伦敦萨维尔街定制的西装。那套很有绅士风度，克丽丝很喜欢……她比你贴心多了，只要不在拍戏期间，每天都给我打问候电话。噢！差点忘了，克丽丝有重要的事和你商量，周二就给你打电话留言，你一直没回话。"

"我接了一份临时工作。"伯恩说，"这周没在斯坦福。"

"什么工作比家人更重要？"玛利亚埋怨说，"假期里你应该早点过来，多陪陪克丽丝。你们该结婚了，而不是拖到什么事业有成，我却老了走不动的那天。"

伯恩默然点头，逃离似的上楼洗漱换衣，前去赴约。

比华利山饭店坐落在棕榈掩映的日落大道上，外观装饰呈粉红色调，整个设计是文艺复兴时代的风格。

这里是电影界名流喜爱的聚会场所，是奢华的销金之地。梦露曾在此品尝奶昔，迪特里奇曾因身着裤装而被禁止进入豪华休息室。泰勒曾在这儿的一幢别墅套房内跟她诸多不同的丈夫纵情享乐。这里也是伯恩的痛恶之地。他的父亲罗伯特·伯恩是这幢"粉房子"的常客，在此与人谈论千万美元的电影交易，他纵情饮酒，流连于高级歌舞厅，与那些投奔好莱坞追名逐利的少女游戏其间，乐此不疲。

伯恩克制着厌恶感，穿过百花盛开的园林，前去餐厅。

餐厅门口的墙上展示着光顾过这里的名人和影星的名字，内里铺着深蓝色的厚绒地毯、奢华的水晶吊灯、淡金色墙面、铜质雕像、精致整洁的餐具、柔和的灯光、大厅中央舒缓的竖琴演奏，共同造就了古典主义和时尚相融的优雅环境，令人恍如置身巴黎街头。伯恩由侍应生领着入内，远远地就看见了身穿华服的克丽丝。

他那美丽的未婚妻在席间优雅而坐，一手夹着带烟嘴的纤细烟支，一手持化妆镜，美目顾盼，嘴角含笑，如沐春光，煞是光彩夺目。

伯恩挥退侍应生，隔了段距离看着克丽丝，心想如何与她谈及分手。事已至此，他不愿拖累克丽丝。

今晚算是两人最后的晚餐，从此各行其路，但愿她早日走出这段情感的阴影，另有新的开始。克丽丝性格开朗，知情达理，是典型的实用主义者，她应该不会难过多久，也不会为他伤怀至深……伯恩想着，忽然发现，他对这个女人亦是如此。他贪恋的仅是这具精美雅致的皮囊，而不是她的心灵，他从来不屑于进入她的精神世界——正如饭店这座修剪精美的"花园"，并无吸引他的那种心灵归宿。

无论多么鲜亮动人的身体都是由水、蛋白质、脂类、糖类、维生素及40多种矿物质元素构成。据说人火化后，骨灰里含的磷如果被提炼制成火药，只够放一枪，一股青烟飘散就什么都没了。伯恩环视餐厅里的众人，恍然看到那些彬彬有礼的绅士和美丽女人的皮下肌肉、骨骼、内脏——执众生相者，皆是声色犬马的行尸走肉。

世人的灵魂安放在何处？伯恩迷乱地想着，忽然警觉餐厅里的人转头看向他，一道道目光隔空掠过来，貌似无意识地打量他。再次浮现那种异常的监视感。伯恩惊惶四顾，可当他正眼看过去时，那些人目光转开，全都显得十分正常，若无其事地进餐，低声笑谈，过了一会儿，趁他没留意时又再次悄然看向他。在他的周围，一片目光此起彼伏地轮流监视着他。

"你干吗？"伯恩赫然转身，质问附近的一位男士。

"什么？"那中年男士错愕地反问，"抱歉！先生，我妨碍你了？"

"你盯着我？"

"哈！别误会，我可不是那种人。"男士有风度地笑着，朝餐桌对面的女士做了个优雅的手势，"世上的人，唯有她令我着迷。"

伯恩瞪着那人，确定他不像在撒谎。

这是观察者所为，某种无形的观察者操纵这些人的意识，暗中监视我……或许，我患上了被迫害妄想症。伯恩失神地想，我是病人，所以无端怀疑自己被跟踪，被监视。

我是一个精神异常的病人。伯恩神经质地笑了笑，走向克丽丝。

两个男人在克丽丝身旁坐下，与她打招呼。克丽丝妩媚地笑着，伸手勾了勾其中一个年轻男人的肩，凑近那人耳边说了句话，两人相视笑起来。伯恩看去，见那男人与克丽丝的举止亲密随性，看似熟悉又默契，他嘴角挂笑，显得潇洒倜傥。

克丽丝转眼发现了伯恩，下意识往后避开那男人。

"保罗……你来了！"克丽丝慌忙站起来招呼他，声音甜蜜浮夸，很快介绍说，"这位是卡曼先生，知名编剧。"她随后转向另一个安静而坐的男人介绍，"里维斯，好莱坞万众瞩目的忧郁王子。"

"很荣幸！"伯恩说，"克丽丝，想不到你还邀请了朋友。"

"只是偶遇，我们在另一桌。"卡曼跟他握手说，"很高兴见到你。"

伯恩察觉到卡曼灰褐色的眼瞳带着一丝慌乱。

克丽丝解释说："卡曼和导演正筹备一部爱情片，为了寻找符合影片要求的带有梦幻色彩的葡萄园，他刚从旧金山的纳帕溪谷选景回来。男主角里维斯，饰演一名二战后的退伍士兵，爱上葡萄种植园主的女儿。"

卡曼说："这也是个探讨传统保守与现代价值观冲突的题材。"

伯恩问克丽丝："你参演了？"

"还在等导演的决定。有超过上千名女演员候选。"克丽丝说，"我非常喜欢这个浪漫故事，如果能入选，是我今年奢望的最大的幸运。"

"不打扰你们了，祝进餐愉快！"卡曼告辞，与里维斯离开。

面对面而坐，气氛显得异常微妙，缺失了那种久别重逢的欣喜。伯恩看着克丽丝，淡然地说："玛利亚告诉我，你有事要和我谈？"

"我们先吃饭吧！"克丽丝避开他的注视，召唤侍应生点餐。

来自博洛尼亚的意大利主厨是餐厅的首要招牌，所出菜品都很精致，一道香煎金枪鱼配鹅梨松露更是滋味上佳。伯恩却食之无味，与克丽丝边吃边聊，听她不着边际地说着近来发生的琐事，忍耐着餐厅里众多陌生人对他的莫名窥视。伯恩最终吃完餐盘里的食物，放下刀叉，说："克丽丝，你要说的事与卡曼先生有关？你们相爱了，是吧？"

克丽丝料不到他会突然这样说，涨红了脸解释："保罗，我……对不起！我本来不该瞒着你，可我不知道怎么跟你开口……这事真的太糟了。"

"没关系，你不必对此内疚。"伯恩心冷如冰，他微笑着抬起左手展示给她看，"最早取下订婚戒指的人是我。坦诚说，我也爱上了别人，就在上周，我和她度过了令我终生难忘的时光。"

他吻了吻克丽丝的额头，宽慰这个惶惶失措的丽人："我们曾经有过美好的过去，尽管结束了，我还是要感谢你。我不介意这事，希望你也是。"

"保罗！"克丽丝轻呼一声，眼眸楚楚，伸手拉着他欲言又止。

"你放心，我会跟家人解释的，不必牵挂，祝你一生幸福！"伯恩说完这话，挣脱女人的手，头也不回地离开了餐厅，如释重负。

来到外面，伯恩望着这幢粉房子，忽然心生疑惑，他怎么知道父亲在这里搞的那些风流韵事？他似乎没有亲眼看见，也从没听旁人说过，但他却对父亲的隐秘了如指掌。伯恩苦苦思索，赫然察觉自己年少时期的怪异，他像是直接从父亲脑袋里感知到了记忆，又像是一种潜意识制造的幻觉。

我从小就是一个精神异常的病人？妄想症……人格分裂？

伯恩一阵头晕目眩，后脑激烈疼痛起来。

当晚，伯恩回到家像往常那样与家人相聚闲谈，陪着玛利亚看了电视剧。夜深，待家人全都入睡后，他悄然走进卧室里的沐浴间。他在浴缸里放满热水，准备好用于割腕的刀片，然后给玛利亚写了一份遗书。寥寥数语，表达了对母亲的歉意，末尾写道："灵魂永恒不灭，人死后将在黑暗中徘徊。妈妈，我永远爱你！"

他脱去衣物，犹如胎儿那样躺在舒适的温水里，再也无欲无念。在这一刻，他没想及兰迪，也没再去想艾薇，他注定和他们相会。他拿起刀片横在手腕上，准备对着静脉割下，让灵魂离体而去。

浴室的门被推开。一个小男孩忽然走进来，瞪眼看着他。

"嗬！"伯恩惊呼。那是他的小外甥，这么晚了竟然还没睡？

"罪人。"男孩目光直勾勾的，森冷地对他说。

他陡然意识到诡异之处，悚然僵住。

"罪人、罪人、罪人……"男孩的嘴唇一开一阖，清晰地说出对于幼童来说尚且陌生的词语，他重复了数遍，然后转身，直直地走了。全过程如同梦游般，男孩身上穿着睡衣，手里拎着一个小熊抱枕。

伯恩僵在浴缸里躺了很久，直到水凉透体，他才如梦方醒般放下刀片，起身穿衣。他去外甥的卧室，见小男孩熟睡在床，那惊人之举仿佛从没发生过。

这是什么缘故？仿佛神启般的意象。他不知所从，随后走去露台上，站在黑夜里仰望深邃的天际。

天幕暗黑，看不到星光，唯见城市的灯火茫茫，寥落若另一个世界。

沉寂了一阵，屋外路边的树影黝黑之处显出一些朦胧的形态。他察觉到那阴影中隐约浮现人形轮廓，一个个人影融在黑夜里静静地站着，似乎全都在注视着他，无声无息，静默地观察着他，好似在向他传递某种意识信息。

人影子呈透明状，非实体生命，就在他感知到的一瞬间全都消失，让他再也无法捉摸。

那是物质之外的幽灵？他思索着这种异类观察者的疑问，断然抛去了自我怀疑，确信万物之外存在虚无之境。

它一直在那儿，影响着世人的意识，只不过常人不能感知到它的存在。

第二天，伯恩前去会见帕顿夫人。

根据卡片上的地址，他找到位于圣莫妮卡湾的那栋楼，才发现这是灵学会设在洛杉矶的总部，也是贝拉创办的灵性修行中心所在地。

一整栋类似海滨酒店的七层大楼，包括几处房屋、一个度假中心、海滩园林和宽阔的停车场，都属于灵学会管辖的产业。帕顿夫人给他的地址就在这栋中心大楼的最高层。楼下大堂有接待处，需要预约、登记。伯恩报上姓名，没等多久，一位自称贝拉助理的女士前来带他入内。

这位女士名叫凯茜，身穿一袭类似隐士装扮的浅色素袍，笑容恬静文雅。凯茜说贝拉预见他今天将至，叮嘱她等候，指引他参观灵学会。伯恩随即说明，他专程来会见帕顿夫人，并无参观的意图。

"教授，我们需要你的指引。"凯茜微笑着说，"人与人心意相通，灵性共融，我们等候你多时了。"

"等候我什么？"

"帕顿夫人预言，你将给予我们灵界的启示。"

伯恩想起艾薇所言，灵学会将他视为"七圣灵"之一的事。到此刻，他不再把这事简单地归为阴谋论，其背后显然还隐藏着更大的图景，他得投身进去才能窥探虚实。

"那是何时？"他问。

"灵性觉醒便知，到那时一切自然明了。"凯茜的目光柔和而坚定。

灵学会中心大楼对公众开放，办公区和研究室设在底层和二层，从三层往上布置有多个展示厅，像一座艺术文化展览馆，展示着从远古时期至今的人类文明遗迹。

这些静雅的展厅里收藏有古埃及文明、两河文明、古印度文明、玛雅文明、东方古文明和有着"人类文明的摇篮、美索不达米亚文明的奠基者"之誉的苏美尔人创造的史前艺术品，以及一部部涉及政治、法律、宗教、数学、天文学等领域的典籍，还有各种古老的岩画复制品、世界古迹图文展品、古物仿制品、历史时期的一些古典绘画作品、奇闻逸事录等物品。

这些东西的主题大都与生命灵性和文明起源有关。

伯恩跟随凯茜在楼上各层的展厅参观了一圈，从众多展览品附带的解说文字里，他敏锐地发现，策展者在试图阐明一种论述：人类历史上的某些超前文明的爆发不是因为通常说的生命进化、神创，或地外高级文明介入，或来自非人类智慧生物基因的触发等，而是引经据典地告诉观众，这些奇迹般的人类文明全都源于人类的"灵性觉醒"。

全人类带有灵性意识的集体烙印，在特殊情况下闪现的"意识感应灵界"，促使人们完成了文明的进化。

这种论调以东方古代哲思的演化来概述："天人合一，众生皆神。"

宇宙物质与人相通，和谐统一。万物天生具有灵性，宇宙的灵性是大天地，人的灵性是小天地，两者合二为一，天即是人，人即是天。包含了一切智慧信息的灵性存在于宇宙万物中，人类不是因为通过创造发明、知识积累，而是以自身的灵性感应到了自然界原本就有的智慧体系，从而造就了今天的人类文明。

凡人经过灵性修行，最终可以突破肉身的枷锁，灵性觉醒，人类将迈入"自身为神"的高阶智慧境界。

为了佐证这种论述，展品和解说文字中呈现大量的信息，列举了这样一种现象：人的意识共融为一，超越时间和空间的限制而相通，只要是某人通过灵性觉醒感知到的智慧，他人也能随之感应到这种智慧。也就是说，人的思想能够无形传递给另外的人，形成群体意识、群体智慧，推动人类进化。

人的灵性是传递途径，灵魂世界就是众生之灵的归宿。

这种趋向"大统一"现象的推论资料有：人类远古神话传说的一致性；人类祖先的归一性；人类本能的同属性；人类社会进化的协同性；人类宗教的同质性；人类科技发展的同阶性。

伯恩比较关注的是概述科技发展的"同阶性"这部分。

展品资料列举了历史上的科学技术研究成果之间"不谋而合"的诸多事例。这种现象表现为，不同的科学家在没有相互交流，或者根本不知道对方研究工作的情况下，却不约而同地得出同一项研究成果和技术发现。

例如：

1621年，荷兰的斯涅耳发现了光的折射定律，而在1637年，笛卡儿也得出了光折射定律的正弦表达式；

1662年，波义耳实验发现波义耳定律，14年后，马略特也独立发现了该定律；1673年，惠更斯提出了离心力公式，哈雷和雷恩也先后从开普勒第三定律推出了平方比定律；

1745年，克莱斯特发明储存电的方法；第二年，马森布洛克也独立发明，后人称之为莱顿瓶；

1841年和1842年，焦耳和楞次先后独立发现了焦耳－楞次定律；

1888年，德国的霍尔瓦克斯、意大利的里奇和俄国的斯托列托夫，三人同时对光电效应做了研究；

1905年，爱因斯坦提出光的波粒二象性，物理学家 W. H. 布拉格和 A. H. 康普顿也独立提出了同样的观点；

1919年，阿斯顿和丹普斯特同时设计出了质谱计；

1926年，薛定谔建立了波动力学的基本方程，即著名的薛定谔方程；与此同时，泡利也做出了同样的证明；

1932年，海森伯、伊万年科各自发表原子核由质子和中子组成的假说；

1938年，贝特、魏茨泽克揭示了恒星的能源来自于氢聚变为氦的原子核反应；

1939年，居里奥所在的巴黎核化学实验室、费米所在的哥伦比亚大学、西纳德所在的纽约大学同时对重核的链式反应研究做出贡献；

1946年，意大利物理学家蓬蒂科尔沃提出了一种探测中微子的方法；1948年，加利福尼亚大学的阿尔瓦雷斯也独立发现了这一方法，并在1949年提出测量太阳中微子俘获率的实验方案；

1950年，E. 麦克斯韦和雷诺等人同时独立发现同位素效应；

1954年，巴索夫和普罗霍罗夫同时独立研制出同样的微波激射器，同为量子电子学的先驱；

1963年和1964年，苏联的巴索夫、中国物理学家王淦昌分别提出了激光核聚变方案；

1964年，盖耳曼和兹韦克分别独立提出夸克理论；

1974年，丁肇中和里希特在同一天发现一种新的基本粒子……

经统计，类似这样的不谋而合的科学研究事例超过上千例；除此还特别说明，绝大多数科学和技术成果是由不同国家、地域、种族的学者在近似的时期完成的相近结果，这是人类灵性觉醒的必然，是智慧进化的产物，也是人类作为灵性共体的证明。

伯恩看了后觉得，这些事例只能说明科学技术的进步是循序渐进的，归功于众多科学家共同努力的结果，所谓预设的"灵性感应智慧"论站不住脚，完全是为论点强行找依据。

然而，他隐隐感觉，这种不谋而合的现象确有奇特之处，蕴藏了人类文明发展轨迹的一条清晰的路线，纵观历史和现在，这条线似乎隐约指向一个必然的未来。

实际上，不仅是科学技术，不同国家的哲学、不同民族的文化，乃至在宗教神学上，人们的思想意识形态总有巧合之处，预示着万宗归一的影子，世界繁华多样的背后似乎蕴含着一条至简的规律。

伯恩更认可宇宙自然之道的法则。至于灵学会展示的这种"学术论述"，无非是为了证明存在人类灵性和灵界。

每层楼的展厅里，前来参观的人还不少。有些学者模样的人，更多的人看似普通民众，一家人带着孩子来这里参观，免费体验这种情景文化，进行不同等级的灵修。

凯茜带伯恩来到大楼五层的一个大厅。宽阔的厅堂里有数百人在做灵修活动，类似聚众修炼瑜伽，又像在举行某种仪式。不同种族，肤色各异的男女老少秩序井然地聚在一起静坐，由导师引领着进行灵性修行。

大厅里几无陈设，黑压压的数百人盘腿席地而坐，竟无半点喧哗声。人人表情肃穆专注，精神看似沉浸在一种特异的虔诚状态。

一个形似祭台的中央高处，布里·贝拉穿着一袭白色长袍，双眼微闭，双手交叉放于胸前，像在颔首祈祷。厅堂上方一束柔和的灯光投射在贝拉身上，照亮她的发际。她浑身泛着光亮，宛若一尊玉石神像，显得圣洁无比。

这位灵学会的精神领袖面对厅堂里静坐的众人，发出梦呓般的宣言：

"灵魂不具备一个精致的躯体，我们被禁锢在世俗的肉身里，饱受饥寒病痛困苦的折磨。狭隘的感官桎梏着我们，众生皆盲，在世生命是一段苦旅，人们遗忘了灵性的生命真谛，迷失了从内心寻找灵魂境界的路，那是一条我们达至真我为神之路。再没有其他途径，别的路都是歧途。我们穿行在生命的迷宫里，跋涉于茫茫荒漠中，走在蔽日遮天的森林。在绝望之时，内心蕴藏的灵性告诉我们，抬头仰望无垠的天际，感受灵性光芒的净化，找到正确的路。灵性觉醒让我找到你，让你找到我，找到他，让我们孤独的内心互相联结在一起。生命不再是一个个碎片，我们的心灵融合为一，微笑着，携手共赴灵界神境……"

伯恩察觉到一个特殊现象，当贝拉说到"众生皆盲，在世生命是一段苦旅"的时候，厅内众人全都流露出一种困苦的神情，目光迷惘而痛楚；当贝拉又说"抬头仰望无垠的天际，感受灵性光芒的净化"之时，众人皆是抬头仰面望着上方，仿佛感受到了来自灵界的神秘之光，神色转为平静祥和，伸手相互拉着，就像内心世界真的连在一起；听着贝拉宣称"微笑着，携手共赴灵界神境"时，人们面露笑容，无论是成年人，还是小孩子，都是如此，全心全意沉湎在某种精神意境中。大厅里有数十个孩童都表现出了这种特异状态。伯恩看到一个三四岁的小男孩静坐着，目光直勾勾的，沉浸在与成年人同样的意境之中，稚嫩的面容流露出与年纪不符的气质，那孩子竟然也有种饱经世俗风霜的惘然苦楚之态。

伯恩见状想到小外甥昨晚的异常行为，不禁赫然心惊。

这些人的意识看似全都被贝拉控制了，随着她发出的催眠般的靡靡之音，他们目光凝滞、双眼微闭，仿佛一群身不由己的牵线木偶，呈现出规划如一的冥想状态。

这种灵修的氛围俨然有宗教特质，却比之更甚。

灵修暂告结束。贝拉看向伯恩，淡然一笑，然后对尚沉浸在冥想状态的众人说："灵界之门即将开启，先行者已然觉醒。他来了，你们睁眼即见。"

话音刚落，大厅里静坐的数百人如同被无形之线牵动着，忽然齐齐转过头，睁大眼睛看向伯恩。

灵修者的眼神森然空洞，好似活死人注视着他。

一道道目光袭来，突然间，伯恩的思维变得混沌不堪。他蓦然感受到陌生的意识侵入脑海，繁多的原本不属于他的意识在大脑中闪电般乍现，瞬间又湮灭，他犹如置身于一个光芒闪烁的幻境世界。

伯恩抗拒着幻觉，赫然清醒，发现人人皆是神情震惊地看着他。随后，大厅里的这数百人纷纷垂下目光，转为敬畏之色，像叩拜他似的全都伏在地上一动不动。

"圣灵……"他身旁的凯茜喃喃低语，长袍拂地，也跪拜于他，着魔一般，将他当作崇拜的神。

"怎么回事？"伯恩环视跪拜一地的众人问。

没谁应答，厅堂上一片寂静，唯见伏地的众人肢体在微微颤抖，似对他敬畏不已。在场的只有贝拉站着，注视着他，流露出惊喜又难以置信的神色。

片刻后，贝拉神色恢复如常，走过来说："灵性觉醒，正如她预言。"

"帕顿夫人？"

"正是。"

"她……"伯恩惊疑不定地说，"使我出现了幻觉。"

"这是来自灵界的信息。"贝拉说，"我们心与心相通，真切感应到了那烟波浩渺的灵性之海。"

伯恩摇头不语。尽管在那一瞬间，勾魂摄魄般闪现了一种掠过脑海的奇异感受，但他不相信这是灵觉现象，宁可认为是自己精神异常。

"请随我来。"贝拉似乎看透他的困惑，便带他去见帕顿夫人。

贝拉没有上楼，而是带着伯恩往楼下走去，一直去到底层也没停住脚步，继续沿着楼梯往下走到地下负一层，仍然没停步，下到负二层，走过一道锈迹斑斑的安全门，顺着一条灯光幽明的通道前行。

伯恩见通道的墙壁破旧不堪，地上积灰甚厚，经过的一些房间里堆放着各种晦暗不明的杂物。这不像是人在的地方，贝拉带他来这里做什么？难道帕顿夫人在此？他正疑惑想着，只见贝拉推开通道尽头的一扇门，里面透出暗红色的光。贝拉带他进入后立刻关上门。

这间地下室亮着一盏昏暗的红光灯，就像冲洗照片的暗房，隐约可见室内空无一物，靠里的墙上还有一扇紧闭的门，看似通往另一个房间。

安静异常，贝拉看着那扇门，生怕惊扰某种东西似的压低声音说："你进去吧，我等在这里。"

"她在里面？"伯恩惊疑更甚，完全猜不透这神秘诡异的状况。

贝拉悄然点头，神色凝重。

伯恩吸口气，走过去握住门把手，迟疑着回头看了下贝拉。朦胧的红光中，贝拉抿着嘴并无向他解释的意思，他只得推门而入。

室内阴沉暗黑。

门外传来的红光骤弱，仿佛有一层无形屏障阻止了光线。伯恩探脚走进去，瞪眼分辨着，试图找到墙壁上的电灯开关。突然贝拉关上了门，把他关在了里面。

微弱的红光消失，他眼前顿时一团漆黑，犹如一脚踏空，跌落深渊。

第8章　不死之人

伯恩站在黑暗中，一股混着腥臭味的腐败气息扑面而来。

他什么都看不见。无边无际的黑色让时间无限延长，一秒、一秒，变得很长。空间极度压抑，传来窸窸窣窣的细碎声音——黑屋里像藏匿着无数细微的小虫，嗅到生人的气味，飞速聚拢过来粘在他身上，钻入七窍，侵噬他体内的血肉。

贝拉引诱他来到这里，难道要谋害他？这间黑屋里有什么怪物？

伯恩不禁屏住呼吸，头皮阵阵发紧。过了一会儿，屋里并无异状发生，他渐渐适应了漆黑的环境。陡然间，心灵战栗，伯恩恍然感应到融在黑暗里的一个意识投射到他脑海深处，瞬间与他的意识相连，犹如两条江河交汇在一起，激流碰撞最终融会贯通。黑暗中存在一个人，正是帕顿夫人。

帕顿夫人传递给他一个意识信息：不死之人。

伯恩恍然感到黑暗里闪现出微光。那光线若有若无，缥缈无边。他感觉自己身处深邃的井底，光束像是从井口照射下来，在周围形成一圈淡淡的光影。寂静无声，光影变幻流动着无数的暗纹，像是人的形态，无数人影扭曲纠缠在光影中。

透过光影，伯恩感应到无数灵魂沉浮其间，生生不息，无声地缠绕。

这是一个境由心生的意识世界。那光影忽而变幻，闪烁着幻化出一方天地，朦胧地显出了荒漠和天穹，仿佛投影机在远处播放一幕影像，是他熟悉的梦中场景。

黄昏笼罩着荒漠四野，天幕晶莹剔透如琥珀，隐隐浮现星光。

一顶帐篷孤零零浮现于光影变幻的荒野中，一盏灯挂在帐篷上，灯光蒙蒙照亮两人。

一个男孩和一个女孩在星空下拥吻缠绵，天幕黝黑深邃。

不知怎么的，伯恩豁然明白他在梦境里遇见过这一对年轻的恋人。男孩名叫乔治。

一种莫名的强烈不安感突然袭来，伯恩预感到下一刻将发生不祥之事。在这个光影幻化出的场景里，在荒漠山野之中将爆发一场可怕的变故。他恐慌至极，却又无能为力地等待着恐怖降临。蓦地，他感应到光影震颤，大地随之扭曲变形，仿佛从远山那里掠过一圈圈涟漪般的冲击波，震动整个幻景。

荒野的场景变得朦胧不清，天幕中闪烁出一缕缕绚丽的光彩，轻盈缥缈，暗绿幽蓝之光流泻，摄人心魂——那是极光。

蓦然，伯恩感到乔治举起一把左轮手枪对准女孩。火光闪现，乔治持枪逐发射击，枪弹击中毫无防备的女孩。

恍然间，伯恩的意识延伸过去，与乔治紧紧连在一起。伯恩切身感到男孩被恐惧攥紧，一种异类意志入侵了大脑，让他瞬间失去了对身体的控制，不由自主地举枪射杀了女孩。意识涣散，乔治陷入疯狂，呆滞片刻，手臂一动，掉转枪口塞进自己嘴里，颤抖着手指扣下扳机。

强烈的晕眩感袭来，伯恩随之感到口中有粗糙滚烫的枪管，鼻腔弥漫死亡的气息。他惊骇地抗拒着那入侵的意志，试图阻止手指扣动扳机。"砰！"枪声撕裂，震荡耳膜，瞬间，一股热流闪电般穿透了脑际。

他仰面倒下，恍惚见星空疯狂旋转，黑夜流泻的极光吞噬过来。无痛无觉，意识抛向天幕，荡漾于缥缈的极光中。

茫茫大地上。

乔治陡然站起来，血流满面，犹如一具行尸走肉般移动双脚，一步步走向荒野深处。

充斥天地的光芒湮灭，四野归于黑暗。

就在幻境消失的一刹那，伯恩瞬间感应到强大的无可匹敌的异类意志蔓延于幻境天地，震荡波一般疾速扩散，延至极远的地方。

不知过了多久，伯恩回过神，发觉自己跌坐在地上。

地板阴凉透体，四周依然死寂沉沉，浮动着一股腐臭气息。

黑屋里再无任何动静——除了帕顿夫人。

伯恩清晰地感到帕顿夫人就在他附近，与他面对面，同样席地而坐，近到似乎伸手可及。黑暗中无法视物，伯恩全凭一种特异的感应感知这种场景，犹如凭借超声波定位穿行于漆黑的洞穴里的蝙蝠。他不明白自己怎么做到的。这种奇妙的感应超越了第六感，似乎源自心灵深处；又似大脑意识构建的幻境，让他感觉虚幻又真实无比。

帕顿夫人让他在清醒状态下进入了梦中的那个幻境。

这一次，他没感应到马克斯和安雅，而是"见证"了另一幕诡异的场景，乔治和女友在荒野上露营突发变故。时空如水波震荡，一种可怕的东西入侵乔治的大脑，导致其意识涣散，做出异常失控之举，竟然开枪打死了女友，然后吞枪自尽。最诡异的是，头颅被子弹洞穿的乔治竟然没死，从血泊中爬起来走向荒野深处。

乔治变成了一个不死之人?!

那入侵的无形之物是什么? 从何而来? 为何入侵人的意识? 这是幻境，还是真实发生的事件? 伯恩无法分辨，只知道他所遭遇的磨难仍然没完，来自那世界的信息对他的精神折磨仿佛永无止境。

到底怎么回事? 为什么，为什么……他痛苦不堪地在心底呐喊，却无力阻止，无法撕开蒙在眼前的这死寂的黑暗。

而后一点火光燃起来。光亮驱散黑暗，暖意充盈房间。伯恩看见了坐在对面的帕顿夫人，她手持一根火柴点燃放置在地上的蜡烛。蔚蓝橘黄混合的火光让伯恩放松下来，意识从恍惚中被拉回到现实世界。

室内封闭，几乎没什么摆设。

空气沉闷，那股腐臭的气息从帕顿夫人身上传来。伯恩发现，对面坐的这个灵媒蓬头垢面，衣衫褴褛，如同街头的乞丐。让伯恩惊诧的是，数天未见，帕顿夫人的肤色晦暗，脸上布满皱纹，眉毛脱落，凌乱的长发夹杂灰白发丝，竟比之前所见样子苍老了二三十岁。

帕顿夫人难道被囚禁在这阴暗的地下室? 伯恩惊疑着闪过这一念头。

他正要开口询问，忽见帕顿夫人对他缓缓摇头，她的眼眸幽暗，蕴含异样的沉寂之色，让他一时间没法打破这种寂静。

随后，他见帕顿夫人从地上拿起燃烛，站起身，走近室内靠里的一堵墙壁。伯恩也跟随过去。

借着微弱的烛光，他赫然发觉墙壁上有一幅绘图。

灰突突的墙壁上密布线条，凌乱而抽象，所绘之物依稀可辨。

伯恩凝神望去，这幅壁画看似是用尖锐之物刻出来的，当中刻画了一个躺着的人，那画中人身体蜷缩，形体的线条有些失真，看不出具体的模样。画中人须发浓密，凌乱如原始人的，像沉静在另一个世界。手边搁着一支笔，从笔的位置延伸开来，四周隐隐画满了线条。无数的线条仿佛编织成了巨网，那人置身于网中，无可名状。

这幅壁画仿佛昭示着某种隐喻——画中有人，人在画中。

伯恩凝神看了好一阵却不明所以，反而感到心力交瘁，眩晕难受。一转眼，伯恩见帕顿夫人对他摇摇头，然后闭上眼，似乎在暗示他什么。伯恩心头一动，也随着她闭上双眼，转而静心感悟。

顷刻间，壁画上那一道道密集线条交织的网格映入他的意识，相比双眼所见，呈现出另一种意境。复杂抽象的线条仿佛重新排列组合，无序蕴含有序，蓦然变为一幅奇异的场景：无数人被笼罩在网格中挣扎。人人都被线条缠绕住，谁都无法从网中挣脱。网格扭曲，旋转，无尽延伸。像一个深邃不见底的洞穴，那些不计其数的人像囚徒一般被困在洞穴中，无法脱困。

心神俱震，伯恩恍然感到那些人仿佛具有灵性意识，全都被困在永恒的苦难之境，无生无死，绝望至极。无穷无尽的痛苦潮水般轰然传递到他的意识，伯恩禁不住难受，猛地睁开眼。残留在脑海里的痛苦烙印让他心惊肉跳。

帕顿夫人注视着他，对他已获知那奇异的图景若有所感。随后，她伸手在墙壁上画起来。烛光朦胧，伯恩看不清她的手里拿了什么东西，墙壁上很快写出了两个词组：不死之人、洞穴囚徒。

她在这两个词组的下方分别标注：过去、未来。

标注以后，她又立刻涂抹掉，画了一个圆圈，套住这两个词组。

伯恩紧盯着，意识到帕顿夫人在向他传递一个信息，尽管这时他还不太明白，但感到这信息无比重要，不可遗漏。

帕顿夫人再次转头看了他一眼，然后挥手在墙壁上一通乱刻乱画。她的动作急速，只见泥灰簌簌飘落，直到她刮花了这一幅壁画才停手。她似乎耗尽精力，苍老的面容变得愈发沧桑憔悴。她虚弱地坐在地上，低头吹灭了蜡烛的火苗。

室内蓦然恢复漆黑。

"你走吧……铭记心里，不可说。"伯恩隐约听到黑暗中传来微弱的声音。他惊魂甫定，摸索着把黑屋子的门推开，走出去，关上门。神思还有些恍惚，他只觉刚才的经历犹如一场迷梦。

贝拉一直等候在外间，见到伯恩出来就问："她怎么样？"

伯恩反问："她怎么变成这样？"

贝拉迟疑着，在如血的红光灯照明下脸色微有异样的变化，而后贝拉像做了某种决定似的说："从那天以后，她就这样了，藏身黑暗的地下室不愿见人，任何人，包括我。我们不明白她出了什么问题。教授，你进去这么久，也许找到了答案。我们需要你的指引。"

所谓那天就是指通灵术测试那天。

伯恩问："为什么是我？"

"她说过，你觉醒就能知晓一切。"

伯恩不禁摇头说："我犹在迷梦中……"

"我能感应到在你身上发生的变化，我们都能切身感应到。"贝拉直视他，"你想隐瞒什么？"

"心灵感应确实存在，我察觉到了，我们与众不同，但……"伯恩做出迷惘之态，"像一场梦，又像走在迷雾森林中，似乎看见非同寻常的事物，但又看不真切，唉！"

"你也别过于焦虑。"贝拉神色缓和下来，温声说，"通往灵界的永生之路艰辛重重，一时的迷失，是灵性的考验。"

"永生！"伯恩暗暗记下这一特别的词。他转念想到，这也许就是这位灵学会精神领袖追寻的最终目标：开启灵界之门，让灵魂得永生。

贝拉目露期待，郑重地说："我们等着你觉醒，在将来那时回归。"

"可我不知道怎么做。"

"用心感悟，你会发觉世界万象不过是繁华表层下的单调幻化。众人泯然不觉，从生到死，灵魂孤单如一，从未改变，正如我们眼前这条路。"贝拉领着他沿来路返回，脚步声窸窸作响，回荡在这条空旷而落满尘埃的废弃通道上，"一生之中，同行者能有几人？知己知彼者又有多少？世人浑浑噩噩，最终在睡梦里死去，灵魂散于无形。殊不知，在死亡的尽头，我们还有另一种选择，生命可以跃上更高的层次，迈入永恒的光明之境，生生不息，灵魂永不湮灭。"

"怎么选择？"伯恩思索着在幻境中感知的那控制一切生灵的强大意志力，亦幻亦真，那无形之物似乎存在于世上，至高无上地窥视着众生。

"你是我们的引灵人，终将做出应有的选择。"贝拉的说辞模棱两可。

来到宽敞明亮的大厅，伯恩透过窗看见阳光照在树木上投下斜影，赫然一惊。他抬手看表，才发觉时间竟然已近下午6点。他清楚地记得，前往地下室那时应该是上午11点左右，而他感觉在地下室最多只待了一个小时，想不到现实中竟然过了这么久。如同上次的通灵术测试，进入意识幻境世界后，时间流逝加快了，他失去了对时间的正常感知。

伯恩茫然发怔，有种强烈的饥饿感。

"我们去慈善堂，与众人分享晚餐。"贝拉带他离开大厅，一路穿过花园，去往草坪上的一座房屋。

那屋子高阔，"咚咚咚……"响彻着敲钟声。伯恩放眼望去，见一群群人从几条路汇聚过来，随着清扬的钟声步入礼堂，次序井然。

"慈善堂对大众敞开。"贝拉领他进门，"在这里，众生平等，我们心灵相依。"

伯恩见礼堂里聚集了数百人，依然没有喧哗声，就像灵修活动时那样，人人面带微笑地坐在一张张长木桌前。桌上摆放着面包、瓜果、蔬菜之类的食物。人们取了食物，没有放在自己的餐盘里，而是相互传递，一起分享。你为我涂抹面包果酱或黄油，我为你加菜，分切水果……举目所见，这座慈善堂里一派融洽。

人人衣装朴素，不分男女老少，和谐聚在一起共享晚餐，全都不言不语，唯见人人微笑着相互对视，似乎通过眼神就能进行交流。或者，他们没什么话需要述说，人人心灵相通。

"请随意。"贝拉对伯恩做了个手势，然后步入席间与大家分食。同样面带祥和的微笑，她拿了橙子递给一个孩子，目光溢满慈爱。

伯恩在餐桌前就座，环顾四周，他发现一些看着面熟的人，竟是赫赫有名的企业家、文化名流或学者，其中有两位是硅谷著名科技公司的创始人。这些有名望的人在这里同样是衣装简朴，与众人分享食物，其乐融融。

眼前的场景美好如伊甸园。在这里，人与人之间的阶级对立、种族隔阂、性别、肤色和贫富差异看似全都神奇地消失了，就像一个和谐美好的大家庭。然而，看着这一幕，伯恩却不禁泛起诡异感。这座慈善堂里的人似乎都被洗脑了，行为举止透着清除人欲和心灵受制的反常。

世间凡是貌似完美的事，必有邪异之处。它要么是谎言和欺骗包装出来的，要么就是主宰者设计打造的。

是谁操控了这些人的思想意志？伯恩有种难以言喻的预感，不是布里·贝拉，而是另有其人。灵学会的幕后主控者应该是那个尚未露面的"圣主"。不知其人如何，为什么要做出这种类似创教的事。这样聚众灵修显然发展成某种神秘的宗教活动——操控人们的心灵。

眼前的情景，让伯恩不由得联想到一项心理学实验——斯金纳箱。

这是心理学家斯金纳为研究操作性条件反射而设计的一种实验设备。在箱子里放入一只白鼠，并设置一个按键。箱子的构造尽可能排除一切外部刺激，小白鼠可以在箱内自由活动，当它按压下按键时，就会有食物掉进箱子里，它就能吃到食物。这一系列实验建立在经典的"巴甫洛夫狗"的实验基础上。实验发现，动物的学习行为随着一个强化作用的刺激而发生。

实验一：将饥饿的小白鼠放入斯金纳箱，它每次触动按键，都能掉落食物。

实验结果：小白鼠很快明白了按键和食物之间的关联。

实验二：将小白鼠放入箱子。如果小白鼠不触动按键，箱子就会通电。

实验结果：小白鼠学会了使用按键来躲避电击制造的惩罚。

这两种模式都能刺激小白鼠，使它的行为发生改变，促使它"进化"，学会了新的生存技能。两者不同的是，实验二的惩罚性反馈一旦消失，小白鼠立刻停止了按键；而实验一那种具有奖励性的反馈却不同，小白鼠依然持续着按键行为，期盼食物落下。经过多次失败后，这种行为模式才会慢慢消失。

实验三：小白鼠在按键的情况下，只有一定的概率获得食物。

实验结果：小白鼠会不停地按键。随着食物掉落的概率越来越低，需要它按键几十次、上百次、上千次才掉落一个食物。小白鼠仍然在不停地按键，行为一直持续下去，直至最终饿死。

在实验三的过程中，小白鼠产生了一种奇特的反应。这种反应耐人寻味，有些惊悚的意味。

小白鼠在概率型的斯金纳箱里发展出了一套"迷信"的行为模式——为了获取食物，它们做出各种奇特的习惯性举动，比如撞击箱子、倒立、作揖、反复跳跃，有的小白鼠甚至还会原地转圈，跳起奇怪的"舞蹈"。

值得注意的是，使用同一个箱子进行实验，不同的小白鼠，各自形成了不同的"迷信文化"。

观察发现，这是因为掉落食物前，小白鼠正好在进行这些行为，于是产生了迷信。它们以为这样做，就能增大食物掉落的概率。然而，食物的掉落其实是完全随机的。

同样的实验，如果把小白鼠换成鸽子，得到的效果也是一样的。每一只鸽子也会很快就形成不同的迷信文化。

值得深思的终极实验是，如果在鸽子跳"求食舞蹈"的时候，人为加大食物掉落的概率，有意强化这一模式，鸽子会变得更加迷信，每隔一段时间就在箱子里跳起求食舞蹈，仿佛在祈祷食神降临，赐予它们赖以生存的食物。而在这种强化模式消失后，小白鼠或鸽子即使获得了充足的食物，它们依然会持续这种迷信行为。每次进食前，它们依然做出习惯了的祈食动作。

斯金纳箱的刺激模式对动物有效，换作人类有效吗？

心理学家还真的在人身上做过实验——结果，对人类同样有效。人类与小白鼠几乎没有差别，对于模式固化形成的迷信，一点不比动物少。

伯恩环顾这座慈善堂，看着这些沉浸在祥和气氛中安然进食的人们，看着他们心灵迷醉般的微笑，更加相信斯金纳箱理论。人没有绝对的尊严和选择自由，他们做出某种行为，不做出某种行为，只取决于一个影响因素——行为的后果。而且，法制约束和惩罚，其效应完全没有这种"众生平等""灵性不灭""永生"之类的美好愿景产生的刺激效果来得强烈。

在这个封闭的小社会里，人们的行为被塑造，经强化修行，去人欲，除私利，看似都被训练成了心灵富足具有合作精神和完美道德礼仪的人，人人都是那么幸福美满。

而在外面的大世界中，人们骨子里的本性决定了行为模式。在"物竞天择"的斯金纳箱里，人人都设法做出对自身最有利的反应。即使获得了足够多的资源，依然不知足。在生活中，在名利场上，在证券交易所，在赌桌上，在战场上，在教堂里，在国家高堂上，人人都在拼命按键，至死方休地跳着求食舞蹈，却惘然不知，无论舞步如何精妙，节奏如何准确，食物的掉落其实是被随机概率的机制限定了，暂时饱餐一顿，迷醉一时，丝毫不能脱困。生命走到尽头的那一刻，人终将饿死在斯金纳箱里。

命运为什么这样安排？

人类未来的希望在何方？在沙与沫的虚幻消失后，我们还能留下什么？

伯恩触景生情，恍惚沉浸在反思中。一位老人拿着盛有面包的篮子过来，放在他面前的桌上。

"易先生……"伯恩有些意外，抬头见来者正是华裔巨商易鸿钧。

伯恩没料到会在这里遇见这位老先生，而后一想，这也符合灵学会的运作方式。灵学会的社会影响力广泛，接受大量私人捐资，想必易先生也是其拉拢入会的知名企业家之一。

易鸿钧微笑不语，拿了面包分给他，然后又逐一分给旁边的人。不一会儿，篮子里的面包分完了，老人放下空篮子，走向礼堂出口。

阳光斜斜地洒落在地，老人的身影融入光与影的交错之处。

伯恩一直记得易先生那双布满老茧的手，想及老人一生遭受的磨难，心中肃然起敬，不由得起身追随过去。那出口通往食物储存间，一些人在里面装盛食物往外运送。易先生似乎累了，独自坐在一角喝茶。简朴的木桌上摆放着一壶茶，热气腾腾，在透窗而入的暖黄色阳光的照耀下蕴含光彩。

易先生拿着一块老式怀表，手指摩挲着黄铜表盖，见到伯恩跟过来也没惊讶，收起怀表，释然地为他倒上一杯茶水。

伯恩喝着热茶囫囵吃下面包，想说点什么，但欲言又止。凡是智者，不难看出这地方的荒谬之处。易先生洞悉人情世故，为何还来参与灵学会这种愚弄人心的活动？

老人目光低垂，默然注视着桌上那一杯清茶。

伯恩看过去，见茶水清澈透绿，原本枯卷的茶叶沉浮在热水中悄然舒展开，仿佛生命的萌芽长成了片片嫩绿色的叶子，一点点细细的水泡升腾至水面，化为一缕缕热雾，弥漫沁人心扉的茶香。老人凝视茶水，目光似乎穿透了尘世，思绪沉浸在无人所及的遥远之处。

"抱歉，打扰您了!"伯恩踯躅了一会儿，忍不住问，"可以交谈吗?"

"语言难免造成歧义。"易鸿钧看向他，缓缓地说，"他们主张在分享食物时无须多言，这样更能贴近彼此的心灵。"

"我吃完了。"伯恩听出老人的言外之意，"您不这样认为吧!"

"为何不?"易鸿钧反问。

"人性复杂，绝非人人心灵美好，万众如一。"

"你觉得该怎么做?"易鸿钧又问。

伯恩被问得一下难以应答。人的本性与人类发展不是三言两句就能说清楚的，况且这事古往今来也没有终极定论。如行在黑夜中，人们从智慧萌发那时起就一直在摸索中磕磕碰碰地走着，不知前路通往哪里，终点归于何处。如同他之前不断在思考的问题，未来将会怎样? 我们应该追求什么?

可不管怎么样，伯恩认为这种灵修的方式不妥。历史经验证明，凡是企图违背人性、磨灭人欲的做法，全都以失败告终。

但见老人微微摇头说："我们尝试过很多方式，丛林法则、种族主义、帝国主义、自由主义、资本主义、社会达尔文主义、新行为主义、宗教、神学……可我们依然不知，真正的彼岸在何方，人活着，什么才是心灵的永恒基石。"

伯恩有些惊讶易先生思考的层次这么深远。看来在自身物质富足和精神达到一定高度后，这位老人有着更广阔的追求。他想了想说："人们至少可以循序渐进地接受法律约束、道德礼法教化，逐步做到知恶扬善，在将来创造出更美好的世界。"

"循序渐进……"易鸿钧神色索然说，"假如将来的世界一切都完美至极、美好和谐了，岂不就是万众如一?"

伯恩一怔，不禁问："先生对未来有何见解?"

"尚不明确。"易鸿钧说，"我们身处一座迷宫，没谁掌握开锁的钥匙。我们能做的就是尽力去探索，敢于试错。谁知未来如何? 即使知道又能如何?"

"这样肯定行不通。"伯恩看了下慈善堂那边说，"假如存在终极文明彼岸，也应该用更优选的方式去探索。"

"人们最大的错误就是习惯用'对与错'衡量未知事物。"易鸿钧平淡地说，"世事如水无常态，此时非彼时，此岸亦非彼岸，或许根本不存在人们想象中的这种存在。"

"话虽如此，但恕我直言，这与斯金纳箱里的小白鼠没什么区别。"

"斯金纳箱!"易鸿钧微微一笑，似乎发觉了几分有趣之处。显然，老人也知道这项著名的心理学实验，无须多解释，立刻就明白了他话里的含义："这种说法有些让人沮丧，从某方面来看，世界确实有点像一个巨大的斯金纳箱。"

伯恩说："我研究过这项实验。正如您所说，我认为世界就是一个宇宙机制下的斯金纳箱，我们被困在箱子里，唯一的出路就是'走出箱子'。只有去到箱子外面，才能看清箱子本身运行的机制。"

易鸿钧若有所思地沉静了会儿，忽然说："瑞斯塔尔集团有专门的研究基金，资助了多领域的科研项目，包括灵学研究。人，生不由己，死不由己，但生死之间总得做点什么。我出身低微，但也不愿就这样庸庸碌碌一辈子，到头来难免抱憾一生。"

伯恩听了这番话深有感触，也理解了老人的苦心和意图。他同样也是有些设想要去做，想尝试着去探索人性的本质和世界的真相。然而，一念之差造成大错，他是有罪之人，已经失去了任何生机。

"你如果有想法了，愿意做相关研究，我可以考虑提供资助。"易鸿钧递给他一张名片，"欢迎随时来找我谈。"

"谢谢!"伯恩收好名片，起身告辞，随后离开了灵学会。

返回家中，伯恩感到时间紧促，立刻去书房打开记事本，把经历的事做个记录。他写下会见帕顿夫人的详细经过，重点记录"不死之人"和"洞穴囚徒"这两个特殊词组。

按照帕顿夫人一开始的标注，"不死之人"幻境应该发生在"过去"的场景，"洞穴囚徒"壁画则是描绘"未来"之事，但标出时间后，帕顿夫人很快涂抹掉，画了一个圆圈套住两个词组。

帕顿夫人这样做表明什么？伯恩凝神思索，难道向他暗示过去和未来不存在，时间只是首尾相连成圆的现象？

他从之前的梦境中感知"不死之人"幻境的发生时间是1964年，发生在纳粹捕手马克斯身处的"另一世界"。除了意识感知，那幻境与他的现实世界并无交集——至少，他未能找到关于马克斯、安雅、霍尔曼和乔治的历史记录。而对于"洞穴囚徒"壁画描绘的事，他更是一无所知，看不出那被困在洞穴里的人是谁，也不知那场景在何处，难道是发生在"另一世界"未来的意象？

"不死之人"和"洞穴囚徒"之间有何联系？与他又有什么关系？

伯恩静心思索了一阵，隐约感到这事超出了他的个体范畴之外，事关整个人类的命运。来自另一世界的意识影响，不仅他，帕顿夫人也感应到了，而且感知到的意象比他的还丰富深刻。以此类推，也许还别的人也遭到了另一世界的意识影响。伯恩想到这里心念一动，入侵，异类入侵，强大的意志力入侵了乔治的大脑，仿佛从地狱渗透出来的幽灵，飘荡在荒野中，随着一缕缕绚丽的极光乍现，疯狂吞噬着万物生灵……

他找来一张大幅面的白纸，贴在墙壁上，执笔在纸上开始绘图。

他没什么绘画技法，全凭记忆肆意而作，在纸上绘出了他从接受通灵术测试以来遭遇的一系列事件：在守灵之夜勒死艾薇，抛尸于兰迪的墓穴；梦境感知到另一世界；莱茵突然自杀身亡；莫名遭到陌生人的监视；小外甥言行诡异；灵学会所见一众灵修者；幽闭在黑暗中的帕顿夫人……"不死之人"幻境与"洞穴囚徒"壁画……

最终，他放下笔，看着白纸上密密麻麻画满了的凌乱线条，一个个乌黑笔墨勾勒出的诡异场景，一双双画中人变形的眼睛亦在注视着他。

伯恩隐约感到，这些事件隐藏的共性——意识反常。但只是一种模糊的预感，该如何查证？

除非获知更多的信息。伯恩转念想到查找1964年的新闻报道，或许能找到乔治枪击事件。也许行不通。他不禁摇头，这事很可能与梦中马克斯的世界一样，是虚幻的，根本没发生在现实中。

尽管几乎不抱希望，第二天，他还是去了图书馆查询旧报纸。

查阅过程漫长而烦琐，近一整天，伯恩翻遍了图书馆收藏室里堆积如山的旧报刊，就在他疲惫不堪快要放弃时忽然有了重大发现。

1964年《洛杉矶时报》年度新闻摘要目录里，一条标题赫然跃入眼帘：幽灵入侵世界，恐怖末日来临！

新闻标题危言耸听，摘要称：3月27日，阿拉斯加州发生了里氏8.5级大地震，震中位于威廉王子湾的海上，致使安克雷奇地区、基奈半岛、科的阿克岛等地的市镇和港口遭到严重破坏，多人死于海啸、地陷和火灾。洋底移动引发火山爆发和海啸，巨浪冲击至加拿大沿岸，波及路易斯安那州、加利福尼亚州、夏威夷群岛等海岸城市，海啸向南一直延续到洛杉矶。这是自有记录以来，北美地区历史上最大的一次地震，整个地球因这次地震而颤动，世界各地均遭受不同程度的影响。地震当天晚上，内华达州南部上空惊现奇异光芒，疑似历史上绝无仅有的一次极光现象。随后，周边各地频发灵异事件，许多民众无端出现了意识模糊、幻觉、思维错乱导致的行为失控的反常现象，并造成了多起非正常死亡事件。根据不完全统计，截至发稿日，仅在拉斯维加斯市和洛杉矶至少有七人死亡，全都死于疯狂离奇的自杀或他杀。本报通讯社记者卡斯特里深入现场调查获得惊人发现，一些受灵异事件影响的人称，他们感应到一个无形的强大的邪恶幽灵，从海底黑暗深处苏醒，咆哮着掠过大地，收割人们的灵魂。美国政府已经掌握了幽灵入侵的证据，派驻军队封锁内华达州部分区域，但将这一消息闭而不发。一位不愿透露姓名的军方要员证实，我们根本无力抵御幽灵的入侵，恐怖末日来临，世界将毁灭。

新闻摘要仅有部分导读内容，所述事件看似离奇荒诞，如同一篇蹩脚的外星人入侵世界的地摊水平的小说。伯恩看后却不由震惊，立刻根据新闻编号查询当天的报纸。

事情有些奇怪，伯恩找来找去，最后也没能找到这一版关于灵异事件的详细报道。

《洛杉矶时报》是美国西部最大的日报，每天出报纸100多版，向国内外发稿5万多字，其影响力与地位仅次于《纽约时报》和《华盛顿邮报》，绝不会无缘无故地报道虚假新闻。这是怎么回事？伯恩把日期前后的所有报纸都翻了个遍。最终，他在一周后的报纸上找到一则致歉声明，称那篇幽灵入侵事件的报道是"愚人节假新闻"。

声明解释说，记者卡斯特里炮制了这篇假新闻，本想在愚人节娱乐大众，以恶搞的方式吸引大众对报纸的关注。该"新闻"刊登在娱乐生活版面上，特别注明"这不是愚人节玩笑"，以此来提醒读者，其实这就是一篇"四月恶作剧"式的假新闻。但没预料到，报纸发行后，读者反响强烈，随即引发公众恐慌，人们纷纷致电政府部门查询相关信息，造成了一定程度的混乱。报社为此深感歉意，特此澄清该报道不实，并决定解雇卡斯特里，承诺在今后谨慎对待新闻工作。

假如是一般人，看了这则声明都会释然一笑，相信该事件就是愚人节恶作剧。伯恩显然不会这样认为，他震惊不已。原本以为只是虚幻的事竟然与现实联系上了，他感知的幻境难道真的曾经存在过？这一切就发生在1964年的3月27日？

1964年3月27日——他记录下这个日期，紧盯着记事本，更加深切地感觉到了扑朔迷离的诡异之处——这是他的出生日期。

兰迪和艾薇也是生在这一天，他们三人同在这一天出生。

这意味着什么？冥冥之中难道早已注定，他们的命运彼此神秘相连？

回家到书房，伯恩再看那张他在纸上画的狂乱之作，只见荒野上漫天极光流泻，乔治吞枪自杀，眼瞳燃烧着惊心动魄的疯狂邪气。

一个意念在头脑中清晰起来，他感到，幽灵入侵事件是所有意识反常现象的缘由。那不是幻境，绝非1964年的愚人节恶作剧，而是曾经发生过的真实事件……

"保罗！"玛利亚敲门进屋，为他送来热红茶和烤制出炉的饼干，"在忙什么？客房服务没打扰你吧？"

"没什么，我在做心理分析。"伯恩见玛利亚打量贴在墙上的画，解释说，"人的意识活动反应，一些梦境。"

"梦境？"玛利亚一怔，关切地问，"你晚上没睡好？"

"很香！味道好极了。"伯恩吃着饼干，转移话题说，"我忽然想问……你还记得我出生那天的事吗？"

"怎么，你看妈妈像老到健忘了？"玛利亚笑起来，"别的就算忘了，这事也会一辈子记忆犹新。"

"那天有什么特别的？"

"最特别的当然是你的降生。儿子，你是上帝给我的最美妙的礼物……好吧！忽略这句客套话，实际上临产那会儿我痛得死去活来，差点被你折磨断气。"玛利亚心有余悸地说，"挺特别的，生你的两个姐姐时我也没这么难受过。宫缩阵痛突然而至，很激烈，我像被扔进一台疯狂运转的绞肉机，感觉浑身都被撕裂了。天哪！那太可怕了，简直不敢相信我还能活下来。"

"妈妈……"伯恩不由得呼唤了一声。

"这还没完。"玛利亚说，"糟糕的事一桩桩接踵而来。'哗啦'一下，你从产道滑出来以后我才活过来，缓了口气，医院竟然停电了，一片漆黑。后来听说是阿拉斯加州大地震影响了供电设施，但远在阿拉斯加州的地震怎么会影响到洛杉矶？奇怪了。备用电源也没发挥作用。我就那样躺在黑暗里，莱克丝医生把你放在我怀里，我什么都看不见，感觉你身体冰凉，黏糊糊的一团，不动也不哭，还以为你出了问题。我吓坏了，拼命叫医生，可没人应答，然后就看见电筒光晃动，很多人慌乱嚷嚷，那情景想起来还有点恐怖。我好像听到婴儿尖叫，不是你，是产房里别的新生儿，很尖厉，那种声音不像是婴儿发出来的，刺耳的哭声，可怕极了。"

"然后呢？"

"电恢复了正常，你蜷在我怀里好好的一小团，脸皮皱巴巴的，像个小老头儿。"玛利亚笑起来，随后皱了皱眉又说，"那天晚上死了一个女婴，听说是摔死的，不知怎么从婴儿床摔到了地板上。"

"从床上意外滚落？"

"怎么可能。婴儿床都有护栏，那肯定是一起事故。"

"难道有人在混乱中摔了她？"

"不知道后来有没有调查出什么。第二天我带着你出院了，我不习惯医院里的床，又硬又窄，还有股杜松子酒的气味让我头晕。"

"医院当晚有多少新生儿?"

"我只记得在我前后都有孕妇待产。罗伯特可能更清楚，他与那些新生儿的父亲聊得挺熟，还有个律师和他加入了帆船俱乐部，后来出海遇到风暴溺水身亡。那可是危险的活动，我劝罗伯特退出俱乐部，他还挺生气……"

"妈妈!"伯恩不得不打断玛利亚，她的话说开了就没完，"婴儿哭声怎么回事，是那个被摔死了的女婴发出来的?"

"不太确定，我想可能是幻觉。当时我很虚弱，头脑乱哄哄的，感觉那声音从远处传来，密集刺耳，比老鼠的叫声还尖，像一大群蝙蝠尖啸着掠过崩塌的地洞。听着让人发抖，我抱着你害怕极了……"玛利亚说着忽然停下来，盯着墙上那张画纸，惊声问，"那是?"

"什么?"伯恩随之看去。

玛利亚颤巍巍地走近贴在墙上的画，抬手指着画中"乔治吞枪自杀"的那一幕场景。笔画凌乱潦草，玛利亚之前没看出什么来，这时才发现异常。她脸色蓦然煞白，看似惊恐不已，颤声说:"不死……不死之人。"

"怎么了?"伯恩吃惊地问。

"你又梦见了这个怪物?"玛利亚反问，看起来她被吓得不轻，声音一直在颤抖，"什么时候，昨晚……你还在做这个噩梦?"

"我随手乱画的……"伯恩扶住站立不稳的母亲说，"你别担心。"

玛利亚怪异地看了看他，然后走向书柜，打开柜子翻了翻，拿出一沓纸递给他，惊惶之色愈重，仿佛手里拿着什么可怕的东西。

伯恩见到这一沓纸，心头陡然缩紧，顿时生出一种熟悉的恐惧感。他在书桌上摊开这沓纸，见每一张纸上都画着同样的一幅画，线条凌乱得描绘出同样的一个场景——极光漫天，画中的荒野上，乔治吞枪自杀，眼瞳透着邪气。

这些画的笔触异常熟悉，全都出自他的手。

"我怎么记不得，我……"伯恩盯着这些画，急促喘息，但见画上赫然写着"不死之人""不死之人""不死之人"……这个特异的词组写满了纸张，到处可见潦草凌厉的字迹。

这十多张画纸陈旧泛黄，有用铅笔画的，也有用圆珠笔和钢笔画的，当中还有一张彩笔绘画。纸张上方一道道绿色混杂紫色、血红色的线条描绘出了极光，一道道疯狂流泻的极光划过涂黑了的天幕。乔治的五官扭曲变形，头颅被左轮枪子弹射穿，脑后血肉迸出……

浓重的红笔涂写着触目惊心的字迹：不死之人。

伯恩怔怔定住，如遭雷击。刹那间，一幕幕记忆重现，暗流般从脑海深处急涌出来。他猛然想起了多年前关于"不死之人"噩梦的往事。

从6岁那年开始，他经常梦见这个恐怖的荒野枪杀场景，噩梦重复上演。他不知道这是什么，害怕极了。在黑夜里，他拼命睁大眼睛，久久不敢入睡，就算在白天，一想起噩梦中人的惨状他就不寒而栗。母亲问他怎么回事，他不知该怎么述说，就拿了笔在纸上画出来。但这一画却停不下来，他画了一张又一张，不管见到什么纸和笔，拿起来就画。他在纸上画，在地板上画，画在卧室里的墙上、床单上……恐惧入心，让他失控，让他疯狂，让他陷入惊恐的泥沼不可自拔，一直痛苦不堪。

母亲带他去教堂求助牧师，还去了心理诊所做过治疗，但那幽灵般的噩梦依然挥之不去，紧紧缠住他的大脑，让他几近崩溃。直到他上中学以后，这种诡异状况才突然消失。

这沓画只是那些年里他画的一部分。他害怕看到这些画，却又不销毁，藏在书柜里不准任何人动，也不愿再去想，渐渐遗忘了……不是这样！伯恩回想到这里突然醒悟过来，他不是自然遗忘的，而是特意自我屏蔽了这些记忆。他选择攻读心理学以后，曾经做过心理暗示，而且不止一两次。在这十多年里，他似乎进行了多次深度催眠，自我屏蔽了很多阴暗可怕的记忆……

除了"不死之人"噩梦，另外还有什么幻境？我曾经还幻见过些什么东西？伯恩一阵冥思苦想，但思维凝滞，再也想不起来更多的往事。后脑神经突发剧痛，他难受得眼前阵阵昏黑。

"保罗！"他恍然听到母亲的呼唤，清醒了些。

玛利亚紧紧抱着他，就像31年前在医院里的那个黑夜，"瞧你还挺难受，过去的事就别多想了，那只是梦。"

"我忘记了……"伯恩勉强苦笑，摇了摇头，"全都忘了。"

当天晚上，伯恩强迫自己不再去思考那些迷失的往事，坦然陪着家人度过家庭时光。他享受了母亲的厨艺，晚餐后和家人坐在沙发上看电视剧、闲聊，陪小男孩嬉闹……夜深了，他与母亲和姐姐道晚安。他静静躺在暗夜里。

视线蒙眬，仿佛所见之物皆是虚幻，世界并无真实可言。

何为真实与虚幻？无所谓了，他宽慰自己似的想，无论在他身上发生了多糟糕的坏事，过去有多么诡异，未来总是要来的，所有的不确定终归会尘埃落定，正如莎士比亚的《暴风雨》里写的："凡是过去，皆为序幕。"

这一夜，伯恩几乎没入睡，意识恍惚地徘徊在清醒和梦境交错的边缘。

凌乱模糊的梦境中，他似乎看见了艾薇，也许是安雅。在梦里，两个女人恍然如一，他无法分辨到底是谁，就像他不能分辨他和马克斯。

天亮时分，伯恩起床下楼，见玛利亚和露西在餐厅里。早餐做好了，食物丰盛溢香，烤面包、玉米、熏肉、咖啡、土司和薄煎饼摆满了桌。

"等会儿要走了吗？"玛利亚为他盛了一碗燕麦粥，"你怎么穿这套衣服？不像你的风格。"

伯恩穿上了兰迪的那套休闲装，他觉得这样直面过去所做的事会好受一些。"我得回去了，有些事必须处理。"他在餐桌前坐下。

"忙到什么时候？"玛利亚问，"你和克丽丝谈得怎么样了。"

母亲应该看出了他和克丽丝之间的反常，毕竟他这两天没提及未婚妻，她心里难免疑惑，这时终于忍不住发问。

伯恩踌躇，不知怎么解释这事，一瞥眼，他透过窗户见屋院围栏外的路边停着一排警车，车顶的红灯无声闪烁着，数名警察和穿便衣的特工在附近巡逻。

他心头一沉，该来的一刻终于来临，这是他注定了的命运。

"那些警察一早就在门外了，不知干什么的。"玛利亚瞥眼窗外说。

"可能是设卡堵截罪犯。"露西给儿子准备玉蜀黍片，兑上牛奶，搭话说，"或许今天路过某位大人物。瞧那阵势，就像总统到访好莱坞。"

玛利亚说："总统哪有空出行，最近焦头烂额地忙着解决问题。"

"出了什么状况？"露西问。

"报道说，最近政府停工了。总统与议会之间的预算案未达成一致，没有足够的钱维持，许多白宫人员只能暂时休假。"

"这位总统先生还真会搞事。许多人认为他政绩卓越，明年大选肯定连任，将为国家带来崭新的改变……"

她们谈论起时政新闻，玛利亚看似忘了追问他的事。伯恩也无意提及，沉默着吃东西。警察没登门逮捕他，还在等什么？他察觉有些反常。

吃完早餐，伯恩与母亲和姐姐吻别。"儿子，祝顺利！忙完就早点回家。"玛利亚有些忧虑地看着他。

"妈妈，我会想你的。"伯恩应了声，走出家门，他一直忍着没回头看母亲。

第9章　异类接触

离开家，伯恩见两名特工守在门口。

"这边请！"一人对他低声说，带他走向停在那排警车中间的一部黑色雪佛兰轿车。伯恩看着轿车眼熟，坐上车，果然见到了安德森。

"早啊！"中校先生依旧是萎靡不振的样子，嘴里含着空烟斗冲他嘟囔了声，然后就发动汽车了。伯恩透过车窗打量，见前后列队的警车开动，看似护卫他们上路。最前方还有交警摩托鸣笛开道。这车队的阵仗不小，看着确实像大人物出行。

"怎么回事？"伯恩感觉不对劲。

"我们去个地方，有点远……"安德森避而不答，抱怨说，"上头也不调派一架直升机，就这么让我充当长途车驾驶员，狗屎！简直折磨人。"

"到哪儿？"伯恩问，"不去DIA分部了？"

"到了再说。"安德森努了努嘴，"你先看文件，喏，在储物箱。"

伯恩打开副驾驶位前的储物箱，见里面放着一堆乱糟糟的物品、手枪、证件、一沓颜色各异的文件等。

"最上面，蓝色封皮那个。"安德森提醒他。

伯恩抽出文件展开，见里面夹着一张图表，是他上周在DIA工作时绘制的那张"异能成功事例"的时间曲线图，图上标出一条往下跌落的线，表示统计异能事例的成功率随着年代由远至近逐渐减少。

"这是……"他有些诧异。

"接着看。"安德森懒得跟他多费口舌。

伯恩拿开图表，看正式的文件，见题头盖有"绝密"字样的印章，标注"极光计划调研报告"的系列编号。他翻阅着文件暗暗吃惊。看时间，这是两年前上呈国防部的一份报告，陈述内容竟与他所作的图表相差无几，同样列举了"人体异能"逐年失效的状况。只不过，这份文件所述事例比他做的更加详细，多了些他之前所不知的超能战士秘密进行的军事行动。

由此看来，DIA未对评估组公布极光计划的全部资料，保留了部分绝密内容。

往下阅读，伯恩见资料统计表明，1964年是所有异能事例成功的最高峰，开端时间为3月27日。从这天起，直至9月底，共计37次已验证为成功的事例。参与极光计划的两组通灵者，针对苏联的军事目标进行了大量遥感实验，与随后几年获取的真实情报对比，准确率非常高，有些通过遥感得到的数据甚至比情报还精准。

资料特别注明，在1964年4月4日晚间，一位通灵者在经过长达九小时的冥想后，意识竟然脱离了躯体，突破空间距离"潜入"了苏联的列宁格勒物理技术研究所。在研究所的地下实验场，进行着一项绝密的军事科技研究。通灵者描述了该项研究的一些技术特征和在实验场的"所见所闻"，就像意识入侵了某个实验场人员的大脑，通过那人的视觉和听觉获取了绝密信息……看到这里，伯恩陡然心惊，立刻联想到他被陌生人"监视"的遭遇。

那种感觉诡异无比，盯着他的那些人似乎没有主动意识，更像被什么东西控脑一样，身不由己地监视着他。这种被监视的感受难以言喻，他一直怀疑自己有精神问题，像患上了被迫害妄想症。但此刻看到这份报告，他才相信，世上也许真的存在超感控脑异能。

此外，最让他震惊的是这个熟悉的特殊时间：1964年3月27日。

在这个时间节点之前，并无任何的异能成功事例记录。幽灵入侵事件难道真的发生了？导致人的意识变异，影响世人多年后才渐渐减弱？

伯恩盯着文件，又想起了"不死之人"乔治吞枪自杀的场景。炸开的血肉恍若在他眼前迸发，如炼钢炉里熔化的铁水在滚滚灼痛他的大脑深处。一阵阵晕眩袭来，恶心欲呕，他放下文件瞪着公路前方。

"琢磨出点门道来了吧！"安德森漫不经心地说。

"停车……"伯恩拍打车门，脸色难看至极。

安德森靠边停车，伯恩立刻冲出去，蹲在公路边激烈呕吐，直到清空了肚子里的早餐才感觉好受一些。

回到车上，安德森没问他哪里不舒服，直接扔给他一瓶水。不久，车开上高速公路，那些护卫的警车纷纷掉头返回洛杉矶市区，只剩下一前一后的两部外观相同的雪佛兰轿车与他们同行。伯恩看到公路标牌，写着通往拉斯维加斯市。

"什么时候才告诉我情况？"他虚弱地问。

"到了再说。"安德森还是那句话，"累就躺下睡一觉，还远着呢。"

伯恩调低了座椅躺靠着，感觉难受但没什么睡意，就闭目养神。

一次枯燥乏味的行程。

他似睡非睡，意识渐渐恍惚，仿佛飘离了躯体，随风飘荡在茫茫旷野的上空。阳光烈烈，云彩流动，大地上黄褐色的岩石呈现波浪一样风化的纹路，层层叠叠，坚硬的岩石竟如丝绸般柔滑，带着生命的壮美，又仿佛树木的年轮凝固着时光的变迁。一条笔直的公路穿过旷野，延伸至苍茫天际，路边灌木丛星星点点，野草高低起伏……昏昏然，他悠悠飘荡在一片黄褐色的乱石嶙峋的丘陵上，那地方孤零零耸立着一棵树——一棵约书亚树。树的枝干扭曲，一团团尖锐的针叶，仿佛带刺的手掌向天祈祷……

时间疾速流逝，日出日落，一个个路人走过丘陵，走过那棵约书亚树，走向未知的远方。最终，一个柔美的身影凝固住时光。她伫立不动，仰头望着树上洁白的花，仿佛在沉思。世界安静极了，唯见她的一缕缕金黄头发随风微微飘扬。

晃动前行的轿车停住。

伯恩从迷梦中苏醒，睁开眼坐起来。他见到路的前方有一道岗亭和几座低矮的房子，三部雪佛兰停车接受荷枪实弹的士兵的检查。这是荒野中的一条沙石路，四野茫茫，可见远处绵延起伏的山岭。

阳光直射大地，这片区域仿佛是被世界遗忘的蛮荒之地。

岗亭的水泥柱上挂着红色警示牌，注明"禁止非法进入""禁止拍照、录像""已被授权使用致命武器"之类的警示字样。

伯恩意识到自己来到了某个军事管制区，看四周环境，这里好像是拉斯维加斯市的郊外。他看了手表有些吃惊，距洛杉矶出发那会儿已经过了五个多小时，他竟然睡了这么久！

安德森递交检查所需的证件和授权文件，瞥眼他说："醒得可真准点，像在屁股里塞了闹钟。"

"到目的地了？"伯恩蹙眉问。

"终于到了。"安德森揉着被风沙吹得僵硬的脸，嘟囔说，"教授，不得不佩服你这种瞌睡的功夫，眼睛一闭一睁，再远的路也没了个影，长途奔波劳累之苦成了一场美梦。"

伯恩很反感安德森的话，直接问："带我来军事基地做什么？"

"上头指令，要你来这里接触一坨东西……呵呵！"安德森忽而古怪地笑起来，摇摇头说，"那不算东西，还是有生命体征的。"

"什么叫'接触一坨东西'？"伯恩听得发蒙，安德森的用词古怪，让他难以猜测其所描述之物，"什么又是有生命的物体？"

"稍后再谈。接触它之前，你还得先签署保密文件。"

安德森发动轿车，驶向群山环抱的一片形似盆地的荒漠深处。前方荒地上白亮亮的泛光，看起来像是一个干枯了的沙湖。在远处，隐约可见一些奇特的建筑物，形状像一座座大型仓库，还有几个顶部被漆成白色的巨大基塔，天线高高耸立着，刺向蓝天。

阳光强烈，大地荒凉，这寂静之地显得尤为神秘。

"中校先生，你总该透露点情况吧？"伯恩烦躁地说，"还是我只能做个一无所知的被押送到沙漠监狱的因犯？"

"只能接触，不能说。保密规定就是这样……"安德森咧嘴一笑，转而说，"去他的狗屁规定。教授，你是被上头选中的人。你有着让那些大人物震惊的天赋异能。"

"什么天赋异能？"伯恩忐忑不安起来。

"瞧你做的评估工作，比鬣狗的鼻子还灵敏，高效精准，短短几天时间所做的胜过那些狗屁专家十多年的研究成果。"

"谬赞了，有一定的统计分析能力的人都能做出那种图表。"

"不仅是图表。"

"那还有什么？中校先生，说话请痛快点，你是个军人。"

"嗨，激将啊！"安德森不以为然地撇撇嘴，"好吧，重点是纳粹。你先说说看，为什么关注二战纳粹集中营的事？"

"想多了解一些相关资料。纳粹医生也做过人体意识反应研究。"

"教授，你涉足的知识真够广泛的，但事情恐怕不止这么简单吧。"安德森瞥眼他，驾车转向一处开阔的水泥路。

伯恩放眼看去，见附近有两条飞机跑道，其中一条很长的跑道横贯沙湖，绵延数公里。他之前见到的大型仓库近在眼前，原来是一座座巨大的飞机库，停放着一架架形状奇特的战机。四周岗哨林立，设置有雷达系统。这军事禁区看似一个空军基地。

"你认为其中还有什么复杂的？"伯恩皱眉问。

安德森耸了耸肩说："我无所谓，是他们认为你具有敏锐的预知能力。这种超感异能如今很稀罕了。"

"我没有。你们误会了。"伯恩实在不想再谈这事。

"纳粹医生确实搞过意识研究。"安德森打着哈欠说，"二战后，苏联人接管了奥斯维辛集中营里的全部医学研究资料，有大量的绝密档案。据说，有些涉及人体特异功能的资料很有实用价值，苏联人为此专门成立了研究项目组。北极熊穷得勒紧裤腰带，每年还花费上亿卢布，秘密进行人体意识开发实验，就在列宁格勒物理技术研究所，一处隐蔽的地下实验场。"

"噢?"伯恩被安德森透露的内幕吸引住。

"至今为止，国防部获得的情报显示，苏联一直在使用ESP（超感异能）窃取我们的军事机密，还遥控我们重要人物的大脑，入侵意识。一份情报分析认为，苏联人可能制造出了一种高科技意识武器，使用某种实验型设备发射特殊信号，远程定位，侵入人们的大脑，干扰、操纵和破坏人的意识。这种信号甚至厉害到可以冒充上帝，让人致幻，以为感应到了神的启示，不由自主地俯首膜拜，完全丧失精神意志和战斗力。"

听闻这话，伯恩瞠目结舌。不是因为这番话过于匪夷所思，以他的亲身经历来判断，这种诡异的事很有可能是真实的。他遭到了控脑袭击？成为苏联人制造的意识武器的受害者之一？

"听起来相当扣人心弦，是吧?"安德森嘲讽一笑，话锋忽然一转，"其实都是狗屁！"

伯恩怔怔不语，心头惊疑不定。

"我可没有政治人物那么敏感，个个神经质。"安德森侃侃而谈，"所谓的控脑武器，我看不过如此，大家都在捕风捉影，以讹传讹。最初探知到苏联人在搞'心灵感应'特异功能实验时，我们也就赶紧搞了极光计划；对方听闻我们组建了超感特战队，也随之制定通灵者'意识武器'计划。反正只要对方在搞的研究，自己就不能停下来，不管有没有实际效果，研究的东西是不是一坨狗屎，只要对方敢吃，你就得硬着脖子吞下肚，谁敢保证狗屎里没有营养成分？坚持服用一百年会不会延年益寿？哈哈……这种方式还有个惊人的效果，至少能忽悠对方吃狗屎，就像'星球大战计划'。政府暗地里搞的花样多着呢，这些东西完全可以称为教科书式的'狗屎战略防御计划'，除此之外一无是处。什么狗屁的超感异能，我看也就是一个吓唬一个，相互抬杠，典型的冷战思维模式……"安德森努嘴示意眼前的这个军事基地，"就像这种鬼地方，纯粹大把烧钱，耗着呗！"

"这里也有意识武器研究实验场?"伯恩不禁问。

安德森哈哈大笑，说："就一坨鬼东西，等见到它，保证让你大开眼界。下车吧！教授。"

三部轿车依次开进一座大型机库后停住。

伯恩下了车，见这座机库里没有飞机，而是隔出一间间办公室式样的屋子，十多个军人身穿特殊的白色制服。有军官带队来对他们做严格的安全检查，打开轿车的后备厢，从里面抬出一件件密封的物品，运送至储藏间。伯恩松了口气，由此推测，这一趟是以押送军用物资为主，而非专门为他搞出这么大的阵势，他只是顺道搭车而已。

一名军官把安德森和伯恩带进一间办公室，为他们安排了简餐。

安德森食欲不振，吃了点东西，然后就拿出空烟斗搁在桌上，长时间盯着烟斗看。其神色看似波澜不惊，但内心显然在与烟瘾进行着惨烈的斗争。

"实在放不下，就算了。"伯恩说，"人之欲望是泥沼，你越抗拒，越备受煎熬。"

安德森无精打采地说："熬着吧。连痛苦都没了，人生岂不更无趣。"

"也是，有名言说，人生在世要么痛苦而死，要么习以为常。"

"谁说的狗屁话？"

"罗曼·罗兰。这位法国作家还说过，看清这个世界的真相，之后依然热爱生活。"

"何为真相？"安德森一脸鄙夷，"作家先生上过战场、杀过人吗？被当作畜生一样任人宰割过吗？"安德森嘲讽着收起了烟斗，叫军官拿来两份文件给伯恩签署。一份是同意情报部门在有必要时监听他的家庭电话，另一份是表示自愿放弃宪法赋予的某些权利。伯恩实在不愿意签这种文件，这相当于给自己套上镣铐，但转念想及自身的情况，他也无所谓了，就提笔签了字。

"为国家服务，保密誓言将随你至死。"安德森照例警告他，还多补充了一句话，"你如果无授权对外界传播在这里接触到的一切事物，将受到最严厉的制裁。"

伯恩没好气地问："会被特工暗杀？"

安德森扫了他一眼，目光野兽般锐利地闪烁。

随后，伯恩被他们带去另外一个隔间。全副武装的军人持仪器对他进行了全身搜查，给他换上一套类似生化服的衣服，然后带着他通过一道电子安全门进入里间。这里有四部电梯装置，看样子他们要搭乘其中一部深入地下。那名军官用通话器联络，请求获准通行。伯恩见程序还挺严密，心里一动忽然想到，曾听过传闻，内华达州的军事基地有个特殊的第51区，难道就是这里？他将要见到的那"一坨鬼东西"会不会是外星人？

外界盛传，军方掩盖了与外星人接触的真相，在第51区地下实验场藏着坠毁的外星飞行器，秘密研究地外智慧生命的高科技。

"这里是第51区？"伯恩不由得紧张起来。

军官没答话，等着电梯门滑开。

"来吧！教授。"安德森走进电梯，对他莫名一笑。

电梯设备陈旧，运行时嘎吱作响，一直缓缓往下沉，如坠往地狱。

电梯下行了好久才停住。

伯恩估计这个地下实验场的深度至少有200英尺，犹如一栋二三十层的大楼倒置于地下，即使地面上遭受核弹攻击，没准儿也能承受得住。

电梯外是一条拱形结构的通道，四壁坚固，比火车隧道还宽阔，只不过看着年代久远，通道上的照明电路、通风管道、供水系统和消防设施等都有些老旧了，就像几十年前的古董货。这个军事基地有种浓重的不可磨灭的历史沧桑感，看来运行的时间挺长。

他们沿着拱形通道往前走了一段，经过两道浑厚的金属防护门，再次接受安全检查，然后就进入了一处大型洞室。

这地方宽阔如车站候车厅，大厅十多米高，墙体涂着乳白色的油漆，周边架设有两层的钢制走廊。那名军官往前领头走上这条走廊。伯恩从走廊上俯瞰，见大厅中央安置着控制台，竖立着一排排两米多高的类似大型计算机的装置，线路繁杂，但大部分设备基本停用，厅内的控制室仅有数名工作人员守着监控系统。

温度恒定，空气流畅，人在这个地下空间没有丝毫憋闷的感觉。

他们穿过这个洞室往前走，前方还连接着另一个洞室，再往前还是同样的结构。洞体两边可见一些并行的支洞、排风洞、导洞、排水沟和竖井，还有可供货车通行的隧道。这些大大小小的一个接一个的洞室在这地下深处，像穿在一起的巨大珠链向前延伸。从走廊高处放眼望去，根本看不到尽头在哪儿，只见一处处灯光犹如星芒，仿佛人不是身处地底下，而是走向虚空深邃的黑洞。

有些洞室堆放着遮盖严密的东西，标有军品编号，看似军用物资仓库；有的洞室像个制造厂，安置着各式各样的设备、复杂的装配流水线以及一些飞机部件和武器装备。有的物品看似比较特殊，形状奇特，无法辨认出是什么东西，但看起来不像是"外星高科技"产物。伯恩一路过来，发现这些广阔巨大的地下洞室大都空无一人。走了好长一段路，偶尔见几名巡逻的士兵和值守人员，也不见机器在运转。空洞寂静，有种阴森森的感觉，仿佛被外界遗弃了很久。

安德森一直沉默着，不紧不慢地走在他身后，似乎在暗暗观察着他的一举一动，令他有种如芒在背的不适感。

随后，他看到附近出现一个并行的隧道，一根粗大浑圆的"管子"横贯隧道，形状像管道，但绝非一般的输水或电气管之类的。管子直径足有数米，金属表面附着斑斑污渍，像一条僵死了的巨蟒。

"粒子加速器，总长达2.7公里。"安德森在他打量管子时忽然说，"在60年代，这是世界上能量最高的装置，号称'宇宙加速器'，瞬间产生恐怖的能量。"

"用做什么？"伯恩问。

粒子加速器作为探索原子核的重要装置，通常用于物理基础研究和核科学。这座地下实验场难道曾经是核工程？

"研发高能粒子束武器。但自从那年出了事故就停止了，一直荒废着。"安德森不避讳地跟他透露了点情况，顿了顿，转而看着前方说，"到了，那里就是……教授，你没感觉出什么异样？"

安德森的后一句问话有些突兀。伯恩随即看去，见前面是一个洞室，远比之前经过的洞室大多了。他走过去环视，见洞室大厅的拱顶竟有七八层楼那么高，宽厚的"H"形钢制支架布满支撑面。一座庞大的设施耸立在前，怪兽般俯视着闯入地下禁区的人。

伯恩看着那里。忽地，他心头莫名激荡，泛起强烈的不安感。

"以前的核反应堆大厅，后来属于'绿屋'实验场。"

"绿屋？"

"那坨东西……绿屋的……密集恶心……肉虫子……"安德森的声音忽而变得异常沉闷，断断续续，空气中恍如隔着某种无形之物。

伯恩感觉奇怪，正要发问，呼吸陡然凝滞，突然袭来的窒息感紧紧压迫着他，致使他说不出一句完整的话来。"那是……"他仿佛被什么东西击中，身体失衡，跟跄了几步，头脑晕沉沉的，思维迅速变得迟钝。

眼前一阵昏黑，周围的空气似乎化为黏稠的液体包裹着他。刹那间，一种特异的灼烧状的麻痹感掠过脑神经，意识凝滞。

"感应还挺强烈的……"安德森眼疾手快，一把拉住他。

伯恩只觉天旋地转，视线昏暗模糊，但见人影幢幢，洞室内那庞大之物沉重如山，朝他压下来。"你比任何人都……"安德森盯着他惊呼，"噢！体温升高了？"伯恩好似醉汉那样，脸颊潮红，额头和鼻尖渗出一层密集的汗滴。他脚下虚浮，身体歪歪斜斜地往下滑。

"什么鬼东西？"他拼命抗拒着失控，呼喊出声。那种入侵大脑的异感越来越强烈，吞噬着他，将他带入一个虚幻之境。

"他不行了。"伯恩昏然听到安德森大喊，"快去叫人……注射剂。"

军官迅速转下走廊，跑向大厅中那座庞大的设施。

伯恩止不住地大量出汗，很快就虚脱了。他紧紧咬着牙关，恍恍惚惚之际只感到安德森架住他，带着他往前走，"停住……不要……"伯恩挣扎着，但虚弱无力。恐惧的压迫感越来越沉重，感觉异常明显，那东西侵入他的大脑，攥紧了他的意识，无法摆脱，他就要被它完全占据了。

安德森猛地发力，几乎将伯恩扛了起来，一路飞奔过去。

在失去意识的最后一瞬间，伯恩恍惚见到一群绿色的人围了上来，暗绿色的影子晃动，随后，似乎有尖锐之物扎进他的身体……震动犹如山崩地裂般，黑暗如潮水般吞没了他。

意识震荡……脑海深处仿佛颤动着一根弦，以奇异的节奏震荡着他的意识，引发某种非同寻常的共振。在茫茫虚幻中，恍然涌出了无数记忆，记忆如沙、如泡沫，从无边无际的海里泛起，充盈他的大脑，冲击着他亿万脑神经元的每一处。刹那之后，他感应到浩瀚如海的生灵与他接在一起，让他感受到了无穷无尽的意识体验。

无数生灵的意识翻涌震荡，庞大繁杂，无尽纠缠着，恍如一体……

伯恩感觉自己沉浮于茫茫虚空里，沉浸在繁如星辰的生灵意识之中，一幕幕记忆场景闪现、泯灭，一点点烙印在他的记忆深处……

不知过了多久，他从昏迷中醒过来，幻境般的意识体验褪去。他睁开眼睛，只觉所见的场景模糊不清，满眼只见暗绿色的光影。

"好点了吧？"安德森的问话传来，声音依然含混沉闷。

"我的眼睛……"伯恩痛苦呻吟。眼珠胀鼓鼓的，异常酸痛，他不禁抬手去揉。手指忽然触碰到冰凉之物，只摸到一个面罩似的东西套在他的头上。面罩触感坚硬，似乎是透明的，阻隔着他的手。

伯恩用力眨动眼睛，视线渐渐清晰了些。他见自己身处一间绿色的屋子，此刻，正躺靠在一架病床似的仪器上。他的上半身被抬高，倾斜着，身边环绕各种复杂的电子线路和一些奇特的元件。四周是暗绿色的墙壁，屋顶、地板也涂着绿色，这间屋子里的陈设全都是绿色的，包括围在他身边的一些人形之物也套着绿色的防护服，浑身遮盖得严严实实，头部戴着一个奇特的头盔，色泽暗黑透绿，像宇航员行走太空时佩戴的那种装备。头盔前面嵌着一块墨绿色的玻璃，隐约透光，可见头盔里人的面孔。

屋里这些被绿色装备包裹严密的全都是人，而不是什么怪物。

伯恩辨认着，惊惶的心稍定。只不过头盔里的那一双双人眼紧紧盯着他，皆是透着一股异样的紧张。环视一圈，他发觉只有安德森一人没佩戴任何的防护装备，在这一屋子深浅各异的绿色当中显得尤为突出。

安德森也在盯着他，眼神锐利，透着反常的凝重意味。

"现在什么感觉？"安德森又问了他一遍。

伯恩佩戴着头盔。安德森的声音经过头盔传导，有些变样，似乎是由电子设备拾音，再通过头盔里的耳麦发声。他下意识动了一下，感觉身体麻痹了，动作变得十分艰难，手脚颤抖不止，根本不听他的使唤。"我怎么了？"伯恩惊骇地问，察觉呼吸迟缓，大脑也是异常麻痹，思维凝滞，灌满了一脑袋泥沙似的沉重。

"你注射了镇静剂。"他身旁一个绿人说，"会感觉身体有些麻痹、眼球震颤，肌肉轻挛无力导致反应迟缓。别担心，过一阵就适应了。"

"还影响了思维？"伯恩摇晃着头。

后脑的某个区域就像一块吸饱了水分的海绵，沉甸甸地压迫着他。脑神经一下下抽搐似的闷疼，让他难受至极。

那绿人说："这倒不是药物作用，应该是它造成的。"

"它？"伯恩赫然心惊。呆滞一下，想起了之前的遭遇。某种无形之物入侵了他的意识，像在他脑袋里灌输了什么记忆。

"它影响了你，看来挺严重。"

安德森盯着他的眼瞳反应，沉声问："还行不行？顶不住就算了，我这就带你离开绿屋。"停了下，劝告他似的又说，"回去吧！就当没来过，往后生活如常，该干吗就干吗。"

伯恩几乎忍不住要点头。一种莫名压抑的情绪紧紧缠绕在心底，让他心生恐惧，冒出迫切想逃离这地方的念头。但伯恩迟疑了下，他听出安德森话里隐含轻视他的意味，这激起了他的血气，不禁回应说："我很想知道……这到底是怎么回事，请告诉我。"

"既然来了还费什么口舌，走！去亲眼看看它。"安德森挥手示意两个绿人调整了下这架病床似的仪器，收放成了一架轮椅，然后就推着他离开了这间绿屋子。

一扇门滑开，出现一条光线幽明的隧道。顶壁内嵌的一盏盏灯，灯光泛白透绿，照亮着这条圆管状的隧道，笔直向前纵深至无尽之处。伯恩产生了一种身处粒子束加速器管子内部的错觉。他被安德森推动着沿管道往前走，仿佛化身成一粒被能量驱动的电子，加速！加速！不停地往前加速运行，直至击中某个目标物而粉身碎骨。

令他恐惧的压迫感越发沉重。

到这时，伯恩已然触摸到了他所遭遇事件的大致轮廓。

在他身上必定曾经发生过什么变故，导致他的意识反常态，能感知到常人不能感知的东西。正如帕顿夫人那样，或许兰迪也与他们类似。由此，他被灵学会盯上，同时也被国防部情报机构的特殊部门"看中"了。两方都对他怀有某种隐秘目的，全都在布局设计他。一定是这样的，否则有些事情不可能这么巧。想到这里，伯恩镇静了些，他问安德森："你们找我加入评估组，是事先安排好的计划吧？"

"哈！"安德森咧嘴发笑。既不承认也没否认。

"别装了，中校先生。"伯恩越发确定地说，"你貌似粗俗直爽，其实比谁都狡诈，对我说的话真真假假，上帝都难辨你的真实意图。"

"教授，现在不是上心理课的时候。专心干好你的差事。"

"什么事？"

"当然是评估。你将要见到的就是一个评估对象。"

"然后呢？"

"写份报告，拍拍屁股我们各走各的。"

"就这样简单？"

"你还想怎样，教授？留在这里任教？"安德森不耐烦起来，粗声说道，"最烦你这种神经敏感的人了，遇到点风吹草动就哼哼唧唧的。我瞧你也挺能装的，见势顺风就倒，就像真的身怀异能一样。你不就是搞心理学的嘛，非要弄得跟那些神棍一类，神秘兮兮，何必呢！"

伯恩顿时为之气结。安德森这番话颠倒黑白，他反倒成了故作神秘的灵媒，还颇有指责他骗取国防部高层关注的意味。他本想辩驳几句，但性格使然，不愿与之理论。

"怎么不吱声了？"安德森推揉了一下轮椅，"你刚才反应不是挺强烈的嘛，还没进绿屋，立马就倒地。有谁像你这样的？就算是骗取研究经费的绿屋主管索罗斯博士，也只敢说偶尔感应到意识震荡，那东西存在某些神奇之处。你瞧你，这还没开始接触呢，立马就来电了，狗屁的心灵感应，忽悠谁呢？"

"你……"伯恩气恼至极，忍不住要驳斥。

"我怎么了？"安德森转到前面盯着他说，"你看我可有狗屁的防护装备？又有什么狗屁反应？这一屋子的科学神棍，窝在地下深处，搞得绿光闪闪，晃花了眼睛。明着告诉你，我受够你们这伙装神弄鬼的家伙了。世界上真有狗屁的异能超感，还要核武器做什么，还要军人流汗流血干吗？你们大脑一爆发，苏联人就不投降了，多清静，地球多美好，世界大和平。"

伯恩迎着安德森的目光看过去，猜测这位粗俗军人也许说出了点真心话，他可能本身不相信超感和超自然现象，但迫于上司的安排，不得不接触这种工作。心里积怨，就把怨气撒到他头上了。这样推测着，伯恩的情绪缓和多了，他问："在这里，你真的没任何感应？"

"哼！"安德森闷哼了声，不屑于回答他似的。

"可我确实有，尽管不知怎么回事。"伯恩坦诚地说。

安德森耸耸肩，推着他继续往前走，"你感应到它什么？"

"它……不是它。"伯恩凝神感觉着那种压抑大脑的意识，灵光闪过般忽然说，"他是个人……不死之人。"

"不死之人?!"安德森的声音似乎有些吃惊。

伯恩说出这话后也是震惊不已，他怔怔发蒙，无法相信自己竟然联想到了那个诡异的幻境。乔治中枪倒下，颅骨碎裂，而后又从地上爬起来，眼瞳透着疯狂的邪气，走向荒野深处。"那场事故始发于1964年3月27日。"他梦呓般地说，"粒子加速器发生故障，引发意识场震荡，那个自杀未死的人来到了第51区……至今还在这里。"

"噢!"安德森惊呼一声，闷声嘟囔说，"邪门! 有点邪门。"

"真是这样?"伯恩惊疑地问。

"猜的还算靠谱。"安德森恢复了常态，淡然地说，"时间、地点和人物基本准确，除了变故发生的原因。"

"不是因为粒子加速器造成的?"

"嗯啊! 那只是现象之一。"

"因为阿拉斯加州大地震?"伯恩转念问。

"你也知道那次地震?"安德森吸了口气说，"还是现象之一。"

"到底是什么缘故? 中校先生，你肯定知道内情，干脆明说了吧。"

"不知道。"安德森回答得很干脆，语带怨怒地说，"绝密信息，我的级别不够获知权限。"

伯恩哑然苦笑。

"这事烦死我了，不如咱们来做笔私下交易。"安德森忽然俯下身，在他的耳边低声说，"等你接触了那东西，也许能感应到些秘密。告诉我你知道的，我就违规告诉你一件你最关注的事情。"

伯恩转眼看向安德森，但实在无法分辨这狡诈之人话里的真伪，就含糊地点了点头。

安德森推着他走了一阵，放慢脚步说："到了。"

前方隧道的左侧出现一处凹陷，看似连着另一条分支隧道。

待走近一看，伯恩发现那是间洞室。长方形的空间，顶壁不高，但十分宽敞，形状像是一座压扁了的大剧场。这里放置着几排座椅、一些计算机设备，几架监控仪和摄像机对准前方大屏幕似的一道绿幕。

室内灯光依旧散发着绿色的光，阴森森的如鬼屋。

一排座椅上坐着六七人。当中为首的一位看着像有60多岁的老人，短发霜白，脸颊消瘦，棱角分明，身穿笔挺的军装，仪表威严，目光锐利地朝他和安德森看过来。

"将军！"安德森快步走过去对那老军人立正敬礼，神情严肃地汇报，"伯恩教授来了。"

这人是安德森的上司？伯恩有些诧异，想不到他居然是个位高权重的中将，看似还专门在这里等候着他的到来。

"开始吧。"将军简短地下指令。

伯恩不知所措地愣了一下，发觉将军有些面熟。他忽然想起，曾在录像里见过这位将军，就是在DIA分部观看的"意念杀羊"的实验录像里，将军当时就站在超能战士身旁，旁观实验的全过程，在山羊抽搐倒地时发出了惊叹声。

"午安，教授！"将军见伯恩一直在打量自己，便站起身与他握手作自我介绍，"豪斯。感谢你前来参与评估。"

"豪斯将军，你好！"伯恩感觉将军老当益壮，手掌颇有力度。

"你的身体怎么样？"豪斯将军温声问，"如果不舒服，我们可以终止这次现场测试。"伯恩觉得将军还蛮有人情味，态度比安德森好多了。他这时也感觉遍布浑身的麻痹感消退了些，没那么难受了，就说："没事的。要我怎么做？"

"他最近状态不稳定。"旁边的另一位老头儿搭话，抬手指了指前方那一道绿幕，"反应激烈，意识场震荡紊乱，我们分析不出发生的缘故，需要你做一次接触测试，获取更明确的信息。"

伯恩看过去，见那绿幕是一道厚厚的墨绿色幕布，覆盖了几乎一整堵墙，就像剧场舞台上的帷幕，看不出幕后遮盖着何物。伯恩留意到这老头儿用的词是"他"，而不是安德森一直提及的"它"。由此可知，那幕后藏着的可能是一个有生命的人，而非冰冷之物，也不是什么可怕的外星怪物，很可能就是"不死之人"乔治。

乔治还活着，中枪后又活了31年，竟然实实在在地存活于世。

如果真是如此，这意味着他在梦境和幻境中所见的那些场景，感知的马克斯、安雅和纳粹医生等人也全都是真实存在的？伯恩不禁深吸口气，验证的一刻来临，他迫切想看到事情的真相，不由得从轮椅上站起身，下意识往前走了两步。

"我是实验组负责人，索罗斯。"老头儿说，"在绿屋观测他多年，毫不夸张地说，这是一个伟大的奇迹。他的意识场强大无形，广袤无际，作用于自然界的一切生命体，感应着我们世界发生的全部重大事件。"

"你是说，他在这地下深处，却能感知外界信息？"伯恩有些蒙。

索罗斯博士不容置疑地说："是的！感知一切，甚至是预感。"

"预感？"

"3.14秒的预感时间。"索罗斯示意伯恩去看一旁的计算机系统和监测仪器，指着屏幕上显示的一组数据说，"这组是你进入实验场的时间记录，这一组是他发生意识震荡的时间记录，频率同步，但提前了3.14秒。"

伯恩见这些数据组非常复杂，有七八种统计方式。另外的屏幕上还显示着他来到军事基地后的一些监控画面，分别标注着一个个时间节点。看了会儿，伯恩勉强看出来，关于他的这些记录时间与另外一组时间大致相同，误差在3.14秒左右。而所谓的"意识震荡"则是类似心电图的一组波形图，每一个波峰都标着一个时间数值。

系统中央有块大屏幕，实时显示着一幅波形图。此刻，图上的曲线振动幅度非常小，呈一条平静的微微有点弯曲的直线状。

"这是他的脑波记录？"伯恩问。

"不仅是脑波。"索罗斯说，"这是我们使用全方位的监测技术，脑波反应、脑神经反馈追踪、生物磁场、生理活性反应、核磁共振、超声波和X射线穿透等探测方式，综合记录分析后获得的这幅波形图。伯恩教授，他感知着你的一切，无论你身在何处，还知道你要来与他接触。"

伯恩觉得这事越来越匪夷所思，问："我有什么特别的？"

"尚不明确。能引起他产生反应的，全都是重大事件的爆发以及在世界上举足轻重的人物发生的变故。"

"会不会搞错了？我怎么可能……"伯恩摇头。

"1968年6月5日，参加竞选总统的罗伯特·肯尼迪遇刺身亡。这个大事件影响并改变着我们国家的历史进程。当时，他的意识场震荡强烈，达到一个前所未有的感应最高峰值。"索罗斯快速说，"1969年的登月事件；1979年的船帆座事件；1983年南极洲极光异常事件；1986年'挑战者'号航天飞机爆炸事故；1992年海豚集体自杀事件；1993年火星'阿雷西博信息'事件……"

"嗨！博士。"安德森喝断索罗斯的话。

"好吧，不能透露密封信息。"索罗斯博士摊了摊手，"但不管怎么样，历史上发生的重大事件他都有所感应。我要强调的就是这一点，伯恩教授，你非同一般人，你与他的意识场紧密相连。"

"你们如何推测我与他……"伯恩很难接受这种事。

"涉密信息，无可奉告。"索罗斯注视着他，"现在只能说，你是这个世界上极少数能真正理解他的人。"

"他是否还有与人正常交流的方式?"伯恩环顾计算机监控系统。

"接触!"索罗斯说,"期待你有所发现。"

洞室灯光暗淡下来。实验人员启动了一系列设备,前方那一道绿幕徐徐展开,犹如剧场舞台拉开了帷幕。明亮的绿色光芒从幕后透射过来,茫茫如深海下的奇异世界。

伯恩被那魔力般的光芒吸引住,心神激荡,不由自主地往前走去。

在场所有人伫立在他身后,神色凝重,仿佛期待某种大事件发生,全都屏息静气地等着那一刻的来临。

伯恩走到那道绿幕的位置停住脚步,极目往前看去。

绿光漫漫耀眼,他适应片刻,终于看清楚了眼前之物。

竖立在他面前的竟是一堵巨大的玻璃墙体,绿光充盈,其间荡漾着一团庞大的莫名之物。这是个大型玻璃箱,箱子里的东西仿佛是海洋馆里的某种奇特的大型软体生物。透明玻璃墙后,溢满浅绿色通澈透亮的液体,一团墨绿色的东西浸泡在液体之中,纹丝不动,唯见躯体上一簇簇触须状的附着物悬浮在液体里,似乎在轻微蠕动。

玻璃箱里的水生物绝非人类,躯体庞大黏软,没有丝毫的人形体态。它正如安德森描述的,就是一坨东西,一坨软塌塌的绿毛软体生物。那一条条密集的绿毛像触须,又像一根根微小的肉刺,或像某种古老的海洋生物的鞭毛。

伯恩震惊无比,预想中,他以为会见到乔治,一个躺在病床上昏睡的重伤病人,奄奄一息却又不死。然而,此刻他看到的却是,玻璃箱里绿光明亮,一览无余,他目光所及之处并未发现任何人体的存在。乔治在哪儿?这一坨怪异的生物又是什么东西?

在他的认知范围内,从未见过如此庞大的软体生物,形态如此奇特。他无法确定这是否是地球上的生物,还是来自地外的某种生命体。

伯恩怔怔看着,忽然发现玻璃箱内的绿光并非出自灯光。他没看到任何的人造光源。那坨东西似乎就是发光体,软软的躯体由内向外透着柔亮的绿光。它庞大的形体在光芒之中纤毫毕现,表面布满了一道道不规则的槽纹,纹理深浅不一,有着浑厚的灰绿色质感,在光芒中呈现近乎半透明的形态。

这种放射出来的绿光奇异无比,似乎能穿透物质。

绿光茫茫,透入他的身体,照亮内脏、肌肉、骨骼,令他有一种异样的赤裸感。大脑仿佛也被绿光透射了,他的脑组织、脑神经结构,他的意识,他的思维活动,全都沉浸在绿光之中……伯恩下意识地闭上眼睛,就在眼皮合上的一瞬间，他发觉茫茫绿光仍然存在，他的视觉神经完全能感应到这奇异的光线。

离奇诡异、震撼惊惧……复杂的情绪压迫着向他袭来。

伯恩像被魔鬼控制心神般呆然注视着那东西。

恍惚间，伯恩见到它似乎蠕动了一下，鞭毛颤动，一些黏稠的绿色体液溢出，渐渐融入玻璃箱里的液体。原来，这溢满玻璃箱的浅绿色透亮的液体也是它的一部分。

细微的鞭毛像疯狂生长的神经丛一般，一条条扭曲纠缠着伸向玻璃墙，又犹如泛着绿光的纤细藤条附着在墙上。距离他很近，几乎近在眼前。伯恩瞪大眼睛看，一点点一丝丝的光亮，明暗闪烁，映照在他的眼瞳深处。

蓦然间，他的视野荡漾起来，仿佛一条波光粼粼的江河在流淌，一刹那，江河幻变成了无边无际的海洋。亮绿色水波中浮动着无数的细微之物，闪动时拖出一丝丝流光，就像一条条震动的琴弦，看不见有形的弦，只感应到无形激荡的旋律。万物都消失了，世界充斥着无数振动的弦。

幻觉随之产生。

一瞬间，伯恩感应到了海量信息的意识场，一幕幕烙印在他脑海中，脑神经组织迅速生成了庞大的记忆体。

这些记忆就像亲身经历的往事一般，他感知到了一个个重大历史事件发生的全过程。如同在极短时间内观看了一场场实景影像：

他目睹了原子弹的爆炸，强光闪过，罗布泊戈壁滩的上空瞬时爆发出一团火球，犹如升起一轮耀眼的红太阳，随之，一朵壮丽的蘑菇云滚滚升腾……

他看见了发射升空的航天飞机爆出火光，推进器爆炸解体，烟火漫天，残骸流星雨般划过天空，坠入大海……

他沉入蔚蓝无垠的海洋，感受到一股强大的能量蓦然激荡，一刹那闪烁出蓝光。海水震动，一群海豚惊恐失控，惘然窜向海滩，搁浅在泡沫和沙粒翻涌的浅滩上，痛苦挣扎着死去……

场景变幻，他飞跃至夜空高处，俯视着万籁俱寂的大地。地光闪耀，地震陡然爆发，大地震颤，城市建筑物像海上的小船在飓风中颠簸起伏，坍塌碎裂。城市化为废墟，地面上数以万计的人在惊恐的呼号中被掩埋……

他随着喧闹拥挤的人群进入大使馆饭店，走在一条闷热的走廊上，赫然看见一支左轮手枪从人群中探出来，快速发射枪弹。肯尼迪在刺耳的枪声中骤然倒下……

他看到一架架战机低空俯冲，疯狂轰炸地面上绵延几十公里的拥挤的车队和武装人员。顿时，炸弹密集如骤雨，落在这条毫无遮掩的沙漠公路上，战火熊熊燃烧，焦土漫天飞溅。他目睹了人间炼狱的惨景，死亡公路上遍布烧焦的尸体……

一幕幕影像疾速变幻。如临现场，他见证了人类历史进程上的众多大事件的发生，切身感受到无数人痛苦的惨叫。

一个个人死去，灵魂撕裂，爆发出无止境的痛苦。

意识场震荡，记忆如潮水般无尽涌来，脑海无法再承载。记忆溢出，伯恩感到神经震颤，头脑变得混沌不堪……就在他快要晕厥时，幻觉突然消失了。

视野内一片寂静，绿光暗淡下来，玻璃箱里的那东西纹丝不动，通体的光泽渐渐变得晦暗模糊，最终变成墨黑的一团。它仿佛耗尽了生物能量。

伯恩头脑晕沉沉的，他不知所措，转头看了看身后，见后面一排人皆是怔怔看着他。"怎么了……"他听到自己发出沉闷的声音，仿佛来自另一个世界。

"没反应了？"索罗斯博士盯着波形图问。

波长和频率消失，屏幕上显示着一条异常平静的直线。

伯恩随之看过去。陡然间，他在洞室的昏暗处见到一个办公室，室内布置有些异样，不像是属于洞室里的陈设之物。光线朦朦胧胧，他隐约看见一个戴眼镜的人端坐在办公室里，面对着他，表情严肃地在发表讲话。那人说的不是英语，语言怪异，伯恩听不懂，但不知怎么的，他瞬间就理解了那人的话。那人宣布辞去总统职务，并表示，他对人民失去一个大国的国籍深感不安，这将会给所有的人带来严重的后果……

办公室场景忽然消失，随即闪过一个夜空下的场景：一面红色的旗帜缓缓降落……这场景一闪即逝，伯恩看清了红旗上的图案。

洞室内一片可怕的寂静。

"怎么了……"伯恩听到自己发出的声音，然后，就看见了站在他身后的安德森和豪斯将军等人。他们都在怔怔注视着他。只有索罗斯博士关注着监控屏幕，盯着呈一条直线的波形图。

"没反应了？"索罗斯神情疑惑地问。

伯恩悚然呆立。这一幕情景仿佛重现。

"怎么样？"安德森问，"教授，你感应到了什么？"

伯恩深深呼出一口气，下意识地说："苏联解体了。"

"什么？"

"你说什么？"

安德森和豪斯将军连声发问。听到伯恩如梦方醒的话，两人一脸惊诧。

"我看见了……"伯恩定了定神，缓慢而清晰地说，"苏联总统在办公室里宣布辞职，克里姆林宫上空的苏联国旗降下。"

在场众人面面相觑，沉默了一阵。

"搜索情报，核查。"豪斯将军首先反应过来，下达指令。有几人扑到监控台那儿，通过计算机系统链接情报内网，人人皆是紧张异常。

"你怎么看见的？"安德森问。

"就那样……"伯恩比画了一个自己都不明白的手势，"也许是感应，大脑神经异常触发幻觉。它让我产生了感应，恍惚看到很多场景，就像坐在电影院里那样。"

"邪门！"安德森摇头说。

"他没反应了？"索罗斯博士重复嘀咕，"没反应了……"不相信似的反复检查监测设备，"只剩一点生理活性，全无意识场波动。糟了，糟了，怎么回事？"

"要死了吧。"安德森说。

"不可能！"索罗斯叫起来，"他不会死的，永远都不会死。"博士转而盯着伯恩问，"你对他做了什么？他怎么了？"

"不知道。"

"你还看到什么场景？"索罗斯连声追问。

"很多……但记不清了。"伯恩反问，"那是什么东西？"

"你居然不知道？"索罗斯奇怪地看着他，忽然嘿嘿冷笑起来，"你不是有感应吗？一无所知，还敢预言什么苏联解体，苏联有总统吗？哈！你胡言乱语说梦话吧。"

安德森和豪斯将军狐疑地盯着他，恐怕也认为他说的事太荒唐。

伯恩沉默不语，隐隐感到不安。他察觉到有些不对劲，之前那种压迫他的意识场仿佛消失了，头脑沉重，但没了那种特异的麻痹感。他转身看向玻璃箱里的那东西，漆黑一团，什么都看不清。

一切恢复平静，仿佛奇异的事从来没发生过一般。

疲倦感袭来，伯恩只觉浑身丧失气力似的虚弱。他摇摇晃晃地坐到椅子上，茫然看着实验组人员忙碌地操作着计算机和监测设备。安德森和豪斯将军低声交谈，像商议着什么事。过了会儿，安德森过来对他说："我们走吧。能走路吗，还要不要我推你？"

伯恩摇头，站起身跟着安德森离开洞室。在转进隧道时，他回头又看了眼那玻璃箱。里面依然漆黑沉寂，隐藏着看不透的谜团。

走出绿屋，两人离开这座庞大的设施，顺着走廊原路返回。

安德森一路沉闷地走着，没和他说话。伯恩实在按捺不住了，就问："苏联有可能发生剧变吗?"看刚才的情景,很显然,情报部门没有证实他感知到的重大状况。幻境所见实际上并未发生,这让他疑惑不解。安德森一副懒得开口的样子,只是瞥了他一眼,眼神中鄙视讥讽之意甚重。

乘坐电梯来到地面。安德森称要留在基地处理事情,吩咐手下人送伯恩离开,问他要回洛杉矶市区,还是去旧金山。

"不去DIA分部了?"伯恩问,"评估工作不是说需要两周吗?"

"结束了。"

安德森无精打采,不耐烦地挥挥手,说:"你该干吗就干吗去吧,过后会支付你报酬。"这话说的就像施舍零钱后急不可耐地打发乞丐。

伯恩苦笑无言,随后坐上一辆汽车,被押送似的离开空军基地。

午后阳光烈烈,暴晒着荒芜的沙湖,远山孤寞,任凭风沙肆意掠过。汽车渐渐远离这片沉寂的荒野,伯恩看着车窗外的野地里一闪而过的约书亚树,神思恍惚,不觉有种莫名的伤感。

那梦中的树没有洁白的树花,天地安静依旧,树下空无一人。

第10章　天堂之门

伯恩搭乘晚班飞机返回旧金山湾区。

城市灯光璀璨，机场大厅里人来人往，三五成群，可这繁华景象与他全然无关。仿佛被世界遗弃了，他孤零零地打车去兰迪的公寓。

公寓里的场景似乎和他离开前一模一样。伯恩有种奇异的错觉，隐隐听到唱机播放着交响乐，仿佛推开门，就能见到兰迪窝在沙发里，手拿还剩一点博林格香槟酒的玻璃杯晃动着；又似乎抱着吉他，随意拨动着弦，抬眼看着摊在桌上的书……然而，伯恩只看到空荡荡的房间，室内还是原来的样子，可是，人已经不在了。

伯恩巡视着走了一圈。

浴室里，他那天匆匆离开没有放干净的浴缸水还剩一摊，水浑浊泛黑，散发着一股腐臭气息。洗手盆里漂洗的衣服也变得肮脏不堪。他无心收拾，回到客厅，从柜子上找了一瓶酒和一个玻璃杯，坐下自斟自饮。

他没吃晚饭，酒水入肚，醉意很快袭来。他歪歪斜斜地窝在沙发里，头脑茫然，什么都不想。恍惚间，他瞥见沙发坐垫上沾着一丝黄色的细线，用手指捻起来一看，是一根金发。

艾薇的金发，泛着耀眼的金黄色光芒。

伯恩闻了闻金发，恍然感到一缕温热气息，淡淡的幽香，令他痴狂迷醉。他在天旋地转的晕眩中拎起酒瓶大口大口地灌酒，沉醉在黑夜中。

恍然没有梦境，他的意识空旷，如那一片孤寞的荒野。

风停了，尘埃落定。

当他头痛欲裂地从宿醉中醒来时，已是翌日黄昏时分。

他感觉自己如同死人一样散发着溃烂的腐臭，可实际上，他还活着，悲哀地感到饥饿感强烈得比头痛还严重，他不得不先找了止痛药吞下，然后下楼去快餐店吃了点东西。

身体舒坦了些，但心底压抑依旧，该面对的事情还得去面对。

他在街边电话亭打电话给威廉·摩根，想把记事本交给这位科学捍卫者的领导人。这些天记录的资料也许有用，就算以后不进行调查了，至少可以作为证物保存。

摩根夫人接的电话，说摩根去了天堂之门墓地悼念兰迪，半小时前出发的，估计人已经到那儿了。"威廉的精神状况很糟，莱茵死后更差了，白天神思恍惚，晚上彻夜难眠，还问我有没有听到声音——兰迪的说话声。天哪！"摩根夫人的声音明显透着焦虑，"他坚持要去墓地一趟，还不准我陪着去，真担心他发生意外。"

伯恩心头沉重，好言安慰了摩根夫人："不会有事的，我这就前往墓地找摩根。"挂了电话，他有种不祥的预感，立刻乘的士赶过去。

到墓地下车时，夕阳沉落，他见天际的金黄云层仿佛是燃烧的凤凰。

他心急如焚，一口气跑到兰迪的墓碑那里，却不见摩根的身影。山顶上的这片墓地绿草幽幽，四周空旷，杳无人踪，山风吹拂着树木枝叶沙沙作响。太阳沉落很快，转眼就要消失在远方的天际线之下。天光骤暗，墓碑如林，折射着余晖，犹如一个个泛着微光的人眼，洞悉人间似的与他冷漠对视。

艾薇和兰迪站在阴影处，灰白的脸缺失眼珠，只剩下寂静的空洞。

"摩根、摩根……"伯恩失控呼喊了几声，拔腿奔跑，穿梭在一排排密密麻麻的墓碑之间寻找。视线晃动，他感到恶邪之眼注视着他仓皇的背影。

墓地教堂的大门紧闭，树影遮掩了屋顶上耸立的十字架，充斥天地间的那种无形的意识场也似乎震荡起来。他收住脚步，惶惶四顾，发现自己在不知不觉中闯入了墓地的北面。这里的墓碑寥寥无几，一片荒凉。

"咚咚咚……咚……"一阵异样的熟悉声响传来。

他屏息凝听，在徐徐晚风中赫然听见掘墓的声响。"咚咚咚……"挖土声清晰入耳，直扣心弦。

"咚咚咚……咚……"地面颤动。

他转过身，顺着声音缓步走过去。那边晃动着一个灰暗的影子。

墓地北面的这块地通常用于埋葬犯人、凶手或自杀者，这是专为那些需要拯救的罪人而设置的葬身之地。摩根就在这里，手持铁锹一下下挖下去，在地上挖掘着一个土坑。昏暗中，他看不清摩根的面容，只感到这位老哲学家的身上焕发着一股疯狂而又冷酷的劲头。

一阵虚软无力，伯恩没再往前走去，他靠着附近的一块墓碑，默然注视摩根的掘墓之举。泥土堆高了土坑的边缘，那坑洞黝黑深邃。摩根站在坑里只露出肩膀和头。随着掘墓声传来，一股燥热的腥臭气息弥漫。哲学家看似完全丧失了理性，犹如绝望的屠夫正持刀为自己剔骨。

不一会儿，摩根停下来，盯了坑洞片刻，忽然倒身躺下去。无声无息，什么动静都没了。

不知摩根在洞底是累极了晕过去，还是就此死去。伯恩走到坑洞边缘，往下俯瞰。阴影黑乎乎的，他隐约见摩根睁着眼，仰面躺着，望着夜空。

"兰迪告诉我，你也会来的……"摩根突然说话，声音嘶哑，"你会来的，我们都会来这里相聚，无一例外。"

"摩根先生，你还好吧?"伯恩问。

话一出口，他哑然笑了下，觉得自己的话有些荒谬，问一个躺在墓坑里看似要死的人"还好吧?"未免有种嘲讽之意。当然，他感觉摩根不会在意的，换作他也不会。这一刻，他们已然没了什么可在意的东西。他们所遭遇的事本身就是一个莫大的讽刺。

"还行，决定来了以后就舒畅多了。"摩根喃喃自语般说，"就是有点累，很累。长途跋涉走完一辈子的疲倦……噢，星空闪亮，美极了。"

"所以你决定来这里自杀?"

"我不配活在美好的世间，我该下地狱。"

"你做过什么?"

"我是罪人，这我知道，但是上帝啊，通往地狱的路真的太长了……"

"我们没在教堂，摩根先生，那扇门关闭着呢，你不用忏悔。如果愿意，请告诉我你遭遇的事，你为什么有罪?"

"好吧! 伯恩，这事得坦白说一说。那天晚上你问我，感应到了什么意象。实际上那不是意象，也不是幻觉，尽管我很希望是……我开车碾死了一只猫，谎言，肮脏无耻的谎言，那不是猫，是人，一个活生生的人，他被我碾死了。"

"那人是谁?"

"一个露宿街头的流浪汉。我见过，不止一次，他就在那片街区，整天坐在街头敲打一只铁皮桶，神经有点问题……但这不是我碾死他的理由。上帝啊，我有罪，手上沾满了血……"

伯恩听得出来，摩根的声音尽透痛苦，尽管昏黑的面容看似平静。

"夜晚的雨很大，我没看见穿过路面的人。老眼昏花了，还有点瞌睡，看完一场歌剧我累了，想尽快赶回家。就那样撞上去了，没听到声音，只感觉车子跳了一下，好像不严重……那人躺在路边，脸朝上对着我，头发处流淌着雨水，肠子流出来了……当时我害怕极了，也许吧，潜意识里我觉得不值得为这种人负罪。

他死了，周围没目击者，我就开车走了。瞧！我多无耻，罪不可恕，骨子里流着大雨洗刷不掉的罪恶，我不配跪在教堂里忏悔，这儿才是我的葬身之处，我是罪人，罪人……"

摩根的声音低沉下去，断断续续，含混不清，似乎被口水哽住。过了一阵，伯恩从地下传来的呜咽声听出来，这位哲学家在痛哭。

夜黑沉沉，天际悬挂着一轮上弦月，穿梭在薄云之间若隐若现，月色皎洁绝美。伯恩看了一会儿，吁口气，他趴着坑洞边缘滑到底，去搀扶摩根，对摩根说："走吧！我们离开这里。"

"我哪儿都不去……"摩根挣扎起来，手臂还挺有力。

"摩根先生，除了这里，除了教堂，还有个能让你赎罪的地方。"伯恩说，"我陪你去警局自首。只有待在监狱里，一切恐惧才会过去，否则，他永远在雨夜里看着你。"

摩根惊恐地摇头，身子颤抖不停。

伯恩等了好长时间，等到摩根平静了，搀扶着他离开墓穴。

月光朦胧，那一弯月牙高悬于天幕，冷寂俯视着行走于墓地上的两人。

一小时后，他们来到帕拉奥图市警局。进去自首前，摩根吃了伯恩买来的一个汉堡，喝了一杯热果汁，并在他的帮助下，处理好手上磨出血泡的伤口。摩根打了个电话给妻子，随后对伯恩说："谢谢你！"

"准备好了吗？"他问。

摩根点点头，推开门，稳步走向警局大厅，走进了明亮之处。

他注视着哲学家那挺直的背影，忽然想到基尔克果的一句话："如果人是一头野兽或是一个天使，他就不可能有畏惧。只因人是一个综合体，他才有畏惧，并且越是畏惧就越接近真正人的存在。"

接下来就是程序上的事了，警员带摩根去做笔录，摩根夫人和律师在赶来警局的途中。伯恩办完这摊事感觉轻松多了，他看了看手表，然后对另一名值班警员说："麻烦你了，得为我忙活一阵。"

"先生，你需要什么帮助？"那鼻头上有雀斑的年轻警员问。

"我杀了人，一周前。"他平静地说。

这一夜，伯恩在警局的拘留室度过。

他口干舌燥，喝了数杯咖啡和水。录口供时他说了太多的话，似乎这些年所说的都不及今晚这样多。言无不尽，他彻彻底底供述了杀人抛尸的过程，包括所有细节和心理活动以及事发后为逃避罪责清理现场的所作所为。年轻的警员脸色发白，显然被某些可怕的陈述惊吓到了，最后警员带他进拘留室，锁门前看了他一眼说："伯恩教授，你被魔鬼附体了。"

这间囚室的布局简单，就一张沙发，一把椅子，右侧墙面上有一扇玻璃窗，但看起来比他想象中的舒服，也没有那种令人恐惧的艰苦和难堪。

伯恩有些累了，却毫无睡意，他就坐在椅子上发愣，怔怔地看着墙上的计时器——自从他进来后就开始计时，六个小时后，他将被转到另一处关押场所，不得保释。

时间是个奇怪的东西，看不见摸不到，于无形中影响着事物的命运，它把一切都变成了追悔莫及的记忆。

待在囚室里的这段时间，伯恩在脑海中反反复复回想了自己的一生，追忆着之前他不愿也不敢多想的艾薇，还有那梦中的女人——安雅。

现实与幻境纠缠在一起，曾经挚爱的女人，活生生的，全都铭刻在记忆里，清晰而又恍惚，宛若昨夜那一弯皎洁的上弦月。艾薇像是反射太阳光亮的那一面，安雅就是另一面，两者其实为一体，高悬于夜空，清幽凄美。月有阴晴圆缺，人间有悲欢离合，一切过往之事、所有逝去的人，恰似沉浮在一条时间长河里的沙与沫，然而却上演着无尽轮回。

又或者，这一秒一秒跳动的时间实际上不存在。世界并无背景时空，永恒的轮回在抽离了时间尺度之后仅是一刹那的虚无。万事万物皆为意识场制造的一个个虚幻，从来没有过海岸上的沙与沫，世界本来无一物，唯见境由心生。他这样痴痴想着，心境沉寂下来，无怨无忧，无喜无悲，一切自然而然。

清晨。

拘留室的门被推开，科曼探长进来对他招了招手："走了。"

这位与他有过一面之交的探长拧着眉头，看似还想对他说什么话却欲言又止。伯恩也是默然无语，跟随科曼走出拘留室，来到大厅。

"回去好好休息下，别再胡思乱想了，教授。"科曼冲他摆摆手，随后趴在办公桌上签写警务记录。

伯恩站一旁等了会儿，却见探长与一名警员谈论着些琐事走向办公室，竟不再理会他。也没有别的警员来管他，就这样将他撂在大厅。

"科曼先生……"他不禁呼喊了声，"让我去哪儿？"

"随便你，回家，或去度假、疗养都行。"科曼回应说，"你留着我的电话号码，有需要就直接找我，别再打扰其他人。"

他怔了一下，以为自己听错了。

"噢，DIA的人在停车场等你。"科曼指了指门外，"他为你做证，办理了无罪释

174

放的手续。不过，我还是得告诫你，以后没事别再来报假警，这是要受处罚的。"

"你说……无罪释放？"伯恩顿时错愕。

科曼哼了声，不再搭理他，转头走了。伯恩果了一下，紧走几步追过去拦住科曼："说清楚点，我明明杀了人，怎么会是报假警？"

"杀谁啊？你做梦吧！"科曼不耐烦起来，粗声说，"十分钟前，我和艾薇·兰迪通过长途电话，她现在在多伦多大学实验室，正准备忙工作了。教授，我不管你是中邪了，还是精神失常，拜托你别来警局滋事，我们时间有限，一大堆破事忙不完……"

伯恩怔怔听着科曼的牢骚话，头脑忽冷忽热，一片惘然。

"喏！她的电话号码。"科曼塞给他一张便笺，"你有空儿去找'受害人'聊聊，做个心理辅导，啊哈……"科曼讥笑着转身而去。

伯恩手拿这张黄色的便笺，盯着上面一串晃动的数字，晕眩了片刻。

艾薇还活着？她还活着……我没杀人，也没抛尸墓地？那是一场梦，一场荒诞的噩梦！

可明明记得真真切切……记忆难道是假的？这个世界也是一场虚幻？

伯恩抬头看向办公桌上的电话机，只觉心脏狂跳，浑身发软，他毫无勇气走到那儿拿起电话筒。他该怎么与艾薇通话？你好！我是保罗·伯恩，你还活着吗？太好了，万分幸运！你还记不记得我？简直太荒谬了，一场怪诞至极的噩梦……伯恩的脑袋乱成一锅粥，耳膜嗡嗡震荡，仿佛世界在崩塌，他失去了正常的思考能力，机器人般僵硬地走向警局的大门。

他推开门，只见外面朝阳耀眼，恍如另一个崭新的世界。他拖着腿走了几步，实在无力了，软软地就地坐在警局门口的台阶上。

停车场停着一辆林肯车。杜克军士坐在驾驶室里悠闲地抽着烟，冲他的方向吐了口烟雾，挥挥手说："嗨！教授，这边……"阳光灿烂，这位健壮的黑人笑着，露出一口健康的白牙。

"我到底是谁？我是谁？"伯恩双手抱头，一阵阵恍惚，没能察觉杜克下车走到了他身边，直到杜克大声问了他几遍："你还好吧？"

"糟透了。"他喃喃地说，"我真实存在吗？你告诉我……"

"有点反常。"杜克说，"但完全能肯定，你是血肉之躯。"

"那天晚上，我都干了些什么？天哪！"

"通灵术测试结束，你一个人离开实验室，开车去了兰迪的公寓。"

"一个人？"

"是的，你独自一人。我没见到你供述的情况。艾薇·兰迪不在场。"

"你怎么看见的……你跟踪我？"

"实不相瞒，你是 DIA 布控的对象，我们行动组对你进行 24 小时跟踪监控。当然，不是因为你要谋杀谁。上司认为，你涉入一宗危害国家安全的重大案件，你是关键人物之一。"

"我没有……"伯恩摇头，感觉脑袋不堪重负。

"别担心，教授，对你只是背景调查。"杜克军士坦诚地说，"主要是跟灵学会的某些非法活动有关，据说你是他们选定的'圣灵'。这事我们当然得查清楚，你说是吧，请你理解。"

"为什么是我？"

"还不清楚，事情诡秘得超乎想象，我们往后还得深入调查。"

"怎么办？我怎么办……"伯恩痛苦呻吟。

"别乱想，适当休息一下，该干吗就干吗，不要有思想负担。"

"说的容易……天哪！我明明记得勒死了艾薇，双手沾满了血……"

伯恩摊开手，只见掌心那一道道伤痕犹在眼前，绳索勒的、铁锹和铲子的木柄摩擦造成皮下瘀血的印记依稀可见，这让他如何相信自己没亲手犯下罪恶之事？

"真实情况是这样的。"杜克说，"凌晨 5 点，你离开公寓驾车上路，我们一路尾随着你，到了天堂之门墓地，并暗中观察，就看见你在那里挖坑，不知想干吗，你扔了一个行李包到坑里，然后回填，整理好现场，又开车回来了。噢，你还在麦当劳吃了点东西，然后去洗了车子，差不多早上 8 点回到公寓。"杜克笑了笑，"教授，你梦游一样忙活，我也跟着累得莫名其妙。"

"行李包里……装着她的尸体。"

"教授！"杜克不容置疑地说，"包里什么都没有，除了一捆绳索。"

"她的尸体不见了？"

"你还没明白？艾薇·兰迪根本没去过公寓。葬礼结束的当天下午，她就乘机返回了多伦多大学，至今没离开加拿大。"

"幻觉、幻觉、幻觉……"伯恩喃喃说着，脸皮抽搐似的笑起来。"艾薇还活着"这事本该使他欣慰的，但他却丝毫没有庆幸的感觉，只觉心里堵得慌。他举目四望，满眼是世界的荒谬怪诞。

杜克拍了拍他的肩膀，算是安慰，随后掏出一个东西递给他。

这是一枚钻戒，他遗失的订婚戒指。

"草丛里找到的，你丢的吧？"杜克抱怨说，"你在黑夜里挖了个坑，害得我们行动组的人搜索了两三天，差不多翻遍了那片泥土，各种调查采样、化验分析，谁都猜不透你的真实意图，直到看了你昨晚的笔录。"

伯恩盯着手里的戒指，"呵呵"干笑了几声，声音嘶哑。

"教授，你干得不赖。"杜克说，"换作我遇到这种怪事，我也不确定会不会来自首，也许，我会选择逃往墨西哥。我有个哥们儿在那边混得不错，为我安排一下，隐姓埋名过一生总比蹲监狱好点。"

"我杀了人，我有罪，我是罪人……"伯恩惘然无措地念叨着。

"走，我送你回家。"杜克劝说，"睡一觉，一切都会好起来的。"

伯恩散了架似的浑身无力，依旧坐地不起。

"要不送你去医院?"杜克问。

伯恩摇头说："歇口气……你再给我说点什么你知道的。"

"所知不多，我的级别不够。"杜克耸耸肩，"我看就算中校先生也未必知道多少。大事件在爆发之前往往是那么的平静。"

"大事件?"

"先上车吧。"杜克扶他过去坐上林肯车。

升起车窗隔绝了外界，杜克郑重其事地说："你有个绝密代号'黑镜人'，他们这样告诉我，你是一个具有特殊使命的人物。"

"黑镜人……"伯恩惨然一笑，且听这位军士还会说出点什么怪事。

"二战结束至今，整个世界暂时稳定下来，形成一种微妙的平衡格局，总体来看，和平来之不易。"杜克绕了个弯子说，"但还是有意想不到的大事发生了。现在国内外局势都非常紧张，暗势力涌动，非常规的恐怖组织在活动，我们现在异常吃紧。"

"怎么非常规?"

"教授，这个你应该最有感受。"

"灵学会?"

"准确地说，是全球级的灵媒组织。他们遍布世界各地，势力蔓延到了大部分国家，渗透进各个领域，政治、经济、文化、学术。你所见的仅是冰山一角。"

"他们想要干什么?"

"目前还不明确。"杜克深吸了口气说，"他们是魔鬼的代言人。这可不是形容词，也不是神话，就是真正的魔鬼，地狱里那位邪恶之徒。据情报分析，他们很有可能要招魂恶魔到人间。"

"真的有地狱、魔鬼?"伯恩嘴角抽动着笑了下。

假如换作一周以前，他根本不会相信这种荒唐的鬼话，但在心灵备受煎熬的这些天，他的认知彻底被动摇了。

"也可能是幽灵。"杜克指了指头说，"幽灵入侵大脑，操控人的意识。现在高

177

层紧张极了，我们毫无防御的办法，没有任何武器能够对付无形的幽灵，它完全不可测，国家和人民极度危险。"

伯恩惘然问："我能做什么？"

"配合我们查清楚，无论用什么方式，尽快挖出事情真相。"杜克开动汽车，转上街道，"伯恩教授，你已经身陷其中了，忘掉个人得失和那些负面情绪，这是你的重要任务，也是国家赋予你的特殊使命。"

"好吧……我们现在去哪里？"

"你想去哪里？"杜克反问。

"我……我不知道。"

"没事你就照常活动，随便溜达溜达，想做什么就做什么。今天以后，需要接触的时候我们会找你。沉住气，灵媒组织的人早晚要露面，对于他们，你也是一个至关重要的人物。"

"那就去斯坦福。我困了。"

"也行，好好睡上一觉，你的脸色很糟。"杜克把车开往斯坦福大学，给他鼓劲说，"你得站起来，就像挥动铁锹掘墓那样，亲手挖出真相。"

伯恩不禁颤抖一下，问："摩根先生呢，他也遭遇了一场虚幻的噩梦？"

"摩根所言是真的。警局档案有记录，那个流浪汉死于非命，一场没查到肇事者的车祸事故。目前，律师保释了摩根回家，等法院传讯开庭。"

"真不幸！他有罪，我却被释放了……"伯恩再次感到世界的荒谬。没了半点精神气，他像一坨烂泥似的晕沉沉瘫在车里。

车流中行驶着一些看似普通的轿车，前后左右夹着他们的林肯车一路随行，直至进入斯坦福校区。

杜克在校舍附近停车，推了推他，说："去吧，今后多留个心眼。"就在他下车时，杜克又补充了一句，"这段时间你最好不要离境，除了加拿大。你如果想去找艾薇·兰迪，那就去一趟。"

伯恩木然点头，拖着沉重的脚步回到他的住所。熟悉的环境让他绷紧的神经松弛下来，他无念无想，当即倒在床上就入睡了。

往后一周，伯恩哪儿都没去，整天无所事事地待在校舍里。

期间，他打了个电话给玛利亚，告诉母亲他平安无事，坦诚说了他和克丽丝分手的情况，原因在于他爱上了另外一个女孩。"真遗憾！"玛利亚叹了声，"你是不是为此感到内疚？其实，不管你做了什么，有什么选择和决定，我都能接受。别担心你父亲，他就会抱怨一番，改变不了什么，最重要的还是你自己的感受。

保罗，那女孩让你很动心？"

"是的，妈妈！她是我的梦中人。"

"你们现在发展得怎么样？"

"心心相印，却又形同陌路，恍如在两个世界。"伯恩苦笑着说，"情况有点复杂。"

"那就慢慢来，一切事情都在变化中，就像烤炉里的面包需要点时间才会变得香喷喷的。"通话结束时，玛利亚乐观地祝福了他。

确实如此，无形的时间能改变有形之物，让虚幻的记忆有了真实的注脚。伯恩渐渐接受了他遭遇的心灵洗涤之旅，从痛苦的往昔中品尝出别样的回忆，不仅有劫后余生的欣慰，更多的是对世事无常的感悟。身处这种非同一般的旋涡里，个人的力量根本无从抗拒，人如草芥，随波逐流，不知漂向何方。

这天，他走出屋子透气，沉静下来，漫步在斯坦福校园。

暑假期间学生不多，校园里的氛围清幽祥和，让人根本看不出这平静之下还潜伏着什么危机。他的感受却不一样。自从在第51区接触了那坨东西，他的大脑仿佛发生了某种变化，隐约感应到庞大无形的"意识场"一直存在于他的脑海深处微微震荡。这种感觉很奇特，像做白日梦那样，恍惚间闪过一些凌乱的意识，干扰着他的正常思维，但当他凝神去思索时，却又抓不住那些一闪即逝的意象。他大脑里似乎多了点东西，负荷沉重，压迫着脑神经，致使他脑后的某个区域隐隐胀痛。

假如世上确实存在幽灵般的意识场，它能侵扰大脑，这是否就是人们通常认为的灵魂？

当人们偶然遭遇到某些难以解释的幻听、幻觉和异常感应时，也许就都归为亡灵在作祟，相信在人间之外存在一个地狱或天堂那样的灵魂世界。其实也有可能，它不是人的灵魂，而是某种超出我们认知范畴的异类，是一种神秘的量子态生命。它的意识场宏大到充盈整个世界，细微至无形无相，暗不可测，超然于物外，以至于我们无法探知它的存在。

伯恩想到了1964年那场变故。大量例证表明，世界遭到了这种异类的侵袭，许多人被控脑影响，导致精神反常、行为失控，严重的甚至自杀或杀人。

而他出生在那一天，受异类事件的影响，他的大脑发生了变化。

军方高层肯定掌握更多的内情，这是否就是把他列为"黑镜人"的缘故？这个绝密代号还有什么深层含义？为何过了30余年他才被卷入其中，这期间还发生了什么异常的事？伯恩通过从绿屋负责人索罗斯和杜克的口中得知的零星信息判断，这些年里，世界上肯定发生过许多超自然现象、灵异现象以及某些非同寻常的事故，只不过都被隐瞒了，大众对此一无所知。

人类的灭顶之灾未必是突然而至，某些潜伏着的重大危机，普通民众根本没知情权，往往到最后危机爆发时才发现。

世界被幽灵般的异类入侵——他确信杜克说的并非危言耸听。

环顾校园，伯恩见阳光漫漫，林荫道上来往的人们惬意悠闲，没人嗅到可怕的危险在迫近。谁知道在将来的某一刻，他们的大脑会不会突然异常，发疯般的失控杀人？

这种情况该怎么预防？我们的大脑如何才能避免被幽灵般的异类入侵？

据杜克所言，我们甚至连它究竟是何物都还不知道，更谈不上抵御它的方法。只有设法挖出真相才行。伯恩生出强烈的紧迫感。他确实得抛开个人负面情绪，尽快行动起来，从更高的层次来寻找破解"斯金纳箱"的出路，走到箱子外面，看清这一场诡秘事件暗藏的玄机。

伯恩思索着，不知不觉中走到一栋建筑物附近。看铭牌，这里是斯坦福著名的Bio-X研究中心。

Bio-X中的Bio为生物学，X泛指物理学、化学、工程学、医学等其他学科。在最前沿的生物科学领域当中，需要许多学科交叉研究，特别是基于同步辐射的结构生物学、单分子测量、纳米技术、脑科学、生物医学工程等。这座宏伟的研究中心非常有名，伯恩略有耳闻，这是由朱棣文教授说服一些大企业捐资、主持组建的目前世界上最尖端的研究实验室。

他读大学期间结识的一位分子物理学博士，毕业后就留在这里从事研究工作。两人曾私交甚好，后来各忙各的，一晃六七年没联系了，不知这位博士是否尚在，现状可好？

伯恩心头一动，到Bio-X研究中心找接待人员询问博士的情况。

"刘博士啊，他在球馆奋战。"接待员说，"研究中心的篮球赛。"

"研究员还打球？"伯恩有些诧异。

"那当然，你以为他们就是一群戴着眼镜、弱不禁风、沉湎于实验室的怪物吗？"接待员努了努嘴，推崇地说，"刘博士可是一员猛将，场均得分'20加'，带领他们实验室的球队杀入了决赛。"

伯恩问明了地址，当下就去了篮球馆。

这是研究中心内部举办的小规模比赛，观众席上的人不多，只见赛场上双方球员你来我往、快速运球、转移、卡位、投篮、拼抢篮板……看计时器，比赛临近最后一节的尾声，双方比分咬得很近，场面看起来还是蛮紧张激烈的。观赛的一众研究员都没了半点斯文样，纷纷站起来挥舞着手中的小旗子，为各自的实验室球队呐喊助威。

在场上一堆高壮的白人和黑人球员之间，伯恩很容易就找到了那位黄皮肤、黑头发的刘博士。他体格健硕，运球如风，在场上杀出杀进，硬扛对方的防守球员，球技娴熟地将篮球一次次投进筐。

"刘忻！"广播声不时高喊得分球员的名字。

观众沸腾了，扯开嗓子，不停地大喊："刘忻、刘忻……"

呼喊声响彻球场。这个中文名听起来有点走调，声音拖长，收尾含混不清。刚认识那会儿，刘忻告诉伯恩，美国人叫他的名字听着像是"流星"的中文发音。

他确实像一颗从宇宙深空流浪而来、划过天幕、令人印象深刻的流星。

大学那时，伯恩的社交圈有点窄，兰迪推荐他加入吉他爱好者社团。伯恩还能接受这个，吉他给人的感觉像是一个久违的老朋友，性情温和而不浮躁，易亲近。在一次社团活动上，伯恩见到了刘忻。那会儿，刘忻刚来斯坦福大学读研不久，人生地不熟，有点拘谨，闷不吭声地坐在一旁，抱着一把磨旧了的与他同样毫不起眼的吉他。

刘忻的吉他是尼龙弦。

在那个冬日，天气有点凉，轮到刘忻为大家弹奏时，他腼腆一笑，呵口气搓了搓手，拨动了弦。

琴声一瞬间震住所有在场的人。

刘忻弹奏的是一首经典吉他曲《阿尔罕布拉宫的回忆》，振动的音乐像汪洋海浪一般在房间里荡漾，穿越浑厚的世纪岁月，激荡着深不可测的历史涟漪。那种直达心灵的音乐旋律，致人晕眩如遭辐射穿透，无可躲避地一下子就感到心脏被攥住。

《阿尔罕布拉宫的回忆》不仅是一首吉他曲，它凝聚了文明兴衰的宿命。

公元6世纪，阿拉伯帝国崛起，横扫欧亚大陆，建立了人类历史上跨越东西方最大的"大食帝国"。在那个时代，阿拉伯人将科学的萌芽发扬光大，冲破禁锢整个欧洲的基督教旧势力，建立起世界文明的新中心。屹立在阿萨比卡山上的阿尔罕布拉宫成了世界建筑的经典之作。但曾经光芒万丈的文明终有暗淡之日，在缔造文明的王朝倾覆后，华丽壮美的阿尔罕布拉宫沦为一曲绝唱，昔日的富丽堂皇不在，唯有艺术之魂凄美地萦绕在人间。公元1896年，某个傍晚，西班牙伟大的吉他演奏家弗朗西斯科·塔雷加来到这里。夕阳西下，只见旧日的宫殿残垣断壁，曾经绝美的雕梁画栋已成荒冢，但依然不失那种令人震撼的神秘的高贵优雅。塔雷加惆怅徘徊，感伤难禁，故国不堪回首的意境瞬间激发大师的想象力，于是诞生了这一首不朽的名曲《阿尔罕布拉宫的回忆》。

他以令人心碎的轮指演奏出曼陀铃般的音色，宛若绵绵不绝的叹息，倾诉着历史的变迁、生命的无常，追忆着往昔的光辉岁月，终归于永恒的平和寂静。

这是音乐雕刻出来的一幅沧桑壁画，累累笔触深远而意长，为后世之人留下了无限的回忆与遐想。

刘忻怀抱一把简陋的吉他，尼龙弦的温文尔雅被他流畅至极的轮指表现得酣畅淋漓，力度是那么均匀，轮指速度那么快，每一个单音入耳又是那么清晰，以极致优美的旋律委婉地再现了苍凉肃穆的意境。透过琴声，让人仿佛看见落日的余晖下，一位满头银发的老者坐在废宫的石阶上，仰头闭目，感受着微风拂过的凉意，沉思人类历史的沧桑……音乐的力量足以照亮整个房屋，穿透所有人的心灵，驱散蒙蒙晦暗，使心底深处隐藏的一切情感都脉络清晰地呈现出来。性情中人自能体会，伯恩尤为感触至深。当时，他整个人都恍惚了，只觉生命中一切失去之物犹如怒海回潮般猛击灵魂，一阵阵莫名的悲伤流过心间，凉意终不消散，不管时间过了多久，总会让他不时想起来，想起刘忻弹奏这首曲子的那一刻，那种直戳心灵深处的声音仿佛永远不会消逝。

非常完美的演奏！

刘忻曾谦逊地说，他没特别的天赋，练这首曲子练了好久。在他那个时代，很多同学都酷爱吉他，几乎人人都曾经在校舍里苦练不止，练出了许多吉他高手。他指点伯恩，轮指弹法难在均匀度上，右手不能贪图速度而失去清晰度。要用心感受其中的情感，旋律在大拇指上，在吉他与身体的共鸣之间，在那富含感情的灵魂深处。

持之以恒，坚韧刻苦，以音乐尽情表达至臻至美的人，心境和能力都让常人可望而不可即，令人钦佩不已。

刘忻的身边很快就聚拢了一拨斯坦福的吉他爱好者。每当社团活动日，他教大家弹奏一些经典吉他曲，然后就向物理系和数学系的高手请教学业上的各种疑难问题。伯恩通常见到这样的情景，刘忻一边拨动着琴弦，一边注目课本和专业书籍——《固体物理导论》《场论与粒子物理学》《凝聚态理论》等，遇到难解之处就当场求教于人，展开学术讨论。每当搞懂一个晦涩费解的难题，他才神朗意尽，抚琴而笑。

"不得不勤奋啊！"刘忻说，"我生于无知，而只有很少的时间来改变这种无知的状况。"

这让伯恩觉得，刘忻的生命活力就是来自科学知识积累的挑战。不停歇的学习是他的生活方式。每天三四点钟起床攻读，不足为奇，他也不以为苦。

简洁的屋子里，琴声潺潺流淌着西方经典《阿尔罕布拉宫的回忆》、柳贝特的

《阿美利亚的遗言》、卡宁·盖瑟的《伟大的独奏》……其间还涓涓流淌着希尔泊特、柯朗的数学物理方程和狄拉克的量子力学原理、爱因斯坦的广义相对论、舒茨的几何方法……还有来自东方的优美动听的《茉莉花》，以及一首让伯恩记忆犹新、弹奏非常简单，却蕴含至深情感的吉他曲。刘忻说，这是他初学吉他时，学会的第一首曲目，叫《轧钢工人》。

刘忻的父亲是炼钢厂的工程师，远在大洋彼岸的西南某山区的偏僻一隅，他坚守岗位，直至病逝。

无须多言，伯恩立刻理解了他在琴声里倾注的那种特殊情感。

正所谓曲高和寡，美妙的事物只能有少数人理解和坚持，因此这群人也多了一份孤独感，但更多的是拥有旁人不及的卓越才华。

兰迪是这样，刘忻也是如此。无论现实生活多么窘迫，他们创造出的精神财富足以传世。

球场上爆发出一阵灼热的呐喊声，拉回了伯恩的思绪。比赛到了读秒时间。只见刘忻在篮下占据有利位置，抢到进攻篮板，他闪身起跳，勾手补篮命中，最终锁定了比分，帮助球队获胜。

观众狂热欢呼。对方的一名防守队员失去重心，跟跄两步，抬头目送篮球入筐。输了比赛，那人恼怒地冲撞刘忻一下，骂了声："狗屎！"

"朋友，轻松点。"刘忻并不介意，汗淋淋的脸上带着明朗的笑容。

那人悻悻地走了，没再纠缠。队员们围拢过来与刘忻击掌庆贺，有说有笑，大家似乎都特别欣赏他。伯恩走向球场，感觉刘忻比以前更开朗了，也明显多了几分成熟和自信。看来他已经融入斯坦福的圈子，也完全适应了在美国的生活。

"嗨！保罗。"刘忻看见伯恩，微微一怔，欣喜地过来打招呼。

久违了的朋友再次相见，彼此都不觉流露出发自内心的微笑。

"去我那儿坐坐，一起吃晚饭。"刘忻换过球衣，热情地邀请伯恩，"我结婚了，我和妻子自己做饭，给你尝尝正宗的中国菜。"

伯恩欣然答应，当下就随刘忻前去他的住所。

路上两人聊了聊各自的近况。刘忻现在在Bio-X研究中心的玻色-爱因斯坦实验室，从事激光致冷捕捉技术的研究。

这项研究能深入了解放射线与物质之间的相互作用，探索分子和原子在低温下的量子物理特性。在实验室里，利用激光束达到冷却气体的效果，制造出接近绝对零度的低温（零下273摄氏度）。原本活跃的原子一旦陷入其中，速度就变得非常缓慢，从而容易被俘获。该技术有着广泛的实际用途，可以用来做精确的

"重力测量"，勘探海底或地层内的矿物质，在生物科技上可以用来解读DNA的密码，还可以借此研究"原子激光"，制造精密的电子元件，还可以用来测量万有引力，进一步发展太空宇航系统，运用于准确的地面卫星定位等。

刘忻说："研究气体的原子与分子相当困难，即使在室温下，它们也会以每秒上百公里的速度朝四面八方移动，唯一可行的方法是冷却，但一般的冷却方法会让气体凝结为液体而冻结。激光冷却的效果相当出色，这可是非常了不起的研究成果，朱棣文教授因此被誉为能'抓住原子'的人，足以获得诺贝尔物理学奖……"

他谈论起学术依然是那么神采飞扬，富有执着的活力。伯恩不觉微笑着说："工作稳定就行了，还是谈谈生活吧，你妻子怎么样?"

"她人很好，嘿嘿!"

"瞧你高兴的，除了'很好'就没别的可说的?"

"真的很好，很好! 哎，不知道该怎么说了……她去年来的斯坦福，主修数学和计算机。我们在今年5月1日结的婚，简单办了下。抱歉，都没请朋友，今天补过，我们为你下厨。"

"实际上，我们都住在校区里，离得不远。"伯恩见刘忻在的研究员公寓距离他的校舍最多不过1英里，不禁感慨，"也是奇特，我们竟然多年没碰见过。"

"7年零两个月。"刘忻笑呵呵地说，"这也没啥，大家总会有相聚的时候，就像今天。"

这套公寓的面积不大。一进门，客厅里的情形让伯恩很惊讶，视线所及之处堆满了书。室内的陈设几乎被各种各样的书淹没，桌椅上、柜子上、地板上全都是书，靠墙摞起一堆堆的书，高至几近天花板。伯恩惊叹地说："简直就是书海，堆这么高，地板能承受住吗?"

"我做过承重计算。"刘忻嘿嘿笑着，指了指书堆下面说，"瞧，垫了木板平台，扩大了荷载面积，增加了负重能力。根据建筑结构的分布，地板、梁的类型和支承材料系数，再放600本书也没问题。可惜空间不够了。不好意思，坐啊!"刘忻从书堆里抽出一把椅子让伯恩坐下，然后去厨房烧水泡茶，"还是红茶? 我记得你习惯喝英式下午茶。"

"行，别搞太烦琐了。"

"稍等，很快就好。"

"你妻子呢? 假期里应该没上课吧?"

"她在科技公司兼职计算机编程，就在硅谷。这时候也快回家了。"

"很荣幸认识她，你这位'很好'的妻子。"

"哈哈！"刘忻笑起来，从厨房探过头，"她要从超市买菜回来，说是等我赢了球，她做两道拿手菜犒赏我，如果输了，就做三道菜安慰我。"

"不错啊，令人羡慕。"

茶点备好，刘忻从书堆里移出了一个折叠小桌板展开，把果酱、一碟松饼、一壶热茶摆上桌。茶点虽然简单，餐盘、茶具和中国瓷茶壶看着却是有几分精巧，精雕细琢，宛如艺术品。而坐在这堪比图书馆的书堆之间品茶，尽管狭窄却不显寒酸。伯恩感觉甚好，心情舒畅多了。

"我妻子是上海人，还是讲究传统。她带来的这套茶器，算是嫁妆。"

刘忻手法熟练地泡茶，开水热腾腾倾注而下，玫瑰花浸在水中舒展开，茶香浓郁芬芳，自然扑鼻，溢满了蕴藏书墨气息的房间，闻之通体温热，沁入心脾，暖意盎然。

这下午茶的时光仿佛变得醇厚起来，令人安适，正如英国民谣传唱的那样："当时钟敲响四下时，世上的一切瞬间为茶而停。"

一壶热茶，可以洗风尘，与君一席话，足以慰平生。

伯恩品着茶，与刘忻促膝而谈，无所顾忌地述说了这段时间的遭遇。

他从兰迪之死说起。异常的自杀案引起了他的关注，继而开始调查灵学会，与科学捍卫者一起对帕顿夫人做了通灵术测试，之后就在他身上发生了心灵感应、噩梦以及种种可怕的幻觉。他幻见自己杀了人，还幻见了像另一个世界发生的场景和事件，体验到大脑遭受幽灵般的异类侵袭，还有他调查的一系列和意识失常有关的诡异事件等。除了涉及军方密封信息的那部分，伯恩全都讲了出来。最后说到他被无罪释放，陷入惘然彷徨之境。

伯恩这时平静多了，但这短短数天的经历，依然让他深切感受到那骇浪拍岸般的险恶，不觉一阵阵后怕。

刘忻一直专注听着，神色严峻，看似这诡异的事令他吃惊不已。

"你是不是觉得很荒唐，听着像是一派胡言？"伯恩苦笑，"唉！说实在的，我自己都怀疑自己精神异常。"

"保罗，你是心理学家，精神是否出了问题，你有足够的判断力。"刘忻直言说，"尽管这事有些超常规，但我相信，你痛苦、内疚的感受是真实的。当你说到那个女孩，艾薇，我能、体会到你的感受，真让人痛心。"

"你相信我说的话？"

"当然。"刘忻郑重地点头，不像似那种为了安慰他而刻意做出的附和他的反应，"兰迪离世，太遗憾了。其中必定有异常之处，兰迪这样的人绝对不会有轻生之念，实在太反常……"

"你也认为兰迪不是自杀？"

"如果有某种东西能影响人的大脑，兰迪也许就遭到了这样的控脑侵害，正如你的遭遇。"

伯恩舒了口气，一阵欣慰，一阵激动，感觉今天这趟来找对人了。他迫切地问："以你的学识判断，这种超常规的幽灵入侵人的大脑的事情有没有可能发生？"

"不好说，既然是超常规，就不能以常理来论。"刘忻斟酌了下说，"现在只能首先假定它是存在的，有相应的可观察到的结果，我们可以做的就是，探寻它是什么，怎么发生的。"

"它幽灵般无影无踪，但又无处不在。这从物理上能解释吗？"

"以物理学的观点来解释幽灵现象？"

"暂且称它为幽灵。当然，并非传统意义上的那种人格化了的灵魂，我觉得，那更像是……某种神秘的力量。"伯恩说着忽然闪过一个念头，想起在绿屋接触的那坨不明之物，"意识场，另外一类无形的东西，它与人的大脑发生作用，影响人的意识。"

刘忻想了想说："以物理来论，人与石头、与水、与空气没什么区别。构成我们身体的最小结构，同样是一些典型粒子。如果它能影响人的大脑，驱动我们的身体，那么它肯定能与我们体外的粒子互动。而到目前为止，我们已经对粒子互动进行过高精度测量，尚未发现类似的这种特殊现象。"

"是否存在还没探测到的特殊粒子？"

"现在的标准物理模型尚不完整，未知粒子肯定还有，但其效应必定极微小，要在粒子对撞机的探测范围以外，才有可能不被发现。"

"如果是一种纯能量呢？"

"幽灵要是以能量的方式存在，恐怕也得遵守热力学第二定律吧，那就会有个大问题，维持它存在的能量来源于哪里。"

"幽灵也需要'充电'，对吧？"伯恩以他的理解做了个比喻。

"是的，除非有额外的能量输入，否则，幽灵不可能存在太久。就像这一杯热茶，如果不继续加热，热水总会冷却到与环境温度一样的。"

"量子态呢，有没有可能？"

"说到量子层面那就太复杂了。"刘忻摇了摇头，"但有一点，物理学是实验的科学，我们光是猜想没意义，再多的推论，如果没有实验证明，那也没用。"

这话不错，但这种实验证明怎么做？伯恩毫无头绪，看着房间里的一堆堆书，他的思维仿佛迷失在了这茫茫的书海里。

"它存在的，存在的……我能感到……"伯恩喃喃低语。

绿屋里的那东西触发了他的一种奇异体验，他感知到一个庞大无形、浩瀚如海的"意识场"与他连在一起，就像海洋容纳一滴水，他与之成为一体，发生了某种神秘的反应。

"别急！我们慢慢来论。"刘忻见伯恩目光异样，神情恍惚，便出言安慰他，"再复杂难解的事，都会理出头绪……"

"有笔吗？给我一支笔。"伯恩若有所感，抬手指着靠墙的一堆书说，"就用那块白板。"

"哎，你怎么知道的？"刘忻诧异地起身走过去，从书堆夹缝里抽出一块白板，拿了记号笔递给伯恩。

"你想一组数字，随意想，但别说出来。"伯恩握笔放在白板上，看似要把刘忻想到的随机数字写下来。

"要让我想，你猜？"

"是的。"伯恩像要做某种"心灵感应"表演，魔术师凭空猜测观众手上的扑克牌那样。刘忻不知道他的意图，但还是略微想了下，在头脑中形成一组数字，然后说："我想好了。"伯恩凝神感应什么似的，目光死死盯着白板，神色变化不定。过了会儿，只见他拧着的眉头一动，执笔在白板上写出"0501"这一组数字。

刘忻不由得吃惊地说："这是我的结婚日期。"这组数字正是他心中所想。

"再来，换一组。"

"等下，你是怎么知道……"

"快！你先想。"伯恩急切地说，似乎他这种奇特的感应能力很快就会消失。刘忻随之紧张起来，立刻又想好了一组数。就在他想及的一刹那，伯恩在白板上快速写出"3.1415926"这一串数字。几乎与刘忻思考的同一时间，伯恩就写出了圆周率的这个常数，不差丝毫。

刘忻愕然。

"再来。"伯恩的神色越发怪异，急促地说。

刘忻愣神一下，还没来得及做出反应，但见伯恩的手突然挥动，连着在白板上唰唰写下两组数字："42""137.03599913"。伯恩写完后垂下手臂，急喘不停，脸色苍白异常，像耗尽了浑身精力似的。

"这不是我想的，我还没开始……"刘忻说。

"下一刻你会想到的，应该是这样……"伯恩长出一口气，缓过神来似的说，"我提前了3秒多点的预感时间，这不仅是巧合。"伯恩奇怪地打量着白板，手指圆周率，"我知道，这个数值代表圆周长和直径的比值。"他移动手指，落在

"42"这组数字上，"这个呢，表示什么？"

刘忻惘然摇头，心头犹存的震惊让他无法表达什么。

"你可能想到一个随机数，没什么具体意义。"伯恩跳过"42"，指向最后一组数字问，"这串数字呢？"

"宇宙常数。"刘忻脱口说，"物理学上的一个无单位常量。"

这是自然界里最重要的纯数字，一个奇特无比的常数，它让无数物理学家为之痴迷。我们的宇宙中存在着三个最基本的物理量：光速 c、单电子电荷 e、量子力学的普朗克常数 h。如果我们计算 $hc/(2\pi e2)$，就会发现三个常量的单位恰好抵消，只剩下这一个纯数：137.03599913。

这组数字用希腊字母"α"来表示，它没有单位。

科学家测量任何的物理量，通常都要明确它们的单位是什么，例如长度是米，重量是克，热量是卡，等等。如果不明确一个量的单位，只知道它的大小，那么毫无意义——除非它是个纯数字，压根儿就没有单位。α的奇特之处在于，这是一个不用单位的常数。假如在地球以外，别的星系之中还存在着其他的智慧生命，使用非人类科学的其他方式来计算这个量，不管怎么算，不管什么方式，最终都会得到这个数字。因此，它就被看作是自然界的普适常数——宇宙常数。

宇宙常数非常独特，奇妙犹如"上帝的产物"。

以数学的视角来看，我们的宇宙就像是围绕着优美的数学关系式而构建的。而数学是物理的基础，宇宙常数吸引了物理学家的重点关注，也引发了一些深奥的理论问题。它决定着带电粒子在电磁场中运动的轨迹，也决定了电子与磁场的作用强度、原子衰变的速度，在太阳和恒星的光谱中都有着它的影子。最奇特的是，宇宙常数不能多一点，也不能少一点，非得是这个数值，我们的宇宙才能维持正常运转。

这个数字如此关键，长久以来，物理学家和宇宙学家一直在猜想，它到底从何而来。它碰巧符合了这个值，还是另有某种奥秘，隐藏着来自宇宙更深层的理论？

"保罗！你是怎么知道的？"刘忻疑惑不解。

"突如其来的一种感知，很难描述……"伯恩只觉浑身冒汗，头脑发涨，一阵阵晕眩。他抓住白板，极力回忆这种奇异的感受，"幻觉一样，灵光闪现，我看到了些东西……仿佛记忆中的场景，遗忘了，忽然一下又想起来。"

"难道这就是超感、读心术？"

"不是读心……我幻见的是结果。"伯恩手指颤抖着摸索白板，仿佛这是一个神奇的魔术道具，"更像是预知，我想到了白板上写的内容，许多凌乱的笔画写着各种公式，写着中文标注，有你以前写的、以后写的、你将要写的东西。我还感知到我在白板上写下来的这四组数字，听到你说'宇宙常数，物理学上的一个无单位常量'。它很重要，很重要，很重要……"

伯恩满脸是汗，目光失去焦距般迷惘地盯着白板上的那个宇宙常数，口中喃喃说了几遍"很重要"，之后，他陡然像回忆起往事那样，紧接着说："有一个人，他很重要，他改变了我们对世界的认知……"伯恩说着顿了顿，转头看向刘忻，"和你一样，他也是个中国人。"

"谁?"刘忻吃惊地问。

"洞穴囚徒。"伯恩的眼瞳收缩了一下。

"什么?"刘忻听得一头雾水。

伯恩失神片刻，摇头说："想不起更多了，只感觉……你见到了他，有一天，你们在教室里……"伯恩断断续续地说着，忽地停下来，转而看向客厅的正门，神色异常，像看到了什么奇特的事。

刘忻顺着伯恩的目光看去，但见房门紧闭，那儿并无异状。

"你的妻子……"伯恩像是震惊于自己的意外发现似的说，"她回家了……"

刘忻凝神倾听，可他听不到室外有任何的人声响动，只听见楼上隐约传来收音机播放音乐节目的声响，听着好像是钢琴名曲《雨滴》。这是肖邦最浪漫的一首前奏曲，音符静谧飘荡，宛若雨滴声透过朦胧水雾，悠然传来自然田园牧歌……过了一会儿，雨滴声渐渐消失，刘忻忽然听到了轻微的有人走动的声音，由远至近，那脚步声越来越清晰，正是他最熟悉的人的——他的妻子周文樱。

脚步声在门外停下，传来了钥匙开门的声响。

房门打开，周文樱的身影出现在门口。她一手提着购物袋，一手抱着几本书，进门后就见到刘忻和伯恩齐齐注视着她。

"家里来客人了呀!"周文樱莞尔一笑，"你好!"

第11章　宇宙智慧

周文樱的话不多，她与伯恩打过招呼，寒暄了两句就去厨房做饭了。

"她名字的中文意思是'樱花'，蛮好听的。"刘忻微笑着说了一句，随后迫不及待地问，"保罗，你的超感能力是怎么来的？如果不是亲眼所见，简直不敢相信。"

这涉及绿屋的秘密，伯恩只能回避说："某种特殊的状况触发。实际上，不仅是我，世界上还有一些人具备这种异能。类似灵学会的帕顿夫人，她能感应来自'灵魂世界'的信息，感知非同寻常的事物，预见一些常人看不到的场景，包括过去和未来。"

"灵界……"刘忻沉吟着说，"它的信息源、信息传递途径是什么？"

"你是否认可多世界理论？"伯恩问，"如果存在另一世界，与我们的世界极其相似，通过意识与我们发生联系，能对我们造成影响。我的所谓预知能力，其实是感知到了另一世界已经发生了的事，但在我们的世界还没发生，或许永远不会发生。"

刘忻说："多世界是一种根据量子力学推导出来的理论，证明条件还不够充分。而且，多世界之间如果有联系，那还只能看作是同一个系统。这是矛盾的。另外的世界一旦与我们发生作用，它们本质上就已经属于我们这个世界。我更倾向于把宇宙看成是一个复杂的系统。"

"同一个系统下的两种方式，一虚一实。"伯恩说，"除了我们眼前这个可见的实体世界，还存在一个虚无难测的世界，无形中相互作用，相互影响……这又回到了探讨意识与物质关系的二元论上了，哲学家早在1000多年以前就思考过这个问题。"伯恩在白板上画出了一个图形——在DIA分部，他曾经画给艾维特博士看的"宇宙模型"——两个点和两个圆圈构成的图形。如镜像一般，左边的图形表示实体世界，右边的表示虚无世界。"两个圆圈代表一虚一实两种方式的世界，点代表意识。两个世界通过意识作用，发生着无穷的演变。"

看着这个形象简洁的示意图，刘忻有种熟悉的感觉，像在哪里见过，但想了会儿却想不起来。他说："保罗，你这样思考挺不错的，用科学的方法来探寻灵界，而不是一味地迷信。"刘忻笑了笑，又说，"我身边的大部分美国人都有信仰，坚信神灵的存在，可不会像你这样去追根问底。"

"你也是无神论者吧？"伯恩问，"怎么看虚无而至高无上的神灵？"

刘忻没有直接回答，指着白板上的那个点说："宇宙的广袤超乎想象，假如把整个宇宙缩小成只有地球这么大，那么，直径10万光年、拥有上千亿颗恒星的银河系的尺度仅相当于这块白板，我们所处的太阳系在白板上只不过是微小的一点，而人类更是微乎其微。宇宙中如果存在掌控一切的神，他为什么要眷顾我们这样一粒微不足道的尘埃？创造我们有何目的？"

伯恩说："如果宇宙最初没有造物主，是自然产生的，经过漫长的岁月，演化出了我们这样微小但具有智慧的生命。假如我们的文明史一直延续下去，在千百年、亿万年以后，我们的科技是否有可能创造出一个新世界？"

"你指的是'科技创世'？"

伯恩点头说："现代科学发展之路只不过几百年，我们就已经走到了今天这一步，谁能预测我们最终有没有创世能力？如果我们在千百年之后有可能进化成拥有神一样能力的超级文明，谁又能否定上百亿年的宇宙中不存在具有超级智慧的生命？如果有这种可能性，那么神创造我们的世界，宇宙是一个大的生命演化实验室，也就成了可能。"

"如果神灵是一种高阶智慧生命，会是什么样的形态？"

"无形无相，宏大到充盈整个宇宙，微小至量子态。"

"量子态生命？挺有意思的想法。"刘忻起身从书堆里找了找，拿来一本书递给伯恩，"这是兰萨教授的著作，书中观点类似你刚才说的，值得一读。"

兰萨教授被认为是世界科学家中的一位领军人物，现任欧洲大脑科学研究所的首席科学家，兼职苏黎世大学分子生物学教授。这所大学也是世纪伟人爱因斯坦的母校，许多学者甚至把兰萨和爱因斯坦相提并论。兰萨教授发表的论文和发明达数百种之多，有20多本科学著作。刘忻推荐的这本《宇宙智慧学：生命创造时空及宇宙》具有高度的哲学意味和"离经叛道"的奇特思想，提出了颠覆关于认知宇宙万物的全新观点。该著作一经面世，立即引起科学界的轰动。"宇宙智慧学"由此成为学者们高度关注和争论不休的一个热门话题。

"你先看着书，抱歉，我得给妻子搭把手。"刘忻去了厨房，和周文樱一起做饭。

伯恩专注地阅读起来，发现这本书是以生命中心主义为基础建立的一种崭新的宇宙观。兰萨教授认为生命智慧创造了时间和空间，创造出了我们所处世界的一切。兰萨在书中这样由浅入深地阐述自己的观点：

我们向太空深处凝望得越远，就越会意识到，宇宙的本质，并不能经由探测星系或观测遥远的超新星而充分了知。它远比这深邃，所涉及的恰好是我们自身。

某天，当我穿过树林时，这种了悟突然成型。当时，我抬起头，正看到一只巨大的金色蜘蛛，攀伏于我头顶树枝的蛛网之上。它"骑"在一根蛛丝上，伸着足，探测着蛛网另一端一只被缠住而奋力挣脱的昆虫所造成的震颤。这只蜘蛛勘测了它的"宇宙"，然而，这个玩具风车形的小蛛网之外的一切，对它而言则是不可知的；"我"——这个正在观察着它的人类，也极为遥远，就像望远镜中的天体之于我们。

然而，人类和蜘蛛之间又是何其相似。我们也处在一张巨大的时空网中，时空的"丝线"依据存在于我们心中的法则，编织成了这张网。

没有了蜘蛛，还会有蛛网吗？同样，如果没有了生命体，空间和时间还会作为物理实体继续存在下去吗？

科学家与哲学家们对探明世界本质的痴迷，已持续了数千年之久。300多年前，爱尔兰经验主义哲学家乔治·贝克莱提出了一个在当时极为超前的观点：我们唯一能感知的只有自己的知觉。换句话说，意识是对宇宙的理解的"基底"。颜色、声音、温度以及其他类似的事物仅仅作为我们脑海中的知觉存在，而不是绝对的实体。广义而言，我们压根儿不能确定外在宇宙的存在。

数个世纪以来，科学家们只是将贝克莱的观点当作一段哲学插曲，并持续地构建着一些物理模型。这些模型都基于这样的假设，有一个外在的、独立于我们的宇宙，它"就在那里"，而我们每个人则是各自单独地进入了这个世界。这些模型认定，存在着一个实体世界，它胜于我们，或它可以离开我们而存在。

然而，从20世纪20年代开始，量子物理学实验却证实了相反的论点：实验结果取决于观测行为。或许，对此最为生动的阐释就是著名的双缝实验——当实验者观测亚原子粒子或光子穿过缝隙时，它会显现得像一颗子弹，只穿过两条缝隙中的其中一条；但若是无人观察，它就显现出波的行为，存在于所有可能存在之处——也包括同时穿过两条缝隙。

一些著名的物理学家宣称，这些实验结果如此令人困惑，它们不可能被完全理解，它们已超越比喻、形象化想象和语言描述本身。然而，有另一种解释能使它们合情合理。这种解释抛弃了宇宙先于生命并创造生命的假定，对现实提出了一种生命中心主义的图景。依照这种观点，生命——尤其是意识，创造了宇宙，宇宙无法离开我们而存在。

量子力学是物理学家描述原子世界的最精确理论。同时，对于"意识感知是宇宙整体运作中不可或缺的一部分"这一观点，它也提供了众多最具说服力的论据。量子理论告诉我们，一个未被观测的粒子（比如一个电子或光子），仅仅存在于一种模糊、不确定的状态中，在被观测之前，没有确定的位置或动量。

这就是著名的海森堡不确定性原理。

物理学家将粒子的这种幽灵般、尚未"显化"的状态称为"波函数"。它是一种数学表达式，用来给出粒子处于任何确定点的概率。当粒子的某个物理量由具备取一系列值的各种可能性，突然间转换为取某一真实的确定值时，这种现象被物理学家称为波函数发生了"坍缩"。

是什么促成了这种坍缩？外界的干扰？比如说为了拍摄图片而用光子去撞击它或者只是盯着它就能做到这点？实验显示，仅仅是实验者头脑中的"感知"，就足以造成被观测粒子波函数的坍缩，并将可能性转化为真实性。

当粒子成对产生时，比如一个原子中，一起运动或旋转着的两个电子——物理学家称它们处于"纠缠态"。由于纠缠态粒子之间的紧密关联，它们共享同一波函数。当我们测量其中一个粒子，使其波函数发生了坍缩时，那么，另一个粒子的波函数也会同时坍缩。当一个光子因被观测而坍缩为纵向偏振态（光波的振动方向均处于同一个纵向平面）时，这一观测行为会同时导致另一个光子从不确定的概率波坍缩为处于横向偏振态的真正光子——即使这两个光子此时相距甚远。

日内瓦大学的物理学家将两个纠缠的光子沿着光纤分开，直至彼此相距7英里。然后，其中一个光子撞向一面双向镜。它在镜面处有两种选择：被反弹回来，或者穿过镜面。探测仪记录了光子的随机行为。但不论它做哪种选择，另一个光子的行为总是会与它相反。它们之间的"通信"速度，至少比光速快一万倍。

看起来，这种量子信息的传递是瞬时的，不受任何外在制约（就算是光速也不行）。从那以后，其他研究者成功地重复并改进了这个实验。

今天，对于光子或物质微粒，甚至是原子团之间，这种瞬时联系的特点，已无人质疑。

在这些实验之前，多数物理学家相信，有一个客观、独立的宇宙。他们坚定地持守这样一种假设：在被测量之前，物理状态是在某种绝对性的意义上存在着的。

所有的这些，如今已永远地成为历史。

量子世界的奇异性，决非是对"现实"的陈旧模型提出反驳的唯一论据。此外，还有宇宙中物理参数的"精细微调"现象。许多基本参量、力，以及物理常数（比如电子电荷量、引力常数）"恰恰如此大小"的精确取值，使得宇宙的物理状态，看起来就像是专为生命的存在而量身定做的。一些研究者称这种现象为"金发姑娘原则"，因为宇宙"既非太过，亦非不及"，而是恰到好处地使生命得以存在。

到目前为止，对这一奥秘的解释只有四种。前两种令我们很难以科学的视角予以对待。一种声称，这种现象只是惊人的巧合；另一种则认为，它是"上帝所为"（这解释不了任何问题，即使是正确的）。

第三种解释涉及一个概念，被称为"人择原理"，它由剑桥大学天体物理学家布兰登·卡特于1973年首先提出。这一理论认为，我们必定会发现，宇宙具备生命存在的合适条件，因为，如果生命不存在，我们就不会出现在这里并发现这些条件。一些宇宙学家曾尝试将人择原理与一些新近的理论结合起来。这些理论认为，我们所处的宇宙只是数量庞大的众多宇宙中的一个，这些宇宙各自拥有物理定律。由于宇宙的总量是如此之多，所以，其中有一个宇宙具备生命存在的恰当条件也就不足为奇了。然而，到目前为止，对于其他宇宙的存在，尚无任何直接证据。

最后一种观点是生命中心主义。它认为，宇宙由生命意识所构建，而不是相反。这是对约翰·惠勒提出的"参与式人择原理"的一种解释和延伸。约翰·惠勒是虫洞和黑洞概念的提出者，也是爱因斯坦的追随者。

甚至，连物理世界的最基本元素——空间和时间，也对"宇宙以生命中心为基础"这一观点提供了强有力的支持。

根据生命中心论，时间并非独立于感知它的生命而存在。

长久以来，一些哲学家和物理学家都零零散散地对时间的本质提出了质疑。有哲学家认为，"过去"只是存在于头脑中的一些概念，而这些概念完全是当下正在发生的神经活动事件。另一方面，有些物理学家则意识到，他们使用的所有的理论模型——从牛顿力学到量子力学，对时间的本质并没有给出任何切实的说法。

最重要的是，并不需要存在一个作为实际实体的"时间"，在物理系统的演化过程中，"时间"并未扮演一个角色。当物理学家谈到时间，他们免不了称之为"变化"。但变化与时间并不是一回事。

要精确测量一个物体在某一给定瞬间的位置，必须要将它定格在运动过程中的某一静止画面中，就像电影胶片中的一帧。相反，一旦观察到物体的运动，你就不能独立地看某一画面，因为运动是多个画面的组合。一个参数的精确必然导致另一参数的模糊。

假设你正在看一部箭术锦标赛的影片。弓箭手射出一支箭，摄像机跟踪拍摄箭从弓飞向目标物的运动轨迹。突然，放映机定格在一帧静止的箭的画面上，你看着这支停在半空中的箭。画面的静止让你得以精确地了解箭当前所处的位置，但你却失去了它的所有动量信息。从这帧静止的画面中，我们无法知道它的方向、路径和速度。这种模糊性把我们带回了海森堡的不确定性原理，它提到对一个微小粒子的位置测量会不可避免地造成其动量的不确定性，反之亦然。

从生命中心论的观点来看，所有的这些都完全说得通。我们感知到的一切，以一种经过组织的持续信息之流的形式，在头脑中活跃而接连不断地重构着。照此观点，时间可以被定义为意识中出现的空间状态的集合。那么，什么才是真实？如果脑海中的下一个画面与上一个不同，那么，它们是处于不同的期间。

我们可以将"时间"这样一个"头衔"授予"改变"，但是，这并不意味着，有一个真实的无形基底，变化是发生于这一基底之中。这只不过是我们理解事物的一种方式。我们看着心爱的人衰老和死亡，就假定，有一种名为"时间"的外在实体该承担此罪过。

同样，空间也让人不可捉摸。我们没办法把它捡起，带到实验室去研究。如同时间一样，空间既非物理实体，也并非我们观念中基本的真实对象，相反，它是我们用以解释和理解事物的一种模式。它是生命体智慧软件的一部分，我们用它感知塑造成多维度物体。

我们中大多数人的思想仍然停留在牛顿时代——认为空间可被看作一个没有边界的巨大容器。但这种概念是错误的，原因至少有以下几点：1. 根据爱因斯坦的相对论，物体间的距离随引力和相对速度等因素而改变，所以，任何两个物体之间，都没有绝对意义上的距离。2. 根据量子场论，"虚无"的空间，事实上并非什么也没有，而是遍布着潜在的粒子和场。3. 量子理论甚至质疑，各处一方的两个物体是否真正相互分离，因为，即使相隔一个银河系之遥，纠缠态粒子的行为仍然"步调一致"。

在日常生活中，空间和时间作为一种幻象并无害处。但是，只要将它们看作基本且独立的实体，问题就出现了，因为这导致科学家在探索实在的本质时采取了一种完全错误的出发点。许多研究者仍然相信，他们可以仅仅由自然界的一个侧面——物理实体，来构建关于宇宙的完备模型，而不必考虑另一个侧面——生命。

由于个人倾向和教育方式，这些科学家们倾心于用数学模型来解释世界。如果在科研之余，他们能以同等严肃的态度来看看路边的池塘和浮到水面上的那些鲦鱼就好了。这些鱼类、鸭子以及在蒲丛边划水而过的鸬鹚，都是这一伟大答案中不可或缺的一部分。

近来的量子物理研究，为全新的生命中心主义科学提供了形象的说明。就在几个月前，物理学家宣布了量子纠缠实验的一个新进展：这一次，实验结果可用肉眼直接观察到。在维也纳大学，所做的关于富勒烯（一种大分子）的实验，将量子力学的领地由微观向宏观世界又推进了一步。

由著名的牛津大学物理学家提出的关于该实验激动人心的延伸版本中，不只是光子，就连一个反射它的小镜子也会成为量子纠缠体系的一部分，而这个小反射镜比富勒烯大了数十亿倍。如果实验结果能证实这种设想，那么，它也证实了，量子效应同样适用于人类尺度的物体。

生命中心主义可以打开西方科学不知不觉将自身束缚于其中的牢笼。将观察者纳入事物的演化进程之中，能够开创理解认知问题的全新途径——从阐释意识的本质，到开发如同我们一样体验世界的计算机（具有意识体验的思维机器）。生命中心主义也能为解答与量子物理和宇宙大爆炸相关的一系列问题提供坚实的基础。

承认时间和空间是生命体的一种感知方式（与生命过程相关），而不是外在的物理客体，可以提供全新的理解万物的方式——从微观领域的现象（比如引起双缝实验奇异结果的原因），到宇宙得以展现为现有形态的力、物理常量及定律。最低限度，它也可以帮助如同弦理论这种掉入死胡同的工作暂停一下脚步。

最重要的是，生命中心主义对整个物质世界做出的和谐统一的描述，令人看到了具有更多希望的光明前景。爱因斯坦曾经试图建立"统一场论"，但没有成功。自此之后，科学家一直在致力于寻找这样一种方式。如果不能认识到生命的基本角色，我们企图对宇宙做出真正的统一描述的努力，将会一无所获。

伯恩掩卷深思。

宇宙智慧学确实很新奇，与他的想法有些不谋而合。兰萨教授认为，宇宙由生命意识构建。宇宙智慧设定了我们，设定了时空、物质、精细结构常数以及我们所感知到的一切东西，当然，也就包括了我们的过去和未来一切变化的可能性。

过去坍缩成了实体，未来是尚未显化的波函数。

研究宇宙万物，我们把"生命心智"作为出发点，可以找到物质世界的真相。通过探索意识的奥秘，我们还可以研发出如同人类一样具有自我意识的智慧之物——人工心智（Artificial Mind）。以此证明，在未来，我们也可以创世——创造出另一类智慧生命构建的宇宙。

"晚餐快好了，歇会儿。"刘忻来为伯恩续茶，"吃饱喝足不耽误思考宇宙，超人先生。"

"我只能算怪人。"伯恩不禁一笑，放下了书。

"预见未来，这是超越常人的特异功能。"刘忻说，"在80年代，我迷过一段时间的静坐练气，期望自己获得类似这种的超凡能力。"

"修炼的感受怎么样？"

"脑袋空空如也，神清气爽的，似乎有点作用。可成天盘腿打坐，什么都干不了，感觉人白活了。"刘忻笑着说，"修炼成仙成神这事儿恐怕要有极高的天赋，我就是一凡人，还得老老实实跑步锻炼，学习知识充实头脑。"

"不是天赋，可能需要某种触发条件。"伯恩说，"尽管在自己身上发生了超感现象，我还是认为，凡是神秘之事必有缘故。正如你之前说的，一杯热茶如果没有额外的能量输入总会冷却，我这样时有时无的预知能力，必定是某种东西造成的。刘博士，我需要你的帮助。"

"能为你做什么？"刘忻承诺，"我做得到的，都行。"

"找出它。"

"用物理的方式？"

"不局限于物理，我们可以用任何的科学方式来探寻真相。"

"我能想到的就是搞一些专业领域中的实验，首先研究你超感的缘由。然后，研究构成幽灵的成分是什么，它具有哪些特性，又有哪些客观规律。"刘忻看了眼厨房，又说，"如果你不反对，让我妻子也参与，她能用数学的方式以计算机编程做一些推演。"

伯恩欣然说："为了寻找答案，我非常乐意做实验室里的小白鼠。关于我遭遇的一切，你都可以转告她。"

"行！那先吃饭吧。"刘忻开了一瓶收藏的茅台，满上两杯，醇香四溢，"我们随意喝点，好久不见了，挺高兴的。"

周文樱收拾了桌板，摆上了热腾腾的一盘香芹烩牛柳、一碟虾仁蒸蛋、一碗红烧狮子头。她还特意为伯恩准备了一套西餐的餐具，给他夹了个色泽金黄的狮子头，说："这是中国的传统菜，寓意合家团圆，吉祥如意，希望你喜欢。"

伯恩尝了这肉丸子，只觉满口酥香鲜嫩，不由得盛赞："味道好极了。"

周文樱笑了起来。她的笑容和声音一样柔和润心。

有朋自远方来不亦乐乎。"干杯！"刘忻邀约伯恩，举杯一饮而尽。

这被誉为中国国酒、有800多年的酿造历史的酒，滋味也是极好的。伯恩饮之觉得满口醇香不散，不一会儿，就感觉通体热乎乎的。

吃好，是全人类的共同理想，不分种族和阶级。人的一生中，美食、音乐、绘画、情感这些看似并无实用的事物，远比那些宣称伟大的东西更有价值——不管世界是否"凡所有相，皆是虚妄"，这都是人活着的精神动力所在。而在这个极端私有化的社会，最快乐的人性情阔达，最静心的人无多欲求。伯恩被刘忻的性情感染，开怀享受美食美酒，不知不觉中有了几分醉意。

晚间，伯恩辞别，他借了几本关于量子力学和量子场论方面的书。走在路上，他仰望深邃漆黑的天幕上那一弯美丽醒目的雪白色的月亮，仿佛看到了月亮不反光的暗面，它与黑暗融为一体，不可见却又真实存在。

实际上，超自然的迹象已经发生了。

伯恩心想：在我们之外，世上还有一种超越神灵之上的神秘力量。宇宙万物由它构建，月亮也是它创造的，仿佛一面黑色镜子里亦幻亦真的眸子，默然俯视着凡人世界，决定人类的命运。

第二天早餐后，伯恩翻开书准备充实自己的理论知识，但看了一阵，他感觉心神不宁，很难看进去，室内似乎有个身影在默然注视着他，给他沉重的压力。

伯恩放下书，心想这事终究要坦然面对，而不是一味地逃避。随后，他去了电话亭，拿出科曼探长给他的便笺，盯着上面那一串数字，定了定神，拨打电话。

等待拨通的短暂一刻，伯恩恍然觉得仿佛比一生还长，艾薇的音容笑貌闪电般划过脑海。他紧握电话听筒，大脑一片空白，耳膜嗡鸣，直到传来电话答录机的提示音："嗨！我是艾薇，抱歉不能接听你的来电，我现在在温哥华参加学术研讨会，大概一周时间，请留言吧。如果你有要紧的事情找我，请记下我的酒店房间电话号码……"

伯恩掏出笔把号码写在手心上，又重复收听两遍，才长呼一口气。考虑片刻，他没再打电话过去，而是直接前往机场飞去温哥华。

生怕从梦境中突然清醒似的，一个迫切的念头驱使他这样做——必须亲眼见到艾薇——一个活生生的艾薇，见到那一双宛如湖水的碧蓝眼眸。伯恩安静地坐在机舱里，视线全无焦点，内心荒芜，好像蹒跚行走在沙漠中的一头快要渴死了的骆驼，为寻找救命的绿洲，翻过一座座金黄色的沙丘。

午后，飞机落地。伯恩查询电话簿，找到了艾薇的地址，打车直奔酒店。到前台打听，得知确实有会议组织成员住在这里。他松懈下来，犹如骆驼重获生机一样靠着大堂立柱直喘气。

艾薇真的在这里，她在这里呢！

不用那么心急了，冷静！冷静！伯恩提醒自己冷静下来，然后办理了酒店入住手续，但他没去房间，一直徘徊在大堂里，眼睁睁看着每个出入酒店的人。

漫长的三个多小时就这样一点点熬过去了。他终于见到了艾薇。

那熟悉的轻盈身姿穿过旋转门，跃入他的眼帘，恍若阳光下的蒲公英随风而来。自然蓬松的金发，轻轻飘荡，她犹如在梦中显现的精灵女神。

伯恩看着她，一刹那如遭雷击般失去了所有的反应。不能呼吸，不能呼唤，不能动，心脏仿佛停跳了，他差点就在缺氧中死去。眼看着艾薇快要走进电梯，他恢复了一丝活力，尽力呼喊出声："艾薇，艾薇，艾薇……"他不停地喊，跌跌撞撞地跑过去。

"伯恩?!"艾薇转身发现他，碧蓝的眼睛里充满惊奇。

近在眼前，与她对望。伯恩一时间丧失了语言能力，说不出一句完整的话，愣愣站着。

"好巧！在这里遇见你。"艾薇说着察觉到他的古怪，问，"怎么了?"

伯恩张口难言，脚下虚浮，浑身软绵绵的，快要晕倒了。

"你看起来有点……"艾薇见他的脸色变得煞白，眼神直勾勾的，身体摇摇欲坠，不由得伸手去扶。伯恩忽然反手一把抱住了她，实实在在地紧紧抱了满怀。"你还活着，真好！真好……"伯恩喃喃说，声音颤抖。

艾薇尴尬极了，僵直站着，不知所措地说："别这样……出了什么事?"

伯恩看着在自己怀里安然无恙的女人，恍悟一笑，泪水不觉涌了出来。

刘忻思索着"灵魂实验"该怎么做。

最近，实验室里的事情不多，激光冷却捕获原子技术的研究足够完善，只是在反复验证一些环节上的数据。刘忻因此有空儿考虑伯恩的难题——幽灵究竟是何物？它从何而来？与人的生命实体有着什么样的关系？

刘忻查阅相关资料，发现对这个人类社会最古老的问题，当今学术界有很大的争议。在生物学、神经学、生命学、脑科学领域，包括在物理学上，科学家们对人的意识本质都有着不同的看法，并各执一词。

灵魂是通俗的称谓，它可以看作是生命意识的一种反应。

意识的存在已经毋庸置疑，人无灵魂则如同行尸走肉。但问题是，意识能否脱离人体而单独存在？在我们之外，是否存在一个幽灵世界？

大部分科学家认为，意识必须依附于生命结构，它是生物脑神经活动的结果。意识没有物质属性，就像幻灯片投射到屏幕上的虚影。当看到一幅幅连贯、活动而能表达含义的画面，你可以说这种光影效果是实际存在的，但它绝非具有真实的物理属性，它只是幻灯片制造出来的影像，一旦幻灯片被移开，或被销毁，屏幕上那些看似鲜活的幻象也就随之消失了——如同生命死亡，意识也随之消逝。

意识要独立于生命体之外存在，除非它还有另外可依托的"媒介"——某种在标准物理模型之外，我们未能探测到的粒子，或某种暗不可测的物质和能量。假如做个形象的比喻，可以这样说，尽管幻灯片不在了，但那些影像已被某种设备录制下来，不会消失而能继续播放。

此外，还有个更大胆的设想：假如时空在引力作用下发生变化，产生收缩、弯曲、甚至折叠和回溯的现象，尽管幻灯片不在了，影像却有可能尚存，甚至有可能发生影像比幻灯片还早一点出现的情况，这相当于"时光倒流，破镜重圆"，镜中的影像比镜子还要早出现一刻。

当然，引力效应相对明显，测量它不是一件难事。除非有另外某种东西能制造出这种导致时空异常的效应，且不被我们探测，这就为神秘的意识幽灵现象暗中提供了存在的媒介。刘忻思考了一番，目前比较符合条件的有"暗物质"和"暗能量"，但众多科学家竭尽全力，至今也没能探测到其踪影，要想研究和推导，很难下手。

刘忻把推想扩展到宏观和微观层面，这两者的尽头都是当今科学尚未达到的地方。微观层面就是量子效应；而在宏观层面，能为意识的独立存在提供媒介的，除了暗物质和暗能量，还有一种可能性——星际意识。

宇宙进化出生命，肯定有其必然性。这种必然性放在宇宙整体上来看，蕴含着极深刻而又难以参透的道理。

人类是宇宙的产物，宇宙中既然出现了人这样有思想意识的生命，就有可能出现其他超越人类时空尺度的意识体。正如伯恩的猜想，它可能极其宏大，大至终极，如同宇宙结构自身的意识，所以称之为"星际意识"。它代表了宇宙智慧。

"星际意识"要么是由某个地外星球的生命意识演化而来，要么就是由大尺度宇宙结构直接进化而成。生命没有理由只在一个狭小的尺度上实现，从广义角度来说，生命和恒星都是宇宙为了以熵增为目的诞生出来的催化剂。

但这种猜想会有个问题，星系的尺度太大，动辄就有成千上万光年的距离，除非它对信息的操控超过光速，才有可能有效地在星际里传递意识。

先抛开超光速问题，如果假定存在"星际意识"，它建立在宇宙的根本结构和原理之上，远远超越了我们的观测尺度，那就需要我们的科技水平发展到一个特定的高度，才能与这种宏观级别的星际意识进行交流。而对于它，应该能做到突破时间和空间的一切限制，沿着时间线溯流而上，清晰地观察我们今天的意识。如果它能观察我们，或许也能驱动物质和能量，作用于我们的世界，影响我们的意识。

它是否只对我们当中某些人的意识产生作用？与大脑建立某种联系，让这些人从它那里接收某种信息？

刘忻随即想到，对信仰者而言，这个星际意识恐怕就是上帝。而以中国的道家来论，天人合一，追求的就是这种境界，凡人通过修炼能与"天"交流，最终将自己的意识与星际意识融为一体，形成"终极意识"。

刘忻想到这里不禁摇头，这种想法太天马行空了，几乎没办法验证。

还有一个相反的推论途径就是从微观层面考虑。

以量子物理来看，人的大脑里必须要存在量子信息处理的情况，而且要处于量子纠缠的状态，才有可能让信息"溢出"大脑，与另一个意识发生"超距"作用。这就意味着，人的大脑就如同一个"量子反应的容器"。量子反应的有序创造出生命意识。

但这个假设的发生条件极为苛刻。在量子世界，有一种称为量子"退相干"的现象——纠缠的量子处于十分脆弱的状态，系统受到极微小的干扰，都会造成量子状态"退相干"成为一个普通状态，从而导致整个系统溃散。这在严格的实验室环境中都很难控制，而在人的大脑里，脑组织温暖潮湿，晃荡拥挤的分子就像一锅热汤，几乎不可能维持相干状态，也就很难实现量子信息处理。

刘忻想到，除非大脑皮层细胞有着更奇异的结构，形成一种特殊的场，才能保证大脑进行有序的量子反应。

他心念一动：假设有这种可能性，那就有了进行实验的方法。

可以制造这样一台仪器，通过能量刺激，生成与人脑等效的量子反应状态。一旦做出了这种仪器，就能验证人的意识是否可以与外界发生联系。让大脑与量子反应器同步运行、相互作用，从而在实验室里制造出一个"幽灵"。或者，换一个科学点的说法，制造出一台拥有"自我意识"的机器。它能与人进行思想交流，如同人的另一个意识复制体。

但是，人脑的量子反应状态是什么？如何制造这台量子反应器？这相当于试图制造一台量子计算机。

这绝非当今技术能办到的事，他一个人更不可能在实验室里鼓捣出来。

技术障碍极难克服。人类科学每前进一小步，莫不是耗费了无数科学家的心血的结果，绝非单个人或少数人灵光闪现就能一蹴而就的。无论多么伟大的设想，都难免撞上技术障碍这堵墙，最终沦为没有价值的空想。

刘忻对此也无可奈何，他只能先保留这个设想，有待下一步深入推论。

下午，刘忻和实验组的同事例行检查设备。

原子冷却系统当中有一组真空装置，用于减少进入真空管的气体分子或原子的数量，以便捕获它们，进行更精确的测量。毕竟只控制少数个体进行特定的研究，要比从汪洋大海中捞针容易多了。这组装置是世界上最先进的超高真空腔。如有必要，它可以"清除"一切物质，形成一个几乎接近空无一物的真空状态，比太空还要空无。

必须加上"几乎"作为前缀定语，因为宇宙中没有绝对的"真空"。

量子不确定性原理表明，即使在黑暗中也会有光。在空无一物的真空中，时空的量子涨落会产生光子。它是随机出现的，产生少许能量，然后又在极短的时间内消失。产生的能量越大，它存在的时间越短，反之亦然——这就是量子涨落现象。

量子涨落十分奇特，它发生在宇宙空间里的任何地方，包括黑暗的真空中。一刹那出现，瞬间又消失，犹如幽灵一般。

这种现象看似违反了能量守恒定律。有人推测，物质或能量的万有引力本身具有负的能量，当涨落产生的能量出现的瞬间，它又产生了一个引力场，与其对应的正能量互相抵消，使整个系统看起来并没有多出能量，所以量子涨落没有违反能量守恒定律。

这种推测引申出一个概念：在我们这个可观测的宇宙中存在着另一个"相反的系统"——负的能量和物质，与正的能量和物质相对应。

在早期，实验组就注意到了这种古怪的量子涨落的存在，它会对捕获原子产生微妙的影响，干扰对原子的测量结果，所以得想办法尽量消除它。

刘忻的研究团队制造出一个压缩器，用于真空装置上，让量子不确定性集中在另一端出现，从而在压缩过的真空中降低量子涨落发生的概率，大幅度减少了干扰。

这项压缩真空的技术应用以后，真空腔变得寂静无比。

这是一件非常了不起的事。在实验室里，他们创造出这样一个空间，成了宇宙中最"空"的地方，一个相对"空无一物"的虚无之处。

虚无，是一个微妙的概念。

我们的宇宙就是从虚无中诞生。霍金博士就认为，宇宙不需要一个设计师来创造，完全可以无中生有。大约在140亿年前，一次量子涨落形成了基本粒子，引力就像变魔术般在虚空中产生，所有的物质和能量从一个很小的、密度无限大的点开始膨胀，最后形成星云、星系和行星等，确定了我们今天所见到的宇宙状态。

量子涨落在宇宙的诞生中扮演了关键角色，就像一个幽灵的存在，从虚无到实体，它统治着整个宇宙，但我们还不知道它的真实面目。

刘忻的一位同事，物理学家道金斯曾经对他说："我觉得这多少有点受命运掌控的意味，谁能反证，这难道不就是上帝的杰作？在虚无这个概念上，算是有点戏剧性了，科学之路的尽头出现了神迹。"

刘忻不以为然。在他看来，更有意思的是，人居然可以同时相信两套完全抵触的观念。道金斯博士写的论文，都是关于基本粒子发生的现象，研究的对象是早已存在了上百亿年的物质世界，但又声称相信世界只有短短6000年的神创历史。这位学者究竟是怎么做到的呢，既信仰神又遵从科学？刘忻不是太明白，只觉人的思想意识也是蛮神奇的。

刘忻来到真空装置这里的时候，见道金斯正盯着系统探测仪控制台上显示的数据，神色专注得有些异样。

"发生故障了？"刘忻问。

道金斯摇摇头，手指显示数据，悠然地说："我在观察上帝创造一个个新宇宙。它们微小如无，从虚空中诞生，很快又湮灭。"

刘忻不禁微笑。道金斯实际上在观察量子涨落现象。对这位信仰宗教的科学家说的话，可以当作一句笑话，当然，这也不是完全瞎说。在压缩过的真空中，仍然存在着一闪即逝的能量。基本粒子随时在虚空中产生、湮灭——它们被称为"虚粒子"。道金斯认为，这就是上帝创造万物的状态。他对此非常着迷，确信

《圣经》里所说的虚无，就是这一片永恒的真空。

粒子和能量，时间和空间，这一切都是从虚无中忽然产生的。

"这些新的宇宙向着自身膨胀，它的空间极度卷曲。"道金斯说，"因此在我们看来，真空腔里的这些新宇宙就跟一个个的基本粒子那样渺小，在我们的世界里只存在一刹那，之后就完全消失了。"

刘忻说："如果这些微宇宙注定要离我们而去，神的力量又何必把他们创造出来？对我们有什么意义？"

"让我们观察。"道金斯一脸严肃地说，"也许，我们的宇宙也是某个光子的量子版本。一切皆有可能。"

"作为系统外部的观察者，我们是不是可以影响他们？"刘忻顺着他的话打趣说，"假如这些真的是微宇宙，我们就算是一种大尺度的智慧生命，应该能干预他们的演化。"

"噢！怎么干预？"道金斯被刘忻引发了讨论的兴趣。

"意识影响。"刘忻一直在思考意识量子的问题，这时就这样说。

"说得还很肯定。"道金斯笑起来，"刘博士，难道你觉得我们的念头能影响量子涨落？你什么时候变成了唯心主义者？"

"这不受你的影响嘛。一切皆有可能。"刘忻也笑了，"要不我们做个测试？"

"怎么测试？"

刘忻略微思索，很快拿出了方案："方法其实很简单，用大脑去想象真空腔里的世界，就像造物主那样想'要有光'，于是虚空之中便有了光——量子涨落出现的概率如果变大，就证明了我们的意识也可以创造虚粒子，创造出一个个微宇宙。"

"哈！那就请你开动大脑吧，用力想。"道金斯也不觉得这事无聊，饶有兴趣地全面开启了探测仪。

刘忻拿椅子在真空装置前坐下，开始了这项惊世骇俗的意念创世测试。

他遥想着一个光子从真空中产生的过程——此举当然不符合他对物理的认知，但一试又何妨？在昨天见到伯恩以前，刘忻还认为世界上绝对没有超感现象，可是，伯恩的表现让他惊讶，他不得不重新思考这种现象的因由。

刘忻屏息静气地端坐着，如同冥想那样，对真空装置发出意念。他首先想到宇宙暴胀理论。要创造出我们这样一个新宇宙，只需要十万分之一克的物质，然后就能创造出一小块真空。而那块真空一经爆炸，就能变化出几十亿个星系——全宇宙的物质，都能从引力场里的负能量里创造出来。他专注地想象，从最宏观的角度来想，在那片恒定的真空中，空无一物的黑暗原本静悄悄的。忽然间，黑暗中迸发出了一点光，它就是一个宇宙的胚芽，从虚无之中冒出来，刹那间破碎虚空，犹如一粒小石子落入平滑如镜的湖水，激荡起一圈圈的时空涟漪，从那一点向四面八方扩散，形成了波动的时空结构，引力场在激荡中诞生，庞大的负能量随之被创造出来，在一个不可思议的无穷大却又无穷小的尺度中形成了一个全新的宇宙——在渺小如无的这一点，竟然汇聚了亿万万个星系，运行着无比精妙、无穷无尽的演化。

冥想中，刘忻不知不觉进入了一种特殊的意境。他凝神静气，在大脑里构建出了百亿年时光的宇宙变迁史。而在他所处的现实世界里，全过程仅仅用了几分钟。如果除去他进入意识冥想状态的时间，也许才耗时一瞬间。

"结果怎么样？"刘忻的意念从真空腔那儿收回来，转头看向道金斯。

"还不错！"道金斯盯着探测仪数据，"上升了0.07%，相比平均概率。"

在只有一组数据样本的情况下，这么微小的幅度变化基本可以忽略不计，这比探测误差还小多了。道金斯对此也没什么惊奇可言。

"还来吗？"刘忻问。他也不觉得失望。几无变化才是正常情况。

"当然，你没要紧的事吧，刘博士？"

"没事，手上的活儿都做完了。"

"那好，据说许多伟大的科学发现，都是在闲暇之余的无心之举中突然蹦出来的，哈哈！希望我们的'意念创世'测试也是这样。"

刘忻一笑置之，随后他再次来了一遍冥想。

这次有点不一样，当他从想象中回过神来时，发现道金斯站起来紧盯着探测仪输出的数据，脸色有些变化。

刘忻顿时期待地问："我这次创造了多少个微宇宙？"

"压缩器坏了？"道金斯狐疑地说，"就像最早的那样，干扰严重。"

刘忻不禁惊讶，这说明发生量子涨落的情况至少翻了好几十番，完全不符合常态。量子涨落是无序且随机的，发生概率波动不大，在一个时间段内可以说基本上是均匀的。他立刻和道金斯检测了一下压缩器，没发现什么问题。然后，他们等了片刻，再次查看数据。在没有意念介入的情况下，量子涨落恢复了正常状态。

两人对视一眼，皆泛起一种莫名奇异的感觉。

无须多言，他们立即又进行了一组意念测试。

这次的结果有点不可思议，还有了几分恐怖的意味——量子涨落竟然变得非常密集，探测数据远超以往的历史记录。稍微有点想象力的物理学家，都能想到这样一种情况：在一片有限的真空中，突然爆发出密集的量子涨落。就如节日里一场盛大的烟花焰火，每一粒划过夜空的璀璨光点，都蕴含着足以开创宇宙的能量。它们可以被看作是一个个微宇宙诞生时的大爆炸。

这真的是意念创造出来的吗?

"让我来试试。"道金斯急忙坐到真空装置前的那把椅子上。他这样子不像是能开天辟地的创世者,而是一个慌里慌张的家伙。

刘忻也感到了紧张。五分钟后,数据出来了,恐怖的意味更加强烈——量子涨落竟然超过了探测的范围。

"以前还有谁做过这样的测试?"道金斯看了数据,脸色煞白,震惊得不敢相信自己的眼睛,也不相信设备处在正常状态。

刘忻不假思索地摇头。实验室的这个真空腔是世界上最尖端的装置,而他们所用的真空压缩技术在世界上独一无二,肯定没有哪一处实验室具备这种软硬件条件,应该也不会有研究人员闲着没事做这种"意念创世"的测试。

谁会相信人的意识竟然能影响量子涨落?

"探测仪一定有问题,坏了,坏了……"道金斯惊慌地看着刘忻,脱口说,"你没动手脚吧?别开玩笑,这太可怕了。"

刘忻连连摇头,同样惊疑不定。

"怎么办,这可怎么办?"道金斯慌乱地嚷嚷起来。

人们往往是这样,期待平静的生活有意外发生,可当意外突然而至时,却又不知所措,无论发生的是一场惊喜还是悲剧。

"也许出了其他状况,只是巧合。"刘忻极力保持着镇定,建议说,"我们再多做几组测试……"

"天哪!"道金斯叫起来,"你还真够沉得住气,出大事了,天大的事,我得去叫人来,找他们,叫上所有的人……"

道金斯就像逃离火灾现场那样,急急忙忙蹿出实验室,边跑边挥手喊叫:"来人哪,快来,快来……"

呼喊声回荡,令人感觉惊心动魄。刘忻晕眩了一下,看向真空装置。

那东西表面上看似安静并无异状,不见有幽灵或上帝之手在摆弄设备的指针,它像以往那般悄然无息地耸立在那里,金属外壳泛着冰冷的光泽。

第12章 以心化物

艾薇在酒店房间里，听伯恩讲述了他的遭遇。

听起来就像天方夜谭，艾薇很难相信，她竟然出现在这人的梦幻里，与他发生过许多不可思议的事，最后还被这人施暴杀死了。

这人患有妄想症吗？艾薇注视着伯恩，脑袋里一片混乱，感觉伯恩描述这一段过程的语言似乎蒙着一层朦胧的色彩，令她难辨真假。

伯恩谈及关于她的事基本符合真实情况，比如，她和兰迪是同一天生日，小时候一起住在拉斯维加斯，两人之间有着玄妙的心灵感应；她选读神经学是因为男友的缘故；她和兰迪有个秘密约定——谁先死了就为谁守灵，履行灵魂之约；而就在兰迪自杀的那天晚上，她确实是在实验室值夜班，恍然听到一阵若有若无的音乐声……一些情况通过调查可以获知，但有些私事，她从未跟任何人提及，更不可能对只有一面之缘的这个男人讲。伯恩怎么知晓的？难道，真像他所说的那样是在梦境中的幻见？

不仅重要的事情，甚至包括一些小细节也很真实。艾薇打开行李箱，找出一套自己的衣物和一双棕色的牛津鞋，拿给伯恩看，并问："那天晚上，你见到的我是这样的衣装吗？"

伯恩不由自主地颤抖了一下，点了点头。

"我的胸衣是什么颜色？"艾薇盯着他的眼睛问。

"深色。"

"什么深色？"

"不是纯黑，好像带一点咖啡色，我记不清了，当时很乱……"伯恩低下头，惶惶愧疚至极，"我就像野兽，失去了理智。"

"这件胸衣的搭扣有点特别，你还记得吗？"艾薇冷静地追问。

"它是前开式的。"伯恩埋头绞动着手指。

艾薇不禁泛起一阵寒意。她收好行李箱，坐在伯恩面前，重新审视这人。她发现，伯恩与初见那会儿有很大不同。这时在他身上，可以明显感到一种敏感的脆弱。不论事情真假与否，他回避闪烁的眼神里尽透哀痛，这是真诚的，仿佛把自己灵魂深处的丑恶毫无保留地呈现给她看，尽管他为之羞愧难耐。

"对不起，对不起……"伯恩喃喃低语，双手绞动得越来越厉害，恨不得要掰断自己的十指。

"伯恩教授，你不必为'没真实发生过的事'自责。"

"对于我，这一切都是真实发生的。我无可逃避。"伯恩沉痛地摇头说。

"说出自己的隐秘是可怕的，这需要勇气。况且，你也付出了代价，险些自杀了。"艾薇叹了口气，"唉！这事真糟糕。兰迪判断得对，你是灵学会的下一个目标，将遭遇致命的危险。你得万分小心。摩根和莱茵都出事了，毋庸置疑，你现在处于危险的旋涡中心。"

"是的，我嗅到了危险迫近的味道。"伯恩心有余悸地说，"还没找到直接的证据，但我发觉，人的意识有被控制的迹象。"

"被谁控制？他们信奉的'圣主'？"

"不像是人为的，仿佛是一种幽灵般的神秘力量。"伯恩顿了顿说，"我想确认，那晚测试帕顿夫人的通灵术，你真的没在场？"

"没在。那天我有点事。"艾薇说，"我原本打算去 ASD 实验室的。摩根希望我到场做个见证，从神经学的角度分析通灵术。我正要答应，忽然想起来，我参与的研究项目需要补充一份报告，时间有点紧，我就赶回了多伦多大学。"

"这么说，你差点就来了！"伯恩脸色微变。

"很有可能。"艾薇说，"一个不经意的选择，改变了我的决定。"

"幸好如此！只是一场虚幻，没真的发生在你身上。"伯恩舒了口气，"那幻觉太真实，简直不敢相信，我在脑袋里虚构了你的一言一行。"

"不尽是虚幻，也可能确有其事。就像你推测的，你遇见了另一个世界的我。"艾薇说着忽而有些触动，心里一阵难受，"可怜的人，她在那世界里也许真的受害了。"

"我想，那世界也有一个我，是他遇见的另一个你……"伯恩感觉自己的话有点绕，正想着怎么解释，艾薇却立刻明白了，接上他的后半句话："他们与我们有着神秘联系，就像出现了超时空的心灵感应，导致你记忆错乱，把他们之间发生的事当成了自己的亲身经历。"

"是的，我也是这样认为。我们身上肯定有某种特别之处，你、我，包括兰迪。"伯恩拿出记事本，给艾薇看他的记录，"我们都出生在这天，1964 年 3 月 27

日，这一天非同寻常。"

记事本上列出了他调查到的这天突发的异常事件：一、阿拉斯加州爆发大地震，地震波和海啸席卷北美沿岸各地；二、洛杉矶、拉斯维加斯发生大规模停电；三、内华达州中部的夜空出现极光异象；四、一些人意识反常，导致多起自杀和杀人事件；五、有人声称，感应到幽灵般的不明物入侵。另外还有第51区地下实验场的粒子加速器发生故障，这属于涉密信息，伯恩没写下来。他为艾薇讲述了这系列事件的调查情况，然后说："这些异常事件只是表象，背后必然有一个推动的主导因素。"

"幽灵入侵并影响我们？真的发生了吗？"艾薇看似有些吃惊。

"先这样推测。"伯恩神色凝重地说，"它干扰我们的大脑，影响了一些人的意识。我6岁那年开始做怪梦，多次梦见一个我在现实中从未接触过的可怕场景。我不确定，那梦境是否真实发生在我们的世界。"

"什么梦？"

"我梦见在荒野上一个年轻男孩吞枪自杀，还有……"伯恩看向艾薇，迟疑着说，"我还梦见了另一个与你相似但又不同的女人。她是二战时期在挪威孤儿院长大的女孩，名叫安雅。"

"什么？"艾薇闻声一颤。

"那仿佛又是另一个世界，太混乱了，我分不清。"这事说起来一团乱麻似的，伯恩感觉很难表述，"我也在那梦境中，有着另外的身份，是纳粹集中营里的一个幸存者，战后加入特工组织追捕纳粹战犯。他叫马克斯，安雅是他的伴侣，也是一个和他一起执行任务的特工。"

"安雅，安雅，马克斯……"艾薇脸色苍白，低语了几声。

"怎么了？"伯恩察觉到她的异样。

"名字有点熟悉。"艾薇拧着眉沉入思索，"想不起来在哪里听过，只是感觉……"她忽然转头望向窗外，"现在几点？天都黑了。"

"7点40分。"伯恩看了看手表回答。

"我错过了自助餐。"艾薇恍然回过神。

"你饿了吗？我们下楼去吃点东西。"

"叫外卖吧。"艾薇给了伯恩一张订餐卡，"这家店的比萨味道挺好，你不介意的话，就吃这个。"

"当然可以。"伯恩边用座机拨打外卖服务热线，边问，"你想订哪种？"

"芝士果仁的，麻烦你了。我去下洗手间。"艾薇看似正常地走进洗手间。反锁上门，她的脚一下就软了，浑身哆嗦得就像风雨中飘摇的一片树叶。她不得不依靠着洗手台支撑身体，大口喘气。墙上贴着一面镜子，镜前灯柔和照亮着，清晰显出她的身影。

艾薇盯着镜子里的人，脸上完全失去了血色，眼神中透着惊恐。

她同样梦见了安雅。

梦境真实无比，她仿佛就是安雅，犹如镜中人，不分彼此。

她10岁那年做了第一次噩梦。

艾薇梦见自己身处一个完全陌生的地方。通过往后的梦境，她知道了，那是红十字会设在挪威的孤儿院。远方的山岭绵延起伏，可见峰顶白雪皑皑，山谷空旷，山坡上有着成片的樱桃树。在战争时期，这片寂静之地原本是一座农场，离城镇有点远。从狭窄的房间窗户看去，屋院外的山野几乎看不见人，满眼都是似乎凝固了的风景。而在屋子里，却是密不透风地挤满了几十个与她差不多年纪的孩童，只有为数不多的几个红十字会工作人员管理这些孩子，疲惫而面无表情地呵斥他们。

在这里，她被告知她的父母亲人全都死于战火，她是战争制造的孤儿。

但有些人不这样认为。在梦里，她被同住的伙伴孤立，那些孩子冷冷地看着她，目光鄙夷，充满敌意。"纳粹狗崽"，他们这样叫她，有人粗鲁地揪她的头发，趁管理人员不注意就凶狠地踢打她。在一晚接一晚的噩梦里，那些孩子最喜欢干的事，就是把她推进一间公用的厕所，用各种手段欺辱她。

空气阴冷，浮动着恶心的臭气。她的头被人一次次按在粪坑里。

他们逼迫她趴在地上学狗叫，一遍遍地说："我爸爸是纳粹狗，妈妈是妓女，我是纳粹狗崽，我该死！"如果她敢做出一点反抗，或者争辩"我不是纳粹狗崽"，立刻就惹来更加猛烈的凌辱。虽然那些孩子缺乏营养，但瘦小的身体里似乎隐藏着凶恶的力量，殴打她的拳头有着永远用不完的力气，毫不吝惜地倾泻在她身上。

每一次，她都是挣扎尖叫着从噩梦中惊醒。睁大眼瞪着黑夜，那种无边无际的恐惧从梦里蔓延到现实，让她无可逃避。

她害怕极了，整夜哭泣，分不清自己是父母俱在阿斯维加的幸福女孩，还是那个远在挪威那座森冷的孤儿院里在痛苦折磨中长大的安雅。恐惧仿佛与生俱来，透彻入骨。她在极度惶恐中感到耻辱，不敢告诉任何人自己的噩梦，包括身边的父母亲人。她觉得自己就是一个怪物，是一个可怕的异类。

她朦胧感到自己与众不同，似乎有着超常敏锐的感知能力。

在某些时候，一些凌乱的记忆突然浮现出来，让她意识到恍若"前世"般的经历。那是安雅传递给她的信息，她在脑海里一点点搭建出一幅离奇可怕的记忆图景。安雅不是孤儿，她出生在挪威奥斯陆北部的一个秘密产院，那里是纳粹为实施"生命之源"人种繁殖计划而建立的一个"生育农场"。她的父亲是纳粹医生，母亲是一个金发碧眼的挪威女人，名叫玛莎。

3岁以前，她一直住在产院里。她有着隐约的记忆，记得她当时的生活环境十分舒适，母亲玛莎和护士精心照顾着她。

她真的是一个"纳粹婴儿"。

这种超乎常理的记忆有些十分清晰，她记得医生父亲的样子，甚至记得父亲那一双灰褐色的眼睛，记得父亲为她举行党卫军命名仪式，将一把匕首举过她的头顶，母亲玛莎在仪式上宣誓"永远效忠元首"。

德军溃败，秘密产院撤销。她被母亲送到孤儿院，并伪造了一份出生证明。玛莎警告她，不要对别人说自己的来历，就当自己是一个失去父母的孤儿。

玛莎隐姓埋名住在小镇上，战争结束后，再次成了一个被穷困和绝望所迫的妇女，终日劳作，艰辛地生活。在一些梦境里，安雅偷偷逃离孤儿院，跑去镇上找玛莎。她追问母亲关于过去的事，但玛莎一直对她守口如瓶。除了施舍般给她点食物，玛莎像是要遗弃她。那种孤苦无助的感觉让她痛苦万分。

红十字会在战后展开调查，安雅的出生证明被怀疑造假，流言由此传开。有人说，她很可能是来自生育农场的纳粹崽子。这很糟糕，孤儿院里的小孩都是真正的战争受害者，极端痛恨纳粹，对身份有问题的她充满了强烈恨意。

蔑视、厌恶、欺辱，也就成了孩子们顺理成章的日常行为。

在那些年漫长无止境的噩梦里，安雅的命运无尽悲惨。直到后来的那一天，她遇见了马克斯。

马克斯年轻精悍，眼睛透着冷漠忧郁，仿佛能看透人的灵魂。那天，她在玛莎的厨房里眼巴巴等着吃饭。玛莎在给她做牛肉饼——这是在可怕的梦境里少有的让她期待的东西。玛莎把煎成金黄的牛肉饼倒入锅里，加了点酱油、蒜片、土豆和水，开始盖锅盖炖煮。到汁水差不多干时，牛肉饼煮熟了，热腾腾地散发出勾人的肉香。这时，马克斯推开栅栏门走进院子。玛莎透过窗户看到了。"藏起来，快！"玛莎让她躲进橱柜，告诉她别出声。

她从橱柜的缝隙看出去，见马克斯出现在门口，斜着身子打量玛莎。

马克斯手里有一把枪，他冷漠的眼睛透出一点尖锐光芒。

"你想抢劫吗，年轻人？"玛莎看起来很镇静，举止如常地把牛肉饼捞进盘子，"恐怕要让你失望了，我一贫如洗，家里没什么值钱的东西。"

"我叫马克斯·伯恩，奥斯维辛集中营里的幸存者。"马克斯沉声说，"我找了你们七年。纳粹医生霍尔曼，还有你，玛莎，医生的情妇。"

玛莎没再说话，她往锅里的汁水中放入面粉勾芡——这可以做成牛肉饼的浇汁。马克斯走过去，对着玛莎开了一枪，然后把玛莎的头按在锅里又开了一枪。手法利索，没有丝毫的拖泥带水。

"我以幸存者的名义，追杀纳粹余党，使命至死方休！"马克斯收拾了落在地上的弹壳，离开厨房的时候这样说。仿佛死人的灵魂犹存，还能听到他的话。

艾薇从梦中惊醒。这一次她没发出尖叫声。她的手掌紧紧捂住自己的嘴，牙齿深深咬进了食指，血淋淋的，她感到一嘴苦咸的腥味。

艾薇伸手触摸镜子。

多年前的血腥味至今仍然顽固地烙印在脑海深处，让她窒息。

指甲颤动着凄然划过镜面，她仿佛在安抚陷入恐惧深渊的镜中人。她右手食指上的伤痕依稀可见，触目惊心。

马克斯又出现了，穿越梦境来到现实世界，如影随形地跟着她。命运仿佛在提醒她，她就是安雅。

艾薇惨然一笑，想象着玛莎被枪杀时的样子。那只是噩梦，一场离奇可怕的梦……不是的，她永远不会忘记牛肉饼发出来的香气，永远不会忘记随着震耳的枪声喷溅出的那猩红的血。人在梦里绝不会感到如此真实的气息，不会看到这样清晰浓烈的色彩，那就是她的灵魂所见所感，她就是安雅。

毋庸置疑，伯恩就是马克斯。

"我该怎么办？"艾薇彷徨无助地看着镜中人。

恐惧的尽头是死寂的黑暗，她看起来很镇静，平静之下暗涌着仇恨。艾薇拧开水龙头，洗了脸，理顺散落耳畔的几缕金发，镇静地打开洗手间的门，一步步走向伯恩。

"在你的梦里，安雅是马克斯的伴侣？"艾薇问。

"梦境有点复杂。"伯恩说，"马克斯的亲人在奥斯维辛集中营里被一个纳粹医生残害致死，他发誓复仇，在战后加入特工组织只为追杀那个逃亡的医生。他追踪到纳粹医生有个私生女，伪造了身份，藏在挪威的一个孤儿院里，马克斯找到了她。"伯恩看了看艾薇，"那时，她11岁。"

"后来呢？"艾薇表现出探寻某种未知事物的神情。

"马克斯收养了安雅，把她训练成一个追捕纳粹余党的特工，带在身边，辗转世界各地继续追踪纳粹医生。"

"这有点可怕，马克斯对安雅隐瞒了他的意图。"

"我想是的。"

伯恩发觉艾薇有着敏锐的洞察力，立刻就推测出马克斯收养安雅的真实目的——利用纳粹医生的女儿实施复仇计划，让父女自相残杀。

"在你的记忆中，医生是什么样子?"艾薇问。

伯恩又翻开了记事本，他之前在本子上画了一幅纳粹医生的肖像。"医生用过很多匿名，真实的名字叫霍尔曼。"

艾薇看过去，草图画得很传神，霍尔曼医生的模样符合她记忆中的形象，尤其那一双异于常人的稍微狭小的眼睛。在记事本上，艾薇还看到了另一幅肖像，便问:"这就是你梦见的安雅?"

"是的，她的样子比你年轻一些，我梦见的她大约20岁。"伯恩侧脸打量着艾薇的眼眸，"五官和你有些差别，但也是金发碧眼。"

艾薇缩了缩身子。伯恩的眼睛泛着一点微光。"结局是什么?"艾薇问，"你杀了霍尔曼医生，还杀了安雅?"

"没有……"伯恩忽而一笑，"后来发生了转折，马克斯最终做出了很好的选择，他抛弃残忍复仇的念头，决定带着安雅隐居挪威小镇，与她度过平凡的一生。"

"噢!"艾薇确实感到意外，"这可能吗?"

"马克斯爱她，正如她也深深依恋着马克斯。"伯恩给出这样的解释，"爱，能改变一个人。"

艾薇也笑了笑，问:"安雅接受这种选择?"

"她不知道。"伯恩说，"马克斯这样做了，只是没告诉她实情。"

"也就是说，安雅从始至终都被马克斯欺骗，一直都被蒙蔽?"

"一种善意的欺骗，这个结局还好。"伯恩说着，内心隐隐有些不安。

"这是你希望看到的结局吧!"艾薇尽量让语气显得平和一些，淡然地说，"掩埋仇恨，让爱弥补一切。"

"还能怎么解决，唉!"伯恩没察觉艾薇话里的真实含义，叹口气说，"从一开始，这就是不可避免的悲剧。"

艾薇没再说话，她安静地坐着，举止如常地轻轻抚摸右手的食指。"砰!砰!"两声枪响从遥远的时空深处传来，震荡着她的意识，枪声经久不息。

"叮咚!"客房门铃响了。

伯恩去开门，外卖员送来了比萨。

他和艾薇相对而坐，默然吃着比萨。目光交错，似乎都感到有些饿了。

周文樱下班回到家，见刘忻坐在客厅里，瞪眼对着白板发愣。白板上什么内容都没有，空白一片。刘忻的思维似乎也是空白的，连她回来都没察觉。这有点罕见，在通常情况下，刘忻即便专注思考某个疑难问题，也不会出现这种呆若木鸡的样子。周文樱本不想打扰刘忻，但见他的表现实在古怪，有点担心，就在一旁坐下来陪着他。

过了好一阵，天渐渐黑了。刘忻突然一动，仿佛从神游般的冥想状态中恢复过来，满头是汗，急促喘息。周文樱赶紧打开灯，倒了一杯水递给他。

刘忻怅然抹了把汗，喝水歇口气。他手指那块白板，问了周文樱一个奇怪的问题："你看见它了吗？"

"一块白板。"周文樱疑惑地问，"怎么了？"

刘忻提笔在白板上写出了"137.03599913"——宇宙常数。"你看到数字了没有，在我没写之前？"刘忻神情异样地望着妻子，似乎在期待一个玄奥难解的答案。

没写出来的数字怎么可能被提前看到？周文樱有些惊讶，刘忻到底遇到了什么难题？她说："别急！你先给我讲讲怎么回事。"

"我感觉……"刘忻看似费劲地说，"模模糊糊的，我也感觉到了它。在我书写前它就存在了，它很重要……"刘忻说着顿了顿，忽然问，"宇宙有意识吗？"

"不知道。"周文樱越发担忧。刘忻的思维混乱，精神状态不对劲。

"以你的理解，或凭直觉说也行。"刘忻似乎很在意这个问题。

周文樱想了想说："先明确一个定义，地球上的生命是不是宇宙的一部分？"刘忻说："当然是。"周文樱又问："包括人类？"刘忻点头答："是的，包括人。"周文樱露出微笑说："上述条件成立。那么，人的意识就是宇宙的意识。所以，宇宙有意识。"

看着妻子的笑容，刘忻绷紧的表情松弛了一些，他呼了口气说："我本来想问你，宇宙本身是否具有意识。当然，你的回答也没问题，从广义上来看，可以这样说。"

周文樱打量着他说："你成哲学家了？不吃不喝枯坐不动，有点吓人。"

"实验室出了点事。真够呛！"刘忻看出妻子的担忧，就跟她讲了他和道金斯在实验室做的那一场"意念创世"测试。

原本是无心之举，想不出现离奇现象，他们的意识竟然影响了量子涨落的发生概率。更离奇的是，在其他实验人员来到现场以后，这种怪现象再也没出现过。他们做了多次测试，一切显示如常。大家一致认为这是他和道金斯策划的一个恶作剧。尽管两人的表演挺逼真，但测试数据明摆在那儿，真空腔里还是那片寂静的真空，上帝都没法造假。

刘忻心有余悸地说："要不是我承诺他容我想一想，明天一定拿出合理的解释，道金斯差点疯了。"

"看样子，你想破了脑袋还没找到答案。"

"实际上，我也快疯了。感觉这些年的物理白学了。"刘忻皱着眉。

周文樱莞尔一笑："世上难解的事何其多，如果想不通就发疯，只怕全世界没剩几个正经的科学家了。"

刘忻摇头说："这事非同寻常，完全超乎理智、超物理、超自然了。"

"真有这么怪，那也应该是惊喜才对。"周文樱说，"奇怪现象的背后往往意味着重大的科学发现。"

"我们什么都发现不了，它不会让我们发现的，绝对不会。"刘忻看向那块白板，脸上惘然之色甚重。

"它是谁？"周文樱心头一跳，发觉事态比她想象的严重多了。刘忻个性坚韧豁达，除非真遇到天大的麻烦，否则不会如此反常。但见他恍惚不语，周文樱转念一想，又问："宇宙意识？你说的'它'是宇宙意识吗？这与你们做的测试有什么关系？"

刘忻定了定神，手指白板上的宇宙常数说："它突然出现在这儿，然后又凭空消失，然后又随机出现在某处——这种事在日常生活中绝对不会发生。如果没有外部作用，任何东西都不可能无缘无故地消失或出现，因为这会违反能量守恒定律。对吧，这是最基本的物理常识。"

周文樱点头说："你遇到了什么超自然的怪事？"

"量子涨落与宏观之物恰恰相反，虚粒子可以凭空随机出现和消失，呈无序态。但现在不是了，这太可怕了。"

"绝对随机？"

"是的，绝对随机，发生概率均等。"

"你们以前不是造出了一个压缩装置，可以降低它的发生概率吗？"

"那不是真正的降低，技术环节说起来很复杂……"刘忻做了个比喻，"简单说就像大坝蓄水，抬高一边的水位，降低另一边，实际上总水量并未发生过改变。"

"量子涨落发生概率几乎不可以改变吗？"

"不是几乎，而是绝对不可能被改变。"

"其他因素也不能？比如引力作用、电磁力之类的？"

"不可能！它一旦被改变，就意味着它可以从无序状态变为有序，那将会……"刘忻的脸上浮起惊疑之色。

"会怎么样?"周文樱忍不住追问。

刘忻摇头说:"量子涨落的无序性决定了时间的不对称性,从过去到未来,时间之箭只能有一个方向。如果改变了,那真不可想象。"

"时间倒流,会随着变化紊乱?"

"不仅是时间。整个宇宙的基本法则都会随之改变了,我们现在的世界将不复存在。"

周文樱听懂了些,领会到了这事的离奇之处。刘忻肯定不认为他和道金斯的意识真的能影响量子涨落概率,其中必定有缘故,就像有某种超自然的力量存在,才会使这种绝对不可能发生的事发生。而能改变宇宙法则的,恐怕只有宇宙本身,就像他说的"宇宙意识"。

如果理解更深一层,刘忻说"物理白学了",并非只是埋怨自己无能,他真正的含义是"物理学没用了"——这种异常情况超越了现有的物理学范畴。

"事情也许没那么糟糕。"周文樱宽慰他说,"只是个原因不明的偶然现象,况且,只发生在了特定的时间,局限在你们的实验装置里。"

刘忻说:"物理定律是这样的,即使经过千万次正确的检验,只要出现一次错误,那它就是错的。"

"除了物理学解释,还有其他可能吗?"周文樱问。

刘忻自嘲说:"除非,道金斯和我同时出现了幻觉。"

"别这样说自个儿。"周文樱看着他,温声说,"烦由心生,不如冷静下来,我们再想想。"

刘忻点了点头,缓和下语气说:"我明白,只不过我说的出现幻觉,倒也不是丧气话,这里头还有特殊缘故,与伯恩教授有关。"

"噢,他怎么了?"

伯恩的事挺复杂的,刘忻之前还没来得及跟周文樱说。趁此机会,刘忻把伯恩告诉他的所有的遭遇向妻子转述了一遍。刘忻说得口干舌燥,喝了几大杯水。周文樱听得惊心动魄,简直无法想象世上还有这么离奇的事。"你觉得……伯恩说的是真的吗?"

"我相信他,尽管这事超乎常理。"刘忻叹口气说,"尤其是现在,我也见鬼了。"

周文樱从没见刘忻出现这般愁眉苦脸的表情。就在刘忻说出"见鬼了"的时候,她不知怎么忽而觉得有趣,想笑又赶紧忍住。她的表情因此也变得有些古怪。

"被吓到了吧!"刘忻问,"你怕不怕鬼?"

"我只怕见到你发疯了，鬼迷心窍一般坐着不理人。"周文樱说，"这事在我看嘛，不管是幽灵作怪，还是幻觉、噩梦，越是怪诞的东西，越值得我们去深究，去探寻它隐藏的秘密。我想，伯恩教授来找你，不仅因为你是他的朋友，还因为你是个物理学家。万事万物皆有其道理，我们生而为人，最幸运的莫过于有探索未知的能力、精神和智慧。我们除了自个儿吓唬自个儿，能做的事还有很多。"

刘忻有些奇怪地看着周文樱。

"怎么了，我说的哪里不对？"周文樱问。

"说得太好了，简直不能再好。"刘忻释然，"家有良妻如有一宝，有你这样贴心明理的太太，我可没借口发疯了。"

周文樱笑说："肚子饿了吧？我们先吃点东西，甜嘴先生。"

"还真是的。"刘忻手摸肚子说，"隔着肚皮都能摸到脊椎骨了。"

两人一起动手煮面条。

热面出锅，周文樱浇上平日里备好的瓶装薹油作为面的浇头，加了桂皮、八角、香叶等几样调料，两碗简单的薹油面做成。香气扑鼻而来，刘忻吃得十分惬意，连汤带水一扫而光。

"当我发现无法用任何理论自洽解释的时候，难免想到唯心论。"刘忻收拾着碗筷说，"你回家那会儿，我胡思乱想了些离奇的事。"

"有多离奇？"周文樱泡上一壶热茶，笑吟吟地问。

"量子幽灵的可能性。"刘忻说，"由于量子涨落的特性，有极小的概率，可能涨落出一个复杂的低熵结构，产生类似大脑的功能，从而具有意识。如果真是这样，它作为观察者，可以在微小无形之处或宏大如星系那样观察我们的世界，影响我们的意识。"

"我听着有点深奥，你这是用物理学来解释幽灵现象吗？"

"算是吧！假设幽灵存在，那就给它个说法。"刘忻与妻子坐下品茶相谈，"这样来想，非人类生命形式的意识肯定就存在了，它的空间尺度和时间尺度未必和我们匹配，只以意识形态与我们发生某种微妙的联系。"

"原来这才是你'见鬼了'的说法啊。"周文樱醒悟过来。刘忻并非真的鬼迷心窍，实际上，他一直都保持着学者的理性。

"这样说来还是有点惊悚的意味。"刘忻抬着茶杯，目光仿佛投向茶水微观的虚无之处，"或许，'布朗运动'在某一刻不尽然是无规则运动，茶水里的这些微小粒子也许会表现出某种规律。而有规律的东西，往往就有可能是被创造出来的。"

"这是猜想，能证明吗？"周文樱问。

"除非做大量的观测实验，并把观察者的意识影响考虑在内。"刘忻沉吟着说，"就算这样做了，也很可能一无所获。假如幽灵控制着这种随机涨落的现象，它不让我们观测到，那也没法。微观与宏观世界之间神秘的模糊性，是物理学的局限。我们现在只是有条件地把握了物质本质的一小点，不是世界的全部。"

"那怎么解释你们今天能观测到的这种反常现象？"

"事发突然，它可能没来得及反应，但很快，它就做出了调整……"刘忻说着，与妻子对视一眼，再次泛起奇异的感觉。唯心论的意味更浓重了，就像已确定宇宙真的存在超级智慧的意识体，掌控着一切基本法则。在某种特殊情况下，假如出现被人察觉到的纰漏，立刻就会做出相应的反应，进行微整，修补这个漏洞，让人没法再次做可重复的验证。

刘忻实验室里的真空装置具有特殊的唯一性——探测技术独一无二，并且是人类历史上首次使用"意念影响量子涨落"这种方式，也许因此超越了它的边界，产生这一误差，恰好被他们意外发现了。在世界的最微观之处，这个误差导致的反常现象如惊鸿一瞥，随即就被幽灵般的力量抹去，从而变得再也不可测，世界又恢复如常。

"如果有神秘力量从外部修改数据。它能做的，恐怕不仅是这样。"周文樱想了想说，"它做出了调整，但为什么不改变你的意识？篡改现实，篡改记忆，彻底阻止我们发现真相？"

刘忻摇摇头，隐约感到无形之处有种被窥视的异样，也许是心理作用。

"从数学上来看，随机事件的发生概率是有规律的，可以预测。"周文樱心里一动说，"随机数就像抛出的硬币，如果在绝对条件下，一直无限地掷下去，硬币正反面出现的概率会稳定在各占50%这个值。这是大数定律，理论上，绝对不会改变。这也是宇宙中最奇妙的一种基本状态，以无序造就出有序。"

"你想用随机数来验证它？"刘忻立刻反应过来。

"这方法简单易行，也许可以这样做。"周文樱说，"我用计算机编个程序，随机产生一串数据，相当于'概率发生器'。我们假设，计算机内部电路不会受到外界条件的干扰，程序自动运行，持续生成的数据应该呈现这样的规律，单数和双数总集合的概率各占一半……"

"然后我们引入人的意识，去影响概率发生器。"刘忻兴奋起来，迫不及待地接上她的话，"如果人的意识影响了随机数，那就大有问题。"

周文樱微笑着说："假如它有边界，我们就能再次抓住它的尾巴。"

话虽这样说，理智却告诉她，这事绝对不可能发生。因为如果出现这种异常情况，那就意味着我们的宇宙失去了随机性。原本看似随机发生的一切事物，竟然会受到意识的影响。生命意识在某种层面悄然改变着世界，这也太唯心了，完全就是"以心化物"的论调。如果这样，还会引发出一个更离奇的疑问：宇宙是真实的吗？世界万物难道可以被无中生有地虚构出来？这太不可思议了，宇宙如果连真实性都失去了的话，我们自己是不是真实存在的都值得怀疑，那么，我们认为的"存在"还有什么意义？

但凡事总得去试一试，不管宇宙机制是否有边界，人类将探索不息。

"概率发生器"的编程原理挺简单，写一个小程序就能实现。它可以在计算机后台持续运行，不停地产生一个个毫无规律的随机数据，每隔一段时间，对记录下来的随机数进行统计分析，得出单数和双数的占比概率。

"这就像一双无形的手在电子计算机世界里一直掷骰子。"周文樱说，"然后我们要做的就是，发出意念遥控骰子的点数，想要单还是双。"

"上帝之手。"刘忻由此联想到多年以前，爱因斯坦与玻尔在那场著名的量子力学争论中说过的话："玻尔，上帝不掷骰子！"这似乎有所暗喻，扰动宇宙法则，原本是只有上帝之手才能显现的神迹。而他们将要做的，却是以人类迷离不定的思想去影响混沌的远方那不可抗拒的神灵力量，发出微小的意志和上帝一起掷骰子，从无序之中构建出有序的世界。

当晚，周文樱就在卧室里的一台二手康柏台式机上编写出概率发生器。

"你来吧！"她让刘忻启动运行程序。

"我们一起来。"刘忻握住妻子的手，放在回车键上轻轻按了一下。

显示器上静止的黑白界面立刻发生了变化。

一串白色的数字在黑色的背景上跳动起来，轻盈灵动，仿佛黑夜里的一点微光变幻着一种特殊的韵律，具有灵性般生生不息地在电子世界里演化着生命的进程。有那么一会儿，刘忻和周文樱都没说话，不约而同地屏息静气，望着那一串串不停跳跃的随机数。两人似乎不觉此举荒谬，在默契之间，反而有了某种神圣肃穆的仪式感。

"我们是不是该对它'意念发功'了？"周文樱微微一笑，打趣地问刘忻，"你想要什么数？"

"红色。"

"红色是什么啊？"周文樱诧异地问。

"代表单数。在人的大脑意识里，颜色比较形象、直观一些。"

"嗯！红色表示单数，黑色为双数。确实更容易想象。"周文樱随即想到一点，"要突破边界的话，我们得扩大测试范围。明天我拷贝程序到工作站，传给更多的人参与测试。"

刘忻笑起来问："怎么跟测试者解释用意念影响随机数？"

"可以换个科学术语，观察者介入概率效应实验。"周文樱说着也忍不住笑了，"瞧我俩都干了些什么呀，真是'见鬼了'。"

熄灯睡觉后，卧室里的计算机继续运行着程序，屏幕幽幽发光，恍如通往另一个世界的窗户。刘忻在脑海里想象着那世界一片广袤无限的红色，渐渐有了睡意，忽而听到妻子低声说："不知怎么的，有点不放心。"刘忻从朦胧中回过神问："什么？"只听妻子说："你觉得，伯恩教授如果见到了真实中的艾薇，会怎么样？"

夜幕降临。

"你住哪儿，订房了吗？"艾薇看向窗外的城市。夜景如梦幻般迷蒙。

"就在这个酒店，房号1408。"伯恩收拾了比萨餐盒放入垃圾桶。

艾薇又问："你打算在温哥华待多久？"

伯恩说："没计划。我只想着见到你平安无事，就赶来了，有点仓促。"

艾薇忽而一笑："真的很意外，你吓到我了。"

伯恩歉然说："应该先给你打个电话，但我不放心。"

"我明白……现在明白了。"艾薇轻声说。

伯恩被艾薇的声音吸引住，怔怔望着她。轻柔的语调与安雅一样，呢喃的细语令人心颤。忽然他见艾薇的眼眸闪烁了一下，神色不自然。气氛有些尴尬，伯恩便找了个话题问："你来参加什么学术研讨会？"

"脑科学大会。"艾薇说，"在大脑和意识研究领域比较知名的学者几乎都来了，有神经学、生物学，还有化学和物理学以及心理学、哲学等方面的多国专家。我们大都是'脑图谱计划'这个国际性组织的成员。"

伯恩问："苏黎世大学的兰萨教授来了吗？"

"噢，你认识兰萨教授？"艾薇说，"明天下午他会主持一场座谈会。"

"太好了！"伯恩说，"我正在看兰萨的著作，关于'生命中心主义'的一本书。我有些宇宙智慧学问题想请教他。我能参与旁听吗？"

"应该可以。"艾薇踌躇了下，"明早我问问主办方的负责人。"

伯恩又问："你最近是否还在研究梦境的NCC？"

"你怎么知道的？"艾薇不由得惊讶。她目前确实在做意识的神经相关物研究，但伯恩把梦境与NCC连在一起描述，有点奇怪，这不是专业术语，她只是在头脑里有过这样的想法。

"那天晚上，我们有过这方面的交流。"伯恩说，"你告诉我，梦境是灵魂实现穿越时空与人接触的唯一途径。"

"不是我说的……我也不这样认为。"艾薇摇头，"研究工作得严谨，不能不经过验证就草率做出类似这种猜想般的结论。"

伯恩有些诧异，虚幻与真实的人物还是有些差别。

伯恩问："你们怎么研究梦境？"

"使用核磁共振成像装置，还有神经标记和示踪技术、光遗传学技术等探索人的大脑，绘制出人脑的各区域、所有神经连接情况的'地图'。这相当于人类基因组计划的大脑版。根据这一幅包含了人脑功能和微观结构的高清图谱，可以更好地探索大脑是如何运作的。其中有一项实验就是通过分析脑图谱，研究人做梦的……"

"停下！"伯恩打断艾薇的话，忽然问，"你听到什么声音了吗？"

艾薇做出倾听的样子，过了会儿，她摇摇头。

伯恩也在仔细分辨着，但房间里没再出现刚才那种细微的响动。

"你听到了什么？"艾薇问。

伯恩惊疑地说："我不确定，像轻微的敲击声，一下一下……"他正说着，突然再次感觉到连续传来几下微响，"你听！"他惊叫起来。

艾薇依然摇了摇头。她停住手，手指甲没再敲打椅子。声响消失了。

伯恩悚然心惊，不由得想起了异常熟悉的那个"嘭、嘭嘭……"的挖土声。这情景似乎昭示着接下来将要发生守灵之夜那种恐怖的事。他惊慌地站起身，想立刻逃离房间，远离艾薇，以免再次发生不可测的凶杀事件。

"怎么了？"艾薇奇怪地看着他。

伯恩惊慌无措地站了一会儿，欲言又止。转念间，他想到了一个办法，蹲下身，解开鞋带，用鞋带绑住了自己的左手大拇指，然后转过身，背着双手说："快！你把我绑住，这样才安全。"

"你觉得，你会伤害我？"艾薇有些惊讶。

"那晚出了事，我不敢保证会不会再对你做出那种失控行为。"

"但……"

"来吧，没问题。你把我两只手的拇指绑紧了就行。"

艾薇犹疑了下，还是听从伯恩的建议，用鞋带紧紧绑住他的手。绑好以后，艾薇打量着他，笑说："你没法动手了，总不会用脚来勒死我吧！"

伯恩的手被束缚得血流不畅，感觉有点发麻、胀痛。但他也不介意，放心地说："似乎很荒诞，但经过这些天的遭遇，我发现意识不可靠。它可以被控制。那些幻觉和梦境都是它制造的。通过意识，那幽灵般的东西还能控制我们的身体。"

"某种神秘因素影响着我们的大脑，不知不觉中，在我们的梦里。"艾薇说，"我也有过这种想法。对于许多人来说，这只不过是一个空洞的念头，但我不是，我有做实验的条件。就像你说的，寻找梦境的NCC。"

七年前，艾薇开始思考困扰她的噩梦。她不仅搜索关于纳粹实施的"生命之源"计划的一切资料，两次前往德国和挪威，寻找她的梦境之地，试图解开她的"前世记忆"这个谜团，还使用实验设备和一切技术手段，寻找梦境对应的脑区神经反应。如果不这样做，她觉得活在这种挥之不去的心灵备受煎熬、痛苦恐惧的阴影下，自己真的要疯了。

"目前有什么发现？"伯恩问。

"人的意识集合单位也许非常微小，但从整观性和功能划分来看，都有着对应的脑区，包括梦境。"

"梦境发生在大脑里的哪个部位？"

"这里……"艾薇靠近伯恩，伸手触摸他的额头，手指落在他的眉毛上，"在这个位置。眼眶上部深处的一片额叶皮层区域，有着数目庞大而特殊的弧形神经元，对人的行为和执行功能至关重要。我们发现，人的梦源于这片脑区。随着梦境的产生与活跃程度增大，这些弧形的神经元簇与大脑皮层的抑制性神经环路形成连锁反应，从眼眶深处这里传递到头顶，再一直延伸到脑后。磁共振成像显示的三维结构表明，它就像一顶网格状的帽子覆盖在整个脑室上。"

艾薇一边说着一边移动手指，她的指尖从伯恩的眉毛往上划过头顶，然后落到他的后脑勺上轻轻摩挲着。艾薇的举动自然，像是与他有几分熟悉而亲密的样子。

伯恩感觉眼睛酸楚，头皮微微发痒，从艾薇的指尖传来一点凉意。

"梦境与视觉有关吗？"

"梦与一切意识活动都有关系。所梦即所见，我们的日常生活是什么样子，梦境世界就反映什么样子。"

"盲人会不会做梦？"伯恩问了一个奇怪的问题。

"当然会。先天性的盲人尽管缺失视觉，在梦里，他依然会感受到记忆中曾经听过的、摸到的、闻到的、所有能想象到的情景。"

"但有些梦超越了我们的想象极限，不仅是生活反应。"伯恩说，"我有种异样感触，我梦见的绝不是我生命中的某种东西。"

"也许吧，有些梦很怪，根本不属于我们似的。"

艾薇近距离查看伯恩的眼睛，试图在他的眼瞳深处寻找那种熟悉的眼光——冷漠而尖锐的光芒。

这是一个实在的活生生的男人，并非梦境里的马克斯。艾薇心想：他和我梦见的一切都不属于自己，我不是安雅，他也不是马克斯……虽然这样想着，意识深处却隐隐涌动着一种异常坚定的不认同感，不停歇地冲击着她的理智，仿佛巨浪淹没一座腐朽已久的灯塔，心念轰然崩塌了。

"你做过什么怪梦?"艾薇恍然听到伯恩问。

"很多。"她下意识地回应。

"你有没有梦见过安雅?"伯恩问。

"没印象。"艾薇说，"有些梦醒来就从记忆中消失了。"

"有些特别的梦不会消失，它历久弥新，恍如前世重现。"伯恩看着她，又问，"你也没梦见过我，梦见马克斯?"

伯恩的眼睛仿佛能看透她的灵魂。

艾薇摇了摇头，避开他的目光，侧脸看向房间里的某个角落，轻声说："我记得做过这样一个梦，感觉自己被困在一个奇异的空间，以非人的形态在水里游弋，不停地游，四周空无一人，我很孤单……"

艾薇回忆着自己的梦，神情惘然凄迷，似乎陷入了那种不可自拔的意境中，声音也随之迟钝下来。

"什么非人的形态? 异类生物吗?"伯恩问。

"说不清楚，梦境中有些是模糊的，有些很清晰。"艾薇说，"我只记得，那空间里的水清澈通透，犹如空无一物，但被一种透明的东西阻隔，就像完全透明的水晶。那东西非常巨大复杂，如一座无边无际的透明水晶迷宫。我可以看见迷宫外面的世界，阳光恒定，照亮整个空间，植物茂密，仿佛散发着浓郁的原始气息。外面的世界是那么美好，但我的身体却被水晶阻隔着，无法游出去。一些记忆不知从哪里冒出来，一个个陌生怪异的场景浮现，然后又飞逝消散。我停留在迷宫中心，望着包裹着我的玄奥无尽的水晶，感觉自己是被湖底暗流冲击的一粒沙子。我找不到同类，看不见任何人，我很绝望，绝望极了，有着无尽的孤独感。我想死去，从绝望的梦中醒来，找回我失去的人形体态，可我做不到，我被迷宫困住了，永远都出不去，永远……"艾薇说这番话时一直被绝望欲死的念头压抑着，好一阵才恢复过来。

房间里静悄悄的，她见伯恩斜着身子若有所思地打量她，那双眼睛透着冷漠的怜悯，仿佛在审视某种掌控之中的东西。艾薇有些透不过气，不禁站了起来，想要摆脱这种沉重的不适感。但做出这个举动以后，她发现自己过于失态，得掩饰一下。她见桌上放着一份果盘——酒店提供的餐后水果，她就从盘子里拿来一个苹果和一把水果刀，镇静地坐下来削皮。

"成年人很少遭受噩梦的惊吓，大脑有着精密的保护机制，醒来后很快就忘了。"艾薇用刀削出一条长长的果皮，至末梢处切断，说，"几乎都忘记了，就像在梦中我们忘记了自己是谁。"

"所以，我见到的你也许不是在梦里，而是在另一个幻境般的世界。"伯恩说，"我们感应的方式，就像大脑是一个特殊的接收器。"

"你吃不吃？"艾薇把苹果切成几瓣，抬头问伯恩。

伯恩耸耸肩，示意他的双手被绑着没法取用。

艾薇用刀尖插了一瓣苹果，递到他的嘴边。这个举动有些反常。

伯恩张开嘴，把刀尖上的果肉咬在嘴里咀嚼着说："谢谢！"

"别客气。"艾薇笑了笑，忽然问，"安雅在你身边那些年，你可记得，你怎么对她的？"

伯恩惘然摇头："没有这段记忆，我只记得一些重要的事。"

"哪些事重要？"

"安雅是纳粹崽子，马克斯收养她只为复仇。丹尼尔和他的姐姐、父母死在了集中营。他的家人全都死了，他发誓追杀纳粹医生霍尔曼，用世间最残酷的方式。"

"你没想过安雅的感受，从来没有？"艾薇手中的刀停下，刀尖往上，对准了伯恩的左眼。

"我爱她，胜过仇恨。"

"是吗？"

"为了她，我可以做任何事，宁愿放弃誓死捍卫的复仇使命。"伯恩的脸上浮现痛苦之色。

"使命至死方休！你对玛莎这样说的。"

"什么？"伯恩问，"玛莎是谁？"

"她只是个无关紧要的人，对你来说。"艾薇握刀的手轻轻颤动。意识深处仿佛又响起两声枪响。陡然间，她心头恨意强烈翻涌，让她控制不住，想要持刀捅过去，刺穿那可憎的眼睛。

突然，伯恩一把抓住她的手腕。不知何时，他竟然挣脱了捆绑。

艾薇惊恐地挣扎起来。伯恩扭住她，把她按倒在地，用力勒紧她的脖子。艾薇感到了痛苦的窒息，她瞪着伯恩，看到一张狰狞的面孔。

感知消失，她沉入绝望的黑暗之中。

第13章　红色浪潮

艾薇长呼一口气，从昏睡状态中醒来。

她开灯看了下时间，凌晨3点，窗外的城市依然在沉睡。

艾薇做了一个噩梦，但她忘记了，只残留一丝惊心动魄的感受。

她下意识地走进洗手间，对着镜子看了看自己的脖子。没有什么异常。失神片刻，她点上一支烟，坐在洗手台上看着自己的镜中像，一直看着，极力想回忆起点什么。烟雾袅袅，镜中人的意识依然空白一片。她记忆里的安雅并未给她一点提示。

艾薇有种惶恐无助的孤独感，与生俱来的那种绝望孤独刻骨铭心。她贴近镜子，贴近了安雅，呵了一口气，然后用手指在镜面上写字：

> 我在梦中看见你
> 我梦见你在黑暗中游荡
> 我也是
> 我们找到彼此
> 我们在黑暗中找到彼此……

镜面上浮现的一点雾气很快就消散了。艾薇手写的字迹无影无踪，除了她和安雅，再也没有谁知道。

清晨，伯恩从昏睡中惊醒。奇怪的是，他想要移动身体，但做不到。无论他怎么使劲，身体都不受他控制，像身上被压了块沉重的石板那样无法动弹。他也无法呼喊出声，唯有意识清醒地感受着这种毛骨悚然的异状。过了会儿，身体恢复正常，一睁眼，他看到了酒店房间的天花板。

他从床上坐起来，浑身汗淋淋的，只觉眼睛干涩酸楚，头脑闷疼。他怅然若失，隐约感到自己遗忘了什么似的。刚才他醒来时遭遇的事虽然怪异，却并非罕见，这就是典型的"睡眠瘫痪"症状——意识先醒来，但身体肌肉仍停留在低张力的睡眠状态，造成不听大脑指挥的一种特殊情况。伯恩嘘了口气，尽管他知道这个原理，但平生第一次亲身体验到这种感受还是挺可怕的。

时间快接近他与艾薇约定见面的一刻。伯恩赶紧穿衣洗漱，准备出门。穿鞋时，他发现一根鞋带不见了，在房间里找了找也没能找到，他完全想不起来怎么弄丢了鞋带。这有点古怪。

下楼到酒店餐厅，伯恩见自助餐已经开放，里面三三两两一桌，坐了些人。

"伯恩教授，来这里。"艾薇招呼伯恩过去，递给他一个挂牌证件，"同意让你参会了，但有个要求，你得积极发言，从心理学方面参与大家的谈论。"

伯恩应答："可以，不过我没准备，说不出什么有价值的内容，只能做些空泛的猜想。"

"意识究竟是什么？"艾薇指了指自己的头，"人们探讨了几千年，到现在谁也不能说清楚，谁都是在一本正经地胡思乱想。只不过，建立在各自的专业知识和实验基础上，至少比故弄玄虚的民间术士靠谱一些。"

伯恩笑起来，问艾薇："你也要演讲吧，什么内容？"

"我们实验组现阶段在研究大脑的一个产物——梦境。"艾薇说，"梦的来源是什么。它与生俱来，还是后天产生的，如何形成。"

"这项研究很有意思。"伯恩说，"心理学中有个术语叫'认知功能'，简单来说，就是对事物的认识及看法，把从外界获取的信息整合到大脑体系中，形成高一层的意识。我认为，梦境不会无缘无故随机产生，它相当于大脑的第二套认知体系，是形成自我意识的一个辅助，具有回忆、整理、模拟、学习的功能。我们在清醒时不敢想象的事物，可以在梦里再现，通过随心所欲的妄想，让人的认知功能更完善。"

"梦境隐藏的秘密远不止这些。"艾薇用刀叉摆弄着餐盘里的培根，语带神秘地说，"等你听了我们的研究报告，肯定会大吃一惊。那可是前所未有的发现。"

"非常期待！"伯恩微笑。

"昨晚睡得怎么样？"艾薇瞥了他一眼问。

"很好，比较踏实。"伯恩加重语气说，"谢谢你！"

艾薇本想说"这与我有什么关系"，但她转念明白了伯恩话里的含义。一个人可以通过获取"受害者"的谅解卸下心理负担。伯恩的笑容显然可见，他轻松了……这不是很好吗？艾薇心想：我为什么要在意这点？她放下手中的餐具，看着伯恩说："你没必要谢我，真的！昨晚你所讲的一切已经证明了你自己。人性的阴暗不可测，所幸我们还有自我反省的能力。别人帮不了你什么，要除心魔，只有靠自己。"

伯恩点头："相互理解也很重要，不是每个人都能明白他人的想法，除非心灵贴近，否则言语也会变得苍白无力。"

"兰迪也说过这样的话。"艾薇不觉看了看伯恩的眼睛说，"你和他确实有点像。我觉得，你们之间仿佛有某种神秘的联系，至少，你们都经历了不同寻常的事，都成了灵学会针对的目标人物。"

"很可能，你也是他们的目标。"伯恩郑重地说，"1964年3月27日不仅是我们的出生日，还隐藏着一个秘密，它也许与灵学会的暗势力活动有关，还与一系列的异常事件有关联，这些线索都有着特殊的内在联系。"

"幽灵入侵世界，意识影响。"艾薇若有所思地说，"这就是你想参加脑科学大会的缘故，关注意识研究，找出其中的秘密。"

"这事超乎想象。"伯恩说，"我感觉到，还有更巨大、更可怕的鬼东西藏在深海之下。这已经不是我们个人的问题了。兰迪之死、我的遭遇，都只是飓风来临前的一个序幕，那无形之物的真面目还没出现，但我能嗅到它的恐怖气息，它就快要来了，要来了……"伯恩说着，声音有些变调，意识深处触发一股异常的震荡。

隐约地，之前遭遇的那种被监视感再次浮现出来。伯恩环视餐厅，但见附近在座的人并无异常，没谁注视他。但那种鬼魅般的被监视感依然存在，微弱，却令他毛骨悚然。

早餐后，艾薇带伯恩前往会场。

这次来温哥华参会的人还挺多，有来自30多个国家超过200人的"脑图谱计划"组织成员参会。这是全球最大的探讨人脑和意识的多学科研究交流平台。各领域的学者从不同的角度探索大脑意识的奥秘，就大脑机制和意识现象、意识产生的机理等方面分享各自最新的研究成果。这些成果标志着当今世界脑科学研究的最高成就。

大脑意识被誉为科学研究最后的堡垒，意识研究的重大突破将使科学研究的所有成就相形见绌——这是关乎人类本身"智慧之源"奥秘的终极问题。

但到目前为止，意识科学还在摸索阶段，主流研究主要处在脑结构和现象学的层面，使用越来越先进的精密仪器和实验手段，来揭示脑神经的微观现象与意识之间的关联，尽量补完"脑图谱"上的最后几块精细拼图。尽管也有一些以唯心论为基础研究意识的学者，但尚未引起重视。

艾薇对伯恩说，这个边缘领域的研究有点虚空，不经实验验证，仅仅从哲学和心灵学来假想，一不小心就会被认为是空谈家，或被认定为"科学幻想家"——还有个专门粗俗的形容词，缩写为"WC-SF"——坐在抽水马桶上展开科幻想象的人。

大会设有作研究报告的主会场以及供小范围进行学术讨论的分会场，大家可以根据需要选择参与。

艾薇给伯恩一份会议手册和一些相关资料，临场阅读"补课"。

"何为人？"从古至今，都没有学者能给出一个准确答案。显而易见的只有一点，人与地球上其他生物最明显的区别在于——大脑。

人类有一个"与众不同"的大脑，比其他生物的脑结构和功能更加先进完善，可以形成自我意识，认识自我的存在，形成人类特有的世界观。它具有获取、处理高级信息的能力，产生内外意识体验，富有情感，能进行逻辑思考、抽象思维，还能通过学习和反思进而认知外部世界，感触到世界的有形和无形之处。

人脑的运行原理就像生命起源一样，是人类面临的终极问题之一。

脑图谱计划现在做的基础研究是，测量大脑皮质厚度，解析脑功能、脑组织细胞的局部定位和神经信号等状况。犹如描绘世界地图那样，精细绘制出大脑的微观结构，按照功能和连接属性划分出区域图，将大脑像山峰和低谷一样的褶皱分成180个特定的皮层区，以此来了解它如何作为一个整体工作。

该计划的技术难度非常巨大，经过各国研究组的共同努力，历经十多年，扫描解析了上万个健康成年人的大脑，才基本完成这一幅高清图谱，描绘出人类大脑的所有神经连接情况。

人脑的运作模式十分特殊、复杂。它统管着人的一切生命活动，每个脑区都有相对应的功能，彼此不同，却又相连，高度协调统一。它还会根据实际情况，做出相应的调整。比如，大脑中有着对听觉、视觉、触觉等外部环境的变化做出反应的脑区。人一旦失明，失去了视觉感知，对应能处理视觉信息的脑区就会进行调整，转而处理别的工作。在180个脑区图谱当中，现已探明其中的92个区域，通过观察、记录和分析，基本搞清楚了这些脑区对应执行的任务。

但就算研究工作做到这一步，也只是对大脑而言，我们依然不知道意识究竟是何物，不知道我们脑海里那些灵感一闪的想法是怎么来的。

大脑和意识之间肯定有关联，可这毕竟还是属于两个不同的层面，就像我们只搞清楚了一根蜡烛的成分和结构，依然无从知晓那燃烧的烛火迸发出的充盈黑暗房间的光芒。

现在的主流研究推断：人脑的特殊结构属性，决定了它有高级的获取信息的能力，从而形成比其他生物高一层的意识。这就相当于认为，意识是大脑的产物，是通过大脑结构捕获信息而在后天形成的，它并非与生俱来。

已经有多个实验组观察到这一特殊现象：婴儿在出生时，脑室周围有许多还没成熟的神经元，其功能和属性未知。研究发现，这些神经元不仅数目庞大，而且在婴儿出生后的几个星期内仍然在迁移，像尺蠖一样在大脑中爬行，一些抑制性神经元大规模迁移至大脑额叶皮层，整合到神经环路之中，使其更加复杂。这种迁移现象在其他哺乳动物脑中并不明显，人脑是唯一特殊的一例。研究者由此推测，这些后期迁移的抑制性神经元可能就是人类的"意识之源"。在生命的开端，婴儿刚开始与外界环境接触时，神经元的迁移与婴幼儿形成复杂的意识认知能力息息相关。

这些迁移的神经元簇被命名为"M1神经"。它与人的意识和智慧来源有关，因此，它被认为蕴含着"智慧基因"。

它从原初状态到成熟的过程可分为四级：1. 产生具有处理生理活动反应能力的初级意识；2. 产生情感和具有自我认知能力的中级意识；3. 产生具有逻辑思维能力的高级意识；4. 高级意识逐渐演化出高阶智慧。

研究工作到此为止，基本解释了"母鸡产蛋"的问题，但仍然绕不开最初的那个终极谜题——意识究竟为何物？

大脑怎么进行意识反应？面对这个宏大无形的谜题，各领域的学者众说纷纭，由此出现了各种分歧，产生种种差异巨大的推测和理论。

伯恩通过阅读会议资料得知，以色列巴伊兰大学物理学家尼尔·拉哈夫召集了一个包含神经科学家和数学家的实验组，对意识活动的核心脑区展开搜寻，合成一幅神经元组织的信息网络图，深入研究信息在脑皮层中"流动"的方式，试图利用数学公式揭开意识反应的过程之谜。在这次脑科学大会上，拉哈夫的实验组将要作一个相关报告，尽可能地列出人脑和意识反应所采用的一些数学公式。

牛津大学的物理学家罗杰·潘洛斯对此持有异议，认为这种方式存在非常严重的问题。人脑有超过860亿个神经元，彼此之间有几万亿个连接，目前的计算能力根本无法实现用数字化解析大脑，更不可能用数学来解释意识。潘洛斯另有推论，他认为意识反应可能与量子力学微观世界中的微弱相互作用有关。

加州大学圣巴巴拉分校物理学家戴维·格罗斯则提出了另一种不同的见解：他猜测意识或许类似于物理学上的"相变"，即在发生一系列微观变化之后，突然发生了剧烈的跃变。这就像某些金属温度下降到特定水平之后，便会突然拥有了超导能力，这是相变的例子之一。

威斯康星大学的神经科学家朱利奥·托诺尼拓展了这种相变理论。托诺尼认为，随着大脑整合信息的不断增加，在跨过了某一临界限制之后，便突然达到了一种新的状态：意识就此产生。并且，只有特定的脑区才能整合所有的信息，而这些脑区加在一起，便构成了意识的基础。

这种理论就像在描述母鸡发育到了一定的程度，突然间就能产蛋了。而且，在地球上所有不同品种和毛色的母鸡当中，只有人类这样一只"母鸡"能产出优良的"智慧之蛋"。其他母鸡产的蛋只能算作"蠢蛋"。

假如是这样，那除了上帝的恩赐，大自然造化对人类还真是偏爱。

伯恩对此自有看法，凭着一种玄妙的预感，他认为这些都不是谜题的答案。亲身经历隐隐在提醒他，意识与大脑有关联，但两者之间不是母鸡与蛋的因果关系。意识能独立存在，可以理解为是一种特殊的无形之物。

伯恩最初关于意识是"以物化心"的唯物一元论的想法被潜移默化地改变了。事实上，他的变化并不是自发的，这种观念就像神秘力量"植入"在他的大脑中，生根发芽，形成清晰顽固的意识。这还不算最离奇，离奇之处在于，他能感受到被植入的全过程，还能以此进行推论：意识是独立存在的，它可以植入人的大脑。

伯恩没经过任何的实验证明，而感知到了这一结果。犹如神助，他跳过艰难的解题过程，直接在试卷上写出了可能存在答案的猜想："心物独立"至"以心化物"，最终至"心物皆无"。

现在，他要做的是，根据猜想往上倒推着求解谜题。

"心物独立"近似二元论。

早在300多年以前，法国哲学家笛卡儿就提出了二元论，他认为，意识和肉体是两种完全不同且互相独立的基本存在。宇宙中有两个实体，即心灵世界和物质世界，两者本体都来自于上帝，而上帝是独立存在的。笛卡儿认为，动物只属于物质世界，只有人才有灵魂，人是一种二元的存在物，既会思考，也会占物质空间。

假如理解时代局限，把笛卡儿所说的"上帝"替换为"宇宙智慧"，二元论在逻辑上并没有漏洞，只是没提供可实践的技术路径，不能建立意识和物质的模型，找出两者如何转化、相互作用的机理，尚不能形成科学理论，二元论因此只能一直停留在哲学范畴。

伯恩由此想到，兰萨教授阐述的生命中心论，可以看作是二元论的新发展。宇宙本身具有生命智慧，世界万物由"原初意识"构建，我们感知到的一切外物，以一种经过组织的持续信息之流的形式，在头脑中活跃而接连不断地重构着——这就是"以心化物"。

"心物皆无"即"世间所有相，皆是虚妄"。

我们的感知，包括感知到的一切东西都是"虚无"。意识和物质之本就是缥缈无方的宇宙智慧。"一切唯心造""一念一世界"，宇宙智慧就像是一个造梦者，从无中生有，创造了这一切。这有点类似惠勒教授提出的"参与性宇宙"模型。

按照玻尔和惠勒的说法，任何物理现象，不管是物质还是能量，在被观察、测量之前都没有任何意义。在某种意义上，与其说我们在事件发生之后决定其怎么发生，不如说在我们决定其怎么发生之前，事件处于混沌中，无任何可供描述的物理意义。把这个说法用在所谓的物质上——没有真实存在的电子，而只有一个模型，它是一系列有所关联的观察结果、数学关系的总和。我们为了方便，姑且将这种总和称之为原子。世界——观测的总和，在没有进行细致的观测前，它处于一个混沌的叠加态，是个虚幻的幽灵，随着有意识的生命的出现逐步丧失各种可能性的叠加，产生唯一的结果：宇宙和历史——这就是参与性宇宙理论。

从这样的猜测来考虑，解题思路就明确多了。伯恩认为将来可以做的，就是把这片已存在的哲学沃土用科学验证的方式开垦出来。

忽然间若有所感，伯恩低头看向他的鞋子。左脚上一只鞋的鞋带不见了，但又感觉它似乎还在。他下意识地萌发了一个奇特的念头，他闭上眼睛，心想这根鞋带的存在，在心里把它重构出来……片刻之后，他睁开眼睛，盯着自己的脚。

"你在看什么？"艾薇发现了伯恩的反常举动。

伯恩恍惚了下说："我的鞋带丢了。"

"一般人都是丢失鞋子，教授，你居然丢了鞋带……"艾薇皱眉问，"你用它做了什么？"

"没印象了。"伯恩失神地摇头，只觉头脑有些晕眩。

艾薇蹲下身，很自然地解开伯恩另一只鞋的鞋带，拿来裁纸刀把这根鞋带从中一分为二，然后再为他绑在两只鞋上。

"这样好多了，谢谢！"伯恩动了动，左脚的鞋子不会再松脱。虽然鞋带短了一截，但不留意看，还真不容易发现。

"别客气。"艾薇问，"你考虑好了吗，今早有几场报告讨论会，你想参加哪些？"

伯恩最想加入兰萨教授主持的讨论会，但这场会安排在下午。艾薇的实验团队关于梦境的研究报告被排在了明天，暂且还不能参与。他看了看会议手册上的日程安排，对其中三个报告主题感兴趣：

一、濒临死亡的意识体验。

二、意识的本源——量子比特序列信息。

三、大脑以光子传递信息。

伯恩和艾薇去了一号会议厅。

来自密歇根大学的脑神经学家吉默·伯尔根作为大会邀请的主讲嘉宾，公布了她的团队在两年内调查分析的上百例濒死体验报告以及做的一系列意识反应实验。

死亡通常被认为是大脑意识活动的终结。

濒死体验（NDE），也就是濒临死亡的意识体验。随着现代医疗科技的发展，越来越多的人能从死亡状态下被救醒并讲述濒死体验。

对濒死体验的研究是回顾性的，而且只针对有此体验的人，这项研究调查与病人的实际经历存在一定的时间差，许多可能影响病人濒死体验的医学因素已经不能精确测量。伯尔根博士首先提醒大家，这份濒死体验的报告不够客观、完善，一些推论还有待证实。

我们不能真正完全确定死亡是什么，因为我们真的不知道生命是什么。

如果把生命狭义定义为"能够自我维持达尔文进化的化学系统"，那么，人的死亡从技术上来说，有三个不同的死亡阶段。

首先是身体器官功能的停止，如呼吸和心跳的停止，这个阶段是可逆的，人们可以在这个阶段"死而复生"；第二个阶段是大脑活动的停止，即"脑死亡"，这个过程不可逆转，从来没有确切的记录表明，人在经历了脑死亡之后还能活过来；最后一个阶段是身体的腐烂消亡，人体中的细胞开始分解，最终消融在自然环境中，很显然，这个阶段也不可逆。因此，所有的濒死体验报告，都是来自于第一阶段的"死亡体验者"。以临床学来看，他们只是处在假死状态，身体大部分功能虽然停止了，但仍然存在一定程度的脑活动。

只要存在脑活动就会有意识反应，所以就存在意识体验。

伯尔根博士的团队在收集到的所有濒临死亡报告中，发现一个主观体验的共同点：这些濒死者的感受都极为相似——都有着灵魂脱离身体一样的体验。

有人感到身体的痛苦消失，意识像失重般在半空中飘荡；有人感觉自己仿佛是一片羽毛，在体外的某一处观察自己的躯壳；有人觉得自己处在一个极度轻松和安详的空间，平静地回想起过往一生的经历；有人感到一片恒定的光芒，就像"穿过隧道飞向明亮的光线"；此外，还有进入封闭空间的与世隔绝感、时间停止的空白感、被某种外力牵引离开的被控制感……不管这些濒死体验者来自哪一个种族、信仰何种宗教、有着什么样的文化程度，他们濒死的体验大同小异。在他们的描述中，都有一种类似迷幻般"灵肉分离"的意识反应体验。

这一特征似乎表明了，人在濒死之时，大脑意识渐渐脱离身体，游荡在其他空间，在另一个像是"天堂或地狱"的世界，窥见了"永恒光明的神境"。这似乎也为灵魂的存在提供了证据。证明人有灵魂，灵魂在人死后继续在另一个世界存在。

但是，伯尔根博士却说："我们团队在实验室里使用特殊的方式，辅助药物，模拟出了类似这种'灵魂出窍'的濒死体验。"

医药科学为此提供了强有力的证据。他们进行了多组实验，以技术手段和药物制剂，以减少含氧血液流入实验者的视觉脑区。结果表明，这些实验者都出现了"濒死体验"，尽管他们的身体器官功能正常，并没有遭遇到死亡的威胁。

伯尔根博士把这种现象称为"死亡隧道视觉"效应。

这意味着，负责处理视觉信息的脑区在受到特殊条件刺激时，将变得混乱，电信号和化学活动变得异常活跃，引起大脑皮层活动的无序反应，产生迷离而又生动的视觉信息反馈，输出一些类似的幻觉感受。同时，它还触发了大脑的防御机制，"切断"控制身体反应的神经系统。这就造成了一种特别的感知假象——人就像失去身体一般没有了痛苦，平静安宁，意识仿佛通过一个"隧道"远离身躯，处在另一个世界。

实验组使用的药剂含有氯胺酮和PCP这一类药物成分，具有麻醉和致幻作用。他们通过调查发现，服用这类药物的人产生的幻觉，与许多濒死体验几乎如出一辙。事实上，一些人在吸毒的时候会以为自己正处在垂死边缘，产生了非同寻常的"神游天堂"般的体验。

这项实验足以证明，濒死体验仅仅是大脑系统混乱输出的产物，是大脑制造出来的一种特定幻觉。

由此可见，濒死体验在本质上只是一种生理和心理现象。

伯尔根博士在会上公布了实验数据，以供大家分析和验证。最后，她特别说明，这些濒死体验的背后隐藏着奇特的机制，类似于我们的大脑对感知信息所进行的加工处理过程。从这项实验中，还可以推导出一个离奇的猜想：我们所感知到的"现实"不一定是真实的。如果受到外界的干扰和刺激，就会导致大脑的感知系统出错，从而输出虚假的幻觉。

人脑制造的幻觉非常逼真，完全可以做到以假乱真。

或者说，幻觉构建的真实程度不一定无懈可击，但大脑会让你感觉"真实"，对幻象毫无怀疑。

最后的猜想让人有些心惊，不禁想到在未来实现技术控脑的可能性。

在座的一些哲学家和心理学家，还由此想到了"缸中之脑"这一著名理论。那是一个非常可怕却又逻辑森严的思想实验。人难免会怀疑自我，谁也无法证明自己不是处在"缸中之脑"这种困境之中。

伯恩对此有着更深刻的体验，他那些亦幻亦真的诡异遭遇，完全有可能是大脑受到某种刺激，产生了让他感觉真实的记忆，或导致行为反常，或以为自己是另外一个人。让他深感惊悚的是，这种"植入记忆"似乎真实存在于过去。

演讲结束，到了提问交流环节。伯恩询问了伯尔根博士："在所有的濒死体验报告中，是否有谁'幻见'过过去或未来的场景？"

"记忆回顾式的体验很多，至于幻见未来……"博士迟疑了下说，"确实有特殊的一例，濒死体验者声称看到了另一个自我，身处梦幻般的未来。"

"那是什么样的场景？"伯恩问。

"空无一物，什么场景都没有。体验者说，未来世界的人类失去了形态，成为一种无形的存在，他们之间以意识连接……"

伯恩正专注听着，陡然间，一股异常的感觉瞬间掠过大脑。头脑"嗡"一下发蒙，心跳骤快，致使他眼前发黑。灼烧状的麻痹感攥住了他的意识，让他的思维凝滞。这种感觉熟悉无比，犹如他进入第51区绿屋前一刻的异常反应，只是没有那次来得强烈。伯恩晕眩了一刹那后清醒少许，明显感应到那种异感来自附近。他猛地转头看向那儿。在模糊晃动的视线中，他看到一个男人的背影。

那人正从会场的后门出口匆匆离开。伯恩立刻跑过去追那人。

来到走廊上，他的身体忽然有些失控，跟跄了几步。他不得不扶着墙壁停下来，眼睁睁看着那个身影消失在走廊的转角处。他没看清那男人的正面，只见那人头戴鸭舌帽，身穿灰色夹克便装。从背影来看，那人的体形中等，而显出几分精悍。

伯恩发现了一个细节，那人的左耳缺失一块，像被什么啃过。

"怎么了？"艾薇跟随过来问。

头脑晕沉沉的，伯恩无法言喻这种感受。过了片刻，他才恢复正常。意识被入侵的感觉渐渐远离，直至从他脑海中消失。

"身体不舒服吗？"艾薇打量着他问。

伯恩摇头说："我好像被人跟踪。"

"谁？"

"他……"伯恩迟疑了下，没说出后面的话。那人非比寻常，绝不是普通的监视者，如同绿屋中的那东西，能影响他的意识。

"兰迪也遇到过这种情况。你要小心了。"艾薇的眼眸闪烁了一下。

谁在暗中监视我？灵媒组织派来的人？伯恩惊疑不定地想了想，隐约感觉到一件重要的事。他立刻返回会场，见已经散会了，伯尔根博士一行人正要离开，伯恩赶紧上前问："博士，那个幻见未来的濒死体验者是谁？你有他的联系方式吗，我想做个后续调查。"

"抱歉！未经本人同意，我不能透露他的隐私。"伯尔根博士的神情有些异样，瞥了一下会场外，目光仿佛投向某种不存在的东西。

"他就是刚才离场的那人？"伯恩反应过来问。

伯尔根博士避而不答，只是说："他从死亡边缘回来，出现严重的心理问题，不愿再与人交谈。我们只是从医生那里了解到一点情况。我建议你，最好别去打扰他。"说完这话，博士执意离开了。

伯恩惴惴不安，隐约预感到将发生某种恐怖的大事。

刘忻拷贝了一份"概率发生器"程序带到实验室。

在Bio-X研究中心的咖啡时光，刘忻召集一众实验室同事说了下情况，他准备做一场"观察者介入概率效应"的实验，希望获得大家的协助，安装程序在计算机后台运行，然后在空暇之余想象"红色"，用意识来影响随机数。一段时间之后，汇总分析结果，看是否能干扰随机数的发生概率。

刘忻有些吃不准，这帮科学工作者会不会认为做这种心灵感应的实验太荒唐？姑且一试吧！尽量扩大参与人数才能获得更多的随机数，让实验更具有说服力。

"哇喔！刘博士，你的想法太奇妙了。"

"非常有趣!"

"我迫不及待了，很想知道最终的结果……"研究员们焕发出让他始料不及的热情，纷纷表态要参与实验。

刘忻顿感欣喜。这种情况反映了美国科学家的思想开放程度确实不一般，没什么固有观念的约束，很容易接受新奇的想法。

大家当场讨论起来，随后提出了一些行之有效的建议。当中最值得采纳的提议是：扩展实验的区域性。

测试不局限于研究中心的人，可以把概率发生器上传到斯坦福的校内网，并传至全美各大学和研究机构的服务器站点，然后跨国界，与其他国家的大学机构联网，尽可能地覆盖更大的范围，吸引更多的人来参与这项意识形态的实验，人越多越好。取样目标定为5万人，时间阶段分为3组，每组各24小时，以此来凝集更强的意志力。以个人意识的涓涓细流，汇集成集体意识的汪洋大海，掀起滔天大浪，去撼动看似坚不可摧的宇宙随机概率法则。

这种发动世界科学界人士参与实验的方式，在因特网初创的大时代，并不是新生事物。先例就有著名的"梅森质数大搜索（GIMPS）"。为了寻找梅森质数，科学家们启动了世界上第一个基于互联网的分布式计算项目，也是志愿者下载一个程序，用自己的计算机参与寻找新的梅森质数，共同推动了一场"众人拾柴火焰高"的科学盛会。

"这样做可行吗？"事态发展超出了刘忻的预估，他有点担心这项实验不靠谱，贻笑大方是小事，关键是太浪费资源了。

"当然行！我预感，它带来的冲击不亚于那场让物理界天崩地裂的'电子双缝干涉实验'。"道金斯一扫昨天的颓势，激动地说，"太棒了，你是怎么冒出这个想法的？"

"吃了碗面，灵感一现。"刘忻笑说，"我觉得别抱太大的期望。"

"我们尽管做，好歹交给上帝来论。"道金斯劲头十足，立马写了一篇具有煽动性的实验推广文案，号召各国科学家积极参与"这一场全球性的科学盛事"，通过测试人的意识和随机数之间的关联，共同检验量子力学的"观察者作用"：

"量子力学在各方面的表现几乎可以肯定是正确的，但在那微观的虚无之处隐藏的奥秘，我们仍然不得而知。一切是自然发生，还是另有神灵般玄奥之力的操控？假如宇宙中隐形存在某种预先注定无序规则的智慧，那么我们实验的目的，就是对这种宇宙机制发起一场"分布式拒绝服务（DDOS）攻击"，溢出它控制的边界，让它现形，显露出一丝让我们可观测到的破绽。以此，我们将验证意识形态的存在，它能否传递影响随机数的信息，是否具有暂不可测的隐形态。"

道金斯在文案结尾处写道："当你看到这篇短文的时候，这项全球性的实验已经开始了。还等什么，请抬起你的手，下载启动程序参加吧！对它发出你的意念，想象一片红色的海洋，在头脑里掀起滚滚的浪潮，创造一个冲破宇宙边界的奇迹！"

源于刘忻想象中代表单数的红色，这项实验被人称为"红色浪潮"。

实验正式的起始时间为：美国太平洋时间上午9点42分，从斯坦福大学、加州大学伯克利分校和硅谷科技公司爆发，呈网格状蔓延，持续三天，红色浪潮席卷全球。

刘忻挺高兴的，赶紧打电话和妻子分享这个好消息，随后得知，周文樱也做了类似之举，她已经把程序传给了复旦大学的校友，红色浪潮此刻正在国内各大高校扩散呢！

这项实验对物理学家仿佛有种特别的魔力，概念一经植入头脑，不由得令人感到莫名的亢奋。实验室里的大部分人都有些无心工作了，一边热情高涨地讨论着关于量子力学的诸多话题，一边想象着计算机世界里的"那片红潮"、那一串串跳跃不止的随机数。有些人不时地看向计算机屏幕，两眼迷离，表情古怪，仿佛神灵附体般嘴里念念有词："red，red，red……"似乎在发出咒语，催动虚拟的程序数字做出无形的改变。以此看来，用不了多久，世界各国的测试者都将兴致盎然地投身进来，在头脑意识中，用各自的语言诉说着红色。人们的语言各不相同，但意念中"红色浪潮"的形象却是一致的，形成了共有的集体意识场，向着神圣的宇宙随机数发动攻击。

中午时分，刘忻接到伯恩从温哥华打来的长途电话。

伯恩说他在参加国际脑科学大会，听了两场意识研究报告，感觉有启发。"我整理了点资料，供你参考。"伯恩通过传真机把资料发过来。

刘忻仔细阅读了这些资料。有一份报告推论了意识的本质。研究者认为意识是一种信息，源于微观量子的基本单元——量子比特序列信息。（伯恩在此标注：意识量子。）

量子比特本身也是所有物质的基础单元。它不仅存在于生命有机体——人的大脑中，它也遍布宇宙。它不是真实的粒子，而是一切物质结构内在属性的反应。

在微观尺度下，量子比特的原初状态是混沌无序的，具有很大的自由度，离散，极不稳定。当它获得一个初始信息以后，就形成了一种有两个基本状态的量子信息系统，同时具备了相干特性，如量子叠加和量子纠缠，由此演化出了无穷多的状态变化。与此同时，它承载的信息由无序变为有序，形成包含复杂庞大的"记忆体"系统功能的序列信息。

尽管它被描述为一种虚粒子，但它可以作为信息和能量的载体。（研究者做出了一个大胆的推测，假设这种虚粒子承载的是负能量，而表现出微小的负质量特征。它可以超光速，当它损失了负质量的时候，质量趋近于零，速度也随之下降，无限接近光速。而在这一变化过程中，它传递了所承载的信息。）

量子比特存储的信息"寿命"有限，会发生持续衰减，直至序列信息消失，由"有序"还原为初始的"无序"状态。

该研究团队正在开发一种新的测量系统，使用超高速数字电子技术，通过观察、跟踪和记录一个量子位所有状态的变化，试图解读量子比特承载的信息，但面临着艰巨的挑战。因为在通常情况下，任何的观测行为都会影响量子比特，损害其信息内容。为此，研究者预言，我们很难通过物理技术对它进行测量和控制。它的信息传递过程是一个牢不可破的"黑箱子"。我们最有可能实现的第一步目标，是先搞清楚它的"输入和输出端口"的原理。

在这份资料中，研究者讲解了他们团队新开发的测量系统以及所做的一些实验分析。在此基础上，研究者展开了大胆的猜想，在意识和量子比特序列信息之间画上了"等号"。推测认为，如果将意识的形成过程，看作是一种从无序到有序的量子信息变化，更容易解释意识的本质。

由此推导，研究者得出一些设想：

一、意识的基本单元（意识量子）存在于宇宙万物之中，它是物质内在属性的反应。

二、它符合量子力学原理，具备量子系统的各种相干特性，如量子并行、量子纠缠和量子不可克隆等。在有序状态下，它自有传输、编码和处理信息的系统方式。

三、人脑的功能相当于一个复杂的"容器"，通过承载离散无序的量子比特信息，将其自由度很大的游离状态稳定下来，固定化，形成一个有序的信息系统集合体。

四、人脑具有特殊的结构属性，它能捕获和稳定住更多的意识单元。一旦这种结构体发生变化（大脑损毁），意识单元的集合系统将"离散化"，所承载的信息将不复存在。

五、意识单元在有序状态下，可能与其他意识单元形成序列信息传递，而且不需要任何媒介，可以进行超距、超光速的传递。因为"信息传递的行为"实际上并没有发生，所有的意识单元就是一个量子系统，包含了所有信息集合系统的叠加态。任何一个序列信息，都是量子系统的本征态。

刘忻阅读资料到此，立刻想到，假如"量子比特序列信息"这种猜想靠谱，那么，光子也就可以作为信息的载体形式之一。

而且，这种猜想意味着，意识不需要脱离人体成为"灵魂"，它本身就是物质的基础单元，可以在宇宙间无处不在；无须背景时空，包括存在于空无一物的真空之中，存在于万物尽头的虚无之处。

假如意识单元形成序列信息超距传递，还意味着，意识可以在两个大脑或者多个大脑之间形成信息叠加态，产生心灵感应。进一步设想，全人类的大脑其实都属于同一个信息集合系统，区别只是承载着不同的序列信息。（伯恩在此标注：人与自然万物从本质上没有什么分别，"万物有灵"也就成了一种可能。）

刘忻理解伯恩的语意。因为照此说来，人脑与一个星球、一块石头、一朵云、一棵树、一粒尘埃的本质都一样，万物同样具有基本的意识单元，只不过承载的序列信息稍有不同而已。

以宏观来论，宇宙机制演化出地球生命意识，尽管耗时百亿年，但所做的演变只不过"微微变动了一下信息状态"。

而在量子微观世界，宇宙并无背景时空，永恒如斯，百亿年不过是一刹那的振动，天穹之上看似无穷无尽的宏大星系，也仅是虚无若空的一点。

总而言之，我们要研究意识，其实就是探索量子信息的排列组合——这还真是一个难解的黑箱子，因为意识单元隐含着"一生二，二生三，三生万物"任意组合无穷多的信息态。

刘忻放下手中的资料，忽然间有种难以言喻的感觉。人的意识居然有可能不是大脑的产物，意识量子早已经存在了，就像无处不在的电磁波。而我们的大脑就相当于一台接收器，类似收音机，把频率调到合适的状态，就源源不断接收到存在于自然界中的特定信号。

人脑——收音机；意识——信号。

这个离奇的联想突然而来，让刘忻不由得摇头失笑。

当然，理论猜想是一回事，实际验证又是另一回事。无论多么离奇的推测，总要付之行动去证明，在答案没揭晓之前，一切皆有可能。刘忻看了下资料末尾，见这份研究报告出自耶鲁大学物理学教授米歇尔的团队。他们团队还做了这样两个实验：

实验一：用DNA影响光子的排列。

实验人员先用特殊设备检测到光子在试管中的位置——完全呈现出随机的状态。接下来，他们把人类的DNA样本放进试管中，结果检测到了一种奇特的现象：光子不再像之前那样随机分布，而是进行了重新排列。很显然，DNA对光子造成了影响。接下来，他们把DNA从试管中移走，结果又发生了一个惊人的现象：光子仍然有序地排列着，仿佛DNA仍在试管中一般。

实验二：意识对"电子双缝干涉现象"的影响。

通过多组对不同人的测试，实验人员发现，某些特定的人可以用意念影响实验结果，能减弱干涉条纹的强度。这种程度极其微小，他们用了高精度的测量仪器，才捕捉到这种细微的变化。实验人员不否认，这种变化也有可能来自外界的干扰，而非人的意识造成。他们愿意提供实验模型，希望有更多的实验室来参与这项研究，使用更精密的仪器和尖端技术进行验证。

这两个实验与"红色浪潮"实验颇有相似之处。

事实上，电子计算机也在量子力学的范畴，它的器件就有诸如量子隧道现象等的量子效应。如果人的意识相当于量子比特序列信息，在计算机上运行的"概率发生器"完全有可能受到意识的影响。当然这只是一个假想，刘忻从内心里不太相信这种事会发生，这多少有点让人不安。

在未知的迷雾中，世界变得无比荒诞，一切仿佛已注定。

在伯恩发来的传真资料里还有另一份研究报告——《大脑以光子传递信息》，出自中国武汉神经科学和神经工程研究所的团队。

刘忻有些惊喜，想不到国内的脑科学研究也跻身国际顶尖行列了。而且，这项研究价值非常高，它证实了一个已经争议了数十年的科学观点，即大脑处理和传递信息不仅通过电信号和化学信号，还通过光子。

曾有学者假设，我们的大脑可以传递不带电的粒子。但相关理论一直没得到验证，大部分科学家对此持怀疑态度。他们顾虑的问题与刘忻想的差不多，认为大脑中缺少一种让信息得以传递的物理介质。

现在，中国的研究团队做出了实验，证明人脑神经元可以发出光子。

这些光子极其微弱，要用最敏感的设备才能探测到它们。研究人员从人类的大脑上切下样本，用谷氨酸刺激培养皿中仍然活着的神经元，然后用特制的传感器记录光子。他们观察到了光谱红移现象，即光波从较高能量变为较低能量。经过数年的深入研究，他们发现，人类大脑组织是因化学物质刺激产生的微小能量发出光子，沿着大脑神经纤维和大脑回路传递信息，运作迅速而高效，犹如大脑中运转着一台微型的粒子对撞机。

通过与动物脑样本的对比，研究人员还发现一个特殊情况，人类大脑比其他动物表现出更大的光谱红移，其次分别是猴子、猪、鸟类、鸡、老鼠和牛蛙等动物。这种情况与动物本身的认知能力表现基本吻合，由此可以更好地解释人类为何比其他动物更聪明。传统的指标——比如脑容量、大脑结构的复杂性等，都不能充分解释智力方面的差异。例如，大象不比人类聪明，海豚却比鲸鱼更聪明。而根据这项最新研究成果，解释相对合理一些，人类大脑具有更丰富的光子传递信息系统，因此拥有更高级的认知功能。

这一研究结果也为"量子大脑"理论提供了相应的依据。

接下来，至关重要的研究就是，大脑如何通过光子进行信息的传递、编码和存储。假如这条路走得通，在将来揭开了大脑机制的奥秘，我们就有可能进行技术仿生，制造出人工大脑——具有类人意识的光量子计算机。

刘忻敏锐地感到这是一个重大的关键点，他要做的事应该由此入手。

这不仅是解决伯恩的疑问了，刘忻忽然有种强烈的预感，人类的命运在将来某一天会因仿脑人工智慧技术而彻底改变。

刘忻随即想到一人——卓图远，他大学时物理系的师弟。卓图远就在武汉神经工程研究所工作，可以与之联系，咨询相关研究的最新进展情况。

　　卓图远比刘忻小三届，可谓物理怪才，在20世纪80年代末清华校园里的莘莘学子中颇有名气。他不仅才华出众，其人特立独行已近乎疯癫，不时搞出些反其道而行之的怪事，比如在酷暑天顶着烈日在操场上跑步；大冬天在雪地里用冰水冲凉；披着被单在楼顶上迎着大风高声背诵精妙而复杂的欧拉公式；钻进厕所与隔壁蹲坑的教授展开"无限维向量空间上的泛函"雄辩，直到说个酣畅淋漓、股腿酸麻，仍然意犹未尽……这位卓同学以自虐般奋发图强的苦学精神，当之无愧地成了清华物理系赫赫有名的才子加疯子。众同学对他皆是刮目相看，恭敬有加，毫不怀疑这个蔑俗轻规的狂人会大有作为，必定在将来取得惊世骇俗的学术成就。

　　但身处时代长河，璀璨的钻石也会沦为被洪流裹挟的一粒微不足道的沙子。令人惋惜的是，卓图远失去了出国深造的机会，毕业后被分配回原籍地武汉，窝在一个与专业几无相干的建筑工程监理部门整整五年。那段时间，刘忻与他不时有通信来往，两人避而不谈自身状况，而更多的是探讨他们那时感兴趣的辐射流体力学。一封信有时能写出厚厚的十几页信笺纸，上午写一封信，下午又追加一封。透过那些长篇大论而不厌其烦累述的文字，刘忻能体会到这位师弟的苦闷寥落，字里行间依然清晰可见一股倔强和傲气。可以想象，那个徘徊在长江堤坝上寂寞身影的样子，在遥望江水长流之际，坐看惊涛拍岸之时，脑海里迸发出一个个顿悟般的灵感，然后挥毫疾书，在昏暗枯灯下写就一行行关于温度超过10000K的流体现象的计算公式。那是一种令人崇敬的技术流精神。尽管身不由己、卑微渺小，但依然在世上留下自己执拗的足迹。

　　在一封信中，卓图远不经意地落笔一句话：作为物理学者，对宇宙万物最高的致敬就是，将其奥妙无穷的运行机制揭示为一条物理定律。

　　五年后，他终于调动工作去了神经工程研究所，他的才华终于得以施展。他忙碌起来，两人就少有联系了。

　　刘忻回住所拿了通信本，往国内拨打长途电话。

　　研究所接电话的人却说卓图远不在，他去年被借调到了国防科工委，从事一项保密性质的研究工作，没他的联系方式。刘忻有些诧异，也只得作罢。后来想了想，刘忻还是给武汉神经工程研究所写了一封信，欲求脑科学研究方面的详情以及询问卓图远的现状。

第14章　生命设计

　　吃过午饭，艾薇回到酒店客房休息。她没有午睡的念头，只想避开伯恩，独自静一静。她心乱如麻，根本没有表面上看起来那么镇定。伯恩给她带来了始料不及的困扰。

　　艾薇实在不愿再见到伯恩，要她做的她已经做了，她以为事情可以结束了，没想到巨大深沉的阴影却随之而来。她依稀感觉到了那阴影深处藏匿的东西，这让她坐立不安，深感恐慌。艾薇反复思量了一阵，强迫自己克服厌恶感去拿起电话机的听筒，拨打那人的电话。就在她伸手的时候，电话铃突然响了。

　　铃声响彻房间。

　　艾薇有种强烈的预感是"那人"。几乎在同一时间，那人也要找她。艾薇颤抖着抓起了听筒。

　　"他出现了。"电话里果然传来那男人阴郁的声音，"你怎么决定？"

　　艾薇抿着嘴没吭声，呼吸沉重。

　　"你总要做出一个明确的选择，而不是犹豫不决。"那人停了停，特别强调说，"我们的时间所剩不多了。"

　　"乔尔，我不相信你……"艾薇质问，"你对我隐瞒了什么？"

　　"别在电话里直呼我的名字。"那人低沉的声音里透着压制不住的恼怒，"照我说的做，很快就完事。"

　　"不！我做不到。"艾薇说，"我不在乎你们将要怎么对我。"

　　"这就是你的决定？"那人冷笑，"很好！很好！放弃自我，正如一粒种子不想生根发芽而宁愿随着泥土腐烂。去吧！把你的决定告诉镜子里的人。"

　　话筒里传来"嗒"的一下轻响。那人挂断了电话。

　　艾薇失神片刻，像被催眠一般恍惚走进了洗手间。她看着镜子里的"她"，轻声说："安雅，告诉我，我该怎么办？"

镜中人目光迷惘，望着她不言不语。

艾薇等了好一会儿，无比压抑的沉默击垮了她。她后退两步靠着墙壁坐在了地上，抱着头在角落里蜷缩成一团。"纳粹狗崽子……"一个尖锐的童音在她脑袋里响起，陡然间，一声声咒骂铺天盖地而来，"臭婊子，吃屎狗……"随着凶狠恶毒的骂声，一双双手推搡她，抽打她，狠命揪她的头发……腥臊的液体冲刷在她身上。她趴在冰凉恶臭的地板上，不言不语，没再惊恐尖叫，她紧闭双眼承受着无止境的辱骂殴打，任由无尽的绝望一点点碾碎她。

她的意识游离在另一个无形之处，默然注视着她那具战栗不止的躯体。

一切痛苦的感知消失了，她飘浮在黑暗中失去了对时间的体验。不知过了多久，安雅的意识恍然浮现，光亮晃动，她再次感觉到了自己的身体。

四野寂静，她听到风沙吹拂的声音从帐篷外传来，仿佛野兽呜咽。

她抬起头，记忆中的咒骂声隐退了，沉沉压在她脑海深处。在这十年里，它们不时袭来，羞辱刺痛她一番后才意犹未尽地褪去，酝酿着下一次对她进行更加猛烈的袭击。这种心灵折磨周而复始，仿佛永无止境。她感觉自己濒临崩溃的边缘——如果她再不做出最后的决定。

她看了看躺在帐篷里的马克斯。这个男人抱着手脚蜷成一团，呈婴儿睡姿。这是缺乏安全感的表现，在梦里潜意识地做出防御姿态。尽管尚在熟睡，鼻翼却随着呼吸节奏发出轻微的抖动。可想而知，稍有响动，男人就会从梦中惊醒。

马克斯一贯保持着异常敏锐的警觉，十年如一日，这样才能在危险的特工生涯中活到今天。然而，这不应该成为必要的理由，在这些年里，她有无数次的机会杀了马克斯，包括此时此刻。她完全可以轻而易举地将马克斯的生命终结在睡梦中。

她要做的动作很简单，抬起手，把手中的枪对准男人。只要她愿意，甚至可以把枪口顶在男人的脑门上。扣下扳机，子弹必将掀开头盖骨，溅出的血必将浸湿帐篷垫子下面的一片沙土，温热很快变冷，一个复仇者的灵魂消逝在风中。一切终将结束，了结让她备受欺辱折磨的漫长岁月，那些令她不堪重负的咒骂声也许将不再出现。

很简单，不是吗？她握紧手中的枪。枪柄上的胡桃木侧板似乎有点硌手，她感觉手指有些不舒服。这把轻巧的史密斯威森39型手枪似乎也变得格外沉重，让她抬不起手……然而，这不应该成为理由，她想，我就这么下不了决心？该死的……她按下枪柄左侧上的弹匣扣，卸下弹匣，快速后拉套筒，退出枪膛中的子弹，松开套筒，举枪对准马克斯，扣动扳机。

"咔嗒"，空枪发出哀鸣般的微响。马克斯的鼻翼轻轻一颤。

我无法杀死一个熟睡的人——她的心底发出绝望的嘲讽。掀开帐篷遮帘，她提枪冲出去，一口气跑到山崖边上，狠狠地把手枪扔下山谷。

阳光烈烈，照耀着内华达州荒漠中的这座山岭，天地一片死寂。她趴在干燥的沙石地上哭泣，却流不出一滴眼泪，心底荒芜一片。

风沙呜呜掠过山崖，恍然间，她依稀听到了一个异样的声音，似乎在召唤她。转头看过去，她见到了那棵约书亚树。

山坡上，那一棵树孤零零屹立在黄褐色的土地上。树枝扭曲成团，仿佛一蓬带刺的手掌向天祈祷。她不觉站起身走过去，走到树下，仰头看见了树上那洁白的花。美得不可言喻！在这满目荒凉之地竟生长着这样清丽圣洁的花朵。

她痴痴仰望着，掩埋在心底深处的隐秘被触动了，如湖水波澜一般微微震荡，扩散至她心灵的每一处角落，让她清晰地明白，自己早已无可自拔地深爱上马克斯，如同这树上刺丛般的枝条间生长出来的花朵。她也清楚地知道，马克斯爱她，犹如这棵树顽固地扎根在这片干燥的土地上。

她是纳粹崽子，马克斯是纳粹捕手，两人相依为命，十年了。

她能感受到马克斯的心念，在这十年里，马克斯有无数次机会可以杀死她，她亦是如此，但他们最终都没有动手，他们相互隐瞒着对方，假装自己是一个熟睡的人。

可是，无论多么漫长的梦总有醒来的时候。她不知道，她还可以隐瞒多久，要隐瞒多久才能够不难受。也许，就在今天。

她不确定，马克斯在今天会不会当着霍尔曼医生的面杀了她。她唯一能确定的是，她只会选择听天由命。

这是她的宿命。

可惜，这些年来她一直没有怀孕。她痴痴地想，如果有了孩子，马克斯也许会改变想法——开始他可能很生气，气疯了，但最终会接受的。恐怕只有这样了，以新生终结毁灭。这也许是她最后的希望。

命运女神会对她做出什么样的裁决？

"茉伊拉，如果你能听到我的祈祷，我想祈求宽恕。"她痴痴仰望着圣洁的花，许下一个心愿，"我愿意宽恕马克斯对玛莎犯下的罪恶，宽恕所有打骂过我的人，只愿马克斯宽恕我，让我们忘记仇恨，相守相伴一生。"

微风吹拂，她分明看见那一树洁白的花微微摇曳，仿佛神的启示。

艾薇清醒过来，她感应到了安雅的祈祷，她的心灵之中绽放着那圣洁的花朵。

艾薇起身看向镜中人，泪痕满面犹未干，之前幻见的场景一幕幕清晰地流淌过心田，让她欣慰自己的决定是对的。伯恩所言不虚，"爱，能改变一个人"。以伯恩幻见的场景来看，她向命运女神祈祷的心愿实现了，马克斯最终改变了想法，带着安雅隐居挪威，共度余生。

前所未有的，她从数不清的噩梦里第一次感受到了光明尚存的结局。这真是一个很好的选择，在梦世界里，安雅最终是幸福的。

艾薇长长呼出一口气，拭去脸上的泪痕。她感觉轻松多了，意识深处那些恶毒的咒骂声似乎也随之消失了，只有玛莎的一双眼睛隐约在凝视着她。

梦幻中的一切该结束了，还有现实中的问题。艾薇随即想到那人以及那人背后的势力带来的致命威胁，不由得惶恐起来，她得尽快告诉伯恩其中的真相，让伯恩远离这个是非之地。

走到客房门前，艾薇握住门把手正要打开门，突然间，一种可怕的异感闪过脑海，她停住手，只觉浑身僵硬。

隔着门板，一股恐怖的气息从门外袭来。

她不能动弹，空气仿佛凝固一样。她的思维麻痹迟钝，大脑深处的那种异感越来越强烈，压迫着她，让她失去了对身体的控制。

艾薇惊恐大叫，却发不出任何声音，头脑极度难受，只想拼命摆脱控制。恍惚了一瞬间，她僵硬地缩回手，她想要转身逃离却做不到。很快，她看见自己抬起了手，完全不受控制地握住门把手，打开了房门。

一个左耳残缺的人站在门外。残耳人走进来，一直走到房间里，站在卧室的床前。

艾薇动作呆滞地关上门，转过身，提线木偶一般跟随着残耳人走过去。空气流动，带起窗帘一角悄然飘荡。艾薇的瞳孔骤然收缩了一下。

而后走廊中传来脚步声，由远至近来到室外，随即响起几下敲门声。停了停，敲门声又响了两下。"艾薇，你在吗？"伯恩的声音传来。

艾薇听到传来的声音就像闷在水中那样混沌。她的心跳一下下缓慢下来，血液滞流，意识逐渐蒙眬，她的身体倾斜，软软地倒在了床上。视线随之模糊，只见一个身影靠近她，浓重的阴影迅速扩散至整个视野，脑神经迸发剧痛，瞬间将她拖入黑暗。

伯恩在艾薇的客房门外等了一阵，不见有什么动静。奇怪！他隐约有种异样感受，感觉艾薇就在客房里，但不知为什么不给他开门。难道午睡太沉，还没醒来？犹疑了片刻，伯恩有些忐忑不安地离开了。下午场即将开始，他只好独自前去兰萨教授主持的分会场。

伯恩来到会议室前厅，见一些人三两成群地聚集在一起争论着什么，当中有些人语气激烈，就像在争吵。而后忽见一位身材瘦高、留着八字胡的老头儿大步走来，拿了一张纸贴在会议室的门上。"嘚嘚嘚"，老头儿用手指敲了敲门板，然后一言不发地昂头走进会议室。

那纸上赫然写着：唯物主义者勿入。

围观的人看后笑起来。"兰萨教授！"有人冲着那老头儿的背影问，"您这是要划清派别了啊？"有人跟随老头儿步入会场，回应说："意识研究百辩不清，大家不如先各走各的路，让耳朵落得清净。"这话一说，聚集在门前的人群也就散了，有人傲然入场，有人悻悻离开。

伯恩不知道刚才出了什么事，见状也猜到了几分。恐怕因为学术观点异见之争，那老头儿——也就是兰萨教授干脆表态，将那些"反唯心论研究意识"的正统主流学者统统拒之门外。正如鸡同鸭讲，观念截然不同之人谁也说服不了谁，不如都闭嘴，尊重言论自由。

伯恩走进会场，找了个空位正要坐下，却见椅子靠背上也贴着一张A4纸，纸上打印着一幅马桶盖子的黑白图，人坐到椅子上就像坐在马桶上。

扫一眼，他见会议室里的椅子背上都贴了这样的纸，看起来颇有恶搞之意——我们就是属于"WC-SF"这类人——坐在抽水马桶上富有幻想力的学者。

这可能也是兰萨教授的杰作。还真有个性！伯恩心想。

看会议题板，来自纽约大学的教授埃迪·霍普金斯也是主讲嘉宾之一。伯恩对这次讨论会更加期待了。这位教授可谓当代知名哲学家，在心理学和意识领域深有研究，出版过多部具有影响力的论著。伯恩曾经与之通信，求教过心理学方面的疑问，霍普金斯给他回了信悉心解答。想不到在此遇见这位哲学家。能现场聆听其讲座，真是意外。

兰萨教授与霍普金斯教授进行了简短的交流，随即开始了这场主题为"何为生命意识"的研讨会。

兰萨首先做开场致辞：

"很多学者一直以来顽固地坚持这样一种观念：世界是独立于我们之外存在的，在我们这样的生命出现之前，世界就是这种状态，有恒星，有行星，有原子，有分子，当然还有时间以及一个稳定的宇宙空间，或许还有上帝？哈！万物自然就在那里，不言而喻地处于一个恰当的位置上，在一个相对固定的时间，他们处于一个固定的位置。一张桌子有大小和重量，一个电子虽然很小，但仍然拥有物理量。一个电子和一张桌子的区别仅仅在于尺度。这就是经典物理意义上的实在性。

"爱因斯坦的相对论规定了，事件必须发生在一定范围内，宇宙中不允许有超光速的东西存在。普通人或许不太容易理解，但在逻辑上，这并非难以接受，或者说一直被我们的物理学家们接受着。这被称为定域性。

"如果按照爱因斯坦本人和19世纪之前的学者所想，那么，世界应当同时拥有实在性和定域性。而在1982年的阿斯派克特实验中，这一安稳的世界被摧毁，我们被迫在实在性、定域性中二选一。提出检验方法的贝尔和提出隐函数理论的波姆选择了放弃定域性。放弃定域性意味着什么？超光速信号、回到过去、祖母驳论……这太可怕了，大多数的科学家不是科幻小说爱好者，他们宁愿追随爱因斯坦而选择放弃实在性。毕竟经过众多实验验证过的相对论更可靠一些。当大家经过痛苦的选择，放弃了实在性后，倒是还有很多理论可供选择，比如疯狂的量子理论哥本哈根派解释，有点像精神分裂的多世界理论。这些也蛮神奇的，后者给我们带来了'人择原理'，还有一个更为疯狂的终极推论就是'量子永生'。"

兰萨教授在黑板上写下"量子永生"这一个词，指点着笑说："这名字真够科幻的，比科幻还科幻，爱因斯坦在世也要为之侧目，哈哈！这就是我们不受他们待见的狂想曲之一。

"事实上，用相对论无法解释量子的古怪行为，而量子理论也不能完整地解释相对论。如果说，阿斯派克特实验让人们还保留一些对经典世界定域性的希望，那么下一个实验——惠勒的延迟选择实验彻底摧毁了这最后一点希望。量子理论和相对论的矛盾在这一个实验中被彻底揭露。两个自成体系的逻辑公设系统，在描述同一个世界的时候竟然产生了悖论。两者都是被无数实验现象证实的理论，导致我们无法放弃任何一个理论。我们的世界到底是怎么一回事？是世界欺骗了我们，还是我们被自己欺骗了？真相是什么，谁也说不清。有些学者对此并不表态，似乎默认了这种无法自圆其说的情况，该拿出相对论的时候就拿出来用，该用量子论的时候也用了，他们假装忘记这两者之间的矛盾。哈……在我看来，这种鸵鸟心理现象才叫神奇。"

再次摇头一笑，兰萨说道："许多学者至今仍然深信不疑，他们通过对'物理实体'的研究，可以构建出一个关于宇宙的完备模型，而无须考虑另一个他们认为虚无缥缈的观测者存在。他们撇开意识问题，放眼宇宙，把炯炯目光投向宏观之处的星系，投向微观之处的粒子世界，试图寻找一种终极理论，可以统一广义相对论和量子力学，统一描述引力、电磁力、弱力、强力这四种基本作用力。而在解决过程中，他们再次遇到这个尴尬的情况，基于物理实体建立的宇宙模型很难完整化，就像一艘两头漏水的船只，修补了这头的漏洞，那头的漏洞又冒出来，堵住一个堵不住另外一个。这条船眼看着要沉了，除非继续视而不见那些在滋滋冒水的漏洞。

"现代科学面临着这种尴尬的境地，我们无须再做无谓的尝试，相对论与量子论的矛盾实际上已经明确告诉了我们，不是理论有问题，而是理论的公设有问题。如果不从根本上进行反思，这种尴尬恐怕永远无法化解。我们不妨回味一下玻尔的观点：物理学不告诉我们世界是什么，我们只能说观察到的世界是什么。由此，我们是否该认真想一想'物理实体'到底是什么？宇宙这条船的关键部位缺失了一块什么样的木板？"

兰萨教授执笔在黑板上写上：生命意识。

"大部分理论都不正视观察者意识对物质世界的作用，那些自称唯物主义的研究者们不愿去想，或者不屑于去捡起这块板子，把它钉在船只的漏水之处。对于他们，意识问题就像一个烧红了的煤球，会把他们的手烫得皮焦肉烂。他们生怕背负上'伪科学'的坏名声，宁愿鸵鸟一样把头埋在沙堆里，发出软弱无力的声音：'客观世界能作用于意识，但意识不能反作用于客观世界。''为什么不能？'我想扯住他们的耳朵质问，可惜他们的耳朵洞里塞满了沙子。没办法，你无法与一个装聋作哑的人展开理性的辩论，让他们去吧，把头埋在充满物质实体的沙漠里，去追溯着宇宙的起源和演化，去寻找他们心目中具有普适性和自洽性的万物之理。"

会场上发出一片哄笑声。大家对此皆是露出会心而开怀的笑容。

"让他们滚蛋！我们做好我们该做的事。"兰萨教授执笔在黑板上继续写道：何为生命意识？

"不包含意识的万物之理，不能称为真正的万物之理。我们是宇宙的产物，宇宙中存在的一切生命意识，自有其存在的道理。我们如果不搞懂'何为生命意识'，怎么能肯定它对宇宙机制没有任何的影响和作用？从日常经验判断，或在实验室里鼓捣证明，就因为我们不能用'意念'控制物体，所以草率地下定论，认为意识这种虚无的东西没有创造力。这种论调与牛顿时代的那些物理学家们、陈腐的经验主义者的见解有何区别？"

伯恩心想，其实就连"不能用意念控制物体"这事也值得怀疑，毕竟有真实记录，一名超能士兵曾经用意念杀死了一只羊。尽管只是孤例，但我们也不能就此无视，而不去认真深究、证伪。

"生命意识并非由物质导出的现象，它是宇宙中最基本的存在。"兰萨教授自嘲说，"宇宙以生命中心为基础，这个猜想暂且还没有可操作的实验模型，我们就在他们认为的唯心主义的框架下来一场空谈。请大家畅所欲言，各抒己见。"

接下来的时间，在座众人就"生命意识"问题展开了讨论。

讨论先从"生命"开始。至今为止，生命到底是什么？不同学科的科学家有不同的答案。

生命该如何定义是个大问题。一般人通常会认为"活的"是生命体，"死物"不是生命体。但以科学观点来看，就没那么简单了，这其中有个关键问题：究竟是什么让一个死的东西成了'活的'？从亚里士多德到卡尔萨根，都曾经在这个问题上做过大量思考，先后有无数科学家探索过这个问题，但至今仍然没有一个共识性的结论。这意味着，对生命的定义，迄今为止，我们还不能确定下来。

在19世纪以前，人们一直认为生命非常特殊，以为在我们的血肉之躯内隐藏着一种看不见的"灵魂"，是灵魂赋予了我们活力，让我们有别于自然界当中那些"死的"物体。科学家们做了大量的研究实验，试图从血肉中找到灵魂。这有点类似于早期的科学家试图从可燃之物中提炼出一种"燃素"——当时的人们认为，木材之所以会燃烧，也许是因为蕴含一种燃素。后来，我们才知道它的谬误。燃素并不存在，燃烧是一种放热发光的化学反应。同样的道理，科学探索进入物质微观世界以后，也没有发现灵魂的存在。这似乎可以定论，人并无灵魂，生命也并不特殊，人体仅是一个"能够自我维系，且能进行达尔文进化的化学系统"。

这个系统有七个关键特征：运动、呼吸、感受性、生长、繁殖、排泄以及营养。

但这样定义生命肯定太狭隘了。自然界中的有些生命就超出了这种定义范围。比如，微生物学家就认为，病毒尽管没有新陈代谢，但拥有遗传物质DNA或RNA，这就是生命的蓝图。事实上，仅是对地球生命，各领域的科学家就提出了至少一百种定义。更别说在地球之外的广袤宇宙当中，也许还存在着我们认知以外的生命形态。所以，我们对生命的定义还得拓宽边界，扩展至极限。

地球生命系统的边界也许就是病毒。

我们这颗蓝色星球上的所有生命之间都是相通的，可以归入同一个系统：一棵枝繁叶茂的生命进化树。

这棵生命之树的根源处在"介于化学体和生命体之间的边界上"。病毒就是这样的东西，它介于地球生命与非生命之间的模糊边界上。病毒可以进化和复制——尽管它们必须借助其他细胞才能完成这一过程。这就引出了一个奥妙的问题：究竟从何处开始，地球上的化学成分集合开始超越化学本身而进入了生命的范畴？

谁设计了地球这套生命演化系统？

我们是自然界的杰作，还是有个超然于物外的生命设计师？

对此问题，化学家认为，地球生命是基于碳元素的大分子聚合物——这些聚合物（氨基酸）自然形成，而出现了蛋白质和多糖，随后就演变出了整个丰富多彩的生命世界。但至今为止，化学家们通过对化学物质的"人工设计"，并未在实验室里创造出生命。50年代那个著名的"尤里-米勒实验"制造出的化学分子，并非完善，距离地球生命系统的边界还很遥远。如果我们将视野扩大，那么，把这种将特定化学分子视作生命之源的做法就会失效。

天体生物学家认为，宇宙中也许还有另外的生命系统形式。

地外世界的生命很可能与我们截然不同。毕竟宇宙中无数个星球的环境与地球千差万别，所产生的生命系统是我们难以想象的。存在着什么样的形态，至今都无法验证，因为到目前为止，我们用尽了各种探测方式，仍然没有发现任何地外生命的迹象。这有点匪夷所思。要知道，在那些多如恒河之沙的星球当中，理论上总该有适合的生命出现。不说环境差异大的，就是类似地球环境的星球也实在太多了，无论是碳基生命，还是硅基生命，总该冒出来一些与地球生命系统类似的活物吧？但我们确实没有找到他们。

很可能，我们对生命的定义还是太过狭窄，限制了我们搜寻地外生命的视野，也限制了对不同生命形式的发现。针对这种情况，兰萨教授表示："我们必须突破想象极限，去推测任何定义范畴的生命形式，而不是固化在从地球生命系统上得到的研究经验。"

这时，有人忽然问："您主张的'生命中心主义'并非指人类？"

兰萨教授微微错愕，随即哈哈大笑起来。老头儿的那神态表明这种答案显而易见的问题还用问吗？

"你可别走错地方了。"霍普金斯教授对提问者说，"我们讨论的是宇宙中可能存在的一切生命意识。通俗点讲，我们也研究上帝，假如宇宙中确实存在这种可能性的话。我们要探究神对宇宙机制有没有影响和作用，用了什么创世手法。"

"噢，上帝！"那人喃喃低语，"你们真是胆大妄为，这是亵渎，必将遭受惩罚。"他说着就匆匆离开了会场。

"上帝不会在乎的，这儿也不是教堂。"霍普金斯笑着为他送别赠言。

"我们继续。"兰萨教授微笑着说，"除了神灵，我们还可以考虑那些根本不基于化学物质的生命形式的可能性。"

他在题板上写了一个词组：PCC模型。

P是程序（program），比如DNA或RAN；C是化学变化（chemical changes），比如新陈代谢、光合作用之类的有序化学变化，生物体内物质和能量的交换转变过程；后一个C则是容器（container），比如细胞壁。

"毫无疑问，PCC模型不是宇宙生命的普适定义，这只是一种狭隘的生命化学定义。"兰萨教授提笔在词组上大大地画了一个叉，然后扔下笔，严肃地对大家说："大部分研究生命的科学家，包括刚刚退场的那位先生，他们所能构想出来的生命形式都是这种PCC模型，基于地球生命系统的形式。这是他们经验的基础。即便说到另外的生命形式——地外生命，他们也是基于这种PCC模型来推测，只是稍加变化，认为外星人要么是绿色的、大眼睛、小脑袋；要么身体像水桶，长着七条章鱼腿，发出恐怖的尖叫声；或是地球猛兽的异形加强版；或是病毒式的变异体……再大胆一点的想法也不过如此，从地球上的碳基生命，推测至地外可能有硅基、硫基、氨基等生命形式；或者其体内DNA含有砷的成分，而不是由磷构建的；又或者那些外星人不需要依赖水而存在，而是由某种别的溶剂或某种云雾状的气体构成……诸如此类的推测，仍然属于PCC模型的圈子内。他们对生命的想象力可以比喻为'地球村'思维，目光投向了广袤的宇宙，思想仍然停留在我们脚下的这个小村庄。他们对宇宙中生命的描绘，其实只是从同一块田地里采集到的一个样本，他们脑袋里的外星人就是驾驶着光速敞篷飞船，播撒高能等离子给太空农田施肥。这就是典型的经验主义，貌似科学严谨，实际上陈腐守旧。

"我们仰望头顶上的星空，寂静无声，死气沉沉，看似没有任何生命反应的迹象，难道说，宇宙中只有地球这个唯一的生命系统？难道说，所有的外星生命都藏匿了，全体静默，不想让我们找到？太狭隘了，人们倾向于用自己熟悉的方式来解释，但真相或许是我们不敢想象的。"

兰萨教授环视会场，着重强调："我们需要跳出现有的经验和概念，这样才能打开发现新生命的大门，去寻找宇宙普适性的生命定义。否则，如果某种非PCC模型的生命形式一直就在我们身边，而我们对它毫无察觉，原因仅仅是我们没法识别这是一个生命，那将是何等的悲剧啊！"

随即，大家踊跃发言，列举了各自穷极想象的生命形式和定义。

伯恩现场记录，归纳下来主要有这么几种：1. 电子生命（如计算机程序、思维机器，或以无机体构成的智能系统）；2. 时空晶体生命；3. 以能量形式（如等离子体）存在的生命；4. 纯数学生命；5. 以电磁波形式存在的生命；6. 以信息场存在的生命；7. 以暗物质或暗能量存在的生命；8. 以光合作用获取能量的纯生物大脑；9. 真空能量涨落产生的结构化生命。

这些设想并非空泛而谈，会场内在座的人皆是各领域颇具权威的学者，所阐述之言，都是建立在相应知识体系上而做出的推论，条理清晰，逻辑还算严谨，运用了各专业术语和公式来推理，谈及的大部分数学和物理方面的内容超出了伯恩的认知。

这些学者把生命形式从化学范畴，推论至物理形式，甚至数学抽象形态；从可观测的常规尺度，推演到庞大复杂的宏观天象，以及物质的微观粒子虚无之处。

比如，一位数学家提出的"数学生命"一说就非常奇特。这种生命形式完全是抽象的、没有实体，它的存在是一种数字集合排列方式，生存的意义在于穷举一切数学公式。

还有对"真空涨落生命形态"的描述也很超常。这是以量子力学、热力学和宇宙暴胀等方面的理论，揭示宇宙膨胀有可能孕育一种"观视宇宙"的生命体。它具有低熵的自我意识，飘浮在茫茫星际之间成为长达百亿年的宇宙演化的目击者。它冷漠、黑暗、不可见，指向一个无穷大的空间、持续无穷漫长的时间，微妙莫测地加速着宇宙膨胀，使天象图发生变化。

"它到底是什么形象呢？"论述者马乔里博士说，"它可能是原子、某种微粒，甚至理论上的意识实体，几乎可以呈现任何一种形式。根据概率定律和量子力学，它的体积越大，结构越复杂，就越发不可能显现。而且真正重要的在于：这种充盈宇宙间的生命形态不仅只有一个，它们数量庞大，就像一个个'微宇宙'，并具有强大的意识影响力。这意味着，它们可能成为支配宇宙的主宰之一。"

听起来似乎有些荒谬。伯恩心想，确实如艾薇所说的，他们在一本正经地胡思乱想。当然不可否认，这样的想象力和视野更加广阔超然。

兰萨教授拧眉听着众人的讨论，似乎还不太满意这些猜想。他见在座的人都发言了，只有伯恩还没表态，就点名说："年轻人，你有何见解？"

伯恩毫无准备，愣了一下说："抱歉，我没什么成熟的想法。"

"非要等到苹果熟透了落下来砸中脑袋吗？"兰萨哈哈一笑，"我可不介意见到一株青翠的树苗。"

"我想……也许……"伯恩迟疑着说，"我们这个宇宙本身就是一个巨大的怪物，就像概率型的斯金纳箱，你们所说的一切生命形式都在它的维生系统之内。而有一种超越时空、不可名状的东西在箱子外，具有全能的视域，在冥冥之中窥视着我们的世界。"

"斯金纳箱是什么？"兰萨问。

"心理学上的一项实验，我延伸了其哲学意义。"伯恩解释了一遍斯金纳箱实验。

兰萨教授微微点头说："这也可以看作强人择原理的一种解释。"

所谓强人择原理，首先肯定宇宙一定会衍生出最高智慧体，精心设计和精准调整宇宙参数，然后让人类这种生命出现在合适的环境中并能生存下来。这个理论和当今科学主流几乎背道而驰。

"我们看到的宇宙之所以是这个样子，是因为我们的存在。"强人择原理的这种论调近乎诡辩，很难让一般人信服。要知道，人类处在一个普通恒星系中的一个小的行星上，这颗恒星湮没于包含了几千亿颗恒星的一个银河系里，还有另外的恒星在其他1000亿个星系里。而如此无法想象的一个恢宏的宇宙，竟然是仅为我们的存在而设置的？强人择原理的答案则是，为了让人类有足够的时间出现，宇宙必须要这么大。需要经过140亿年的时间，才能够从原子的产生到恒星和星系得以形成，地球形成并稳定下来，并演变成一个让生命进化至人类出现的地球生态系统。

会场上有学者调侃说："假如我们是斯金纳箱子里的小白鼠，这箱子设计得还真够广大无边，看似也挺合理的。"

另外一人笑说："这个箱子也许还设定了许多不同的隔离区域，用于隔离不同种类的小白鼠，每一个区域世界都有一个独立的初始结构，各自还有一套独特的运行规律和机制——对于我们所能观测到的这个世界来说，就是一套适合人类存在的科学定律。"

还有人正儿八经地思考了下说："我们处在箱子里，所能发现的定律都只是近似，箱子的设定机制不会让我们找到真相。"

之前调侃那人点头说："这样看来，箱子外面那个不可名状的东西，要比一切生命形式更适合充当观察者的角色。"他转而问伯恩，"这就是你认为的上帝？"

"不！神也在箱子里面，是我们创造出来的。"伯恩肆无忌惮地说，"小白鼠自创了祈食舞蹈。实际上，小白鼠们的意识决定行为，衍生出了多种迷信活动，各有各的祈祷对象。"

会场上有些信教者听了伯恩这话顿时色变，其中一位学者当场质问："你就这样看待上帝和诸神？"

伯恩看向那位学者问："请问您从事什么专业？"

"生物遗传学。这又如何？"那人面露愠怒之色。

"那请问，亚当和夏娃的肚皮上都有肚脐，这是为何？"伯恩问。

那人哑然无语，随后想到亚当的形象由来，更是脸色大变。

"打住。科学和宗教是两码事，不能混为一谈。"兰萨教授摆手终止了他们的争论，"用箱子的设计师来比喻更恰当。假如我们的宇宙是由某个至高无上的东西设计的，这就意味着，箱子的机制决定了这一切。我们头顶上的星空为什么会这样子？太阳系为什么以这种方式运行？量子为什么会这么古怪？生命怎么出现的？我们为什么会聚在一起讨论'生命意识'？人类有史以来所有疑问的答案在此刻变得一目了然：因为设计师就是这样设计的。"

有人补充说："何为生命意识？设计之物。一切都是设计之物。"

大家笑起来，还有人说："这简直就是终极解答，我们可以散会了。"

伯恩无奈地摇了摇头。

"年轻人，别沮丧！"兰萨教授说，"不管靠不靠谱，我挺喜欢你这个猜想。它把无比复杂的事物简化成了唯一，而且几无逻辑破绽。坦诚地说，我有时也会冒出这样的想法，我是不是活在一个设计精妙的程序里？正如你所想的，一切生命都源于一个总设计师，无论是众生还是诸神，全都被困在箱子里上演着无尽的轮回。"

"不错！确实值得赞许。"讨论会上一直没怎么发言的霍普金斯教授，这时微笑着问伯恩，"你是哲学专业的？"

"心理学。"伯恩回应说，"我跟您通过信，向您请教过关于'裂脑人'的意识问题。"

"噢！你就是保罗·伯恩，斯坦福的心理学教授？"霍普金斯记忆力非凡，一下就想起了这件事。

所谓裂脑人，是60年代一个特殊的医学研究案例。早期的医生对药物治疗无效的癫痫病人采用了切断大脑胼胝体的手术疗法。胼胝体是连接大脑左半球和右半球的"桥梁"，在正常的情况下，来自外界的信息，经由大约两亿条神经纤维组成的胼胝体连接、沟通和传递，大脑左右两个半球息息相通。人的每一种活动都是左右脑信息交换、综合的结果。而那些患者在手术后，癫痫病虽然被控制住了，但这些人的左脑和右脑却被分隔开，相互失去了联系。科学家们观察到，裂脑人出现了左右部分身体不协调的情况，比如穿衣服的时候，会发生"左手去扣扣子，右手却解开扣子"的互相矛盾的反常行为。裂脑人似乎发生了思维分裂，左右脑各行其是，好像在一个人身上出现了两种不同的思想，两个"灵魂"在争夺对同一具身体的控制权。这项研究引起许多学者关注。伯恩向霍普金斯请教的就是：人是否会同时具有两个相互独立的自我意识。

伯恩不是裂脑人，但在早些年，他就察觉自己的大脑深处似乎还隐藏着另外一个自我意识。这是与生俱来的，是让他一直惶恐不安却又无法摆脱的心理阴影。

霍普金斯教授给伯恩回信，阐述了他对意识研究所做的猜想：意识是独立于物质之外的一种特殊实体，它不属于物理范畴，不可言状。

通常来说，物理学解决的问题都可以归为"结构"与"功能"。而霍普金斯认为，意识不在此范畴，因此，物理学几乎不可能解决意识问题。

大部分学者对此猜想颇有疑问："假如物理学都在意识问题上失效了，那我们还有什么可解决的途径？"

"哲学。"霍普金斯给出方案，"用哲学的思路来考虑意识的来源及其本质。"

假定意识是独立的，人的大脑简化模式相当于一个"接收""处理"和"输出"的功能性容器。那么裂脑人的反常现象，仅是在输出环节发生了问题，导致同一个人的意识体验产生两种不协调的行为。从某种意义上来说，大脑有点像计算机硬件，意识类似程序软件。硬件属于结构和功能性的东西，我们无论怎么研究硬件的组成部分，也不可能从物质结构中找到一段程序代码，只能通过它记录、输出的信息得知程序的存在。

当然，意识的本质绝非"像一个程序"这么简单。

霍普金斯在论证物理学的还原理论不能解释意识的本质的基础上，还提出了这样的观点：意识设定了时间和空间，由此让生命体产生意识体验；它还设定了时空的参数，展现为特定形态的力、物理常量及定律。没有意识这个主体，一切物理客体都将不复存在，或呈现混沌空无的静止状态。这种状态包括了"变化"的一切可能性。

这个观点可谓蔑视传统，掀起了意识研究领域的轩然大波，遭到众多唯物主义者的驳斥和讨伐。霍普金斯岿然不动，以新颖的思想实验和逻辑森严的哲学辩思，构建出一个极具说服力的反唯物主义正统的强大案例，出色地辩护了他的意识理论。近两年，一些学者逐渐认识到了"意识决定时空"理论的重要性，发现不能偏颇地把"心物独立"和"以心化物"的哲学观看作是"反科学的"，其具有自洽的逻辑推演体系。随后，一些不乏远见卓识的物理学家，也投身进来，参与构建这个新的意识论体系。在此哲学思想的基础上，又推演出了一系列意识构建世界的猜想。

至今，最富有想象力和科学见解的推论之一是"虚拟"式的宇宙观——客观现实并不存在，宇宙只是一个幻象，世界是主体意识虚拟构建的投影。

虚拟理论与哲学家普特南的"缸中之脑"思想实验有一脉相通之处，与伯恩提出的"斯金纳箱"世界猜想也有着不谋而合的地方。因此，霍普金斯教授对伯恩给予了赞许。

霍普金斯在这次座谈会上计划主持讨论的主题就是"虚拟现实和真实现实"。这个话题被伯恩的猜想引了出来，霍普金斯便由此与在座学者围绕着该主题展开了深入探讨。

我们的世界是虚拟的——这是个惊世骇俗的观点。

这很难让人相信。我们分明是实质性的生命，活在一个实实在在的世界里，身边的物体触手可及，呼吸着真实的空气，感受着时间的流逝，见证了世间万般事物的变迁。我们眼前的整个三维空间无比坚固，以物理学家的话来形容时空，"比钻石还要硬上十万亿亿倍，只有超大质量的天体运行造成的引力扰动才能使其微微波动一丝"。如此牢固的实质世界何来虚拟之言？

虚拟理论这样认为，所谓"真实的现实"这个定义出自我们，源于我们的大脑意识做出的判断，除了我们这个可观测的宇宙，我们没有另外的参照物。也就是说，我们一直生活在这个"箱子"里，从来没有走出去到箱子外面，没有箱子之外的东西作为参考对比，我们就没法断定我们所见"真实"是不是真实。

"真实"是相对的。

我们从桌子上拿起一个咖啡杯握在手中，感受到它的实体，闻到从滚烫的杯子里传来咖啡的温热香气。有结构、有重量、有热量传递，似乎这就是真实存在的。但物理学告诉我们测量到的结果是：杯子这一物体在由基本粒子构成的微观之处"几乎什么都没有"。迄今为止，我们发现的物质是按"原子—原子核—强子—夸克"这样的结构层层嵌套构成，但这些"微粒"并非物质形态，而是一种能量结构体。我们目前所知的一切物质，都是以波动形式存在的能量，所以只能推测，宇宙中存在着一种最基础的能量背景。这种能量构成了我们这个坚固的物质世界，但宇宙中还隐藏着另外一种"负能量"，一旦与之相作用，即相互湮灭。

现在的宇宙大爆炸理论认为，宇宙起源于一个空无的奇点，没有体积，无限热，蕴含的能量无穷大。负能量在奇点之外，与之相等，也是无穷大，两者的总能量之和趋近于"0"，有相当于无，宇宙万物从无中生有。

我们观察到的这个物质世界是真实的吗？

宇宙源自能量的创造，难道不可以认为是某种机制作用形成的——越是有规律的东西，往往越有可能是被创造出来的？

假定有这么一个设计师，在一个0维度虚无的点上，拿走了少许负能量，让能量之和失衡，一刹那破碎了虚空，引发暴胀，引力分离，瞬间就膨胀出了宏大尺度的整个宇宙。瞧，设计师就这样打造出了一个无边界的箱子。

"虚拟"也是相对的。

霍普金斯认为，从哲学上来看，相对于设计师，我们是虚拟出来的；而对于我们自己，这种虚拟就是真实，或者说，这种真实是高一层面上虚拟的投影。

做个不算恰当的比喻：我们认为计算机这个"箱子"里的程序是我们设计和虚拟出来的。但换个视角，那些程序并不会认为那一串串的数字不真实，"0"和"1"就是他们真实存在的最基础的背景，这种数字背景构成了他们坚固的真实世界。

由此推论，数字代码等同于基本粒子；程序等同于事物；软件系统等同于世界。总而言之，在虚拟设计的逼真程度达到一个极限值以后，虚拟与现实是等效的，虚拟现实也就等同于真实现实。

在座的有人问："我们的上一层，箱子之外是什么呢？谁是设计师？"

"不可名状。"霍普金斯引用了伯恩对设计师的形容，"也许是一个邪恶的科学家，也许是另一种生命形式操控的一套超级计算机模拟系统，或是某种高阶智慧体，或某种不明结构体——但实际上存在更疯狂的可能性，远远超越我们认知范畴和想象力的异类。"

有人说："还真不可想象，除非我们突破边界，跳到箱子外去看。"

另外有人问："设计师有何意图？虚拟出我们的世界，做一场邪恶实验吗？但看似对我们也没干涉，难道只是在暗中观察？"

"一切未知。"霍普金斯说，"我们能做的就是迷醉于跳祈食舞蹈，或者，尽力去摸清箱子的运行规律。"他看向伯恩，"伯恩教授，你似乎还藏着许多独到的看法，不妨直言假设在虚拟层面上，你对意识的理解。"

"我觉得，我们人类的意识，很有可能不是真实存在的自我意识。"伯恩凭感觉说，"首先假定有一个主体意识，形成无处不在的意识场，当中承载着信息集合体系，作用于一切事物。我们处在意识场中，人脑的内部结构属性获取了相应的信息，形成一套对应的内在意识体验系统。我们不能分辨意识场信息的真伪，并受它控制和影响，我们的世界在很大概率上，是由它来操控的。我们只是世界的参与者，也许能在一定范围内发挥微小的作用，也许不能。唯一可以确定的，恐怕只有意识体验是属于我们自己的，前提是，它还没有剥夺这种意识体验。"

"你是怎么推论出来的？"霍普金斯问。

伯恩坦然地说："仅是一种由心而生的预感。"

"可谓彻底的主观唯心论了。"霍普金斯和兰萨教授相视而笑，然后又问，"你认为心物不可分，世界是唯心一元的？"

"是的，但与唯心一元论有点不同。"伯恩说，"世界不以我们的意识创立和改变，我们并非观察者，而是被主体意识观察的对象之一。"

兰萨教授摇头沉吟着说："实质上，量子力学一开始也预设了心物不可分，但基于非定域原则，观察者的地位内嵌于基本原理中。大量的实验证明，我们的观测确实能影响某些结果。"

"我认可虚拟论。"伯恩说，"也就认为这种观测影响只是一种模拟出来的假象。"

兰萨有些惊诧，问："你不仅否定神创，还彻底否定了自我意识和自由意志？"

伯恩迟疑了一下，心中隐约有种感觉让他坚定地点了点头。

"那岂不是一切都失去了意义？"有学者摇头不已，"物理学、哲学、神学，我们所有的科学、文化和艺术……难道全都只是设定下的假象？我们的文明历程，我们的存在，将变得毫无意义？"

"是的，没有所谓的发明创造。"伯恩心中的感觉渐渐明晰起来，他快速地说，"我们的认知皆是来自意识场这个巨大的信息库。这个信息库包含了所有的一切，物质、生命、意识。从第一个基本粒子，引力，一个星球，星系，一个单细胞，一个草履虫，一个三叶虫，一条鱼，一头恐龙，一只大猩猩，包括全人类所有的一切，全都是既定的。不仅过去、现在是，将来亦是如此。"

这种彻底的设计虚拟论，让人有点悚然绝望。

难道就没有一丝改变的可能？

也许有，但仅限于某个狭小的定域里，而在非定域的系统内已经设计了一切可能性。所谓的变化，我们所谓的自由意志，只不过是从无穷幻象中选择了可能性之一。

小白鼠自以为发现了按键掉落食物的秘密，殊不知，这是箱子机制设定好的一个程序，早已既定了随机的概率。

在座的学者有些惶惶不安，皆是沉默不语地苦思冥想，试图从这个猜想中找到逻辑破绽。过了一阵，一位哲学家问伯恩："你这个猜想是怎么来的？如果这个想法是意识主体既定的，是一个真实的信息，那么岂不是暴露了设计师的真实意图，让我们发现了箱子的机制？如果这是一个虚假信息，就意味着，你的猜想不符合真实情况。"

"它不在乎。"伯恩说，"或许，程序设计不尽完善，还有破绽，意识场会发生一丝混沌的微扰。我希望是后者。"

大家都明白他的意思，假如箱子的机制还有破绽，我们就有可能发现并做出改变，一切也不尽全然无意义。可不知怎么的，在座所有人心生不安，在此刻隐约感觉到一种难以言喻的悲凉绝望。一位学者想摆脱这种心理困扰，勉强笑着说："假如不存在自由意志，只有自我意识体验还算真实，那也行啊。我们至少还有喜怒哀乐，我们还可以感受这个世界的丑陋和美好。就当是，灵魂来到这个世间，遭受了一次注定的修炼。"

话虽这样说，但一想到因果规律失效，万事万物的过去、现在和将来都只是幻象之一，心里的滋味依然不好受。没有了真实的将来和过去，感觉活在当下也失去了意义。

"伯恩教授，你认为有可能走出箱子，打破机制的禁锢吗？"有人问。

伯恩摇头说："且不论其他方式，仅是缸中之脑的终极猜想，我们就没法破解。假如箱子是层层嵌套的，无穷无尽，无边界，我们将永远被困，找不到真相。"

所谓"层层嵌套"模式，意味着操控运行机制的主体也可能与我们一样，只是虚拟设计之物。设计师的上层还有设计师，模拟呈现多层面。可能存在无数层次的模拟空间，并且随着时间的推移，这个层次的数量一直在增加，无法得知我们处在哪一层的虚拟界面。

　　"所谓的真相不在层层嵌套的迷宫中心，而是在无尽的层面之外。"伯恩断然说。

　　"这样还好受一点。"有人苦笑说，"虚拟者也是虚拟之物，也就相当于不存在高等、次等的区别。如此看来，虚拟现实的确等效于真实现实。"

　　伯恩接着说："我们身处这个层层嵌套、无边无界、超越线性思维的意识场之中。个人意识只是整体的一小部分，人类集体意识也只是当中的一小部分。我认为，所有不同生命形式的意识也包含其中。这个整体意识场像一座庞大的迷宫，连接着一切生命意识，同时也连接着构成一切物质的基本粒子，但又设定了特殊的隔断机制。连接通道密封，传递过程不可逆。个体意识与其他生命意识无法直接交流，意识也无法直接作用于物质。我们个人的意识体验只能局限在自身，被限制在头骨包裹的这一脑组织内，个体意识也只能局限在脑海里。我们意念想象产生的影像，尽管可与'现实'一样真实而等效，但大脑内部的意识世界无论有多么复杂真实，它很难直接影响和作用于外部物质世界。所谓'境由心生，物随心造'，只能由主体意识设定的意识场才能实现。"

　　这番话算是他猜想的一个总结，富有哲思，具有深邃的洞察力，引起了在座学者们的重视和思考。

　　伯恩首次公开提出了"主体意识""意识场"和"个体意识"概念。

　　主体意识相当于斯金纳箱的设计师。

　　意识场如同箱子内设定的机制。

　　一切生命形式的意识都困在这个层层嵌套的箱子里，处在主体意识设定、虚拟的物质世界之中。人类亦是如此。我们这样的生物与地球上其他生物的区别，仅仅是大脑结构属性稍微有点特殊，可以从意识场中"接收"到比其他生物更多的意识量子信息。人类有史以来构建的知识体系，其实早已存在于意识场的"信息库"，我们脑海里所谓的灵感一现，或所产生的思想、所构建的科学大厦，全都源于意识场的信息传递。

　　我们以为自己是实质的生物，有着实质的大脑和身体，活在一个实质的世界中，但根本上却是一个虚拟投影的幻象。一切生命犹如漂浮在一片无边无际充满波动的意识场海洋之中，沉浮在沙与沫之间，一个个生灵如同被海水包裹的意识场"接收者"，随波逐流，荡漾在这片超级全息式幻象世界里的无数个波动海浪之一的一个光彩斑斓的水泡之中。

"意识场信息传递不可逆？"一位学者提出疑问，"那为何还有心灵感应现象？而且物理上也证实了，我们的观测能影响量子效应。难道这些都用虚拟设定来解释？"

"虚拟设定是最大的可能。"伯恩说，"还有一种可能是'意识场扰动'。假如生命意识在某种条件下触发反应，也许能溢出边界，从而改变信息传递途径的限制。"

"这么说，我们可能突破隔断机制，发出意念直接影响他人的意识？"

"我想是的。而且这种情况并不罕见，只不过大部分不太明显。人们的心灵感应现象更接近一种模糊的、潜意识的信息传递突破。一些不完整的零碎信息在传递者之间分享，从一个人的大脑传递到另一个人的大脑里，相互作用。由此，我认为，人类存在一种隐形的共享态集体意识。"

"这样看，超感异能也就不足为奇了。"霍普金斯若有所思地点头。

有人问："意念遥控物体又怎么解释？"

"这不可能。"伯恩沉吟着说，"除非个体意识能反作用于意识场，通过意识场作为媒介，才能作用于外部物质。这相当于改变了机制设定，违反设计师的意图。只要我们还在箱子里，没有谁能做到这一点。据我所知，世界上所有宣称可以用意念遥控物体的超能力，全都是伪造的。"

伯恩说到这里，忽然想起"意念杀羊"这事，似乎可以解释为：那名士兵的意念其实只是影响了羊的意识，在大脑意识的作用下，导致那头羊的心脏停搏，器官衰竭而死。大脑通过神经中枢控制着身体的一切生理反应活动，可以让心脏搏动，当然也可以让心脏停搏。这一案例实际上就不能当作是意念遥控物体的证明。

在世界上，许多宗教或神秘经验，或许也是因为个体意识偶然渗透进了意识场的领域之中，产生了反常态的超感体验。这样说来，这一特殊现象其实也不神秘。而他幻见的马克斯和安雅等人和事物，也就容易理解了。他感应到的，只是意识场虚拟出来的万般幻象之一。

1964年的幽灵入侵事件，也许就是一次较大规模的意识场扰动现象，干扰了人们的大脑，许多人的意识因此遭受影响，造成意识量子信息紊乱，产生了本不该属于自己的记忆，甚至导致身体行为失控，做出自杀或杀人的诡异之事。

伯恩想及此处，暗暗松了口气，泛起疑难问题迎刃而解的欣慰，感觉自己似乎掀开了神秘面纱的一角，窥见了其后深沉的隐秘。

但一种莫名的心惊随之而来，他隐约发现，这种渗透意识场的潜能像是无止境的。随着人类大脑传递意识量子信息能力的增强，那就不仅是共享集体意识了，完全有可能发出意念，操控别人的意识，从而控制人的一切心理和生理反应活动。

控制思想，就能控制其行为，也就控制了一切。

生命的本能是侵占一切可侵占的东西。假如高级生命可以实现控脑，低层次的生命将陷入一种极其可怕的绝境。

他不寒而栗，实际上这种恐怖的事已经发生了。

绿屋的那坨不明生物、帕顿夫人以及在灵学会总部所见的那些场景，不正是一种初级的控脑现象吗？

过去没有神祇，现在可能还没有，但将来很可能就会出现绝对控制一切生命意识、凌驾于众生之上的神——所谓的"圣主"。

圣主掌控世界众生的主脑，众生将沦陷于万劫不复、生不如死的浩劫中。

伯恩蓦然醒悟，灵学会这股暗势力信奉圣主，期望永生，很可能不仅是一种精神寄托，而是已经展开了行动，以某种神秘的方式谋求"控脑"之术，企图通过控制人们的意识，实现控制世界。灵学会也许掌握了其中的某些奥秘，暗中笼络了一批灵媒、通灵人士和科学家，妄想研发出高层次的控脑术。而他身具异常的通灵潜能，即所谓的"圣灵"，也就成了至关重要的目标人物。

政府和军方高层显然也掌握了某些内情，所以将此定性为超常规的恐怖活动。可想而知，邪恶之人一旦拥有强大的控脑超能力，谁都无可抵挡，基于物理化学性质的任何武器都将对控脑术失效——世界上所有武器的操作者都是人，如果大脑被遥控，人根本没有机会使用武器，甚至被操控，反过来攻击他人。一旦爆发控脑战争，那将是人类前所未有的大灾难，世界格局会顷刻间改变，恐怖降临，现有的社会秩序将不复存在，邪恶幽灵必将吞噬人间。

"伯恩教授，你还有什么要补充的吗？"在恍惚失神间，伯恩听到霍普金斯的问话。伯恩预感不妙，摇了摇头，不能再轻易透露他的想法了。肯定有人在暗中监视着他，会场上也许就潜伏着灵学会组织的人。

"讲解非常精辟！"霍普金斯赞扬了伯恩的猜想，"你从另一角度推导，完善了意识虚拟论。"

"差不多了。"兰萨教授看了看时间说，"很有意义的一场座谈会，爆发出惊人的新观点，解释了一些以前未能解释的意识现象，甚至使心灵感应、超自然、神灵也成了宇宙机制的一部分。这必将让那些所谓的主流人士更加眉头大皱。"随后，兰萨对伯恩说，"思想激昂的年轻人，希望你做好后续的论证，做出关于生命意识描述最准确的模型，不仅依赖灵光一闪，这有点反科学了，哈哈！"

兰萨笑着，对在座的一位学者做出邀请的手势，"接下来，请来自中国的古生物学家柏映泉教授，作一次'实在点'的学术报告。柏教授从事寒武纪动物化石研究多年，经过长期艰苦细致的野外工作，为地球生命起源科学开辟了一个重要的创新性研究领域。今天，他为我们带来了一个关于生命意识'最惊人的发现'，也许能改变我们以往对地球生命系统的看法。"

会场里响起掌声。一位中国学者起身微笑回应，走上台准备演讲。

伯恩心神不属地想，1964年幽灵入侵事件很关键，有些人感应到了意识场传递的特殊信息，可能就隐藏着控脑术的奥秘。比如帕顿夫人和他，都幻见了那一幕幕场景，当中似乎藏有某个重大秘密。但到底是什么呢？伯恩极力思索着，翻开记事本，从记录下的文字当中寻找线索。他心有所感，仿佛快要摸到了关键点，却又偏偏捞不起来，只觉还缺失某个重大信息，隔了一层玻璃幕墙似的，导致他无法再深入一步。这种近在眼前但又若即若离的感觉让他非常难受。

"伯恩教授……"有人在他身旁坐下来低声打招呼。

伯恩警觉地合上记事本，转头看去，见是霍普金斯教授。"我们应该敞开谈一谈。"霍普金斯压低声音说。

伯恩问："谈什么？"

霍普金斯说："关于你的猜想，让我有了些新想法，不如我们单独交流一下。"

"好啊！"伯恩不动声色地说，"会后抽空儿谈。"

霍普金斯微微一笑，目光似乎瞥了下他手中的记事本。

柏映泉教授用幻灯机播放化石标本的一张张图片。

1984年7月，在中国云南省抚仙湖北岸的帽天山泥质岩层中，发现了寒武纪早期动物化石群。至今为止，有来自十几个国家的50多位古生物学家，在帽天山采集了约6万块封存软躯体的化石标本。虽然经过了5亿多年的沧桑巨变，但这些最原始的不同类型的海洋动物软体构造保存完好，千姿百态，栩栩如生，共计有40多个门类的80余种动物。这是世界上发现的最古老、保存最好的一个多门类动物化石群，涵盖了现代生物的各个门类，为我们研究地球早期生命起源、演化、生态等理论提供了珍贵的证据。

一幅幅幻灯片展示出一个个形态奇特的地球上最古老的海洋生物。

从46亿年前地球诞生 以来，地球生命进化系统有过三次爆发式的飞跃：

第一次飞跃是约38.5亿年前单细胞生命的诞生；第二次飞跃是5.3亿年前寒武纪生命大爆发；第三次飞跃是几百万年至一万年前，人类以及人类文明的诞生。

寒武纪之前还没有真正的陆生生物，大陆上缺乏生气、荒凉一片，只有一些原始的海洋生物。而在一个相对短暂的时间内，这些海洋生物突然进化，演变出各种各样的动物。节肢、腕足、蠕形、海绵、脊索等一系列与现代动物形态基本相同的动物在地球上来了个集体亮相，形成多种门类动物同时存在的繁荣景象。由此，地球上生物系统的蓝图在寒武纪时期已初步描绘而成。

这就是被列为"十大科学难题"之一的"寒武纪生命大爆发"。

依照国际学术界传统和经典的生物学理论，生物进化经历了从简单到复杂、从水生到陆地、从低级到高级的漫长演变过程，这一过程是通过自然选择和遗传变异两个车轮的缓慢滚动逐渐实现的。寒武纪生命爆发现象却挑战了这一经典理论。这不能不说是一个奇迹。达尔文曾在其《物种起源》的著作中提到了这一事实，并大感迷惑，认为这一事实会被用作反进化论的有力证据。

在国际上被誉为"20世纪最惊人的发现之一"的中国云南帽天山生物群，为探索"寒武纪生命大爆发"的奥秘开启了一扇宝贵的科学之窗。

抚仙湖畔的帽天山这一远古的化石群，奇迹般完好地保存了寒武纪生物的矿化骨骼，还保存了大量软体组织印痕，如表皮、感觉器、纤毛、眼睛、肠、胃、消化腺、口腔和神经等，甚至有的动物好像在临死前还饱餐了一顿，消化道里的食物仍可辨认。

"这是地球生命的摇篮。"柏教授说，"经过不断的挖掘和深入的系统研究，我们探索了脊椎动物、真节肢、螯肢和甲壳等动物的起源，证实了现代复杂生态体系起源于寒武纪早期的论点。此外，我们还发现了多种过去曾大量存在而现已灭绝的新物种，由于超出现有动物分类体系，我们就以发掘地名来命名，如抚仙湖虫、帽天山虫、云南虫等。"

幻灯片定格，出现一幅云南虫的拟真还原图。

"值得一提的是，云南虫是最古老的脊索动物。属稀世珍宝级的动物化石。我们最新研究发现，它是鱼类—两栖类—爬行类—哺乳类—人类，这一生命进化树和生物演化链上的鼻祖。即为我们人类的始祖。"

人人都不禁注目打量，伯恩也被吸引。只见图片上的那个云南虫呈蠕形，身体侧扁，长有一中鳍和一对腹褶。脊索粗大，位于亚腹部，呈一条状，纵贯首尾。

"云南虫原始的脊索是脊椎的前身，相当柔软，类似于人的脊髓中的软性物质。神经单元集中在此，肢体的感觉可以通过脊索传递到全身。"柏教授停了停，转身面对大家说，"云南虫具有大脑的雏形，人类智慧的源头就在这里。"

会场中顿时发出惊叹声。这可真是惊人的重大发现，想不到古生物学家竟然找到了大脑的起源点。这个看上去体长仅有几厘米、软软的小生物，就是人类的始祖。生命进化实在太奇妙了。

"它的身体长有发达的肌肉，依靠肌肉收缩使身体产生波浪弯曲来行动。血液循环的方式为闭锁式循环，呼吸用鳃进行。脊索下方有13对生殖腺，这也是最早的有性繁殖的起源。"柏教授接着说，"非常不可思议，云南虫具有一种相当奇妙的特质，与其他寒武纪生物不同，它的诞生也许含有某种玄机，极有可能隐藏着地球生命智慧的奥秘。"

在座有人忍不住催促："你就赶紧说了吧，它到底有什么玄机？"

"考证结束，往下就是推测了。"柏教授笑了笑说，"云南虫是脊椎骨和大脑的起源点，如果没有它，动物的中枢神经系统将永远得不到发展，地球将像火星一样永远寂寞冷清。云南虫与我们人类之间，联系着一条隐形的智慧线，它让我们超越地球其他物种而成了金字塔顶端上的智人。"

幻灯片显示一幅云南虫的脑结构雏形与人类大脑的示意图。

"最不可思议之处在于'大脑的诞生'。以进化论来看，它不可能出现，但又是必然出现的。脑组织极为耗氧、耗能，而在起源之初，结构不完善的大脑几乎就是没有任何作用的累赘，不利于生物生存的需要，不符合'物竞天择，适者生存'的进化条件。当时，寒武纪生物的霸主是体形庞大的奇虾，有着强壮发达的肌肉和骨骼、一对用于快速捕捉猎物的巨型前肢、像齿轮一样分布的锋利牙齿，这样有攻击力的器官才最具有生存竞争力，占领生态系统食物链的顶端。但在4.4亿多年前，奇虾灭绝了，因为出现了比它体形更大、更猛的海洋霸主。之后，每一代猛兽都曾经统治过地球一段时期，然后灭绝。事实证明，身体的优势并非物种真正的优势，大脑才是最终优势，智慧让人类走向生命繁荣的巅峰，让我们脱离野蛮状态，散发出精神文明的荣光。

"这就带来一个让我们困惑的问题：云南虫为什么会进化出大脑？它怎么知道，当时可谓废物的大脑，在默默潜伏了几亿年之后，将爆发出无可匹敌的物种优势？"柏教授说到这儿，环视会场。

一位学者立刻接话说："生命设计。一个隐形的生命进化机制既定了大脑的起源。"

"猜测不错！"柏教授看了看伯恩，然后说，"我现在认可伯恩教授的推论。设定是最大的可能。何为生命意识？设计之物。一切都是箱子运行机制的设计之物。"

伯恩深吸一口气、缓缓点头。这一条隐形的智慧线是有迹象可寻的，这就是在生命进化的海洋中的一座潜伏的冰山——生命进化的终极目的正是智慧的跃升。

高阶智慧之主在虚无之处控制着这一切。控制思想意识，就能控制其行为，也就控制了一切。

柏教授播放最后一张幻灯片。画面显示一幅"地球生命系统"全景图，囊括了迄今为止我们发现的所有自然界生物的种类。

一棵有着千枝万叶、相互联系、演化、渐变的生命之树。生命树的根源起始于一点，这是生命的"奇点"，以这一点为中心，向四面八方爆发出千丝万缕的枝叶。所有生物的每一界、每一门、每一纲、每一目、每一科都清晰呈现在蓬勃生长的枝叶上。已知的约1500万种生物出现在地球这一生命系统上，未知的估计在50亿到500亿种之间，同样属于这一棵生命之树。

"这是人类所处的位置。"柏教授指着枝繁叶茂的生命树边缘上一处不起眼的地方说，"看起来，这有点像地球在银河系中的边缘位置，是亿万星辰中的一抹蓝色，是汪洋大海里的一朵浪花，看似毫不起眼、无足轻重，但这确实是一个了不起的独一无二的智慧果。

"特别说明，用宇宙智慧学来推演，我认为，生命无始无终。从一个细胞，到海里的鱼，再到全人类，其实都没有所谓的起点，也没有终点。细胞之前是化学聚合物，再之前是分子、原子，一直可以追溯到宇宙物质的起源。而以霍金博士提出的'无边界宇宙'理论来看，我们的宇宙没有经典意义上的起源，故此，生命也没有源头。另外，宇宙呈现一个无限的四维球体欧式空间，永无止境，演化是一种无始无终的过程，没有创生和毁灭。因此，生命亦无终点。人类并非是进化的最高点，我们只是智慧线上的其中一个节点。"

"再往后会是什么？"有人问。

"不得而知。"柏教授说，"我猜测，下一个节点可能是非人形态，它具有超越人类智慧的特征，将成为生命进化系统的第四次飞跃。"

柏教授的演讲结束。幻灯机关闭，投影在屏幕上的光影画面消失，地球生命全景图和人类大脑图也随之消失，仅闪烁存于众人意识的余晖之中，无形无相，令人心生惶惑。

这一场座谈会也到此结束了。在座学者们却意犹未尽，不愿离开，三三两两凑在一起，议论着与意识有关的话题。伯恩注视着柏教授，忽然冒出一个古怪的想法。

他走过去，低声问："柏教授，你在化石发掘地工作了多久？"

柏教授一愣说："近九年了。"

"你在那里可听闻某种超自然现象？"伯恩问，"1964年的3月？"

柏教授茫然不解，但还是回忆了一下那年是否发生过特别的事。

伯恩紧张期待地等着。不知为何，他竟然泛起一种说不清的预感，感知在那个大洋彼岸的"生命摇篮"之地，仿佛也曾经发生了幽灵入侵事件。这个念头尤缘无故地冒出来，不可言喻。

"抚仙湖区域有许多奇闻逸事的传说，历史上记载……"柏教授这样说着。陡然间，伯恩只觉大脑一下子发蒙，耳朵嗡鸣，什么都听不清了。他瞪大眼睛，视线却模糊一片，感到天旋地转，他身体失控，瘫倒在地上。

"你怎么了……"昏然间，伯恩蒙眬听到柏教授惊呼着伸手来拉他。

伯恩透不过气来，感觉自己的心跳变得异常缓慢，一下、一下，跳动得无比艰难；浑身血液滞流，眼前阵阵发黑；心跳越来越慢，大脑仿佛被一只无形之手攥紧；思维涣散，意识变得模糊起来。

一个信号迸发出来，由大脑传递至全身，顷刻之后，他的心脏彻底停跳。

失去知觉一段时间后，伯恩的意识蓦然震颤，仿佛脱离躯体般飘荡在半空中，没了难受感，恍然间，只觉四周一片亮绿色的光芒。绿光丝丝缕缕，轻盈流泻，恍若碧波荡漾，美得不可言状。在那光亮深处依稀晃动着无数影子，像是在狭长的光明隧道之中播放着一幕幕变了形的影像。他极力分辨着，恍惚感到一个个人影围拢在一起，伸着一条条触手状的手臂，一只只手掌像是在祈祷，又像在抓挠什么东西。忽而，他感觉到人群中横躺着一人，竟然是他的身躯。

他陷入一个个人影构成的旋涡中心，那些人拉扯着他，拖拽着把他带去另外一个地方。影像凌乱，模糊不清，荡漾变形，光线迅速消失。恐惧绝望袭来，他沉沦在无尽的黑暗之中。

意识涣散的一刹那，闪过一幕影像：一只手拿走了他的记事本。

第15章 科学巫术

黑暗尽头迸发出一点尖锐的光。

艾薇的意识在光芒中显现，在两个巨大的球状物中，她恍惚看见自己变形了的倒影。那是残耳人的眼珠，正贴近她的脸，目光摄魂般充斥她的视野。

她无法动弹，目光呆滞地沉沦在那深邃而折射光芒的晶状体繁复无比的内里，犹如穿越一层层迷蒙空间，陷入重重梦境不可自拔。

光线透过瞳孔，映照着两个心灵世界，视神经让彼此紧密相连。

大脑视觉中枢逆感传递，弧形神经元簇震颤，瞬间蔓延至大脑皮层区，占据了控制人体行为的抑制性神经环路，主控了意识，如同烛光乍现，充盈黑暗的房间。

艾薇恍如梦中人一般变得身不由己。她看到残耳人的双眼离开她，他站直了，转身走出她的视线。片刻后，她听到哗哗的流水声传来，冲击着她的耳膜。她发现自己从床上爬了起来，用双手除去身上的衣物，竟似游离的灵魂那样。她从第三者的视角来感知自己的举动，而对这种行为毫无控制能力。她失控地彻底袒露自己的身躯，如新生婴儿般并无羞耻之心，处于一种惘然的状态。

艾薇的足踝移动起来，一步步走向洗手间。

空气流动，拂过她的皮肤，轻盈地托着她，仿佛走在缥缈世界的云中。

残耳人站在灯光下，浴缸里已注满了温水，水波粼粼泛着光。他凝视着艾薇，犹如牵动一具木偶人走向浴缸，让她抬脚跨进水中。

心灵深处蓦然袭来恐惧，艾薇不由挣扎起来，身体急剧震颤，试图从迷离的意识囚牢中醒来。残耳人的身体也随之颤抖，目光紧盯着她，流露出吃力的痛楚之色。对抗僵持片刻，艾薇恢复了平静，她一如之前那样失控地倒在了浴缸里，心寂如井。

光洁的身躯沉入水，宛如一块纯净的冰。

水，晶莹剔透。荡漾的水面折射着一片晃动的光斑，夺目摄魂，扭曲了外面的世界。

艾薇恍然入梦，心神游弋在一个莫名怪异的空间——一座水晶宫般的梦幻空间。水晶管扭曲盘旋、缠绕成团，繁杂玄奥如巨大的迷宫。晶莹剔透的液体充满了水晶管，她悬浮在其中，以一种轻盈灵动的姿态快速游弋，穿越重重管道去往迷宫中心。水晶外面的世界奇异陌生，似乎空无一物，却又隐藏着不可描述的某种东西。阳光强烈，照耀着一丛丛茂盛的植物，怪异的枝叶在清澈的光线中肆意生长着，焕发勃勃生命力。

一个浓重的阴影掠过，一头巨大的怪兽扑打着皮膜状的双翼飞过水晶管上空，如长蛇般的一条尾巴布满鳞甲，闪烁着微光。

艾薇快速游动着，极目凝望外面的世界，只见丛林间隐约飞舞着一对彩蝶，那轻薄的翅膀泛着金属光泽一样的蓝色。

水晶迷宫繁复无比，曲面晶管反射着无数个层层叠叠的光影，她穿行其间毫不费力，似乎对这玄奥的路径熟悉至极。她仿佛一抹急速掠过的粉色流光，灵动似火焰，轻盈如流云，弧线完美至极。

她有些急切，心底焦灼不安。

她感觉到了一个人。隔着多层面的重重水晶，那一个真实的人伫立在迷宫中心，若隐若现。

空间内荡漾着音乐，仿佛自然界发出的原始声音。她感到了溪水流动、树叶飘落、微风吹拂的声响，静谧流淌入心，恍若最美妙的梦境。

音乐消失的一刹那，她来到了那人对面，与之隔着一堵水晶幕墙。

那是一个直立人，腰腹以下覆盖着的雪亮的金属铠甲支撑着双腿站在空气中。那人与她对望，目光如炬。

艾薇感到震撼，她第一次在梦境中见到真正的人类，尽管这个男性人类有些异样，但他是真实的，她可以感觉到他身体内具有的生命特征：心跳强烈，血液流动，散发出暖热的体温，截然不同于冰冷坚硬的水晶管。

梦，不再虚幻，瞬间变得真实无比。

那人注视着她，漆黑的眼睛泛着生命的光泽，瞳孔深处透出智慧的灵性，超然洞悉纤毫，传递着内心丰富的情感。一种似曾相识的微妙感应，相望这一刻，仿佛在无数个时空重演了无穷尽的心灵映照。

"您好，先生！"

艾薇听到一个轻柔的女声回荡在寂静的空间里。

"你好，茉伊拉！"那人微笑着，声音随之激荡在她的意识深处。

这一幕场景蓦然定格。

268

空间随后变形，动荡起来，犹如湖面上月光粼粼，但梦境破碎，场景飞速流逝。耀眼的光亮刺目，艾薇恢复意识，看到了水面上晃动的灯光。

她在浴缸里扑腾，吐出水，大口喘气。

残耳人的身影在她眼前晃动。强烈的脑神经疼痛刺激着她，令她无法承受，爆发出尖利的叫声。残耳人捂住头，踉踉跄跄冲出洗手间，扑倒在门口的地板上，蜷成一团，战栗不止。

过了一阵，艾薇虚弱得失去呼叫的气力。残耳人挣扎起来，转身看着她，脸色惨白如冰。

"茉伊拉……"残耳人面孔狰狞，颤声说，"你是茉伊拉！"

艾薇只觉头晕目眩，难受至极地再次倒在浴缸里，像快要溺水身亡。

不知过了多久。

艾薇清醒了些，感到浑身冷飕飕的。她吃力地爬出浴缸，心底莫名惊恐，跌跌撞撞来到房间，扑在床上。她裹紧被子，颤抖得像沙滩上垂死的鱼。

客房里空无一人，什么都不见了……艾薇极力回忆，但脑海中一片空白，她无法想起来自己的遭遇。

浴缸水面上的涟漪渐渐平静，消失的梦境，恍若失去星月的夜。

她忽然想到，人们不知道梦的结局，因为睡着了。

伯恩做了一个悠长空洞的梦。

意识觉醒少许，他感觉到自己飘浮在茫茫黑夜里，恒定，几无变化，直到一丝光亮乍现，将他从意识的边缘层拖回来，让他再次感到了时间的变化。那光亮轻盈柔和，仿佛一条绚丽的绿色绸带，灵动变幻着，拂在一个暗黑圆形之物的边缘，其后是更为漆黑的背景。忽而，一束光芒穿透黑暗传递过来，强烈无比，瞬间将圆形之物的一段弧形显现出来。

伯恩忽然意识到，那是地球。他好像在太空遥看地球。那飘浮的柔光是地球一端的极光，而那强烈的光芒却是太阳，阳光恰好从地球的弧线上穿过极光照射过来。

他的意识微微震荡，一圈圈涟漪般掠过他的心灵深处，让他微妙地感应到远处那一轮蓝色星球上有某种东西牵动着他。震荡越来越强烈，蓦然间，意识仿佛被旋涡吸附一样，他飘向巨大蔚蓝的地球，刹那间穿越万般景象，忽而来到了灿烂的蓝天之下，赫然看到茫茫的原野，褐黄色的绵绵群山。

大地寂静，唯有风沙萧萧吹过。

一棵树孤零零地屹立在山坡上，默然注视着远方。

一个女子站在树下，发丝随风飞扬，身姿静美。

伯恩感到自己的心跳变得强劲有力，越接近那女子，他的感觉越清晰，意识也变得更澄净。他意识到树下之人是安雅。阳光明耀，光亮丝丝缕缕缠绕着他，他仿佛是通彻透明的无形之物。但安雅似乎感应到了他，忽然转身对他看过来。湖蓝色的眼瞳闪动奇异之光。

幻境一瞬间消逝。

伯恩浑身轻颤，感到了身体的存在，意识恢复正常。

他睁眼看见室内灯光明亮。他躺在病床上，旁边放置着医疗监护仪，屏幕上实时显示着他的心率、血压和呼吸频率。"滴滴滴……"心电信号波形正常，节律平稳。

"你终于醒了，先别动。"一名医护人员制止了伯恩要从病床上挣扎起来的动作，"请稍等，我去通知医生。"

"我在哪儿?"伯恩环视四周，见这是个独立封闭的房间，洁净幽静，放置着精密的医疗设备，看着像是重症监护病房。一面墙隔断了外间，那有一扇玻璃观察窗。

"埃姆斯，加州空军医院。"另一名医护人员为他升高了床头，回答说。

"我回到了旧金山湾区?"伯恩不由得吃惊。头隐约闷疼，他根本想不起来自己是怎么从加拿大温哥华过来的。

"你昏迷了39个小时。"医护人员说，"当时情况很危险，你的心脏出现了反常的供血功能障碍，停跳了七八分钟，差点就给大脑造成不可恢复的损害。你还能醒来，非常幸运。要知道，每年有40多万美国人经历心脏骤停，只有10%的人能在抢救后存活下来。"

"什么病因?"伯恩极力回忆着他在会场上倒地那一刻的情景，太突然了，他在地狱门前徘徊一圈，感受了一次奇特的濒死体验。

他想起了在梦境里见到的安雅，一阵心悸。

"你的心脏功能正常。"医护人员指了指他的头，"问题出在这儿。你的大脑给心脏发送了一连串错误的信号，像强制关闭水泵那样让它停止跳动。脑科医生锁定这一信号，隔断了大脑与心脏之间的联系以后，你的心跳才恢复正常。"

"谢谢……"伯恩有些不安，隐约觉得他突发脑神经疾病并非偶然。

"你应该感谢温哥华圣保罗医院的紧急医疗组。圣保罗以心脏治疗闻名世界，那儿有全球最著名的医生，是他们把你抢救过来的。你送来这里后，我们所做的只是常规护理。"

医生来到病房，彻底检查了一遍他的身体状况。生理反应良好，只需再观察一段时间即可出院。随后，伯恩透过玻璃窗，看见杜克军士及两名便衣出现在病房的外间。

杜克贴着玻璃冲他挥手，咧了咧嘴，黝黑脸上的表情似笑非笑。

"教授，你运气不赖！"杜克换了套无菌服进入病房，在床边坐下，"假如事发在别的城市，你就彻底歇了。我们也没辙，我难免要内疚。"

见杜克露面，伯恩瞬间明白他的预感是对的。这事不简单。DIA 行动组的人很可能就在会场附近监控着他，一出事，立马将他送往医院，并把他从温哥华弄回来。如果他不幸死了，杜克内疚什么？难道……"你暗示我可以去加拿大找艾薇，只是把我当作一枚棋子，你们要调查什么？"伯恩质问。

杜克嘿嘿一笑，先让医护人员全都离场，然后对他说："稍等，中校先生一会儿赶到，他才有权限告诉你具体情况。我能做的就是跟你说'对不起'，然后尽力追捕对你暗下黑手的人。"

伯恩听了这话顿时色变。这意味着他发病真的是人为因素所致。谁能使他的大脑出现异常反应？一转念，他想到了那个残耳人。那人像是有很强的精神力量，让他明显感觉意识波动，身体失控。这是一种意念控脑超能力？竟然有人做到了，杀人正如意念杀羊一般，太可怕了。

"你知道是谁干的？"杜克看他的脸色不对劲就问。

"有点不确切的预感……"伯恩说着忽而想到艾薇，不由得紧张问，"艾薇·兰迪还好吗？午后，我没见到她。"

"她没事。就你躺下了，其他人都正常。"杜克说，"脑科学大会昨天结束，她安全返回了多伦多。"

伯恩不禁问："你们也在暗中调查监视她？"

杜克没直接回答，但看其神色却是默认了。

"为什么？"伯恩加重语气问。

"我只能说，她的情况与你差不多，也是至关重要的目标人物之一。"

"谁的目标？"

"抱歉……"杜克转头看了看观察窗说，"中校先生应该快到了吧！"

"他来到了走廊。"伯恩忽然心有所感，感知安德森从走廊来到了病房外，随之而来的还有一位女士，伊芙琳。这种心灵感应异常奇妙，比他之前发生过的任何一次超感都要清晰，似乎从昏迷中苏醒以后，他的超感能力大幅度提升了。

几秒钟后，安德森的身影晃过观察窗，他推门而入，伊芙琳跟随其后。

"先生，进病房请换衣服。"值班护士劝告安德森。

中校置之不理，挥手示意伊芙琳反锁上门。伯恩不禁皱眉，实在不愿再见到这位狡诈如蛇蝎的中校。每次见面必定没好事，感觉自己落在他手上就像蒙了眼的毛驴被牵着缰绳到处转。至此，伯恩已然明白，这家伙将他带上了战场蹚地雷。"安德森先生。"伯恩克制着厌恶情绪说，"你如果不坦诚告诉我实情，我绝不回答你的任何问题。"

安德森直接坐到病床上，从衣袋里掏出一副崭新的扑克，拆开后快速洗牌，而后盯着他问："倒数第一张是什么牌面？"

"什么？"

"用你的超感猜一猜，如果猜对了，什么都好说。"

"去你的测试！"伯恩怒气上涌。

安德森冷眼瞅着他，一副"你不配合那就随你便"的漠然神情。

僵持了一会儿，伯恩无奈地说："红桃六。"

安德森抽出最后一张，翻开，牌面正是红桃六。杜克和伊芙琳在一旁看得吃惊。安德森不动声色，又问："正数第三张牌是什么？"

伯恩愣了一下，被自己的超常感知能力吓到了。这是巧合？！他惊疑不定地再次感应了下，只觉脑海中闪过一个念头。

"鬼牌。"他几乎没迟钝地说出来，"黑色的鬼牌。"

安德森摊开扑克，亮出第三张牌——黑色的小丑图案赫然在上。

伯恩不寒而栗，丝毫没有猜中牌面的惊喜，更不觉得具有特殊的超感能力是件好事——这必将成为众目睽睽下的"重要目标人物"，很可能下一刻就被送往军方实验室进行剖析研究。

"还不错！我有点相信了。"安德森说，"黑色的鬼牌代表了黑夜。教授，你确实身怀不寻常的异类潜质。你就是黑镜人。"

"什么异类，黑镜人？不是的。"伯恩连连摇头，恐慌感越发强烈。

安德森冷眼看着他，仿佛在打量一个怪物。

"为什么是我？"伯恩痛苦低语，只觉后脑一阵闷疼。

安德森嘿嘿笑说："就在昨天，立陶宛宣布独立。情报显示，苏联正酝酿总统大选，苏维埃社会主义国家将产生第一任总统。你这神棍还真蒙对了。"

"啊！"伯恩震惊地问，"苏联可能解体？"

"等着瞧吧，局势动荡难测，只有你预见了克里姆林宫的红旗降落。"安德森盯着他说，"谁知道你脑袋里还藏着什么狗屎秘密。"

伯恩失神了会儿，喃喃说："绿屋那东西……它让我产生了异感。"

"这也算是一种活见鬼的解释。"安德森对伊芙琳说，"给他看文件，先拿黑色的那份。"女少尉打开随身携带的公文包，从包里的一沓文件中抽出一份黑封皮的文件夹递给伯恩。

文件印有"DIA绝密"字样，伯恩感觉真相揭露在即，急忙坐起身来看。

这份文件简述了1964年"暗域不明物事件"。

1964年3月27日，太平洋时间19时42分，内华达州第51区实验场突发一场伽马射线暴事故，造成6名实验人员当场死亡。

实验场的特定区域内出现异常的时间膨胀现象。在该区域，人脑受到某种"不明物"的影响。先后有34名进入事故现场的调查组人员发生意识模糊、思维错乱、行为失控等反常现象，脑神经遭到不同程度的损伤。

异常现象持续了29天后消失，该区域恢复正常。

调查排除了实验装置故障、阿拉斯加州地震影响等因素，初步定为某种暗域不明物导致的超自然事件。其特征为：1.产生伽马射线暴；2.造成特定区域比外界时间延迟4‰，而空间引力场正常；3.存在某种不明的微效应能量场，作用于特定客体"人脑"。

暗域不明物的机密代称为：黑镜。

受不明物作用和影响大脑意识的人称为：黑镜人。

经过监控分析，部分黑镜人出现了不同程度的超感知觉、反常幻觉、记忆混乱、心理异常等一系列意识变异现象。黑镜人的反应异于常人，精神状态不稳定，具有潜在的攻击他人的高威胁性，少部分黑镜人表现出超感能力特征（未得到完全证实）。

黑镜事件被列为国防部最高机密，国防部专门成立军事调查机构，先后召集数百位专家进行了秘密研究。

1967年的研究发现，不明物来自宇宙深空暗域。

全球监测"核闪光"的侦察卫星探测到大量短暂爆发的伽马射线，确定其来自宇宙空间，来源方向与地球相反，每天爆发2~5次。在两年内，多颗卫星已探测到近千次来自宇宙的伽马暴，辐射集中在0.1～100MeV的能段，持续时间为0.1～1000秒。其中有少部分伽马暴在物理量的测定上近似第51区实验场发生的伽马暴。这部分伽马暴的距离、来源和光学对应体不明，无法定位，持续时间异常短暂，超低能量值，观测不到可见光波，处于黑暗状态，定义为：第三类黑暗伽马暴。

研究发现，第三类黑暗伽马暴对人类意识造成微扰效应，并触发一系列波及世界的重大事件。

1969年2月作出的一份国家安全分析报告认为，黑镜威胁并非来自其他国家，排除人为因素，很可能是"地外暗域不明智慧体"所为。它对世界造成了不可估量的潜在危害，全球面临比核武更严重的安全威胁。

世界进入一个因暗域不明物的深沉威胁所构成的重大危机时代。

国防部做出最高等级的全球安全预警，联合世界多国，秘密合作，实施对黑镜的研究、探测和搜索计划以及黑镜防御备战。并自1972年起，授权DIA成立特别行动部门，针对黑镜可疑人进行秘密监控。

这是文件夹里第一页的内容。伯恩看完翻过这一页，却发现后面没了，整个文件夹竟只有薄薄的这一页纸。所谓的绝密文件简之又简，仅是透露了一丁点儿信息给他，而密封了更多的内情。

"我是黑镜人？"伯恩惶恐地问，"就因为受到伽马射线暴的影响？"

"狗屁伽马暴，那只是个唬人的玩意儿。"安德森语带讥讽地说，"教授，你得加强文本阅读能力了。重点在这儿……"安德森手指文件上"地外暗域不明智慧体"这一字样给他看，"这鬼东西才是关键。它的手段厉害着呢，改变时间，传递能量，杀人于无形之间。最令人胆寒的是，入侵并控制你的大脑，改变人们的意识形态。不知不觉地，它把普通人转变成了它们的同类。黑镜人不再是人。对于我们，你已经变成了该死的异类。"

伯恩哑然失语，浑身战栗，头皮发麻。

安德森目露凶光地盯着他，一字一顿地问："你想怎么做？"

伯恩急促喘息了一阵，忽然镇静下来，冷笑着说："我计划杀死你们，杀光所有人类，毁灭全世界。假如我能做到的话。"

"别耍花样。"安德森说，"我随时可以把你扔进囚牢，让你永不见天日。"

"请便。"伯恩淡然地说，"我算是死过两次，遗书都写好了。"

安德森盯着他看了一会儿，嘴角浮笑："下水道里的砖头——又臭又硬，不错！勇气可嘉……给他看下一份文件。"安德森勾手示意伊芙琳。

又是一份简化得不能再简化的单页文件。

简述了极光计划进行的一项大国秘密合作的研究实验：DIA邀请苏联和中国科学家共同参与研究黑镜事件，探测宇宙伽马射线暴。

这项秘密研究开始于20多年前，地点在加州沙漠中的某处山谷，参与者是来自中美苏的9位科学家。

五个月内，研究组进行了多次高空探测伽马暴的实验，并在实验室通过测试挑选出一批"黑镜人"。这些人以特战队的超能士兵为主，还有数名通灵师以及两名来自欧洲的黑魔法师。这一批人具有出众的超感潜质，怀疑受到1964年黑镜事件的影响，可视为黑镜可疑人。

在多组实验中，黑镜可疑人展现出了他们超常的心灵感应能力，可以预知每天来自宇宙深空的伽马暴，并以很高的准确率识别出隐藏在其中的第三类黑暗伽马暴。他们的大脑意识反应和这类伽马暴呈现出一种特殊的共振态，与之有着不可测的神秘联系。

在其中一场实验里，一名通灵师用意识力量召唤出了一种未知的能量场，短暂影响了实验区域内人员的大脑，导致数人出现幻觉，诸如看见鬼魂、异空间场景、球状光耀物等超自然现象。一名实验人员突发心脏病死亡。

研究报告表明，基本证实了黑镜威胁的存在，全球正无时无刻不遭受着暗域不明物的意识侵袭，每隔数天即爆发一次人类意识场扰动，波及全世界，影响程度强弱不等。由此推测，1964年那次爆发的是一场较为严重的黑镜侵袭事件。

全球面临黑镜危机的重大隐患，这是全人类共同面对的大敌，需要多国联手，打破冷战的坚冰，共同参与部署战备防御行动。

黑镜威胁无所不在，大脑意识安全关乎全人类的命运，务必共建防御圈，捍卫地球家园，为未来而战。

文件的末尾处附着一幅黑白打印图，是中美苏联合研究组人员在加州山谷实验场拍摄的一张合影。照片上共有11个人，左二人物的下方标注"吴学森"，右一标注"奥列格·罗曼萨夫"。这两人分别为中、苏两国科学家代表。

伯恩仔细看照片，发现认识其中的三人：豪斯将军、索罗斯博士、易鸿钧。

将军和绿屋主管出现在研究组里还正常，易鸿钧也在其中，这有点奇怪。"这位易先生怎么也参与了联合研究？"伯恩问。

"易先生当时是华工会主席，他作为中间人，代我们联系中、苏两方。"杜克说，"那时国际局势比较紧张，相互不信任，只能先以这种非政权行为的科学研究方式进行。后来冷战缓和了，主要国家先后都参与了黑镜防御计划。"

"现在情况如何？"伯恩说，"给我的信息也太陈旧了。"

"不得而知。"安德森摇头，"至今我们对黑镜的探测仍然一无所获，所知情报与20年前差不多。"

伯恩惊疑地想：只不过蒙我罢了，军方肯定还隐瞒了什么惊人的内情。他问："全世界有多少黑镜人？"

"绝密。"安德森瞥眼他说，"但可以告诉你，如今像你这样的异类为数不多了。超感异能从1964年起逐年递减，加之，黑镜嫌疑人死的死，藏的藏，我们掌握的黑镜嫌疑人所剩无几，你算是一条大鱼。"

伯恩木然无语，他感到头脑闷疼。

"把你的所知所感从脑袋里倒出来。"安德森肃然说，"事关重大，少磨叽，我们的时间不多了。"

"尽管问吧!"伯恩虚弱地应了声。

"你们这些人之间有种超常感应。除了帕顿夫人、艾薇·兰迪,你还感知到了谁?"

"很多,很多的陌生人。"伯恩神色惨然,"自从参与通灵术测试以来,我感觉到身边的人都在监视我,在街上、路边、会场上,一个个陌生人莫名其妙地看着我的一举一动。"

"这是意识错乱导致的幻觉。我们要找的是那种特殊的、能引发意识场扰动的黑镜人。"

"残耳人!"伯恩陡然一震,"在脑科学大会上有个人不同寻常。"

"给他画像。"安德森指示伊芙琳。

随后,伯恩回忆着当时的情景,描述着对残耳人仅有的一个背影印象。伊芙琳执笔在纸上描绘,笔法专业地画出一幅草图,那人体形精悍,左耳残缺一块。

"我感觉他是个军人。"伯恩看了眼安德森说,"就像你,身上有种凶残杀戮之气,咄咄逼人。"

"承蒙夸赞。"安德森说,"你还嗅到什么?除了这人的后背、屁股。"

"他是伯尔根博士研究团队的调查对象之一,有过濒死体验。"

安德森微微点头,看了看杜克。

他们没有追问谁是伯尔根博士,伯恩心想,可见DIA对他的行踪了如指掌,一说就明白。接下来就要根据他提供的线索追查那个残耳人了。

"另外还有谁?"

"没了。"

"最后一次警告你,别企图隐瞒什么。"

伯恩无奈地摊手说:"还有就是,你知道的,绿屋那东西。"

"那是谁?怎么来的?"安德森目光锐利地审视着他。

伯恩摇头。

"要滑头!"安德森嘟哝了声,"你说过,他就是不死之人乔治。"

伯恩猛然吃了一惊:"那东西……真的是乔治?"

安德森哼了声,并未作答。

伯恩又问:"他怎么变成那样?"

安德森依然不吭声,眼神闪烁,似乎有点犹豫。

"告诉我情况。"伯恩说,"我感觉这很重要,也许能让我想到点什么。"

"给他看那份绿色文件。"安德森终于松口,吩咐伊芙琳。

伯恩接过伊芙琳递来的一份绿封皮的文件夹，打开见里面同样只有一页纸，忍不住抱怨说："中校先生，你真够吝啬，像挤牙膏一样一次给一小点信息，不要就不给，何必呢！"

"狗屎的……"安德森恼怒起来，"上头对我们还不是这样，一次发一张纸，还不够擦屁股。"

"国家安全为重，这是必要的信息密封措施。"杜克在一旁耸耸肩。伊芙琳抿嘴笑了，很快又严肃起来。

伯恩无话可说，低头看这一页绝密文件。

黑镜事件当晚，乔治在第51区空军基地的沙湖中央被发现。

这个来历不明的男孩浑身浴血，头部子弹贯穿伤。巡逻士兵将他送到医疗处检查，确认其已经死亡，没有了呼吸和心跳。但后来发现，他尚存微弱的大脑活动。这种异常情况引起黑镜事故调查组的重视，将他隔离观察。随后，乔治的身体渐渐腐烂，体内器官分解，而诡异的事情发生了——他的脑组织竟然还活着。

在室温下，乔治依赖军方研究组特制的维生系统供养，他的脑神经细胞不断分裂生长。从1964年至1972年，他的大脑在八年间不断飞速增殖，脑组织总量重达59700磅。其间更新换代的神经元细胞总数无比庞大，如果连成一条直线，足以延伸至太阳系以外。

乔治是唯一被发现的遭受黑镜侵袭导致意识变异、身体也发生变异的人。

从医学上很难界定他是否真正活着。他的脑细胞异常活跃，神经纤维密密麻麻，像软体生物一样疯狂生长，如蜘蛛丝充斥玻璃箱的每一处空间，脑皮层组织分泌出绿色液体，也溢满了整个玻璃箱。这种液体具有低效的光合作用，富含氧分子和荧光酶，能持续释放出波长为490～520纳米的可见绿光。

乔治的脑细胞尽管处在活跃状态，但异于正常人的大脑结构，除了一些生理反应，他没有常人的意识活动，更没有可测的记忆和思想表现。他的生理知觉非常迟钝，远不如低等动物，以整体性来看，他实际上只能算是一堆神经细胞的集合物。

令人震撼的是，乔治依然存在着微弱的脑波反应，以及一种超常的"心灵触觉"反应。监测系统的记录显示，他可预测"洗礼"地球的第三类黑暗伽马暴，并与世界大灾难和大事件之间有着神秘莫测的联系。他犹如一个能探测地震波的精妙生物仪器，感应和扰动着测试人员的意识，并与全人类的意识场形成某种"共振态"。

他作为人已经死了，但以异类生物的形态活着。

伯恩看后震惊不已，好一阵说不出话来。文件上缺失对乔治脑细胞的研究资料，无法得知这种变异现象的原理。现在回想起来，他当时见到的玻璃箱里的那一坨蠕形软体东西，确实有点像大脑组织，只是在重力作用下失去了大脑应有的形状，而变得有些扁平。伯恩可以确定，乔治绝对存在意识活动，脑海深处似乎占据着那灵动的亮绿色光芒，犹如在茫茫黑夜笼罩大地的极光。

"感觉如何？"安德森等不及似的催问。

"他有超强的意识反应。"伯恩琢磨着心里的那种意象，"只不过异于我们的意识形态，导致我们很难和他交流，就像两个世界的不同物种。"

"你和他不是挺来电的嘛！"安德森嗤之以鼻。

"这种心灵感应的意象太模糊了。"伯恩如实说，"比梦境还虚幻，很难具象化。上次是他触发了我的幻觉，不是我自发的。"顿了顿，伯恩又想到了一点，"人与人之间的交流是通过文字和语言，但这两者都不是一个很好的中介，信息传递非常低效，还容易歪曲内容。我认为，乔治的变异也许是一种高级形态的进化，他能进行意识层面的交流，不需要中介，直接瞬间超距传递大量的信息。这是人脑尚未达到的高境界。"

"噢！"安德森关注地问，"他还传给了你什么信息？"

"很多，感觉塞满了脑海，但我没法解读出来。"伯恩说，"可否让我再接触他一次？"

安德森沉吟不答，而后说："我们时间不多了，你有更重要的事。"

"什么事？"伯恩预感不妙，"将要发生重大事件了吗？"

安德森沉着脸点头，目光不觉流露出紧张不安。

"黑镜异类入侵？与1964年那场变故一样？"伯恩陡然感知不祥之兆。

"比那严重。"

"将发生在什么时候？"

"未知。"安德森盯着他说，"这就是你的任务。无论如何给我想办法挖出真相，查出净化日到底是哪一天。"

"什么净化日？"

安德森抄起黑色文件夹，手指联合研究组的合影上一位个头儿最高的人，说："尼科·特斯拉·拉斐特，灵教的幕后首脑。记住这恶棍的样子，给我牢牢记住。"

"灵教？这又是什么组织？"伯恩被搞蒙了。

"你告诉他。"安德森指使杜克，然后叫伊芙琳收好文件离开病房，不知去了哪里。随后，杜克对伯恩讲述了灵教的情况。

拉斐特是灵教的创始人。这人原本是马萨诸塞州的物理学家，在60年代的能源危机时期，他追随著名的工程师尼科·特斯拉，参与了"特斯拉工程"——建造一台超高电压的放大发射机，试图利用宇宙中的能量，产生人工球状闪电，以此来约束高能等离子体，创造出核聚变新能源技术。拉斐特狂热追崇特斯拉，后来将自己的名字改为尼科·特斯拉，以示敬意和纪念。

在随后的十多年里，拉斐特把对新能源技术感兴趣的人士聚集在一起，形成了一个粗具规模的协会，其中有不少科学家。这帮人在拉斐特的组织下发行会刊，创建大型实验室，举办年度研讨会。到1971年，该组织在世界各国一度拥有近万名会员，拉斐特俨然成为独树一帜的学术领袖。他也参与了中美苏合作的秘密研究黑镜事件的项目。

在实验场，拉斐特接触到不可思议的超感现象，发现人的意识和宇宙暗域之间存在某种神秘联系，亲身体验到灵魂离体般的异常幻觉，深感震撼。在实验推论过程中，拉斐特与索罗斯博士的观点有分歧，最终没获准加入国防部科研机构。之后，拉斐特声称在灵魂研究领域找到自己的归宿。

拉斐特并未严格遵守军方保密规定，在他领导的协会组织中开始传播密封信息，他召集一众学者在他严密控制的实验室里，继续秘密研究黑镜事件。

拉斐特没再露面，潜伏了很长一段时间。到80年代中期，联邦调查局发现了一个新建立的邪教组织——灵教。该组织的总部在马萨诸塞州的港口城市波士顿，其分支遍及全美各州和加拿大，信徒受严格等级划分的控制，具体人数难以查实。灵教的大部分信徒为知识精英，传播着一套独特的教义。其以神秘灵魂学为核心，糅合了科学和一些精神分析学的理论，打造出一部宗教形式的"心灵净化"法典。

经过深入调查，灵教的幕后首脑疑为拉斐特。

灵教组织以心理治疗的名义，在各地建立心灵净化中心，对初级信徒进行非法的"催眠洗脑净化"，不仅赚取钱财，还使许多人受到精神伤害。

灵教的教义宣称，宇宙主宰是全能的灵体，蕴含着无穷无尽的智慧，它是万物永恒的根本，一切生命沐浴在其圣光之中生生不息。人们必须历经肉体磨难和心灵净化，献祭灵魂，方能得到灵性的指引，脱离困苦和死亡，跃入永生的灵魂之境。

所谓心灵净化，其实是一种药物致幻的催眠术。灵教专门训练出一批"治疗师"，在净化的过程中，使人产生像吸毒似的精神快感，只要做过一两次，就能让人深陷其中，欲罢不能。心灵净化每次至少花费一千美元，高级净化更为昂贵。只有加入灵教，成为忠实信徒之后才可以进行高级净化，而且必须参加教会指定的工作。

灵教非法赚取了大量钱财，还以此吸纳了众多的虔诚信徒，更把目光集中到文化精英、政府职员和社会名流上，主要招募高层次的人进入灵教，以壮大其势力。

这股暗势力的发展和影响渐大，成为一个庞大邪恶的、向全球扩张的赚钱机器，引起政府和军方高层的重视。DIA随后介入对灵教的调查，对拉斐特展开密切监视。

拉斐特极其警觉，收拢了灵教的扩张，强化内部控制，隐藏高等级教徒的身份，转入地下活动。他本人则移居加拿大，暗中遥控组织核心成员。

心灵学具有神学同源性，但它必然会破坏现代科学与宗教所构建的社会平衡。灵教这种极端组织，打着科学文化的旗号颠覆人们的认知和世界观，最终要将民主体制转化为一种新的神权专制。政府高层对此深感忧虑，将灵教视为重大隐患，欲强力清除之，但碍于司法追责和诉讼艰难，至今也没能撼动其根基。

DIA更有难言之隐。拉斐特获知不少黑镜事件的机密，在这些年里，拉斐特暗中招揽了一批身怀超感异能的黑镜人。最关键的是，灵教具备强大的科研能力，在秘密据点有着不亚于军方的高端研究实验设备和人才，谁知道将会搞出什么令世人恐怖的鬼名堂。

杜克说："我们获知最新情报，拉斐特预言，灵界之门即将开启，圣光将清洗太阳系，众生受心灵净化，才能得到灵性的指引，转化为高级智慧形态。"

"这就是净化日？"伯恩转念明白，"换言之，就是地球将遭到一次第三类黑暗伽马暴的洗礼，将会出现更多变异的黑镜人。"

杜克点头说："我们的时间所剩不多。非常紧迫，得尽快清查灵教。"

"拉斐特的预言未必成真吧？"伯恩观察着杜克的反应试探着问。

杜克神色凝重地说："不同于以往的邪教，这有一定的科学实验依据。这是科学与巫术结合的怪胎，拆开其装神弄鬼的华丽包装纸，盒子里的东西还算货真价实。教授，大部分情况与你在脑科学大会上做出的猜想相差无几，就是那么回事。你在会上见到的学者，有一部分人就是灵教的高级别信徒。他们的可怕之处在于，以神学来愚弄、控制和奴役低级的大众教徒，牟取暴利，侵蚀社会的健康肌体。其核心成员根本没有神灵信仰，而用科学技术手段来武装自己，妄想实现他们的终极目标。"

伯恩为之悚然，说："控脑，控制世人的意识，建立新的神权专制。"

杜克叹口气，沉重地说："在以往的人类历史上，没谁能做到真正的极权专制。哪里有压迫，哪里就会有反抗。况且，无论多么森严恐怖的统治，对民众仅是做到行动限制，禁锢言论和文化的传播，由外到内逐渐渗透，进行意识形态演变。但终究还有头脑清醒的人，就像斯巴达克那样，振臂挥杆而起，为争取自由和尊严战斗，以血肉之躯抗击帝国的强权机器。但这一次……"杜克黝黑的脸上浮现恍然之色，顿了顿，他接着说，"这次黑镜危机远超以往任何时代。我们将要面对的是一个魔鬼出没的世界，是科学与巫术融合而制造出来的强大控脑恶魔。他将从我们的大脑下手，由内到外，异化我们的思想，剥夺我们的意识，控制所有人，以神圣的名义，实现真正意义上对全世界的终极极权统治。"

伯恩的心情沉重起来，他已经想到了这一步：控脑，就能控制人们的行为，就控制了一切。如果让灵教实现终极目的，世界必将沦陷于比地狱还恐怖黑暗的绝境。拉斐特这种邪恶之流，必将成为凌驾于众生之上的恶魔。全人类遭到所谓的"净化"，不是跃升永生的灵魂之境，而是沉入生不如死的浩劫之中。

"拉斐特就是所谓的圣主？"

"尚不明确，暗势力实在太诡秘。"杜克看向他，"教授，我们需要你的协助，扫荡邪恶，完成维护世界安全的最终任务。"

"我尽力而为。怎么做？"伯恩问。

杜克踌躇了下，看向病房的观察窗。那儿并未见到安德森的身影。

"好吧！我们等他指示。"伯恩又问，"灵教与灵学会有何关系？"

"说起来挺复杂。"杜克皱起眉，"事实上，涉及控脑邪术的不仅有灵教，还有圣殿教、六神教、科学全能教、黑魔法协会、光明教、东方拜火教等一大批邪恶组织，势力遍布全世界各国。所有的巫术、魔法和通灵师蠢蠢欲动，都以此为目标暗中或半公开加紧了活动，妄图在净化日降临时，从中谋取最高的神权。妖魔鬼怪横行于世，他们相互勾结，也明争暗斗，不择手段地吸纳教徒，重点引诱拉拢有超感异能的人。多年来，这些暗势力分化出数十种派别，诡诈暗斗越来越激烈。由此，我们才得以从中获知一些情报。但现在形势变了，这些邪教组织联合推举灵学会成为稳固他们的轴心阵营。灵学会，就像他们的联合国总部，各邪教组织像是其成员国，既可以达成某种合作协议，暗中划分权利，还以科学研究心灵学的名义公开活动，堂而皇之地登上学术舞台，并以此挑选他们看中的目标人物——比如你。"

"这就是所谓的'七圣灵'？"伯恩总算明白了这事的由来。

"'七圣灵'正是灵学会搞出来的名堂。"杜克说，"宣称为了维护灵界，天选七位圣灵，在净化日来临之前显现。"

"怎么显现？"

"这得问你了。你是他们预言的'七圣灵'之一，具有超凡的灵觉，能开启灵界之门。"杜克打量着他，"目前看来，在你身上有点迹象了。"

伯恩暗叹口气，心知这事他无论如何都躲不过去了，主动与DIA合作，看似是唯一可选择的出路。这有着命运安排的意味，好像宇宙中真有一个灵体主宰着一切生命，最终会裁决他的归宿。他还能怎么办？听天由命吧！

人类命运将走向何方？在诸神沉默之时，邪恶滋生，人们该何去何从？世界的未来未必通往光明，很可能在净化之日，就沉入无尽的黑暗。

"嘟嘟！"一位便衣在外间敲了敲窗玻璃，冲里比画了一个手势。

"可以走了。教授，换下病服跟我们离开。"

"去哪里？"伯恩诧异地说，"我还在观察期。"

"你的身体没问题。"杜克催促他说，"时间紧，不能再耽误了。"随即带着他收拾了个人物品离开空军医院。来到楼下停车场，三部车呈一排停着，杜克拉开黑色林肯车的门，让伯恩坐上车后排，他去开车。

安德森坐在车里，待伯恩进来后升起了车内隔音板。

伯恩没看到伊芙琳，她可能和便衣乘坐另外的车。

"给你，这是卫星电话。"安德森拿了一个盒子递给他。

伯恩打开看，见盒里放着一部便携式手提电话，说明书、充电器等配件一应俱全。这部卫星电话仅有手掌大小，按键紧密，有点高科技产物的样子。伯恩转念想到，给他电话是方便联系，说明接下来可能不会软禁他，还是任他自由活动，而在暗中监控。就是不知将会给他安排什么任务。难不成要他去灵教卧底？

"你抽烟了，中校先生？"闻到一股烟味，伯恩惊疑问道。

安德森铁青着脸不答。

伯恩又说："恢复原有的习惯能有效缓解压力，随心点，没必要跟自己较劲。"

安德森含混地嘟囔了声，然后说："电话簿里存了我和杜克的号码，可紧急呼叫，也可以任意拨打其他的号码。你要联系谁，必须用这个。你的每个电话都要受到监听。"

"谢谢提醒！"伯恩没好心情地回应。

"遇到危险，最好直接找我，别轻易相信其他人。"安德森看似平淡地说，"暗势力渗透在各处，包括DIA内部都不一定可靠。"

伯恩吃了一惊："有这么严重？"

"记住，你的行动负责人只有我。"安德森瞥眼他说，"如果我死了，你拨打星号键加'1'，直接找豪斯将军。"

伯恩听了这话更是吃惊，压力骤然沉重，他感到危险在迫近。

"上头的重视程度远远不够，对黑镜危机太过掉以轻心。"安德森缓缓说，"又或者，他们还没亲眼看到一个有足够震慑力的'共同危机'。而事实上，这不仅是危机，它是大毁灭。"

伯恩深有同感："是的，危机潜伏那么久，一旦爆发，就是毁灭。"

"可你知道，就在暗势力蔓延之时，国家的掌舵者们在忙活什么吗?"安德森愤然说，"争夺发展空间、经济、能源、失业率、医疗保险、议会席位、大选……狗屁的新一轮党派之争。瞧瞧，这就是他们最关心的事，他们的目光只落在眼前的利益上，苍蝇只会扑向最近的那坨屎。所谓'人类共同防御黑镜危机'只是放在文件上的一个词，写出来容易，却从未真正实现过。从1964年到今天，世界仍然是大国之间博弈的斗兽场。某些高层人士明知道黑镜危机的存在，但总以为那还远，甚至以为那只不过是一个飘浮在外太空的泡沫，可视为虚幻。他们只顾一头扎在那坨臭烘烘的利益上，从未真正关注过民众的安危。权力，权力才是他们追逐的猎物，全泡在一锅即将沸腾的热汤里相互掐着对方的睾丸等死，狗屎的……"

安德森不知受了什么刺激，爆发出一连串的牢骚话，让伯恩瞠目结舌。

汽车在昏黄余晖的笼罩下，驶出航天局埃姆斯研究中心，转上海湾高速路。伯恩看着透窗斜入的阳光，只觉光亮刺眼。他问："中校先生，我们怎么办?"

安德森怒气消散，罕见地面露沮丧之色，摇摇头。

"给我什么任务?"伯恩忍不住又问。

"什么都没有，等上头指示。"安德森忽然苦笑，"我送你回去。"

"这……"伯恩有些不敢相信。

安德森语带艰涩地说："说来有点荒唐，政府停摆，没经费，国防部也缺少足够的人力物力支持，有近十万雇员回家待业了。等着吧!"

"联邦政府的麻烦应该不影响军事吧?"

"不知道，像我们这种低级别军人，无权知晓内幕。"安德森再次自嘲苦笑，"我估摸着，极光计划的科研经费尚不及邪教付出的十分之一，更别提黑镜防御了，打击邪恶犯罪计划的行动一再延期，据说远远超出了预算。他们宁愿把钱花在海外战略部署上，伊拉克、阿富汗、利比亚、中东和亚太地区，每一处都是他们眼中所谓的大窟窿，却不知，引爆地球的导火索正在我们脚下滋滋冒烟。"

伯恩理解了安德森的糟糕心情，当下感受到一种危机迫近却束手无策的苦闷感："不管怎样，我们总得做点什么事吧? 干等着也不是办法。"

安德森沉吟不语，似乎在盘算着对策。

伯恩没再追问，独自寻思着一些纷乱的心事。他想到艾薇，还恍惚想起了安雅。忽然一个心念闪过，艾薇似乎问过他一个问题："安雅在你身边那些年，你可记得你怎么对她的?"他没法回答，这段记忆完全空白，却好像又……伯恩极力思索着，试图从意识深处捞起点什么，但异常艰难。

汽车停下来。伯恩回过神透窗看去，见来到了兰迪公寓附近。

安德森说："我们征用了公寓，你以后就住在这儿。"

"为什么？"伯恩大感诧异。

"明说了，这就是一个捕鼠夹子。"安德森面无表情地回答。

捕鼠夹？伯恩一怔，随即醒悟，安排他住这儿是要把他当成捕鼠的诱饵，等着邪教组织上钩。他既然是人人窥视的圣灵，总会有人忍不住出手来拉拢他，以静制动就可以趁机扫荡邪恶了……这是什么狗屁策略？伯恩不由得光火。他瞪着安德森，却只听这位中校大义凛然地说："去吧，在我们的地盘上，谁敢动你，我抄他老窝。"

伯恩为之哑然。假如他受到伤害，抄了鼠辈一窝于他又有何用？但抗议争辩更无意义，伯恩闷头转身下车。"先去3017室。"安德森说，"大敌当前，内忧外患，我们必须一致，做好战斗准备。等我有了办法，给你打电话。"

"希望不会是更糟。"伯恩下车，再次走进这栋幽暗的楼房。

上到三楼，他沿着走廊查看门牌号，找到安德森说的"3017室"。这里就在兰迪公寓的隔壁。

房门紧闭。伯恩正要举手敲门，门被打开，伊芙琳将他让进室内。

这套公寓已经被改造过，客厅看起来像办公室，堆放着文件柜和办公桌椅，醒目地放置着电子监控设备，几块屏幕上从不同的角度显示着公寓楼内外的场景以及一套房子内的监视画面。伯恩立刻发觉，那是兰迪公寓里的场景——他住进去后将被实时监视。

"我们守在这里，严密地保护你。"伊芙琳倒了一杯果汁递给他。

"笼子里的诱饵。"伯恩苦笑。

"局势紧迫，只能这样了。"伊芙琳说，"在这次行动中我们失联了三人，他们主要负责你在温哥华的安全，带队的是莫雷尔少校，安德森在要塞军校时的战友，目前生死不明，估计殉职了。"

伯恩猛然吃惊，想不到脑科学大会期间竟然发生了这种凶险的事。"灵教邪徒干的？"他想到安德森之前的失态，原来与此有关。

"灵教有护教雇佣军，装备精良，行事阴狠毒辣，在暗处下手让人很难防备。"伊芙琳说，"情报显示，针对你参加这次国际学术会议一事，对方做了周密的安排，计划要绑架你，或暗杀。"

"你们明知道形势险恶，还让我过去？"伯恩心头满不是滋味。

"抱歉！"伊芙琳同情地看着他。

"唉！算了，算了。"伯恩问，"绑架不说，为什么要暗杀我？"

"邪教势力之间的争斗。"伊芙琳说，"一方得不到的黑镜人，也不让另一方得手。越接近净化日，这种暗战就会越演越激烈。"

伯恩想到自己成了原野上群狼争抢撕咬的肉块，往后没安稳日子了，生死难料，犹如薛定谔的猫。

他心情更加低落，有种生不如死的绝望感，鲜甜果汁喝起来却是难以下咽。不知怎么的，他联想到了乔治。那可怜的男孩亡而不死，被禁锢在地下实验场的玻璃箱里，尚存灵觉感知，似乎无时无刻不在感应着人世间发生的所有灾难和痛苦，那是一种何等可怕的境地？作为人类个体，一生遭遇的困苦已足够悲痛了，如果同时切身感受到数十亿人的凄厉惨景，那简直比身在地狱还恐怖千万倍。最悲惨的是，他还沉浮于痛苦之海，死不了。

由此看来，拥有超感异能并非是件美好的事。帕顿夫人也许进入了这种苦海困境，伯恩脑中闪现帕顿夫人在地下室的样子，仅隔数日，她就如此苍老，恐怕正是感应到了诸多人间惨景造成的。她与不死人乔治肯定也有着某种神秘的心灵感应。而那幅线条壁画仿佛有一种暗喻：人人都是洞穴囚徒，被囚禁在黑暗深渊，绝望无助，灵魂桎梏于万般光影幻象之中无尽轮回。

"你想到了什么？"伊芙琳见他神色异样。

伯恩摇摇头，几乎丧失了说话的精神气。

"你也别过于忧心，凡事总会有办法解决的。"伊芙琳迟疑了下说，"我提过一个建议，但被中校先生否决了。其实，你可以尽快靠拢灵学会，从某方面来看，它会成为你的安全庇护所。"

伯恩看了看伊芙琳，不解她的意图。

"灵学会相对一众邪教组织是中立的，你投靠它，显现灵性觉醒，证实你就是圣灵，在净化日之前你基本安全。"

"你们允许我这样做？"

"当然，不过你得给我们你获知的全部情报。"

"充当你们的线人？"

"差不多吧。"伊芙琳说，"中校认为不宜强迫你这样做，除非你自愿。还有……"她顿了顿又说，"他认为黑镜人不可控，你会变异。"

伯恩苦笑不已，无法反驳这话。现在他对自己都没了信心，也就不指望别人信任他。

"我相信你。"伊芙琳说，"你能克制住自身的恶念。我看过你在警局做的自首供述，那真不容易，但你做到了。"

"谢谢……"伯恩油然而生一丝感激，"让我考虑下。"

伊芙琳点头微笑着说："我做过形势分析，你愿意的话，可以先接触你的老师普林顿教授，他在灵学会有一定的学术权威地位。情报显示，普林顿教授并无邪见异行，算是一位公正明理的学者。我想，他会给予你帮助的。"

伯恩沉默了会儿说："我有点累了，还有什么事要交代的吗？"

"你先回屋休息吧，有事随时联系。"伊芙琳起身送他，指了指一个监控画面，"我看着你，能听到你说话。你用它也可以。"

伯恩这才注意到，兰迪公寓里的桌子上放置了一台计算机，显示器亮着，隐约可见他和伊芙琳在这间"办公室"里的影像。原来监视是双向的，他可以和伊芙琳通过设备交流。

他出了门进入兰迪的公寓，试了下计算机连线状态，与伊芙琳视频和通话都挺顺畅。通过屏幕下方的一组画面，他还能看到走廊和楼外的场景。想必行动组在这栋楼的内外都安装了摄像头。

"早点睡，不打扰你了。"伊芙琳在屏幕里冲他挥挥手。

"你不休息？"伯恩问。

"我们二十四小时轮流值守，晚点有人来替换我。"伊芙琳说，"我们还征用了这栋楼的其他房间。"

"辛苦你们了。"伯恩跟她道晚安。

其实，伯恩尚无睡意，距离睡觉的时间还很长。他在房间里徘徊，见室内已经被清洁过了，卧室和浴室打理得干干净净，但依然保持着原有物品的摆放位置。客厅沙发边上放着一盘新鲜水果，桌上有速溶咖啡、红茶和一盒曲奇饼，还压着一张字条，上面写着：比萨在冰箱里。

伯恩拿着字条，转头对着天花板某处笑了笑。

这种感觉有些怪异。屋里看似只有他一人，但他知道伊芙琳注视着他的一举一动，就像在某处如影随形观察他的幽灵。

伯恩无所适从，他本想给艾薇打个电话问安，可一想到电话被监控着，顿失这个念头。在屋里彷徨了一阵，他随手拿起兰迪的吉他，调校了一下标准音后开始练琴。好久没弹吉他了，手法有些生涩，拨动尼龙弦，伯恩不觉弹奏起了刘忻教过他的那曲《轧钢工人》。

一个人的独奏。琴声潺潺流淌，抒发着凝结心头难以言喻的郁郁之气。

苦难至极，犹见真性。

正如燃烧自我、一瞬间击碎天幕的流星。

第16章 人工大脑

"红色浪潮"实验结束。

实际参与人数约3.7万人，随机数发生概率的统计结果源源不断地从世界各处测试者的计算机传来。周文樱做了个汇总分析，将时间段内产生的单数和双数列出曲线图，由此可以直观地看出概率的变化。当然，总概率之和绝对是100%，否则我们的宇宙早就崩塌了。而单数或双数的概率在单位时间内会上下浮动，比如，单数为47%时，双数则为53%，时间越短，两者的差距越大，反之，随着时间越长，一直无限延长下去，两者的发生概率就越接近50%这个数值，各占一半，这种平衡态相当稳定——这就是大数定律。

周文樱先以12小时为单位来分析，单双数的概率趋近于50%，精确到小数点后四位数了。三天内的变化曲线几乎呈一条直线。而以1小时为单位来看，单双数的概率变化明显，曲线在正负7%的幅度值内上下波动。

"看不出异常。"刘忻琢磨了好一阵，得出这个结论，"变化毫无规律，呈无序状态。"

周文樱微笑说："意识不能影响随机事件的发生概率，说明意识不能作用于物质，所以我们并没有参与掷骰子，是吗？"

"你用了疑问句。"刘忻也笑起来，"好吧！我承认这样下结论草率了点。实验有局限性，也许离边界还远着呢。"

"可惜，这是我们能做到的最大程度了。"周文樱有些遗憾。

假如红色浪潮实验可以一直做下去，一个月、一年，甚至更长时间，所产生的数据更有说服力，这才能从中发现概率平衡态是否会出现异常峰值。

"除非有无穷大的时间。"刘忻也意识到了这一点，"这在我们有限的生命里没法实现，我们能做的，恐怕只有分析局限时间内的变化了，正如描述微观世界的量子力学，以小见大。"

他让周文樱以不同的时间单位来分隔，排列出多组曲线图，试图找出其中隐藏的某种规律。这种排列组合也是无穷多，无限分隔下去，可以产生无穷无尽的变化。犹如浩瀚大海上起伏不定的浪花。而人力有限，绝难有所发现。但凡事总得试一试。刘忻和周文樱绞尽脑汁，用上了他们所知的一切数学解析方式，昏天暗地地忙活了两天，最终仍然一无所获。

"歇会儿吧！'爱较真'先生。"这天中午，周文樱对刘忻说，"这种意识决定论，我们暂且承认没法证伪了，过后有机会，我找一台大型计算机再做分析。"

刘忻只觉头昏脑涨，也没辙了，只好作罢。他打电话给道金斯博士，说了下实验分析结果。

"奇迹没有发生，但它肯定存在的。"道金斯说，"人的观察者作用也许要通过某种条件才能触发。或许，时间不一定是客观实在的。假设以无背景时空来论，物质就已经是全部，是一系列量子态的叠加，与时间无关。即便有无穷大的时间，也不一定会发生变化。"

刘忻认可道金斯的推测，不禁有点沮丧。这样看来，要让量子态的排序发生反常变化，除非是超大能量或质量的作用（质量也是能量）。大到天体运行那样，至少要达到引力作用级别才行。否则，变化微小至极，即使用全世界的计算机并联起来运算，也无法从中查找出这种极小变化的规律。

"这事连大型机都做不了。"刘忻对妻子说，"可能要动用天文物理学。通过观测宇宙级事件，来研究随机数的发生概率。"

"噢！你这想法还真奇妙。"周文樱说，"这样更容易测试。不用人来参与，只要持续运行着概率发生器，然后收集天文方面的大事件，与之对照，就可以建立一个简单的分析模型。"

"不错！"刘忻精神一振，"比如太阳日珥的爆发，月球的潮汐力，宇宙背景辐射强度的涨落，这些都可以拿来参照随机数的变化，值得一试。"

"这事交给我来做。"周文樱笑说，"条件是，你陪我出门一趟。"

"去逛街吗？"

"计算机历史博物馆建成几个月了，我还没空儿去参观，现在走吧。"

"好嘞！"刘忻随后与周文樱一起出发。博物馆在山景城的北海岸线大道，离斯坦福大学不远不近，两人就骑了脚踏车过去。

博物馆在午后开放，它地处硅谷中心，周边高科技公司林立。如同硅谷在全球信息技术产业的至高地位一般，这座博物馆就是计算机世界的圣地。该馆保存着信息时代的产品和发展史料，介绍了从古代人们计算的方式，到现在最新的计算机科技的演变史，收藏了诸多历史上具有里程碑意义且独一无二的计算机和模型，陈列着最早的、20多吨重、体形巨大的"原始文物"，比如世界上第一台电子计算机"阿塔纳索夫-贝瑞"，第一台通用计算机"埃尼阿克"，全球第一台IBM主机，第一个磁盘驱动器RAMAC350等——它们是人类文明创造出来的最独特、时间最短的历史产物，却深刻推动着人类社会的改变。

博物馆入口的墙上可见醒目的英文标语"革命"，足见其寓意所在。

刘忻与周文樱挽手走向展馆，望着那弧形的银灰色建筑，那看似普通的楼宇，给人的感觉却是那么气度不凡，有种静谧的神圣感。

计算机带给人类的不仅是科学技术革命，它的影响范围几乎覆盖了现代生活的各方面，为我们构建出一个崭新的与以往不同的信息世界。

古人比我们想象的聪明，人类在很早以前就有了数字的概念。人的手指是最初的计算工具，我们也因此采用了十进位。现在定义的数字化时代（Digital Era）中，"数字"这个词来源于拉丁文，就是"手指"的意思。在3500年前，出现了"结绳记事"——位于秘鲁海岸的印加人采用了这种方法，编成许多颜色的绳结来计数或记录历史事件。从那时开始，计算就和人类的发展密不可分了。"结绳记事"与今天的电子计算机相比，有着一个明显的共同点——信息储存。实际上，中国的算盘、算筹计数法同样具有信息储存功能，使用者可以专心处理一个计算而不会把不同位的数据搞混。算盘可以看作是人类记忆储存的延伸工具之一，它在印度阿拉伯数字流行前使用了数个世纪，至今仍在中国的金融财务领域广泛使用。

当然，"算法"最重大的变革来自计算机的诞生。

例如，1890年美国按宪法规定的每十年一次的人口普查遇到危机。随着人口的增加，仅整理1880年的普查数据就需要十年。幸运的是，一位普查员在1888年发明了赫勒内斯代码，帮助普查局将十年整理时间缩短至三年。再如，IBM公司在1965年推出的System360大型主机，曾被美国国家航空航天局用于首次载人登月任务……诸如此类，计算机革命的例子不胜枚举。

这是博物馆传达给人们的一个讯息：过去两千年的人类史上经历了巨大的计算变革；在未来两千年，我们经历的智能变革将会更大、更不可想象。

但头脑清醒的人所看到的这种变革却喜忧参半，计算机是迄今为止人类制造出来的最强大的工具，它很容易就会变成最可怕的武器。

计算机成为一件犀利武器并非偶然。

第一台通用计算机"埃尼阿克"宽6米，高2.4米，重达28吨，总占地面积约170平方米，使用了17840个电子管，运算速度为每秒5000次的加法运算，运行时间长达十年之久。它完成的计算可能比此前人类所有的计算总和还要多。它的问世具有划时代的意义，标志着电子计算机时代的正式到来。但最初，它其实被用于计算炮弹的弹道。而在展区的另一处，有着名为"实时计算"的展板，展示了在第二次世界大战期间，美军利用当时的实时计算系统，追踪定位及摧毁纳粹的V-2火箭的历史。展板上有这样一句话：当子弹和导弹四处纷飞，你需要做出迅速反应，在战场上，双方都看到了运算技术解决方案的前景。

有人说，如果美国没有及时炸毁德国的火箭发射基地，二战的结局可能会被改写。但是否可以这样想：假如类似希特勒这种大独裁者，首先掌握了最先进的计算系统，会给人类世界带来多么恐怖的噩梦？

信息技术革命绝不仅仅改变了我们的科技和生活，我们应当认识到风险随之而来。计算机创造和改写我们的世界，甚至有可能在替代了我们的手指计数和头脑运算之后，替代全人类。我们引以为傲的思想和文化，甚至整个人类文明，在计算机世界里只不过是程序代码，一个"给模拟和数字组件多任务去处理"的算法——宇宙宏大无边界，奥妙无穷，但谁知道这是否也是一种算法？

也许上层系统算法本来就在深空暗域那里，一直都存在，但不可描述。

在此刻，刘忻尚未意识到这一点；而在两个月后夏威夷的莫纳克亚山雪峰，当他仰望浩瀚天幕的那一刻，他终于感受到了这种如醍醐灌顶般的启示带来的震撼。

刘忻站在阿波罗登月计划的导航计算机AGC的近处，看着展柜里那一块块精密的制导系统集成电路，心里想到的是同一时期他亲历的事。

那时，他的工程师父亲从省城下放到农村劳动，他随父而去，生活在那个偏僻而闭塞的村庄。那里的很多村民一辈子都没走出过县城，村里那时还没通电，一到夜晚，漫天星斗清晰明亮地嵌在天幕，似乎伸手可及。那是让他记忆犹新的场景。

而记忆中最为深刻的一幕，发生在"美国人登月"那天。不知父亲从哪里弄来了一台坏了的半导体收音机，然后动手拆开每一个部件，花了很长时间来修好它。从装上电池那时起，土基房里就发出了在他看来像是来自另一个世界的声音。收音机里有悠扬的音乐声，还有他完全听不懂的奇特讲话声。父亲说那是外语，并要他保密，绝不能告诉别人。收音机只在夜深人静时打开，音量几乎调到了最小，仿佛宇宙之门开启一小条缝隙后发出来的微光。

悄悄聆听着这天籁之声，父亲开始教他学英语和俄语。父亲说，总有一天他会走出村庄，走出县城，走向大城市，甚至远去大洋彼岸，去看不一样的世界。

可那时他只感到腹中饥饿，心里充满的对火腿腊肉的无比渴望远远超过对另一个缥缈世界的向往。

那天晚上，父亲照常把耳朵贴近收音机，专注收听着遥远的声音。父亲的神情有着不寻常的凝重。"美国人登上月球了……"父亲告诉他，"这是迄今人类最伟大的成就，实现了人类几千年来的梦想，让嫦娥奔月的神话变成了现实。"父亲沉默了好一会儿，定定看着他说，"但我们的绝大部分人都不知道。"

实际上，他当时完全不具备接受这类事情的心理，仰头看着夜空中那一轮明月，他无法相信人竟然能站在那上面。这听上去不太靠谱，肯定是假的。

当夜，在烛光下，父亲还跟他说了许多他不理解的事：太空移民、宇宙云图、计算机技术、人工智能、信息时代……父亲说，人的眼光是有局限性的，我们通常只看到生活中的东西，而思想是无限的，可以投向无尽的远方，从一个更高的角度来审视我们自身所处的位置，思考未来可能的走向。

"这些事物并不虚幻，而是与我们息息相关，将改变全人类的命运。"烛光中，父亲目光炯炯地看着他说，"你还不理解，可一定要记住！"

"干吗？"周文樱见刘忻愣在展台前，便问。

"我真正了解登月的事实，来自父亲给我的一本科普读物。"刘忻说，"《十万个为什么》里的一卷天体演化史，介绍了很多天文类知识以及登月的发现。只不过书里没说这是谁干的，但我早就知道，这正是'美国劳动人民'的成就。"

周文樱笑了："那时文化宣传上的不自信，反倒造成了有段时间我们对西方的盲目崇拜和认同。我刚来美国的时候，就觉得这里的一切都好。"

"这里还包括我吧！"刘忻说。

"那当然。"周文樱说，"你最好！不用再强调了，瞧你得意的。"

刘忻眉开眼笑地说："参观博物馆的最大收获，除了首次获知计算机技术的先驱是巴贝奇及爱达，还有就是储存在你心里的这句话。"

"获得这个结果可不容易，我差不多花了七个月时间，经过分布式计算、并行计算、效用计算，才找到了正确答案。"周文樱拉着刘忻的手，似笑非笑地看着他说，"这结果太好了，我有点担心……有时候会有种害怕失去的感觉，如果可能的话，很想给你做个冗余备份。"

刘忻本来想问："你担心失去什么？"但他瞬间理解了妻子的那种感受，这话就没问出口，转而说："我们不需要冗余备份系统，就两台主机并联用到报废为止，那多好！"

周文樱莞尔一笑，心里满满的幸福。

两人来到计算机电路展区，这里收藏着最早期的电子管。

计算机的运作其实就是三个简单的逻辑：1. NOT；2. OR；3. AND。这三个逻辑以串联和并联的方式组合，产生复杂的因果关系。当年的电子管，就是用电路的开关来达成这样的逻辑关系，从而控制电波。早期计算机必须使用大量的电子管，不仅耗电，容易过热，还不稳定。后来使用半导体取代了真空管，信息演变就开始了。大批量的二极管集成在半导体晶片上，密度越来越高，成本越来越低，技术发展越发迅猛——这就是摩尔定律的由来。

可控硅晶片是制造计算机中央处理器的半导体材料，中国人在70年代也尝试生产过。那时候的精工制造可谓极其不容易。每块晶体产出后，人们涌上街头广为宣传，激动地向毛主席报喜。而现代技术的发展使得可控硅的生产能力大幅度跃升，硅谷之所以称之为硅谷，就是因为在这里汇集了众多公司，专门以晶片为载体设计高密度的集成电路。有了设计，就需要把设计的线路刻蚀在晶片上。由于高密度线路之间的距离要以纳米来衡量——纳米是1米的十亿分之一，是分子级的度量单位。这对材料、温度、环境、设备、测量、工艺、流程和管理等诸多环节都提出了极高的要求。至今为止，世界上还没有任何地方能够超过硅谷制造的水平。

随着信息技术发展的速度持续加快，摩尔定律一直都相当有效，技术门槛还在不断提升，其他地方的制造厂要想追赶上硅谷也变得极为艰难。

随后，刘忻和周文樱来到了小型机的展示区。

在琳琅满目的计算机当中，数字设备公司（DEC）制造的PDP-11引起了周文樱的关注。"这是我最早用过的计算机。"她泛起怀旧的亲切感，"当时所有的终端都放在计算机实验室，各年级的学生有两百多人，大家得排队上终端。时间太紧了，上去后还不一定能进入系统，就到点了，又得重新排队，真是煎熬。我就这样起早贪黑地一趟趟排队，终于学会了输入源代码，然后再通过编译器产生机器语言。我还记得，PDP-11使用的打孔带以下是一个完整的'Hello，world'巨集组合语言程序，可以组译后在RT-11执行。"

"Hello，world！"刘忻说，"挺有意思，人机交流就像两个世界在打招呼。"

"有点不可思议，我还是第一次见到它的真面目。"周文樱打量着这部把她折磨很惨的机器说，"它安装在主机房，一般人不准进去参观。我还真怀疑过，这家伙来自另一个世界，一台万能的机器，只要得到正确的程序语言指示，几乎可以做任何事情。"

"这是一种神奇的文学，为计算机与人的交流而编写。你看……"刘忻指向一块巨大的展板，板上面绘制了一幅图——那是几十年来数以千种的计算机语言的关系与发展图。像横着的树状结构，从最早的由"0"和"1"组成的二进制数指令序列的第一代机器语言，到汇编语言，再延伸到复杂的高级语言。上千种机器语言和人类的自然语言不相上下，它们密集分布着，不断演化，最终构建成一部书写计算机世界的宏伟著作。

科技推动了人类文明的发展，这种推动力很大程度上依赖于这部巨著。机器本无生命，但在获得机器语言，注入软件灵魂之后，它显现出了惊人的创造力。而这种演化的源头却是大道至简的"0"和"1"，操纵"开/关"信号，经过内存电位的设置、条件判断和循环，基于简单原理的布尔逻辑功能，即产生无穷变化的运算，并以此相互联网，构成一个信息网络时代，掀起了计算机革命的滔天浪潮。

纵览计算机的诞生和变迁，阅读着千变万化的计算机语言，刘忻忽然想到，人的生命意识起源和演变是否也与之大同小异？万物生灵负阴而抱阳，生生不息地轮回，其中蕴藏的奥秘也许与计算机原理相差无几。

参观结束，下午离开博物馆，刘忻和周文樱到附近街区逛了逛，在一家咖啡店休息进餐。他跟妻子说了自己的想法："要研究一样东西，最直接的方法就是制造它。我想，假如能制造出人工大脑，也许是搞清楚意识为何物的最佳途径。"

"你想制造一台类脑计算机？"周文樱诧异地说，"太难了吧！"

"简直比登天还难。"刘忻说，"我不认为传统的电子计算机能产生类脑意识，很可能要制造出量子计算机。量子算法更接近大脑的思维方式。"

所谓量子算法，有个简化的比喻：当进入一座迷宫，经过每一条分叉的路径时总要做一个选择，选对了才能继续，错了就会进入死胡同。经典计算只能做出一个选择，通过大量试错才能找到正确的出口。如果迷宫足够复杂，这种计算方式不仅耗时，最终还会陷入死循环。量子算法的方式则不同，一个量子遇到岔路可以同时做出两个选择。它具备两种状态，或多种不确定的叠加态，就像水波浪一样"漫过"了迷宫里的每一条路径，很快就能找到正确出口。

"并行计算"正是量子算法的主要特征，它远比电子计算机高效，正如大脑的发散思维，人的念头持续不断，纷繁芜乱，心念一动，即万念丛生，但经过自我调整，意识可以像处于绝对零度的超导体一样，达到完全有序化的状态，很快从乱麻般庞杂的线索中梳理出一个明确的具象。

周文樱也认可大脑功能与量子计算有近似之处。

"量子算法对每一个叠加分量实现的变换相当于一种经典计算，还能同时完成，以一定的概率振幅叠加。用这种并行计算的方式，就像扔掉算盘，立刻飞跃到了超级计算机的阶段。"周文樱说着停顿了下。

刘忻接上她的话说："但是，这还仅仅是一个概念。"

周文樱笑说："是啊！自费曼教授提出用量子体系实现计算的想法以来，至今十多年，没有谁能做出稍微像样点的模型。我们无法避免量子相干态衰减，形不成稳定的量子算法。"

量子比特不是一个孤立系统，它会与外部环境发生作用，从而失去叠加态，即"退相干"，这样就无法完成计算。这种变化很诡异，不仅是因为环境干扰，甚至会因为外界实体对它的观测失去相干性。来自测量设备，或人的观察，都会造成量子叠加态消失。就像一个幽灵，你不去看它，它就游荡在那儿，当你看过去，它就无影无踪了。至今，我们尚未查明这是什么缘故，也无法做到让量子计算保持足够稳定的时间。这就是制造量子计算机的最大难题。

"只要解决退相干问题，它是可行的。"刘忻边为妻子的咖啡杯里加糖，边说着，"我看过贝尔实验室传来的消息，不久前，他们证明了量子计算机能完成对数运算。"

"真不赖！"周文樱赞叹，"这让我想到了伽利略的豪言壮语'给我时间、空间和对数，我可以创造出一个宇宙'。"

"创造意识的宇宙。"刘忻说，"直觉告诉我，量子算法能捕获意识。"

"为什么不是'产生'，而是'捕获'？"周文樱注意到他的用词。

"有点奇怪，这是伯恩的说法。"刘忻拍了拍脑袋，"假设意识是某种飘浮在宇宙的信息，大脑犹如一台精密的收音机，可以调节到与意识相同的频率上，从而捕获信息。要验证这种假设，就需要制造一台类似大脑的设备，先抛开'意识是什么'这个困难问题，直接研究怎么接收意识，分析人工大脑如何解码这种来自宇宙的信息，又是怎么往外输出的。"

"难道说，我们的大脑只是一个黏糊糊的粉红色收音机吗？仅是作为意识的一种媒介，而非意识之源？"

"也可以这么认为，大脑如计算机硬件，意识就是植入的软件。"

"谁植入的？"

"造物主，宇宙智慧，或自然演化。"刘忻说，"比如，信息整合理论认为存在一个度量，可以测量系统中包含意识的程度。其理论核心是，从夸克到宇宙中的星系，都承载着相应的意识信息。解读信息体系的能力强弱，决定了产生智慧值的高低。"

"还真是奇谈怪论。"周文樱不以为然，"这么说相对论早就存在了，伟大的爱因斯坦只不过碰巧利用他的'大脑天线'收到了一组信号。'嘟嘟嘟……质能方程式输入完毕'，运算一番，然后就输出了一条质能守恒定律。这样说来，人类还有什么作用？只等着宇宙把意识发送给大脑？太荒谬了，意识既然一直存在，意识问题就变得没意义，人类的存在也毫无意义。"

刘忻听了妻子的话哈哈笑起来，他摇了摇餐桌上的酸奶瓶子说："我们的作用就是，放入一勺子'意识酸奶'，然后在大脑里发酵出更多。"

周文樱打趣说："那所谓制造人工大脑，就是打造一台酸奶收音机，用这种装置提供一个适合的温湿度环境，让牛奶信息发酵，转化成意识流乳酸，最后就产生了美味的意识体验。"

"原理差不多，不复杂。"刘忻叹说，"然而，真要制造一个人工大脑却是极其困难的。在未来30年内，我们恐怕都没有能力来完成这件事。"

"除了人工大脑，我们还有很多可研究的方向。"周文樱说，"等到关于意识科学的基础知识和量子计算机模型建起来了，你再考虑吧！"

"这相当于等着美国人做出了CPU、内存条、硬盘，然后我们再拿来组装成电脑？"刘忻摇头说，"他们敢于胡思乱想，只要有一线希望，就撸起袖子去验证，我们在这点上确实有局限。就拿意识来说吧，在早期，学术上是不允许用'电脑'这个词的，我们习惯称其为计算机。因为电脑涉及意识，让人联想它不仅可以计算，还可以实现人类大脑的功能，寓有人工智能的意思。而以辩证唯物主义来看，任何无生命的物质都无意识，更没有独立存在的灵魂。否则，就不符合唯物主义世界观。"

"照这样看，量子论也是唯心的了。"

"那当然。苏联人就一度排斥这个。观测会造成量子态坍缩，这不是唯心吗？在非常时期，那些从事量子力学研究的苏联科学家们只能高举'核盾牌'来保护自己。毕竟要造原子弹，必须用到量子力学。'这是工作需要，而不是认同这种西方意识形态。'他们这样对政委解释。我想，这也许是苏联人在信息技术推进中几乎没成就的缘故。"

"幸好我们现在逐渐转变了观念。"

"很难！"刘忻说，"习惯成自然，我都很难跳出固有思维，对人工智能、信息技术的演变反应迟钝。以前只想过计算机会替代部分人类的体力工作，全自动化工厂将淘汰工人，社会结构会因此发生改变，但我很少想到，智能技术最终会取代人的大脑……"

"哎！伯恩教授。"两人正说着话，周文樱忽然见到伯恩走进咖啡店，就抬手招呼他，"巧了！在这里遇上你。"

"我住在附近。"伯恩走过来和他们坐一桌，对刘忻说，"相遇的概率突然增大了，我们在斯坦福怎么就没发生过这样的事！"

伯恩说他现在兰迪公寓暂住一阵，整理兰迪对灵学会的调查资料，也许能从中有所发现。公寓就在这条街上，他出来吃点东西。

"脑科学大会结束了吗?"刘忻说着叫来服务生点餐。

"嗯,我刚回来不久。"伯恩说,"有些收获,正要找你交流一下。"

"好啊,我们边吃边谈。"

伯恩随后讲了在兰萨教授主持的座谈会上的见闻、对宇宙智慧学的讨论。

生命意识不是由物质导出的现象,它是宇宙中最基本的存在。

这种"生命中心主义"的观点并非指人类,放眼宇宙,我们只是生命形式之一。会上学者列举了诸多可能存在的生命形式和具有智慧的意识形态。当伯恩讲到计算机智能系统也可以视为一种"电子生命"时,刘忻表示赞同。

"程序代码具有从简单到复杂,从低级到高级的生命进化特征,尤其是进入信息网络世界,这种演化越发明显加速。"

周文樱对"数学生命"形式更感兴趣,详细问了伯恩关于这种猜想的讲解。"如果有个超然于物外的设计师,我认为它是一位数学家。"周文樱说,"以数学的方式基本可以打造出一个自洽的宇宙,完全可以囊括对各种生命形式的定义。"

"宇宙本身是一种高级算法。"刘忻对妻子说,"你是不是这样认为,宇宙常数就是设定?"

周文樱点头说:"这是我们可视宇宙的基本参数,稍微调整一下,在视界之外还可以产生无穷多的与我们不同的世界。多世界在数学上是成立的,但可以看作是一个体系,所以,多重宇宙等同于一个宇宙。"

"一个无边界的斯金纳箱。"伯恩说了他假想的宇宙观,以哲学的方式解释了一番。

"保罗!你画的这个哲学圈子挺大的,把万物、众生和诸神,全都纳入在箱子里。"刘忻击节叫好,"除了存在'第一推动力'的设计师这一点,我对此无可挑剔。"

伯恩说:"设计师并非造物主,我认为是一种上层超级智慧。"

"我理解。这与无神论没关系。而且,你的斯金纳箱猜想有力地解释了神学的起源。"刘忻说,"我的观点是,既然它不可描述,按从简原则,就别去考虑这种不可名状的东西了。"

"不!这很重要。"伯恩沉吟了下说,"我有种感觉,它在暗中观测我们,造成一种微妙状态。"

"假如有干涉,那就另当别论了。"刘忻点头。

伯恩接着讲了霍普金斯教授的意识理论。意识不在物理学范畴,目前,我们所能做的研究方式,应该暂时抛开意识问题,先搞清楚大脑的输入和输出机制,而人脑的模式相当于一个接收、处理和输出的功能性容器。这种结构和功能可以用物理学来还原模拟，以此证明意识的存在，或证伪。

"你们居然想到一块儿了，制造一个人工大脑来做意识实验。"周文樱忍不住问刘忻，"你以前看过这位教授的理论？"

刘忻诧异地说："观点撞车了吧！纯属巧合。"

"也许是这样，你们分别接收了同一组意识信息。"伯恩说，"在意识场内，我们共享同一个信息集合体系，一个人的意识体验、思想、思维活动，有可能传递给另外的人。这种传递必须以意识场为途径，受某种机制制约，传递效应极其微弱，在正常情况下只能产生类似心灵感应现象的潜意识共享，超距离的，无形中相互作用、相互影响。"伯恩解释了一下他猜想的"意识主体、意识个体和意识场"的概念。

"喔！"周文樱惊叹，对刘忻说，"这也像是你认为的酸奶机原理。"

"什么？"伯恩听得疑惑。

刘忻跟伯恩说了之前他和妻子讨论的话题，人类共享集体意识，个体的作用就是再次发酵出更多的意识信息，传递到这个集体中形成一个体系。而他想要做的是制造一个人工大脑，假如这个大脑也能有效地接收和输出意识信息，而且一旦切断输入，人工大脑就不能正常运作，那么就可以证明意识是一种来自外部的基本存在。

"太好了。"伯恩欣喜地说，"用什么方式来制造？"

"我考虑量子算法模拟。"

"行啊！做这种实验需要多少资金？你有时间进行吗？"

"时间倒不是问题。我现在参与的研究项目快结束了。"刘忻说，"关键是资金。做实验，首先，不能讨论的就是要多少钱，这几乎是个无底洞。其次，这项实验太难，就算我们有钱有人有设备，也很可能根本做不成。技术障碍并非一朝一夕就能突破，终其一生而一无所获是科研领域常有的事。"

"无论多艰难，我们都必须要做，建立自己的实验室。"伯恩说，"解析大脑，不仅研究意识，最终还可能带来智慧进化的重大飞跃。"

刘忻对此深有同感，可是巧妇难为无米之炊，缺钱缺人就只能做点理论研究，但猜想不经实验检验也是白搭。

"稍等，我联系一个人，也许能给我们支持。"伯恩沉吟片刻，掏出一张名片和一部手提电话，起身离桌，走去僻静处打电话。

"看似他要找赞助方。"周文樱问刘忻，"你真准备做类脑研究？"

"嗯！"刘忻郑重地点头。

"你说的，终其一生也可能一无所获。而原子冷却技术很有实用前景，停了太可惜。"

"我知道。但是……"刘忻看着妻子说，"智能技术的变革，离我们不遥远。你看伯恩这样的心理学家都在一心钻研这事，可想而知，有多少美国科学家在为之努力。如果我们不投身进去，意识不到信息演变的终极图景，我们将被彻底边缘化。今天给我很大的触动，我们走过一座偌大的计算机博物馆，可曾见到工业巨头苏联制造的东西？而我们呢，只有算盘。"

"好吧！我支持你研究'酸奶收音机'。"周文樱微笑说，"在这场人类史上最伟大的变革中，我们迎头赶上。"

过了好一阵，伯恩才返回来。"我预约了一位企业家，答应明早会见我们。他掌握着实力雄厚的科研基金，也许能为实验项目提供长期赞助。他还是一位华裔。"伯恩介绍了下易鸿钧的情况，谈到与之相识的经历，"易先生对意识研究很有兴趣，甚至不惜赞助灵学会，以通灵术来探索这个未知领域。而我们用科学实验的方式来做，他表示支持。"

"那好啊！"刘忻挺高兴的。

伯恩把自己的电话号码给了刘忻，约定第二天早8点在斯坦福碰头，同去赴约。

走出咖啡店，周文樱回头看了看招牌，"爱上咖啡"这店名还蛮有情调。也许在多年以后，这里会成为值得纪念的地方——她忽而感觉，与丈夫在此谈论的事似乎将对她产生重大影响。

"去兰迪公寓坐会儿吗？"伯恩邀请他们。

"等下次有空儿吧。"刘忻说，"我得草拟一份实验项目计划书。空手去见赞助人，那不好。"

他们就此别过。傍晚气温降下来些，黄昏幽美，刘忻和周文樱推着脚踏车散步。走了一段路，他见妻子若有所思的样子，就说："别担心，工作上的事我会安排妥当。暑假结束，你专心学业就是。"

"我没想这个，只是……"周文樱不知怎么描述她突然而来的异样情绪，迟疑了下，说，"我冒出个念头，有点莫名其妙。"

"说来听听有多妙。"

"伯恩教授提到的，在宇宙中无处不在的意识场，充盈着意识量子信息，有个中文词语好像蛮贴切。"

"噢，哪个词？"

"灵海。"周文樱说，"'灵海'一词有点奇特，日常很少用，但我们都知道它的意思，就是脑海、思海，也指犹如神助一般闪现的灵感、念头。"

"你这样说还真是的。"刘忻也感到有点惊奇,"人们获得灵感,像是从灵海这个意识场汲取来的信息。挺形象的,人犹如一滴水,荡漾在人潮人海中,相互传递着自我意识,汇集成灵性的海洋。"

"古人智慧奥妙无穷,他们在遣词造句时,怎么想到这个的?"

"庞加莱重现,世界在不同的时间线上早已经演化了无数遍。灵海一直都存在着,但不可描述。"刘忻笑说,"我这也是灵感一现,信口开河罢了。"

"那还真幸运!"周文樱看了看丈夫说,"于无穷的演化中,我们此刻能走在一起,踏着夕阳,漫步最好的时光。"

"人生如此,足矣!"

华灯初上,暖黄的光映着刘忻的身影。两人并肩走向城市的灯火阑珊处。

第二天一早,伯恩乘坐一部克莱斯勒轿车来到斯坦福。

"杜克军士。"伯恩为刘忻介绍开车的人,"杜克在国防部任职,他是易先生的门生,带我们去易府拜会。"

"很高兴见到你们。"杜克手掌有力地与刘忻握手,咧嘴笑着看向周文樱说,"尤其是你,美丽的女士。"

"谢谢!"周文樱礼貌地回应。杜克说的是粤语,她听得吃力。

上车出发。杜克说易先生住在旧金山凡内斯大道的近海处,渔人码头附近,开车过去差不多要一个小时。"抱歉,请你还是说英语吧。"刘忻也很难听懂杜克的话,"中国各地的方言差异太大了,我和妻子都不熟悉粤语。你讲得这么溜,这是跟易先生学的吗?"

"在中国城是通用语言。"杜克笑说,"我从小跟华人小孩子一块儿玩,不知不觉就会了。易先生在我们那儿德高望重,他学识过人,他的私人图书馆藏书丰富,办过十多年的免费学堂,传授的是现代科学知识。他现在上了年纪,就很少外出露面了。"

一路上,杜克说起了易先生颇具传奇色彩的经历。

易先生最令人敬重的事迹是参加二战。在二战期间,全美有两万多名华人应征,加入这场艰苦的反法西斯战争。当时,华人为美国人口的千分之一,而每五名华人中就有一名参战,这在美国各族裔参军人数中的占比是最高的,仅在旧金山第76征兵局就有2600名华人报名。易鸿钧19岁入伍,隶属美军第28步兵师。作为先遣部队,他参加的第一场战役就是诺曼底登陆,登陆位置是最惨烈的"死亡线"——奥马哈海滩。仅在这个登陆点,盟军就死了数千人,在德军不停地疯狂扫射下,满沙滩都是尸体。他所在的团共有187人在这次战役中先后惨烈战死，最后只剩下他一个人。

易鸿钧后来作为侦察兵转战法国、德国，参加了美国二战历史上耗时最久的一场战役——许特根森林战役。他成为第一批进入德国的美国士兵之一。历经血与火的洗礼一年多，当他负伤从欧洲战场返回那天，正是1945年的8月15日——日本投降日。

"一发炮弹在距他几英尺外的地方爆炸。"杜克说，"易先生的身上中了很多弹片，在法国一家医院躺了三个多月才恢复，从死神手里捡回了一条命。'您惧怕死亡吗？'我曾经问过易先生。他说'当然怕'，可当看到战友们一个个倒下，听到子弹啾啾飞过，血染的大地轰鸣震颤，在明知道下一秒要死的情况下，反倒抛开了一切，豁出去了。"杜克崇敬地说，"易先生与人和善，但内里很有骨气。在他参加新兵训练的时候，教官嘲笑中国人瘦弱，他就冲上去和他打了一架，因此还被关禁闭室。"

那个年代的美国正值排华寒潮，易鸿钧这样的华裔军人以勇敢和忠诚为国家作出牺牲和奉献，却一直未能得到应有的待遇。易先生退役后还得自己找工作糊口，甚至没获得过任何一枚荣誉勋章。

"这没什么，易先生说过，他一生最难忘的荣誉，是在战场上，一位坦克兵打开坦克盖，为他的勇敢向他致敬。"

退伍后，易鸿钧成为团结旧金山中国城街区的华人精神领袖。为维护华人商会，他还带领大家打退了来收保护费的众多黑帮。那可真不容易，全都是用性命拼搏来的。但这位精神领袖却干着最辛苦的底层工作，为了生计在医院打杂，兼职医疗器械推销。

"了不起！"刘忻赞叹，"易先生后来怎么创办公司的？"

"这事说起来很不可思议。"杜克笑了笑，拖长了声调说，"华人无论多么勤劳努力，在那种环境下，其实都很难熬出头。易先生也不例外，终日劳苦奔波，又仗义疏财，忙活了20多年而少有积蓄。直到1966年……"杜克讲到了关键处，停下来卖关子。

"然后怎么样？"刘忻问。

"易先生中了彩票头奖，才有了人生的重大转机。"

刘忻、周文樱和伯恩听了都不禁吃惊，想不到在易先生身上还发生过这种神奇的事。

"那时候还没有美国大乐透。"只听杜克说，"便利店销售的是一种即开型彩票，搜刮穷人零用钱的玩意儿，中奖的概率比被雷劈到还要小。哪知道，易先生竟然抽了头彩。这比从子弹横飞的战场上活下来还幸运。10万美元，在那时可是一笔大数目。易先生用这笔钱投资医疗公司，在医药销售市场打拼，最终创立了瑞斯塔尔集团，成为全美华商首富。"

易先生粗具资本实力后，对加州华商的发展做出过很大贡献，连任了多届华人工商会主席，担任了十多个华侨社团的董事。他还致力于文化和慈善事业，创办华人音乐剧场、科技培训班，在中国城开设图书馆、艺术宫和博物馆。1972年，易先生作为华商主要代表之一，为争取华人权利，前往华盛顿与白宫官员会谈，促使政府改变了针对华人制定的一些不合理的条例。他因此被视为华人荣耀之光。

"这样的英雄是我们的骄傲！"刘忻对伯恩说，"不管能否谈成实验资助，都值得拜见。"

车行到凡内斯大道的尽头，即见碧波荡漾的美丽海湾。这一带曾经是华人劳工的聚集地，昔日环境脏乱差，治安相当糟糕。经过几十年的发展，如今已大变样，成了宜居之地，风景优美，随处可见公共绿化区，花草林木间点缀着一栋栋雅致的房屋。海岸的右边可见游艇俱乐部、艺术宫、青少年活动中心、渡轮码头；左边是一处隆起的高地，其上树木郁郁，芳草茵茵，像是一座幽静的城市森林公园。

夏日阳光灼灼，海风拂面，海浪声哗哗作响。鸥鸟成群地在海滩上觅食，当他们的汽车驶过时，那些鸟儿叽叽欢叫着飞向高远的天空。

车转过海湾，往高地上走，驶入一条林荫公路。

公路上十分幽静，没看到车辆出入，更不见行人，看似一条专用的私家公路。透过树木间隙，可见掩映着的一些中式建筑坐落在这处望海高地上。而在最高处，醒目地屹立着一座砖石三层塔。远远望去，只见在蓝天映照下，那暗灰色的塔身尤显稳重古朴，塔刹用八角脊承托宝珠，外观似中国古代建筑中的楼阁，明显不同于佛之塔刹。它像一个矗立高处沉思的巨人，于日月光明中默然问天，恒久如斯。

"那是一座墓塔，灵照塔。"杜克用汉语说了塔的名称，然后再用英语向刘忻介绍，"这一大片高地都是易先生的产业。他在此创立中国道家文化研究学院，兴建了这处占地广阔的太极宫，奉祀老子，以道法自然为尊。这里现在成了华人敬香祭祖的地方，凡是传统节日的重大活动都在此进行。"

刘忻和周文樱有些惊奇，车行到高处，但见一座座殿宇楼台，依次设有照壁、牌楼、华表、山门、钟鼓楼、大殿、亭阁……这座太极宫依山望海，规模宏大，道家布局正统。而在另一边的半坡上却是一片开阔的高尔夫球场，冈陵高低起伏，风景上佳；再过去就是一栋栋现代化建筑。两相对比，一古一今，一清幽一繁华，一空灵一世俗。强烈反差感使这地方更有宁静祥和、隐于人世间的神圣氛围。

汽车停在一处古朴的庭院正门前。

下车后，刘忻见牌匾上书写着"易府"二字。这里就是易先生的居所。灰瓦青砖白墙，外围一丛丛翠竹。微风轻拂竹梢，不带起一丝声响，唯见枝叶摇曳。庭院里的屋檐上蓝天深邃，薄云高远。

管家将他们迎进门。穿过前院来到内堂落座，一女子为他们侍茶。她端坐在茶盘前，双手犹如纺纱一般徐徐展开一件件精美茶具，娴熟地煮水、洗茶、泡茶。"你们喝着茶，我去通报易先生。"杜克跟随管家入内而去。

刘忻环视厅堂，见立柱、门窗、桌椅家私皆是实木雕制，室内陈设精致考究，感觉每一件都是名贵之物，独具匠心而光华内敛。

四壁挂了水墨字画，正中一幅字写着：真水无香。

这地方古韵清雅，书墨茶香幽幽，让人感觉仿佛置身于世外桃源。

喝过一道茶水，伯恩的卫星电话忽然响起来。他接通听了一会儿，神情有些异常，随后对刘忻说："抱歉！我突然有点急事，不得不走了。"

刘忻诧异地问："怎么了，要我帮忙吗？"

伯恩说："我自己能解决。你和易先生谈着，事后我们再联系。"

等到杜克回来时，伯恩把他叫到一旁低声说："疑有邪教信徒在密谋策划一起恐怖事件，安德森要我们立刻返回，参与紧急行动。"

"什么行动？"杜克惊讶地问。

"行动组追踪到数名可疑人，需要我去指认，查找线索。"伯恩凝重地说，"其幕后头目可能就是残耳人。"

杜克不由得吃紧，当下与管家交代了两句话，就和伯恩匆匆离开了易府。

管家领着刘忻和周文樱去往内府。

内里庭院深深，回廊曲折幽远，巡行着数名身形魁梧的壮汉，他们目光如炬，一路紧盯着刘忻夫妇。这些人像是保镖。刘忻心想，易先生府上的安全防范设施相当严密。来到一道院墙拱门前，警戒的安保人员手持金属探测仪检查了一遍，才放他们入内。这里就像植物园，有几座框架式的玻璃房，栽培着品种繁多的植物，郁郁葱葱，随处可见不知名的奇花异草，一些身穿工作服的园艺师在修剪花草。绿叶繁花间，不时见到他们好奇地望过来，冲着刘忻和周文樱微笑。

植物园深处坐落着一个凉亭和一栋两层楼的木屋。

四周溪流潺潺，树木翠浓，盛开着一丛丛兰花，花香闻之舒畅。

"……心神不宁，有点不好弄了。"一个苍老的声音从草木遮掩处隐约传来，带有明显的粤语口音。

转过一排爬满牵牛花的篱笆墙，刘忻见一位七旬老人手拿一把花剪，挺腰打量着面前的一盆植物，看似在寻思怎么修剪枝条。老人头戴草帽，身着工装，就像一个普通的花匠。那盆栽是一人多高的榕树，树冠秀茂，枝条修剪得极为赏心悦目。老人的身旁安置着一架轮椅，椅上坐着一位头发花白的老妇人，背对他们一动不动，偏着头似乎在出神地看着盆景。

"易先生，他们来了。"管家上前通报。

老人看向刘忻夫妇，微微点头。神色平淡如水，目光温和坦然，却又显出叱咤风云的大人物才具有的气度。

对视一刹那，老人忽而一怔，凝目注视刘忻。

一股异常的感觉袭来，刘忻有些不安，易先生的眼神仿佛透出一种洞悉人心的威压感。但瞬间即逝，老人的神色恢复如常，看似要对他说什么话，但又最终没说。"请两位在凉亭稍坐。"易先生吩咐管家，然后放下花剪，脱了帆布手套，掏出一块黄铜色的老式怀表，打开看了看时间。"来客人了，我带你回房。"易先生俯身在那老妇人耳畔轻声说，"别着急，一会儿就好了……"说着推动轮椅，带那老妇人去往木屋。

轮椅转过来，刘忻看清那老妇人的面容时，吃了一惊。她的大半个脸焦黑如炭，像是被火烧过一般严重毁容，鼻子、嘴唇和眼皮几乎不可辨，眼珠嵌在皱褶缝隙里，浑浊、凝滞无神，看似呆痴痴的，对外界几无反应，她歪着头，依靠着易先生推行而去。

刘忻与周文樱对视一眼，有些惊讶。这位老妇人是易先生的妻子？不知曾经遭受过什么创伤。这事他们不便多问，由管家领着在一旁的凉亭等候。亭子外有一棵枝繁叶茂的石榴树，正值果实成熟时节，枝条上挂满了饱满的石榴，丰收之势煞是喜人。

"你看。"周文樱示意刘忻看易先生修剪过的那棵榕树，"这盆景艺术很有门道。"

"挺好看的。"刘忻扫了眼。

这一盆人参榕淡泊高雅，尤其是根须盘绕曲转的形态，给人以苍劲而浑厚的感觉，除此之外，他看不出还有什么门道。

"你仔细看它的每一根枝条形态，非常微妙，有着几乎完美的几何造型。"周文樱赞赏地说，"这要有极高的艺术修为才能做到。好比罗丹的雕塑，增一分不行，少一分更不行。这位易先生手艺不凡！"

刘忻说："熟能生巧吧，隐居在园子里经常弄这个，自然有功底。"

周文樱不这么认为。她越看那盆景，越发觉得心旷神怡，那一枝一叶的结构如此有序，统一和谐得如同蕴含着妙不可言的数学之美。

过不多时，易先生从屋里走出来，从树枝上摘了几个石榴拿到凉亭。

"尝一尝，这种石榴移栽过来不易成活。这边的农场种的多是蓝莓、樱桃。"易先生拿一柄小刀，横着削去石榴一端的皮，放在石桌上，往下切了几刀，轻巧一掰，石榴露出了红彤彤的果肉，好像一朵朵盛开的鲜花。

老人的手掌粗糙如磨刀石，动作舒缓却似行云流水。

"打扰您了，感谢您抽空儿见我们。"刘忻寒暄了两句，递上准备好的实验项目计划书。

他们品尝石榴时，易先生认真翻阅了一遍计划书。

在这份计划书中，刘忻提出制造一个人工大脑的设想。其核心就是，先假定意识的本质是量子效应，以此为基础，制造一台具有类脑意识的量子计算机，进行猜想验证。

而制造量子计算机最关键的难题在于，如何保持足够长的量子相干时间，形成具有功能意义上的量子算法。

刘忻和周文樱构建了两种实验方案，并考虑到相关实验技术的可行性。

方案一：利用低温超导技术中的非线性效应，形成有序的量子比特。

这个方案的基本出发点是，物质在临近绝对零度时，存在一种高度有序化的状态。例如：金属导体处在这种低温状态，当电流通过时，电子毫不扰动，处于有序化的纯一状态，形成超导现象；不同的流体在各自的特定低温下，其阻力减小，以致趋近于零，形成超流现象。用这种超导、超流理论作为技术手段，制造低温量子反应器，让原子的随机热运动"冷静"下来，作为量子比特的存储器，最终使量子相干的保持时间大于10^5秒，也就能至少维持运行一天以上的量子计算。在这样长的时间尺度，才能比拟脑神经活动，触发人工大脑形成"自我意识"。

激光冷却原子技术是刘忻的强项。他为该方案做了可操作性的阐述。

方案二：寻找可屏蔽环境干扰的有效方式，在宏观尺度上实现量子效应。

该方案首先假设人脑既然可以成为量子比特的存储载体，必定存在某种特殊的方式，使它能在常温下，在宏观尺度上，保持一套完整的神经量子信息体系。可以重点来寻找这种方式，破解人脑的运行机制，从而找到在分子层面或神经细胞层面上的量子效应，以此制造出人工大脑。

"您是不是觉得方案不切实际？"刘忻见易先生看完计划书以后，一直犹豫不决，就说，"有什么问题，不妨直言。"

"还行！"易鸿钧看向他微微点头，"刘博士，你的思路是对的，基本把握住了研发量子计算机的主要脉络，目前科学界也就这两种方案可行。"

"但是呢？"刘忻感觉出老人的言外之意。

易鸿钧笑了笑，忽然问："伯恩教授没告诉你，瑞斯塔尔已经有了一个类脑技术实验中心？我们研发量子计算机近10年了。"

刘忻听了大吃一惊，茫然摇头。

"也可能，他还不知道。"易鸿钧说，"DIA很少给任务执行人明确信息，除非万不得已。"

"DIA是什么？"刘忻不解，"什么又是任务执行人？"

"国防部情报总署。"易鸿钧说，"他们盯了我很久了，一直不敢轻举妄动。这次的行动看似有点特别，试图通过控制A，让A影响B，然后再由B找上我。绕这么个弯子，有何意义呢！"

刘忻和周文樱不由得惊诧。易先生这么说，分明直指国防部安排伯恩带他们来这里是怀有某种意图，而非单纯的寻求实验资助。

"您别误会。"周文樱解释说，"要做这项研究是我们的个人意愿，跟伯恩教授没多大关系，我们只是想在信息技术革新领域有所作为。"

"我相信两位。"易鸿钧的神情出奇平静，"所以，你们坐在了这里品尝石榴。小姑娘，感觉味道怎么样？"

"很好，甜美多汁。"周文樱听到被称为"小姑娘"不禁莞尔一笑。

"伯恩就没这种口福了。"易鸿钧说，"人在世上，很难做到不以物累。他突然离开，也许真的临时有事，也许是他们不想让他来见我，生怕露馅儿。其实这还有什么可遮掩的？这20年来，DIA对我的调查监控从未停止过，我即便是玻璃缸里养的一条观赏鱼，也知道自己的处境，唉……"老人摇头叹了口气，"我又何尝不是这样，为此所累，总想着找一个万全之策，难，难……"

老人看似遇事波澜不惊，却也有着一种难言的疲倦苦闷之感。

"什么缘故？"刘忻问，"他们干吗调查您？"

"我们所在的是一个自由开放的移民国家，很多人都这样认为，殊不知这是有限度的。"易鸿钧说，"就拿爱因斯坦来说吧，联邦调查局监视爱因斯坦是从二战后开始的。对于他赞同共产主义理想，支持民权运动、反战团体和一些社会主义的主张，政府高层深感惊恐不安，他们担心这样的知名人物批评美国的政策，会在社会上产生负面影响。那些特工为了找到把爱因斯坦驱逐出境的'罪证'，建立了关于爱因斯坦的详细的个人文件。文件长达上千页，上面记录着联邦调查局对爱因斯坦所做调查的各项内容，直到其离世也没停歇。"

周文樱问:"现在还这样吗?"

"手段更隐蔽一些。"易鸿钧微笑着说,"毕竟调查我这样的合法公民不能太明目张胆。可据我所知,DIA关于我的秘密文档已经超过了爱因斯坦的数百倍,十分荣幸,让他们如此费心了。"

刘忻听了这话有些不安,易先生尽管没有明说他被调查的直接原因,轻描淡写之下却见波涛暗涌,透着几分人在异国他乡的辛酸无奈。刘忻歉然说:"我不知道当中还有这么一节。我想,伯恩教授可能也有不便说的苦衷。真是打扰您了,我们的实验计划另行想办法,给您造成不必要的麻烦,对不起!"

"跟你没关系。"易鸿钧摆了摆手,"我也无意责怪伯恩,他卷入这事的确身不由己。本来我打算与他敞开谈一谈,也许还能改变些什么,可现在……顺其自然吧,有些事该发生的总会发生。"老人说着停顿了一下,注视刘忻,目光再次流露出异样之色,"如果缺乏资金,你仍会坚持研究人工大脑?"

"是的,我不会轻易改变主意。"刘忻回应说,"量子算法可能是让我们探索生命意识的第一线曙光、一个崭新的科学高地。我们错过了首次信息技术革新浪潮,我不想错过第二次。冯·诺依曼型计算机有它的极限,我不认为它可以引爆人工智能的奇点,而量子计算机则有无限的可能。"

"有意思。"易鸿钧说,"在摩尔定律飞速刷新的今天,人人都在畅想开创人工智能时代的美好前景,可你却看到了它的天花板,看明白了这一定律终将走到尽头的结局。"

"这不是我的预测,各领域的科学家都做过类似的分析。"

"知道和真正明白不是一回事,再伟大的高瞻远瞩也需要行动起来。"易鸿钧说,"在将来,即使摩尔定律崩溃,信息技术前进的步伐也不会变慢,因为还有你认定的途径之一———量子算法。"

"只是途径之一?"刘忻诧异地问,"难道还有别的方式?"

易鸿钧没有作答,转而问:"你们做的红色浪潮实验结果怎么样了?"

"呵!"刘忻有点不好意思,想不到易先生也知晓这一场号称"全球性的科学盛事"实则有点玄乎的实验,"没发现异常,随机数发生概率的平衡态相当稳定。"

周文樱说:"我们考虑,也许是人的观测作用太微小。实验可能需要导入宇宙级的天文事件参与。"

易鸿钧微微一怔问:"你们怎么知道的?"

"一个推测。"周文樱说,"能打破这种平衡态的,可不是一般的能量效应作用。"

"宇宙伽马射线暴。"易鸿钧说,"这是触发条件之一。如果你们并非事先获知内情而自己做出的判断，这让我很惊讶。"

刘忻和周文樱听了这话更是吃惊。易先生竟然明确告之，天文事件就是伽马暴，它能触动随机数概率发生变化。"真的吗？太不可思议了。"刘忻简直不敢相信，但见老人神色坦然，不像是胡诌。

"我们所处一个量子场波动的世界。"易鸿钧的声音仿佛带着一种奇异的魔力，"这是一个变幻莫测的时空，不存在任何坚固稳定之物，没有恒定之态，包括最基本的宇宙常数，它也会随着时空之海的波澜起伏而发生精妙变化。"

"什么?!"刘忻更加难以置信。

宇宙常数可谓是自然万物中最重要的纯数字，宇宙最坚实的基柱，只要出现微小变化，我们的世界即无法正常运行，它怎么可能发生动摇？

"这个发现尚未向外界公布。"易鸿钧说，"我们对遥远天体发出的光谱做过深入研究，探测对比了宇宙深空各处的大量的细微结构，发现从几十亿光年至上百亿光年之间的那些天体，在不同的区域，其光谱中的精细结构有着微小差别。由此可推测，在宇宙初期，常数的值与现在也存在差异。"

"这意味着……"刘忻说，"宇宙常数根本不是一个不变的常数，它会随着时空的变化而变化？"

"天道自然反复无常。"易鸿钧说，"抽离了时空尺度来看，宇宙万物本体仿佛孕育生机，一呼一吸，变幻莫测而生生不息。"

刘忻和周文樱震惊得面面相觑。

天文发现如果真的证实了"宇宙常数竟然是个变量"，这足以改写教科书，震撼整个科学界，必将产生天翻地覆的深远影响。

宇宙智慧——它无所不在地精细调整着我们的世界，能量物质、时空，包括物理、数学在内的一切科学基础。它仿佛在为宇宙之钟上弦，维持着所谓自然的平衡态。

它还揭示了什么？

刘忻不禁问："虚拟现实可能真实存在？宇宙只是一种程序算法？"

"不得而知。"易鸿钧摇了摇头，"宇宙的奇妙之处在于它无法被我们真正理解。神奇的事往往发生在我们构建起科学大厦的每一根宏伟的基柱之际，在每一次都自以为能理解它之时。"老人神色索然，若有所指地说，"一只猴子在无尽的时间之河的键盘上无意中敲打出了《红楼梦》，这完全有可能。但《红楼梦》不是它的心灵世界，只是概率使然。一台计算机上的某个算法表现出了超人智能，也可能只是概率，而非自我意识觉醒。我们此刻坐在这里讨论计算机、人工智能，想象宇宙中的智慧演化，难道就是源于百万年前非洲某个部落智人的觉醒？"

刘忻默然无语，沉闷了好一阵，不知该说什么。宇宙深广无边界，远超人类的认知极限，让人不由泛起不知所措的渺小无力感。

这个世界如此无序而又有序，对立而又统一，相生而又相克，虚实之间变幻莫测。对于人类来说，宇宙究竟是不是一个供其表演的舞台？

刘忻和妻子不约而同地看向凉亭外那一盆被精心修剪过的榕树，心底惶然浮出这样一个念头：我们的世界恍如园子里某个设计师的盆景？

"量子计算机尚不能成为走出迷宫的途径。"易鸿钧把计划书递还给刘忻，看似已言之意尽，"抱歉让你们来了一趟。我不能采用你的实验计划，因为在我名下的研究中心已经制造出了量子计算机。然而，这也改变不了什么。"

第17章　灵海潮汐

一排头戴黑布套的人依次入内靠墙站立，手拿编号牌，面对观察窗。

伯恩透过单向玻璃，逐一观察室内这6名可疑人。安德森要他从这些可疑人当中找出一张"黑色的鬼牌"——在看不到牌面的情况下，以他的超感能力来探知人心，从中甄别出哪一个才是邪教组织成员，对方在密谋什么恐怖活动。

四天前，一架装载武器弹药的军用运输机起飞后不久，坠毁在洛杉矶附近的莫哈维沙漠深处。飞机上的8名成员全部遇难，当中有两名DIA高级官员。经调查证实，这是一起恐怖袭击事件。在这架飞机的残骸散落现场发现，机舱里的武器弹药大部分丢失，已被人转移。事态严重，DIA紧急布置了大规模的搜捕行动，先后抓获17名涉嫌该事件的人，其幕后组织头目疑为残耳人。

安德森说："我们招募了邪教组织的外围人员成为'准特工'，据内线收集的情报得知，这伙邪徒的行动异常隐蔽，正在酝酿一起恐怖活动。洗劫运输机的武器仅是一个开端，随后还有更大的动作，将对国家安全造成严重威胁。"

伯恩问："残耳人是灵教的头目？"

"还不清楚。他们也可能是别的某个邪教的附属组织，或是独立的极端主义者。"安德森从牙缝里挤出愤怒之声，"残耳人这个叛徒，他曾经是我们的一名军人。"

此人名为"迈克尔·查尔斯顿"，正是DIA极光计划打造出来的超能战士之一，也是唯一的一个发挥超感异能杀死山羊的人。

在那次"意念杀羊"实验成功以后，查尔斯顿深受DIA器重，专门为他成立了一个研究小组，随后进行了多次秘密测试行动。在海湾战争期间，还将他派往战场执行特殊任务。但没过多久，查尔斯顿的超感能力变得很不稳定，精神状况随之发生异常。他声称耳鸣不止，日夜持续不断地听到一种诡异的噪声，如同飘荡在天空中嗡嗡低鸣的杂音，又像他大脑深处的神经"拨动"发出的颤音。医疗专家怀疑他因患上了癔症而导致心理异常。经过多次治疗无效，查尔斯顿备受这种无法停止的噪声折磨，变得抑郁烦躁不堪。这状况几乎把他逼疯了。三年前，他擅自离队，从此不知所终。

DIA 行动组通过伯恩提供的人物画像和线索，查到了关于查尔斯顿的一些资料，在调查过程中，与其他组追查恐怖活动的线索形成交叉。查尔斯顿的影子浮现在恐怖组织当中，疑为幕后核心人物。

这次追捕行动相当艰难。这伙邪徒像是身怀异能，嗅觉异常敏锐，或赶在特工行动前一步溜走，或提前清理了活动痕迹，几乎没留下可供深入追查的线索。DIA 行动组用尽了各种侦破手段，收效甚微，只逮捕了这些可疑人，连日审讯无果，尚不确定当中谁是组织成员。

安德森承认，他们在审讯中所用的一些手段已经达到极限，远超常人能忍耐的程度。但想不到，残酷的刑讯手法在这伙恐怖疑犯身上失效了。从他们嘴里挖到的情报被证实价值不大，或根本不存在，全都是一些嫌疑人为逃避刑罚而编造出来的。"查到现在，我们自己都没了信心。上头压得很紧，就看你了。"安德森盯着室内一排人说，"动用你的大脑扫描一下，揪出疑犯，然后我们顺藤摸瓜，抓到残耳人。"

"试试吧，我不能保证做到。"伯恩心里确实没底，根本不知道怎么使用他的超感能力。这东西仿佛灵感一般不请自来，刻意不成，处于一种难以捉摸的时有时无的状态。

他凝神感应着，目光依次扫过了那六人几遍，没感觉出任何异常。

安德森见伯恩摇头，下令换上第二批嫌疑人。

伯恩再次感应了一番，同样没收获。到第三批人上来，他依然没什么发现。安德森脸色阴沉，在外间徘徊了一阵，忽然又掏出了那副扑克牌，考问他："鬼牌藏在第几张？"

"不知道……"伯恩苦笑着摇头，"别再做这种测试，我厌烦透了。"

"信息交换。"安德森说，"拿出点能耐来，我就告诉你一些关于艾薇·兰迪的消息。"

"艾薇怎么了？"伯恩失口问，随后反应过来，沉下脸说："中校先生，你太无耻了，用这种方式引诱我。"

"随你考虑。"安德森耸耸肩，"这本来属于高等级的保密信息，无授权让你接触。一旦违规告诉你，我得承担很大风险。"

伯恩顿时不安。当然这与安德森的风险无关，他只挂念艾薇，隐隐有一种不好的预感。尽管明知所谓的信息交换是个诱饵，他却没法拒绝。

"给我扑克。"伯恩跟安德森要了扑克牌，反扑着摊在手上，一张张拿了扔进

310

垃圾桶，"这张不是，这张不是，不是……"一副扑克全都被他扔完了，他有些失望，"找不到，我没感觉了。"

"还行啊！"安德森从衣袋里摸出一对鬼牌，"牌在我这里。"

"狗屎！"伯恩被他耍弄得怒气上涌。

"教授，请注意用语文明，别受我的影响。"安德森嘿嘿一笑说，"这个小测试证实了你的超感没问题。反过来推测，在这些可疑人当中没有一张鬼牌，我们的行动一无所获。"安德森转而指使下属，"继续追查，扩大搜捕范围。凡是有一丝半点可疑的人全都立马给我带过来。"

伯恩冷眼看着安德森，他实在不愿意开口恳求这种人，但心里又放不下艾薇，这让他很是纠结。"走吧！我们去楼上谈。"安德森摸透了他的心思，一副老谋深算的嘴脸，语气和善可亲地说，"去他的保密规定。只要你配合，我们之间什么都好说。"

"别拿'我们'一词来套近乎。"伯恩厌恶地说，"我与你截然不同，根本走不到一块。我是异类，是随时都会变异的黑镜人。"

"有些人喜欢标新立异，自以为与众不同。"安德森神色满不在乎，带他离开地下室，"其实人人都一个样，我们都是吃五谷杂粮，放出来的都是陆地动物风味的臭屁，屁声悦耳一点不代表其尊贵高尚，天使和魔鬼也不例外。"斜了伯恩一眼，安德森说，"做人清醒点，没坏处。等你知道了你心上人的真实面目，可别沮丧。"

伯恩心头一凛，更加担忧艾薇身上发生了什么糟糕的事。

说话间他们走出地下室，前往三楼。

这里原本是楼房的储物区，在这些天里被改造成了审讯室。DIA征用兰迪公寓，不仅是几间房，而是征用了这一整栋楼，当作DIA行动组设在旧金山的临时办公场地。一至四层都入驻了行动组人员。安德森的办公室就设在伯恩所住的兰迪公寓的斜对面，房间里乱糟糟地堆满了文件，图板上标注各种调查线索，目标直指邪教组织。

"我就不给你倒咖啡了，估计你听了坏消息难以下咽。"安德森在一桌子堆积如山的文件前坐下，"实话实说，艾薇·兰迪已经被灵教组织控制多年。表面上，她是受人仰慕的神经学家，暗地里却是任由拉斐特之流摆布的木偶人，深陷药物腐蚀、毒品致幻、'精神净化'的邪教泥沼，灵肉饱受一众邪徒摧残，其精致的躯壳下的灵魂早已腐败不堪。"

"啊！"伯恩听到这消息如遭电击，浑身发麻。

安德森扒开文件堆，从中找了一份扔给他。"灵教净化信徒的手段无所不用，心理稍微正常点的人看了就恶心。你能想到的，或根本想不到的，人类史上一切

311

最残酷的折磨人的方式都有了。这是一些信徒的调查资料，艾薇·兰迪的经历与这些受害人差不多，有过之而无不及。"

伯恩遍体生寒，打开文件夹看起来，不一会儿他就看得欲呕不止。

这些初级信徒受到"净化"的毒害，基本被剥夺了作为人的一切尊严。在这些受害人所谓的心理辅导、药物治疗、拘禁、洁净身体、净化心灵的过程中遭受了极致的非人虐待，致使彻底被洗脑、被驯服。当中一些人不堪忍受折磨，导致精神失常和自杀。还有许多人原本是年轻有为的文化精英，最后跪拜在法师的脚下任凭其摆布奴役，毫无保留地以身体和心灵虔诚地献祭教会。

有一组图片记录了某个信徒在净化"解毒"后惨死的情景。她被发现浸泡在掺入了硫酸的热水缸里，皮肤和肌肉组织因腐蚀而脱落，惨不忍睹。另外还有一名时装模特，她被警察从地窖里解救出来时骨瘦如柴，她已经在那个肮脏如粪坑的地方被"心灵净化师"拘禁了两年，其间没有正常进食，每天以那恶棍的排泄物维生……伯恩无法再看下去，双手颤抖不停。这与他所见的纳粹集中营的档案记录相比，残酷无异。

不敢想象，艾薇与这些受害人一样遭受过这种灵肉的摧残。

她像迷雾中的兰花那么美丽，殊不知却是魔鬼用毒汁浇灌生长于荆棘丛中的花朵。命运残忍如此，让他何以面对这种真相？

"她的引灵人是大学男友，乔尔·阿索罗。"安德森说，"这混蛋是灵教的忠实信徒，极力游说艾薇·兰迪入教，实际上就是把她献祭给那些肮脏的法师和高级教徒享用。这些年里，他们差不多经手了上百个邪徒的净化，据说从艾薇身上发掘出了'与灵界进行精神交流'的特殊潜能，如获至宝，她最终被献给了教主拉斐特，由那恶魔直接操控。"

伯恩神色惨然，连连摇头。

"艾薇·兰迪和你接触，有不可告人的目的。"安德森盯着他，嘴角浮动讥笑，"别把春梦当真，想成一次墓地葬礼式的美丽邂逅。真相就是这样丑陋，这位女科学家诱惑你的手段，与拉斯维加斯夜总会里那些衣着光鲜的女郎没多大差别。"

"闭嘴！"伯恩怒不可遏，抄起文件夹砸向安德森。

安德森身手敏捷地一把接住文件夹，冷然说："醒醒吧！与你心心相印的女人并非城堡里的公主，你也不是屠龙骑士。她的处境相当悲惨，先后堕胎六次，从她体内剥离出来的血肉被制成了所谓的灵药，供恶魔服用，她的心灵被黑暗笼罩，精神完全变异。我们对此无能为力，现在还可以做的就是，阻止这种恶事蔓延，不能再让更多的人堕入邪教的洗脑控制，遭受这样的蹂躏。"

伯恩的咽喉颤动不止，无法说话，他丧失了理智的思考能力，赫然站起来，跌跌撞撞地冲出安德森的办公室，躲进兰迪公寓，身体蜷缩成团，瑟瑟发抖。

世界恍如腐臭入骨的巨大垃圾场。他淹没其中，夹在无数的肮脏之物里翻腾，又被扔到传送带，倾泻进垃圾焚化炉里烈烈燃烧，一片片皮肤遭受炙烤，一寸寸神经炽热灼痛，灵魂号嚎在通红的火焰中一遍遍被焚烧，意识灰烬沉浮于无际的火海中徒劳挣扎。

安德森走进监控室，盯着显示器上兰迪公寓内部的影像。

伯恩犹如受伤的刺猬缩在沙发上一动不动。

"半小时了，就这样。"伊芙琳说，"看来这事对他的打击很大。"

"人活着，有些事不管你能不能承受都得受着。"安德森倒上一杯热咖啡，搭脚在桌边坐下，品尝着火辣辣的苦香滋味，悠然地说，"当年我在军校遇到一个女魔头，呃，她就是莫雷尔少校的教官。32岁的单身老女人，一脸便秘样的狠劲，看谁都不顺眼，以虐待学员至崩溃而在全美陆军学校出名。人人对她无不闻风丧胆，新兵在她手下走一遭没有不尿裤子的。莫雷尔少校那时苦不堪言，我就忍不住跳出来为他出头了，想法整治那女魔头。我跟踪她，某天晚上摸进一家她常去的酒吧，假装搭上她以后就拼酒，喝了个一塌糊涂，最后终于搞定她，扛了她扔到床上，一边吐一边收拾了她，事后还准备拿她的私密之物向莫雷尔炫耀。我太幼稚了，唉……"安德森长叹一声，目光呆滞复杂。

"我猜，你遭到了她的报复。"伊芙琳问，"有多严重？"

"差不多搭上了我的后半生。"安德森黯然地说，"算计别人的人终会遭人算计。那婆娘对我的行动早就了如指掌，打的什么念头也一清二楚，故意设下圈套，反过来牢牢套住了我。手段也简单，假以强暴的罪名要挟我就范，任由她摆布。"

"她要你干吗？"伊芙琳问，差点忍不住畅快地笑出声。

"结婚。"安德森目露凶光，口吐一连串脏话，"狗屎的，她要我依偎在她身旁走进教堂，宣誓说，一辈子爱她，对她死心塌地，不离不弃，除非她主动抛弃我。"

伊芙琳听得瞠目结舌："她……就是你夫人……前妻？"

"那年我19岁。"安德森仰头一口喝下苦咖啡。

而后，只见监视影像中伯恩动了动，从沙发上爬起来，神色木然地站了一会儿，然后开始脱去衣物，把自己脱了个赤条条，径直走向浴室。

"看他要干吗。"安德森紧盯着显示器问，"不会只是洗个澡吧？"

伊芙琳随即调出一个隐藏的监视画面——摄像头藏在浴室镜子后面，可清晰窥视整个浴室的场景。但见伯恩往浴缸里注满了水，然后躺进去，仰面瞪着天花板。过了一会儿，浴缸里的水激荡起来，像水烧开了似的冒泡。隐约见伯恩的手在水下来回移动，动作越来越激烈，溅起了水花。

"他在做什么？"伊芙琳有些诧异。从摄像头的角度来看，浴缸边缘遮挡了一部分伯恩的举动。

"释放自己。"安德森说，"男人苦闷时通常干的事。"

伊芙琳醒悟过来，有些尴尬，瞥眼伯恩的样子，只见他面无表情，平静得近乎麻木，这与身体的激烈反应呈现出一种怪异的反差。隔着显示器，完全能感受到这个男人的痛苦犹如火山活动一般，滚滚岩浆无处宣泄，咆哮着一次次冲击沉重的地表层，接近爆发或崩溃的边缘。

安德森看了看时间，皱眉说："估计不行，这样下去他会疯掉。"

"制止他？"伊芙琳目不忍睹，觉得难受。

"再等等，让他发泄一下也好，就怕……"正说着，突然间见伯恩停下动作，赫然转头瞪着监视画面。他似乎察觉到了隐藏的摄像头，就这样目光直视两个监视者，死死盯住他们。

伊芙琳心跳骤快，不由得看向安德森，见中校目露惊悸，屏住了呼吸。

大脑忽而感觉有些异样，眼睛酸楚，视线变得模糊起来。伊芙琳见室内场景突然波动了一下，像有一股热气在眼前升腾并扭曲了空间。头脑晕眩，她看向显示器，恍然看见伯恩从水里站起来，浑身湿淋淋地跨出浴缸，走向镜子，走近了摄像头。画面清晰可见他的灼灼目光，犹如伽马射线般穿透了重重阻隔的墙壁，直达她的脑海深处，振动心弦，让她战栗。

伯恩似笑非笑，举起手，冲着镜子竖起中指。

"嗬！"安德森往后一靠，打了个寒战。

随后，伯恩的手往下动了起来。他就这样肆无忌惮地对镜发泄，一脸狰狞，脖子上青筋突起，他从喉咙深处发出一阵阵闷响。

气氛凝固，压抑感越来越沉重。

"啪！"浴室的镜子炸响，伯恩用头抵住镜面，爆发出野兽般的呜咽。绝望至极，他能做的就是诅咒该死的黑暗，以血肉之躯痛抽现实世界。

十分钟后，伯恩恢复正常。他洗了个澡，换上干净衣服，到客厅拿了香槟，直接拎着瓶子喝。但他很有节制，一小口一小口地喝着，不显醉意。随后，他提了瓶酒拉开房门，走出公寓，到安德森的办公室门前，一脚踹开门，走了进去。

"教授，你要做什么？"安德森问。

"把这些没用的东西搬走。"伯恩喝了口酒，伸脚踢了踢文件柜和办公桌，"拿几块白板来摆开。"

"白板？"安德森注视着他问。

伯恩神情平静，看似有点疲倦，晃着手上的酒瓶子。"来一杯吗？"语气显得漫不经心。安德森感到了他平静之下的漠然，目光隐隐透着阴冷。

"我抽烟。"安德森拿出烟斗，慢条斯理地装上烟丝，点燃，眯着眼，透过烟雾打量了伯恩一下，抄起办公桌上的电话筒，下达指令："给我找几块白板过来，授课用的那种。"

"很好！"伯恩耸动鼻翼，"人之欲望是泥沼，我们得习以为常。"

安德森笑了，惬意地吞吐着烟雾问："你想到了什么？"

"一本消失了的记事本。"伯恩慵懒地窝在旋转椅上，喝着酒，"它本来是我的随身之物，记录着我感知到的一切：纳粹医生实验、幻境世界、不死之人、极光异象……有人在脑科学大会上偷了去，说明它有某种作用。"

"什么作用？"

"还不知道。"伯恩抬了抬手，"等我在白板上给它还原出来，我们找找，说不定有惊喜。"

"好啊！"安德森不动声色地回应，"还有什么需要，你尽管说。"

伯恩笑了笑，吞咽一口酒。安德森不由得眼皮一跳，莫名有种压迫感。

下午时间，伯恩一边喝酒一边在白板上写出记事本的全部内容，描绘了马克斯、安雅、霍尔曼、乔治的图像，包括一幅幅记忆中的场景。

他看似有点醉意，但思路清晰敏锐，把遭遇的事件全都有条不紊地记录下来，几无遗漏，甚至还画出了他在飞机上所遇见的"幻日"图景。那神显般的五日凌空一幕，画在了中央一块白板的最高处，光芒四射，犹如一轮巨大的眼睛注视着人间，为四周密密麻麻的图文增添了一种神秘莫测的意象。

"五芒星表示什么？"安德森叼着烟斗打量幻日图案。中校自从抽上烟，就没熄过火，搞得整个屋子里烟雾腾腾。

"净化日的象征。"伯恩说，"神圣的宇宙力量将降临世界，毁灭一切，万物生灵无可抗拒，终结永劫。"

"你走火入魔了吧，还会不会说人话？"安德森讥笑，"狗屁的净化、觉醒、灵魂、宇宙能量、末日、外星人降临……邪教洗脑专用术语来来回回就这么几个花样，还有没有新鲜点的字眼？"

"第三类黑暗伽马射线暴。"伯恩回应，"这种说法怎么样？"

安德森点头说："现代邪教喜欢用科学名词，这个听起来很'科学'，顺耳多了。"

"时间、地点、人和物，凡事基本离不开这四个元素。我们一个个穿起来看。"伯恩在白板列出"1964年3月27日""阿拉斯加州、洛杉矶、拉斯维加斯市、第51区""伯恩、艾薇、兰迪""极光、伽马射线暴"。写完后把笔递给安德森，"该你了，你知道的秘密信息。"

安德森执笔在人物一栏写上：帕顿夫人、查尔斯顿。

"这两人也是出生在那天？"

"是啊，帕顿夫人甚至与你同在一个产房，婴儿床位相隔不远。"

"蛮巧的。原来我与她曾经见过面。"

"更巧的是，查尔斯顿就生在兰迪的隔壁，拉斯维加斯医院。"

"兰迪是你们的人，对吧？一位准特工！"伯恩突然问。

"有过接触，但还没发展到这种程度。"安德森挑明了说，"他坚持独立调查精神，不与任何一方合作，很遗憾，所以他死了。"

"谁杀了他？"

"自杀。"安德森吸了口烟，烟斗火光通红，"这是一个不解之谜。"

"兰迪死前调查过艾薇？"伯恩说到艾薇的时候，声音平淡无波澜。

"不错，这与灵教多少有些关系。"安德森若有所思地点头说，"可以这样推测，艾薇拉拢兰迪入教，可能引他见过拉斐特，但被他拒绝了，这会惹来杀身之祸。自杀行为不一定就是自愿的，控脑可以制造出这种效果。"

"你不认为控脑是一种巫术？"

"巫术不可信，科学则不然。"安德森苦笑着摊手，"拉斐特的地下实验室比国防部的强大多了。钞票这种东西最管用，而世界上最好做的生意就是创立一个教，净化教徒的脑袋，洗劫他们的钱财，打造一个坚不可摧的信仰国度，以高科技武器作为基石，用宇宙力量之名一统天下。狗屎的！这个世界没有最疯狂，只有更疯狂。"

"你们拿不出点能耐来对付，只会暗中调查，跟踪监控，下捕鼠夹，偷窥一个赤身露体的人？去你的！"

"别搞错对象，教授。"安德森悻悻地说，"要发泄就冲华盛顿方向，白宫、五角大楼那边。'维护法制、民意、人权、思想自由'是他们官僚无作为的口头禅。坐在坚毅桌后面就是个唱戏的小白脸，叫嚷着竞选口号，道貌岸然地玩弄权术，不到火烧屁股的一刻，他们就假装听不见响彻于耳的警报声。"安德森手拿烟斗指点房间，一脸愤懑，"外面危机四伏，我们却像偷渡客一样藏在这种破地方，没有逮捕权，没有高等级情报，鬼鬼祟祟地行动，反恐，反恐，反他的狗屁！什么叫能耐？我也很想冲着那边尿一泡。"

"然后叼着烟斗发发牢骚。"伯恩鄙夷地笑说，"难怪连一个特征明显的残耳人都抓不到。查尔斯顿洗劫了你们的军用运输机，拿武器弹药做什么？抢银行，还是搞政变？中校先生，你不是愚蠢，就是在糊弄我。机舱里到底装载了什么东西，需要两名高级官员押送？"

安德森脸色微变，沉吟了下说："'AS-系统'的核心部件。"

"抛开狗屁的军事术语，这见鬼的系统又是什么玩意儿？"

"教授，我警告你，再学我的腔调阴阳怪气地说话，免谈。"

伯恩耸耸肩，喝了口酒，转身去擦白板上的图文笔录。"嗨！你疯了？"安德森眼疾手快，一把拉住他。伯恩斜眼看过来，眼神中鄙视讥讽之意甚重。安德森咽了口气，温和地说："好吧！随你便，你想怎么样都行。"

伯恩提笔在物品一栏写上"AS-系统"，然后敲了敲白板。

"一种新概念武器。"安德森实话实说，"加州42号工厂研制出来，准备运往阿拉斯加州的某个军事基地。现在被邪徒劫走了，下落不明。此外的我就不知道了，这属于最高安全等级的敏感信息。"

"瞧，信息很关键，它让事件一目了然。"伯恩在这件物品与加州42号工厂、阿拉斯加军事基地这两个地点，以及查尔斯顿这个人物之间画上连线，"中校，我们需要更多的敏感信息。"

"纯属屁话，问题是权限，权限。"安德森差点要怒吼了。

"瞧，问题的死结我们也找到了，获取情报权限。"伯恩抄起电话听筒递给安德森，"跟上头要AS-系统的详细信息。"

"教授，我只是个中校。"安德森用了最大克制力保持声音平静。

"跟他们说，我能遥感东西的下落，但需要更多的信息发挥通灵术。"

安德森嘿嘿干笑两声，踌躇了下，还是拨打了电话，按照伯恩的提议说起来。通话结束后，安德森神色异样地瞅着伯恩，好一会儿没吭声。

"怎么样？"伯恩问。安德森咬牙切齿地说："他们漠视忠贞不贰的军人，宁愿相信你这种神棍。"

"那就成了。"伯恩意料到了结果，酒意盎然地溜达出办公室，撂下一句话，"我去睡会儿，情报收到了叫我。"

傍晚，伯恩接到刘忻打来的电话，要找他谈一谈。

"好，就在上次那家咖啡店见。"伯恩准备了下就去咖啡店等刘忻。他想顺便吃点东西，但食物上桌后他却一口都吃不下去，茫然坐了会儿，他到附近的商店买了一瓶杰克丹尼威士忌，独坐在街边慢慢喝着，看街上熙熙攘攘的人来人往。

待见到刘忻和妻子的身影出现，伯恩扔了酒瓶，若无其事地回到咖啡店。

"你的事解决了吗？"刘忻落座见伯恩神色郁郁。

伯恩点头说："抱歉，没能和你们一起见易先生。情况怎么样？"

刘忻闻到他身上有一股酒气，便知有些不寻常。刘忻讲述了和易先生见面的经过。"项目雷同了。易先生已有类脑技术研究，因此拒绝资助我们。"

伯恩沉默了会儿说："这事麻烦你了，抱歉！"

"保罗，你这是怎么了，连说两次抱歉？"刘忻忍不住问，"你遇到的麻烦是否与DIA有关？"

"你知道DIA？"伯恩问。

"易先生跟我谈到了这事。"刘忻说了下当时的情况，"他让我转告你，本来想和你沟通，但因为有DIA介入只得作罢。他还请你顺便转告一位安德森中校，如果要调查他可以直接去，他完全给予配合。有必要的话，他也可以和豪斯将军面谈。这事无须猜忌，大家不如相互信任相互尊重，免得费心费力还把事情搞复杂了。"

伯恩恍然一笑，拉开夹克外衣，冲着内里的一个微型窃听器说："听见没？中校先生，你放的捕鼠夹子夹到自己的尾巴了。易先生是坦坦荡荡的大人物，你上司的上司的座上客，你还想玩什么花样？"

没有回音，他佩戴的隐形耳麦里一片静默。

刘忻见状有些吃惊，伯恩还真是在DIA特工的监控下，连朋友之间的谈话都不放过，这种处境确实有点麻烦。

"我抱歉的就是这个。"伯恩苦笑，"我在笼子里身不由己，不承想把你也牵连进来。对不起！"

"我没啥，主要是你。"刘忻宽慰他，"还需要我做什么尽管说。"

"到此为止吧。"伯恩索然摇头，"你也见到了这种特殊情况，没办法！我们只是普通人。"

"因为你的超感能力？"刘忻担忧地问。

这可能是伯恩遭到军方监控的缘故。异于常人也会成为某种"安全危害"因素，而被国家机器视为危险分子。

伯恩默然不答，看了刘忻一眼，生怕拖累他似的就此匆匆离开。

刘忻和周文樱不禁愕然。看着伯恩离去的背影有一种难言的孤立寂落，刘忻心头触动，追了出去。"保罗……"刘忻在街边追上他，"你没事吧，我们去公寓坐会儿，就随意聊聊。"

伯恩迟疑一下，没拒绝刘忻的好意。

他们随后来到兰迪公寓，在客厅的沙发上坐下。伯恩泡上热茶，三人说了会儿闲话，但很快就冷场了，手握茶杯，相对无言。在知道被人监听的情况下，说什么都感觉不自在。刘忻见沙发边搁着一把吉他，就拿来拨弄了一下，发现琴弦调整过了，就问："你最近在弹?"

"是啊! 你教我的那首。"伯恩接过吉他，弹奏起了《轧钢工人》。

音乐在房间里响起来，立刻有了生动的变化。仿佛晨光驱散晦暗，压抑的情绪随着潺潺琴声释放出来。刘忻倾听了一阵，听出伯恩弹奏的几处指法错误，推弦节奏也不太对。但这首曲子表达的意境已经贴切至极，那种难以言说的情感让听者共鸣。

刘忻不由得想起了父亲。

就在父亲遭人诬陷被押送去劳改的那天，他们搭乘一辆运输物资的军车，他蜷缩在货箱的间隙，害怕极了，不敢看车上持枪的民兵。那一道道目光冰冷坚硬，冻结了他的意识，让他战栗。父亲脸色灰暗，握着他的手似乎在给他安慰，但没用，他的心一点点麻木。不知车子走了多久，他忽然听到口琴声。父亲做了个大胆的举动，竟然拿出口琴吹奏起来，琴声悠扬，在晃动的车厢里轻轻荡漾。民兵没有制止父亲，仿佛沉闷的路途需要点音乐，正如昏黑的屋子需要光。他们听着，目光渐渐柔和，随着旋律摇晃着脑袋，有人还冲着他和父亲微笑。在那一瞬间，他忽然忘记了害怕，不再惶恐，不惧面对艰难的前路。后来，他明白了，这是音乐的力量。

一曲终，伯恩抬起头呼出一口气。约书亚树上摇曳的花终不可见。

"情深意切，很好!"刘忻不禁点头。

"还是你来吧，我想会有不同的感受。"伯恩把吉他递给刘忻。

"弹什么呢?"刘忻想了想，拨动琴弦，"你们听听看，这首叫《永远的微笑》，陈歌辛先生，作于1940年……"

伯恩听了会儿，这曲名带有"微笑"一词，却隐含着入心的悲怆，蓦然间，他只觉心痛难忍，不得不去沐浴间拧开水龙头抹了把脸。湿淋淋的，嘴角尝到了咸苦的味道。

刘忻没停顿，转头看了看妻子，手指从容弹奏着，嗓音低沉而唱:

> 心上的人儿
>
> 有笑的脸庞
>
> 她曾在深秋，给我春光
>
> 心上的人儿
>
> 有多少宝藏
>
> 她能在黑夜，给我太阳……

周文樱坐在刘忻的身旁，静静聆听，心随歌声悠悠徜徉。

这首歌是陈歌辛先生在乱世之中为妻子金娇丽女士而作。这是用音乐记录爱情的明证，穿越了半个世纪，依然能感受到这份世间最真挚的告白。这原本是个人情感的流露，可在那时，华夏大地烽烟四起，人人徘徊在生死危亡的边缘，国难当头，美好的爱情里竟藏了深深的惶恐不安。此刻听来，周文樱依然为之心颤。

> 我不能够给谁夺走仅有的春光
> 我不能够让谁吹熄胸中的太阳
> 心上的人儿
> 你不要悲伤
> 愿你的笑容，永远那样……

晚间回到斯坦福，刘忻在屋里坐立不定，手拿一本书看似有些走神。

"你还是放不下心，在琢磨人工大脑的事？"周文樱劝说，"个人能力有限，改变不了什么，算了吧。"

刘忻放下书，在白板上写出易先生说过的一句话：天道自然反复无常。他看着这句话有些困惑地说："变化，没有稳定状态，测不准。这就是量子态的表征。易先生的研究中心怎么能制造出量子计算机？实在让人震撼。"

"我也觉得不太可能实现，这完全超越了现今的科技水平。"周文樱说，"如果真的发明出了量子计算机，世界上所有超级计算机在它面前就像个幼儿。要知道，现在对一个五百位的数字进行因子分解，得耗时上百亿年，而量子计算机最多只需要几分钟。这种差距大到简直不可想象的地步。"

"它还能破解一切密钥。"刘忻点头说，"易先生如果掌握了这种技术，那还了得？完全可以随心所欲地侵入电子世界，迅速破解网络、服务器、金融行业、信用卡系统……获取国家机密资料都不在话下。现在所有的常规电脑安全系统都不堪一击。它甚至能够冲破军事防御系统，操控卫星，调转导弹的轨道，让整个国家陷入灾难中。坐拥这项技术，几乎能摧毁现代人赖以生存的科技，就能主宰全世界。"

没人敢忽视这种潜在的巨大威胁，这是否是国防部监控易先生的缘故？

"也有一种可能。"周文樱转念说，"研制的量子计算机尚在初级阶段，只是功能简单的原型机，就好比计算机博物馆里那些笨拙的老古董。"

"这个推测靠谱，从原型到实用往往还要一段发展时间，二三十年都有可能。"刘忻释然解惑，赞叹说，"但也很了不起了，这项超前的技术实在太抓人，我都很想去易先生的研究中心应聘，一睹为快。"

"他没提这事，估计看不上我们的能力。"周文樱笑了。

"是啊！可惜了。"刘忻深感遗憾。

这种感受如同毕生寻宝的冒险家终于来到宝藏大门前却不得而入，只能想象着无数璀璨夺目的金银珠宝而兴叹，简直折磨死人。

随后几天，刘忻做什么事都有点心不在焉，念念不忘量子计算机技术的研发。后来他想，既然放不下心，那就行动吧！他干脆不顾条件局限，着手开始钻研这事。

他首先要破解的是微观世界最诡异的量子纠缠现象。为了得到指数式的计算，除了量子叠加态，量子比特还必须通过量子纠缠的过程联系在一起。唯有掀开这层神秘面纱，实现稳定的量子相干，才有可能构建起量子计算机模型。

解密的途径还是那份计划书里的两个方案，他最有条件做的是其一——激光冷却原子、超导，制备出有序的量子状态。他决定先从这条技术路线出发，费些心思设计出一套看似可行的方案。

他找到实验室负责人尼尔森·布卢默，给这位出了名的慢性子先生看了报告，申请超冷原子系统来做这项实验。

"呵！"布卢默看完方案干笑了一声，挠着嘴唇上的胡茬儿不置可否好一阵。就在刘忻以为行不通时，布卢默慢吞吞地说："一个月的时间，我赌10美元，你将白费精力。"

"非常乐意。"刘忻大喜过望，当场掏出钞票递上，"不出意外的话，我肯定输了。"

布卢默把这张钞票夹在一个月后那天的台历上，抛出一句话："来点惊喜吧！万一杀出一匹黑马，这将是个伟大的日子。"

往后，刘忻就有了一间独立的实验室、一张超大的实验台，及每天两小时的超冷系统设备使用的时间，以此来实现操纵一对保持纠缠态的光量子。

刘忻受武汉神经工程研究所做的"大脑以光子传递信息"的实验启发，打算用光子来形成量子比特。

Bio-X研究中心最好的条件就是，拥有世界上最高效的激光制冷机，能为激发的单光子源提供零下273摄氏度的超低温环境，创造出几无噪声干扰的一片虚空——包裹在一个超大的形似汽油罐的金属真空装置内。

刘忻在这个寒冷极限的小世界里创造、研制量子计算的核心部件。他就像一个魔法师，在实验台上设计、组装出一组组反射镜、波片和各种元器件。激发的光子穿过实验台上这些横七竖八排列着的镜片，改变了偏振信息后导入一个关键器件：多路分束器，由此产生一个单光子源，最后进入核心装置"冷罐子"对光子进行操纵。

前期工作无比艰难，光是调试就耗费了刘忻大量的时间和精力。人手不够，只有两名实验助理员协助他，进展非常缓慢。道金斯博士是这方面的好手，本来可以给他大力支持，但道金斯突然提出辞职，很快就离开了斯坦福。这事有点奇怪，道金斯为什么辞职，去了哪里工作也没说一声。

两周后，刘忻终于制造出一对"干净"的单光子。两个独立的光子几乎一模一样，这在量子力学中叫作"全同"。

全同性比率达到99%以上，才能让这一对光子产生量子干涉，进而发生纠缠，否则它们谁都不理谁。这种现象好比一对双胞胎，两人的相似程度越高，他们之间越容易产生心灵感应。刘忻不断地改进量子线路效率，直至把一对光子的全同性提高到一个不可思议的极限。

"连上帝都无法区分它们了。"实验助理打趣说，"谁还能保证'世界上找不到两片一模一样的树叶'？指不定将来的人就能在实验室里制造出来。"

令人激动的一刻来临。这一对单光子"双胞胎"发生了纠缠，在测试操纵下进行了一次极简的比特计算，顿时轰动了整个实验室。人们蜂拥而来，围观刘忻的实验，看着显示器上高低起伏的谱线发出惊叹声。

毋庸置疑，这是一个里程碑。虽然纠缠态持续时间短暂，仅有80毫秒，计算能力极其弱小，还不如一个算盘，但它具有非常重要的科学意义。只要再往前迈进一步，延长量子相干时间，实现操纵5~10对纠缠的光子，它的计算能力就能突飞猛进，超过经典计算机。而一旦研制出50个量子比特的光量子系统，必将超越目前世界上最强大的超级计算机。那将是巨大的信息技术进步。

但这套超导光量子系统非常脆弱，操控精度远远不够，系统稍微出现一丝环境干扰就立刻失效了。这根本不能称为量子比特计算，它还只是孕育中的一个"婴儿胚胎"。

刘忻精心呵护着这个胚胎，穷尽所能，把光量子相干的时间延续到近1秒，但它还是无法完成有效的计算。而最令人沮丧的是，再也做不出第二对光量子纠缠。在冷罐子底部的那一片指甲盖大小的量子芯片里似乎发生了某种神秘的"噪声"干扰，一旦激发第二对光子，之前的那对光子纠缠立即失效。而且量子比特的数量越多，相互之间的作用就越不可控。即使只增加一个逻辑量子比特也是无比艰巨，不管怎么反复测试、改进，都无济于事。

这个解决不了的难题像一座高耸入云的大山横在刘忻面前，让他再想前行一步都难。

约定期限到了，他没有意外地输掉了赌注。尼尔森·布卢默用那张钞票换来一纸证书送给刘忻。

这份礼物也太奇特了，竟是美国国家航空航天局出具的一份证书——布卢默拥有对一颗小行星的命名权，他以"刘忻"的名字正式命名了。这颗临时编号为第95918号的小行星是布卢默发现的，并亲自计算出其运行轨道。它在浩瀚的宇宙里只是亿万星辰当中一粒毫不起眼的尘埃。"你所做的事，好比这颗遥不可及的星星。"布卢默略带嘲讽、悠然地说，"省省劲吧！有空儿带妻子去看场电影。据我所知，全球至少有上百个大型实验室在研究量子计算机，全都止步于此，没谁用这玩意儿成功做出过玻色取样计算。"

"谢谢你好意提醒。"刘忻收下证书，坦然地说，"我不会放弃。"

布卢默透过黑框眼镜片瞥了刘忻一眼，出门前给了他一句话："晚上的时间随你支配，如果你自愿加班。"

于是在往后的一夜一夜的时间里，刘忻耗在空荡无人的实验室，集中精力钻研，即使前路艰辛，也从来没有过丝毫退缩的念头，似乎天性就应该这样做。在实验室里，超低温系统冷却仪器持续发出的单调的"啾啾"声，仿佛具有魔力般的致幻作用，长时间听着，人仿佛接受一场淅淅沥沥永无止境的春雨洗礼。那一对孤单的光量子浮于雨雾弥漫的虚空，寂静无息，没有发生任何的变化。刘忻却若有所感，好像看到了在微观之处的那一粒"种子"世界里蕴藏着无穷尽的量子信息。一切皆有可能，这足以让他心怀希望地等待种子发芽、结果。

伯恩贴近观察窗，再次扫视室内靠墙而站的一排可疑人。他们都套着黑头套。看不见他们的表情，但能感受到一双双眼睛流露出来的恐惧不安，各有不同的细微变化，木然、冷漠、羞耻……伯恩逐一审视着，不觉有种异样感触。无形间仿佛发生着微妙的反应，无须言语交流，人与人悄然传递着信息，只不过通常难以捉摸。

"怎么样？"安德森催问。

随着时间的推移，追查行动毫无进展，中校变得有些焦躁起来。

伯恩看过几遍，依然摇了摇头。他的超感能力不弱，一直莫名存在，这些天里似乎还有所增强。他甚至只看一眼，就依稀感应出一些可疑人的来历。比如1号可疑人，很可能是一名退伍军人，成天无所事事，闲荡于街头，偶尔干点不法勾当；3号可疑人则可能是一个无政府主义者，对社会心怀不满，仇视大部分安居乐业的民众，血液里潜伏着激进的暴力因子；4号可疑人还年轻，也许是一名大学生，喜欢幽闭在家上网，探究控制他人电脑的技术活儿，给政府安全系统制造麻烦……但这些人都不是邪教嫌疑犯。伯恩完全能肯定。

"换下一批。"安德森阴沉着脸指示。

至今为止抓捕了近百人，逐一审讯，经过排除，这时还剩最后两批可疑人。

时间越发紧迫，如果还揪不出恐怖分子，找不到丢失的AS-系统部件，安德森就得揪自己的头发了，然后引咎辞职，滚回他的迈阿密老家晒太阳。

"你的行动组是不是要解散了？"伯恩抱手阴恻恻地笑了起来，"拍拍屁股我们各走各的，该干吗干吗。你有时间找个女人重组家庭，我呢，就去投靠灵学会，安心做个身居高位的圣灵。"

安德森明知他故意嘲讽，还是备受刺激，不禁反唇相讥："神棍不知死活，离开我们的保护圈，你还能吃几天饭？占卜过自个儿的吉凶祸福没有？"

"如果担心某种情况发生，那么它一定就会发生。"伯恩冷冷地说，"我们身套枷锁，莫不被它束缚着，无人能抗拒。"

"狗屁！"安德森嗤之以鼻，伸手握成拳头，"强者手持命运之矛，世上没有……"正说着，忽见伯恩转头盯着被特工带入室内的可疑人，神色异常，目露闪烁不定的微光。"有发现了？谁？"安德森精神一振，随之看向室内，见这一批共押进来五人，他们手举编号牌，戴着头套，看不出与之前的有何区别。

伯恩目光直视2号可疑人，透过头套，盯着那人灰褐色的眼瞳。

一瞬间，那人微微颤动，原本木然低垂的视线突然发生了变化，他抬眼正视观察窗。透过这一块深色的单向玻璃，他仿佛与伯恩隔空对视，无形中激荡起一股震颤心灵的微澜。

伯恩屏住呼吸，清晰感受着这种异样的意识场波澜，共振遍及全身，蹿入意识深处，拨动着他的大脑神经簇簇跳动，犹如死神的力量侵袭人间生灵。

一阵阵晕眩，他恍然感觉视野波动，所见场景仿佛疯狂扭曲变形起来。

那人激烈颤抖了一下，扔掉手中的编号牌，陡然扑向观察窗。室内一名特工反应迅速，冲过来，手持电击棍捅到了那人的后背上。"咔！"单向玻璃震动。那人撞到观察窗上，头套内的五官抽搐，双眼凸出，呈现一种死鱼般凝滞的凄厉。

特工又电击了两下，那人慢慢瘫倒在地，惘然瞪着虚空。

伯恩昏迷了一刻，待他清醒过来时，只觉心跳如鼓，一下下击打着胸腔，遍体冒汗，像溺水之人被从海里捞上来一样大口喘气不停。"那人呢？"他见自己靠在椅子上，身旁站着杜克。"带去审讯了。"杜克说，"中校先生亲自审问，他要我送你去医院检查一下。"

"我没事。"伯恩站起身，迫不及待地说，"我要去见他。"

杜克制止他说："教授，你休息会儿，这种事让我们处理就行。"

伯恩颓然坐下，泛起无力之感。回想刚才那一幕惊魂动魄的场景，他心悸不止，莫名生出一种残害同类的惶恐之心。

那人与他类似，也是一个意识变异了的黑镜人。目光触及的一刹那，在意识场共振作用下，他们的心灵相通，恍然传递了彼此深藏的意识印记。

此刻依然如此。伯恩微微感应到那人的意识体，就在楼房底层的审讯室。茫茫然，犹如燃烧在荒野上的篝火迸出的一串串火星，灼痛着他的大脑神经，扰动着他的意识。伯恩感到极度不舒服，不得不回到公寓里休息。脑袋里乱哄哄的，他似乎听见从某处传来嗡嗡低鸣的噪声，诡异，找不到发声源，如同有飘荡在空中的幽灵无休止地折磨着他。

这一夜，伯恩辗转难眠，浑身忽冷忽热，好似精神分裂般错乱，感觉自己仿佛身处另一个阴暗的空间，不断遭受着酷刑的折磨。

如不祥之兆，一种无形的力量正把事件一步步地推入无可挽回的绝境。

天明时分，伯恩得到消息，那人死了。并非死于刑讯逼供，特工的处理手法很专业，也很谨慎，不会对身体造成直接伤害。黑镜人用了一种让人意想不到的诡异死法。就在长时间持续审问后暂停的短短几分钟里，他窒息身亡。现场除了安德森，还有两名特工目睹，但他们谁都没察觉异常，只见那人闭目休息，平静得似一潭死水，而后继续审问时却再也不能唤醒他。在审讯室的强光照射下，但见那人的瞳孔扩散，已然没有了心跳反应。随后送往医院急救，确认脑死亡，死因为窒息。

"黑奴窒息法。"安德森铁青着脸，压抑不住懊恼，"我们大意了。"

在人类历史上贩卖奴隶的时代，曾出现过一种异常的自杀方式——自我窒息。在那时，一艘艘底舱里塞满了黑奴的大型轮船，冒着浓烟从非洲离港，驶向大洋彼岸的美洲。颠簸在茫茫无际的惊涛骇浪中，黑奴锁镣加身，被密集地关押在密闭的底舱里，备受饥渴、疾病、酷热的折磨。远离家乡的绝望痛楚在心底蔓延，有些黑奴就这样静卧不动，控制着肺括肌，不再呼吸一丝空气，直到渐渐窒息而亡……白人看守拎着皮鞭巡逻船舱，一旦发现有黑奴倒地一动不动，脸色反常红紫，就扬鞭抽打——这是遏制黑奴窒息自杀的有效方式。

那黑镜人采用的方式与此唯一的不同之处在于，他自始至终平静如水，面色如常，而灵魂却已悄然离体。

伯恩的眼瞳骤然收缩了一下，目光尖锐如刀般盯着安德森。瞧这家伙的嘴脸，可以想象他以前为达目的都干过些什么不择手段的事。

"一个刽子手。"安德森解读出伯恩的眼神表达的含义，毫不掩饰地说，"持刀砍头的人是我，我是执法者，就这样，我们继续。"

"去你的……"伯恩唾骂了一句。

"想想艾薇·兰迪的遭遇，做你该做的，教授！"安德森回应。

这话击中伯恩，如冰冷的血管钳夹紧了动脉，穿刺针利索地刺入他的心脏，令他无法动弹，心如槁木。

AS-系统武器的情报送达。

两名军官护送一个密码箱来到公寓会见伯恩，他们解锁密码取出一份绝密文件递给他，并封锁现场。安德森没有获知密封信息的权限，他踱步在房间外的走廊上，沉着脸一言不发，没谁敢去招惹他。

难熬的一段时间过后，两名军官拎着密码箱离开。安德森蹿进房间，关上门，皮笑肉不笑地看着伯恩，活像动物园笼子里的豺狼向游客乞食。

"为国家服务，保密誓言将随你至死。"伯恩冷然说，"凡泄密和窃密者，必将受到最严厉的制裁。"

安德森干笑一声，搓搓手，从柜子上拿来酒说："我们喝酒，聊聊天。"安德森倒上两杯酒，冲着监控探头吼了一声，"关闭，别打扰我们。"伊芙琳的影像在显示器上做了个"OK"的手势，随后画面黑屏。

"你不怕被送上军事法庭？"伯恩斜眼看着他问。

"我只担心一件事。"安德森喝下一口烈酒，咂嘴说，"这个世界一旦失去所谓见不得光的秩序守卫者，将有更多的人遭受伤害。"

"这么说你大公无私。"

"无私，我可做不到，但这不妨碍我站在大多数人的这一边。"

"所以伤害某些少数人。"

"总得做个选择，是吧？世上罕有两全其美的事。"安德森垂下目光，看着手里的酒杯，"在战场上，所谓仁慈毫无屁用，凡是杀戮都没有对与错、好与坏。扪心自问，谁的骨子里没潜伏着嗜血的野兽？兽性即人性，这是我们骨肉血脉里不可分割的东西。唯一的区别在于，吃饱喝足了以后是选择找个暖和的地方睡一觉，还是用累累尸骨打造一把王座，踩踏众生于脚下，奴役他们的身体，吸食他们的脑髓，操纵他们的思想，妄想主宰一切。后者就是我宁可不睡觉也要砸碎的肮脏东西。"

"这就是你做事无道德底线的借口？与那些邪恶之徒有何不同？"

"关于道德，与其拷问它，不如去维护它。"安德森面露肃然之色，"在柬埔寨维和战区，一位中国军人这样跟我说过。平心而论，我一贯向往世俗生活，懒洋洋躺在沙滩上喝着冰爽的啤酒，瞧着比基尼女郎在阳光下溜达，多么惬意，多自在。可我们能做这样的选择吗？要立善，必先除恶。你睁眼看看外面这个世界，罪恶横行、凶邪毕露，人们贪婪堕落，自私愚蠢麻木……该怎么做？莫不一目了然。"

伯恩瞥眼窗外，黯然说："天黑透了。"

"黑透了，才见星光。"安德森抬起头，"正如你说过的哲言，看清这个世界的真相，之后依然热爱生活。"

"何为真相？"伯恩苦笑，"好吧！去他的狗屎规定，我就跟你讲讲AS-系统的真相。"

加州42号工厂位于莫哈维沙漠深处，始建于日本偷袭珍珠港后，其安全级别为最高，主要研制美军新一代武器系统。如隐形轰炸机、粒子束武器、生化武器和气象武器以及最新概念的地球物理武器——AS-系统。

这是"极光暴"（Auroral Storm）的缩写。自从1964年事件之后，军工厂开始研发这种超自然力量的武器。这是人类有史以来最危险、最疯狂的武器研发计划之一，得到了国防部的大力资助。研究发现，在太阳活动强烈时期，地球磁场受到大量高能粒子的扰动，就会造成极光的猛烈爆发，形成极光暴。这种爆发的绿光，横扫距离地面50英里高空处的大气层，以巨大能量加热电离层，从而引发地球气候变化，引生超级飓风和地震。

极光暴武器这个概念起源于此，该项目计划建立一个高能电磁波天线矩阵，向天空发射，激发电离层产生连锁反应，催生出人造极光暴，大面积摧毁地球上的某处目标，破坏地面上的一切通信系统和电力设施，人工制造飓风、大地震。实施该计划至今，国防部已在阿拉斯加州的军事基地秘密建成极光暴系统发射矩阵。这是一个庞大的军事工程，其核心部件由加州42号工厂制造出来，运送到基地安装后，计划将进行首次武器系统发射打击测试。

阿拉斯加州荒原上的这一整套极光暴系统，占地60公顷，由大规模集成的高频发射天线、激发设备、庞大的发电机组群等系统装置组成。它可以发射出超过3000兆瓦的能量，以微波辐射能的形式冲上云霄，直达高空电离层，聚焦"点燃"离子云，产生绵延数千公里的人造极光暴，然后把极光作为一种虚拟天线，将热效应和电磁效应放大10万倍，激发电磁射线在太空等离子区域产生共振。一瞬间，这种可怕的超高能量就能"引爆"地球圈的电离层，在高空凝聚成一面巨大无比的"镜子"。等离子体镜面折射能量，聚束投射到地球上任何一个特定的区域，摧毁任何一个打击目标。

"它比核武器的威力如何？"安德森问。

"难以估量。"伯恩说，"但可以肯定，极光暴这种物理武器无可抵挡。它利用地球构造及其电磁场复杂的行星特点，将成为史上绝无仅有的、最大能量的恐怖武器。

"它作为战略性武器，能量之强大，犹如天神之力，可对地球大气的对流层、同温层、中间层和电离层发生直接作用，从而破坏全球气候，改变地球大气的风向，改变大气的温度和密度，人工制造超级飓风、雷电暴雨等极端天气。

"其次，极光暴的强辐射，还能引发地球磁场的变化，造成地磁极移，导致一系列特斯拉效应下的人造地震。

"而适当调整高频电磁波的发射功率，极光暴不仅能毁灭地球生态系统，它还能引起电场变化，在高空形成等离子团，彻底破坏无线电通信，可以使飞机、导弹、运载火箭、卫星、空间站以及地球上被打击区域的一切电子设备失效。整个过程只需0.1秒。

"最可怕之处在于，它还能扰动意识场，致使人精神失控。"伯恩缓缓地说，"正如1964年那场幽灵入侵事件。"

"太离谱了，怎么做到的？"安德森脸色微变。

"原理很简单。"伯恩手指额头，"我们的脑袋就是一台生物仪器，会被电磁波干扰。"

极光暴系统制造的能量可在2.8～10兆赫的频率之间调整，当集中在低频时，引发电磁波谐振，就能辐射陆地上所有动物的大脑和神经系统，异化人们的精神意识。

人的大脑工作频率为0.5～40赫，脑波分为四组：茁波（13～35赫）控制人的正常活动；琢波（8～12赫）控制人的学习和注意力；兹波（4～7赫）控制人的想象力；啄波（0.5～3赫）控制人的睡眠和梦境。极光暴打击的低频电磁波穿透大脑以后，一刹那，刺激人们的思维和意识，从而影响人的精神状态。

它的打击半径可达2000公里，能大范围地使人丧失自我意识，无法控制自己的行为。

极光暴系统如果调整到60赫的频率，甚至可以扰乱生物神经系统，破坏体内DNA，直接给人造成致命伤害。运用在战场上，它将杀人于无形，迅速、高效、极大地摧毁军队的有生力量。可以想象这种情形，这就像高高在上的天神手持一块硕大无比的放大镜在灼烧地上的一群蚂蚁。

强光闪过，众生灰飞烟灭，陆地上的一切生命将不复存在。

伯恩说："极光暴武器一旦开启，我们在地面上无处可逃。天空上的飞鸟，森林里的蛇虫鼠蚁、军人、无辜的民众、天真无邪的婴儿，必将遭受它的侵袭，无一能逃出生天。除非我们像蝙蝠一样钻进暗黑深处的地穴躲起来，哀求大地震不波及自身，祈祷地球圈大气层不被它彻底摧毁。"

安德森失声咒骂："高科技最先用来制造武器，疯狗战略。"

"这种武器的打击效果与1964年事件如出一辙。"伯恩冷笑一声，"区别只在于，那次是天灾，而这是人祸。"

"狗娘养的，这比全世界的核弹堆在火山口还恐怖。"安德森深感忧虑，"这必将导致新一轮的军备竞赛，破坏全球战略稳定……"他转念一想，骇然说，"劫走核心部件的，难道是苏联人？"

"对这种超级武器，谁不求之若渴？邪教也不例外。"伯恩说，"地球圈生命全靠大气层护佑，以抵御宇宙射线的入侵。如果有了极光暴武器，对准天上的臭氧层、电离层烧个破洞，那就达到他们的终极目的了。"

"净化日降临。"安德森脸色大变。

"叮！"伯恩曲指弹了一下酒杯，"连锁反应，地球大气保护层好比肥皂泡一样破裂。第三类黑暗伽马射线暴袭来，毫无阻碍地射入裸露的大地，万物遭受圣光的洗礼。这将是一场最纯粹的净化。每一个人，包括地球上的每一只阿猫阿狗，所有生物的灵魂终将回归宇宙。"

"大毁灭，这不是自寻死路吗？"

"不一定。也许是另一种新生。"伯恩尖刻一笑，"像我这样的异类圣灵，净化后，也许就能拥有神一般的力量，主宰全世界。颤抖吧！人类奴隶。"

安德森瞧着他的冷笑，还真有一丝不寒而栗的感觉。事件碎片逐渐拼凑起来，依稀可见一副狰狞面孔。

科学发展到极致，犹如神创的力量，一切皆有可能。军事科技往往与恶魔并存，挟持地球、毁灭世界变得易如反掌。如果极光暴系统武器研发成功，能达到随心所欲控制地球生命圈的那一步，不管它是否投入实战，无疑对我们仅有的这个星球的生存空间造成巨大挑战。

人类自取灭亡的警钟长鸣，末日大毁灭随时可能在下一刻爆发。

"这就是你守卫的秩序。"伯恩冷冷地说，"站在王座两旁手持命运之矛，以超越神灵力量的武器，置世人安危于死地。中校，你将做何选择？"

安德森沉默了一阵，反问："你说呢，还能怎么办？"

"找到它，送到军事基地。我要现场看着它，观摩武器发射。"伯恩嘲讽着说，"但愿一举摧毁地球上的所有人，终结永劫，整个世界清静了。"

"行啊！我们一步步地做。"安德森自嘲说，"某种情况要发生，那就让它发生吧，但至少不能让它落入邪教，被邪徒之手操纵。"

"不错！因为邪徒是非法之人，哈哈！"伯恩大笑着喝下一杯酒。

第18章　繁星若尘

哥伦布纪念日过后，刘忻和妻子乘坐早班机飞往夏威夷。

他们这趟出行，要去夏威夷群岛大岛上的一座天文台。那儿有世界上最大的光学望远镜——口径达10米的凯克望远镜。它坐落在海拔13800英尺的人迹罕至的莫纳克亚山雪峰上。那里位于近三分之一的大气层以上，空气稀薄，水汽含量很低，视宁度极好，最高可达0.3角秒，具有超高的观测分辨率。莫纳克亚山因此被誉为这颗蓝色星球上最佳的天文观测地，山顶上放置着12座国际顶尖的望远镜，能清晰捕捉到宇宙中从毫米波到光学波段的天体辐射。

凯克望远镜隶属加州理工学院和加州大学。周文樱通过数学系的陈教授介绍，联系上一位名叫詹姆斯·哈里森的天文台工程师，为他们安排这次天文观测。

"如果没观察到，就算是你陪我来度假两天。"上了飞机，周文樱对刘忻再次强调说，"我不保证这事儿会真的发生。"

"发生概率有多少？"刘忻问。

周文樱摇头不语。看似情况不太理想，她连最低的概率都不愿给出，愈发显得这事有些神秘。

实际上"这事儿"从一开始就有点反常，周文樱忽然跟他说，要去天文台观测一个宇宙级天文事件——她着重说明"这事很可能不会发生"。可随后她却联系了凯克天文台，安排好日程，还订了机票。这就让刘忻感到意外了，追问妻子那是什么天文事件。

"不确定……"周文樱皱着眉回答。

刘忻一怔，以为妻子在卖关子逗他呢。自他鼓捣光量子计算机以来，白天黑夜泡在实验室里，很少顾家，妻子虽然没说什么，他心里却有些惴惴不安。尤其是他精心孕育的光量子"种子"一直都没发芽，离开花结果遥遥无期，给人感觉他完全在白费劲。

"是宇宙伽马射线暴？"刘忻转念猜测，"你还在做红色浪潮实验，导入了伽马暴事件的影响？"

"我没找到两者之间的关联。"周文樱摇头说，"做过各种尝试，最终一无所获，只是……"她的语气迟疑起来，底气明显不足，"也许有一种不确切的可能性，我想做个观测来验证。"

"观测什么呢？"刘忻又问。

宇宙伽马射线暴平均每天都会发生两三次，查询公开的天文数据，很容易获得相关资料，无须直接去观测。

"一颗濒临死亡的恒星。"周文樱的回答让刘忻再次感到意外，"它在垂死坍缩时，也许会发生某种变化。"

这颗恒星编号是N6946BH1，位于距离地球2200万光年外的烟火星系，质量约为太阳的25倍。它像垂暮之年的老人那样已经演化至生命的终点。

通常情况下，大质量的恒星在濒死之际将耗尽其所有资源，产生的能量不足以抵消星体内部物质间的引力而崩塌，以一场极其壮观的大爆炸抛出外壳，从而成为闪耀的超新星——当然，从浩瀚的宇宙尺度来看，超新星爆发是很平常的事情，这只不过相当于一场百亿年的烟火表演中闪烁的一点火花。这颗恒星所处的庞大旋涡星系之所以叫烟火星系，就是因为天文学家经常在这个星系中观测到大量的超新星爆发。

"不是超新星爆发吗？或坍缩成致密的白矮星，它还会怎么改变？"刘忻诧异地问。

"是啊！但也说不准……"周文樱欲言又止，转而说，"哎！这事你就别刨根问底了，就当浪费你两天做实验的时间。"

"一点都不浪费，我很乐意。"话说到这份儿上，刘忻哪还会再有半点异议，一切听从妻子安排就是。正如她说的，如果没啥收获，就算出门旅行一趟。携手爱人在夏威夷山峰上漫步云端，夜观北回归线上的雪山星空，那也是人生难得的极美的事。

詹姆斯·哈里森开车来科纳机场迎接他们，热心得让人不好意思。

"世界上很难找到像夏威夷这样一个让人身心完全放松的人间天堂。"哈里森二十几岁的样子，这位年轻的工程师活泼好动，说起话来轻快幽默，"你们来多住几天啊，体验绝色海景、月光沙滩、古老的民族村落，这才是最完美的浪漫之旅，而不是待在苦寒的山巅，看一颗2200万光年外的恒星。"

"人各有所好。"刘忻看了看妻子，笑说，"我头一次约她，去了斯坦福的艺术博物馆。我以为女生通常都偏好文艺吧，可她站在罗丹的《思想者》雕塑前评论说'看着不稳定，其实上半身并没有偏离重心轴线'。我明白过来，艺术品在她眼里是一种几何造型。"

"哈！你遇到另类缪斯女神了。"哈里森不由得赞叹，"通常加州理工男才会这样。大学那会儿，学妹来找我解题，我一晚上就老老实实地跟她解题，还不知道学妹为什么生气走人，那时我最恨的事就是解题才解到一半就被叫停，那可真要命。这是我活该单身至今的缘故，就在星夜以'五姑娘'为伴，一生甘做第谷的门下走狗，观想浩瀚宇宙。"

刘忻知道第谷·布拉赫是丹麦天文学家。这位天文史上的奇人用肉眼测量了北天777颗恒星的位置，在当时，这使星象的观测达到了前所未有的精准程度。第谷编纂的星表数据为他的弟子——大名鼎鼎的开普勒运用，由此创立了著名的行星运动三大定律，成就了近代天文学的开端。

但什么是五姑娘？刘忻很疑惑。

"加州理工校训，掌握真理使人自由。"哈里森大笑着，伸开手掌拍打方向盘。刘忻会意笑起来，对此大有认同感。一转眼，他却见妻子颦眉恍然看着车窗外，没听他们说笑。

汽车从海边公路开始向山上盘旋，远方碧海蓝天，近处褐红色岩石如火星地貌的山体，空气清爽通透，一路上风景绝美，坐车成为一场顶级的视觉盛宴。但看起来，周文樱显然也没在意风景，一副心事重重的样子，不知在想啥。

"预祝你们好运！"哈里森谈及这次恒星观测，"七年前，来自俄亥俄州的三位天文学家发现红外线的可见波长在变暗，推测它最终会爆发成为超新星。我们就一直在追踪，今年有了迹象，它连续几个月出现瞬态增亮，这是垂死前的回光返照，到了爆发的临界点，但也说不准，可能再等上一年、十年都这样。如果足够幸运的话，超级大爆炸也可能就发生在这几周内。"

"概率还真小。"刘忻问，"你在天文台观测过几次超新星爆发？"

"三年间，就在烟火星系有两次。惊心动魄，目睹那过程妙不可言。看着存在数十亿年的恒星毁于一旦，你就会觉得人生活中的这点破事微不足道。除了宇宙奥秘，其他一切烦恼都没了。"

上山路上，哈里森讲了些超新星爆发观测和研究的事，妙趣横生，让刘忻不觉行程乏味。

这种以终结生命为代价的超新星爆发现象，极为罕见，瑰丽而壮观！它与彗星、流星雨、行星光环并称为"四大天象奇观"。

一颗遥远的恒星在未爆发之前，往往很不显眼，用大型望远镜也未必能看到它。一旦爆发，亮度可增至原来的几千万倍到几十亿倍，是为宇宙中巨大的天文事件。这意味着一颗恒星的瓦解，一种趋于死亡的悲壮形式。

　　大质量恒星的内部温度远高于表面，一颗稳定的恒星，核心温度的理论上限为60亿K（温度单位，开尔文）。超过这个温度，激烈的反应会让恒星失去稳定，最终在一场巨大的爆炸中毁灭。恒星会突然坍缩，外层物质在引力的作用下，以亚光速砸向内核，然后产生"反弹效应"，巨大能量的气体反旋向上膨胀，像撑破一个气球那样砰然爆炸。恒星被撕裂成无数碎片，一瞬间，释放的能量超过太阳诞生以来释放的总和，产生强烈的X射线、伽马射线，温度骤升。超新星爆发因此非常明亮。

　　这种向宇宙深空发出的光芒异常强烈，随之以惊人的速度释放出气体、尘埃和辐射。纵使跨越千万光年的距离，它也能对地球造成影响。机缘如果足够巧合，在晴朗的夜，人们凭肉眼可见这一壮观的奇景。当然，在地球上直接观测到的超新星事件并不多，对于绝大部分人来说，一生未必会遇到一次超新星大爆发。正因如此，史书会将这些罕见的天体事件记录在案。

　　近2000年来，爆发在银河外星系的超新星已发现近千颗。银河系内确证的超新星爆发仅有6次，近400年来还未出现一颗。

　　最有意思的当数1572年11月11日的一次仙后座超新星爆发。世人有目共睹，这场震惊全球、持续了两年之久的超新星爆炸闪耀夜空，比金星还耀眼，最亮时甚至能在白天看到它。这异象把当时中国的万历皇帝吓坏了，以为这是上天发怒的大凶兆，赶紧检讨自己的言行举止和思想，加以改正，卑躬谦逊地好好做人，以消除天心的不快。而在同一时期的欧洲，第谷观测了这次超新星爆发，并记录在其著作《论新星》中，后人便将这颗超新星命名为第谷超新星。

　　"后来确定，这是一颗Ia型超新星，标准的热核爆炸型，距离地球约1.2万光年。"哈里森说，"在那个时代，第谷超新星具有非凡的革命意义，这狠狠一击，砸碎了亚里士多德的水晶球宇宙模型体系，让人们意识到宇宙诸天体不是以地球为中心运转的，不存在万古不变的上天神圣世界。"

　　在宇宙中，如果处在超新星爆发影响的区域，对于行星生命系统来说是非常致命的。以地球为例，在生命诞生初期，一颗超新星爆发的伽马射线洗礼了地球，海洋中的无脊椎动物受到强烈影响，几乎濒临灭绝。可在多种海底生物化石中发现这些痕迹。

　　200万年前的一次物种大灭绝也是来自超新星爆发。同位素铁-60的检测发现，大量浮游生物、软体动物毁于超新星爆发释放出的伽马射线暴。

　　"一旦倒霉，摊上了隔壁邻居失火这事儿，你辛苦置办的家业立马烧个精光。"哈里森以此来比喻超新星爆发对地球的危害。

哈里森团队的研究项目，近几年来使用凯克望远镜对烟火星系进行观测，除了检验恒星演化理论，揭示超新星爆发如何在宇宙中传播重元素，也在追踪可能威胁地球的"伽马暴打击"的超新星。幸好，银河系中已经很久没出现超新星了——地球生命是个超级幸运儿。在过去5亿年里，地球曾经多次挨近超新星爆发的致命影响区域，每一次都擦肩而过。到目前发现，最致命的潜在危险是，距离地球约7500光年外的船底η星云。那里有一颗质量至少是太阳90倍的恒星，已经进入了20年一个周期的不稳定期。它爆发时会产生超强的伽马射线暴，如果对准了地球的方向，将瞬间摧毁地球大气层，终结地球上的一切生命，无人能幸存。

"7500光年，这个距离非常近了。"哈里森说，"我们束手无策，只能祈祷它开火时，别对地球瞄得像鸟屎落头上那么精准。"

刘忻说："事实上，它爆发了，祈祷也没用。"

光年是长度单位，但在这种巨大尺度上，时间与空间密不可分。我们与之相距7500光年，事件以光速传播到地球，发生的时间也就相当于延迟了7500年，我们现在只能看到它爆发之前的样子。

"是啊，想想就很奇妙！"哈里森说，"我们的命运上天早已注定。死活都是安排好了的，就在7500年前，因为那么一点飘过来的末日余烬。"

"今晚更加值得期待，2200万年前的一场烟火。"刘忻笑说，"有幸目睹，可是千载难逢的机会，即便是世界末日也值得了。"

两人志趣相投，一路上聊得挺愉快。周文樱默不作声，有些反常。

来到海拔9300英尺处的天文学家中心，他们休息了一阵，吃点东西，以便在抵达山顶前能先适应高山环境。

这里的风很大，气温下降到了零摄氏度。

"你不舒服吗？"刘忻见妻子脸色苍白，以为她出现了高海拔反应。

"我可能怀孕了。"周文樱说。

"啊！"刘忻当场怔住。

"可实际上没有。"周文樱皱着眉，递给刘忻一根验孕棒。这是她在药店买的家用早孕测试装，那上面只出现一条对照线，表示没有怀孕。

刘忻再次愕然失语，心情跌宕起伏犹如坐过山车俯冲而下。他翻来覆去地看着验孕棒，还有包装盒上的说明文字，蒙了会儿才说出话来："怎么这样……准确率90%左右，会不会出错了？"

"你希望有啊？"周文樱看着他问。

"那当然，唉！"刘忻愁眉苦脸的，"得而复失"的感觉实在太糟了，"要不我们去医院检查，万一有了呢！"

"不用了，我心里有数。"周文樱苦笑了下，"再说这事也不难，只要你上点心，稍微抽点空儿，也就成了。"

"我保证努力，哈！"刘忻转忧为喜，心知妻子有准备想要小孩了，不由得一阵激动。他越想越兴奋，脑子都乱了，忽然语无伦次地说："天哪，我终于知道，如何制造一个人工大脑了，笨啊！以前咋会没想到呢！"

"你有什么灵感？"周文樱吃惊地问。

刘忻喜滋滋地说："咱俩抽空儿来尝试，简单的'1+1实验'，40周后将诞生一个新生命，小脑袋瓜子聪明非凡，咿呀学语叫我们爸爸妈妈，那多美妙！"周文樱哭笑不得，瞪他一眼。

哈里森随后换了一部四轮驱动的越野车，翻越一条泥泞和危险的砂石路，花了些工夫带他们到达山顶。

在山峰上，夏威夷温热的秋季气候变成了凛凛寒冬。零下十几摄氏度，路两边随处可见片片积雪，看似与山腰上的云海连在一起，雪白耀眼，在纯净的蓝天背景下相映成趣。

越野车行驶在这条天路上就如漫步云端，走向深邃的天穹。

行至高处，远远就见一座座天文台阵列。它们被安置在山顶这一地带，皆是巨大的白色建筑物，外观呈圆柱状，或半球形，屹立在雪地里裸露的深咖啡色冻土上，宛如一个个冰淇淋。那一片片的雪、一团团云朵，就好似香浓咖啡上漂浮的奶油。蓝天清澈如洗，不染一丝尘埃，形似倒置的蓝色水晶碗盛着这一座雪峰、白云、巧克力地，还有那一个个美味的"冰淇淋"天文台——这里就是人们探索宇宙奥秘的天境。

自从1609年，伽利略将望远镜第一次指向天空，这个开创性的伟大发现所触发的科技变革深刻影响并改变了人类的世界观。而如今，在莫纳克亚山的最高点，在这处繁星的居所，一架架巨大的望远镜指向天空，进行着全天24小时不间断的全波段探测。这里的每一个观测发现，无不拓展着我们对浩瀚宇宙的认知。

"这里总共有12座天文台，口径超过8米的望远镜就有4架。"哈里森敞开车窗，为他们指点说，"那两座是夏威夷大学的望远镜，邻近的那边是AURA（美国大学天文联盟）的北半球双子座望远镜，口径8.1米，镜面使用银镀膜增强反光率，精确度极高，理论上可以获得2000英里外一张人脸的清晰图像，当然，它还能观测到80亿光年以外的星体。"

汽车在山顶上盘旋，刘忻和妻子目不暇接地眺望着那些"冰淇淋"。

"看，那座圆柱形的是昂星团望远镜，主镜直径为8.3米，当今世界在光学红外波段最好的望远镜，每年收到大量各研究机构的观测申请。"

越野车转过弯，路的正上方出现一对圆球物，下层建筑相连成一体。两个白色球体泛着光，熠熠生辉，在蓝天的映照下十分醒目。

"那就是我们的凯克，一对双胞胎。"哈里森不掩饰自豪地说，"整体镜面直径10米，世界第一。"

望远镜的集光能力随着口径的增大而增强，能看到更远更暗的天体，也就看到了更早期的宇宙。凯克天文台建有两个完全一样的望远镜，它们分别由36块六角形的镜面组成，如蜂巢一样复杂精妙。美国天文学家尼尔森在劳伦斯·伯克利国家实验室设计并打造了这些超大、超薄的镜子。每个镜片直径为6英尺，厚度仅有3英寸，拼接在一起如何校准是个大难题。尼尔森开创性地设计了一个校准系统，通过安装在每一片镜子边缘上的168个电子传感器与108个电机调节机构，让镜面持续保持正确的形状，从而获得极高的精度。这样革命性的设计，让两台10米口径的凯克望远镜应运而生，再一次突破了科技的极限。

"杰瑞·尼尔森是我们的核心，凯克望远镜之父。"哈里森说，"他定义了凯克的精神：娴熟、聪明、专注。在天文观测领域，唯有持之以恒的精准才能成为观星者的先驱。"

正说着，路边的山石上出现一条标语：抗议！拆掉望远镜，它打扰了我们祖先的灵魂！

"谁抗议啊？"刘忻见那标语文字旁画着咒语般的符号。

"夏威夷原住民发出的愤懑之声。"哈里森摇头一笑，"他们认为莫纳克亚山雪峰上，安居着先民们神圣不可亵渎的灵魂。"

13世纪早期，夏威夷先民怀着远航的信念，在星辰的指引下，跨越茫茫太平洋第一次踏上了莫纳克亚的土地。"海风的尽头，便是繁星的居所。"指引先民们涉险来到这里仰望星空，正是一种人类特有的开疆拓土的探索精神。这与如今的科学观测天文，怀着好奇和敬畏之心探究宇宙奥秘的信念和意境其实是相通的，同样具有重大的意义。

哈里森感慨地说："就我个人而言，可以理解他们对传统和宗教的敬重。有时候，我会这样想，假如能穿越时空，我与一位先民站在雪峰之巅，他可能会告诉我，星空上那个巨大的鱼钩是天神把夏威夷拉出大海的神器；而我会尝试着对他说，那是天蝎座，离我们的大地非常遥远，那些闪烁在天幕的星光，是宇宙深空另外的太阳，它们比火山熔岩还要灼热，比海洋还要宏大……我想，那位先民只要不是极端传统主义者，他会理解的，因为我们都是热切仰望苍穹的观星者。"

越野车途经昴星团望远镜，来到近处，才真正感受到这座天文台的壮观。它高约140英尺，如同一栋高耸的大厦屹立在雪峰之上，可想而知，在这高海拔的地方建造工程的难度是多么巨大。紧邻着它的两个大圆球就是凯克天文台。到了目的地，哈里森停下车，提醒刘忻和周文樱穿上防寒服，注意海拔反应，要在这里呼吸可不容易。

他们入内休息了一阵，然后重点参观了凯克Ⅰ号望远镜。

这大家伙的主体结构差不多有八层楼高，重达300吨，主要包括运行控制中心、镜面实验室、近红外摄像仪以及高分辨率光栅光谱仪等设备。凯克Ⅱ号望远镜还在调试中，预计明年启动。

驻守天文台的人员不多，天文观测团队一般都待在夏威夷的瓦梅亚天文观测总部，远程收集数据，通过监视器就可以看到望远镜捕捉到的一切。

哈里森负责维护望远镜的主动光学支撑系统。"其实也不用我做什么，正常情况下都是计算机来完成。"哈里森介绍说，"计算机每秒校准两次，将所有的镜片排列在0.00003毫米以内，使它的天文观测精度达到纳米程度，能看到的极限星为22等。"

凯克望远镜每年都有大量的观测项目申请，观测恒星N6946BH1只是其中之一，专门有两个天文学家团队来研究它，事先经过委员会的审批，每周获得一个时段进行观测。今晚预定的时间是晚11点整。这时候还早，哈里森安排刘忻和周文樱先了解近两年来的一些观测资料。

烟火星系这颗垂死的恒星已经演变成了红巨星，大幅度增亮，凯克望远镜观测它毫无难度。

观看近期的观测录像，刘忻和周文樱在显示器上看到了它惊人的燃烧状态。光谱极不稳定，可想而知，它的内部热核聚变正爆发出最后的能量。它熊熊燃烧，急剧消耗着剩余的氢原子，在中心形成氦核，不断膨胀增大，然后又在引力作用下收缩坍塌。致密、强压和超高温，致使它"每时每刻"都有可能爆发。

"每时每刻"必须打引号，这是宇宙大尺度时空下的形容词。事实上，坍塌这个过程早已持续了数十万年。而且，经过观测数据计算模拟推演，它肯定爆发了，早在2200万年前。只不过，它爆发产生的光跨越遥远的太空，历经2200万年的时间，还要过一阵子才会传到地球上来。透过望远镜的镜片集光投射在CCD探测器上，产生高分辨的图像，经过计算机系统处理，才会呈现让人清晰可见的这一幕远古的超新星爆发的影像。

"一件奇妙的事，不是吗？"哈里森说，"对于我们来看，事件尚在光锥之外，它还没变成超新星。事实与光学影像之间隔着遥远的光年，传来的伽马射线暴在路上，还有'那么一会儿'才击中地球。"

刘忻盯着显示器上恒星的影像，那狂暴的燃烧喷射让他震撼至难言。

遥远的星光在宇宙中传播，就像水中的波纹那样源源不断地向前推进。假如有上帝视角，从宏大之处俯瞰这千万年化为的一刹那，超新星爆发出的光波正如一圈圈涟漪悠悠荡漾在宇宙中，击碎黑暗寂静的虚空，传递着一缕缕灿烂如烟火般的光芒。

那定是极璀璨的一刹那，缥缈无方，恍如天河泛起粼粼波光。

"是晚11点吗？"周文樱看了下腕表的时间。现在是7点，距离那一刻还有4个小时。黄昏时分，夕阳安静地落向地平线，在白色的天文台外壳上镀了一层金灿灿的光，逐渐变成了温暖的橘黄色，又变为赤红色，好似冰淇淋上浇了草莓汁。

半空朱霞映落日，雪峰凛凛如火炬焚天，尤为神圣超凡。

"是啊，还要等一阵，镜头才会指向那儿。"哈里森示意望远镜庞大的机械转动系统，那就像巨人的手臂，"可以先去外面举目观星，我敢保证，你们将见到世上最美的星空。"

时间流逝很快，夕阳沉落，天色渐渐暗了。

哈里森给了他们两个手持双筒望远镜，口径60毫米，放大倍数8倍，足够用来观看10万光年之遥的银河群星，包括一些河外星系及星云。

"去吧！天黑了，雪山星空在等着你们。"哈里森笑说，"光明让我们见证世界，黑暗却给人整个宇宙。"

刘忻听了他这话不由得称妙。周文樱却愣了一下，脸色发白，竟似听到什么最可怕的事。她低头转过身，掩饰着不让刘忻察觉自己的异常。

夜幕降临，星光熠熠，密布在天穹上。

刘忻和周文樱走出天文台，被漫天繁星萦绕。在这雪峰之巅，透过寒夜最干净的大气，他们见到了极美的星空。

一瞬间，刘忻就被震撼到了。星光跃入视野，从来没有过的清晰。远离城市的光污染，没有云层，夜空格外深邃宁静，以近乎完美的全景呈现出南北半球的群星。如一粒粒镶嵌在黑天鹅绒上的钻石般，无数点星星就那样轻轻地悬挂在空中。星星几乎不眨眼，静默恒定，瀑布一样的银河似乎被冰寒凝固了。不用双筒望远镜，抬头一扫就能看到明锐的天狼星、银河系恒星集团、南门二半人马座α、金牛座昴星团、毕星团、巨蟹座蜂巢星团、四边形的天马座，美丽的猎户座大星云清晰可辨，天蝎座那巨大的S形如梦幻显现，还有那明亮耀眼的金星与木星……

在北半球，即使距离地球2.5万光年的武仙座，刘忻也能裸眼可见。

那是一团美丽的球状星团，云雾状，中间比边缘还明亮清晰，那里看似没有恒星，其实是太多了，中心部分聚集着数十万颗恒星。如果在那地方存在智慧生命，他们也许没有黑夜的概念，那里的天空上布满了灼热闪耀的"太阳"，犹如另一个光明永恒的世界。

1974年，为庆祝位于波多黎各岛上的阿雷西博望远镜改造完成，向武仙座星团M13发射了无线电信息——该信息共有1679个二进制数字，描述了地球生命所包含的五种化学元素、人类的形态、DNA的双螺旋形状以及太阳系的图案等信息。这是人类传递给武仙座某个行星的一张"地球名片"——称为阿雷西博信息。

假如智慧生命接收并破译了该信息，并立刻回信，那将是5万个地球年以后的事了。

刘忻联想到这些事一点都不离奇。宇宙如此浩瀚广袤，大自然能将物质组合起来创造出人类，它也能创造出地外智慧生命。在巨大的光年尺度上，那无数颗星球上不知还有多少数量庞大的智慧生命。

天文台观测开始。静谧的夜空下不时传来机械齿轮运转的声音，像巨人踩碎地上积雪发出的"喳喳"声响。一座座天文台的旋转系统启动，展露出一扇扇巨大的天窗。望远镜通过天窗指向夜幕，缓缓转动巨眼，洞察浩瀚的星空。

刘忻看见一束激光从对面的天文台射向天际，如同人类和宇宙在对话。

寒夜无风，几乎感觉不到四周冷空气的流动，时间就如静止了。刘忻手持望远镜醉心看着星空，看了月球表面的环形山、漂亮的土星环，他还差不多辨认出熟知的几十个星座。感觉确实是黑夜给人黑暗，才能拥有整个宇宙。

凝视着如此壮美的星空，予人一种无喜无悲的忘我境界。那种平静又带点茫然的感觉，让他仿佛想起了许多遗忘了的事，又似乎空无一念，自我意识在这一刻渺小如尘埃。康德的墓志铭如是说：令人心生震撼与敬畏的一刻，一是审视自我，另一个是头顶上浩瀚的星空。也许有的人每一天都忙忙碌碌，多久都不曾抬起头来仰望夜空，不曾关注过遥远的星光，不知不觉也就失去了这样纯粹的澄净感觉。

这个世界没有永恒，而观星这一刻足以让人铭记短暂的一生。

刘忻心驰神摇，在星空下握住妻子的手，二人相依着，一切尽在不言中。

周文樱的手冰凉异常，黑蒙蒙中看不清她的表情，只感觉她在发抖。

"冷吗？"刘忻展臂搂住妻子，"我们回去了吧。"

"再待一会儿。"周文樱颤声说，"我想问你个事。"

"什么事？"刘忻感到奇怪。

"宇宙中还有其他的智慧生命吗？"周文樱抬头仰望着烟火星系，"就像我们一样的生命，还有没有？"

在距地2200万光年的宇宙深处，那个奇特的旋涡星系异常夺目。它富含气体和尘埃，主要由质量和年龄不尽相同的数以千亿计的恒星组成。从正面看，它就像一个顺时针旋转的巨大而又美丽的旋涡，悄然无息地绽放在宇宙深空。

"我想应该很多，无数个吧！"刘忻说，"生命需要的条件虽然很苛刻，出现概率极低，但在宇宙这么大的尺度上也就成了必然。"

"我感觉……宇宙空无如墓地，人类是孤独的。"

"如果只有人类一个文明的火种，而没有任何其他的智慧生命，那太不可思议了。"刘忻在星空下挥了挥手，"几百亿光年那么大一片地方，那也太浪费了。"

"真是这样，你不觉得恐怖？"

"那肯定的。宇宙广袤无垠，假如没有其他生命活动的丝毫迹象，那才是最怪诞、最让人毛骨悚然的异象。"

"就像一觉醒来，全世界只剩下你一个人，周围死气沉沉的……"周文樱的声音透着异样的战栗，"一个绝对不真实的幻境，但它真实发生了。"

"怎么了？"刘忻察觉到妻子的反常。他握的手这时不再冰凉，反而有些发热，她的手心汗津津的，指尖在微微颤抖。

"我很纠结，一直在想要不要告诉你这事的真相。"周文樱说出这话时心念已定，她紧挨着丈夫，镇定下来说，"本来不该瞒你的，但对你的影响可能会很大，我得好好考虑……实际上，我甚至想好了一套说辞，能合理解释我为什么今晚要来这里观星，避免引起你的疑惑。可我说不出口……我没法骗你。"

刘忻吃惊不已，不禁问："是坏消息吗？"

"我不知道这有多糟糕。"周文樱摇了摇头说，"我出现了幻觉，伯恩教授那样的……"

"你幻见了什么？"刘忻震惊地问，等不及妻子迟疑的话语。

"一个梦。"周文樱说，"但我现在不敢确定那是不是梦。就在上周五，午休那会儿，我趴在电脑桌上打了个盹儿。红色浪潮程序在自动运行着，可能那段时间太投入，我梦见了这事。概率发生器突然出现异常峰值，一个很大的波动，我很吃惊，在梦里意识到一种我绝对想不到的情况，一颗遥远的恒星消失了，很可怕，它忽然不见了……"

周文樱的语气急促起来，顿了顿说："那种感觉非常恐怖，很难受，我一下子就惊醒了。很快检查了程序，没异常，那只是一个梦……我当时以为，梦见的事不会真实发生。"

"然后呢？别怕，慢慢说。"刘忻安慰妻子。

"后来出现了异常反应。"周文樱吸了口寒气，"一些零碎的记忆闪现，让我想到莫名其妙的怪事，就像做白日梦那样，不知怎么就忽然想到了，那颗恒星位于烟火星系，它的编号是N6946BH1。很诡异，以前我从来没接触过相关的天文知识，但一想起来就很熟悉它。然后我特意去查询了资料，它真实存在，与我想象中的一样。"

"似曾相识，是吧？"

"有点类似，但比那种感觉还清晰强烈。我甚至知道，在光学波段合成的图像上，星系中央往外沿着断断续续的疏散旋臂，那颜色逐渐变换，包括了红色、黄色、青蓝和绿色波段。那个巨大的旋涡印在我的意识深处，影像无比深刻。尤其是那颗垂死的恒星，演变成红巨星可怕的爆烈燃烧状态，不断地膨胀、收缩、坍塌……像被烈火包围的人那样，痛苦挣扎……"周文樱颤抖起来，不得不歇了口气。那熊熊燃烧化为灰烬的惨烈一幕，触动心灵，致使她无端地难受至极。

刘忻说："这是我们之前在天文台看过的观测记录影像。"

"这些场景我都预见到了……"周文樱说，"自从在机场见到哈里森，我就有似曾相识的记忆。一路上回想起来，莫纳克亚山的风景、雪峰上的一座座天文台、凯克望远镜的主体结构、各种仪器，这些我都很熟悉，根本就不像是第一次来到这地方。在路过那条抗议的标语时，我还突然想到，今晚预定的观测时间是11点整，还有天黑了那会儿，哈里森说的那句话，'光明让我们见证世界，黑暗却给人整个宇宙'。"

"你都提前预见了？"刘忻很震惊，"我不怀疑你说的，只不过这事太……吓坏你了吧？"

"幻觉，它真实发生了。"周文樱紧紧攥住丈夫的手说，"我现在体会到了伯恩教授的感受，确实非常怪诞恐怖。"

"幸好你幻见的只是超新星爆发，离我们很遥远。"

"你还没明白。它没爆发，它消失了。"

"啊，怎么消失的？"

"什么都没发生，它忽然就不见了。"

"怎么会呢？"

"就像被什么东西从宇宙中拿走了一样，我们再也观测不到它。"

"什么时候发生的事件？"刘忻愣了一下问。

周文樱沉默片刻，抬起头，再次仰望烟火星系。她说："现在。"

刘忻只觉匪夷所思。凭肉眼根本不可能看到那颗恒星。这是她的预见？

"最后一点光波传到太阳系，涟漪扩散出去，时空渐渐平静下来。"周文樱梦呓般低语，"燃烧殆尽的恒星从我们的世界消失了。黑暗里，总有一些生命注定要成为被抖落的枯叶。"

刘忻悚然心惊。不知怎么的，他想起妻子刚才那个奇怪的问题："宇宙中还有其他的智慧生命吗？"他蓦然联想到一个场景，就是在易先生的园子里所见的精心修剪过的榕树下那一地的落叶。

"我很害怕。"周文樱颤抖不止，"感到绝望孤独，所有曾经存在生命的星系都不在了，空空荡荡的，一点痕迹都没留下，只剩下我们，只有我们……"

"没事的，那只是幻觉，别怕。"刘忻好言安慰她。

"不是，不是的……"昏黑夜色中，周文樱喃喃低语，就这样不停地否定着，仿佛任何别的言语都是多余的，不足以描述心底的那种死气沉沉的感觉。

刘忻不知所措，唯有紧紧抱着她。渐渐地，周文樱平静下来。沉默了好一阵，两人谁都没再说话。寒气迫人，越发觉得冷，他们相拥着传递彼此的暖意，在冷寂的星空下，孤独得像两团微弱飘摇的火苗。

晚11点已过，只要他们返回天文台即可验证预感——世界是否是一个不真实的幻境，在这个无边界的宇宙实验场当中发生着什么样诡异的事件。但在此时此刻，他们忽然丧失了勇气，害怕心中感知到的一丝丝真相结成触手可及的蚕茧。被困在虚幻的茧中，一切真实存在都失去了意义。

良久，刘忻呼出寒雾，苦涩地笑了笑说："费米悖论的一个答案，大筛选！挺残酷的。难怪我们至今没发现任何地外智慧生命存在的蛛丝马迹。"

这种大筛选远比自然演化过滤一些不适应的生命的情况还要糟糕。这是上层系统的操控处理，被豢养在斯金纳箱里的一切生灵对此无可抗拒，如命运注定那般，众生与诸神全都无可逃避，全都被阻隔在这无以名状的囚笼中，身负无形的时空枷锁，无力从中脱困，孤独一生，直至灭亡再轮回。

"我们走吧！"周文樱看向夜幕下的天文台说，"这事也许不会发生。"

"但愿……唉！"刘忻挽着妻子的手走过去。

命运使然，该发生的事已经发生了，害怕、担心、祈祷也没用。

现实远比人们想象的还要离奇得多。

这一颗2200万光年外的恒星突然消失了。凯克望远镜对准了那个位置，但从望远镜的视野里找不到它的任何踪影。天文台里的人慌乱起来，在那位置上搜索了好一阵，却一无所获，这种情况让人十分费解。一开始大家以为系统出现了故障，可检查过后毫无问题，只有观测显示器上的那个位置一片漆黑，静默无光。

它消失了。

就这么静静地消失了。

瓦梅亚天文观测总部的天文学家团队乱成一锅沸腾的粥，谁都不相信会发生这种事，有人质疑天文台工作人员捣乱，有人忙着计算检查，还有人兴奋激动，预感撞上了"重大天文发现"的头彩。没有超新星爆发，一颗明亮的恒星竟然在眼皮子底下离奇失踪！尚属人类天文观测史上的首次。这背后肯定隐藏着某种玄机。它变暗了？还是发生了什么意外？难道是爆炸释放出的大量尘埃碎片遮挡了它的光芒？

随后经过紧急联络，莫纳克亚山上的一座座天文台临时改变原定的观测任务，将望远镜全都指向烟火星系那一点黑暗之处。包括凯克天文台一侧的美国国家航空航天局的轻便红外线望远镜、次毫米阵列望远镜、英国红外线望远镜，还有双子北望远镜、昴星团望远镜……全都开始全力寻找这颗恒星的踪迹。这一夜，来自美国、英国、日本、加拿大、澳大利亚和新西兰等多国的天文学家团队紧急投入这一场人类天文史上最大的宇宙深空搜索。从光学影像捕捉，到红外线、微波、X射线、伽马射线的探测，进行拉网式的反复观测——结果还是那样，那个位置上漆黑无物，它毫无踪影。

没有一丝存在的迹象，甚至找不到它的残骸。

简直匪夷所思，理论上绝不可能发生这样的事。它就算变得极为暗淡，也总会放射出一点辐射，即便被什么东西突然遮挡住了，那也能发现遮挡物的存在，而不是就这样没理由地在沉默中消失。

"难道是集体幻觉？之前科学家们所做的观测都是幻觉？"哈里森震惊的神情中带着莫名亢奋的情绪，"或许，它被宇宙妖兽一口吞噬了，要不就是被上帝拿走了。"

之后，美国国家航空航天局全面介入，使用位于亚利桑那州的巨型望远镜参与观测搜索，并调动哈勃和斯皮策空间望远镜来检视这颗恒星，但所有的观测都给出否定的结果。恒星不在那里了，它消失在人类探测的视野中，此后再没人发现这颗25倍太阳质量恒星的踪迹。

刘忻和周文樱一夜无眠，就在天文台里见证了事件的发生，心头万般滋味，复杂难言。

黎明前夕，他们走出天文台透气。

刘忻看向星空，在那一片冷寂的深邃之处，繁星自然朴实地存在着，构成坚固的有形世界，符合形上之美的数理逻辑。那满天静谧的星斗看似一片荒芜，没有被智慧体改造过的任何迹象。可当人们深入探索时，就会发现，无论是宏大的星系，还是微小的尘埃，似乎都由某种基本法则构建和制约，并悄然做出改变和精细微调，而我们却不知道谁是最初的"构建者"，谁设计了这个世界。

所谓的设计师或上层系统虚拟算法仅是人们穷极想象所能做出的比喻。事实上，那深空暗域根本无法形容。

刘忻隐约感到了那种宏大无形的存在，无边无际蔓延的威压感，让他不寒而栗，几乎丧失了想要探究真相的心念。摧毁一颗恒星不可怕，可怕的是瞬间抹去了它曾经存在过的一切痕迹，不是物理消灭，而以一种人类完全不可理解的方式清除了。手法轻巧空灵，犹如拭去镜子上的一点灰尘。

浩天如镜，繁星若尘。

光锥之外皆是虚无，不可描述，却注定了我们的命运。

刘忻这样狂乱地想着，不觉得时间悄然流逝。旭日东升，一缕曙光割裂了黎明前的黑暗，群星渐渐隐去，云海漫漫，迸发出绚丽的霞光，瞬息间变幻出多姿多彩的景致。雪山日出的美给人一种如梦如幻的虚妄感，大千世界亦如水中月、镜中花。

人在沙与沫之间幻化，一切都变得毫无意义！

"天象不可测，如同阳光无法直视。"周文樱沉默许久后这样说。

两人登上返程的飞机，只觉身心疲惫，却又无法安睡。

周文樱透过机舱舷窗看着苍茫无际的北太平洋，思绪有些轻飘飘的，她隐约感到"现在"只是个镜中幻影，恒星消失的那一刻发生在20年后的某一天。

回家后生活照旧，周文樱和刘忻没再过多地讨论这事件。两人都不约而同地回避着，尽量淡忘这事带来的负面影响。刘忻一如既往地钻研光量子计算机，看似与之前没什么不同，只有他自己清楚，内心里已然失去了从前的那种热切期盼和希望，变得有些麻木，心念深处仿佛有某种东西崩塌了。他这时才真正明白妻子的话，为什么最初不想告诉他"发生幻觉"的事，那是生怕一下就冲垮了他多年来形成的坚固的科学世界观。

事情往往是这样，知道理论与亲身体验根本不是一回事。在咖啡店里，他们可以侃侃而谈"智慧设计虚拟论、大脑酸奶收音机、上层系统算法、灵海、意识植入"，并对伯恩遭遇诡异的幻觉报以惊奇，可当轮到自己亲身体会之时，才真正感受到那种寒意彻骨般的恐怖。

"假设"变成了"现实"，"真实"却变成了"虚幻"。命运已被设计和注定，因果律崩溃，人所做出的一切努力还有什么作用？

在实验室忙碌之际，刘忻总会走神，不时想起易先生说过的那句话："即使制造出了量子计算机，这也改变不了什么。"对易先生神色索然之下那种难言的疲倦苦闷感，他有所感悟。

一个多月后，詹姆斯·哈里森发来一封电子邮件，解释了恒星突然消失的原因。经过大量的研究分析，发现还有一种可能性：恒星演变成了黑洞。

它没产生超新星爆发，而是直接坍缩形成了黑洞。因为引力巨大，使得黑洞视界内的逃逸速度大于光速，将物质全部集中于空间一点，时空曲率大到连光线都无法从中逃脱，所以它看上去就像消失了一样。黑洞无法被直接观测，哈勃望远镜只能通过追踪它对另外事物的影响，搜索物质被它吸入之前释放出的"边缘讯息"来推测它存在的迹象。

目前证据还不够充分，它是否是黑洞还需要后续观察和证实。假如推论正确，这将是观测到的第一颗变成黑洞的恒星，可谓史无前例的天文大事件！

"哈里森恭喜我们见证了黑洞的诞生。"周文樱给刘忻看了邮件。

"挺合理的解释，这就是默无声息的缘由了。"

刘忻借用一句名言说："不在沉默中爆发，就在沉默中灭亡！"

"还有什么话好说的呢？"周文樱听出他的言外之意。

"真没有了。"刘忻苦笑，"研究人员做得不赖，这正好能解释，为什么漫天的恒星消亡，而天文学家却很少观测到超新星爆发。原来它们大都静悄悄地坍缩成了黑洞。"

周文樱叹口气，也没再说什么了。

哈里森在信末提到，他将要离开凯克天文台，参与一个由加州理工主导设计承建的大型项目，成为位于汉福德的激光干涉引力波观测站（LIGO）中众多实验物理学家的一员。今后他将毕生致力于探索宇宙结构中产生的"时空涟漪"——他这样形容引力波。

爱因斯坦曾经在一篇名为《关于引力波》的论文中提出，如果物体能弯曲时空，那么运动的物体也许就能使之振荡，从而产生波。爱因斯坦认为这种时空涟漪会荡漾在整个宇宙之中。

哈里森对LIGO的前景十分乐观，相信通过探测具有超强穿透力的引力波，可以聆听宇宙深空的"窃窃私语"，观测到星际物质参与的大毁灭事件，探知黑洞的形成。

"等引力波观测站建成了，希望你们过来参观。"哈里森打趣说，"两位的幸运值实在太高了，相信能再次见证下一次史无前例的天文发现，那可真是美妙极了！"

第19章　万念一觉

伯恩持续进行了29个小时的静坐冥想。

他独自坐在房间的地板上，不吃不喝不动，精力正一点点地流失，身体已显出极度困倦之态，看似一支快要熔化了的燃烛。他闭着双眼，像是神游虚空了，又像已酣睡入梦。生命之光暗淡如一点萤火，他看起来随时可能会在平静如水的冥想中死去。

"逼近人体极限。"伊芙琳担忧地问，"应该唤醒他了吧？"

安德森没吭声，盯着监控画面，手指神经质地不停搓着自己凌乱的络腮胡。这宗案子陷入了僵局。在侦查获知极光暴武器核心部件被转移到旧金山的线索之后，所有痕迹忽然消失。近些天，他们捞不到半点可疑人的影子，调查对象全都毫无情报价值可言。

整个行动组进入了死胡同，人人处在焦灼沮丧的煎熬中。现在唯一的希望是依赖这个神棍施展通灵术来遥感获知情报——真是莫大的讽刺。

33个小时后，伯恩形如一截蟒蛇蜕下来的死皮，软软堆放在地板上。他面色晦暗，除了缓慢呼吸时胸腹微有起伏，几无变化。

37个小时零9分。

一潭平静的死水。

安德森安排医生入室对伯恩进行了近距离观察。只见他嘴角干裂，皮肤出疹，浑身散发出一股死尸般的体臭，脸皮却隐隐透着一层暗红色。这是身体严重缺水的症状。人的大脑的85%由水分组成，对缺水极度敏感，当干燥的身体持续脱水升温时，脑血管会发生轻微膨胀，导致脸色变红。

"状况危险了。"医生出来后建议，"尽快送医院救治。"

"估计还能坚持多久？"安德森问。

"不好说，个体差异很大，但瞧着他快不行了，大脑也许会受损。"

"嗯，就这样。"安德森挥手让医生离开，又开始踱步于走廊上，在房门附近徘徊。20分钟后，安德森下达指令："到42小时送他去医院，如果他还活着。"

"够残忍！"伊芙琳忍不住嘀咕。

"我倒是觉得有点反常。"杜克说，"换了是别人，中校绝不会心慈手软。从法理上来看，他静坐遥感是自愿行为，死活与我们无关。"

"你也够狠！"伊芙琳瞥眼杜克。

"这是信任。"杜克耸耸肩，"教授绝非一般，我相信他能做到常人所不及的事。别看他身体快不行了，我觉得嘛，他的意识正发挥着超感作用，心灵触及整个城市，感应无所不在。"

伊芙琳不禁打量四周，空气闷热，无一丝风，但见低垂的窗帘似乎微微飘荡了一下。她不由得想起伯恩隔空注视她那一刻的情景，心底莫名惊悸，却又是那么的动人心魄。

伯恩的意识并非停留在躯体之中，而是恍若灵魂出窍一般，他的思海徜徉在某个不可名状的高远处，恍惚沉入深邃的梦。漆黑无际，寂静无声，在那黑暗之上却缥缈着一缕缕亮绿色的光芒，绿光柔美轻盈，宛如暗夜精灵扬起青苔似的长发，发丝灵动如流水，又似火焰燃烧发出的一丝丝绿色火光，光芒映照他的心灵，剔透若无物。

恒久入定，他依稀感到那神秘绿光的奥妙之处，仿佛蕴藏着无数生灵的魂魄，于虚空之中演化着无穷的变数。他的意识融入其间，芥子纳须弥一般，化为渺茫绿光中的一缕，与无数光芒纠缠为一圈圈空灵变幻的涟漪，振动着延伸至无尽的远方——那是更为广袤无垠的灵海。

眼皮微微一颤，伯恩睁开眼睛。

觉醒的一瞬间，他似乎忘了自己身在何处，只觉身体异常酸胀，头脑沉重，视线模糊，感到缺氧一样的眩晕。他几乎动不了，四肢紧绷，疼痛发麻，好像干枯芦苇似的一碰就会折断。

"先喝口水。"伊芙琳的身影在他眼前晃动，给他喝了一点淡盐水。

伯恩口渴的厉害，难受极了。但严重脱水的人不能一下子补充大量水分，不然会导致脱水低钠症。伯恩这时躺在床上输液，以补充损失的体液和能量。

安德森站在一旁绞着手掌，紧盯着他。

"地图……"伯恩歇了口气，虚弱无力地动了动嘴唇，"拿地图……"

在场其他人还没反应过来，安德森立刻就明白了，冲到办公室一把扯下挂在墙上的旧金山市区地图，拿回来和杜克展开，凑到床边给伯恩看。

伯恩眯着浮肿的眼睛，过了会儿，他吃力地抬起手，指了指地图上的某处。

"在这儿附近？"安德森顺着伯恩的手指看向地图，只见他所指的区域竟然是山景城这一带，"不可能吧？你是不是搞错了？手别乱晃……"安德森抓住伯恩的手腕，帮助他的指向更稳当些。

指尖停住，直指一个地名：加州大学伯克利分校。

"你确定？"安德森仍然难以置信。

"它在……ASD……实验室。"伯恩断断续续说着，眼神变得异常坚定。

"噢！"伊芙琳轻呼一声。杜克流露出异样惊诧的神色。

"密封信息，派最可靠的人去查。"安德森不再迟疑，当即下令，"通知警督，准备出动反恐特警，一经查实立刻对ASD实验室实施搜捕行动。"杜克准备和数名行动组特工领命出发。"你留下。"安德森指示杜克，"贴身看护教授，寸步不离。"

行动一层层迅速展开。安德森兴奋难耐地来回踱步。"想不到，想不到……这事扯到了科学捍卫者？见鬼了，除了你这种神棍，谁还能料得到？"

ASD独立研究实验室正是科学捍卫者的学术阵地，伯恩就是在这里测试帕顿夫人，自此开启了一场波诡云谲的灵魂之旅。

"怎么感应到的？"安德森凑近伯恩，打量怪物一样打量他。

伯恩休息一阵，精神好了些，但脸色难看至极。"我不相信……怎么会这样？麦肯特……他为什么要这样做？"

麦肯特学术严谨，德高望重。他与莱茵创办了ASD实验室，多年来，以其严格的实验检测，揭露了大量弄虚作假的通灵现象，是科学捍卫者的中坚力量。现在，莱茵死了，麦肯特却成了抢劫军方秘密武器的重大嫌疑犯，这种变化让伯恩实在难以接受。他很怀疑这是长时间冥想导致心理异常而产生的一个怪诞的幻觉。

"他是涉事者，还是主谋？"安德森盯着伯恩追问。

伯恩缓缓摇头说："遥感意象模糊，如灵感一现，光影闪过，就这样。"

"不确定，还是不愿意说？"安德森显然疑虑重重。

"不敢相信麦肯特与邪教为伍。"伯恩目光惘然，"他是最坚定的山羊，令人敬重的科学斗士，大半辈子都在反灵媒，反超感异能，反击伪科学，他绝不可能背叛……"伯恩说不下去，胸口一阵憋闷，心头堵得慌。

"反灵媒的人居然被通灵术揪出来，嘿！"安德森一笑，颇感荒谬。

这事出人意料，但仔细一琢磨却又似乎深有隐喻，科学捍卫者与灵学会之间仿佛有着丝丝缕缕的牵绊。伯恩的经历足以说明，事件又回到了原点，麦肯特在其中也许扮演了什么角色。这一切很值得深究追查。

下午，摸底查探的线报陆续传来，基本证实了伯恩的遥感。

ASD实验室很可能藏着失踪的极光暴武器部件。麦肯特近期隔绝了一处实验场地，秘密从事一项研究，实验助理员都不得进入，谁都不知道他在里面做些什么。还有助理在前段时间看到一件包裹严实的货柜运送到了实验室，随后就有几个陌生面孔的人不时出入其间，神神秘秘的，形迹看似有些可疑。最关键的是，麦肯特购置了一套专业解锁和拆卸的工具，而武器部件正是放置在一个具有闭锁系统的密封箱内，有一定的安全防御性能，一般人绝难打开。

"行动！"安德森立马带队出发。

"我要去现场。"伯恩基本恢复了活动能力，提出要求。

"你就在这儿歇着吧，事办妥了，会给你嘉奖。"安德森一口拒绝。

伯恩忽然说："万一临场有变呢？"

安德森迟疑了下，想及黑镜人自杀的事，不得不多准备一手，于是盼咐杜克："带上他。"

他们一行驱车赶往校区，路程近，很快就来到ASD实验室所在大楼的附近。这周边已经被严密布控，疏散了一些无关人群。反恐特警占据多点战术位置，命令下达，当即突袭搜捕。安德森一马当先，持枪带人摸上楼。伯恩由杜克守护着，坐在防弹车里等候。

透过车窗，伯恩看着那栋大楼，心头掠过惶惶不安，忽然间嗅到一股黑火药硝烟的刺鼻气息。

"砰砰……"两声枪响陡然传来。

枪声不是那么明显，却异常震荡人心。紧接着又一连串响起，看似交上火，但只持续了短暂一刻就停止了。大楼寂静，让人倍感压抑。过了一阵，杜克的通话器收到安德森的指令，要他带伯恩去ASD实验室。

"怎么了？"伯恩心头紧缩。

杜克说："麦肯特持枪对峙，以自杀要挟，要求见你。"

这是一处杂乱的实验室场地，围着白色的简易隔墙，工作台和场地上摆满了各种电子元件、检测设备和计算机等物。场中一台形状特别的装置十分显眼，密封箱和一些金属外壳已被拆除，搁在一边，它裸露着复杂的内部构造，像一台庞大而精密的发动机引擎，看似只要注入燃料混合物就立刻爆炸燃烧，输出无可匹敌的能量——它就是极光暴系统武器的核心部件。

麦肯特坐在折叠椅上，挨近窗户，手握一把左轮枪。他目光低垂，并未看向周围一圈全副武装、手持长短枪支对准他的特警。这位科学家的一副长期睡眠不足的灰暗脸色看似有些困倦，须发乱糟糟的。就在这剑拔弩张的一刻，他弓腰低着头，搭着脚，样子有点像在打盹儿。

安德森和两名特警持盾护卫着伯恩一步步接近麦肯特。

地上倒着一个身中数枪的人，血流一地。伯恩不慎踩到了血迹，跟跄一下。他看了眼一旁的那台武器装置，灯光恍然，金属壳上隐约可见喷溅的斑斑血滴。它仿佛不是高科技产物，而是一头身披铠甲潜伏的地狱妖兽，它泛着寒光，无形中弥漫着夺人心魄的死亡气息，竟有一种妖异至极的凄美。

麦肯特把左轮枪搁在腿上，摘下眼镜擦了擦，戴上，侧脸看向伯恩，说："世上没有神奇的催眠术，除非自我催眠。"麦肯特忽然一笑，摇了摇头，"伯恩教授，你的心路历程不凡，从噩梦中醒来看到的还是噩梦，你觉得你现在是清醒的吗？"

伯恩停下脚步。两人相距不过9英尺，却隔着生冷的防暴盾牌。

"不知道。"伯恩说，"我也想不明白，一位受人尊敬的学者为什么要违背科学精神，诉诸暴力？"

"科学法则与唯意志主义间的悖论。"麦肯特说，"这是一场大革命，我们需要提出强力的个人意志，希望给人们以新的信仰，而不是一味地理性和忍让。"

"什么革命？"

"意识精神革命。现实如噩梦般残酷，在不久的将来，当那一刻到来时，终极意志必定成为世界的主宰。人类的自由、民主、和平准则都不再适用了，社会将彻底沦入无尽的黑暗。人们无法推翻极权的主宰，甚至无法结盟与之对抗。人们的内心深处将被意识武器侵入，再没有了希望，完全丧失美好的理想，人人注定被异化思想，如被驯化的狼狗那样摇尾乞怜，甘愿被奴役，以恶为善，如砧板上的鱼肉自动入锅一般献祭给未来世界的主宰者。"

"净化日。"伯恩闪过一念，世界遭受终极控脑的未来场景。到这时，他依稀感到了麦肯特的真实意图。这位学者绝非邪教之人。他问："你们劫持极光暴武器做什么？"

"你还不明白吗？"麦肯特瞥眼那一台地狱妖兽般的机器说，"不管是谁，凡是能操纵人们思想意志的，必定化身为极权主宰，国家机器也不例外。将军、部长、总统、大法官、党领袖、议长……一直以来，他们能安分守己地作为一个机器齿轮运转的前提是'无人不受机器运行规则的制约'，而非源自高尚的人格。但以后不是了。当铁律般的规则可以被它轻易打破之际，当他们手持阿拉丁神灯，拥有威力无穷的魔法时，你以为，他们会许下一个让世界和平的美好心愿？以心理学评估人类，你认为我们遇到一个本性为善的统治者的概率有多大？"

"话虽如此，但也许还有另外的解决方式……"

"不！毫无希望，如果我们不做点什么，"麦肯特握紧了枪，"雪崩时，每一片雪花都有责任。净化日降临，人类终将过渡到超人类。我们每一个人需要独立、强大、勇敢、坚毅起来，才有可能出现一线穿透黑暗的曙光，砸碎那坚不可摧的强权机器。"

"放下枪，一切都还来得及。"安德森劝说，"先生，这个时候你的妻子正在家里准备晚饭，你女儿莉莉乘坐的校车要启程了，她们担心你。"

"我死后，她们将以我为荣。"麦肯特看着手上的左轮枪，"这是一件被遗忘了的武器。最早产于1856年，属于黑火药、火帽击发时代的老古董。瞧，在它转轮中轴的这个位置上，还有一根滑膛的附加枪管，可以发射一枚霰弹，沉甸甸的，曾号称史上火力最强的大家伙。在内战时期，南军大量装备，口碑尚佳。斯图亚特将军用的就是这把枪，据说'石墙'杰克逊也是。唉，造化弄人，假如没有内战，杰克逊只是一位不讨学生喜欢的教授。"他像一位优雅的鉴赏家，摆弄着这把古董枪，漫不经心地与朋友闲谈。

现场反恐特警如临大敌，人人绷紧了神经。

"斯图亚特将军战斗至死，在生命的最后一刻说'代我向妻子道歉，我没法和她过生日了'。这也是我的遗言。"

"别这样……"伯恩感到难受至极。

麦肯特微笑着，手腕一晃，转动左轮枪顶住了自己的下颏。"可惜这只是件现代技术的复制品，当年的老家伙的外表可不会这么光鲜，但也算是珍贵的收藏品了。"

不用伯恩的预感，在场的人都看得出麦肯特抱有必死之心。安德森不甘，失望地大喊："查尔斯顿在哪里？"

"他会现身的，必要之时。"麦肯特转眼看向窗外说，"他是一名自由战士。"

话音才落，麦肯特用他那曾经磨秃了无数支粉笔的手指扣动了扳机。"砰……"枪声震响。一团升腾的烟雾弥漫，遮盖住了血肉模糊的场景。科学家轰然倒地，犹如崩断了的老式计重器的弹簧。

伯恩闻到刺鼻的黑火药硝烟，晕眩了下，他冲过去，但没查看地上的尸体，而是扑到窗户前一把扯开了百叶窗帘。

窗外斜阳漫漫，在远处的一栋房顶上，隐约可见站着一个人。那人的身影融在日光背景中只是一个小黑点，却是那么的明亮刺眼。

残耳人，查尔斯顿。

两人远远地隔空对望片刻，一朵云遮住了日光，那黑影随之消失。

安德森立刻部署了围捕行动，但伯恩心知，没人能找到查尔斯顿。这个叛变的超能战士具有异常敏锐的灵觉——难道这就是超人类觉醒的先兆？

"超人类又是什么狗屁玩意儿？"安德森眉头大皱，"当人们自以为完美地避开了纳粹主义时，一个新的什么鬼主义就诞生了，历史总是这样。"

事态变得越发复杂诡谲，邪教横行的事还没完，这一拨恐怖分子又冒了出来，实在让他头疼。

伯恩默不作声，环视 ASD 实验室，心绪起伏难平。

麦肯特原本是虔诚的基督徒，自律极严，是一位坚定不移的科学捍卫者。难以想象，麦肯特究竟遭遇了多大的心历波折，竟然转变成一个反政府武装分子，并与超能战士查尔斯顿联手，窃取极光暴系统武器。伯恩依稀感悟到：查尔斯顿可能也预感到了终极控脑的未来图景，他要阻止这场变故的发生。其所做的，不仅是对抗邪教"圣主"控制意识、凌驾于众生之上，他还对抗政府力量，所以暗中行动，夺取极光暴系统这种控脑武器，破坏军方的研制计划。

但他们所做的这一切又有何用？战斗至死，最多阻止一时，如螳臂当车。即便失去核心部件，国防部仍然能在军工厂里再造出来，最终完成系统武器的部署。

以麦肯特的临死之言来推测，他们已经知道净化日必然降临，未来已无希望，但他们依然执意这样做。

这是一场前所未有的大革命，恐怖降临前夕，人们该如何选择？伯恩心头动荡不止，只觉前路茫茫，举步维艰。

现场封锁，DIA 和警方的人入场，展开地毯式搜查。

伯恩返回兰迪公寓。临走时，他看见实验台上放着最近一期的《科学家》科普杂志，封面文案写着：科学与巫术的百年斗争纪实。

他顺手带走了这本杂志。这期杂志的主题专栏由副主编霍姆斯·伯德主持，由麦肯特和多名科学捍卫者成员共同执笔完成。

编者按：ASD 实验室测试帕顿夫人的通灵术结束后，科学家们没发现其作弊迹象，遵从约定，在《科学》周刊上刊登声明，承认了通灵术有效，并就此更正曾经做出的断言"130 年以来，没有任何科学证据表明存在心灵超感现象"是一种错误的、不严谨的表述。我们认为，这则声明与科学本身无关，这是捍卫者们为一次重大失误必定付出代价，因为一部分科学家的教条主义、倨傲自大、保守和偏见，导致了他们在科学之路上遇到一个令人遗憾的挫折。对这个问题，我们深刻反思，并将以更积极和更开放的态度，以科学精神锲而不舍地与一切蛊惑人心的巫术斗争到底，直至用最有力的科学论证更正"更正声明"。

文章阐述了科学与巫术斗争一百多年以来的历史大事件纪实。

从 1865 年那时起始，哈佛大学的三位教授出面调查一起引发社会轰动的灵异事件。声称感应到来自灵界的声音的一对双胞胎姐妹以及其他四个灵媒到波士顿实验室，接受了教授们在严密实验条件下所做的首次测试。结果没有一个人表现出通灵超感能力，也没有任何可信的证据表明神灵世界的存在。《波士顿信使报》悬赏 500 美元，奖给能证明心灵超感能力的人。但长久以来，无人能领走这笔奖金。直至 1888 年的 10 月 21 日，那对双胞胎姐妹在一次采访中自我揭露了她们延续二十几年的骗局，公开了她们作弊的手法，坦诚地向众多的支持者致歉。

1872 年，肯尼迪大学设立心灵超感研究项目，通过一系列实验揭露了魔法师梅森·西蒙的骗局，致使其远去欧洲秘密创办黑魔法协会。

1874 年的 10 月 27 日，哈佛大学的埃文·赫克利斯教授在一场音乐会上遭到枪杀，行凶者是一名"因实验揭露作假"的通灵师——萨米·奥斯汀。此人曾因读心术名声大噪，获得公众追捧及诸多名流名人的崇拜，他被赫克利斯教授揭穿骗子行径后恼羞成怒，持枪射杀了教授。

1882 年 2 月 20 日，心灵研究会在伦敦成立，西奇威克任会长。美国心理学家威廉·詹姆斯和作家马克·吐温是其会员。

1891 年，《科学》周刊发表了安迪·福斯特教授的一篇批评文章"科学与超自然"，掀起新一轮的科学与巫术之争。超过上百位学者联名支持，分别在匹兹堡大学、斯坦福大学、加州大学等地设立"人体特异功能"研究实验室，针对当时密集如夏日蚊子般冒出来的一茬又一茬灵媒、招魂法师、心灵感应者、异能人士，进行了一场大规模的科学实验甄别。其后，数十个宣称具有超感异能的人士在这场科学反巫术的斗争中逐一落败，只留下一页页记录他们行骗手法的实验报告。结论依然如此，没有任何科学证据表明存在人体特异功能。

1909 年 1 月，美国心灵研究会第一任会长纽科姆在《十九世纪》杂志发表批评文章《现代神秘主义》，并揭露灵媒帕拉迪诺弄虚作假的行径。

1917 年，斯坦福大学心理系库弗博士就超感官知觉进行的实验研究成果发表，题为"心灵研究中的实验"。

1920 年，消亡了 13 年（1907—1920），心灵研究会"复活"。希斯洛普成立美国科学研究所，专门研究遥感、传心术等现象。

1921 年，第一届国际心灵研究会议在哥本哈根召开。同年底，"美国科学研究所"组建顾问理事会，易名为"美国心灵研究会"。

1976 年 4 月 30 日，以库尔茨为首的一批哲学家和科学家成立"超自然宣称科学调查委员会"，将宣扬灵学和心灵能力之类的神秘学列为"对理性和科学的危害"。其会刊《怀疑的调查者》对心灵学展开抨击，质疑心灵学的科学性，在史密森学会举行公开争论。随后，他们对社会大众进行了一场广泛的科普活动。普罗米修斯出版社专门出版了一批揭露各种伪科学的书籍。

1979年1月8日，美国科学促进会在休斯敦召开会议，得克萨斯大学著名物理学家惠勒针对超心理学被承认为一门合法学科提出质疑，要求开除超心理学协会。此后，遭受到"不可抗拒"的压力，7月13日，《科学》周刊刊登了惠勒的"更正函"。

1982年，移居美国的苏联心灵学家维伦斯卡娅创办了杂志《心灵研究》，由华盛顿研究中心和人学基金会在旧金山出版，主要登载苏联、东欧和中国的实验结果和理论文章。杂志订阅者超过百万人，其影响力非常广泛。

1984年2月2日，威廉·摩根、莱茵和麦肯特倡导成立了科学捍卫者调查团队，并于同年6月，在加州大学伯克利分校建立ASD实验室，以更专业和更严格的实验方式，在10年间一共揭露了超过60个通灵师及其"表演性质的魔幻"般的巫术，广为宣传科学常识，调查和揭示遍及全国各地的大量灵异现象，以翔实的图文资料，极大地推动了科学调查巫术真相的行动。

这130年以来，科学家们对巫术展开了数以千次的揭露实验或调查。但科学家们的一次次行动却如海上燃灯，仅是风雨飘摇中透出的一点微光，并不能阻挡民众对层出不穷的通灵者的狂热追捧和盲目崇拜。

"调查统计表明，很多受过高等教育的美国人，在离开学校以后知识就退化了，一些人甚至还以为大地是平的，我们居住其上，太阳绕着大地运转。"麦肯特评论说，"科学不是万能的，也从未自我宣称为万能，她给予我们认知世界的能力，但需要我们自己有一颗愿意接受这种认知的心。现代巫术泛滥，但女巫再也不会被当众烧死，这是社会文明的一种进步，人人都享有宣扬和接纳某种思想的自由，以不同的视角在众多意识形态领域开辟出广阔的空间。于是，超心理学不再是伪科学，灵学研究也成了一门新兴的受欢迎的学科。但我还是坚持认为，让'上帝的归上帝，恺撒的归恺撒'，我们应当回归科学本身，绝不能因为一次挫折，就放弃科学精神，放弃对世界的认知。身为科学人，应当做好的事情就是，自始至终以推理与验证，精进不懈地充实加固科学体系，最终认识到宇宙自然的本质。

"牛顿发现万有引力，描述了三大运动定律；麦克斯韦把电和光统一起来，最终建立起电磁理论的宏伟大厦；爱因斯坦抓住了物质辐射之光，通过奇妙的构思与时空联系起来，建立了相对论，揭开了宇宙、原子的奥秘。百年来，诸如他们这样的科学人不胜枚举，这一座座由科学家们共同搭建的灯塔，是指引我们前行的希望之光。但这还远远不够，身在光亮处，我们现在所看到的，只是一个尚未完全理解的真正实体的局部。四周还笼罩着漫无边际的暗域，那是更广袤的未知领域。但这与任何神秘主义毫不相干，处在这种渺小无知的境况，时刻提醒我们放下自负与傲慢，在探索真理的道路上采取应有的行动。即使失败一万次，我们仍要坚定不移，以更为理性、更为宽容、更为谦恭的科学姿态举起飘摇的烛火，勇而无畏地面对大自然和生命的奥秘，探索世界的极限。"

透过这段话，伯恩完全能体会麦肯特等人复杂纠结的内心情感，在遭受挫败后，承认科学人现有的能力极限，深刻意识到，社会大众是一个典型的非平衡态系统。人们不都是绝对理性的，所谓认知求真，远远排在情感与精神的需要之后——对于科学捍卫者而言，这是一次极其惨痛的教训。

这篇乌云滚滚的报道，即是对科学至上主义的反思、对人之理性的怀疑，也是一篇不屈不挠的科学人的战斗檄文。不管现实有多么残酷，他们对巫术的声讨、批评和质疑的声音绝不会消失。

这是一种硬朗的老派学术姿态，正如那一把古董左轮枪，明知枪响以后子弹会击碎自己的头颅，也会毫不犹豫地扣动扳机。

伯恩掩卷暗叹，难受至心身震颤。他不知道麦肯特是如何接受的超人类主义，如何被迫承认超心理感知的存在，但可以肯定，这必定是发生在写这篇报道之后。遭遇挫折和失败，是科学人的常态，没什么大不了的。捍卫者们永远不缺跌倒了再爬起来战斗的科学精神。即使面对人心的险恶和愚昧或对社会非理性的失望，也都能承受。但面对强大的科学新技术造就的毁灭性控脑武器，捍卫者终于崩溃了，极光暴系统这种"科学成果"的运用最终击垮了这位科学斗士。

伯恩可以想象，麦肯特临死前的那一刻，心里必定充满了绝望。

高科技成为独裁者的武器必将终结人类文明，巫术给人们带来的危害与之相比不及万一。科学不是噬魂的地狱妖兽，极权才是。它不但摧毁生命，摧残心灵，未来也许还能征服宇宙，杀戮诸神，毫不吝惜地践踏万物。

科学捍卫者痛苦醒悟，他曾经捍卫的东西已然变异成了恶魔。

两周后，格鲁吉亚正式宣布独立。

伯恩和安德森乘坐军机飞往阿拉斯加州，抵达艾尔曼多空军基地。

基地南面的不远处是港口城市安克雷奇。这里位于太平洋北岸，处在一个三角形半岛的边缘，有着广阔而变幻莫测的潮泥滩。1964年，安克雷奇市遭到那一场震级为里氏8.5级的耶稣受难日地震的袭击，造成115人死亡，城市受损严重，大部分街区在震后全面重建。初雪在上个月就落下了，这里早早就开始了漫长的冬季。空气凛冽刺骨，伯恩和安德森裹紧了大衣，坐上军车从机场出发，沿着一条运河，朝东北方向深入茫茫雪原。

这一地带几无人烟，离北极圈只有600公里，属于副北极气候。因为靠海，这里的天气比阿拉斯加的内陆要"温和"一些。楚加奇山白雪皑皑地横在大地上，安静如熟睡的白色巨人，在雾蒙蒙的太阳照耀下，反射着一片刺眼的雪白。公路泥泞湿滑，驾车的士兵说难得这两天还晴了些，前一阵子都在下雨下雪。雪水在路面上结成冰，开车时一不留神就会发生危险。

车子穿过茂密的黑松林，沿河行驶了约20分钟，转入一条没有任何标识的路，碾轧着积雪走了一阵，前方出现岗亭。大门悬挂的标识牌上写着：警告！美国空军设施，未经许可进入该区域是违法行为。

伯恩和安德森在此受到彻底检查，私人物品被暂扣，包括安德森随身携带的手枪。之后发给他们特别通行证，并做出最严厉的保密警告。

进入内里不久，他们就看见了一大片密集壮观的天线网阵列。一眼望不到头，每根天线20多米高，天线塔的顶端呈十字形展开，好似金属骨架构成的森林。之间密布纤细的网状金属线，将灰蒙蒙的天空分割成一块块矩阵。汽车从旁边经过，抬眼看去，那些金属网就像纵横天际的琴弦。

"恶魔弹奏的竖琴。"这是伯恩对它的第一印象。

这里就是极光暴系统武器实验基地。7小时之后，将进行首次打击测试，奏响这一根根"琴弦"，把超高能量的电磁波束射向天穹。

失而复得的武器核心部件被送往军工厂检测，基本完好无损，已运抵实验基地安装调试成功，整个极光暴系统处在良好的待激发状态。

安德森上呈国防部一份报告，详细汇报了调查这件案子的全过程，重点陈述伯恩的超感能力在当中起到的决定性作用，并就此提出申请，要求现场观察武器测试，如果突发意外事故，伯恩可以提前作出预测。

申请就这样顺利通过，他们被获准来到这里。用伯恩的话来说就是："迈出了第二步。"

"接下来怎么走？"安德森问，"你有什么打算？"

伯恩说："我们不能任由这种武器破坏地球生态圈，这很可能会导致一场不可逆转的大毁灭，得设法阻止它。"

"怎么阻止？"安德森讥笑问。

"伺机夺取枪支，威胁实验场负责人停止发射。如果能闯入武器弹药库最好，用炸药彻底夷平基地，就像孤胆英雄通常做的那样。"

"好啊！"安德森打了个哈哈，"你敢行动，我就配合你。"

伯恩淡然说："我一个文弱学者没这种能耐，只能出谋划策。行动全靠你了，我精神支持。"

"狗屁！"安德森骂了一句。

"你不是自称站在大多数人的这一边吗？怎么就尿了？"

"我是军人，得服从命令。再说了，谁有本事做孤胆英雄？"

"所以你就眼睁睁看着他们操纵意识武器宰割地球，没胆量砸碎它？"

"半点没有！我来是盯着你的，警告你别轻举妄动。"安德森瞥眼他说。

"我袖手旁观，沉默如冰。"伯恩回应。

到了实验基地的住宿区，吃过饭，伯恩躺下蒙头大睡，还真是什么都不管不问。

安德森有些心神不宁，在房间里坐不住，他披上大衣出门溜达。他绕着实验场走了小半圈，这一片地域空寂如坟场，没有风声，听不到鸟叫虫鸣，就连基地的一栋灰色建筑物那边也没传来什么响动，只见一点点昏暗的灯光恒定，耸立的天线阵列上的一片片金属塔犹如枯死了的森林。实验基地主建筑只有两层，顶上耸立着一个看似天文台的圆形之物，外壳弧面泛着天光。安德森根据经验判断，那里只是基地的地面部分，实验场主体肯定藏在地下，他脚下的泥土深处不知埋设了多少工事隧道和设施。

天际最后一抹黄昏的余晖消逝。雪地幽幽发蓝，大地万物仿佛被冰封了一般越发死寂无声。安德森悚然有种怪异的感觉，他走到边缘区的松树林，扒开地上的积雪仔细查看了一阵，换个地方又看了看，然后再看树根和枝叶，不禁倒吸一口寒气。他没发现任何的虫蚁——这片地域竟没有活物。

难怪听不到鸟叫虫鸣。通常情况下，就算是冰雪之地也会有一些生命力强悍的昆虫存活着，可他在这里却看不到动物活动的丝毫迹象。

蓦然间，安德森感到不对劲，似乎有一个人悄然出现在他身后，熟悉至心的感觉。昏暗的树林随之亮起来，树影缓缓移动，他的影子投在了雪地上。安德森意识到，有光在他身后的上方晃动。

他转身抬头，陡然看到了一团光。它十分亮，近似圆形，大小如篮球，通体散发出幽绿色光芒，在距他七八米远的上空飘浮着缓慢移动。

一瞬间，球状发光物忽然快速飘动，以不可思议的运动轨迹一下闪现在他眼前，悬浮着，与他等高。光球变得异常耀眼，幽绿色光晕转为炫目的蓝白色光，内里看似空的，又似乎充盈着某种细微的粒子，处在动态变化中，涡流般疾速旋转、空灵轻盈，犹如一个幽灵。

安德森晕眩了一下，意识恍惚，他感到一股灼热的气息扑面而来，隐约听见"嘶嘶啦啦"的声音，就像日光灯镇流器在耳畔低鸣。

光球突然向他袭来，安德森不及躲避，但光球没击中他，行踪不定地绕着他的头顶来回旋转了数圈，而后从他眼前飘过，留下一条螺旋状的光亮尾巴。

"嘭！"一声震耳的炸响传来，光球钻进了地下，忽然消失不见。

安德森耳鸣不止，惊出了一身冷汗。随后一阵阵冷风吹来，天空中黑云堆积，不一会儿大雨倾至，雷电交加，一道道闪电撕裂天幕，映照出远处雪山的轮廓。

他走到那光球消失的地方，借着闪电划过的光亮，赫然发现雪地上没有一丝痕迹，仿佛刚才那一幕从没发生过。

这是一种什么诡异情况？安德森愣神片刻，被雨水浇了个透心凉。他遍体发寒，只得返回宿舍。

预定的武器测试时间临近。

安德森和伯恩随同警卫进入那一栋主建筑。果然如他所料，实验基地设在地下，他们通过安全门沿楼梯一直往下走，深入隐蔽工事。这里尽管没有第51区的地下实验场那么大，但也足够深广了。地下空间高阔，一条条隧道四通八达地延伸出去，到处可见各种设备和密集的路线管道，好似一座宏伟的地下机械城。

人在这地下深处感官有些失真，似乎因为灯光的缘故，或是因为弥漫的一股某种东西被烧焦了的怪味，也许还有电磁辐射和心理作用，大脑有些被麻痹的虚幻感。安德森飘浮般地走着，看了看一旁的伯恩，但见他脸色蜡黄，眼神空洞，梦游般不清醒。

他们跟随警卫沿通道走了好一阵，最后来到实验基地的控制中心。

主控大厅内部遍布监控传感器、操控台和显示器等电子设备，中央有一台超大屏幕的背投。其间忙碌着众多军事科技人员，快速操作着各项启动极光暴系统武器的准备工作。四周仪器蜂鸣，仪表盘上红黄绿灯闪烁不停，整个场面透着凝重的紧张气氛。

帕罗·科西博士是这一神秘而危险的军事设施的负责人，其人50多岁，身材干瘦，细长脖子上顶着一颗锃亮硕大的秃头，看着就像一个打了油蜡的南瓜灯。此刻，在场唯一轻松自在的人就是这位"地球物理武器之父"。博士的嘴里嚼着酸柠檬蛋糕，一手拿着杯摩卡咖啡，四处溜达；另一只油腻腻的手居高临下地指指点点。

"坐！离见证奇迹还有一会儿。"科西博士招呼安德森和伯恩在指挥平台坐下，"来一杯吗？"博士晃了晃咖啡杯，"用两种巧克力糖浆混合调制的，称为斑马，也有人叫燕尾服摩卡，滋味浓郁。"

科西博士的模样虽然苍老了些，但安德森和伯恩还是一眼就认出来了，这人曾经参与过20多年前的那一次中美苏联合研究实验。

在那张研究组的合影上，这位大脑门博士就夹在灵教教主拉斐特与苏联科学家奥列格·罗曼萨夫之间。看样子，那时还年轻的帕罗·科西在实验组也算是重要人物之一。

由此可推测，这个新概念武器实验基地也许是极光计划的一部分。

还有可能，他们之前所知的极光计划的那些所谓绝密档案全都属于烟幕弹，用来遮掩这一座军事基地——极光暴武器才是真正的核心。

"有酒吗？给我来一瓶。"伯恩睡眼蒙眬，打着哈欠。

"只有食用酒精，要吗？"

"随便，加点冰块，喝两口提提神。"

"照他说的办。"科西博士吩咐助手，然后饶有兴趣地打量着伯恩说，"你就是那位帮我们找回失物的心理学教授？干得漂亮！非常感谢，东西及时送回，才有了今晚的美妙时光。"

"别客气，我只是御用通灵师。"伯恩自嘲一笑，"暑假结束了，教授应该衣冠楚楚地站在讲台上面对学生，而我只想观赏绚丽的极光，烂醉一场。"

"你会看到的。"科西博士哈哈大笑，"诸事顺利，请为我们的武器发射咏诵祈福咒语。这也是军科实验的惯例了，想当年，冯·卡门领导的火箭技术研究组也是这样干的，先由黑魔法师来一遍祈福咒语'潘神圣歌'，保佑火箭发射成功。科学家们都习以为常了，如果缺少了这个重要仪式，还真让人担心。"

"凡事谨慎点好。"安德森说，"来到这里，伯恩教授有种不祥的预感，似乎有点不对劲……这种武器安全可靠吗？"

"世上哪有绝对可靠的东西。"科西博士不以为然地说，"智者创造机会，而不是等待机会。我们先迈出的这一步极其重要，远甚于苏联人登月竞赛那一次。太空探索可以慢慢做，而这可是生死攸关的东西……"博士指了指实验场，"据情报分析，苏联的极光暴系统研制已接近完成，最多一个月，他们就会进行发射测试。如无意外，打击目标就是我们这儿。"

"什么？"安德森赫然一惊。

"咻！极光暴闪过，痛饮伏特加庆祝的就是苏联科学家罗曼萨夫那一伙人。"科西博士吞咽了口咖啡，咂咂嘴，"我们呢，实验基地毁于飓风、大地震、国土上的全部电子设备失效、卫星坠落、核潜艇沉没。一夜之间我们将一无所有，被打回到蒸汽动力时代，最后不得不臣服在苏联人的铁拳下，任由红星光芒照耀全球。"

安德森愕然失语。他转念一想，立刻明白，今晚测试武器的预定打击目标肯定是苏联的某处实验场。占领先机是兵家争胜之道，唯有抢先一步打击敌人，方能确保自身安全，否则将为此付出惨重的代价——他来之前没想到还有这种特殊情况。

陷入安全困境，国防部做出这种战略决策没问题，这是唯一的选择。

安德森看了下伯恩，见他的表情并无变化，仍旧歪歪斜斜地坐着喝酒，一副漠不关心的懒散姿态。伯恩也斜眼安德森，目光表露的那意思分明就是"无能为力了，听天由命吧"。

武器测试打击的最后时刻将至。

"我去撒泡尿，免得待会儿错过精彩。"安德森离开了一阵。

当安德森重返时，科西博士也喝上了酒，正与伯恩把酒畅谈新武器的研发过程。"实验中我们发现，真空能量参与了等离子粒云团的形成，可以用来反射电磁波，像镜子那样把巨大能量聚焦投射到地面上……"博士语带浮夸，貌似兴奋地喋喋不休，实则以此缓解内心的紧张焦虑，"15年前，我递交了报告，'借助极光暴辐射传递能量的系统，作用于地球电离层和磁场部分区域的方法和设备'，随后才开始建造实验基地。噢！上帝，我们比苏联人的行动晚了太多了。你可能不知道，早在50年代，苏联人就将低频电磁辐射器作为武器了。克格勃曾在我们驻莫斯科的大使馆附近秘密安置了一台这种发射器，每天24小时不停歇地向大使馆辐射低能量的电磁波束。这给使馆人员造成了莫名怪异的伤害，四肢疼痛、耳鸣、精神衰弱。这事很久以后才被中央情报局发现，当时还引发了一场严重的外交风波，该事件被称为'莫斯科信号'。莫斯科信号主要是10赫的低频电磁波，这与啄木鸟使用的频率一致，所以后来又称它为'莫斯科啄木鸟'……"

"自然界发生的极光暴会不会干扰人的意识？"伯恩漫不经心地问。

"影响甚微，它作为一种活动的非线性介质，能量主要集中在34赫～9兆赫之间，可以对输电网、无线电通信造成破坏，干扰人脑需要更低的频率。"

"我想也是，否则看见极光的人都成了疯子。"

"对地面上的人的作用更小了。宇航员对极光可能还有一点反应，偶尔产生幻觉、幻听。国际空间站上有人声称，见到太空神秘闪光，还听过奇怪的舱壳敲击声，'嘭嘭嘭……请打开舱门，外星朋友要进来做客了。'哈哈……干杯！"科西博士举起酒杯，与伯恩一饮而尽。

"大自然奥妙无穷，人类史上曾经多次受过极光暴造成的影响。"科西博士的助手在一旁说，"最显著的一次记录是1859年的太阳风暴事件，因为带电粒子流太强，当时出现了席卷全球的极光暴。世界各地，甚至热带、低纬度地区的人们都看到了明亮的极光，撒哈拉以南的非洲、加勒比海、东南亚、夏威夷……夜晚的天空亮如黎明时分，极光甚至强到可以用来看书。在马萨诸塞州，还有一些工人因为看到极光误以为天亮了准备开工。不过，当时最奇特的现象还是这个……"他刻意停顿了下，强调说，"波士顿的报纸报道了一件怪事，因为极光暴对电离层的影响，北美和欧洲之间的电报系统挂掉了，发电机都停了。但让人惊讶的是，一些电报机在无供电的情况下，竟然还能继续使用。"

"极光暴产生了感应电流。"科西博士立刻想到了其中的玄机。

"是啊！正是这样。"助手笑说，"当晚就发生这么一件有趣的事，波士顿到波特兰的两个电报运营商，在停电后，仍然用电报机通话。他们以每次一两个单词的速度，聊了两个多小时。漫长而奇妙的交谈。这是历史上第一次，人类以这种独特的方式传递信息。"

"1964年那一次呢？"伯恩看似随口一问，"3月27日那天晚上，内华达州南部的人们也看到了奇异的极光。"

听到这话，科西博士与助手忽而缄默不语，两人的神色颇为怪异。

安德森不禁补上一句："那是自然现象，还是人造极光暴？"

"时间差不多了。"科西博士古怪一笑，放下酒杯起身，"我们该给苏联人传递'信息'了，这也是第一次历史性的巨变，我们开创未来。"

博士一整神色，从轻浮油滑变为严肃凝重，迈步走向指挥控制台。

各项工作已准备就绪，卫星信号接通，显示器上可见五角大楼作战指挥室的画面。国防部长、参谋长、豪斯将军等一众决策者坐满室内，实时指挥这一场决定国家命运的新武器测试。

测试打击目标定位显示：列宁格勒以北115英里处的一个山谷，代号为"红星"的军事实验场。

该实验场名义上隶属列宁格勒物理技术研究所，实际上就是秘密建造极光暴系统武器的实验基地。实验场总面积相当于16个标准足球场那么大，周围森林密布，当中地面上排列着1688个天线阵列，发射频率范围从4赫～9兆赫。据情报获知，该设施还有4个500千瓦的大型发射器，有效辐射功率达260兆伏。其系统原理与这里相差无几，都是通过调整每个天线发射微波的相位，聚集形成一个波束，投射到高空电离层，使能量增大至每立方厘米1.5瓦。这样超强的能量轻而易举地把气体电离为等离子体，形成一道"天空镜面"，用来反射电磁波，再聚束投射到地面上的打击目标。

军事侦察卫星达到0.5米的分辨率精度，在显示器上，多光谱遥感探测、电磁波反射信息与光学镜头拍摄画面计算合成图像，可以清楚看到那里的每一棵树。

红星实验场当地的时间为黎明前夕，那长方形的天线塔阵列、变电站、发射机房以及地面主体建筑的细节一目了然。安德森看过去，只见那一大片天线塔犹如阡陌纵横的麦田，在画面放大以后，清晰可见天线塔之间一道道交织的金属线，就像这里，同样是密集的如横在大地上的琴弦。而在其一侧，耸立着一个外表看似射电望远镜的设施，泛着金属亮光的抛物面指向天空。

毫无疑问，这是敌方打造多年的死亡之琴，奏响之时，超高能量的电磁波束必定投射向北美洲大陆，极光暴将发出无可抗拒的力量。国土安全面临重大挑战，甚于核武威胁的巅峰时期，双方不可避免地再次陷入你死我活的极端困境，实施先发制人的打击已势在必行。

正如曼哈顿计划一样，我们再次面临赌上人类命运的时刻。

五角大楼一声令下，武器测试打击启动。

仪器蜂鸣声陡然增大，系统警示灯闪烁，一声声传递着的口令不绝于耳。随后，地板震动起来，一股低沉而强烈的振幅传来。那是两千台大功率发电机组同时运行的效果。强大的电流潜伏在地下，犹如一条汹涌的暗河，奔腾不息地冲激着地层，发出慑人心魂的嘶吼。

安德森有种错觉，这处坚固的地下设施快要坍塌了，如同大地震那一刻，所有的物体都在颤抖。声波振动空气和墙壁，视线内的一切物体仿佛都在抖动变形。顶壁灰尘簌簌下落，桌板上的咖啡杯叮叮当当跳个不停，人的心跳也加快起来，血液冲击着大脑，致使人微微有些发晕，竟有种如饮酒般的兴奋，一种无法言喻的情绪莫名涌动。

监控画面显示：地面建筑上的圆形之物的顶盖打开，露出一架雷达。暴风雨已经停歇了，天空积云，漆黑得不见一点光，仿佛压着一大块厚重的煤层。探照灯扫过天线塔阵列，只见那一片片钢铁骨架纹丝不动，天线网似乎绷紧到了极限，黑暗中，一道道泛着寒光的金属丝显得锐利无比，犹如割裂世间一切生灵的死神镰刀。

振幅频率越来越高，空气中激荡着怪兽利爪刮擦铁板似的刺耳声音，令人难以忍受。那声音陡然拔高，忽然又停止了，一切震动随之消失。洞室内安静得可怕，尽管仍能听到设备仪器发出的嗡响，但与之前相比，这点声音犹如蚊虫低鸣，越发显出空间的寂静。

人的耳膜一阵瘙痒难受，头脑昏然发蒙。振动的机械波实际上并未消失，而是这种高频率超过了人体所能感知的范围，但肯定存在某种影响。安德森感到自己的眼珠酸胀，双手发麻，皮肤热热的，一片汗毛耸立。"你怎么样？"他见伯恩斜着身子仰望着大厅的顶部，便问。

"还可以，就像做了一次脉冲电疗。"伯恩的声音听起来有些异常低沉，似乎他的脑袋被闷在被窝里，"镇痛、促进血液循环，估计今晚能睡个好觉。以前我神经性头痛，医生就是这么干的。"

"不相信你会睡得安稳。"安德森问，"你在看什么？"

"极光。"

"在哪里？"安德森扫视一排监控显示器，没见哪一处有极光的画面。

"它要出现了，天幕上。"

"嗬！预感。"安德森干笑一声，"你预见了什么结果？"

"终极意志必定成为世界的主宰。"伯恩引用了麦肯特的话。

"别给我耍花样。"安德森警告他。

"瞧见了吧，这就是国家暴力手段。使用最新的科技成果完全能达到全球化统治的目标，世界将无可选择地走向新秩序。"

"屁话！危言耸听。"

"中校先生，身为一个狡诈的军人，你肯定心知肚明，只要打击测试成功，五角大楼必定会大规模运用这种武器，一套系统不够覆盖整个地球，那就打造两套、三套、十套……彻底击溃世界上任何一个你们自定义的反美邪恶组织。结果显而易见，地球圈上空终将筑起一道无形的长城，极光暴漫天飞舞，高能电磁波辐射穿透地面上每一个人的大脑，彻底异化人们的意识和行为，连地洞里的老鼠都不会遗漏。"

"不可否认，所有的军事行动都有危害性，但这也是解决纷争、快速推动和平进程最直接的手段。"

"还促使科技发展、人类文明的进步？"伯恩笑起来，"最后实现终极控脑，把人都变成与你们一样的疯狗？"

安德森闷哼一声，不屑再与他这种书生气的人理论。

过不多时，控制台仪表盘指示灯急促闪烁起来，极光暴系统充能攀升至高。"能量2300兆瓦。"一个操作人员的声音传来。

"2600兆瓦，到达预备发射条件。"

实验场地面的探照灯全部打开，一条条光柱交叉、横扫天线阵列。明亮的光束中忽见一片片白色之物悠悠飘落。那是雪花，轻柔如天鹅抖落的羽毛。

天降茫茫大雪，雪花随风轻舞，飞扬在一道道森冷锐利的"琴弦"之间，竟有一种梦幻般奇异的幽美。人们不由自主地转头盯着监控画面，心神俱震，目光都被那仿佛是希腊神话里才有的绝美意境牢牢吸引住，主控大厅里一时间鸦雀无声。

这一刻，人间宛如仙境。

随即，作战室下达最后一道指令，国防部长授权武器测试发射。科西博士伸手拨动了主控台开关，他没有丝毫的迟疑，举止从容自然得就像只是打开了一间黑屋子里的灯。

"磁控系统稳定，5秒后自动激发，5、4、3、2、1，发射。"

时间转眼即逝，高功率发射机瞬间传导能量至天线阵列，只见大屏幕上那一片天线网突然爆出蓝辉光。

黑沉沉的天幕似乎闪烁了一下，万籁俱寂。无数点幽蓝泛白的光芒在天线网上乍现交织，密集如同黑暗森林里的萤火虫，光芒撕裂，旋即迸发出一条条扭曲振动的光线，跳跃闪动在"琴弦"之间，犹如肉眼可见的灵动而诡异的音符。

"恶魔奏响了竖琴。"伯恩说。

超高频率振荡的电磁波一刹那穿透地球大气，投射至高空电离层，以每秒30亿次的振荡速度急剧加热离子云。顷刻间，高能粒子振荡，沿着地球磁力线疾速喷发，形成猛烈的极光暴。卫星图像上可见绸带似的极光变幻扭转着，恍如一条泛着暗红亮绿色的波光粼粼的天河，无比绚丽璀璨，绵延数千里，笼罩天穹以北。

"投射作用目标设施。"科西博士指令。

工作人员快速操作起来。安德森心跳骤快，有一种紧张的压迫感。他一直盯着卫星图像看，但过了一阵，那地方看似没发生变化。武器打击仿佛失败了，打击目标那里什么动静都没有。安德森猜测，这可能是因为卫星信号传输延时。他注意到另外的显示器上各种复杂的线条正急剧变化着，数据数值变动不停。那是专业人员才能看懂的电磁波能量传递探测图。

又过了一阵，多光谱遥感探测画面陡然闪动起来。红星实验场的显示图像激烈波动，好似底片被烧灼一样扭曲变形，光斑变得一团模糊。随后在中央大屏幕上，高感光度的光学摄像显示出来，森林山谷中那一地带被乌云笼罩，云层搅动形成巨大的旋涡，正中呈现出一个深邃的洞，那是飓风中心的恐怖风眼。圆盘状气旋呈逆时针方向旋转，几乎覆盖了那周边的森林区域，旋涡边缘扫过列宁格勒。

安德森不觉吸了口气，他一时还看不出更多的状况，但武器打击能影响气象，人为制造出超级飓风已是毫无疑问，这足以改写人类战争史，的确是开创未来的重大一刻。

科西博士紧盯着主控台显示器画面，之前一直故作的镇定化为乌有，此刻他再也掩饰不住激动狂热。

地面军事目标正遭受超级飓风的袭击，更严重的是高频高能电磁波的投射打击。看探测数据，红星实验场地面与地下的设施正遭到毁灭性的破坏。完全可以想象到那场景，一切电子设备"嘶嘶啦啦"地火光四射，在电光石火间淹灭，也许还会发出震耳的爆裂声，地下设施到处弥漫着刺鼻的焦臭味，那不仅是电路元件烧煳了，可能还夹杂着生物蛋白质受电磁热效应破坏散发出来的气味。实验证明，电磁热效应对人体产生影响，浑身灼痛、水肿在所难免，最严重的部位是睾丸和眼睛。这与用微波炉加热鸡蛋的后果差不多。

红星实验基地毁于一旦，从投射中心点扩散出去的几十英里范围内应该不会再有一个活物。数天之后，部分植物也将会枯死。

但还不够，这只能算是接近成功，离武器终极打击还差一步之遥。

"打击2号目标，更换低频，实施意识干扰测试。"博士发出指令。

安德森与伯恩对视一眼，流露惊疑之色，不知2号目标是哪里。很快，他们就有了答案。卫星图像显示位置：列宁格勒。

"那不是军事地区。"安德森走过去对科西博士说。

"列宁格勒物理技术研究所拥有核心研发技术。"博士看出了安德森的责难之意，耐着性子解释，"接下来的测试也不是致命伤害，初级意识作用，打击效果跟'莫斯科啄木鸟'差不多。"

"你确定不会搞出大问题？"安德森盯着博士问。

"有什么问题请直言。"科西博士迎着他的目光，抱手说，"中校先生，诸位长官都在观望着我们呢。"

说话间，卫星信号忽然消失，显示器闪烁了一下呈现雪花点。通信系统的微波波段受到强干扰，实验基地与五角大楼的卫星连线中断。

"我提醒过你，伯恩教授有不祥的预感。"安德森肃然说，"致电作战指挥室，请求暂停武器测试，今晚到此为止。"

科西博士哂笑一声，看了看闷头喝酒的伯恩说："就因为酒精挥发的通灵术？别扯淡了。"博士说完置之不理，转而指派人员修复通信故障。

安德森不再与他纠缠，直接拨打内线电话给豪斯将军。但奇怪的是，电话竟然也打不通，伴随着忙音传来一阵低鸣的噪声。

所有对外的通信方式都中断了，故障原因不明，这处实验基地如同大海上的孤岛。

"发生异常情况，你还要测试武器？"安德森质问博士。

"通信故障不影响定位投射目标。"科西博士毫不犹豫地说，"消耗高能量产生的极光暴快消失了，再不行动就晚了。"博士说着匆匆下达打击指令。

磁控系统充能转换为作用于人脑神经的超低频率，预备激发极光暴投射。

2号打击目标地区约有300万人口，那是世界上的大城市中地理位置最北的一个城市，被称为苏联人的"北方首都"。这座城市建于18世纪初，历经战火与苦难的洗礼。1917年，随着"阿芙乐尔"号巡洋舰上的一声炮响，拉开了"十月革命"的序幕，列宁领导人民从此开创了一个全新的苏联时代。二战期间，这里曾遭受德军的重重围困，谱写了一段悲壮的历史，苏联军民团结在一起与敌人血战搏杀了872天，这一场无比惨烈的保卫战最终取得了胜利。战争让这座城市几乎变为废墟，失去了60多万人。历经艰苦重建，至今得以再现昔日风采。

此刻，极光暴横跨天穹，笼罩这一座水上城市曙光初现的天空，涅瓦河静谧的水面上映照着那幽绿色的光芒。

这里的黎明静悄悄，人们毫不知觉一场惊心动魄的大灾难即将降临。

科西博士准备拨动发射开关。

"缩回你的爪子。"安德森说，"最后一次警告，停止武器测试。"

"否则呢？"科西博士失去了耐心，怒声说，"通信中断，现在我是这里的最高指挥者，一切后果由我来负责。"

"那就好办了。"安德森忽然从怀里掏出一把手枪，快速上膛，上前一手捏住博士的细长脖子，一手持枪顶在他的脑门上，厉声说，"给我关闭武器系统。"

事发突然，在场的人全都惊愕失措，数名警卫反应过来，纷纷围过来举枪对准安德森。

"都别动！"安德森像拎鸡崽一样把博士按在主控台上，推开枪保险说，"否则我一枪射穿这颗大脑袋，开的洞保证比飓风旋涡还大。"

大家面面相觑，谁都没料到安德森竟敢持枪挟持博士，他这是要反叛吗？

"中校，你完蛋了！"科西博士龇牙叫嚷，"等着上军事法庭……啊！"他话没说完就痛呼出声，是安德森一下收紧五指，几乎捏断了他的颈椎骨。

"混账东西！"安德森唾骂着环视周围的警卫说，"这家伙居心叵测，我怀疑他为了私利功名，不顾异常状况坚持要发射武器。伯恩教授预测，这将导致系统设备严重损坏，造成重大安全事故。事态紧迫，我不得不阻止他，等通信恢复后由五角大楼指示。"

在场的人听了安德森的话惊疑不定，警卫也迟疑起来。

科西博士怒火中烧，欲辩解几句，但被安德森扼住了喉咙，有口难言。

"快！"安德森大吼，"紧急关闭系统！"

主控台的几位操作人员浑身一颤，被他的危言恐吓到，不由得行动起来。警卫也半信半疑地放下了枪，保持警戒，静观事态变化。

"厉害！你哪里来的枪？"伯恩走过来，也是一脸惊诧。他绝对想不到，安德森竟然有胆魄付诸行动，而不是像他那样只是嘴上发牢骚。无论这个草莽军人有多少烂毛病，就凭此刻做出的这一惊人之举，足以被称为英雄。虽然假借他的通灵术之名来行事，但也令人敬佩。

安德森却是愣神一下，惊出冷汗，他竟然想不起来自己从哪里获得的这把手枪。犹如短暂失忆一般，太怪异了。但来不及多想，安德森再次喝令磨蹭的人尽快关闭武器系统。

就在操作人员动手之时，一瞬间，电子仪器全都失效了，设备停止运行，整个武器系统彻底瘫痪。灯光旋即熄灭，主控大厅内一片漆黑。

地下深处顿时死寂无声。黑暗中有人惊叫起来，声音充斥着惊恐。这种状况实在太诡异了，即使遇到停电故障，还有备用电源以及蓄电池安全灯，绝不可能这样彻底的黑灯瞎火，除非是……有人转念想到一种可怕的情况，难道苏联人还有另一处秘密基地，我们也遭到了对方的极光暴武器的打击？

上帝！我们完蛋了。想到这种情况的人不由得缩成一团瑟瑟发抖。

场面混乱不堪。有人惊慌失措，大呼小叫，还有人四处摸索逃生的出口，也有人压住惊恐在寻找照明之物。安德森不禁松手放开了科西博士，他亦是震惊不已，不承想一语成谶，原本只是恫吓的话竟会真的发生了。这是什么古怪情况？

就在这时，一片幽光蓦然乍现。充盈四周，幽幽笼罩整个地下空间。

在场的所有人亲眼看见，这不属于任何一种人工照明光，也非寻常的火光。这种突然出现的幽光异常诡秘，若隐若现地闪动着，如火焰般的蓝白色幽光一簇簇凝集在大厅四处的物体边缘上，看上去就像每一件东西都着了火，人人身在一片幽明燃烧的火海之中，犹如梦幻奇观。

惊魂动魄，人人意识恍惚，全都骇然呆住。

光芒幽幽闪亮，恍若来自地狱的亡魂磷火一般诡异无比。

"圣火！圣火！"死寂一刻，有人大喊。呼喊声回荡在大厅，震动心弦，恐惧侵入人体，攥紧了心脏。

安德森下意识地凑近看，没感觉到幽光发出热量，它似乎是冷光。"别碰它！"科西博士瞪着主控台边上的幽光，惊骇地说，"这是一种电激发光，低温等离子。"他立刻推测，这可能是强电场造成空气离子化发生的罕见现象。电位差巨大，致使空气反常导电，发出了光。

这意味着周围遍布强大的电场，空气中的介电质发生了剧变。天知道，人体与之接触后会出现什么异常恐怖的状况。

谁都不敢动，人人屏息，眼睁睁着一片忽明忽暗闪烁的幽光，大脑空白。

不知过了多久，幽光忽然消逝，而后一盏盏照明灯亮了起来。大厅内光线雪亮刺眼，看似什么都没发生。人人都松了口气，逐渐恢复理智，只觉浑身肌肉麻痹僵硬。

随后检查设备，发现磁控发射装置坏了。没有发生过电磁热效应的迹象，内核电子元件全都散落化为齑粉。

科西博士惶惑不安，没敢责问安德森半句话，垂头丧气地带人去查看各处设备的详细损坏情况。

伯恩踪影全无，不知何时离开了主控大厅。

安德森心头充满疑问，找遍了实验场都不见他人，最后来到安全门出口处询问守卫，得知伯恩已经走了一刻。他赶紧追上去。

夜空已放晴。地上覆盖着厚厚一层雪，四野白茫茫一片。

雪地上有一行脚印，安德森顺着痕迹寻了过去。

空气凛冽，他头脑一激，有些醒悟过来。极光暴系统武器的损毁并非意外，很可能是人为导致——麦肯特动了手脚，暗中改变了核心部件的某种设置，竟然瞒过了军工厂的技术检测，埋了颗定时炸弹一般直到关键时刻突然爆发，一举摧毁了整个系统……不仅如此，甚至还把苏联人的这种武器也计算在内，先通过测试打击毁掉红星实验场，然后再自毁……厉害！厉害！这种算计手段实在太高明了。

安德森想到这里豁然明白过来，油然惊叹，高智商的科学家一旦搞事，所用的手段简直可怕至极，让人防不胜防。那老家伙虽死犹荣，子弹击碎自己的头颅之后，竟不停歇，穿越了生死时空，直击全球两大强权战争机器的心脏，一枪干掉潜伏于世的地狱妖兽。

这把古董枪可谓传世珍品，历史将铭记其名：阿特拉斯·麦肯特。

伯恩是否预见到这种结果？这阴冷叵测的家伙心里还盘算着什么？安德森沿着雪地足迹一路走到天线阵列的边缘地带，看见伯恩伫立的身影。寒气逼人，灯光微弱，伯恩站在雪中不动，仰望着天幕。

安德森随之抬头看去，赫然一惊，发现北方天际飘浮着一缕缕绿色的光。夜风徐徐，那光芒柔亮清晰，恍若烟花一般绚丽地绽放在雪山之巅，变幻莫测，无比震撼。

那是极光。

幽幽缥缈在冰寒雪原上，空灵超然。

伯恩心底激荡着一种玄妙的感应。那些超脱躯体的亡灵以另一种形式存在，汇聚了世间众生的精神烙印，幽浮在星球地磁极的上空千变万幻。

那是万物生灵集体意识的海洋，灵魂之光。

第20章　庄周梦蝶

刘忻提交了辞职信。

"为什么？"尼尔森·布卢默一下坐正身子，惊讶不已，"我正申请为你配置一个有点规模的实验组，反正闲着也是闲着，在量子计算机领域我们也押上一局。嘿！你想干吗？难道有了什么好去处？"

"还没考虑好……"刘忻摇了摇头，"非常抱歉辜负您的期望，我累了，想休息一阵子。"

"可以来个长假调剂一下，生活不仅是量子的。"布卢默把桌上的辞呈推过去。刘忻却没有半点收回的意思，再次表达了歉意后离开了办公室。"懦夫！"布卢默为之气结，愤懑地冲他的背影嚷嚷，"耍小聪明的中国人，回你的老家种菜去吧。"

赋闲在家看书、洗衣做饭、胡思乱想了数天，刘忻终于憋不住了，独自一人前往易先生府上。

他不知道这样做有何意义，也不确定易先生是否会见他。如果见面了，他该怎么说呢？似乎失去了应有的理性，刘忻仅是凭着感觉行事。他感到再不有点什么行动将无以排遣内心那种难言的苦闷。

刘忻乘坐电车抵达渔人码头附近，下车后步行来到海湾，沿着那条私家公路走上那处望海高地。他走了将近半小时才见到蓝天映照下的太极宫，还有那一座犹在沉思问天的墓塔——灵照塔。

刘忻来到易府门前，徘徊了一阵，正感踌躇不决之际，忽见易府的管家出门来，请他入内。"易先生在外处理点事，随后回来。"管家说，"请你去屋里稍等一会儿。"

"打扰了。"刘忻有些诧异易先生怎么知道他这时候前来拜访。

入内走过植物园区，一直来到那栋在草木深处的木屋。管家带他进屋，上了二楼，在一间宽敞的书房落座。管家泡上一壶热茶就出去了，让他独自在房里等。

刘忻环视四周，见这书房的桌椅陈设都有些老旧，比外面待客的厅堂布置得朴素淡雅多了，瞧着更觉平易近人。两大扇落地木窗面朝海湾敞开着，一览屋外风景。近山远海跃入眼帘，右边是浪琴石园，左边是金门大桥。极目望夫，还能看到远处的天使岛。

晨风习习而来，裹挟着清心润肺的海潮气息，使人胸襟豁然开阔。

房中挂了一幅字，但见笔墨苍劲：

道为太极，负阴抱阳

春生夏长，秋收冬藏

虚空非空，不泯不灭

灵海潮汐，万念一觉

刚柔相济、虚实相生、字势纵横，而气韵随书而瀑，意境尤为旷远。

书房内藏书丰厚，一排排书架上摆满了故纸、陈墨味浓郁的书，一看就是饱经岁月的旧书老物。再往里，还摆放着一些朴实的陈列架，看似收藏物件甚多。刘忻等了好一阵，还不见易先生回来。这些天，他的睡眠质量很差，喝过半壶茶，这时坐着却有些犯困。他起身走过去打量书架，见藏书种类挺多，古今中外的名著、天文地理、自然科学方面都全了。书大都有翻阅过的痕迹，可见易先生博览群书，阅读兴趣非常广泛。

刘忻顺着看过去，不觉就看到了内里陈列架上的物品，许多老旧木框里装着一张张泛黄的照片，大多是黑白照，看来有些年代了。当中有易先生年轻时参军的照片，一些二战历史照，易先生与战友们在法国和德国战场上的留影，背景可见硝烟未散的战地工事，有损毁的坦克、军车和障碍物等，以及饱受战火摧残的城市建筑。刘忻注意到一张大合影，上面写着：1945年12月，加利福尼亚州华人退伍军人合影留念。并注明，这是400余名华人退伍军人在庆祝二战胜利游行后的合影。

此外还有易先生的一些家庭照，有在中国城早期的生活照、在医院打杂的老照片。相框里还珍藏着一张易先生曾祖父的移民证，看日期是1861年。另外几张老照片是易先生父亲的，看起来像一位儒雅的教书先生，他身着长袍，还留有清朝时的发辫。而在一张室内照片中，这位老先生使用着一台打字机，照片下方的陈列柜里就摆放着这台老古董——30年代，美国雷明顿公司生产的机械打字机。

刘忻看到易先生的一张结婚照。那时候，易先生朝气蓬勃，目光如炬，易太太端坐在身旁，眼眸清澈，小家碧玉的秀气模样。想不到易太太年轻时这么文雅静美。刘忻不由得诧异，想起上次来易府见到的那位痴呆的老妇人，脸焦黑如炭，火烧过一般严重毁容。

刘忻看到这里感觉有些不安，像在窥人隐私那样不礼貌。但转念一想，书房如人心，易先生安排他等候在这里，想必不忌讳他看自己的私物。在坦荡之人面前，大可不必过于拘礼。刘忻这样一想也就释然了，继续顺着陈列架看过去，见一处单独的陈列区内放置着一些藏品，特别用了贵重的红木精制成的盒子装着，以厚实的玻璃封盖，内里铺着丝绸。刘忻好奇地看去，见红木盒里珍藏着一双草鞋。草鞋磨损不堪，修补的旧痕累累，碎布拼接缝补的鞋带褪了，色不可辨。

旁边的红木盒里是一只锈迹斑斑的铜制喇叭，由名贵绸缎衬托着，覆满暗绿色铜锈的管子上有多处裂缝。喇叭没有活塞，是一只指挥军队用的冲锋号。刘忻有些诧异，再看过去却见另一个大木盒子里放置着一把砍刀，同样是锈迹斑驳，刃口破损严重，整把刀锈蚀得像一块化石。刀柄末端的环口上系着一条色彩鲜红的布，看似是后来加上去的。

另外还有一件棕衣背心、一套灰棉布红领章的旧军服、一顶八角帽，帽子上用红布缝着一个五角星。刘忻看出来了，这是红军的军帽，这些都是红军在长征路上所用之物。正中央的陈列柜里有一面红旗，残旧不堪的旗面右上方是一个五角星，旗中间为交叉的"镰刀锤子"，旗帜边上的一条白布上写着的部队番号，字迹模糊难辨。这面"三三式"红旗多处破损，可见战火烧焦了的痕迹。

红旗和军服褪色，大刀生锈，军号吹不响了，它们完成了战斗使命。

刘忻正想易先生为什么在书房里珍藏红军之物，却见一个锦盒里放着一本英文旧书，书名为 *Red Star Over China*，这部纪实作品由纽约兰登书屋出版，几乎传遍了全世界。精装漆布的书封磨损甚旧，不知被翻阅过了多少次。锦盒旁边放着一双防护手套，刘忻戴了手套，轻轻揭开书封，即见一幅手绘中国地图，图中详细画出了红军长征的路线。

书的扉页上写着三行毛笔小楷繁体字：公元1938年11月，购于"城市之光"书店。以知命之年喜逢小儿束发之日，见其苗壮成长，甚好！题字落款：易南木。

笔墨陈旧，透着历史的味道，想必出自易先生父亲之手。字迹端正飘逸，意义悠远，其喜悦之情跃于纸上。

刘忻猜想，这些珍藏之物可能是易先生父亲收集并传下来的。生活在异国他乡，艰辛度日，心里总要有点精神支撑，而处在当时那种黑暗困境下，唯有这一抹东方曙光，能予人希望和坚韧的信仰。

在这处陈列区之后是一间屏风隔挡着的内室。

乍一看像座小型博物馆，这间内室光线明亮，四处放置玻璃柜和展架，陈列着各种老照片、老式物件、英文旧报纸等物。刘忻走进去细看，才发现这些都是华人劳工在美国一个半世纪以来的图文档案。

19世纪中叶，欧美资本主义国家进入发达时代，船坚炮利，大肆向外扩张，以枪炮叩开了当时的处于清政府专制统治之下的腐朽国门，劫掠国民财物的同时，开始疯狂掳掠华工。

一批批华人遭诱骗、拐卖、胁迫或绑架，被贩运至美国淘金。当时，贩运华工的船可谓"海上浮动的地狱"，这项交易在美国被称为"贩猪业"，华工即为"猪仔"。

刘忻见陈列的绘图上，一个个华工以辫子相连，接成一串，被白人贩子牵往船舱囚禁，如同牲口，与贩卖非洲黑奴时期的惨状相差无几。从淘金热开始后的几十年间，抵美华工的人数近30万，当中约有十分之一的人死在贩运船上，尸体被扔进了大海。

抵达加州的华人很快就成为优秀的淘金工人。他们大多数来自珠江三角洲地区，熟悉开沟、筑坝、抽水等活计——这是水稻种植必需的工作。他们在美国淘金时，便运用了这种在家乡的治水经验。华工干活儿勤快细致，经他们淘过的矿区，找不出一粒"能塞进虫子牙缝"的金子。但这些优点却增加了当地淘金者对华人的敌意，排华风潮暗涌。

淘金热过后，开始建设第一条横贯北美大陆的铁路——太平洋铁路。这条被称作"世纪大道"的铁路，后来被评为自工业革命以来世界七大工业奇迹之一。在头两年，工程进度非常缓慢，仅仅铺设了50英里的铁轨。当时的筑路工主要是爱尔兰人。他们身强力壮，但无法适应危险且令人疲惫的修路工程。酗酒、斗殴、罢工，他们不断地要求加薪，每天都有数以百计的爱尔兰劳工不堪辛苦而逃走。在这种境况下，中央太平洋局开始雇用华工，其总裁认为："能修建万里长城的民族，当然也能修铁路。"

果然，这些华工看上去矮小消瘦，却个个吃苦耐劳，不像白人工人那样自由散漫、爱酗酒闹事。华工循规守纪，每天工作12个小时的工资为1美元，食宿自理，任劳任怨。他们头脑灵活，很多工作一学就会。

就这样，大批华工投身于贯穿荒漠、原始丛林、沼泽和雪山的铁路工作。易先生的曾祖父就是其中之一。

华工人数发展到占筑路工人的九成。太平洋铁路原计划用14年完成，最终整整提前了7年竣工。然而，在铁路完工的典礼上，美国人只字不提华工的贡献。

国难之际，弱国之民无人权。

鸦片战争后的中国备受屈辱，《南京条约》《北京条约》《马关条约》等一系列不平等条约接踵而至。即便是身在海外的华人也无一幸免，饱受歧视和不公正对待。排华最严重、最狂热的地方，正是华人最多的加州。就在这片华工贡献最大的土地上——华工每人每月被征收3美元的税金，这在1870年之前，占了加州税收总数的一半。

加州立法规定了华人儿童不准入学，华人不得拥有房地产，不准向华人发商业执照等一系列排华措施。州最高法院判定，华人无权在法庭上对涉及白人的案件做证。这相当于剥夺了华人的法律自卫权，有冤也无法申辩。

易先生收藏着一本1855年出版的《旧金山年鉴》，里面对华人做了这样的记载：华人的风俗习惯让加州民众十分反感，华人没有宗教信仰，素质低下，比黑人更低等，令人产生一种无法克制的憎恶感。

1862年，加州的第一任州长斯坦福公开宣称：华人是低等种族、下贱人。这位绅士先生戴着丝质小礼帽、手持文明棍，是美国镀金时代的十大财阀之一，以经营港口、金矿、铁路敛财而著名。其加入共和党，主张给黑人自由，后来成为斯坦福大学的创立人。

"横贯美国中西部铁路的每一根枕木下面，都有一具华工的尸骨。"

1866年12月，内华达州西侧遭遇雪崩，筑路的华工全部遇难，易先生的曾祖父就在这次雪难中丧生。在这之前，他们用双手一点一点凿通了最艰难的工程隧道。

铁路修建完毕，华工群体成了美国阶级斗争的第一标靶。美国劳工组织认为华工拉低了劳工阶层的工资，加剧了社会贫富分化，让美国穷人产生了巨大压力。1873年，美国爆发经济危机，在一片萧条中，找不到工作的白人更加仇视廉价的华工。排华潮流风急云涌，加州各地经常发生攻击华人的事件。

刘忻见到玻璃柜里展示着一份旧金山的老报纸，《沙斯塔共和报》报道："在过去的五年中，华人被杀者不下数百人，几乎每天都发生伤害华人的事件。"

1871年，在加州洛杉矶市发生排华暴力事件，一夜之间，几十名华人惨遭杀害。在排华狂热时期，加州政府甚至宣布设立一个排华假日，用来举行大规模游行，宣扬驱逐华人。1876年美国大选前夕，两大党派意识到入主白宫的关键在于谁能拥有多数工人的选票，认为"利用华人问题做文章是政治上取得成功的捷径"，于是竞相排华以捞取工人选票。政客们公开宣扬，华人问题"不再是一个加州的问题，而是整个美国的问题"。

排华风潮甚嚣尘上，针对华人的暴力事件频频发生，尤其是旧金山，几乎演变成了"狂热战场"。白人持械围攻中国城华人社区，局势发展到政府不得不召集警察、动员民团以供自卫，甚至还派遣了海军军舰，这才强行镇压住骚乱。民意汹涌如潮，白宫如坐针毡。1882年，美国国会受理了共和党参议员约翰·米勒提交的《排华法案》。政治就是一场权力博弈，最终，排华主义获得国会多数票支持，《排华法案》于当年5月6日通过了两院表决。

美国历史上第一次立法禁止一个种族入境，第一次立法排斥一个种族加入美国国籍。

中国人成为不能向美国自由移民的唯一群体。就这样，排华始于民间，最后成于政府，堪称美国历史上黑暗的一页。

当时的清政府向白宫递交抗议书。但弱国无外交，抗议无效。

华人没有了法律保障，不断遭到骚扰和攻击，生命时刻受到威胁。不少华人被迫选择离开美国。1890年，美国华人的人数约10.7万，逐年递减，到1920年已减少到6.2万人。在这期间，天使岛上的移民站拘禁和遣返了这些华人。法案执行期间，在美华人不得入籍，不得和白人通婚，华人的妻儿再也不得进入美国与家人团聚。许多华人几十年间不能回中国探亲，无法与父母妻儿团聚，多少人因此一叶飘零，客死他乡，难归故里。

《排华法案》还带动了加拿大、澳大利亚和新西兰等英联邦国家的效仿，对华人的歧视最后扩大到了全世界。清政府驻旧金山的第一任总领事曾为此写下长诗《逐客篇》，悲叹家国沧桑："呜呼民何辜，值此国运剥！"

刘忻看了陈列的这些历史记录，只觉触目惊心。

他对这一事件有所耳闻，但知之甚少，这时仔细看来才明白那时代的在美华人有多么艰辛不易。斯坦福大学现今是世界一流学府，其创立人斯坦福在铁路竣工时，收到"最后一枚轨钉"作为纪念。这枚钉子收藏在斯坦福大学。刘忻以前参观时，曾感慨美国铁路建设的宏伟、现代科技之繁荣昌盛，却不知在这枚钉子的背后掩埋着不知多少华工的血泪。

丰功伟业者的基座，钉在累累白骨之上。

"铭记历史，让我们不惧面对艰难的未来。"一个苍老的声音传来。

刘忻见到了易先生，于晨光中，面带肃然神色。坐下茶谈，刘忻讲了雪山观星的事。"冒昧来打扰您，我想请教个问题。"他求助地望着易先生问，"宇宙中还有其他的智慧生命吗？"

"那颗消失的恒星让你由此疑惑？"

"它也许演变成了黑洞，我不确定……"刘忻迟疑着说，"我妻子之前做了一个梦，预见了这事的发生。我不得不想，是否存在至高无上的设计师控制着我们的一切？人类的存在到底是为什么？"

"疑问即是答案。你触摸到了世界真相的边缘，本不该再来找我的，但你还是

374

来了。"易鸿钧深深看了他一眼，"命运使然，很抱歉我没能力阻止你卷入。"

刘忻愣了下，不由得摇头说："我不相信，不可能的，这不可能……"

"光锥之外皆是虚无，却注定了我们的命运。"易鸿钧说，"雪山观星那一刻，你是这样想的。"

"您怎么知道？不，不会的……"刘忻惶惶四顾。茶几上的热茶雾气腾腾，茶香幽幽；木质书架林立，摆满了人类知识典籍，珍藏之物有着不可磨灭的历史痕迹；窗外蓝天白云下的城市和海湾清晰可见……这些景象历历在目，世界看起来如此真实坚固，让他如何相信这一切都只不过是镜花水月般的虚幻？

"庄周梦蝶。"只听易先生缓缓说道，"典出《庄子·齐物论》。先哲庄周在睡梦中变成了一只蝴蝶，栩栩如生，逍遥于天地之间，忘记了自己原本是人。这个梦太真实了，梦醒后，他分不清是他在梦中变成了蝴蝶，还是蝴蝶在梦中变成了他。"易鸿钧环视四周，继续说，"虚幻与真实必定有区别，但虚实合二为一，我们身在其中已然不能确切区分它变化的本质。"

"包括我们……"刘忻感觉透不过气来。

"是的，全都是，世界上所有的一切。"易鸿钧说，"这是一座宏大无边界的监狱，没谁能逃离，我们每个人都是囚徒，头盖骨包裹下的大脑的囚徒。不幸的是，绝少有人意识到这种困境。即使有所感觉，也以为这是一个荒诞的梦，或认为是某种突如神来的预知。"

"它为什么要这样设计？"

"这很危险！"易鸿钧微微摇头。

"什么危险？"

"试图探究根源，将触发不可测的危险。它监控着我们的一言一行，包括思想意识，一切都洞察无遗。"

"易先生，我既然来了，就是想知道真相。"刘忻断然说，"我们的世界如是虚幻无疑的，什么都变得毫无意义，包括生与死。"

"到此为止吧，你还有最后的机会选择，忘了它，就当什么都没发生过，生活如常。这是我能给你的建议。"

"不！我已经醒了，不可能再假装睡着。"

易鸿钧定定看着他，目光隐含悲悯。

"请告诉我，您知道的情况。"刘忻恳求，"它是什么？"

"大音希声，大象无形，它不可被描述。非要说的话，你可以称它为'宇宙根本法则、母程序控制、命运之轮'之类，或者'天道'。"

"它为何监控我们？"

"真实状况尚不得而知。尽我所能来猜测，它也许在做某种推演。"

"什么推演？"

"以所有可能发生的条件，推演一个最佳机制的运行方式。简单来说，就好比占卜，只不过它用我们的世界作为龟壳进行计算推演……"易鸿钧说着，掏出黄铜色老式怀表看了看，"稍等，我们先来关注一个事件。"

刘忻迷惘看去，见易先生打开木柜上的一台电视机，注目观看。而在这之前，刘忻并未察觉书房里有这台电视机。

电视画面闪动了几下，随后出现一间办公室的内景，一个戴眼镜的男人坐在办公桌后发表讲话，用俄语宣布辞去总统一职："鉴于独立国家联合体成立后形成的局势，我停止自己作为苏联总统职务的所有活动。做出这一决定是出于原则性考虑……我坚决主张各族人民的独立自主，主张共和国拥有主权；同时主张保留联盟国家，保持国家的完整性。但是，事态却是沿着另一条道路发展……"

电视画面闪烁了一阵，影像恢复正常后，只见总统办公室里的那人表情严肃，以一种乐观的预言结束了讲话："我相信，我们的共同努力迟早会结出硕果，我们的人民将生活在繁荣昌盛和民主的社会中。"

寂静片刻。

"一个昔日荣耀的大国陨落，冷战结束了。"易鸿钧叹了口气。

"苏联解体?! 这……这事真实发生了？"刘忻震惊不已。

"对我们而言吧。"易鸿钧看着他，忽然问，"现在是何时？"

"1995年……"刘忻怔怔地说，"11月22日，怎么了？"

"这个时间节点除了我们之外，并无意义。"易鸿钧望向窗外远方说，"天道演化玄之又玄，不可名状，我只能这样妄加猜测：世界万物的终极本体疑似真实粒子的投影，由初始设定推动，演化周而复始，其间幻化出了无穷无尽的光影。这无穷多虚幻的影子和光斑构成了无数条'世界线'，一切都发生了改变，虚粒子在四维时空中的运动轨迹已演变为不可测、不确定。在我们之外的世界线上，这个时间节点出现得也许更早一些，也许更晚，或者没发生该事件。也很可能，根本不存在你和我，也就不存在我们见证了的这个事件，一切子虚乌有，却又皆有可能。"

"您是说，存在多世界？"

易鸿钧摇头，神色萧索。

刘忻猛然醒悟过来。既是虚拟的设计推演，所谓多世界也只不过是万般演化的其中之一，某一种影子模式，甚至包括这种推演方式也是一种推演，层层嵌套，没有哪一层是真实的，全都被困在斯金纳箱里陷入无止境的轮回之中。

"怎么证明？"到此刻，刘忻仍然不敢确信，感觉犹在梦中。

"你看。"易鸿钧示意他看窗外。

只见屋外阳光消失，天际黑云滚滚，云层堆积。海面上却是无风无浪，平滑如镜，倒映着快速掠过天空的黑云。顷刻间，但见云层遮盖住了整个天，犹如一块凝固了的黑冰，又像是一面宏大无际的黑镜，与凝固的海面上下相映照，反射出无尽深邃的虚空。

"什么？"刘忻不由得站起身，走到窗前，惊骇地望着眼前这一幕奇观，"这不可能是真的……"

"天象莫测。"易鸿钧来到他身旁，"你所见所感仿佛真实存在，却不然，这种虚拟的假象蒙蔽了大脑意识。"

说话间，天空上的黑镜反映出地面上的景象。如同三维全景投影到了一个平面上，无比精确地再现了地面上的场景，呈现出一个光怪陆离的世界。大海、岛屿、城市建筑、金门大桥……全都清晰生动地显示在那镜面般的天空上，每一个微小的细节都在平面影像中得到了真实对应的反映。

在海平面上，同样反映出这种影像。正如两块镜子相对，反射出同一个场景的无穷个光影，平面之中映照着无尽深邃的三维全景云图。

"在梦境里，我们无法分辨虚幻与真实。即使醒来，依然如此。"易鸿钧对着窗外的世界挥了一下手。

天地之间的镜像忽而流动起来，变幻不停，呈现出无数个不同场景的光影——一个个看似场景相同却又各异的世界。地貌发生着微妙的改变，城市建筑万般变化。那一座横跨海峡之上的金门大桥时隐时现，反映出它在不同的世界里从不存在到存在，再到形态各异的存在方式。无数影像叠加在一起，同时呈现出一种模糊又清晰的状态——包含了所有时间、所有变化可能的宇宙云图。

"云图之中，每一个时间节点上，每一个世界都如同真实存在，由基本粒子构成。而以自身为参照，每个世界都以为自己是真实的，另外的世界是镜中幻象。其实，它们在数学上完全相等，无法区分。"

"我在梦里？"刘忻幡然醒悟。

"不尽如此。"易鸿钧说，"你我身处不同的地方，以意识共振相连，同在一个幻境空间。"

刘忻遍体生寒，拼命挣扎着想要清醒过来。割裂神经似的他猛地一震动，睁开了眼睛，发现自己坐在椅子上，瞪着窗户那边。只见易先生伫立在窗前远眺大海。阳光和煦，窗外风景安静如画，看似一切正常。刘忻急喘不止，感觉心跳激烈。他似乎靠着椅子睡着了，做了一个梦，梦见一个不可思议的镜像世界。

"易先生……"刘忻惊慌地站起来，不知所措地走过去。放眼窗外的城市海景，他立刻察觉到不对劲。外面没有人的踪影，也没有动物、飞鸟、海鸥等任何的活物，只有一幅恒定如画的风景。世界死气沉沉，天地之间仿佛只剩下他和易先生两人。

"我还在梦中……"刘忻感到了绝望，"怎么回事？"

"过后你会醒来的，现在我要告诉你一些事。"易鸿钧说，"无法分辨的虚幻即是真实，我们的世界更为坚固实在，不像你此刻看到的这样，假象一目了然。我们身处的世界无不透着种种真实入微的反应，天空、大地、繁星、日月，我们生活中的每一个场景，呼吸到的每一口空气，全都近乎真实。无论是我们对世界的感知，还是对它的科学观测，无不符合绝对存在的真实。你是一位物理学者，应该对此深有体会。"

刘忻不由得点头，感觉思维迟钝，有些跟不上了。

"除了深层意识。"易鸿钧说，"一种不可靠却又微妙的感应，发至心灵深处，让我们隐约知觉这个世界不对劲。沉静内心，置身于外，你会意识到某种似曾相识的意象，仿佛经历了无数个梦境，朦胧的不真切感促使你想从梦中惊醒，想要睁眼看清楚这个世界。实际上，醒来以后世界依然如此，梦境永无止境。"

窗外的世界蓦然消失，无声无息的，天地间白茫茫一片，光明永恒。

"我们每个人都被困住了，任由命运摆布……"随着易先生的声音传来，光明之中浮现一个硕大无比的人脑。半透明的，犹如水晶迷宫般的大脑占据了整个视野，脑皮层内蕴光华流转不息，无数点光斑闪烁其中，恍若满天繁星，深邃莫测。

"当你以为能掌控自我，决定自己想要的选择时，殊不知，你所做出的一切选择都已存在于演化中，仅是无数种可能的路径之一。你觉得这是什么状况？"

"量子算法？"刘忻惺然注视着那一个浩瀚如宇宙的大脑。

"我曾经也以为是量子算法演化，后来发现，它远比想象的还要复杂深奥，根本无解。"

"但……这又是怎么做到的？"刘忻看着窗外悬浮的大脑，其内梦境般浮现出无数个意识世界，其间演化出一幕幕影像。除了缺失生命的迹象，他眼前的奇异幻象非常接近真实场景。

"你现在所见，就是量子计算机做出的最好的虚拟效果，拟真程度约60%，仅是对景象效果而已，还不能演化生命。"易鸿钧说，"这是我名下研究中心目前能达到的最高水平，通过定位解析大脑信号，桥接你的意识，临时创建出一个幻境。你现在看到的一切都只是算法的具体呈现而已。"

意识世界蓦然变幻，幻化出两个场景，如同巨大的屏幕显示在窗外：一个场景是书房。刘忻看见大脑影像之中显示出他自己，他就在书房里趴在茶几上闭目入睡。而另一个场景是一处实验室，只见易先生躺在一架精密的设备上，看似也在沉睡状态，头部罩着奇特的感应装置，周围陈列着电子仪器。一些身穿实验服的□□正在操作，显示器上呈现着复杂的数据反应。

他和易先生身处不同的场景，却又包含在同一个大脑影像的意识世界里。

"拟真系统只能维持约40分钟。"易鸿钧说，"我们很快就会醒来，身在各处。你依然在书房，感觉像做了一场梦。"

"为什么这样做？"刘忻极度震惊。

"有重要的信息传递给你，用这种方式，希望可以瞒过它。"易鸿钧说，"监控无处不在，包括我们的大脑里浮现的每一个念头。我们能做的，就是在它的虚拟控制层面上，再往下虚拟一层，创建一个量子加密算法隔绝上层。"

"就像梦中梦那样？"

"有点类似，但愿能屏蔽它无处不在的监控。"易鸿钧面露疑虑之色，"很可能毫无作用，我们只是在自欺欺人。但无论如何总要努力去尝试，而不是困在这时空的监狱里坐以待毙。"

"要给我什么信息？"刘忻越发感到迷惑。

"时间所剩不多了，我长话短说。"易鸿钧做出一个重大决定似的，慎重说道，"我们只是虚拟世界的投影之一，但糟糕的是，虚拟者用了真实的粒子来构建，如同创建影子系统那样。这种虚拟与真实等效，几乎一模一样，运行法则同样无比精妙。从物理上，我们无法找出它的漏洞，无法突破它的限制。唯一还存在的一种可能性，就是'大脑意识传递'。研究发现，我们的意识也许能够渗透这种犹如深渊般的限定，逆向投射到另一个层面，而梦境可以完成这样的意识传递，且不被监控……你先听我说完。"

易鸿钧摆手止住刘忻将要说出口的问话，继续说道："你以后会获知相关技术的详情，这不重要。简单来说，人脑隐藏着一个镜像系统，称为'暗意识'。它独立于主脑意识系统，我们的某些梦境就是由它产生，实际作用为备份和运算，监控主脑。我们不能察觉暗意识的活动，它对我们的思想却可以洞察纤毫，必要时，它还能接管主脑的指挥权，搜索和清理主脑记忆。这相当于一个隐藏在我们大脑深处的后门程序，一条秘密通信路径。目前尚不知这一扇后门将通往何处，打开它以后，也许能找到虚拟者，也许不能。我们还做不到这一步，现在能做的只是制造梦境，入侵暗意识，在这个镜像系统的某个角落创建一个独立的加密空间，绕过它的监控，植入信息，在主脑系统不察觉的情况下接管对身体反应的指挥权。"

大脑影像显示出无数条繁杂玄奥的路途，连接着无数个隐秘的意识世界——

其中一点暗光闪烁不定，密封着一个微世界。

刘忻只见一条条细小的光束注入那一个微世界，犹如深深埋下的一粒光之种子。

"你明白了吗？"易鸿钧问。

"利用系统线程入侵后门程序，像植入木马？"刘忻尽管理解了易先生的一番话，但仍然震惊至极，"您是说……我们只是相当于一个生物计算机，大脑CPU、神经网络硬盘？"

"何尝不是。"易鸿钧抬手指了指头，"它就像一个主控系统的终端，只比量子计算机高级一点，本质也差不多，制造过程貌似用了140亿年，或46亿年，或5.3亿年。而以虚拟论来推测，时空皆不存在，完全可以由系统自定义来调整，比如5分钟就可以完成这一过程，甚至一刹那间，即创造出我们自以为漫长的历史背景时空。"

"然后呢？"刘忻震惊得几乎没法思考，只能发问。

"由你决定，我想恳请你参与一个'影子计划'行动。"易鸿钧指向那一粒光影般的种子说，"正如这个虚拟影像显示的，在你的暗意识深处植入一段信息，让你独立实施一项隐秘行动。目的是，打开大脑意识的后门，找出真相，找到我们这世界的虚拟者。"

"什么信息？"

"不能告诉你。而且，还要删除该信息的植入全过程。只有这样做，影子计划才有可能绕过大脑监控，有效实施。"

刘忻默然不语。易鸿钧耐心等待，掏出怀表注视着。

"我活在梦境里，一个梦游者。"刘忻随后说，"影子计划行动时，不由我控制，植入的信息将操控我的大脑，是这样吧？"

"是的，梦醒以后，你对自己的所作所为将一无所知。"

"找到虚拟者，然后怎么做？"

"不知道，可能毫无作用。"

"但……这样还有什么意义？"

易鸿钧沉默了会儿，抬头看向窗外的天际。大脑意识世界消失，那里恢复了蓝天白云海景的影像，阳光祥和地照耀着城市，一切都若无其事。那一座浮在大海上的天使岛，被茫茫碧波包围着，犹如一艘孤立的海上浮舟。

"如果存在虚拟系统，神话可能就不是传说，诸神曾经在虚拟的世界上出现过。西西弗斯被世界的主宰贬到人间，惩罚他推动巨石上山。巨石到了山顶，滚落下来，他又继续推动上山。周而复始，永无止境。身在这种荒谬的绝境，他所做之事有意义吗？"易鸿钧问。

"对宿命的反抗。"刘忻释然说。

"铭记历史，让我们不惧面对艰难的未来。"易鸿钧微笑点头，注视着刘忻。而此刻，易先生的身后忽然显现一片光晕，由模糊到清晰，那光晕中显出一个个影子，奇妙无比。这是投射在大脑暗意识深处的一众人影。最后，刘忻只听易先生说："欢迎你加入，我们是影子。"

晨光消逝。

一幕幕影像恍如潮水般去。

"刘博士，刘博士……"刘忻依稀听到有人在呼唤他。

醒来后，他发觉自己趴在茶几上睡着了，手臂被头压得发麻。易府管家在一旁唤醒他，然后说："非常抱歉，易先生一时还回不来，让我转告你，你申请入职类脑技术研发中心的事没问题，今天可以先去报到，过后易先生再与你会面。"

刘忻才睡醒，感觉头脑迷糊，茫然听着，有些反应不过来。

桌上茶水尚温，他似乎只是在书房里打了个盹儿——还做了个梦，但梦见了什么他却忘了。隐隐心悸，头脑沉重异常，全身疲乏不堪。

"研发中心在埃姆斯，我派车送你过去。"管家领着他离开书房。

"现在就去？"刘忻茫然失措。随即，他隐约想起了此行的目的，来应聘易先生名下的研究机构。还蛮顺利的，原本以为这事挺难，想不到易先生同意了。他不由得有些惊喜，转念想到将要见识制造出的量子计算机，更是一阵激动，那种超前的技术太令人期待了。

正午阳光灿烂耀眼。刘忻走出木屋晕眩了下，恍如进入一个新世界。管家送他至易府门外，安排一部气派的凯迪拉克，吩咐司机说："先去斯坦福接了刘先生的太太，再送他们到埃姆斯科研基地。"然后给了司机一张特别通行证。

刘忻坐车出发，看着窗外行道树森然后退，远处的灵照塔从枝叶间隙一闪而过，但觉有种恍惚感。

车行至城市街道上，刘忻发现许多路人围拢在一个个橱窗前，聚集在商场、咖啡店、便利店等凡是摆放着电视机的场所，人人都在围观电视节目，皆是瞠目惊诧，仿佛看到了什么不可思议的事。"苏联解体了，这可是天大的新闻，真不敢相信。"司机放下深色玻璃的车窗，便于刘忻观望。

随处可见电视重播着的一个画面：克里姆林宫的场景，印有镰刀和铁锤图案的红旗徐徐降下，另一面白蓝红三色的旗帜升上了旗杆。

广告屏上轮番播报各频道的新闻：

"……未来变得不可控，更令人害怕了。"时事评论员说，"这是政治上的失败，而不是军事上的，这意味着那令人生畏的军事力量并未失去威胁，相反，它从一个掌控者的手中，分散成了多个。这并非是值得盲目乐观的好事，没人敢保证那些数量庞大的武器将流向何处，服从谁的命令……"

"是否有这种可能，因抗议造成兵变？军事基地、核潜艇上的反对者们因此对我们扔核弹……"

"华府尚未对外表态，正紧急磋商。局势分析专家认为，白宫方面可能会尽快与莫斯科接触，派出观察团……"

"我们要保持头脑清醒，以对付新的恐怖主义蔓延，建立强有力的国际秩序……"

刘忻身处这个看似波诡迷离的世界里，心里五味杂陈，无法分辨其运行机制下隐藏着何种强大的力量，急流暗涌将推动人类走向何方。

全球局势动荡不安，大众如浮萍般随之摇摇不定。

到斯坦福接了周文樱，她惊讶地问："怎么回事，要去哪里？"

刘忻迟钝了一下说："易先生的研究机构聘用了我们，现在就过去。你兼职的那家科技公司也是易先生投资的，以后算是换了个岗位。"

周文樱惊疑不定地坐上车，看着丈夫，察觉他脸色晦暗，一副精神憔悴的样子，不禁问："你昨晚又没睡好？"

"现在好了。"刘忻下意识地笑说，"一直琢磨的事定下来，也就安心了。"周文樱不由皱眉，感觉似乎哪里不对劲，却又说不上来。过了一阵，她意识到，这是刘忻头一次安排她的事，而事先没跟她商量，就像认为她一定接受这种安排。

"我去能做些什么？"她疑惑地问。

"数学方面的研究。"刘忻想了想说，"类脑技术研发中心创造出了一种纯数学生命，你会感兴趣的。"

"数学生命？"周文樱吃了一惊，差点以为听错。

"很有意思的一种另类新生命。"刘忻语带神秘地说，"等会儿，你将在实验室里见到它。"

汽车来到埃姆斯科研基地，驶进内里，途经美国国家航空航天局的实验场和洛克希德·马丁空间系统公司，深入一条僻静的路，最后来到一个科技园区。

这园区四周围墙高耸，到处是监控摄像头。经过严密的岗亭检查，汽车获准进入，一直开到一栋灰色混凝土外墙的宏伟大楼前。科研大楼占地面积非常广，层数不多，但每一层都很高阔。类似的科研大楼还有三栋，掩映在大片花园绿树间，让人一眼看不出这个科技园到底有多大。

"刘博士，久违了！"道金斯博士迎面走来，热情拥抱刘忻。

"你辞职……也来了这里，哈！"刘忻感到惊喜。

"本来应该告诉你的，但签署了研究员保密协议。"道金斯歉然说，"我发表了一篇关于红色浪潮实验的论文，用混沌理论做了些猜想，然后就接到了易先生的研究机构打来的电话……"博士手指这片科技园区，赞叹说，"过程与你差不多，诸多超前的新技术把我们吸引到了这里。啊哈！以后我们又可以并肩搞事了，再来意念创世，开启一个崭新的宇宙。"

刘忻看着博士，心头泛起一种奇异的感受。

"请进！让我为两位'新手'做参观向导。"道金斯领着刘忻和周文樱步入科研大楼。铭牌上标注"瑞斯塔尔公司类脑技术研发中心实验Ⅲ区"以及一个缩写字母为"YHJ"的徽记。

楼内还设有一道安检，数名持枪的安保人员在岗，彻底检查了刘忻和周文樱，给他们换上防尘服，才发放通行证件，核准入内。

"这里的安保还挺严。"沿着过道走了一段，周文樱见到一队全副武装的巡逻安保人员。

"高科技重地远胜于银行金库。"道金斯说，"这里随便一项新技术都可谓价值连城，安全防护措施当然得跟上。瑞斯塔尔集团投资了一个安保公司，总部在纽约，实力是世界一流，在北美和西欧有上百家办事处，近万名雇员。听说与国防部、国土安全部、海岸警卫队都有合作，还为美军及盟军提供C⁴ISR系统的技术支持，这行当日进斗金。这个科技园区就装备有直升机、先进武器、许多安保人员和前特种部队士兵。除了提供保护、巡逻，我认为要武装攻占加州都绰绰有余了。"

周文樱听得吃惊。易先生的生意竟然做大到这种规模，不仅名下拥有生物制药公司、医院、科技公司、研究机构、基金会，还有跨国安保公司，业务遍及全球，真是令人叹为观止。

大楼里一条条明亮的通道，通往一个个大型实验室，科研人员众多，研究项目类别也繁多，犹如一座屹立世界前沿科技巅峰的金字塔。

道金斯领着他们一直走到科研楼的内里。只见大楼中央是一片圆形的场地，中空露出一圈蓝天，而在这片圆形场地上，当中耸立着一座正方形的银灰色建筑物。

从外表看，这楼中楼像"天圆地方"的设计，让人感觉尤为神秘肃穆。

圆顶天空下，这座30多米高的正方形建筑密封严实，没有窗户，显得异常厚重而安静。一条廊道从大楼延伸过去，连接着基座底部的一个隐蔽入口。

"这是超算中心，拥有全球顶级的超级计算机。"道金斯边说边领头沿廊道走向方形建筑，从底部入口进入超算中心。

刘忻和周文樱进去后立刻听到震耳欲聋的声浪传来——这是计算机高速运转

时发出的巨大轰鸣声。只见在宽阔的室内，耸立着一排排比人还高的机柜，其运行时散发的热量随着看不见的电磁辐射扑面而来，绿色和红色的指示灯在其间急速闪烁，橙红色的机柜高达两米，集成安置着处理器和硬盘，纵横排列在这个占地面积达4000平方米的空间，组成了一套矢量型并联超级计算机系统。

他们走上一条空中走廊，俯瞰超级计算机全景，见缆线密布，机柜阵列的场面壮观至极，犹如未来的电子世界，视觉感受无比震撼。

"每秒50万亿次的浮点运算，它是当今世界上最高性能的超级计算机。"道金斯说，"共有6920台处理器，网络连接电缆超过9万根，如果把所以电缆拉直，足以横跨北美大陆。它叫'星云'，内置太阳系虚拟程序，可以构建整个太阳系的运行，预测太阳、地球及其他行星的变化规律。"

星云超级计算机的所有设备，如电源、冷却系统、支撑面等都可以伸缩抗震，系统非常可靠，24小时不停运行。超强的计算能力使它拥有水晶球般的魔力，三个项目组共60名研究人员，通过数值模拟来预测无法进行实验的太阳系里发生的天文现象，主要是对地球的气候变化、地壳变动和地震反应等做出预测。

"模拟器运算一小时，可预测一周内的全球天气。"道金斯介绍，"如果有必要，它甚至可以把某一地区的气候和环境变化，细分成以1英里为单位的格子来运算，推演和预测飓风的形成，精度比其他研究机构的超级计算机高一万倍。使用这个'现代科技水晶球'运算6年，宏观预测地球的未来，发现了诸多惊人的不可抗拒的自然灾难，比如太阳风暴、地球高温天气、大地震、火山喷发、超级海啸……它还预见了，在2046年以后，整座旧金山城将沉入海底。"

"什么缘故？"刘忻问。

"太复杂了，任何微小的因素变化都会成为未来的灾难之源，包括人类今天所做的一切举动，无不决定着半个世纪后的地球状况。当然，那不是地球的灾难，改变的是我们的命运。"

这话不错，地球自形成46亿年以来历经诸多重大地质演化，一切剧变都是地球的自然常态，所谓灾难仅是对地球生命系统而言，比如众多脆弱的行星寄居者之一——人类。

"量子计算机在哪儿？"刘忻最关心的是这个。

"我们头顶上。"道金斯手指超算中心的上层说，"别急，先带你们看一个超级有意思的东西，一个大惊喜。"随后他们去到另一处机房区域，只见一套规模稍小的超级计算机组群，由40个运算机柜组成。十多名研究员坐在一排显示器前，正中墙壁上挂着大屏幕，显示着各种数据图表。

"猜一下，这里在做什么实验？"道金斯浮出奇怪的笑容。

"红色浪潮?!"周文樱扫眼屏幕上瞬息变化的随机数,一种熟悉感让她脱口说出答案。

"Bingo!"道金斯兴奋地弹指,叫嚷起来,"超级版的红色浪潮,地球上最大的概率发生器,它让几千年来不可测的'上帝意志'显现。"

"实验成功了?"周文樱震惊至脸色发白。

"你来看。"道金斯打开一个演示程序。程序以图文方式详解了新版红色浪潮测试系统的核心原理。周文樱一看立刻明白过来,她之前无法从随机数中找出那种"观察者介入"的迹象,只因她使用了错误的参数——时间。在随机数的认识上她犯了个大错误。在一维非线性的随机演化行为的数学模型中,不该包含这种外加的设定参数,也不必设置时间单位作为分析法。新版红色浪潮完全抛去了线性时间,在对每一秒运算产生的10万亿组次的海量随机数进行算法解析,剥离时间,而深入解析其内在属性。

系统模型假定,事物的内部始终存在着一个不可见的根本结构,遵循某种最简的途径,决定着随机性。

不规则的随机行为内在隐藏着有序的机制作用。

一种确定的初始值机制——体系处于随机发生的混沌状态,无论是离散的或连续的、低维的或高维的、保守的或耗散的、时间演化的还是空间分布的……随机性发生的趋势均存在一种对初始值的"本源效应"。这就像山涧上一条蜿蜒流淌的溪水的运动轨迹,看似变幻莫测,其实这种连续性的不规则的动态是由初始的"余切序列"来决定。每一个变化都是前一个变化的余切,追寻着其间无穷多的变化数列逆流往上,就能从无尽的分歧之中,寻找到一点初始值。

那是一切事物的原始状态,混沌而有序。

周文樱之前所做的,仅是分析某一段随机性的切片,当然徒劳无功。

新版红色浪潮系统首要寻找的,就是这种比草蛇灰线还不可见的根本结构——观察者存在的迹象,或道金斯认为的"上帝意志"。

"看似一堆毫不关联的碎片。"道金斯指着生成的海量随机数说,"可在这种混沌状态之后,无机的碎片实际上是一个有机连续的整体,任何一组数字、任何变化都可追溯到同一个源头,一种无可名状的原始混沌状态。"

周文樱感觉透不过气来,说:"现实世界的函数是间断的,本身不连续,只有数学上的函数才会这样……这太可怕了。"

"是的,你也意识到了这点。"道金斯肃然说,"现实就是这样,存在某一处初始预设。我想,那就是上帝的全知。"

"真是这样,我们就没有了自由意志。"

"局部上也许还有。混沌具有分维性质，只要分维数足够大，混沌运动在相空间无穷缠绕、折叠和扭结，构成具有无穷层次的自相似结构……或许能产生一丝自发性的自由意志。"

"你解释了魔鬼的诞生。"刘忻忽然说，"以上帝的全能全知，这是不被允许的。"

道金斯一怔，觉得刘忻的话有些奇怪，便问："你也认可上帝的全知？"

"那是多余的。"刘忻摇了摇头，"只要在体系外存在一个虚拟者的预设就可以了。"

"那更加多余。"道金斯反驳，"我们只要认同宇宙体系与上帝。"

刘忻笑而不语，他显然不这么认为。

周文樱顾不上讨论，专注地看新版红色浪潮系统如何用整体的数据关系模型进行解析。这是一种深奥的量化分析方式，具有遗传算法优化的特征，通过大运算，从宏观上初步分析出了随机数的内在规律。

她见输出显示图上，两条呈现异常峰值的曲线几乎是同步的，问："这是概率发生器的内在随机性，另外一条曲线是什么？"

道金斯说："宇宙伽马暴的发生。"

"怎么不同于我查找到的天文数据？"周文樱大为惊讶。

"卫星探测的这部分数据从没对外公开过。"道金斯解释，"这属于来自宇宙暗域的第三类黑暗伽马射线暴，来源不明，还没找到光学对应体。"

周文樱查看了数据，见这类伽马暴的辐射集中在0.1～100兆伏的能段，爆发持续时间为0.1～1000秒。它携带的能量不大，传递到地球，理论上作用甚微。"它怎么与随机数的峰值吻合？"

"不明缘故，我们现在只发现了结果。"道金斯说，"它作用着人脑意识，还包括作用于地球上的所有生灵，所有事件都与它存在神秘关联。你再看这个……"道金斯打开一个图表。图上列出了过去在全球范围内发生的一系列重大事件。事件发生的曲线峰值与之基本吻合，全同性比率达到87%以上，在某些阶段更高。

以近十个月以来发生的一部分事件为例：

1月17日，日本阪神工业区发生里氏7.2级强烈地震；

2月26日，5名极端分子策划并制造恐怖活动，在纽约世贸中心地下停车场一辆货车内放置炸弹引爆，造成6人丧生，1000多人受伤；

3月20日，日本奥姆真理教发动东京地铁沙林毒气攻击事件，造成12人死亡，上百人受伤；

7月17日，环球航空800号班机在纽约外海爆炸，230人罹难；

7月23日，天文机构观测到世纪末大彗星"海尔波普"；

7月25日，巴黎地铁发生恐怖爆炸事件，造成4人死亡，62人受伤；

7月30日，中国宣布暂停核试验；

10月3日，法庭正式宣判被指控犯有双重谋杀罪的辛普森无罪，舆论哗然，绝大多数白人对判决结果表示震惊和失望，认为司法制度失去了客观和公正；

10月15日，天文观测发现烟火星系编号为N6946BH1的恒星消失；

10月16日，40多万黑人聚集在华盛顿的国会山周围举行大游行，总统在达拉斯发表演说，谴责种族主义言论；

11月13日，沙特首都利雅得发生爆炸事件；

11月22日，即今日，苏联解体。

这些重大事件发生之日，红色浪潮系统均对随机数解析出异常变化。

周文樱看得震惊不已，只听道金斯说："随机数的总和构成一个预设全集，而我们的世界看似是全集的一个事件元素。抛开时间概念来看，一切都属于没有过去和未来的一种混沌状态的分歧，属于初始创世的内在属性。当被观测发现后，时间才有了意义，事件本身的状态随即确定下来。"

"我们不能因此预测这些事件，只能见证？"

"不错！这是被限制的，正如光速，属于根本结构预设的法则。"

"也许有例外。"刘忻说，"人的意识。"

"人的意识体验与时间有关，这是我们还没验证的……"道金斯迟疑了下说，"实际上，不仅仅是大事件，只要解析计算的精度足够高，我们还可以从中发现尺度更小的事。在计算机性能跃升的将来，完全有可能精确到每一事物、每一个人的动态，甚至每一粒微尘的运动轨迹，万事万物无不与之变化相吻合。"

刘忻若有所思地点头："基本确定，宇宙具有高阶智慧的普适定义，这就是上层虚拟者所为了。"

"是上帝意志。"道金斯再次反驳，"神不是一种象征。从创世以来，至高意志无所不在，掌控天地间的绝对法则，以灵性之光护佑我们。众生都是同一棵葡萄树的枝子，这是神的生命在我们生命里面流通的结果，就如枝条与根相连。"道金斯面露欣喜崇敬之色，"我们终于能在实验室证明这种存在了，而不是某些人认为的纯属虚无缥缈之事。"

"其中有一个逻辑问题。"刘忻说，"人的意识如果能影响随机数，说明系统法则存在漏洞，没有绝对的全能意志。反之，可作为证实的证据。"

"幸好没有这种事。"道金斯欣然而笑，"否则将导致系统崩溃，假如宇宙真是

387

你认为的一个虚拟系统。上帝不允许发生这种可怕的事。"

周文樱看了看刘忻，感到了莫名心惊。

"接下来，参观我们的工作岗位。"道金斯前往下一处研究区域，"那是由数学生命构成的新世界，我们创造它，见证它的演化。"

走出机房后，道金斯指着一条去往超算中心上层的通道，对刘忻说："你的岗位在上面，去吧！幸运者，去见识你最期待的量子计算机。"

"只有我？"刘忻问。

"那当然，只有少数人才能接触它。"道金斯满脸羡慕，"真不知道你是怎么被选中的，一来就参与最核心的研究项目。"

"我一个人上去？"刘忻看着那条幽明安静的通道问。

"你还有两条腿。回头见！"道金斯冲他挥挥手，领着周文樱进入"数字生命"研究实验室。

这个实验室里也有超级计算机，以系统程序构建出一种纯数学模型，借鉴生物进化规律，在电子世界里形成能够自行繁殖和演化的数字生命形式。

一进入，周文樱的目光立刻被实验室中央的大屏幕牢牢吸引住。只见屏幕上显示出一组组复杂的数学结构信息，充斥着奥妙无穷的变量序列模型。

"与地球生物进化相类似，初始演化机制设定为'适者生存，优胜劣汰'的生物遗传方式。"道金斯对周文樱说，"它具备了生命的基本特征，并产生自了我意识，有些群落正在自主创建原始的数学文明时代。"

不需要过多确定的规则，它采用了随机概率的进化方式，自适应地模拟出一整套的生命系统。研究员输入各种数学模型组件，让它们在系统内自行尝试合成更复杂更高级的体系，进行自组织、自我复制、互相竞争、变异、优化和选择，最终进化出具备完备功能的生态群落，从而形成一种完全不同于地球上现有的任何自然生命形式的新型数字生命体。

"我们用适应度函数值来评估，筛选数字生命。"道金斯说，"这是一条隐形的线，只有适应度大的群落能够获得持续发展，才具有较高的生存概率，其他的将被淘汰。为了生存繁衍，一代一代地演化下去，它们模拟出了智能算法，遵行严密的数学进化策略。"

"与我们类似？"

"现阶段是的，但对人工数字生命的研究，或许最终会在一个更加宏观的网络尺度上获得成功，那时很可能就截然不同了，很难预料。从一个层面上说，那将会是一个新世界。"道金斯对周文樱说，"怎么样，你有兴趣参与创世吧！"

周文樱笑了笑，心底隐隐有种不真切感。

刘忻来到通道入口处，又见一道安检。接受检查，核对身份，办公管理员给他更换了一张新的证件。有些奇怪，证件上没有具名，使用一个编号：19951122。以他的入职日期为身份识别编号。

　　在此签署研究员保密协议，办理相关入职手续后，刘忻走向超算中心上一层。楼梯上不见其他人，四周安静异常，仿佛这里是一个被遗落之地。

　　他见到入口处的标识牌上写着：Artificial Mind（人工心智）。

　　英文字样上方以中文注明：天道系统。

第21章　命运之矛

审讯持续了一整天。

疑犯是一个灵教的高级别教徒，秘密抓捕后被带到这间阴暗的地下室里，受到三组特工的轮流拷问。长时间置身于强烈的反光灯照射下，不间断遭受严厉的审问和恐吓，他精神恍惚。出乎意料的是，这家伙的信念比别的疑犯更为坚定，意志涣散却迟迟不溃，每当痛苦的潮水稍微退去之时，他总能挺着烂泥般的身躯，歪着嘴，流着口水重复那一句话："我不知道，我要见律师……律师……"由此看来，这个混迹华尔街的操盘手并不像其大腹便便、毛光水滑的浮夸外表那样虚弱。身为灵教核心圈子里的人物，果然有其过人之处。

伯恩冷眼旁观，安德森亲自上阵，将浸湿了的纸巾覆盖在疑犯的脸上，很有耐心，一张一张地蒙上去，紧紧盖住其口鼻。

"投资和赌博的招数差不多。"安德森一边蒙纸一边冲那人说，"做好防守，保住本钱，然后耐心等待真正放手一搏的机会。总而言之，绝对不能倒在大捞横财之前。不注意控制风险，就会发生《渔夫和金鱼》的故事中那一幕：依赖神奇的魔法变成高贵女皇，一夜之间又跌回了可怜农妇的原形。这就是你心里最害怕的，对不？"

那人没法应答，窒息的痛苦产生求生本能。他蠕动嘴，吐着舌头试图捅破纸巾，但徒劳无用，层层湿纸巾蒙上来密封住口鼻，让他吸不到一丝空气，眼睛凸起，充满血红色的恐惧。

他的身体被手铐和特工牢牢禁锢，唯有从喉咙深处发出嘶嘶号叫。

"人之贪婪，有时能战胜痛苦的煎熬。"安德森慢条斯理地说，"一睁眼，发现自己一无所有地坐在破泥棚的门槛上，面对那只破木盆，简直太可怕了。你抗拒痛苦，挣扎着幻想，只要守住这张嘴，以后还会住在皇宫里，一切东西都还在，你的私人律师、权力、财产、股票基金、灵教高级地位……你从来没想过，这些都是魔法变的，是贪欲灵魂的幻影。来到这里，只要坐上讯问室的铁凳子，我保证无止境的痛苦会让你的头脑清醒一些。这里没有童话故事，什么东西都留不住，包括你处心积虑在华尔街打造的那只破木盆……"

疑犯僵直不动了，脸色转为青紫，凸出的眼珠呆滞无神。

安德森等了几秒钟，伸手揭去那人脸上厚厚的一层纸巾，特工立即对其兜头泼一盆冷水，然后施加强度"适合"的电击。那人抽搐着，从中惊醒，大口大口地喘息。待差不多的时候，安德森重复之前的动作，一点点打磨他的意志，压垮他的心理防线，而尽量不对他的身体造成明显损伤。

打击恐怖犯罪组织的行动进行了一个多月，收获不小，这次抓到的疑犯是一条深海鲨鱼。

极光暴武器测试事故后，安德森照例上呈报告，陈述相关事实，辞令简明地写上一条"疑为灵教幕后操纵，武器核心部件技术已泄露"。

伯恩看了报告，不得不佩服这家伙的手段。报告重点就落在这一句轻描淡写而暗藏玄机的话上。目前尚无证据，但只要上头不是蠢蛋，稍加想象就明白这事是多么极端恐怖。极光暴武器系统损毁严重，一时半会儿没法修复如初，技术是最大的难题。在这期间，假如灵教宣称掌握了该武器，并实施发射打击，世界上再没有第三个国家能与之对抗。武器的恐怖威力展示过了，轻而易举就能摧毁任何一个地区。手握这种天神级利器，要挟整个地球都没问题，别说一个国家。核弹在它面前像纸糊的风筝，在超级风暴笼罩下，保准连发射升空的机会都没有。高层不为之惊恐，那就怪了。

安德森心知肚明，麦肯特、查尔斯顿这一拨人与灵教也许没关联，但写报告不用证据确凿，稍加怀疑即可达到警示目的。

"这是用正义的谎言打击犯罪。"安德森说，"只要目的明确，没有什么招是不能用的。"

"人无须为自己的卑劣辩解。"伯恩漠然说，"报告不妨再加上一条'伯恩预感，灵教制造极光暴武器的实验场在加拿大落基山脉的某一处秘密基地，恶魔从冰寒之地浮现，净化日打击将至'。这样说更具分量。"

"不是真的吧?"安德森盯着他问。

"谁知道。"伯恩说，"动人的谎言往往掺杂真实的细节，比如，灵教正在与苏联……嗯，他们与俄国人秘密接触，欲收买相关武器、技术和设备，图谋主宰全球。瞧，这说法紧密联系当前时局，让灼热的子弹直击华府要害。"

安德森一琢磨，感觉这事还真有可能发生。"那帮藏身于阴沟里的杂碎大难临头了。"安德森点燃烟斗，深吸一口。不用超感异能，他就立刻预见了这份报告递交给五角大楼的结果。

不到一周的时间，DIA行动组获得了秘密搜查和逮捕权、人力物力支持、一笔预算充足的拨款以及更大的行动权限。安德森犹如加满了汽油的野马汽车，铆足劲狂奔于各州，不放过任何一个嫌疑人，颇具当年西部警长的彪悍风范，弹指间拔出左轮枪快速连发射击，暴力执法就跟喝杯啤酒似的轻松惬意。至于结局是否是正义战胜邪恶，那就未必了。只因他与恶魔为敌。

又一轮电击过后，疑犯大小便失禁，室内弥漫一股子恶臭。

那人生不如死地耷拉着脑袋，没再嚷嚷找律师，开口招供了，有问必答。体面的审问正式开始，启动测谎器、录音、录像——这可作为呈堂证供。

漫长的一天过去，从这张肿胀的嘴里挖出了灵教的深层内幕。灵教的组织系统、势力范围、高级成员名单、聚会活动内容等，包括他们如何蛊惑驯化教徒、洗脑敛财、做假账、贿赂渗透政府官员、收买情报等犯罪行为逐一吐露。各项罪名一经查实，足够这杂碎去牢房洗马桶了。当然，安德森不会就此满意，这些仅是开胃甜点，大菜还没端上桌呢。必须彻底查清温哥华谋杀事件，查找灵教的秘密基地，其与俄国人勾结之事也有待查证。一轮轮的审问还得继续下去。

"你们的极光暴武器藏在哪里？净化日是哪天？"

"不知道……我真的不知道……"疑犯绝望哀号，但心知审问人最讨厌听到"不知道"一词，这意味着接下来必遭刑讯逼供，他痛哭流涕地说，"我只是财务分会的一员，只负责一小块区域，超出范围的事一概不知，求你们别折磨我了，求求你们……"

这话倒是不假。灵教制定有一套严密的组织系统，按照区域来划分，设有七个大片区：加拿大、美国东部、美国西部、东欧、西欧、亚洲和非洲。每一个大片区下设支会、分会、区会和团会四级组织。对信徒进行严格控制，层层隔离和相互监督。每个片区由灵教总部的一个代理人操纵，再派遣一批高级教徒负责具体事务。以机构职能来区分，由六个部组成：心灵净化部、科技部、财务部、情报部、护教行动部、社会公共关系部。每个部的成员各有分工，只听命上级做自己分内的事。这家伙属于美国东部片区的财务分会，专门打理教会的账目，虽然也是灵教核心圈子里的头目，却只能接触到与钱财相关的事务，他供出了他这一条线的下属教徒和上级总部代理人，但对其他部和片区的事知之甚少。

灵教的心灵净化部具有最庞大的组织体系，在每个片区建立"心灵净化中心"，非法进行"心理辅导、心灵治疗和净化"，诱骗民众成为忠实信徒。其目的不仅要净化一些人，而是妄想使全世界的每个人都达到净化状态，跃升至所谓"灵魂永生"的境界。

情报部、护教行动部负责解决灵教遇到的"麻烦"，职能类似联邦调查局，主要对外收集情报，进行秘密监视、渗透、颠覆、暗杀等行动。莫雷尔少校带队的小组在温哥华遭遇不测，就是这帮人干的。

社会公共关系部负责处理法律事务，进行公关、宣传、控制媒体和社会舆论，对政府要员和知名人士实施影响。

灵教组织系统完善，毒瘤般迅猛扩张至世界各地，成为国家安全的重大隐患。

安德森将疑犯里外掏了个干净，口供密密麻麻写了几十页纸，只是还欠一点猛料。随后正如这家伙最担心的那样，正式审问暂停，又来了一轮"意志打磨"，然后再核对口供——以安德森的话来说这叫"验证"，做完一张试卷那样检查几遍，以确保答案正确无误。

疑犯最终休克了，呈半昏迷状态，皮肤青灰，局部瘀血。

安德森意犹未尽，对伯恩说："可惜，你的预感没证实。不过这次蛮有收获，搞到大量可查线索，一网打下去，大鱼迟早会满舱。"

"验证也许还不够。"伯恩走向那人说，"我换种方法试试。"

"你要审问他？"安德森有些诧异。

"审问不在我的专业范围，给他来个心灵治疗。"

伯恩搓了搓手，一把揪住疑犯的头发，盯着那死鱼般的眼珠。就这样近距离地一直看着。他察觉疑犯隐藏欺诈的某种特征——以心理行为学来看，掩盖一个核心真相的最好方法不是用谎言，而是用另外一些无足轻重的真相。正如当某人向巡警坦白停车违章并愿意接受处罚时，也许能让巡警忽视检查后备厢里放置的尸体。

伯恩要做的就是打开疑犯大脑深处的车厢。

片刻后，疑犯的瞳孔蓦然收缩。"嗬嗬！"疑犯从昏迷中惊醒，仿佛受了惊吓的山羊。他浑身肌肉僵硬，脸部五官呈现出一种冻结了的狰狞状态。

那情形诡异无比。安德森与在场特工瞪眼看着这一幕，都像被抽了皮一般全身发紧。

疑犯的眼瞳深处似乎发生异常变化，映射着粼粼微光，犹如幽浮的磷火。"哐！哐！哐……"疑犯僵直的身体抖动起来，手铐敲打铁凳子发出骇人的声响，持续了几秒钟后蓦然静止。疑犯看似烧焦的电线般整个人软软曲卷成一团。

"感应到了什么？"安德森骇然问。

眼前这情景看起来就像伯恩透过眼球摄取了疑犯心灵深处的隐秘。

没应答。伯恩脸色铁青，浮现出愤怒的可怕表情。他突然握拳猛击疑犯，拳头连续两下砸中疑犯的脸，发出瘆人的颌骨断裂声，血和断牙溅落，他仍不停手，拳头如打桩机快速震动的桩锤，"咔咔咔……"冲击着那颗左右摇摆的头……"嗨！干吗？"安德森一把勒住伯恩的手臂。

疑犯的头停止摆动，血肉黏糊的整张脸凹下去了，鼻梁骨失去正常形状。特工赶紧检查了下。疑犯气息尚存。

"畜生！"伯恩吐了口吐沫，"用净化的肮脏手段摧残幼童。"他握拳的手颤抖不止，感应到的那一幕幕残忍的场景冲击着神经，让他无法冷静下来。这该死的畜生，充当心灵治疗师对教众未成年的儿女下毒手，实施不同形式和程度的性侵犯。"别告诉你妈。我们来做个冥想游戏，你必须躺着不动，然后放松下来……""纯洁的净化，血是灵魂的献祭……""你再哭，我送你去地狱。"那张丑恶的脸发出魔鬼般的声音，一下下冲击伯恩的脑海，灼烧他的意识。人类存在这种龌龊的灵魂，是人世间最大的不幸，那些幼童的惊恐哀求和眼泪对这种人渣来说什么都不是，都不是……上帝不在，诸神沉默，世间唯见这种人形恶魔。

伯恩感到了悲怆入骨的绝望。

"让我们来收拾。"安德森劝他，"你去包扎一下手上的伤。"

伯恩的拳头崩开了一道伤口，皮肤撕裂，血流落地。他上楼到房间里拿了一瓶烈酒，淋了些在手上，火辣辣的刺痛让他好受一些。喝着酒，他打开电视，倒在沙发上迷惘看着。不干点什么，感觉大脑里的那些肮脏东西就要吞噬了他。

电视新闻正报道华盛顿大游行，局势到了白热化状态，冲突一触即发。

黑人领袖站在广场台阶上演讲，黑压压的人群爆发出响应的口号。而在另一边，白人团体聚集，人人仇恨地怒目大喊："滚出国家广场！""林肯为你们蒙羞！"大批防暴警察布置警戒线，试图隔离两方人群，但形势非常不妙，摩擦不断发生，双方对峙谩骂，相互投掷石块、杂物。

电视画面上，镜头扫过国会大厦，格兰特将军的纪念雕像默然注视着狂热躁动的人群。

集会民众越来越多，不用听解说，可见局势已然失控。

人群喧哗，只见几幅标语展开，赫然写着"捍卫国家！""不能用和平取得的东西，就用拳头来取！""消灭劣等民族！"白人集会者打出纳粹旗，行纳粹礼，高喊希特勒的种族歧视口号……现场大乱，两方队伍冲破隔离带发生肢体冲突，密密麻麻的人群相互殴打……新闻画面晃动，传来现场记者和民众的惊恐哭叫声。

"美国不该发生这种暴力。"评论员震惊地发言，"我们必须团结，反对这样的民族仇恨。""想想二战中牺牲的士兵，为了捍卫自由反对纳粹，战死他乡，他们这样做不觉得羞耻吗？这样下去，未来绝对没有出路，国家迷失了方向……"

伯恩看得一阵晕眩，意识深处闪过纳粹集中营里的惨景，痛苦如潮水袭来……难以想象，一桩谋杀案的判决演变成了这种大规模的动乱局面，人人疯狂暴戾，丧失理智。纳粹亡魂竟从死灰中复燃。

"一块恶化了的疮疤。"伊芙琳来到伯恩身旁，看着电视说，"这是对司法制度的嘲弄。"

杜克随之而来，沉默了会儿说："我认为大法官说得对，一个罪犯的逃之夭夭与司法的不公行为相比，罪孽要小得多。这还算不上可怕，最可怕的是人们的思想。战争从未停止，它无处不在。"

伯恩难受得无以言说，他调换了电视频道，却见对莫斯科的报道。

那遥远陌生的地方同样发生着乱糟糟的民众游行，一部部警车呼啸着驶过街头。人们聚在红场，悼念在冲突中丧生的人。一位妇女伏地恸哭，她的手上拿着她儿子的照片。

在阿尔巴特大街上，一个小姑娘在为路人演奏小提琴，期望得到一点施舍。她的那条快要饿死了的宠物狗趴在琴盒里。

严酷的冬季，物资极度匮乏。一处处商店门前排起了长队，货架空荡荡的，只剩下一点面包。民兵持枪维持秩序，人人沉默着在寒风中排队。记者采访一位老太太，问："你家里还有多少食品？"老太太漠视不答，强忍住眼泪，假装坚强。

伯恩关掉电视，阴沉着脸喝酒，徘徊在房间里。

午后，神色疲惫的安德森走进来。"不到五年里，共有62名未成年人遭受那杂碎的侵害。"安德森咬牙切齿地说，"有女孩，也有男孩，年龄最小的9岁……"

伯恩抬手打住安德森的话。此时此刻，他无法再听这些犯罪细节。他大口大口喝酒，心底涌动着一种异样疯狂的情绪。

"必须做出更有力的打击行动。"安德森夺下伯恩的酒瓶，盯着他，"灵教最核心的高级成员绝大部分藏匿在加拿大，我们力所不及，现在只有深入灵学会摸底，才能斩获关键情报。"

伯恩醉眼蒙眬地扫过房间里打击犯罪的行动图表，那些密密麻麻的线，充斥他的视野，每一处都像在流血。

"那就干！按计划，我去见普林顿老师。"

一连数天，伯恩边喝着酒，边执笔在白板上涂画。他笔下的线条凌乱，看似没具体的形状，凭借心灵深处一种玄妙的意象，画着这一幅"亡魂之画"。感觉奇特，似乎笔在意先，他的手腕动作比心念反应还早了一点，大脑想到之时，画已经呈现出来了。他癫狂地画着，乱麻般的线条渐渐占据了一整块白板。

行动组专家拆开伯恩的手表，在内里安装了一枚微型陀螺追踪仪。这种尖端军工产品精密至极，只有一粒沙子那么小。它由激光供能，反应灵敏，不用外部参考点，而通过每分钟的物理变化对比计算出一个新位置。只需在启动时给陀螺仪一个初始的GPS参数，以后就能自行定位。伯恩戴上这块手表，就相当于随身携带了一个"小卫星"，无论人在世界何处，都能被追踪到具体的位置，精确到10米以内。

打入灵学会内部的行动代号为"风筝"，他正如被放飞出去的一只风筝，无论飞多远，都有一根隐形的细线牢牢拴住。

安德森在会议室里安排每一项行动步骤，考虑到每一个细节，包括制定应变措施、情报联络方式等。风筝行动事关重大，在对邪教的打击风暴来临之际，牵一发而动全局，哪怕一个小环节稍有偏差都会酿成不可弥补的大错。安德森为此与几名心腹和军事行动参谋闭门商讨，反复推敲，待行动方案详尽无遗，即可实施。

伯恩往后退了几步，眯眼注视着白板上他完成的这一幅波洛克抽象主义风格的画，内心泛起异感。

熟悉至心的场景：嶙峋的岩石，灌木丛，风沙吹拂的荒野山岭，一棵孤零零的约书亚树朝天举着祈祷的手掌，女子痴痴仰望着那树上洁白的花，缕缕发丝随风飞扬……伯恩看着这幅平面的抽象画，思维仿佛游离到了那遥远不可及的时空之处，徘徊在女子身旁，不舍不弃。

"在想她？"伊芙琳走过来对伯恩说，"不如给她打个电话。"

伯恩的目光暗淡下来，搭脚坐到沙发上喝口酒问："你怎么这样认为？"

"认为什么？"伊芙琳问。

"我在想谁。你乱猜的？"

"这还用猜？你满脸写着情感失意的那种通俗表情，掩盖不了的。"

"嗨！"伯恩慵懒地问，"你有事吗？"

伊芙琳拿出一把手枪说："为了安全起见，你有必要熟悉一下枪械射击，走吧！我们去地下室靶场，我教你。"

伯恩欠了欠身，跟伊芙琳要过手枪，拿在手中摆弄了会儿，蓦然一动。他用拇指操作弹匣解脱扣，退出弹匣，快速卸下套筒，取出复进簧及枪管……转眼间，他就拆解了手枪，然后又手法凌厉地组装起来，握枪在手。整个拆装过程不过六七秒。他神情萧索，甚至没正眼去看，整套动作如行云流水，手指灵巧如蛇，手法实用精准，没有半点多余的花哨——枪械专家都未必做到他这么老练。

"你原来用过P226手枪？"伊芙琳很意外。

伯恩有些奇怪地看着手中的枪回道："我从未碰过任何一种杀人武器。"

"怎么可能!"伊芙琳难以置信。瞧他握枪的手法、姿势,包括那种眼神,就如实战经验丰富的枪手。伊芙琳的父亲曾是海豹突击队的老兵,参加过抓捕索马里军阀的军事行动,就是从骨子里焕发出这种持枪在手、随时能置人死地的气势。

"也许……"伯恩忽然一笑,"我的灵魂属于纳粹捕手。"

"如果这样,那我刚才说错了。"伊芙琳怔怔看着伯恩,"你想的人是另一个她。"

"我想什么关你屁事。"伯恩沉脸撂下枪,起身去找安德森。一时间他心如刀绞,那种怜悯似的目光刺痛了他。

"还没搞定?"伯恩敲开会议室的门,环视一众行动策划者问,"屁大点事拖拖拉拉谈到现在,不知道的人还以为你们在表决国家命运,共谋世界和平。"

"坐!"安德森示意他坐下谈,"这个月里,我们抄了灵教27个窝点,抓捕183名邪徒疑犯。是我们办的事,但在对方看来,这笔账恐怕要算在你头上。那帮家伙恨你入骨,就等着你露面,然后生吞活剥了你。你这趟去灵学会,正如羔羊走进屠宰场,每一步都有巨大危险,不考虑周全,无疑会出大乱子。"

一位军事参谋说:"最危险的时段是在你进入灵学会之前。他们同意你加入,认可你的圣灵身份,反而会安全一些。普林顿教授对你的态度很关键,他可以左右一些事,你去见他,要注意……"

"无所谓了,早晚都得死。"伯恩打断参谋的话,满不在乎地说,"世上大部分人成年后就死了,只不过浑浑噩噩过了几十年,到老了才拉去墓地埋葬。"

"想死容易,活着难。"安德森说,"现在有个棘手的问题。见到了对方,你准备怎么解释你的动机,此行有何目的?"

"就实话实说。"伯恩摊手说,"我是官方版灵媒,过来与你们交流学术,噢,交流巫术。实际上我是DIA的线人,前来刺探情报,调查你们的违法犯罪,将你们这帮神棍一网打尽。"

"不错,这是自寻死路的最佳选择。"安德森看了他一眼,"你没心情,那就不谈了,往后见机行事吧,但愿行动顺利……提醒你一点,灵学会也不是铁板一块,内部派系对立,矛盾重重,你去尽可能地离间他们。如果能做到不击自溃,比收集情报还管用。"

"你还真把我当阿拉丁神灯了,物尽其用。"伯恩讥讽地说,"一枚过河卒子按下去,就想将死整盘棋。胃口太大,不怕压坏了心脏?"

安德森站起来,忽然立正,对伯恩行了个标准的军礼。这让伯恩有些意外。"凡肩负使命的守卫者,都值得尊重。"安德森肃然说,"你不是棋子,是真正的勇士。"

风筝行动正式拉开帷幕。

临出门前，伯恩看向伊芙琳，低声对她说："对不起！"

伊芙琳欲言又止，嘴唇动了动只是说了声："小心点！"

杜克开车带上伯恩前往普林顿教授的住处。不远，就在联邦政府大楼附近。上路后，杜克拿了一封信给伯恩，说是刘忻让自己转交给他的。

刘忻在信上说，他现在已经入职易先生的类脑技术研发中心，运用量子计算机解析大脑意识，有望获得突破。他希望伯恩抽空儿去实验室参观，进行深入探讨。

刘忻最后说："保罗！人的梦境非同寻常。我们每天入睡后做的梦有多少与我们的现实生活有关，又有多少与我们无关？这个问题值得深究。在有限的认知能力范围内，我推测，你的梦世界还没结束，你在寻找一件你尚未知晓的东西。它藏在梦境深处，埋在你的意识底层，你得去自我发掘，自我显现。这可能就是你苦苦追寻的真相。无论如何都别放弃，祝你好运！"

伯恩看了信陷入沉思。他蓦然惊觉，这话触及他灵魂深处某种无法言喻的隐秘。

到目的地，杜克从储物箱里拿出一个包装精致的礼盒递给他。

"圣诞节将至，上门要带礼物。一个瑞士手工音乐盒，普林顿教授的孙女会喜欢的。"

伯恩下车走向路边的房屋，到门前他徘徊了一阵，心绪起伏难定。

门开了。普林顿让他进屋，带他去了二楼书房。

"我从窗户看见你了……"在书房落座，普林顿凝视着他叹了口气说，"保罗，你不该拖到这会儿才找我，也不是这种方式。你让我很难办。"

伯恩沉默着，低垂双眼。

"直接说吧！有何贵干？"普林顿不客气地说，"我还有个患者预约，没多长时间了。"书房的隔壁是心理治疗室。普林顿退休后在家开了个诊所，由于他专业经验丰富，颇受大众欢迎。现代社会职场生活压力诸多，国民心理素质普遍脆弱，某些烦恼交给上帝仍然无法让自己解脱，不少人常来光顾他的私人诊所。

"我是个病人。"伯恩抬起眼，目光痛楚悲凉，"老师，救救我。"

普林顿于心不忍，责问他："为何不早点来？真是身不由己吗？"

伯恩没法回答，痛苦之色甚重。

"好吧，看来我只能推掉预约了。"普林顿打了个电话，然后手拿电话筒，转身问伯恩，"你总得说一下情况吧。"

"他们派我来，通过你进入灵学会查探情报。"伯恩说，"在这一英里范围内的特工比公园里遛宠物狗的人还多，但我还是想去见我的引灵人，帕顿夫人。这是我必须走的路。"

普林顿没再问多余的话，拨打了电话。伯恩感到与之连线的人是灵学会精神领袖布里·贝拉。"他来了，就在我这儿……"普林顿说，"是的，他承认是军方布控的人物，挺麻烦……你要不要问他？好，我知道了。"

放下电话，普林顿对伯恩说："你得在我家里住两天了。给你收拾间客房，耐心点，等大家商议。"停了下，又补上一句话，"你是一个异端，注定不容于世，掀起这么大的风浪，也是宿命。"

伯恩安顿下来。在等待期间，普林顿与他没过多的交流，就当家里多了一位特殊房客，任由他吃饭、睡觉、看书、发呆。普林顿没再对外接诊，生活方面照常，早晚与妻子散步、购物、做饭、给小孙女讲世界历史奇闻故事……两天后的下午，他把伯恩带进治疗室，闭门而谈。

"保罗，你得做个选择。"

"什么选择？"

"要么回去做宠物狗，要么打开自己的心扉，坦诚所知所感。"

伯恩瞥眼桌子上明摆着的一本记事本，封皮烫印"YHJ"字样的徽记——他的记事本。旁边搁了一沓稿纸，字迹满满，有很多分析批注。他说："我心底就那些东西了，一个丑陋的灵魂一分为二。"

普林顿翻开记事本，到霍尔曼医生的画像那一页。

"历史坚实如冰，却折射出了幻影般的寒光，为什么？"

"心灵制造的梦世界，它也许才是真相，而我是虚幻，或许都不是。"

"你还在怀疑。这种怀疑阻碍了你的认知，你确实有必要做一次治疗了。"普林顿示意伯恩躺到医疗床上。他洗了手，戴上口罩，从药柜里取出一套针剂，做注射前的准备。"保罗，在大学那会儿你异常痴迷催眠术，搜遍了控制心灵的门道，问我最多的就是这事。我知道，你心里藏有不为外人所知的秘密，你想掩盖它，自我催眠是你认为的最有效的手段。你可记得，我当时怎么对你说的？"

"您说，理解自身的阴暗，才是对付阴暗的最好方法。"伯恩偏头看着那支注满了不明药液的针筒，不由得惊悸地问，"那是什么？"

"你很清楚自身的缺陷，但选择逃避。"普林顿给他扎上止血带，消毒皮肤，手持注射器，将针头刺入他的皮下静脉，然后松开止血带缓缓注入药液，"催眠术的正确用途在于释放心灵，而不是其他邪术。你心里有一扇门，至于门里有什么，你要自己去打开看。"

"不！老师，别……"伯恩抗拒着可怕的预感，浑身发抖。

"你害怕什么？"普林顿直视他问。

伯恩咬紧牙关，透不过气来。

"其实你心里清楚，就是不敢去面对。"普林顿目露怜悯，"梦世界揭示的谜底显而易见，就在那儿，可你选择了忽视。甚至不敢发出疑问。纳粹捕手追踪医生到了那荒野之地，为什么不再继续了？医生藏在洞穴里做什么？最后的结局是什么？很多疑问都被你密封了，而用对女人的爱来掩盖。保罗，仇恨和爱都不能解决你的问题，马克斯也不能。唯一能做的就是坦然面对它，面对你最恐惧的恶魔。"

晕眩感袭来，伯恩极力撑着眼皮，不让自己坠入黑暗。

"我们无不在心灵的枷锁之中，只有经过炼狱的灵魂才能得到真正的拯救，人是自身的救主。"普林顿的声音恍惚传来，"保罗，你可以选择睡一觉，还可以选择另一条路径，去寻找迷失在地狱里的自我。这条道路艰难无比，但也是作为一个真实完整的人的唯一的途径。"

伯恩的眼珠凸起，眼瞳充满恐惧。他已经不能动了。

普林顿见状摇头叹息，在他耳畔说："睡吧，孩子，药效过了你自然会醒的，没事的，谁都不能责怪你……至少我不会。"

伯恩缓缓呼出一口气，闭上了眼睛。

梦是一条诡异蜿蜒的河流，平静地流向一个记忆和想象都无法抵达的深渊。浸在暗流里身不由己，唯有头脑保持一丝清醒，意识到困在这个漆黑的世界而无能为力，没有彼岸，任由冰凉细碎如蛇鳞般的乱流带着坠入迷域。

只差那么一点，伯恩就随波逐流沉落到最安稳的黑暗中。一丝丝挣扎的知觉让他抓住悬于深渊上的礁石，他没再选择沉沦，而决定去寻找另一条路径，无比艰难的逆境。他感到那激流冲刷心灵的巨大痛苦，忍受着折磨和无止境的煎熬，一点点逆流而上，无数次想要放弃，无数次坚持下来，他撕裂自我意识般去往那条唯一的途径。

那扇门开启了。犹如拉开厚重的帷幕，巨大无边的梦境陡然变幻，一个光亮世界恍然展开——他触摸到了"亡魂之画"描绘的场景——荒岭之上，那棵树下，安雅伫立的身姿。

他接近安雅，感到阳光照耀的灼热，感到了她的气息。

"马克斯……"安雅没有回首，却知道靠近的身影是他，"你看树上摇曳的花，那是命运女神的微笑。"

他听着，难受又欢喜，穿越生与死边缘的害怕让他战栗。他想告诉安雅一件隐藏了10年的事，但这需要勇气。真相很残酷，可他必须对安雅说出来，这样才能彻底卸下负担，真正去爱她。

"你做出的决定，通常都会去实现。"安雅轻声说，"改变挺难的，我想……"她的话没说完，停住了。空气中突然传来一点特异的细微声音。

脊背刺痛，他感到一股冰凉侵袭入体。

安雅也警觉到了异常，转身看向他。随即，那种破空的声音再次传来。他看见一根针筒状的箭镞扎在安雅的身上，针筒里的液体随着惯性注入安雅的身体。他意识到了变故，快速拔枪巡视四周，举枪对准来箭的位置。没见人影，那附近耸立着几块岩石，一个阴影藏身在岩石之后，他没法开枪射击。

后背发凉、发麻，麻痹感迅速扩散至全身。他反应过来，这是特制的麻醉弩箭，可以瞬间致人昏迷。他和安雅中了偷袭。

安雅叫了声，惊恐地望着他，身体慢慢失去平衡。

麻痹感越发强烈，他强忍晕眩，持枪冲向岩石。跑了几步，跟跄扑倒在地上，手脚不受控制地瘫软。他的视线恍惚，四周昏暗下来，岩石变成深黄色，沙土地上的约书亚树一片暗红。

他极力保持最后一点清醒，艰难地抬起枪，但最终无力地垂下来。在意识消失的一刻，他恍然看见一双沾满尘土的高筒鞋迫近，鞋上的金属扣闪耀着光。阴影遮住了他和安雅。

偷袭者手持弓弩走来，踢开了他手上的枪。"你感知到丹尼尔的灵魂了吗？"黑暗中，纳粹医生苍老的声音传来。

时间仿佛过了很久，又像极短一瞬间，他突然醒过来。

他闻到浓烈刺鼻的腐臭味，感到身体冰凉。视线渐渐恢复，他看到了昏暗的场景，隔着铁栏。他扭头环视，惊恐地发现自己被塞到一个狭小的铁笼子里，赤裸地曲蜷着，就像掉进捕鼠器里的老鼠。

铁笼狭窄，几乎容不得他转身。手指粗的铁栏横竖交叉，牢固无比，他用力撑铁栏，纹丝不动。铁笼外石壁嶙峋。这是一个洞穴，他在昏迷中被偷袭者搬运到这个山洞，塞进铁笼。他像猎物一样被捕获了。

霍尔曼医生……他闪过念头，我被医生抓住了，落入恶魔之手……恐惧让他在一时间大脑一片空白。

寂静无声，弥漫刺鼻的腐臭。

山洞里堆放着动物尸骸。铁笼外不远处一头山羊倒毙在地，皮毛枯焦，肚皮溃烂，体外凝结着流出的内脏。山羊旁边有几条死狗、两只死猴子、一堆腐烂的猫，还有羽毛干枯的鸟、血肉模糊的兔子……他瞪眼看去，见靠近山洞石壁的地方全都是动物尸体，尸骸累累，堆叠在一起。有些动物的皮肉腐烂，有些已化为白骨。

铁笼上遍布色泽晦暗的血，这个笼子里不知装过多少动物。

他颤抖起来，恶心呕吐，激烈喘息，狂叫。声音回荡刺激着他的神经。他拼命撑着铁笼扭转身体，仰头往上望去。他看不到天空，唯见一束光从洞顶缝隙处投射下来，赭红色的风化岩壁呈现出一圈圈光影纹理。

洞穴底部的中央放置了一架庞大古怪的设备，形如锅炉，又像一头潜伏的钢筋铁骨般的地狱妖兽。

四周遍布繁杂的线路，还放置着柴油桶、变压器、发电机组、仪表、铁架、钢管、台板、木桶、药品柜、培养架、显微镜、X射线仪等各种繁杂的仪器，看似一座搭建在山洞里的实验室。

有些东西就像集中营10号楼实验室里的仪器。一个陈列架上摆满了福尔马林瓶，并贴着标签。瓶子里泡着一颗颗不同形状和颜色的眼球，各种动物的眼球，颜色有淡黄色、淡蓝色、绿色和紫罗兰色……他悚然明白过来，霍尔曼医生在这个洞穴里秘密建了实验室，在用动物做某种活体实验。

他逗留此地的时间太久了，在监视医生的过程中犹豫不决，导致大意，竟不知自己的行踪已暴露，反被医生暗算，实在太蠢了。冰寒彻骨的绝望，他不敢想象医生会如何处置他。

脚步声传来，沉重的足音步入山洞。他惊恐地看着医生扛着手脚被绑的安雅走来。他的心猛然沉落，只见医生把安雅捆绑在一个H形的铁架上，绑紧了手臂和双脚，绳索缠绕她的脖颈，勒在沉重的铁架上。她竖立着，仿佛受难的耶稣。

安雅闭着眼，还处在昏迷中。

医生处理完安雅，休息了片刻后，走到铁笼前蹲下。"马克斯！"医生的目光落在他手臂上的编号，微微一笑。

"172987"是集中营里囚犯的编号。

"很高兴……时隔多年再见。"医生孤寡苍老的脸上闪动着兴奋，"我猜，你没做植皮手术清理掉这个耻辱的编号，是想时刻提醒自己复仇。有意思！想不到吧，马克斯，你会再次沦为笼中囚徒。我也没想到……命运叵测，无人能知道，某种奥妙的规律如齿轮运行，'嚓嚓嚓……'每一步都那么精准，那么悦耳动听，扣人心弦……"

医生嘴角搐动，口齿含混不清。长久的独处磨损了语言能力。

"恒久的岁月会令人忘掉时间。"医生从地上捡起一根白骨敲打铁笼，"就像这样，宏大无边的空间与被囚禁在狭窄的笼子里差不多，让你同样绝望地发现，你哪儿都去不了……你注定是一个囚徒，你们都是。"他咬着牙齿，手脚颤抖不停。

"我记得你的胞弟，丹尼尔。"医生说，"脸上有些雀斑，像一只个头矮小的兔子。他死了，我用他腿上的皮做成的灯罩，陪伴了我两年，可惜那盏精致的灯毁于丑陋的战火。"医生的目光有些暗淡，沉入对战争的短暂回忆，随后偏头看着他问，"马克斯，这些年你感知到丹尼尔的灵魂了吗？"

他没回应，只有无尽的愤怒和恐惧。

"实际上时间没有白费，我找到了答案……"医生从衣袋里拿出钢笔和一个皮革封皮的笔记本，翻过密密麻麻有记录的纸页，在空白页写了一个单词"灵魂"，然后展示给他看。

"我们明白灵魂的含义，切身感受到灵魂的驱动，但不知道它藏在哪里，它离开了身体以后，将去何处。一个终极谜题，困扰了无数人。我迫不及待地告诉你，研究大脑的生物结构毫无意义，正如研究一张纸的纤维成分、研究墨渍、笔画的粗细、转折角度、长度等这些物理结构性的东西，全都毫无意义。一个不识字的人，永远不知道这张纸上写的是'灵魂'。"

医生褐色浑浊的眼瞳流露出极度渴望交流的狂热。

"马克斯，我找到了探索它的方法……灵魂世界，终于找到了，就在你到来的前一个月。科学定义，它应该称为意识场，但我喜欢'灵魂'这个词语，它有神圣感。它是一切生命的终极奥秘，追寻着它，能为我们打开另一个世界的奥妙之门……"

医生目光灼热地看向洞穴中央的装置说："毕生的追求，无数次艰难探索的研究成果，就是这个，我将其命名为'意识反应炉'。"

那一座电路与钢铁构成的妖兽潜伏于洞穴，等着舐血噬魂。

"输入生命之物，意识反应炉能从肉体里剥离灵魂，跃升进灵魂归宿之境。马克斯，你将见证，并成为终极实验的参与者。我厌恶了使用低级的山羊、猴子、兔子，迫切需要你奉献大脑。"

医生开启柴油发电机，为供电组充电，熟练地打开一个个电子部件，准备运行反应炉。邪恶的老头儿在木板上飞快计算着生物体量差异需要调整的参数值，快乐得像在城堡里自在为王的孩童。

"存在灵魂世界才是完美的，因此灵魂必然存在。我坚定地信仰笛卡儿二元论，世界有意识和物质两个本源，二者彼此完全独立，共同支配世界。自我的本质就是灵魂，与我们的躯体结合，让我们感知到物质世界的存在。就像线圈能接受电磁波感应电流那样，电流不是线圈创造的，意识之源不在大脑，我们的大脑只是一个工具，是一艘装载灵魂的船……"医生神经质地讲述着，写出了意识量子聚合态的模型公式。

"意识量子是虚粒子，没有质量，不与任何物质发生直接作用。它通过大脑神经信息场，产生凝集效应，吸引某些特定粒子聚集在它的周围，减缓它的变动，使凝集在它周围的粒子产生了质量，与物质发生间接的相互作用……"医生转头看着他，郑重地说，"马克斯，你将第一个感受到灵界。打开那扇门，指引逝去的亡灵进入物质世界。"

意识反应炉准备就绪，能量充足。医生把装有滚轮的铁笼子推过去。

他困在笼中挣扎嘶吼。

安雅醒过来，发出惊叫。医生看了看，向安雅走过去。"纯种雅利安女人。"医生端详着安雅，流露异样的迷恋，"马克斯，她是你送给我的最美妙的礼物。"

安雅惊恐得发抖。

"别碰她……"他拼命撞击铁笼。

医生从药品柜里拿来一个工具箱，箱子里有整套的人体解剖器械。医生取出一把检疫钩、一把剪刀，用钩子钩起安雅的衣服，持剪快速剪开。

"纹理细腻，富有弹性。"医生探手触摸安雅的皮肤，"材料很好……马克斯，她真的很好。"

极致的惊恐导致安雅的下颌僵硬，无法说话。

"她是你女儿。"他在笼中发狂大吼。

医生诧异地转头看过来。

"她生在奥斯陆产院，母亲玛莎，你是父亲。"他不敢看安雅，低头蜷缩在铁笼里一遍遍地哀号，"别碰她，别碰她……"

医生盯着安雅，思量了片刻。"马克斯，你要让我相信这件事，得拿出更有力的证据。坦诚说，我都记不清曾经有过多少个情人，那是很久以前的事了，要知道，在这片荒野上，我只能找到动物……"

"她母亲叫玛莎，挪威人。"他嘶叫着，"档案里有一张照片，玛莎怀抱婴儿，你把匕首放在她的头顶，举行仪式。"

"党卫军命名仪式。"医生回忆起了多年前的那个场景，不觉微笑，"马克斯，最后一个问题，照片里的房屋门前还有什么？"

"雕像。"

"什么雕像？"

"希特勒。"

"我的元首万岁。"医生举起右臂向前，行纳粹礼。

他的脑中闪过高耸的烟囱、倒毙在毒气室里的人体、金字塔形的肉体雕塑、那盏精致的台灯……丹尼尔的躯体被掏空，站在黑暗中注视着他。

"马克斯，你叫她什么？"他听到医生问。

"安雅。"

"安雅，动听的名字。"医生盯着安雅的眼眸深处，"突如其来的一个有趣转折……安雅，我的女儿？这太古怪了……"医生嘟囔着，满是皱纹的脸上神色不定，"马克斯，你怎么找到安雅的，在孤儿院？什么时候？"

"10年前。"他仿佛失去了自我意识，机械地回答。

"为什么带她来？"

他没法回答这个问题，嘴巴抽搐起来。

"安雅，安雅……"医生用铁钩子戳了戳女儿，"马克斯知道你是我的亲生女儿，他怎么对你？"

安雅紧闭着嘴，没有吭声，瞳孔收缩，绝望的空洞。

"马克斯为什么带你来这儿？你是否感到疑惑，来找我认亲？哈！"医生笑起来，"我杀了他的家人，他的心中充满仇恨，他要复仇，找寻我多年，先找到了你，但没杀你，把你带来找我了……他想做什么？要你亲手杀我，让女儿杀了父亲？还是让父亲杀了女儿？"

一连串惊悚的问题，没有人回答。洞穴里死气沉沉。

医生走到铁笼前看着他笑说："马克斯，你没告诉安雅实情，对吧？用了10年时间，把她打造成弑父杀手，这就是你对我的复仇，想法很邪恶。"

他瘫在笼子里痛哭流涕。"对不起，对不起，我错了，对不起……"他不停地说着。如果神明在上，他愿献祭生命，以死来忏悔。

"马克斯，你做得很好。"医生发出亲切的声音，"抬起头来，最后看一看安雅，我的女儿。"

他颤抖着抬头，看见了安雅。

沐浴在洞穴顶端投射下的光束之中，安雅的肌肤泛着圣洁的光，在铁架上张开的双手，像在祈祷，恍如美丽的奶油色花朵。安雅的恐惧仿佛消失了，安静地注视着他，不言不语。

"马克斯，在你心中，到底还有没有上帝？"他似乎听到了高远处传来的天音在平静地问他。他无言以对，心中充满忏悔。

"杀了我吧。"他哀求医生。

"如你所愿。"医生没再跟他啰唆，推动铁笼，把他送进了意识反应炉。

医生一边操作着控制装置，一边咏诵诗歌。英国诗人劳伦斯所著《灵船》中的诗句："没有死亡之歌，生命之歌就会变得愚蠢，灵魂只有在死亡之中才能复生……"

供电组振动起来，意识反应炉发出异常明亮的光芒。

"把死亡处死，处死这漫长痛苦的死亡，摆脱旧的自我，创造新的自我……"医生的咏诵之音回荡，像一个专注祈祷仪式的黑魔法师，"灵船在海上起航，以宁静填充心房，抵达另一个世界，湮灭的彼岸。"

医生打开一个皮革包裹，从包裹里取出一截断矛，摆放在反应炉内。

岁月让这件东西失去了金属光泽，却在无形中焕发着一种奇异的魔力。

"命运之矛。"医生虔诚地叩拜。"因为沾染到圣血，永远不朽。持有它，将主宰世界的命运。"

命运之矛是一把螺旋形的长矛，历经无数战争只遗留下这个残片。

"1912年，我父亲跟随元首参观维也纳博物馆，第一次见到命运之矛。"医生说，"父亲告诉我，他和元首站在圣物之前，注视了很长时间，意识恍惚，感知到另外一个世界。那是灵魂世界，充满无尽的未知的神力。26年后，元首获得了它，保存在纽伦堡的圣凯瑟琳教堂，直到1945年……"声音停滞了一下，医生带着沉重的痛惜继续说，"战火不可遏制地蔓延，元首用命运之矛取了他的鲜血，命我父亲带它离开，最后转交到我手中珍藏至今。艾森豪威尔拿到的那件只是赝品，这些年来我带着圣物，即使流离失所也不离身。马克斯，命运之矛将指引你的灵魂，抵达灵界。你将有幸瞻仰元首的英灵，伟大的元首将凝集意识场，率领无可匹敌的德意志亡灵部队，从死亡中复生，打开灵界之门来到世界。雅利安人永生不息，以终极统治的力量，创造崭新的文明。"

疯狂的恶魔医生，妄想招魂纳粹亡灵。

他抬头看着医生，战栗的心灵回归平静，他说："霍尔曼，假如我死后见到希特勒，我将持矛刺向那该死的纳粹亡灵，在永恒的地狱，一遍遍地死亡。"

医生笑了笑，忽然问："你爱安雅？"

他悚然摇头。

"你还知道，安雅爱着你。否则不会那么痛苦。"

"不要……"他猜测到医生的意图，恐惧再次如潮水般猛烈袭来。

"我们做个简单的测试。"医生从工具箱里拿出一把剥皮刀，走到安雅身前打量着，考虑从哪个部位切入。

"不，别伤害她，她是你女儿……"他看不见炉子外那个角度的场景，但嗅到残忍的气息，他挣扎着撞击铁笼，嘶声大喊。

安雅看着锋利的刀子，颤声说："父亲，放开我，我很难受。"

医生思量着，迟迟没动手。

他狂喊："放过她，放过她，要我做什么都可以，求求你……"

医生放下剥皮刀，从工具箱里拿出骨板锯，蹲下来，锯断了安雅脚上的绳索。但在准备锯手臂上的绳索时，医生犹豫了。他盯着安雅的眼睛，带着玩味的笑说："我忽然想到，马克斯为什么要告诉我们你的真实身份。他试图用这种方式阻止我。他承认对你所做的事，为之忏悔。我可以百分之百确定，他爱你。很奇妙的感情发生在你们身上，有一种可怕的令人敬畏的自我救赎……"

医生的话戛然而止。

安雅毫无先兆地踢出一腿，踢中了医生的腹下。积蓄的力量巨大，身体发出沙袋撞击的闷响。医生倒地，一声没吭地昏死过去。

安雅双臂用力，想挣脱束缚手腕的绳索，但绳结牢固，无论她怎么用力都无法松开丝毫。

"安雅……"他感觉到异常，试探着呼唤。

"马克斯。"铁架阵阵响动，安雅的声音传来，"我踢晕了他。振作起来，我们必须设法脱困。"

他精神大振，在铁笼里挣扎，双脚撑着上锁的铁笼门，拼尽力气。但徒劳无用，铁笼十分坚固。逃生的欲望几乎撕裂了他的身体，他眼前昏黑，绝望地说："安雅，我不行了。"

"马克斯，别放弃，我来救你。"安雅弓腰扭转身体，用脚蹬住铁架，她把全身的力量压在左手腕上，绷紧绳索。

医生趴在地上，随时可能醒来。

疼痛致使安雅浑身冒汗，她的身体极度扭曲，形成一个拉开到极致的弓形，如怒放的约书亚树。

腕骨裂响。坚硬的骨头断裂在铁架的支点处，断骨戳穿皮肤。

安雅在巨大的疼痛中昏迷，疼醒就继续压住铁架，用力掰手腕。皮肤撕裂，露出一条条坚韧的筋膜。她的力气被疼痛带走，一点一滴，在喷溅的血中丧失……她不得不停住，积蓄仅存的力量。

"马克斯……"安雅呼唤。

"嗯。"他的思维有些麻木了，下意识回应。

"你爱我，是吧？"

"嗯。"

"等我们脱困了，你带我去挪威。我不在乎我身上流着纳粹的血，这是我的命运。"

"我也不在乎。"

"马克斯，我明白你为什么犹豫。我很高兴你最后做的决定。"绳索嘎嘎作响，安雅承受着痛苦，爆发出仅存的力量。

"安雅，对不起……"他透过反应炉入口，看见医生醒了，摇摇晃晃从地上爬起来。医生从工具箱里拿出一把解剖锤，狰狞的身影扑过去。

"其实我想对你说……"这是安雅最后的声音，话没说完。医生举起锤砸中安雅的头。

一下，又一下。

颅骨碎裂，安雅奋拉着头，弓形的身体渐渐平静下来，失去了弹性。

金色的头发鲜血沥沥，仿佛受伤的向日葵。

医生肢解了安雅。

这是医生逃亡18年后首次实施人体解剖。摘除内脏器官，一件件陈列。久违了的熟悉感。一只特殊的兔子，做成灯罩更有纪念价值。

"马克斯，感谢你把她交给我。"医生更换不同型号的手术刀，"某种意义上，是你杀了她。你带她来这里，把命运的绞绳套在她脖子上亲手勒死了她。"医生丧失了理智，意识恍惚。

"你还得等一会儿，我们在晚间7点42分开始。这是今天内华达州地下核爆实验的起始时间。马克斯，我选择这个山洞有个特殊缘故，意识场振动与核聚变有关，有某种神秘联系。我一直没能找到两者间有联系的科学依据，很可惜，测量仪不够精密，只能通过计算推测，核爆产生某些射线，与意识场相互作用……听起来，我像是一个物理学家，不是医生。意识与量子力学有关，我得孜孜不倦地学习……"医生有些失控，用语无伦次说话的欲望，冲淡内心的惶惶。

"地下核试验场就在附近，核爆试验频繁。我去过那里。在禁区外缘，可以感觉到钻岩机垂直打孔产生的地面震动，据说钻孔深度超过千米。从山头上俯视核爆区域，黑夜中感受那种灵魂的战栗。那些看不见的伽马射线、X射线、刹那间释放出来的亚光速高密度中子，发出嘶吼声，灵魂撕裂的哭泣声。岩石瞬间气化，大地龟裂，泥土蹦向天空，然后地面凹陷下去，形成一个圆锥状的火山口。直径百米，深几十米，每个月一两次，在荒漠上形成一个个凹陷。那些巨大的碗状圆坑，就像人体的发旋，像肚脐眼。我捕捉地震波，知道他们在干什么，我还能推测出下一次核爆试验的时间。那些山羊和兔子在铁笼里仓皇发抖，它们只有低等的意识，却能预感核爆的时间。这是我检测兔子的眼球，得到的经验。生物的眼睛通达心灵，抵达意识深层。我想，这就是神对凡人隐藏的灵魂之门。"喋喋不休说话的医生忽然沉默了一阵，然后说，"马克斯，我得告诉你一个不幸的消息，非常遗憾……"

声音透着惋惜，医生把一团血肉扔进反应炉，跌落在他面前。

"安雅怀有身孕，你和她恐怕都还不知道……大约五周，胚泡在子宫内着床了，稍微有点增大。"

他失去活性反应，蜷在铁笼中不动，像一截朽木。

"可惜不是纯种的雅利安血统。马克斯，你个低劣的杂种，搞我女儿……"医生咒骂，"杂种，我要撕裂你的灵魂，让你无尽轮回，活祭德意志军魂的利刃。"

活祭招魂的时刻来临。意识反应炉高速运转，光耀闪烁。

他紧闭双眼，沉在黑暗深处。一片宁静，他听不到任何响动，感觉不到痛苦，灵魂飘荡在没有星月的黑夜。

一瞬间，超极限的疼痛撕裂了他的意识。脑海灼热，意识沸腾，蓦然又冷却，冷至绝对零度，仿佛一块钻石镜面碎裂，粉碎成无数微小的镜面，映射出他一生记忆里的无数个场景。

无数记忆闪烁在黑暗中，繁若星河。

灵魂在冰寒、撕裂、尖锐的痛苦中煎熬，揉碎了的意识被一丝丝抽离到极远处，"嘶啦……"灵魂透体而出，在巨大的空洞缺失感中沉浮在物质世界的微观边缘。

无数光线迸发，急剧旋转，被吸附到无际的深渊。他感到了无尽邪异的气息。深渊之下，充斥着密密麻麻的不可见的幽灵，灼热沸腾，炙烤着、燃烧、燃烧……杀戮一切、毁灭一切的凶邪占据了他的灵体。

意识反应炉轰鸣颤动。

医生盯着反应炉，期待灵界之门开启，期待第三帝国亡魂大军显现于世的伟大一刻。蓦然间，一股灼烧状的麻痹感掠过大脑，如星火燎原般遍布脑海，医生的意识燃烧起来。视野波动，黑暗袭来。医生瘫倒在地上，抽搐了一阵，褐色眼瞳渐渐扩散。

反应炉光耀闪烁、一刹那，猛烈爆炸。

洞穴坍塌，震波疾速掠过大地。意识场震荡，激起水波一般向外扩散出去。如一粒石子被投入一泓寂静了亿万年的湖，平稳如镜的水面被打破，一圈圈涟漪被激荡起，地球上一切生灵的意识场在震荡中发生了一系列异常的连锁反应。

荒野上，天幕深邃如梦境。

乔治和安琪在清亮的星空下缠绵。

蓦然间，地面震动，一阵阵无形的冲击波掠过地表，黑暗大地的远方传来妖兽嘶吼般的声响。乔治发现地上的沙砾在移动。

"看，那是什么？"安琪手指夜空。

"天哪！"乔治惊呼。

一缕缕缎带般绚丽的光线浮在广袤的天幕上，轻盈缥缈，仿佛仙境精灵在静谧的黑夜中振动彩翅，绿幽幽的如梦如幻。乔治震撼地仰望着。蓦然，幽光化为血红凶煞的光芒，疯狂吞噬了天穹。大脑震颤，一种从未有过的邪异感窜入意识深处，紧紧压迫着他。

强烈的晕眩袭来，乔治忽然失去了对身体的控制，不由自主地拿起左轮枪，对准女孩，扣动了扳机。

枪声震响旷野，黑夜里闪烁着火光。

乔治掉转枪口，塞进自己的嘴里。"砰！"子弹射穿了头颅。

幽灵暗影掠过大地。天穹上，无声地流泻着扭曲变异了的极光。

那是灵魂湮灭之海。

在那血色燃烧的光明之处，生灵坠入无尽的痛苦轮回之境。

噩梦醒来是早晨。

伯恩睁眼看见阳光照进房间，明晃晃地驱散他意识深处的黑暗。

普林顿坐在椅子上看书。窗帘轻轻飘荡，清新凛冽的风拂过，桌上花瓶里的花枝微微摇动。伯恩从床上坐起来，精神恍惚，有种乏力的感觉。瞬间后，记忆犹如怒海回潮般涌来，所有的过往都在他脑海中清晰呈来。

安雅死了，她死了……抑制不住的巨大的悲怆淹没了他。一时间，他心凉至极，泪流不止。

"世间悲欢离合无可避免。"普林顿放下书，安慰他，"梦世界结束了，这是你新的开端。"

伯恩久久不语，任由泪水干枯。

未来已然没有了希望。

灵魂遭到命运的诅咒，无论死后是灰飞烟灭，还是存在于另一个痛苦无尽的时空，他都失去了对此生的念想。

哲言说，没有悲伤与之平衡，快乐将失去实际意义。那是对芸芸众生而言。他是一个异类，历经无尽痛苦轮回的灵魂，一切都变得毫无意义。

有时他忘记了。每当打开心灵深处的那扇门，过往没有觉察到的那一幕幕幻境，就会变成注定的命运。

如窥见时光倒影，过去、现在、未来，一切终将凝聚为湮灭的一刹那。

他记录下梦世界的所知所感，极其可怕的那一幕——医生招魂纳粹亡灵。普林顿复印了他的笔录，传真到灵学会。

初步表决通过，他被获准进入灵学会。

"你去吧，往后好自为之。"普林顿说，"我退出了，不再参与灵学的研究事务。这是一种权衡的结果。这样也好，平淡点生活。"

伯恩了无生趣，问了一句话："幻梦一场是空，生命的意义何在？"

"真实的虚幻就是真实。人类存在的唯一目的，是为纯粹自在的心灵点亮一盏灯。"普林顿说，"林深时见鹿，入梦时见她，对你这一生，足够了。"

伯恩默然走到房间窗户前望去。屋外街道幽静，行人安详地过往。骑脚踏车的男孩、路过的巡警、修整狗舍的邻居、坐在长椅上打盹儿的老太太……人人都像真实的，生活看似如常，无人知晓幽灵暗影潜伏于世。

一只蝴蝶在阳光下翩翩起舞，忽远忽近，仿佛一点轻柔振动的音符。

冬天里很少看到这种美洲斑蝶。这个时候它们可能死掉了，有的幼虫成为蛹，钻到地下越冬；活着的蝴蝶往南迁移到墨西哥森林，找一处避风的地方，蜷缩起来，紧紧收拢翅膀，积蓄剩余的能量。生命何其渺小，为了生存与繁衍，它们就这样苦熬着度过严寒。

一片枯叶悠悠飘落。那只蝴蝶飞过来，停在窗台上，缓缓扑着翅膀。

伯恩看着它，脑海里触动了一下，依稀感觉到了什么。

恍惚间他好似还在梦里一般，周围的世界变得很静、很静，仿佛听得见尘埃落地的声音……

参考和引用的部分资料

1. 生命中心主义的阐述引用了罗伯特·兰萨博士提出的关于宇宙万物的观点和论述。

2. 意识科学和虚拟现实的观点引用参考了大卫·查尔默斯对意识研究难题的论述及其论著《有意识的心灵》和《意识的特征》。

3. 宇宙智慧论参考了狄巴克·乔布拉博士关于"人本宇宙"（The Human Universe）的讲演。

4. 引用参考了《约翰·惠勒自传——物理历史与未来的见证者》，及约翰·惠勒的著作《我们的宇宙：已知与未知》。

5. 参考了吉姆·艾尔－哈利利、约翰乔·麦克法登的科普著作《神秘的量子生命》。

6. 心理学内容参考了卡尔·荣格的著作《分析心理学的理论与实践》《回忆·梦·思考》和《现代灵魂的自我拯救》。

7. 美籍华人的部分内容参考引用了李强先生和杨欣欣女士合著的华人历史传记《迟来的光荣——记黄君裕和解放欧陆的华人二战老兵》。

参考的现实世界大事件摘要

1848 年

3 月 31 日，美国纽约海德斯维莱的福克斯的两个女儿凯瑟琳和玛格蕾塔制造出莫名其妙的响声。传闻称，这种异常的声音来自神灵世界的"死魂灵"。近代唯灵论运动自此肇始。

1851 年

2 月，布法罗大学一个三人小组调查了福克斯姐妹，发现那些"响声"是她们俩弄出来的。本森（未来的坎特伯雷大主教）在剑桥成立"鬼神会"调查超自然现象。剑桥大学道德科学讲师西奇威克成为其会员。

1864 年

西方灵学史上最有名的灵媒霍姆的自传《我一生中的事件》在纽约出版。

1869 年

伦敦辩证法学会组织一个委员会调查唯灵论现象。两年后，发表了关于灵学的报告。

1882 年

2 月 20 日，心灵研究会在伦敦成立。西奇威克任会长，巴雷特任副会长，迈尔斯和格尼为理事。美国心理学家威廉·詹姆斯和作家马克·吐温是其会员。

美国国会受理了共和党参议员约翰·米勒（John F. Miller）提交的《排华法案》。

5 月 6 日，美国国会通过了限禁外来移民的法案——《关于执行有关华人条约诸规定的法律》。

1884 年

巴雷特出访美国，在波士顿和费城开会，呼吁成立调查超自然现象的学会。会后，成立了一个九人委员会，准备成立类似心灵研究会的团体。第二年的1月8日，美国心灵研究会成立。怀疑论者纽科姆（约翰·霍普金斯大学天文系主任）担任会长。同年，詹姆斯发现波士顿的灵媒派珀夫人。在随后的30年里，她成为英国心灵研究会和美国心灵研究会着重研究的降神会神媒。

1886 年

纽科姆在就职演说中反对美国人研究传心术，他指出思想是身体的机能，不能传递任何距离；研究传心术如同寻找另一种黄金，那是浪费时间。

1888 年

10月21日，福克斯姐妹在音乐学院公开揭露了她们延续了40年的骗局。

1889 年

12月，美国心灵研究会放弃独立，要求成为伦敦总会的分会。

1892 年

霍奇森发表第一份报告，公布对派珀夫人的研究结果。六年后，霍奇森发表关于派珀夫人的第二份报告，声称找到证实她的灵媒活动产生死后存续的有力证据。

1897 年

詹姆斯对正统科学忽视所出现的超自然现象提出尖锐批评。

1900 年

物理学家普朗克提出能量并非无限可分、能量的变化是不连续的新观念，标志着量子理论的诞生。

1905 年

6月，爱因斯坦发表了《论动体的电动力学》，这篇论文通常被认为是狭义相对论诞生的标志。

1906年

心灵研究会伦敦总会和波士顿分会就派珀的记录发生争执。英国总会派皮丁顿赴波士顿与美方谈判，在5月16日签署一份文件，宣布解散心灵研究会美国分会。

1907年

著名数学家闵可夫斯基通过引进四维时空概念，将相对论表达为现代张量的形式，推动了相对论的发展。

1909年

1月，美国心灵研究会第一任会长、怀疑论者纽科姆在《十九世纪》杂志发表批评文章《现代神秘主义》。

1910年

美国著名魔术师里恩在降神会上揭露灵媒帕拉迪诺弄虚作假。

1911年

斯坦福大学建立一个捐助的心灵研究实验室。

1912年

哈佛大学设立研究心灵现象的霍奇森基金。

1916年

马可尼和富兰克林开始研究短波信号反射。

1917年

斯坦福大学心理系库弗博士就超感官知觉进行的实验研究结果发表，题为"心灵研究中的实验"。

1920年

希斯洛普成立美国科学研究所，专门研究传心术等现象。
英国心理学家麦独孤被任命为哈佛大学心理系主任。

1921年

麦独孤当选美国科学研究所所长,组建顾问理事会,其成员有:贾斯特罗(威斯康星大学心理学教授)、肯普弗特(《科学美国人》前主编)、库坦(斯坦福大学心理学教授)等人。

年底,"美国科学研究所"易名为"美国心灵研究会"。

第一届国际心灵研究会议在哥本哈根召开。

1922年

《科学美国人》在发表一系列关于灵学研究的文章后,设立两项奖:2500美元奖给能在监督者满意的条件下产生神灵照片的任何人;2500美元奖给能产生其他任何可见心灵证据的人。

1923年

爱德华兹取代麦独孤任美国心灵研究会会长。

《科学美国人》组成监察委员会,其五位成员是:麦独孤、普林斯、卡林顿、科姆斯托克(麻省理工学院物理学教授)和霍迪尼(专门揭露灵媒的魔术师)。《科学美国人》副主编伯德任委员会秘书。

6月,波士顿医生克兰登的妻子米娜·克兰登开始举办降神会,并以"马杰里"著称。

德布罗意把爱因斯坦的光量子理论推广到一切粒子,提出物质的波粒二象性。量子论取得了又一个重大突破。

1924年

伯德走访克兰登夫妇,邀请马杰里争取获《科学美国人》的悬赏。她接受了《科学美国人》委员会的调查。报纸开始向公众渲染她的神力,但该委员会的判断反对她的自称。麦独孤认为这些现象都有正常解释。年底,马杰里和她的丈夫邀请英国心灵研究会的丁沃尔赴美解决争端。

埃德温·哈勃首次发现银河系外还有星系。

1925年

4月,《科学美国人》决定不给马杰里2500美元的奖励。

5月,在麦独孤的支持下,武斯特组建波士顿心灵研究会。

11月,《大西洋月刊》发表哈佛大学研究生霍格兰的报告,哈佛大学对马杰里的调查结论是未产生任何超自然现象。美国心灵研究会对此项调查予以驳斥。

克拉克大学组织四个组分头到美国各大学作关于灵学的演讲。第一组确信存在多种超自然现象，成员有洛奇、柯南·道尔和克兰登医生；第二组确信其罕见，成员有麦独孤、普林斯等人；第三组不信超自然现象，成员有墨菲和库弗；第四组反对超自然现象存在的说法，成员有贾斯特罗和霍迪尼。

1926 年
布里斯托尔取代爱德华兹任美国心灵研究会会长。

1927 年
麦独孤离开哈佛大学，就任杜克大学心理系主任。

9 月，麦独孤与对灵学感兴趣的莱因夫妇合作，在杜克大学开展超心理学研究。

乔治斯·勒梅特提出宇宙起源的大爆炸理论。

1928 年
1 月，《美国心灵研究会杂志》改名为《心灵研究》。

1930 年
普林斯当选英国心灵研究会会长，成为当时唯一一个担任此职务的美国人。

杜克大学成为美国第一所允许灵学立足的大学。莱因开始在杜克大学进行超感官实验，与其同事齐纳一道发明了后被广泛用于超感官测试的"齐纳纸牌"。

普利策奖获奖作家辛克莱著《精神无线电》出版，爱因斯坦为该书德文版作序。

1932 年
莱因与其助手普拉特合作进行的一系列实验，得到亿万分之一概率的结果。

美国心灵研究会的会刊《心灵研究》改回原名《美国心灵研究会杂志》。

6 月，布里斯托尔去世，律师巴顿继任会长。美国心灵研究会陷入两场动乱。

詹姆斯·查德威克提出原子核由质子和中子构成。

1933 年
杜克大学首次进行预知实验，托马斯从杜克大学首次获得灵学博士学位。

1934 年

3 月，莱因的著作《超感官知觉》由波士顿心灵研究会出版。此书在随后五年里使公众狂热，招致学术界愤慨。

莱因在杜克大学建立美国第一个超心理学实验室。

1935 年

马杰里骗局被揭露，引起美国心灵研究会内讧。

"超心理学"这一术语被采纳，指代用莱因方法研究的领域。杜克大学设立普林斯纪念奖学金，奖给超心理学领域中的突出研究者。

1936 年

杜克大学的研究生普拉特参加超心理学实验室研究，他对灵媒加勒特的实验研究成果发表。普林斯顿大学心理系考克斯未能重复莱因的结果，指出没有任何证据表明超感官知觉存在。

化学家帕森斯加入了冯·卡门的火箭研究小组。帕森斯热衷于科幻小说和神秘传说，在火箭研究中运用了许多黑魔法知识，参考拜占庭帝国的"希腊火"（Greek Fire）制作方法，调配出一种助推燃料，推动了火箭技术发展的进程。后来为纪念帕森斯为航空事业做出的巨大贡献，美国国家航空航天局将月球上的一个陨石坑以帕森斯的名字命名（The Parsons Mooncrater）。

1937 年

《超心理学杂志》在杜克大学出版社支持下创刊，莱因和麦独孤共同任主编。

斯图尔特和杜克大学心理系的普拉特合编的《超感官知觉测试手册》出版，这是第一部关于超心理学测试方法的手册。

美国数学统计研究所宣布认可超心理学中的统计估算方法。

心理学家斯金纳指出齐纳纸牌的漏洞。

1938 年

9 月，美国心理学会召开由莱因研究的、严厉批评者组织的超感官知觉会议。

11 月 28 日，麦独孤去世。

杜克大学超心理学实验室发表了五年内做的预知实验结果。

1939年

《超心理学杂志》交由墨菲和里斯主编。

12月27日，R.马杰里的丈夫克兰登去世，对其唯一知情的人从此沉默，马杰里时代告终。

1940年

普拉特·莱因与其他三人合写的《六十年后的超感官知觉》出版，此书的出版被灵学家视为争论时期结束的标志。

1941年

美国心灵研究会开始转向。希斯洛普（神经病学家、美国心灵研究会奠基人之子）当选会长，墨菲当选理事兼研究委员会主席。

5月1日，美国心灵研究会理事会和英国心灵研究会理事会决定合并，合并后统称为美国心灵研究会。

1942年

墨菲在哈佛大学就超心理学召开讨论会，引起临床心理学家斯迈德勒的兴趣。她开始探讨超感官知觉成绩与超感官知觉信仰之间的关系，区分两类受试者"绵羊"（相信超感官知觉的人）和"山羊"（不相信超感官知觉的人）。

米德（美国科学促进会会长）和莱因成为美国心灵研究会理事会理事。

1943年

量子力学的创始人之一薛定谔提出，必定存在着一种生物大分子晶体，其中包含着数量巨大的遗传密码的排列组合。

1948年

美国心灵研究会成立医学部，旨在对超心理学做临床研究。成员有厄尔曼等人。

莱因夫人在杜克大学超心理学实验室对数千份日常体验报告做案例研究。

1950年

洛克菲勒基金会出资支持杜克大学超心理学实验室的研究。

哈伯德在《探险家俱乐部》杂志上发表文章《未知领域——精神》。5月，他自费出版了《通灵术——精神健康的现代科学》。五年后，哈伯德在华盛顿宣布成立科学教。

7月3日，91岁的降神会神媒派珀去世。

1952年

杜克大学超心理学实验室收到海军研究办公室的一笔资金，资助普拉特研究动物中的超感官知觉。

苏美两国的科学家在新墨西哥州桑迪亚国家实验室秘密举行了一系列的学术讨论和情报交流会，主要讨论关于电磁辐射，特别是低频电磁辐射对生物的危害和影响。

1953年

匹兹堡大学生物物理系教授迈康奈尔获得梅隆教育和慈善基金会对"心理物理学"的资助。

墨菲强调研究自发的传心术、天眼通和预知对人格研究的重要性，并参加该年在荷兰乌得勒支举行的国际超心理学研究会议。

4月25日，英国《自然》杂志刊登了沃森和克里克合作研究的成果：DNA双螺旋结构的分子模型。这一成就后来被认为是分子生物学诞生的标志。

1955年

杜克大学设立超心理学方面的佩里研究奖学金。

8月26日，美国《科学》周刊发表普赖斯的批评文章"科学与超自然"，挑起新一轮灵学与反灵学之争。

1957年

第一本超心理学教科书《心灵学——心灵的前沿科学》（莱因等人著）出版。

6月19日，在莱因的推动下，超心理学协会成立。该团体的目标是使心灵学成为一门科学，《心灵学杂志》为其会刊。

6月22日，R. 杜克超心理学实验室设立麦独孤奖金1000美元，奖给心灵学中的杰出工作者。

加德纳所著《科学名义下的狂热与谬见》出版，其中第25章专门批评超心理学研究。

1960 年
斯蒂芬·霍金提出宇宙起源的大统一理论。

1962 年
3 月 21 日，墨菲当选美国心灵研究会会长。

杜克大学表示，在强迫莱因退休后将关闭超心理学实验室。莱因离开杜克大学，建立人性研究基金会。

1964 年
肯尼迪大学设立心灵学研究项目。

1966 年
基于怀疑论者立场对超心理学进行评估的著作《超感官知觉——一种科学的评估》（汉塞尔著）在纽约出版。

得克萨斯州一个名叫安德鲁·韦斯特的中年人声称利用自身的"特异功能"，将被警察扣留的行车执照偷了出来，从而在全美引发有关"特异功能"及"第六感"的讨论热潮。

斯坦福大学的一名资深顾问特意撰写了参考报告交给五角大楼，建议美国军方"注意并网罗具有非凡才能的人士为星条旗服务"。

1967 年
弗吉尼亚大学医学院设立心灵学研究捐献基金，这标志着心灵学第二次在美国学术界获得资助。

1968 年
9 月 19 日，卡尔森去世。这位复印机的发明者是心灵学研究的捐赠人，他的资金支持使美国心灵研究会的捐献金几乎翻倍。美国心灵研究会为纪念他而将新实验室命名为卡尔森研究实验室。

1969 年
经过米德的努力，超心理学协会被接纳为美国科学促进会的会员。

1971 年

史密斯建立续存研究基金会。

墨菲研究所成立，以推动心灵学研究与其他学科和领域的相关研究。

厄尔曼取代墨菲任美国心灵研究会会长。

法院判决基德遗产27万美元的三分之一给心灵研究基金会，三分之二给美国心灵研究会。

1972 年

星际之门（Star Gate）简称"星门"，此研究项目获得拨款。斯坦福研究所的拉塞尔·塔格和哈罗德·普索夫负责此事，计划训练一个能参加"精神战争"的通灵师小组。

1973 年

宇航员米切尔成立人学科研所，支持心身问题研究。

1974 年

6月12日，莱因的接班人、灵学实验室主任列维被揭露篡改数据而被革职。

10月14日，斯坦福研究所普索夫和塔格对以色列"通灵人"尤里·盖勒的测试报告在英国《自然》杂志发表。

1975 年

盖勒的自传《我的故事》在纽约出版。

著名魔术师兰迪揭露盖勒的书《尤里·盖勒的魔术》在纽约出版。

1976 年

4月30日，以库尔茨为首的一批哲学家、科学家和魔术师成立"超自然声称科学调查委员会"（简称CSICOP），将灵学和心灵能力之类的神秘学说列为对理性和科学的危害。其会刊《怀疑的调查者》对心灵学严加抨击。普罗米修斯出版社（库尔茨为社长）专门出版抨击各种伪科学的书籍。

1977 年

塔格和普索夫描述"遥视"实验的书《心灵竞赛》出版。

1979年

1月8日，美国科学促进会在休斯敦召开会议，得克萨斯大学著名物理学家惠勒就超心理学被承认为一门合法学科一事提出质疑。他要求将超心理学协会开除出去，因为"是将伪科学驱除出科学殿堂的时候了"。

7月13日，美国《科学》周刊刊登惠勒的"更正函"。

莱因当选心灵研究会会长。

迈克唐纳基金会在福里斯特尔研究中心建立心理物理研究实验室，霍诺顿任主任。

1980年

2月20日，心灵学之父，84岁的莱因去世。

莱因夫人接替莱因任心灵研究会会长和人性研究基金会执行主任。

小特威切尔接替厄尔曼任美国心灵研究会会长。

梅隆教育和慈善基金会（自1952年以来，已资助迈康奈尔的工作36万美元）解体。

普罗米修斯出版社出版CSICOP理事、心理学家马克斯等人的著作《通灵人的心理学》和汉塞尔的著作《超感官知觉——一种科学的评估》的增订版《超感官知觉与超心理学——一种批评性再评估》。

1981年

美国总统卡特批准了五角大楼提交的《国防科研62号白皮书》。

斯迈德勒继任美国心灵研究会会长。

灵学信息资源中心在纽约建立，怀特任主任。

克里普纳继访问苏联、促进苏联研究人员与西方研究人员的对话之后，出访中国。他和斯坦福研究所的普索夫应邀到中国考察"人体特异功能"（如耳朵认字、隔空取物等）。

CSICOP理事、著名怀疑论者加德纳抨击伪科学的力作《好科学、坏科学与怪科学》由普罗米修斯出版社出版。CSICOP理事阿尔科克著《超心理学——科学还是魔术？》出版。

1982年

4月，中国人体科学研究会向几十所大学和研究所发出邀请，组织了一场联合测试及验证人体特异功能的真实性的实验。共有20多个单位、40多位研究人员参加了这项工作。

在超心理学协会成立25年、心灵研究会成立一百年之际，两会联合在剑桥大学三一学院召开纪念会议。中国代表陈信、梅磊与会，介绍中国"人体特异功能"的"实验研究"。美国俄勒冈大学心理系教授雷·海曼在会上对心灵学提出批评：现象的不可重复性、"实验者效应"，以及其在方法论和统计学方面的漏洞。

迈康奈尔开始实施向美国和其他60个国家的科学家和图书馆赠书4800册的计划，以推动世界范围的心灵学研究。

苏联移居美国的心灵学家维伦斯卡娅创办一份新杂志《心灵研究》，由华盛顿研究中心和人学基金会在旧金山出版，主要登载苏联、东欧、中国的实验结果和理论文章。

普罗米修斯出版社出版兰迪著作《尤里·盖勒的魔术》的增订版《尤里·盖勒的真相》。

1983年

怀特创办半年刊《国际心灵学摘要》，由心灵学信息资源中心出版。

魔术师兰迪在报纸和电视上披露他派两名青年魔术师化名到麦克唐奈实验室接受"阿尔法项目"测试（从1979年10月到1983年2月）的真相，被媒体颂为成功的揭穿。

1984年

心灵学研究所的埃克斯总结了54个最重要的超感官知觉实验，揭示其中的方法论漏洞（从记录和统计错误到受试者作假）。

CSICOP成立超心理学委员会，专门调查与灵学有关的事件，心理学家海曼任主任。

普罗米修斯出版社出版布兰登著《唯灵论者》，霍尔著《霍姆之谜——是神媒还是骗子？》。

1985年

齐默尔曼接替斯迈德勒任美国心灵研究会会长。

8月，华盛顿大学麦克唐奈实验室因"阿尔法项目"丑闻被停拨资金和关闭。

《超心理学杂志》发表著名怀疑论者海曼的文章《全视野实验：一种批评性的评价》。

1986年

乔治（心灵研究基金会项目主任）在西乔治亚大学设立心理学和心灵研究教授席位。

海曼在《IEEE会议录》上发表文章，再次对心灵学提出毁灭性批评，指出一百多年来不存在任何可重复性和累积的证据。

根据数年对超感官知觉和脱体体验的研究得到的否定性结果，CSICOP理事、英国布里斯托尔大学心理学家布莱克莫尔宣布心灵现象不存在。

1987年

12月，经过三年调查，美国科学院下属国家研究理事会发布第一份报告《增强人体功能》，断言"130年来的研究表明心灵现象的存在性没有任何科学根据"。

1988年

3月21日至4月3日，CSICOP考察团（库尔茨、兰迪等六人）到北京、上海、西安考察中国"人体特异功能"。结论是没有任何科学证据表明存在"人体特异功能"。

1990年

欧洲粒子物理实验室的顾问蒂姆·伯纳斯与同事罗伯特·卡约编写的一套软件使得万维网诞生。

1991年

12月25日，苏联总统戈尔巴乔夫宣布辞职，将国家权力移交给俄罗斯总统叶利钦，从此，苏维埃社会主义共和国联盟彻底解体。

1992年

10月16至18日，CSICOP第16届年会在达拉斯召开，主题为"科学、非科学与伪科学的划界"。中国学者林自新、郭正谊、申振珏、董光璧、张洪林与会。

1994年

美国国家研究理事会公布第三份报告《学习，记忆，相信——增强人体功能》。

1995 年

美国国会批准了高频主动极光研究项目预算，由此开始大规模实验，实验内容是将聚集的能量束对准地球的不同区域。（信息未得到完全证实。一些解密网站说它是凶险的"意念操控武器"，或是发动地震和飓风攻击的装置。）

6月14至24日，CSICOP访问团在北京、上海访问并做学术交流。

7月，美国中央情报局和国防情报局在20余年冷战期间耗资2000万美元的"心灵现象"研究项目"星门"计划解密，由美国研究所进行评估。9月29日，评估报告完成。

11月28日，美国研究所公布《对遥视研究与应用的评估》报告。中央情报局据此报告决定终止实施"星门"计划。

1996 年

4月，CSICOP理事、著名天文学家和科普大师卡尔·萨根抨击伪科学的力作《魔鬼出没的世界》由美国兰登书屋出版。

6月20至23日，第一届世界怀疑论者大会暨CSICOP成立20周年学术年会在美国召开，中国学者林自新、申振珏与会。

后　记

"凡是过去，皆为序幕。"

《灵海：异类入侵》和《灵海：黑镜危机》比，按照故事人物经历的时间来看算是"过去"。顾天云出现在2004年至2011年，伯恩、安德森和刘忻在故事里出现的时间更早一些，设定为1995年。相对于"当下"，他们可以看作是"过去"的人物。而《灵海》科幻系列设定的时间是非线性的，没遵行传统意义上的先后顺序。故事就如人们大脑里浮现的意象，过去、当下和未来的图景可以同时出现，按逻辑关联在一起，发生、发展、演化的动态轨迹都呈现在同一层面的思维网格上。我们想到某件事、某个人，脑海中瞬间浮现的可以是包含了所有关联的统一整体，像一幅全息动态式的云图。有学者称，人是这个三维空间里拥有最高全息潜能的物种。说法挺有意思，创作《灵海》我就用了这种方式来设定结构。

故事纯属虚构，小说里描绘的事物不存在于我们的现实世界，故事推演的更不是我们的过去或未来。创作时用了一些现实依据，这属于"虚幻之实化体现"的一种创作手法，因此在后文列出部分参考的现实世界事件摘要，以免混淆了虚构故事与现实。有些真实的历史人物出现在了故事当中，比如这本书里的惠勒教授，是因为用到其科学理论，不能假作他人之手。实际上，约翰·惠勒本人肯定没参与过DIA的极光计划。该计划同样为虚构，部分参考了美国中央情报局发起的"星门计划"研究项目。据悉，该研究后来被认定属于伪科学，在20世纪90年代终止了。而作为科幻元素放到故事里另有意义所在，可以此构建出一种完全异于现实、不存在、不可能真实发生的故事图景。展开悠远的遐想，超越现实境界天马行空地去联想，以文字虚拟时空勾勒出类似镜像世界的一个奇异瑰丽而坚实的故事世界。

2016年3月13日这天，著名哲学家希拉里·普特南去世，享年89岁。普特南是一位杰出的大师，不仅在哲思方面，在诸多科学领域都有着真知灼见的著述。他将笛卡儿的怀疑论用一个思想实验模拟出来，这就是著名的"缸中之脑"。其深刻的哲学意义，广泛影响了包括虚拟现实和人工智能在内的众多科学思想。《灵海》的科幻设定亦是源于这个思想实验，我曾经沉迷于此，长时间胡思乱想，冒出许多匪夷所思的念头，这成了我写《灵海》的初衷。谨以此纪念逝去的哲学伟人。

"费米悖论"关于地外生命为什么没出现的疑问，至今已有几十种猜想理论，流行的观点有宇宙孤岛论、大筛选论、超级文明论、维度差异论等诸多假设性的解释。大部分猜想建立在物理和数学基础上进行推测，少数的以哲学观来看这个问题，比如虚拟论就是其中之一。哲学运用很难验证，但覆盖范围几近无限，虚拟论甚至囊括了上述所有的猜想——既然是虚拟，当然可以构建出凡是人类能想象到的任何一种宇宙文明图景，包括自然科学可观测的宇宙，还包括魔法世界、童话世界、神话世界，还可以包括无数种千奇百怪的异世界。在未来，智能技术发展到极致，完美拟真出各种各样的世界不是没有可能。"缸中之脑"的哲思依然有着可探讨的积极意义。

对"费米悖论"的深入思考会让人感到惶惶不安，它隐藏的哲学命题与人类的命运息息相关。无论宇宙的真相是什么，都值得我们怀着好奇心去关注和想象。

《灵海：宇宙囚徒》正在创作中，故事主线以刘忻在内的"影子计划"、伯恩进入灵学会的"风筝行动"并行展开，交汇走向破解"终极真相"的结局。书名取自柏拉图"洞穴囚徒"的隐喻。我一直认为，宇宙尺度实在是广袤无垠、超乎想象极限的，身处这种探索无止境的宏大当中，与被限制在一个狭小范围的洞穴里差不多，同样是"哪儿都去不了"。

科幻故事永远不会终止，序幕之后存在无限可能。

感谢大家购书、阅读！感谢支持！

2017 年 8 月 24 日

终稿于抚仙湖